Das Akropoliskomplott

Heinz-Dietmar Lütje

Das Akropolis-komplott

Engelsdorfer Verlag
Leipzig
2019

Bei dem nachstehenden Werk handelt es sich um einen Roman, der Geschehnisse in nicht allzu ferner Zukunft beschreibt. Alle Handlungen und handelnden Personen sind frei erfunden und jede Übereinstimmung mit tatsächlich lebenden oder verstorbenen Personen wäre rein zufällig. Soweit tatsächlich existierende Organisationen oder Personen der Zeitgeschichte in die Handlung eingebunden sind, so in der Form, wie sie sich der Autor im Rahmen seiner fiktiven Darstellung vorstellen könnte.

Bibliografische Information durch die Deutsche Nationalbibliothek: Die Deutsche Nationalbibliothek verzeichnet diese Publikation in der Deutschen Nationalbibliografie; detaillierte bibliografische Daten sind im Internet über https://dnb.de/DE/Home/home_node.html abrufbar.

ISBN 978-3-96145-774-8

Copyright (2019) Engelsdorfer Verlag Leipzig
Alle Rechte beim Autor

Titelbild © evilinside [Adobe Stock]
Bild Rückseite © Gorodenkoff [Adobe Stock]

Hergestellt in Leipzig, Germany (EU)
www.engelsdorfer-verlag.de

18,00 Euro (D)

Ende Januar. Schnee und Eis hatten das Land bedeckt und auch in Moskau war es bitterkalt.

Dem russischen Präsidenten zeichneten die Sorgen tiefe Falten in das sonst so glatte und gepflegte Gesicht, auf das er, ebenso wie seinen straffen Körper, nicht zu Unrecht stolz war. Doch die Lage war ernst. Die russische Wirtschaft hatte Probleme. Ernste Probleme. Zwar hatte es ihm in seinem riesigen Land durchaus Sympathien eingetragen, die Krim sozusagen endgültig in Mütterchen Russlands Schoß zurückgeholt zu haben. Das ein weiterer Teil der östlichen Ukraine jetzt de facto ebenfalls wieder dem Russischen Reich einverleibt wurde, hatte seinen Beliebtheitswerten im eigenen Land nicht geschadet. Wohl aber die Tatsache, dass diese dämlichen Europäer, denen man sonst so ungestraft auf der Nase herumspielen konnte, sich jetzt um den deutschen Bundeskanzler scharten und gemeinsam mit Amerika Wirtschaftssanktionen verhängt hatten. Die Rohstoffexporte, Russlands Devisenbringer Nr. 1, stagnierten. Hochwertige Technik war ebenfalls vom Embargo betroffen und fehlte an vielen Stellen und der Rubel fiel und fiel. Dann auch noch eine erneute Missernte.

Hinzu kam, dass trotz des deutschen Verzichts auf neue Kernkraftwerke immer mehr Energie aus den stetig wachsenden Windparks gewonnen und auch abgenommen werden konnte. Der Erdgasverbrauch aus den neuen Pipelines nach Westeuropa eignete sich immer weniger als Druckmittel. Außerdem hatten die Europäer ihre Verteidigungsanstrengungen auf Druck aus den USA kräftig erhöht und die NATO noch schlagkräftiger gemacht sowie das westliche Bündnis mehr Truppen und Material an seine Ostgrenzen verlegt. So, wie mit der Ukraine, würde man mit einem NATO-Mitglied, wie den Baltischen Staaten oder anderen, früher zum Warschauer Pakt zählenden Ländern, nicht umgehen können. Wenn jetzt auch noch Nahrungsmittel knapp und teuer würden, dann kämen riesige Probleme auf ihn und seine Regierung zu. Für Weizenlieferungen aus Amerika fehlten die Devisen. Sicher würde dieser Typ, der da jetzt im Weißen Haus sich den Hintern breitsaß, ihm viel zu viel an politischen Zugeständnissen abverlangen. Nein und nochmals nein, soweit war es noch lange nicht. Es musste ganz einfach eine andere Lösung geben. Aber welche? Trotz teils sehr unterschiedlicher

Auffassungen hätte er sich gern an den chinesischen Parteichef gewandt. Aber das Verhältnis war abgekühlt und auch da keine Hilfe zu erwarten.

Ganz gegen seine Gewohnheit, die ihn von vielen seiner Vorgänger unterschied, schenkte er sich einen großen grusinischen Weinbrand ein und trank das Glas in kleinen Schlucken aus.

Da summte sein Telefon. Ach, da wollte ja so ein junger Oberst ihm einen Plan vorlegen, wie die NATO zu sprengen sei. Der Chef seines militärischen Geheimdienstes hatte den Vortrag vermittelt. Was das wohl sein sollte, auf das er nicht selbst auch gekommen wäre? Schließlich war auch er vor Jahrzehnten Offizier des KGB gewesen. Vor langer Zeit, als alles noch etwas leichter zu händeln war und es noch die Sowjetunion und den Warschauer Pakt gegeben hatte.

Feodor Kruskin stieß ein freudloses Lachen aus und nahm den Hörer ab, um seine Besucher eintreten zu lassen. Er straffte sich, als er den Hörer auf die Gabel legte und bemühte sich, den Besuchern den üblichen Anblick zu bieten, den er sich in der Öffentlichkeit auferlegte. Frisch, unverbraucht und maskulin. Ein Mann, dem anzusehen war, dass er stets Herr der Lage blieb und jeder Situation gewachsen schien.

„Kommen Sie rein, Alexander Mikolaiewitsch und Sie auch, Oberst", begrüßte er seine Gäste und bot ihnen einen Platz im hinteren Teil seines geräumigen Büros an. Der General und auch der junge Oberst, Absolvent der Frunse-Militärakedemie, nahmen Platz und Kruskin fragte sich, ob er hier nicht nur seine Zeit vertat, um einen weiteren abenteuerlichen Vorschlag ohne jeglichen Anspruch auf Ausführung anhören zu müssen?

„Nun, da Sie mir den jungen Oberst und seinen Gedanken so warm empfohlen haben, hoffe ich, wirklich einmal etwas von der GRU zu hören, was meine Zeit wert ist. Ist leider lange her, dass ich das sagen konnte!"

Dieser Zusatz war wichtig, um gleich etwas Druck aufzubauen und gar nicht erst langatmiges Geschwafel aufkommen zu lassen, fand der Staats- und Parteichef, den ein Teil seiner Untertanen als Art neuen Zar anzusehen begannen. Schließlich hatte Feodor Kruskin alle Tricks genutzt, um sich an der Macht zu halten. Sehr, sehr leise munkelten einige Oppositionelle, die noch nicht ihr Aufmucken mit Lagerhaft zu büßen hatten, etwas von Milliarden in der Schweiz oder wo auch immer, die eigentlich nur von der russischen Mafia oder den ihm wohlgesonnenen Oligarchen stammen konnten.

„Ich bin mir ganz sicher, Gospodin Präsident. Sie werden staunen. Ich bin jedenfalls begeistert von dem Einfallsreichtum unseres jungen Obersten."

„Na, dann legen Sie mal los!", gestattete Kruskin und staunte, als der Offizier zwei Ordner aus seiner Aktentasche holte, die mindestens je 100 Blatt engbeschriebenes Papier enthielten.

Zwei Stunden später staunte Präsident Kruskin noch viel mehr und hatte längst alle weiteren Termine für diesen Tag abgesagt. Dafür hatte er grusinischen Kognak und Wodka auffahren lassen und rauchte bereits die dritte Zigarette, obwohl er eigentlich schon vor Jahren das Rauchen aufgegeben hatte.

Das, was er hier zu lesen bekommen hatte, wäre geeignet gewesen, einen anderen Mann als ihn glatt zu Jubelstürmen hinzureißen. Aber Feodor Wladimirowitsch Kruskin war nicht nur ein körperlich fitter und harter Hund, sondern auch von außerordentlicher geistiger Beweglichkeit, wie er sogleich unter Beweis stellte.

„Alle Achtung, Oberst Orlow! Ihre Ausarbeitung ist gelungen und bestätigt meine schon seit einiger Zeit gehegten Gedanken, dass wir die Gunst der Stunde nutzen müssen, die uns das Zerwürfnis der Türkei mit Europa eröffnet."

General Koljanin, der seit zwei Jahren dem GRU vorstand, nachdem sein Vorgänger, wie so viele auf diesem Schleudersitz, teils sich häufenden Fehleinschätzungen, teils aber auch internen Intrigen zum Opfer gefallen war, wechselte einen irritierten Blick mit seinem Protege. Als dieses galt der junge Stabsoffizier, der die bekannte Frunse-Akademie als Jahrgangsbester abgeschlossen hatte.

„Dann haben Sie also einen derartigen Plan bereits selbst ausgearbeitet, Gospodin Präsident? Ich muss zugeben, dass mich das mehr als überrascht."

„Nun, was heißt hier ausgearbeitet, mein lieber Alexander Mikolaiewitsch? Allerdings habe ich in der Tat mich mit derartigen Überlegungen beschäftigt. Aber noch nicht in so detailliertem Stadium. Da kann ich Ihnen, Oberst, nur meine Anerkennung aussprechen!"

Er hob sein Glas mit dem guten und erstaunlich weichem Weinbrand aus Grusinien, während seine Gäste Wodka bevorzugten. Nach einem herzhaften Schluck brannte er sich eine weitere Zigarette an, bevor er sich erneut seinen Besuchern zuwandte und diese ebenso musternd, wie auch nachdenklich, anblickte.

Diese selbst wirkten wesentlich gelöster, ja fast zufrieden. Schließlich hatte der durchaus gefürchtete Staatschef, der jetzt den Titel *Präsident* trug, ja lobende Worte gefunden. Der junge Oberst, der wohl auch einer der jüngsten Generale der Roten Armee werden würde, strahlte geradezu vor Freude über das von Kruskin geäußerte Wohlwollen. Nur sein direkter Vorgesetzter, der auch im Intrigenspiel des Kremls gestählte General Koljanin ahnte, was jetzt in dem eigentlichen Alleinherrscher Russlands vorging.

Und da ging es auch schon los: „Wer ist alles eingeweiht oder weiß überhaupt von diesem Plan?" Fast im Plauderton wurde diese Frage, die über Schicksale entscheiden konnte, gestellt.

„Eigentlich nur wir beide, Towarisch", antwortete der General noch bevor Orlow überhaupt den Mund aufmachen konnte.

„Eigentlich?", dehnte Kruskin den geäußerten Begriff. „Ich will jetzt sofort wissen, wer auch nur die geringste Ahnung davon haben kann, dass dieser Plan existiert – und sei es nur andeutungsweise und mündlich geschehen?"

Der Chef des militärischen Nachrichtendienstes straffte sich sichtlich und erwiderte: „Es existiert nur diese eine Ausfertigung, die da vor Ihnen auf dem Tisch liegt, Gospodin Präsident!"

„Das war nicht die Frage, wie ich Ihnen doch nicht erklären muss, Alexander Mikolaiewitsch!"

„Nein, das brauchen Sie wirklich nicht. Oberst Orlow ist mit dieser Idee zu mir gekommen und als ich erfuhr, um was es ging, habe ich ihn sofort gefragt, mit wem er bisher darüber, und sei es noch so beiläufig gewesen, gesprochen habe? Daraufhin hat er mir erklärt: Mit niemandem. Ich sei der erste und einzige Mensch bisher."

Kruskins Augen verengten sich und seine Stimme nahm einen schneidenden Tonfall an.

„Und dann? Was geschah dann?"

„Daraufhin habe ich den Oberst gebeten, mit keinem Menschen außer mir über diese Idee zu reden und mir eine Ausarbeitung vorzulegen."

„Soso, Sie wollen mir also erzählen, dass keine Menschenseele davon weiß? Ja, halten Sie beide mich denn für total dämlich oder schon senil?" Unvermittelt schlug er mit der Rechten auf den Tisch zwischen ihnen, dass seine Besucher, die gewiss nicht leicht zu erschüttern waren, unwillkürlich zusammenzuckten.

„Oberst Orlow, Sie wollen mir doch wohl nicht weißmachen, dass Sie diesen Roman hier mit über hundert Seiten selbst getippt haben! Also, wer hat das geschrieben und wo ist das Band oder auf welcher Festplatte ist das abgespeichert?"

Orlow warf einen verstohlenen Seitenblick auf seinen direkten Vorgesetzten. Doch der General reagierte nicht im Geringsten.

„Oberst, blicken Sie nicht auf den General. Der hilft Ihnen jetzt auch nicht. Also, antworten Sie mir!"

Timor Orlow nahm, soweit dieses im Sitzen überhaupt möglich war, stramme Haltung an und antwortete mit fester Stimme: „Geschrieben habe ich es auf meinem privaten Laptop, der nicht mit dem Internet verbunden ist und diesen hat General Koljanin mitsamt Drucker unmittelbar, nachdem ich ihm den Ausdruck übergeben habe, in seinen Safe gesperrt."

Nachdem der General diese Angaben bestätigt hatte, wies Kruskin auf die Wodkaflasche und die von seinem Sekretär bereitgestellten Leckereien und schenkte sich selbst kräftig nach. Sich eine weitere Zigarette anzündend brütete der Präsident einen endlosen Moment still vor sich hin. Dann stürzte er den edlen Weinbrand in einem Zug hinab, wartete, bis es die beiden Männer ihm gegenüber mit ihrem Wodka nachmachten und stellte dann eine ganz entscheidende Frage: „Und wer, Oberst, hatte Gelegenheit in den Tagen, die Sie an dieser Ausarbeitung gesessen haben, Zugriff auf Ihren Computer zu nehmen? Überlegen Sie genau, was Sie antworten! Nicht wer es getan haben könnte, sondern wer überhaupt nur den Schatten einer Möglichkeit dazu gehabt haben könnte? Ach, halt, bevor Sie antworten, noch eins: Sie haben nicht nur eine Möglichkeit skizziert, sondern auch Vorschläge für die praktische Ausführung erarbeitet. Dafür mussten Sie doch recherchieren. Wer hat dabei geholfen?"

„Nur und ausschließlich Leutnant Alina Sacharowa. Die hat aber ganz bestimmt keinen Zusammenhang erkennen können, da ich immer nur einzelne Prüfungsaufträge erteilt habe, die keinen ..."

„Also doch!", schnappte die Stimme des Präsidenten und unterbrach ihn.

„Und diese Alina hat doch bestimmt auch die Möglichkeit gehabt, in ihren Laptop zu gucken. Auch wenn Sie nicht da waren. Oder etwa nicht!"

„Theoretisch schon, das hätte sie aber nie getan. Dafür lege ich meine beiden Hände ins Feuer!"

Auch der Verfasser dieses, wie Kruskin sich selbst eingestehen musste, ausgezeichneten Geniestreiches zur Instabilisierung der NATO erhob jetzt geradezu unangemessen stark seine Stimme.

„Hoppla, Oberst, Ihnen scheint ja viel an dem Mädchen zu liegen. Vergessen Sie trotzdem nicht, mit wem Sie hier reden. Sie werden jetzt genau das tun, was ich Ihnen jetzt sage – und Sie, General, werden dafür sorgen, dass alles genauso geschieht, wie ich es jetzt anordne."

Und dann entwickelte Kruskin seine Vorstellungen, wie sichergestellt werden sollte, dass die Geheimhaltung zu hundert Prozent gewahrt blieb und die ungeheure Sprengkraft, die dieses Stück Papier enthielt, sich in die gewünschte Richtung entfaltete. Denn andernfalls könnte es sie alle hinwegfegen von diesem Planeten.

Mitte April

Die beiden neuesten Fregatten der griechischen Marine, die „Aristoteles Katsonis" und die „Georgios Kountouriotis", hatten eine harte Woche auf See hinter sich und waren sogar endlich einmal erfolgreich gewesen und hatten nicht nur einige Boote mit Flüchtlingen aufgebracht, sondern sogar ein paar Schlepper der mittleren Ebene gefasst.

Jetzt lagen sie hintereinander am Ausrüstungskai. Den ganzen Tag über waren Wasser, Treiböl und sonstige Ausrüstungsgüter ergänzt worden und an diesem Abend wurden die gemeinsamen Erfolge mit einem Bordfest gefeiert. Wein und Ouzo, der beliebte Anisschnaps, flossen nach einem reichhaltigen Büfett in Strömen. Dazu spielte eine Band und das Tanzbein wurde geschwungen. Die Stimmung strebte dem Höhepunkt zu und auch der Kommandeur der Marine, der einige Auszeichnungen verliehen hatte, schaute wohlwollend und einigermaßen selbstzufrieden auf das muntere Treiben, als es ihn urplötzlich von den stämmigen Beinen riss.

Menschen, Tische Stühle und einfach alles krachte durcheinander und fand sich auf dem stählernen Boden des Decks wieder, das plötzlich von einer alles verzehrenden Flamme überstrahlt wurde. Der Donnerhall einer Explosion folgte, während sich die Fregatte immer mehr in ein feuriges Inferno verwandelte. Bug und Heck der „Georgios Kountouriotis" schienen zum nächtlichen Himmel emporzustreben, als das Schiff in der Mitte durchzubrechen schien.

Einige, die sich auf dem Vorschiff mit dem Geschützturm befanden, sprangen auf der Seeseite ins Wasser. Schreie gellten durch die Nacht.

Auf der „Aristoteles Katsonis" fegte die Druckwelle die Leute an Oberdeck auf die Planken, die heute auf Kriegsschiffen ja aus stählernen Platten bestehen. Mit Entsetzen starrten die Menschen auf das wenige Meter neben ihnen festgemachte Schiff, das jetzt einfach in der Mitte zusammenzuknicken schien. Aber lange brauchten sie den Anblick nicht ertragen, denn jetzt brach auch bei ihnen die Hölle auf. Vorn und hinten dröhnten ganz kurz nacheinander zwei Detonationen auf, die fast ineinander übergingen. Einige Schnellentschlossene eilten über die beiden extrabreiten Stellings an Land, wohin schon einige Marinesoldaten geeilt waren, als über ihrem Schwesterschiff das Unheil hereinbrach. Für fast alle anderen war es hingegen zu spät. Eine weitere, alles bisher Geschehene in den Schatten stellende Explosion, dröhnte von unten her durch alle Decks der Fregatte. Feuer schien aus dem Grund des Hafens zu schießen und das immerhin hundertsiebenundzwanzig Meter lange Schiff wurde förmlich in seine Einzelteile zerfetzt. Schwere Stahlteile flogen durch die Luft, um dann in der Nähe in das Wasser des Hafens, die am Pier stehenden Schuppen und Lagerhäuser oder auf den nahebei liegenden Schiffen weitere Schäden anzurichten. Mehr Schaden hätten auch Bomben und Torpedos in einer Schlacht nicht anrichten können, als das, was jetzt mitten im Frieden im Hafen von Piräus geschehen war.

Stundenlang heulten die Sirenen von Feuerwehr und Krankenwagen. Der Polizei und des Zivilschutzes sowie natürlich des Militärs. Die Krankenhäuser von Athen riefen sämtliche Ärzte und Schwestern sowie Pfleger zur Hilfe. Menschen eilten herbei, um Blut zu spenden. Unermüdlich wurde im Wasser nach Überlebenden gesucht, während die geborgenen Leichen auf der Pier immer längere Reihen bildeten.

„Was zum Teufel ist hier geschehen?" Oberst Andrea Papandreo, der Leiter der Militärpolizei, stand in den frühen Morgenstunden neben dem Chef der Athener Kriminalpolizei und dem Leiter des Geheimdienstes auf der Pier und starrte auf die aus dem Wasser ragenden Masten der „Aristoteles Katsonis" sowie der bizarr in den morgendlichen Himmel ragenden Bugspitze und des Hecks der „Georgios Kountouiotis".

„Eins ist sicher. Einen Unfall können wir ausschließen. So etwas gibt es nicht. Zeitgleich auf beiden Schiffen schon mal gar nicht!"

Dieser Meinung des zu den drei Männern gestoßenen Admirals und stellvertretenden Oberbefehlshabers der Marine ihres Landes schlossen sich die Spitzen der Sicherheitsdienste Griechenland vorbehaltlos an. Admiral Leandros würde wohl auf den eigentlichen Oberbefehlshaber der griechischen Seestreitkräfte folgen. Sein Vorgesetzter war ja bei dem Attentat ums Leben gekommen und lag jetzt neben unzähligen weiteren Toten auf der Pier. Im Gegensatz zu vielen anderen war er jedenfalls eindeutig zu identifizieren gewesen.

Das es sich hier um einen Anschlag handelte, war allen klar. Aber wer steckte dahinter? Wem konnte es möglich sein, eine derartige Menge Sprengstoff auf gleich zwei Kriegsschiffe zu schmuggeln und fast zeitgleich zu zünden. Wieder einmal ISIS?

„Daran glaube ich nicht. Das hier trägt militärische Handschrift. Ich tippe auf Haftminen und das bedeutet Kampfschwimmer", fuhr Vassilli Leandros mit seinen Überlegungen fort.

Entsetzt fuhren seine Gesprächspartner auf.

„Das wäre ja dann ein Angriff auf einen NATO-Partner", erkannte der Geheimdienstler sofort.

„Stimmt, vielleicht von einem anderen", versetzte der Admiral trocken.

Oberst Christiano Konstantinidis verstand sofort, wen der jetzt zweifellos an die Spitze der Marine seines Landes rückende Admiral meinte und nickte zustimmend. „Zuzutrauen ist dem Verrückten vom Bosporus das – zumal er sich ja zwischen alle Stühle gesetzt hat. Mit der Europäischen Union hat er sich alle Beitrittschancen verscherzt und auch die USA fragen sich, ob die NATO noch auf die Türkei zählen kann, wo sie im Kampf gegen den internationalen Terrorismus die Partner der US-geführten Allianz bekämpfen."

„Genau! Immer dann, wenn so ein diktatorischer Alleinherrscher im eigenen Land an Boden verliert, nachdem er einen großen Teil seiner Landleute aus den Ämtern geworfen und ins Gefängnis verfrachtet hat, die Touristen als Haupteinnahmequelle wegbleiben, dann wird ein anderes Ventil geöffnet, um den Druck aus dem Kessel zu nehmen. Und wer bietet sich da geradezu an?"

„Eben, eben. Ich werde jedenfalls sofort den Befehl herausgeben, alle unsere Schiffe genau untersuchen und dann im Hafen auch von Kampfschwimmern schützen zu lassen", erwiderte der neue Marinekommandeur.

„Und wir beide sollten jetzt unseren nicht sonderlich beliebten Ministerpräsidenten informieren und veranlassen, dass alle Truppenteile in Alarmbereitschaft versetzt werden und ein Beistandsgesuch an die NATO erfolgt.

Im NATO-Hauptquartier in Brüssel brach am nächsten Morgen für ein Wochenende völlig ungewohnte Hektik aus. Immer mehr Beamte, Offiziere und Soldaten trafen ein. Der Oberkommandierende für Europa, der britische Admiral Sir Sandram „Sandy" Lasitter und der zivile Chef des Bündnisses, der Däne Carl Peterson, leiteten den Krisenstab. Der amerikanische Admiral James Watson, der mit seiner Trägerkampfgruppe im Mittelmeer operierte, saß bereits in einer F 15 und würde in Kürze zu Ihnen stoßen.

Als Sofortmaßnahme befahl der britische Admiral der deutschen Fregatte „Schleswig-Holstein" und der niederländischen Fregatte „Hans de Meuren" sowie dem britischen Zerstörer „Leycester", die im Rahmen der ständigen Einsatzgruppe zur Bekämpfung des Schlepperunwesens eingesetzt waren, zur Sicherung des NATO-Partners Griechenland Kurs auf die Ägäis zu nehmen.

Gerade als Admiral Sandy Lasitter das Wort ergreifen wollte, entstand Tumult dort, wo die Griechen saßen und Handys klingelten und einer sprang auf und rief laut in den Raum: „Jetzt sind unsere Fliegerbasen angegriffen worden!" Alles rief durcheinander und viele der Abgesandten winkten mit ihren Handys, die wie auf Befehl plötzlich in allen Händen waren.

Alle Bitten des Generalsekretärs und einiger anderer Teilnehmer verhallten unbefolgt. Erst als ein Mann auf den Gedanken kam, den Fernseher an der Stirnwand anzumachen und CNN einschaltete, richtete sich die Aufmerksamkeit aller Anwesenden auf den dort aufgeregt sprechenden Reporter und das Bild brennender Hangars und in Flammen aufgegangener Flugzeuge.

Sein Smartphone am Ohr bahnte sich der griechische Delegationsführer seinen Weg zu Generalsekretär Carl Peterson und Admiral Lasitter. Ein Auge immer noch auf den großen Bildschirm gerichtet hörte der Däne zu, was ihm der aufgeregte Grieche zu sagen hatte und seine Miene verfinsterte sich noch mehr. Auch dem Kommandeur des NATO-Flottenverbandes, der das Schlepperunwesen bekämpfen sollte, erblasste unter seiner Sonnenbräune, als er das Gehörte einordnete. Dann stellte er dem Griechen schnell einige Fragen, hörte die Antworten und ließ dann seine befehlsgewohnte Stimme in erheblicher Lautstärke erschallen.

Jetzt endlich wandten sich ihm die Gesichter zu und das Stimmengewirr wurde leiser.

Nach einer kurzen Verständigung mit dem Generalsekretär griff sich der Admiral das Mikrofon und informierte die Anwesenden: „Der Generalsekretär und ich erhalten gerade die Mitteilung, dass zeitgleich auf zwei Militärflughäfen in Griechenland beide Staffeln von Kampfflugzeugen des Typs F 16 und auf Tymbaki die Mirage 2000 in Flammen aufgegangen sind. Offenbar kein Angriff mit Flugzeugen oder Raketen, sondern durch in der Nacht gelegte Sprengladungen."

Wieder brach lautes Stimmengebrodel aus und ein Jeder äußerte sich laut und viele redeten durcheinander. Aber eine Stimme überschrie alle und es gab wohl niemanden im Raum, der die Anschuldigung überhören konnte.

„Das haben uns die Türken angetan! Wer sonst sollte ein Interesse daran haben?"

Gemeinsam mit allen anderen Leuten in diesem großen Saal wandten sich auch Carl Peterson und Sandy Lasitter dem Mann zu, der diese Anschuldigung in den Raum geschleudert hatte.

Da stand der Sprecher dieser Worte mit vor Zorn gerötetem Gesicht und geballten Fäusten. Ein gerade einmal mittelgroßer Mann mit schwarzem Haar und dunkelbraunen Augen, aus denen abgrundtiefer Hass geradezu hervorzulodern schien. Die dunkelblaue Uniform mit dem weißen Hemd bildete einen krassen Kontrast zu dem tiefrot aus dem gestärkten Kragen ragenden Hals, dessen Sehnen angeschwollen waren, und dem vor Wut verzerrten Gesicht.

„Wer sonst sollte uns das antun? Wer ist uns in bösester Feindschaft seit Urzeiten verbunden und gerade seit dem Putschversuch 2016 ganz besonders? Der neue türkische Sultan und seine islamistischen Freunde und …!"

Weiter kam der Mann mit den drei goldenen Streifen, die ihn als einen Kapitänsdienstgrad der Marine auswiesen, nicht.

Jetzt brüllten die türkischen Teilnehmer wütend auf und wollten sich auf den Kapitän stürzen.

Gerade eben noch konnte Admiral Lasitter einen großen Türken davon abhalten, auf den griechischen Offizier einzuschlagen. Wie eine Wand stellten sich

Sandy Lassiter, Carl Peterson und einige andere Männer zwischen den Griechen, der jetzt auch Unterstützung von seinen Landleuten erhielt, und die entrüsteten Türken auf der anderen Seite.

Es dauerte, bis der Generalsekretär, unterstützt von dem britischen Admiral und seinem Adjutanten, eine offene Saalschlacht zwischen Türken und Griechen zumindest fürs Erste gebannt hatte.

Endlich konnte Peterson die gerade einmal sechs Köpfe zählenden Damen und die viel zahlreicheren Herren der NATO-Partner bitten, wieder Platz zu nehmen, damit die Reaktion der Gemeinschaft auf den Angriff auf die griechischen Fregatten und jetzt auch noch die Kampfjets erörtert werden konnte.

Doch soweit kam es gar nicht. Jetzt fielen die Blicke der Anwesenden wieder auf den zwischenzeitlich uninteressant gewordenen riesigen Plasma-Fernseher auf der Stirnseite des Raumes.

Dort wurden jetzt die Schlagzeilen der größeren griechischen Tageszeitungen eingeblendet.

Ein Blatt war mit einer Extraausgabe erschienen und in flammenden Buchstaben sprang die Schlagzeile in die Augen der Leser, die das Blatt dem Verkäufer förmlich aus den Händen zu reißen schienen.

„Angriff auf die griechische Marine – Die neuesten Fregatten versenkt – Unzählige Tote – Steckt die Türkei dahinter?"

Was der Reporter dazu sagte, ging im Wutgeheul, das jetzt in dem Bereich der türkischen Delegation ausbrach, unter.

Der große Türke, der dem griechischen Kapitän bereits an die Gurgel gehen wollte, geiferte lautstark los: „Gibt es ruhig zu. Das wart ihr selbst, um es uns in die Schuhe zu schieben. Ihr setzt doch alles daran, uns Türken jetzt auch noch in der NATO zu isolieren, so wie ihr es mit den Deutschen gemeinsam verstanden habt, uns auch endgültig den Weg in die Europäische Union zu verbauen. Ein scheinheiliges Pack seid ihr alle. Eine stolze und starke Türkei zu schwächen, dazu ist euch jedes Mittel recht. Ein paar lausige Fregatten und museumsreife Flieger allemal!"

Das war zu viel! Das konnten sich die stolzen Helenen nicht bieten lassen. Wie ein Mann sprangen die acht Männer und eine Frau auf und machten Front, sich auf den Sprecher zu stürzen.

Allen voran der etwa fünfunddreißig Jahre alte Marineoffizier. Behände einigen Männern ausweichend, die ihn aufhalten wollten, stürmte er dem Tisch, hinter dem die Türken saßen, zu.

Selbst der große und deutlich kräftigere Türke wollte einen Schritt zurückweichen. Doch da sprang der schlanke, sehnige Grieche hoch, warf den Oberkörper zurück und traf den völlig von dieser Art des Angriffs überraschten Türken mit beiden blankpolierten, schwarzen Schnürschuhen mitten im Gesicht. Er rutschte über die polierte Tischplatte, drehte sich und kam auf dem schwergetroffenen Türken zu liegen, den er sofort mit den Fäusten zu bearbeiten begann. Nun endlich kamen dem Mann, der unter den Tritten schon fast das Bewusstsein verloren hatte, seine Kollegen zu Hilfe. Aber auch die Griechen waren jetzt zur Stelle und beide Seiten prügelten wild aufeinander ein.

Es dauerte lange Minuten, bis schließlich mit Unterstützung des Sicherheitsdienstes die Kämpfenden getrennt werden konnten. Der schwer am Kopf getroffene Türke, der aus Mund und Nase, die schief im Gesicht hing, blutete und auch einige Zähne eingebüßt hatte, wurde vom herbeigeeilten Notarzt ins Krankenhaus begleitet und auch der Marineoffizier hatte mehr als ein Pflaster nötig.

Die Türken kündigten heftige diplomatische Schritte an und verließen unter Protest die Sondersitzung.

Kaum waren diese hinausgeeilt, traf der amerikanische Admiral ein.

„Nanu, was ist denn hier los? Ich vermutete schon ein Attentat und meine Marines wollten schon zur Waffe greifen, als ein paar sehr derangiert wirkende Männer mit schwarzen Haaren und ebensolchen Bärten geradezu im Geschwindschritt diese heiligen Hallen verließen", grinste James Watson und schaute seinen britischen Kollegen und auch den Generalsekretär fragend an.

Minuten später war ihm das Grinsen vergangen, als er, über den Zwischenfall genauer ins Bild gesetzt, erkannte, dass ein schwerer Konflikt zwischen zwei NATO-Partnern im ohnehin krisengeschüttelten Mittelmeerraum drohte.

Jetzt galt es kühlen Kopf zu bewahren und Schlimmeres zu verhindern. Schon oft standen sich Griechenland und die Türkei an der Schwelle eines Krieges gegenüber. Im Streit um Hoheitsrechte im Mittelmeer, wo viele große und unzählige kleinere und kleinste Inseln der Griechen ganz wenigen türkischen gegenüberstanden. Natürlich beanspruchten beide Nationen auch das Meer um ihre Inseln herum als Hoheitsgebiet. Ein wesentlicher Streitpunkt, befanden sich doch diverse Bodenschätze im darunterliegenden Meeresboden und wurden noch viel mehr von ihnen dort vermutet. Dazu die Auseinandersetzungen um die Insel Zypern, die jetzt geteilt war, nach wie vor aber jeder der Staaten eigentlich für sich in Gänze beanspruchte. Dazu kam, dass die fast ausschließlich islamisch geprägte Türkei, die sich ohnehin von einer Demokratie westlichen Vorbildes immer weiter in den letzten Jahren entfernt hatte, mehr und mehr in Richtung auf eine Präsidial-Diktatur zusteuerte. Ganz anders das christlich-orthodoxe Griechenland, dass zwar von einer Regierungskrise in die nächste schlitterte, aber von der Europäischen Union durch Kredite in Höhe von hunderten Milliarden Euro vor der mehrfach drohenden Staatspleite immer wieder gerettet wurde, obwohl jedem, der klar bei Verstand war, bewusst sein musste, dass hier aberwitzige Summen buchstäblich in ein Fass ohne Boden gekippt wurden.

Aber was spielt das schon für eine Rolle, solange Regierungsmitglieder nicht dafür persönlich haftbar gemacht werden können, wenn sie das als Steuern einkassierte Geld der arbeitenden Bevölkerung verschleudern?

„Wir haben eine echte Krise. Das ist klar", machte der Generalsekretär deutlich.

„Schon verstanden", knurrte Sir Sandram „Sandy" Lasitter. „Aber wie begegnen wir ihr, wenn wir bisher nicht einmal genau wissen, was die Ursache ist? Zwei Fregatten im Hafen und dann Stunden später die kampfkräftigsten Flugzeuge am Boden zerstört; dass kriegen doch IS oder al Qaida nicht auf die Reihe."

„Das sehe ich auch so, Gentlemen", pflichtete James Watson seinem Admirals-Kameraden bei.

„Wir müssen zuerst einmal die Griechen davon abhalten, irgendeinen, wie auch immer gearteten, Gegenschlag zu führen! Denn sonst platzt der Kessel hier und uns allen fliegt die Scheiße um die Ohren."

„Dann setzen wir uns vorab mit den Griechen und den Italienern, Franzosen, Spaniern, als Anrainer zusammen und sehen, wie wir verhindern können, dass unserem kleinen Partner auch noch die letzten Schiffe und Flieger in die Luft gesprengt werden", drängte der dänische Generalsekretär zur Eile.

In Griechenland kochte die Volksseele hoch. Vor dem Parlament versammelte sich eine immer mehr anwachsende Volksmenge und forderte von dem Ministerpräsidenten und seiner Regierung eine harte Reaktion. Der Ruf nach Vergeltung wurde laut und lauter und die Massen drängten immer näher an das Eingangsportal heran, das von laufend verstärkter Polizei kaum noch gehalten werden konnte.

Im Gebäude selbst wurden der Ministerpräsident und seine Regierung, eine seltsam zusammengefundene Koalition aus Ultranationalen, Kommunisten und Liberalen, von den Spitzen aller im Parlament vertretenen Parteien gedrängt, auf den großen Balkon herauszutreten und die Massen zu beruhigen.

„Und was bitte soll ich denen erzählen? Das wir Ankara und Istanbul bombardieren? Und womit denn? Ganz abgesehen davon können wir allein die Türken nicht besiegen, zumal unsere besten Kampfflugzeuge zerstört sind."

„Ganz egal, du Georgio und auch Alexis müssen die da draußen beruhigen, sonst stürmen sie das Gebäude und lassen ihre Wut an uns aus", drängte der Finanzminister und zermarterte gleichzeitig sein Gehirn nach einer Lösung, wie er im Fall des Falles ungeschoren davonkäme?

Noch bevor Georgis Sorbas, der Ministerpräsident, antworten konnte, stürmte der Einsatzleiter der das Regierungsgebäude abriegelnden Bereitschaftspolizei ohne anzuklopfen in den Raum.

„Tun Sie was! Reden Sie sofort mit den Leuten da draußen. Wir können sie nicht mehr aufhalten – oder sollen wir etwa schießen?"

„Auf keinen Fall, Sie Idiot!", schrie ihn Sorbas an. „Gehen Sie runter und rufen Sie den Leuten zu, dass ich in fünf Minuten auf den Balkon trete. Sagen Sie Ihnen meinetwegen, dass ich gerade mit dem US-Präsidenten telefoniere und Maßnahmen abstimme. Ein Megafon haben Sie doch hoffentlich da unten!"

Seinen Ministerpräsidenten mit einem gleichermaßen wütenden, wie auch ängstlichen Blick messend polterte der befehlhabende Beamte die Treppen wieder hinunter.

Von unten erschallte die durch den Lautsprecher verstärkte Stimme des Polizeimajors herauf, wurde aber durch das Wutgeheul der Massen übertönt.

Der Finanzminister, ein nicht übermäßig mit Skrupeln behafteter Fünfzigjähriger, der aber sehr um sein eigenes Wohl besorgt war, drängte erneut: „Nun macht schon, ihr beiden, bevor die Krakeler da unten hier hereingestürmt kommen."

„Ja doch, aber was soll ich sagen?", machte der Ministerpräsident einen ersten, zögerlichen Schritt in Richtung des offenen Balkons. Des Balkons, von dem er sich gern feiern ließ, wenn er die europäischen Geldgeber wieder einmal mit versprochenen Reformen dazu gebracht hatte, neue Milliarden herauszurücken, dann aber die Zusagen nicht einhielt oder stark verwässerte.

„Ist doch egal, lügen kannst du doch sehr überzeugend!"

Mit diesen Worten schob ihn sein Finanzminister durch die offene Schiebetür auf den ausladenden Balkon und schubste den Verteidigungsminister vorsorglich gleich hinterher.

Mit sehr gemischten Gefühlen griff Georgis Sorbas nach dem Mikrofon, das ihn mit den ausgesprochen weit reichenden Lautsprechern am Gebäude und den zahllosen Masten auf dem riesigen Vorplatz verband.

Mit der Rechten das Mikro einschaltend wedelte er mit seiner Linken über seinem Kopf herum. Dennoch bewirkte diese eigentlich hilflos erscheinende Geste zusammen mit dem Knacken der Lautsprecher, dass die Massen ruhiger wurden und erwartungsvoll zu ihm nach oben starrten.

„Leute! liebe griechische Mitbürger! Wir sind brutal angegriffen worden. Unsere Schiffe und Flugzeuge wurden vernichtet, unsere Soldaten getötet. Frauen bei den Feiern auf den Fregatten schändlich ermordet! Noch wissen wir nicht genau, wer dahintersteckt. Aber wir werden ..."

Weiter kam er nicht. Die gekommenen Massen heulten wütend auf und einzelne Stimmen brüllten ihre Meinung so lautstark heraus, dass die Worte sogar oben, wo Georgis fast entmutigt das Mikro sinken ließ, deutlich zu hören waren: „Wir wissen, wer das war! Die Türken mit ihrem Verrückten an der Spitze!"

Der Ruf wurde von den zahllosen Menschen, Männern wie Frauen, aufgenommen und weitergetragen. Rufe nach Rache und Vergeltung ertönten. Und zu seinem Entsetzen sah Georgis Sorbas jetzt erste türkische Fahnen in dem Meer von Menschen sichtbar werden, die kurz darauf unter dem Beifall der Umstehenden in Flammen aufgingen.

„Leute beruhigt euch doch um Himmelwillen. Die NATO schickt uns Hilfe. Schiffe und Flugzeuge sind auf dem Weg. Unsere Streitkräfte sind in Alarmbereitschaft versetzt und die Untersuchungen im Hafen von Piräus und auf den Flugplätzen sind in vollem Gange. Die Schuldigen werden dafür büßen müssen!"

Er brüllte diese Worte so laut er nur konnte, doch sie bewirkten nur wenig.

Die Menge wollte Vergeltung – und das sofort. Für sie stand eindeutig fest, wer ihrer Nation das angetan hatte. Der ewige Erbfeind der Griechen und niemand sonst. Die Türken waren es. Immer lauter wurden die Forderungen nach Vergeltung und Rache.

Der Ministerpräsident versuchte alles, seine Landsleute davon zu überzeugen, dass zuerst Beweise gefunden werden müssten, bevor gehandelt werden könnte. Zuletzt krächzte seine malträtierte Stimme nur noch und die vor Zorn und Wut kochende Menge machte erneut Anstalten, das Parlamentsgebäude zu stürmen.

Die hoffnungslos unterlegenen Polizeikräfte wurden bis auf die Stufen des Eingangsportals zurückgedrängt. Erst, als erste Warnschüsse abgegeben wurden, stockte die vorwärtsdrängende Masse. Da flüsterte der, sich bisher stets im Hintergrund haltende Finanzminister seinem Kollegen vom Verteidigungsressort etwas zu. Dieser schaute ihn erst ungläubig an, schien aber dann doch auf dessen Vorschlag einzugehen, trat auf den Regierungschef zu und nahm diesem das Mikrofon aus der schweißnassen Hand.

„Leute, wir verstehen euch total! Aber wir werden alles tun, um Griechenland zu schützen. Macht euren berechtigten Zorn da deutlich, wo die dafür aus eurer Sicht Verantwortlichen sitzen. Ihr wisst schon, was ich meine!"

Es dauerte einen Moment, doch dann hatten die ersten der empörten Demonstranten begriffen, was ihr Verteidigungsminister gemeint haben dürfte. Die Kunde machte die Runde und die Massen gaben lautstark wieder, wen sie für die Verursacher der Anschläge hielten und welches Schicksal sie ihnen gern bereiten würden. Laute Rufe wurden aufgegriffen und verbreitet.

„Auf zur türkischen Botschaft! Da sitzen unsere Feinde! Auf sie!"

Es verhieß nichts Gutes, als sich die aufgeheizte Menge in Bewegung setzte und mit lautem Wutgeheul in Richtung auf die nicht weit entfernt gelegene Botschaft der Türkei davoneilte.

Im Parlamentsgebäude hingegen klopfte der Finanzminister seinem Kabinettskollegen auf die Schulter und rief: „Na also, jetzt haben sie begriffen. Gut gemacht, Alexis!"

Ministerpräsident Sorbas mochte nicht glauben, was vor seinen Augen geschah. Fassungslos sah er Costa Nikitidis, den ebenso umtriebigen, wie auch unberechenbaren Minister für die Finanzen an.

Doch dieser tat so, als bemerke er die Blicke nicht.

„Ja, seid ihr denn völlig verrückt geworden. Was meint ihr denn, was passiert, wenn die da unten die Botschaft der Türken stürmen?"

„Das geschieht diesem hinterlistigen Pack dann ganz recht", grunzte Alexis Papadoupolos und versuchte die Hand seines Regierungschefs abzuschütteln, die ihn am Ärmel gepackt hatte.

„Begreift ihr denn nicht, ihr Idioten, wenn die die Botschaft stürmen und vielleicht noch den Botschafter verletzen, dann droht uns ein Krieg. Darauf wartet dieser Kerl in seinem Protzpalast in Ankara doch nur!" Der Ministerpräsident war außer sich. Gut, der Finanzminister war ein völlig unkalkulierbarer Mann. Aber eben auch der Einzige, der vielleicht den Bankrott mit seinen Spielchen noch verhindern konnte. Bisher hatte er es jedenfalls immer wieder geschafft.

Aber Alexis Papadoupolos, wie konnte der sehenden Auges einen offenen Krieg mit den Türken anheizen? Der musste doch am besten wissen, dass Griechenland militärisch den Türken nicht gewachsen war. Er wandte sich an seinen Innenminister: „Setze du jedenfalls alles in Marsch an Polizei, was nur geht, um das Schlimmste zu verhindern!"

„Bin schon dabei!" Innenminister Valentin Cordalis deutete auf das an sein Ohr gehaltene Handy.

Doch würde die Zeit noch reichen? Georgis Sorbas hoffte es zwar, aber wirklich daran glauben mochte er kaum.

Etwa zu der Zeit, als der griechische Ministerpräsident hoffte, ein Sturm auf die Botschaft der Türkei könne noch verhindert werden, schauten im Kreml der russische Präsident und sein Verteidigungsminister sowie die Chefs der Geheimdienste des Landes durchaus zufrieden auf das Bild des großen Fernsehers. Abwechselnd wurden dort von den diversen Nachrichtensendern Bilder aus dem Hafen von Piräus und den Flugplätzen gezeigt, wo sich die Anschläge auf das griechische Militär ereignet hatten.

„Na, das hat ja hingehauen", grunzte der Verteidigungsminister zufrieden und schenkte sich einen Wodka nach.

„Bisher ja", bestätigte Feodor Wladimirowitsch Kruskin, „aber mir wäre wohler, wenn alle unsere Speznas nicht nur wieder an Bord des U-Bootes, sondern bereits nach Russland zurückgekehrt wären."

„Das wird noch dauern. Wir können sie ja schlecht durch den Bosporus und das Marmarameer fahren lassen." Der Marschall lachte und kippte seinen Wodka hinunter.

„Das weiß ich auch", knurrte Kruskin und zündete sich eine Zigarette aus seinem silbernen Etui an. In den letzten Wochen hatte er sich das Rauchen wieder angewöhnt.

„Da! Sehen Sie, Gospodin Präsident!" Mit diesen Worten wies der GRU-Chef, dem auch die Spezmas-Spezialkräfte unterstanden, auf den Bildschirm des großen Fernsehers.

„Ja, die Griechen sind sauer und beschimpfen ihren Ministerpräsidenten. Haben wir doch schon gesehen", winkte Feodor Kruskin ab.

„Nein, die stehen jetzt vor der türkischen Botschaft!", berichtete der GRU-General seinen Präsidenten.

„Oh, das wird ja immer besser", freute sich der Verteidigungsminister. „Hoffentlich stürmen sie die Vertretung! Dann bekommen die Griechen richtig Stress mit dem Obertürken!"

„Genau! Und die NATO sitzt in der Zwickmühle. Unterstützen sie Griechenland, dann gehen ihnen die Türken endgültig von der Fahne. Der Ami und seine europäischen Verbündeten sind ohnehin nicht davon überzeugt, die Türkei mit ihrem jetzigen Präsidenten noch lange in ihrem Lager halten zu können." General Koljanin war die Freude darüber anzusehen.

„Stimmt! Unsere S 400 hat die Türkei ja schon gekauft. Das muss man sich mal vorstellen: Ein NATO-Staat kauft Flugabwehrraketen bei dem größten Gegenspieler des gemeinsamen Verteidigungspaktes. Das war schon schlau gemacht von uns!"

„Von uns? Das ist doch allein ihr Verdienst, Feodor Wladimirowitsch", schleimte sich der Verteidigungsminister nochmals nachhaltig ein.

„Nun ja, den dämlichen Türken in seiner selbstherrlichen Einfalt habe ich ganz schön über den Tisch gezogen", lobte Kruskin sich nun doch in aller Bescheidenheit ebenfalls. Dieser Rüstungsdeal war zwar schon vor längerer Zeit gelaufen und hatte das Verhältnis der Türkei zu seinen NATO-Verbündeten ohnehin stark belastet und Kruskin durfte mit Recht stolz auf sich sein, diesen starken Keil in das Nordatlantische Verteidigungsbündnis geschlagen zu haben. Nun würde der, in seinem Land wie einst ein Sultan herrschende, türkische Präsident ihm die Türkei wohl schneller in die Arme treiben, als er es sich jemals erhofft hatte.

Mit einem zufriedenen Lächeln um die Mundwinkel wandte sich der nur knapp mittelgroße Mann wieder dem Geschehen auf dem Bildschirm zu. Das lief in der Tat besser als erwartet. Erste Steine flogen auf das Botschaftsgelände. Die Menge drückte gegen das geschlossene Tor, das wohl kaum noch lange dem Druck standhalten würde. Von beiden Seiten der Straße näherten sich blau zuckende Lichter und gellten Sirenen im Hintergrund. Nur an die Botschaft heran kamen die Polizeiwagen nicht oder nur sehr langsam, da die Massen nicht zurückwichen, sondern den Fahrzeugen den Weg versperrten. Jetzt flog ein erster Brandsatz über das Tor. Die Flasche zerplatzte und das herausspritzende Benzin fing Feuer. Leider standen zwei Männer des türkischen Wachpersonals dort, wo das ausgelaufene Benzin in Flammen aufging, so dass sie in wenigen Augenblicken selbst als brennende Fackeln hilflos umherirrten. Andere versuchten, sie auf den Boden zu werfen und mit ihren ausgezogenen Jacken das Feuer zu ersticken. Doch da flogen bereits weitere Molotowcocktails über das Tor und den das Gebäude umschließenden Gitterzaun. Panik entstand bei den Wachen und einer griff zur Waffe und feuerte auf einen jungen Griechen, der gerade einen großen Stein schleudern wollte. Der Junge in seinem weißen Hemd brach zusammen und ein roter Fleck breitete sich auf seiner Brust aus. Nun waren die Massen nicht mehr zu halten. Erste Männer kletterten auf den Zaun und warfen ihre Jacken auf die Spitzen der Eisenstäbe, um diese leichter überwinden zu können. Weitere Steine und Flaschen flogen. Die Menge tobte und die griechische Polizei wurde förmlich eingekesselt und hatte keine Chance sich zur Botschaft vorzukämpfen.

Immer mehr Schüsse fielen und weitere Demonstranten wurden getroffen. Auf dem Gelände der Botschaft selbst, aber auch auf der Straße vor dem Tor, das jetzt dem massiven Druck nachgab. Die Wachsoldaten wandten sich um und versuchten das Gebäude zu erreichen, aus dem jetzt auch erste Gewehrschüsse hallten. Doch nur wenige erreichten die massive Tür, die sofort nach ihnen geschlossen wurde. Weitaus mehr der Wächter wurden von den entfesselten Massen zu Boden gerissen und unter den Füßen des stürmenden Mobs begraben.

Aus den Fenstern des Gebäudes, insbesondere vom Obergeschoss aus, wurden jetzt aus Sturmgewehren und Maschinenpistolen ganze Salven auf die vorwärtsdrängenden Griechen abgefeuert und immer mehr sanken getroffen zu Boden.

Auch vor dem Gebäude knallte es jetzt. Offenbar versuchte die Verstärkung erhaltene griechische Polizei jetzt mit allen Mitteln zum Schauplatz der Auseinandersetzung vorzudringen.

„Besser kann es nicht laufen", jubelte Marschall Popow und konnte seinen Blick kaum vom Fernseher wenden.

„Genau, jetzt werden die ewigen Feinde aufeinander losgehen. Mal sehen, wie sich NATO und Europäische Union und vor allem Amerika verhält. Spannend wird es allemal", bestätigte Feodor Wladimirowitsch Kruskin.

„Jetzt ist Schluss! Nun haben es sich die Griechen selbst zuzuschreiben, was nun unausweichlich wird", grollte der türkische Präsident in seinem vor einigen Jahren neu erbauten Palast. Einem protzigen Gebäude mit Sälen, mehr als tausendeinhundert Zimmern, Dampfbädern, Sport- und Wellnessbereichen, Speziallabore, atomsicheren Befehlsbunker und Hubschrauberlandeplatz.

Das ganze Areal umfasste mehrere hunderttausend Quadratmeter. Für zig Millionen Euro wurden kilometerlange Seidentapeten und Perserteppiche eingekauft, damit auch die Inneneinrichtung bezeugte, was für ein wichtiger Mann hier residierte. Der sich mehr wie ein Sultan gebärdende Herrscher über Palast, Land und Volk schaute durch seine Panzerglasscheiben nach draußen, wo die schon sehr kräftige Frühjahrssonne die Erde hier im Mittelmeerraum bereits stark erwärmte.

Doch dafür hatte der sich für den Nabel der Welt haltende Mann keinen Blick. Sein Interesse galt anderen Dingen. Der eigenen Machterhaltung und seinem Ansehen zuerst und danach seinem Land, der Türkei, die Geltung in der Welt zu verschaffen, die ihr seiner Meinung nach zukam. Seinem Land, seinem Volk, dem Islam und natürlich seiner Person, die dieses alles zu erreichen suchte.

Doch wie allen großen Männern vor ihm, wurden ihm nur Vorhaltungen gemacht. Ihm geradezu Knüppel zwischen die Beine geworfen, um ihn in seinem kometenhaften Aufstieg zu behindern. Ata Türk hatte die moderne Türkei entworfen und entwickelt. Er würde die Weltmacht TÜRKEI hinterlassen. Die Islamische Republik Türkei als Anführer der islamischen Welt.

Da mochten diese kleingeistigen Europäer, vor allen anderen diese deutschen Phantasten, noch so laut aufjaulen. Er würde seinen Weg gehen. Wenn die EU seine Türkei nicht wollte, nun gut. Wenn Amerika und die NATO ihn gängeln wollten, nicht mit ihm. Nicht er brauchte Europa oder die NATO, nein die brauchten ihn und seine Türkei. Irgendwann würden sie es begreifen, da war er sich sicher.

Und die Griechen, an denen würde er jetzt ein Exempel statuieren, nahm er sich vor.

Fast unwillig fuhr er herum, als ihm bedeutet wurde, dass sein Botschafter in Athen ihn unbedingt sprechen wolle, da dort die Lage eskaliere.

Schließlich nahm er das Gespräch an. Er hörte einen Augenblick zu, während sich sein Gesicht für die Umstehenden verfinsterte, obwohl das, was er zu hören bekam – und gleichzeitig auf dem Fernseher verfolgen konnte, ihm eigentlich gar nicht so schlecht in sein erdachtes Konzept passte.

„Wehren Sie sich mit allem, was Sie haben! Nur keine falsche Rücksicht! Wenn es nicht anders geht, gehen Sie mit Ihren Leuten kämpfend unter. Ihr Opfer wird nicht umsonst sein, das gelobe ich, Ihr Präsident, Ihnen!" Diese Sätze bellte er förmlich in den Hörer. Dann wandte er sich an seinen Armeechef. „Versetzen Sie die Streitkräfte in Alarmbereitschaft! Die Luftwaffe soll sich für einen Angriff rüsten und unsere Marine sich vor Athen und den größeren Inseln zeigen!"

„Ach, und Sie", er wandte sich an seinen Innenminister, „lassen die griechische Botschaft abriegeln.

Und jetzt holen Sie mir diesen Griechen, der da den Ministerpräsidenten mimt, ans Telefon!"

Der von seinem türkischen Pendant als Mime bezeichnete Georgis Sorbas hatte das getan, was ihm noch möglich war, um vielleicht die ganz große Katastrophe noch zu verhindern.

Er hatte in aller Eile das Militär eingesetzt und befohlen, dass sofort die einsatzbereiten Hubschrauber, die sonst die Küste vor Athen bewachten, Kurs auf die türkische Botschaft nehmen.

Gerade als ihm mitgeteilt wurde, dass der türkische Präsident am Telefon sei, tauchten die beiden Eurocopter der Küstenwache im Tiefflug über der Botschaft der Türkei auf. Tief über dem Boden anfliegend scheuchten sie die aufgewiegelte Menge durcheinander. Als eine Maschinengewehrsalve von einem der Hubschrauber über den Köpfen der Menge abgegeben wurde, fluteten die Massen von der Mauer und dem eingerissenen Tor zurück. Während ein Cougar in Höhe des

Tores in der Luft stand und die Läufe der Maschinenwaffen sichtbar hin und her schwenkte, landete der zweite vor dem Botschaftsgebäude. Angehörige der Küstenwache sprangen mit Maschinenpistolen bewaffnet heraus und gaben ein, zwei kurze Feuerstöße in Luft und Boden ab und zwangen die eingedrungenen Griechen das Botschaftsgelände zu verlassen. Einige, die so aufgeheizt waren, dass sie sich widersetzten, wurden zu Boden geworfen und gefesselt. Dann sahen sich die weißgekleideten Soldaten, auch eine Frau war dabei, um. Viele Verletzte und auch Tote lagen auf dem Platz vor der Botschaft und auch auf der Treppe zum Eingangsportal.

Da erschienen im Eingangsbereich drei türkische Wachsoldaten mit Sturmgewehren im Anschlag und zielten auf die Griechen und den mit laufenden Rotoren im Innenhof stehenden Hubschrauber.

Im ersten Impuls wollte ein junger Grieche die Waffe ebenfalls hochreißen, ließ sie dann aber sinken und reichte die MPi in den Eurocopter hinein. Genauso verfuhren seine Kameradin und der Offizier, offenbar der Kommandant des Drehflüglers.

Erst da senkten auch die Türken, von denen einer aus einer Risswunde an der Stirn blutete, ebenfalls die Läufe ihrer Waffen. Noch bevor die Wachsoldaten der Botschaft an den griechischen Eurocopter herantreten konnten, wurden sie aus dem Gebäude heraus zurückgerufen.

Dort im Eingang erschien jetzt der Botschafter und pfiff seine Leute zurück. Hinter ihm wurden zwei Männer in dunklen Anzügen sichtbar, die einen leblosen jungen Mann zwischen sich über den Boden zerrten und dann mit Schwung den Treppenaufgang hinunterwarfen.

„Nehmen Sie diesen Verbrecher mit und verschwinden Sie sofort von hier. Dies ist türkisches Hoheitsgebiet. Sie dürfen ebenso wenig hier sein, wie dieser Mordbrenner. Wenn Sie nicht sofort starten, lasse ich auf Sie schießen!"

Dem griechischen Leutnant verschlug es die Sprache. Da retteten er und seine Besatzung diese Leute vor dem Mob und dann das? Er hob die Hand und fragte: „Können wir die anderen toten und verletzten Griechen mitnehmen?"

„Nein!", schrie der Botschafter und bellte einen kurzen Befehl zu seinen Wächtern.

Daraufhin hoben die Soldaten hinter ihm ihre Schnellfeuergewehre und legten auf den Eurocopter und den davor stehenden Offizier an.

Dieser schüttelte in seltsam hilfloser Geste den Kopf und schwang sich durch die offene Seitentür in den Heli, der daraufhin sofort startete.

Beide Hubschrauber der Küstenwache kreisten noch einen Augenblick über dem jetzt, bis auf die, zwischenzeitlich dort eingetroffenen Polizeikräfte, menschenleerem Vorplatz.

Zu den zahlreichen Polizeiwagen gesellten sich jetzt auch Notärzte und Krankenwagen. Einige der Griechen waren schwer verletzt und hatten nicht mehr fliehen können. Alle Leichtverletzten waren, soweit sie nicht von der Polizei festgenommen worden waren, entkommen.

Direkt an der die Botschaft umgebenden Mauer mit den spitzen Eisenstangen obendrauf fanden die Sanitäter auch drei Menschen, für die jede Hilfe zu spät kam. Darunter auch einen Jungen, der wohl höchstens fünfzehn oder sechzehn Jahre alt geworden war. Es war unschwer zu erkennen, dass eine ganze Salve aus einer automatischen Waffe seinem jungen Leben ein vorschnelles Ende bereitet hatte.

Die Ausmaße der Katastrophe traten erst am nächsten Tage klar zutage. Außerhalb der Botschaft wurden insgesamt elf Tote und siebenundzwanzig Verletzte von den Rettungskräften geborgen. Einige davon hatten auch bei ihrem Widerstand gegen die Polizei zum Teil schwere Schussverletzungen davongetragen und zwei Menschen den Tod gefunden.

Die meisten Opfer hatte es auf dem Gelände der Botschaft gegeben. Immerhin sechzehn Griechen waren vom Wachpersonal erschossen und fünfzehn weitere zum Teil schwer verletzt worden. Die Toten hatte die griechische Polizei am Abend des Tages am notdürftig reparierten Tor übernehmen dürfen, nachdem alle identifiziert worden waren. Die Herausgabe der Verletzten verweigerte der Botschafter mit dem Hinweis, dass sie schwere Straftaten bis zum Mord an Diplomaten und Soldaten auf türkischem Boden, nämlich dem Botschaftsgelände, verübt hätten und damit der türkischen Gerichtsbarkeit zu überstellen seien. Dies habe der Präsident so angeordnet.

Präsident Özdemir, der dem griechischen Ministerpräsidenten schwere Vorwürfe gemacht hatte, dass dieser den Sturm auf die Botschaft nicht verhindert hätte. Vielmehr habe er diesen geradezu initiiert, indem er und seine Regierung die Türkei mit den Sprengstoffanschlägen auf ihre Fregatten und Flugzeuge in

Verbindung gebracht hätten. Er hingegen habe einen sicheren Kordon um die griechischen Vertretungen in seinem Land ziehen lassen, die verhinderten, dass die berechtigt erbosten Türken ihrerseits Botschaft und Konsulate der Griechen stürmen würden. Schließlich seien auch zwei türkische Diplomaten und sieben Soldaten zum Teil schwer verletzt worden.

Sollten die Griechen weitere Übergriffe nicht verhindern, würde die Türkei zum Schutz seiner Staatsbürger auch das Militär einsetzen.

Natürlich verlangte die Türkei auch eine Verurteilung der Griechen durch den Weltsicherheitsrat und die NATO. Schließlich sei man völlig zu Unrecht schwer beschuldigt und angegriffen worden.

So standen also Ende April des Jahres zwei NATO-Staaten vor dem Abbruch diplomatischer Beziehungen und sich ihre Streitkräfte kriegsbereit gegenüber.

Nunmehr drohte also auch im Mittelmeerraum ein weiterer bewaffneter Konflikt – und das zwischen zwei Staaten, die beide – zumindest noch – dem Nordatlantischen Verteidigungsbündnis angehörten.

Die NATO war in höchster Alarmstimmung. Zu den vielen schwelenden Konflikten in der Welt kam ein weiterer hinzu. Auf der koreanischen Halbinsel spielte ein Verrückter mit atomar zu bestückenden Raketen, die sogar die USA bedrohten. Auf der arabischen Halbinsel schwelten viele Konflikte und auch Indien und Pakistan, zwei weitere Atommächte, rasselten wieder mit dem nuklearen Säbel. Dazu gärte es auch in Südamerika immer beunruhigender. Und selbst in Europa war nicht alles friedlich. Nach der Krim herrschte in der Ost-Ukraine weiterhin ein unerklärter Krieg und versuchten russische Separatisten weitere Gebiete endgültig für sich zu gewinnen.

Alles das spielte dem russischen Präsidenten in die weit aufgehaltenen Hände. Bisher war noch niemand auf den Gedanken gekommen, dass bei der neuen Krise im Mittelmeer er wiederum seine Hände im Spiel haben könnte.

Auf der Höhe von Gibraltar, dort wo die Meerenge Mittelmeer und Atlantik verband, schaute der Sonarmann der britischen Fregatte HMS „Hamilton" auf sein Gerät. Da war es wieder. Ein noch undeutliches Signal. Er drehte an einigen Knöpfen und das Bild wurde klarer. Das konnte nicht die hier starke Strömung sein. Nein, da war etwas Festes im Wasser. Er warf einen Blick auf die elektronische Seekarte. Nein, ein Wrack lag hier auch nicht auf dem Grund, das sich in der starken Strömung bewegen würde. Er griff zum Hörer der Bordsprechanlage und meldete seine Beobachtung. Gleichzeitig versuchte er den Kurs des Objektes zu bestimmen und auch eine Aufnahme der Unterwassergeräusche zu bekommen. Bewegung unter Wasser und aufgenommene Geräusche würden zusammen ein klareres Bild ergeben.

Da erschien über ihm der Schatten des für den Sonarbereich zuständigen Offiziers, eines ebenfalls noch jungen Leutnants.

„Was haben Sie, Miller?"

Der Operator deutete auf die Bildschirme an seinem Platz. Noch undeutlich war eine Stelle dicht über Grund zu erkennen, die die ausgesandten Strahlen reflektierte.

Der Lieutenant starrte einige Sekunden auf das sich ihm darstellende Bild.

„Stimmt, irgendetwas bewegt sich da. Ein Wrack ist es nicht und ein Fischschwarm wohl auch nicht."

„Das glaube ich ebenfalls kaum, Sir. Wir sollten mit der Fahrt runtergehen, damit wir ein deutlicheres Signal bekommen und auch eventuell ein Schraubengeräusch erhalten, wenn es denn ein U-Boot ist!"

Der Offizier nickte und griff zum Hörer, der ihn über die Bordsprechanlage mit der Brücke der Fregatte verband.

„Hier Sonarraum, Lieutenant Mitchel. Commander, wir haben ein unklares Sonarsignal. Könnte ein U-Boot sein."

Der Offizier warf einen Blick auf den mit Gradzahlen versehenen Bildschirm.

„Signal in 20 Grad an Steuerbord voraus. Können wir auf den Kurs eindrehen und unsere Fahrt auf sechs Meilen reduzieren?"

„Machen wir, Lieutenant. Sofort Meldung an die Brücke, wenn Sie Näheres ausmachen können!"

Das Maschinengeräusch ebbte spürbar ab und der Bug der HMS „Hamilton" schwenkte in Richtung auf das geortete Objekt ein.

„Jetzt kommt auch ein Geräusch an, Sir!" Der Sonarmann deutete auf das zweite Paar Kopfhörer neben sich und regulierte den Ton.

„Ja, eindeutig ein Schraubengeräusch!", bestätigte der Offizier. „Läuft die Aufzeichnung? Können wir es eventuell zuordnen?"

„Aufzeichnung läuft, aber für die Abgleichung wird es noch nicht reichen!"

Doch das Echo wurde klarer, je näher die Fregatte sich dem getauchten Boot über Wasser annäherte.

„Immer noch sehr leise. Kaum zu identifizierende Schraubengeräusche, Sir", meldete der Operator.

„Ja, leider und die Sonarstrahlen werden auch nur undeutlich zurückgeworfen", bestätigte der Offizier. „Offenbar ein neues Boot, das über eine deutlich reduzierte Schallabstrahlung verfügt. Nehmen Sie es trotzdem auf und gleichen Sie es mit unseren vorhandenen Signaturen ab!"

Einige hundert Meter tiefer in der Meerenge von Gibraltar bewegte sich ein gigantischer etwas hellerer Schatten durch die Finsternis der Tiefe. Wie ein riesiger Fisch, nur ohne dass ihn seine Flossen fortbewegen würden. Das besorgte hier eine vielflüglige Schraube am hinteren Ende. Dort, wo sich bei einem großen Fisch die Schwanzflosse ausbreitete.

Mit halber Kraft trieb der metallene Propeller das knapp vierundsiebzig Meter lange U-Boot gegen die aus dem Atlantik in das Mittelmeer drückende Strömung dem größeren Ozean entgegen.

„Verdammt!", grollte der Kommandant des noch neuen, erst vor wenigen Jahren in Dienst gestellten, Jagd-U-Bootes mit ganz neu entwickeltem Dieselantrieb und hoher Unterwassergeschwindigkeit von über zwanzig Knoten.

„Ausgerechnet hier, an der engsten Stelle, muss uns diese dämliche Fregatte erwischen! Haben Sie das Schiff identifizieren können?"

„Jawohl, nach der Signatur eine britische Fregatte. Wohl die HMS „Hamilton", die seit ihrer Schraubenreparatur einen ganz unverwechselbaren Schlag hat."

„Na, jedenfalls kein Ami. Die Briten dürften unsere Signatur kaum haben. Bei den Amis bin ich mir da nicht so sicher. Aber egal. Was machen wir? Auf Grund legen können wir uns hier nicht. Also gehen wir so tief, wie wir können und erhöhen die Fahrt, damit wir aus diesem Flaschenhals herauskommen!"

Kapitän Romanow rieb sich das sauber rasierte Kinn. Gerade auf dieser Mission durfte nichts schiefgehen. Bisher hatte doch alles wie am Schnürchen geklappt. Da sollte diese dämliche Fregatte nichts kaputt machen.

„Das Ziel beschleunigt und geht tiefer!"

„Was? Ausgerechnet jetzt, wo wir bessere Töne empfangen!"

„Ja, leider, Sir! Da, jetzt bricht der Sonarkontakt ab!"

Lieutenant Mitchel griff sich den Kopfhörer und stülpte ihn sich hastig über. Aber auch er hörte das unverwechselbare Pingen nicht mehr, das der Schall erzeugte, wenn er von einem festen Gegenstand zurückgeworfen wurde.

Trotz seiner sofortigen Meldung an die Brücke und eiliger erneuter Suche nach dem unbekannten U-Boot wurde dieses nicht mehr ausgemacht. Auch die ungewöhnliche Maßnahme des Kommandanten, mit hoher Fahrt einige Meilen in Richtung auf den offenen Atlantik vorauszulaufen und dort mit gestoppten Maschinen zu warten, um dann vielleicht neue Ortung zu empfangen, erwies sich als vergebliches Bemühen.

„Die haben wir endgültig abgehängt. Jetzt sollte uns hoffentlich nichts mehr dazwischenkommen", freute sich Kommandant Romanow, als er den freien Atlantik erreicht hatte.

Das sah seine Besatzung genauso. Ihr konnte es nicht schnell genug gehen, die zusätzlichen Männer an Bord wieder loszuwerden. Es herrschte so schon eine ziemliche Enge in dem relativ kleinen Boot. Kein Vergleich mit dem Komfort, wie er auf den U-Booten der Amerikaner zu finden war. Dann noch die zusätzlichen sechs Kampfschwimmer, die einen Sonderauftrag im Hafen von Piräus ausgeführt hatten, über den sie nicht näher informiert worden waren. Ein Glück, dass sie die im Nordatlantik an einen russischen Trawler, von dem sie sie auch an Bord genommen hatten, übergeben konnten.

Natürlich rätselte die Besatzung darüber, was die Speznasleute im Hafen der Griechen unternommen hatten. Aber fragen durften sie nicht und eine Antwort hätten sie ohnehin nicht bekommen.

Im Hafen von Athen, also in Piräus, waren inzwischen auch weitere Spezialisten eingetroffen. Amerikanische und auch deutsche Kampfschwimmer suchten nicht nur am Grund des Hafens um die gesunkenen Fregatten, sondern auch in den gesunkenen Schiffen selbst, nach Hinweisen auf die Art des Sprengstoffes.

Nur eines schien sicher. Die Sprengung war nicht im Schiffsinnern erfolgt. Das ließ sich eindeutig aus den von außen auf die Bordwände und den Schiffsboden ausgegangenen Druckwellen erkennen. Auch die bisher gefundenen Stahlteile, die nicht zu den Schiffen gehörten, wiesen eindeutig auf Magnetminen hin. Nur einen sicheren Hinweis darauf, aus welchem Arsenal sie stammen mochten, der fand sich bisher nicht.

„Das wäre wohl auch zu einfach gewesen", murrte der verantwortliche Chef des griechischen Geheimdienstes, Oberst Christos Konstantinidis.

„Ach, wir wissen doch alle, dass diese verdammten Türken dahinterstecken", schimpfte der Chef der Militärpolizei, „und die werden sich hüten, ihre eigenen Minen zu verwenden."

„Wie wäre es, wenn wir englisch sprechen? Dann könnte ich an Ihrer Diskussion teilhaben", mischte sich ein drahtiger Enddreißiger ein, der in einem der Temperatur angemessenen zivilen Outfit bei der Gruppe der Uniformierten stand.

„Yes, sorry, soll nicht wieder vorkommen", entschuldigte sich der Geheimdienstler, der in voller Uniform mit allen Orden und Ehrenzeichen erschienen war. Vielleicht hatte er Sorge, dass seine etwas kleinere Person sonst nicht gebührend gewürdigt worden wäre.

Da wurde die Aufmerksamkeit der Männer auf dem Pier von der einzigen Dame der Gruppe, einer Angehörigen des US-Marinegeheimdienstes, in Anspruch genommen.

„Da, sehen Sie, der Taucher scheint etwas gefunden zu haben!"

Alle Augen wandten sich dem mit ausgestrecktem Arm signalisierenden Taucher in seinem Neoprenanzug mit der Sauerstoffflasche auf dem Rücken zu, der seine rechte Hand hoch über den Kopf hob und mit dem Arm kreisende Bewegungen vollführte. Sofort näherte sich ihm eines der auf dem öligen Wasser liegenden Boote. Eine an einer Winde befindliche Leine wurde herabgelassen und ein Korb daran befestigt. Korb mit Leine und Taucher verschwanden unter der schmutzigen Oberfläche.

Viel zu lange dauerte es für die auf dem Kai stehenden Beobachter, bis sich die Winde in Bewegung setzte und kurz darauf der Metallkorb an Bord des Bootes gehievt wurde. Das Boot nahm sofort Kurs auf den Anleger und auch die Uniformierten und der leger gekleidete Zivilist unter ihnen eilten auf das anlegende Boot zu.

Triumphierend schwenkte der Bootsführer beim Anlegen ein sehr kleines, eigentlich nichtssagendes Teil in seiner Rechten. In den Blicken der Leute auf dem Anleger erkannte er Enttäuschung und Unverständnis.

Der Mann in der blauen Arbeitsuniform schmunzelte leise vor sich hin, als er auf den Anleger stieg. „Und? Was soll das sein?"

„Das, Herr Oberst, ist allem Anschein nach ein Teil einer Haftladung, die bei der Explosion abgesprengt wurde", antwortete der Unteroffizier und reichte das Metallstück an den in voller Uniform mit Jacke und Krawatte erschienenen Geheimdienstler.

Dieser drehte und wendete das etwa fünfzehn Zentimeter lange und in Dreiecksform abgerissene, gezackte Stück hin und her, erkannte aber offensichtlich nicht, was denn hieran so interessant sein sollte?

„Und, Mann? Was soll mir das Teil sagen?"

Noch bevor der Soldat antworten konnte, mischte sich der in legeres Zivil Gekleidete ein.

„Darf ich mal?" Ohne eine Antwort abzuwarten nahm er dem kleinen Oberst das Fundstück aus der Hand, griff in die Tasche seiner Anzughose und beförderte ein blütenweißes Taschentuch daraus hervor. Dann rieb er damit das Teil sauber, hielt es in das helle Sonnenlicht und nickte versonnen.

Die Umstehenden schauten ihn interessiert an, was er gar nicht zur Kenntnis zu nehmen schien.

Dann endlich, als bereits erste Fragen laut wurden, geruhte er zu sprechen.

„Das ist wirklich interessant. Alt. Hätte ich nie erwartet, dass so eine Sprengladung nochmals zum Einsatz kommt."

„Aha! Wäre es zu viel verlangt, wenn Sie uns an Ihren Erkenntnissen teilhaben lassen, Mister …?"

„Oh, Verzeihung. Habe ich mich nicht vorgestellt? Commander Ronny Bean vom Marine-Nachrichtendienst der USA."

Einige der Umstehenden lachten und nickten freundlich. Nicht so der Grieche, dem nichts an dem metallenen Etwas aufgefallen war.

„Sehr schön. Vom Geheimdienst der US-Navy also. Dann ist es ja kein Wunder, dass Sie etwas erkennen, dass uns allen bisher verborgen geblieben ist. Und was haben Sie denn nun genau entdeckt?"

„Nun, zuerst einmal gebührt den Tauchern Anerkennung, dass sie so ein kleines Ding in dieser schmutzigen Brühe finden und dann auch noch erkennen, dass es genau etwas davon ist, was wir alle zu finden hoffen." Er machte eine kleine

Kunstpause und strapazierte damit die Geduld seiner Zuhörer aufs äußerste. Kurz bevor der Hals des kleinen Griechen noch mehr anschwoll, fuhr er fort.

„Hier erkennen wir ein kleines Zeichen, das auf den Sprengstoff Trinitrotuluol, also TNT hinweist.

Ein Sprengstoff, der eigentlich heute für derartige Zwecke nicht mehr verwendet wird, da es derzeit wesentlich bessere Alternativen gibt. Aber wie wir alle wissen, war im zweiten Weltkrieg TNT für Torpedos und Minen durchaus der Sprengstoff. Hier haben wir ein weiteres Zeichen, welches darauf hindeutet, dass es sich in der Tat um Haftladungen gehandelt haben könnte, die bereits vor über achtzig Jahren in Gebrauch waren und …"

„Blödsinn! So lange kann das hier nicht gelegen haben und …", wurde eine Stimme laut.

„Nein, das sicher nicht. Aber alt ist das Teil, hat aber durchaus noch funktioniert. Davon dürften einige Ladungen benötigt worden sein. Also ist, wie bereits vermutet, der Angriff durch mehrere Kampfschwimmer mit entsprechenden Magnetladungen durchgeführt worden, die zudem wohl auf Unterwasserschlitten transportiert worden sind."

„Ob die Türken so was noch haben?" Diese Frage kam von dem Chef der Athener Militärpolizei.

„Möglich, aber wieso sind Sie eigentlich alle so sicher, dass unser NATO-Partner Türkei hinter diesen Anschlägen steckt? Dieses Teil könnte aus dem Deutschland der Nazizeit stammen. Wenn Sie einmal hier gucken. Das dort ist doch wohl ein Teil des Reichsadlers und darunter noch der rechte obere Teil des alten Hakenkreuzes zu erkennen, wenn ich mich nicht sehr irre!"

Jetzt griffen viele Hände nach dem Rest der Mine oder was immer es gewesen sein mochte und jeder äußerte seine Meinung. Der Amerikaner schmunzelte verhalten und wandte sich einem etwas älteren Mann in Uniform der US-Navy zu. „Wir sollten dem Admiral Bericht erstatten. Übernehmen Sie das? Dann passe ich auf, dass unsere Freunde hier das gute Stück nicht solange hin-und-herreichen, bis es verschwunden ist."

Der etwas ältere mit den drei Streifen des Commanders auf den Schulterklappen seines kurzärmlichen Sommerhemdes nickte und löste sich aus der Gruppe, die noch immer wild am Diskutieren war.

Weit entfernt von diesen Geschehnissen im sonnigen Mittelmeerraum war zwar auch in Moskau der Frühling zu spüren, aber nur an der etwas wärmeren Luft und der sich öfter zeigenden Sonne.

Im Hauptquartier der GRU, dem Militärgeheimdienst, hingegen lief Oberst Timor Orlow ein eiskalter Schauder über den Rücken, als ihm sein oberster Chef, General Koljanin, eröffnete, dass seine Versetzung an die Barentssee, genauer gesagt als Kommandeur der GRU in Murmansk, beschlossen war. Dort, wo ein moderner Stützpunkt für die neue Generation russischer Atom-U-Boote entstanden war. Genau dort würde ein Mann wie er jetzt gebraucht, um mit absoluter Sicherheit zu verhindern, dass die Agenten der NATO-Geheimdienste dort die geheimsten Neuheiten der Marine ausspionieren konnten. Ein eigenes Kommando von existentieller Wichtigkeit für ganz Mütterchen Russland, das ihm den Weg zu den Generalssternen ebnen könnte. Vorausgesetzt natürlich, dass es ihm gelang, die neuen Geheimnisse vor dem Zugriff des Westens und auch der Chinesen oder wem auch immer zu schützen.

„Nun gucken Sie nicht so entsetzt, Oberst!", versuchte sein Vorgesetzter ihn aufzumuntern. „Nutzen Sie die große Chance. Die Empfehlung kommt direkt vom Präsidenten, den Sie schwer beeindruckt haben."

Beeindruckt mochte er Präsident Kruskin wohl haben, aber nicht nur das, wie ihm inzwischen nur zu bewusst geworden war. Auch als potentielle Gefahr schien ihn sein Präsident einzustufen, wie ihm sofort nach der Vorstellung seines genialen Planspiels nachdrücklich klargemacht wurde.

Sollte er also nur weit weg von den Orten gehalten werden, an denen jetzt die Umsetzung seiner Ideen begonnen hatte, wie ihm ja aus den Nachrichten bekannt geworden war oder drohte gar wesentlich Schlimmeres? Und wenn ja, galt das auch für Alina?

„Verzeihung, General, aber das kommt doch sehr überraschend und …"

„Überraschend oder nicht? Völlig egal! Ein Soldat erhält seine Befehle und führt sie aus. Das gilt für den gemeinen Soldaten wie für einen Oberst oder auch einen General!"

Orlow wäre fast zusammengezuckt. So hatte sein Chef, der sich eigentlich mehr und mehr als väterlicher Freund gezeigt hatte, lange nicht mehr mit ihm gesprochen. Sein Gefühl von Unsicherheit verstärkte sich mehr und mehr. Wieso zweifelte man an ihm? Aber waren nicht in den vergangenen Jahren immer wieder

Kameraden plötzlich versetzt worden und dann hörte man nie wieder etwas von ihnen? Doch, und meistens dann, wenn sie zuvor in heikle Operationen verwickelt waren.

„Jawohl, General! Und wann soll ich diesen neuen Posten antreten?"

„Sehen Sie, Orlow, so gefallen Sie mir schon wieder wesentlich besser. Nutzen Sie Ihre Chance! Ach so, Sie sollen bereits am Montag das Kommando dort übernehmen. Übergeben Sie Ihre laufenden Dienstgeschäfte hier an Oberstleutnant Bogorski bis morgen Abend. Dann packen Sie und am Sonntag früh geht ihr Flieger nach Murmansk. Ihre Befehle holen Sie sich dann morgen Abend nach der Übergabe bei mir ab. Verstanden?"

„Jawohl, General!"

„Schön, Oberst, wir sehen uns dann morgen Abend und trinken noch einen Wodka miteinander."

Der GRU-Chef wollte sich schon abwenden, als er stutzte. „Ist noch was, Orlow?"

„Jawohl, Herr General! Was wird aus Leutnant Sacharowa?"

Jetzt stahl sich ein Lächeln in das bis dahin ausdruckslos wirkende Gesicht des Generals.

„Die können Sie meinetwegen mitnehmen. Ist vielleicht gar nicht so schlecht. Da unten haben Sie sie jedenfalls im Auge. Sie wissen warum?"

„Jawohl!"

„Schön, dann fliegt sie mit Ihnen. Bringen Sie ihr die Neuigkeit schonend bei!"

Während sowohl Griechenland als auch die Türkei bereits umfangreiche Einberufungen von Reservisten vornahmen, lagen erste Untersuchungsergebnisse des gefundenen Teils der Haftmine vor. Es handelte sich ganz offenbar um einen Sprengkörper, der bereits in dieser oder ähnlicher Form im Zweiten Weltkrieg Verwendung fand. Eine in teils besonders gehärtetem Stahl verpackte TNT-Ladung von mehreren hundert Kilo Gewicht. Leider ließ sich die Art des mutmaßlich verwendeten Zeitzünders nicht ermitteln, da hiervon ganz einfach nichts gefunden wurde.

„Uhrwerk, Säurezünder oder auch Fernzündung – alles ist möglich", erklärte der eingeflogene Spezialist. Anders bei den zerstörten Flugzeugen. Die dort verwendeten Haftladungen bestanden aus Sempex und wurden ferngezündet. Dafür reichte jedes simple Handy aus."

„Und, gibt es Hinweise auf den Hersteller dieser Ladungen oder der Zündmechanismen?"

Die Frage des griechischen Obersten beantwortete ein allgemeines Kopfschütteln.

„Nein, im Gegensatz zu den Sprengladungen an den Schiffen lässt sich nur sagen, dass solche Höllenmaschinen jeder Sprengstoffexperte und wohl auch jeder einigermaßen bewanderte Laie herstellen kann. Bei den Streitkräften der NATO wird für die neuesten derartigen Ladungen der jetzt endlich auch industriell herstellbare CL 200 verwendet. Ein teuflisches Gemisch auf Basis von Haxanitroisowurzitan. Eine unvergleichbar höhere Sprengkraft als Plastiksprengstoff oder gar TNT", antwortete der Wissenschaftler.

„Also kommen auch Terroristen in Betracht", folgerte einer der Agenten aus der zusammengestellten Gruppe der NATO-Geheimdienstler, die nach weiterführenden Ermittlungsansätzen suchten.

„Alles ist möglich, aber an Terroristen glaube ich nicht", äußerte der Amerikaner Ronny Bean.

Wir sollten uns vielleicht überlegen, wer ein derart großes Interesse daran hat, einen Streit zwischen der Türkei, die sich mit dieser Regierung zwischen alle Stühle gesetzt hat, und Griechenland zu entfachen, der in einen echten Krieg zwischen zwei NATO-Partnern zu münden droht?"

„Ach, Mr. Bean, da gibt es doch alle, denen die NATO im Wege steht. Russland, die sich immer noch haltende syrische Regierung, der Iran, die Reste des IS, Al Caida und diese ganzen Terrorgruppen und und und." Der Grieche winkte ab.

„Ja, mag schon sein, aber die Anschläge auf die Fregatten? Das kriegen diese Islamisten kaum hin", widersprach Ferdinand von Terra, Fregattenkapitän der Deutschen Marine und Angehöriger des ebenfalls eingebundenen MAD, des Militärischen Abschirmdienstes der Bundesrepublik Deutschland.

Admiral James Watson, dessen Trägerkampfgruppe jetzt im Seeraum vor Athen kreuzte, ließ seinen tiefen Bass erklingen. „An irgendwelche Terrorgruppen glaube ich auch nicht. Schade, dass die Fregatte das unbekannte U-Boot nicht näher identifizieren konnte. Auch wir konnten mit den schlechten Aufnahmen eine Zuordnung nicht vornehmen. Aber es ist kein Atom-U-Boot. Für ein altes

Boot der Iraner war es andererseits viel zu leise und zu schnell. Die Signatur der Israelis haben wir. Was bleibt, wäre aus meiner Sicht ein Russe oder Chinese mit einem relativ neuen Bootstyp.

Ich habe unsere beiden bestausgestatteten Zerstörer und einige Helis abgestellt, die in Frage kommenden Kurse zu überwachen. Vielleicht bekommen wir ja noch einmal Kontakt.

Jetzt will ich erst einmal versuchen, den großen Knall zwischen Griechen und Türken zu verhindern!"

Das versuchten auch die Staatsoberhäupter der NATO-Staaten, der EU und auch der Weltsicherheitsrat, der zu einer Krisensitzung einberufen war, in permanent andauernden Gesprächen. Den Griechen wurde zugesichert, sie vor jeglichen Angriffen – auch der Türkei – zu schützen und deshalb würde der Flugzeugträger USS „Sam Housten" mit einigen Begleitschiffen vor der Küste von Athen zunächst verbleiben.

Etwas, dass natürlich die Türken, vor allen anderen ihren exzentrisch-egoman geprägten Präsidenten geradezu auf die dort anzutreffenden Palmen brachte.

Schließlich versuchte es der US-Präsident nochmals persönlich am Telefon.

„Herr Präsident, wir haben doch wahrlich genug gemeinsame Probleme im Verbund unserer NATO zu lösen. Diese brauche ich Ihnen doch gar nicht im Einzelnen aufzuzählen. Das immer noch gärende Syrien und den Irak haben Sie vor Ihrer Haustür. Vom Terrorismus sind Sie und ihr Land ebenfalls stark betroffen. Da können Sie doch jetzt keinen Krieg mit Griechenland gebrauchen. Ebenso wenig, wie Amerika, Europa und die NATO. Lassen Sie uns zu einer friedlichen Einigung kommen.

Die Griechen sind bereit einzulenken und die sind schließlich am schwersten betroffen. Die beiden neuesten Fregatten, ihre modernen Flugzeuge und ..."

„Und wen beschuldigen diese Pleite-Griechen, die doch nur am Tropf Europas und, was ihr Militär angeht, auch der NATO, hängen? Uns, uns Türken, die wir als Einzige noch für etwas Stabilität in dieser Region sorgen und hart gegen jedweden Terrorismus vorgehen. Wir haben, Allah sei mein Zeuge, andere Sorgen, als ein unbedeutendes Griechenland anzugreifen."

„Ja, aber ...", versuchte der US-Präsident, der den aufbrausenden Türken, der mittlerweile die Opposition in seinem Land brutal unterdrückte, persönlich wenig schätzte. Alle führenden Köpfe, die nicht rechtzeitig ins Ausland geflüchtet waren, ins Gefängnis zu werfen, wo diese zum Teil seit Jahr und Tag ohne Prozess festgehalten wurden, entsprach nun nicht gerade seinem Demokratieverständnis.

„Kein Aber, wir sollten nicht vergessen, dass diese Griechen unsere Putschisten, die auch mich ermorden wollten, wie auch viele andere Unterstützer in ihrem Land aufgenommen haben. Dann haben sie unsere Botschaft angegriffen und ..."

„Ja, aber das ist jetzt nicht unser Hauptproblem! Sie, Herr Präsident, haben sich doch mittlerweile zwischen fast alle Stühle gesetzt. Wollen Sie es sich jetzt auch noch mit ihren NATO-Partnern vollends verderben?" Jetzt hatte auch Präsident Daniel „Dan" Brown seine Stimme erhoben.

„Ha, wollen Sie mir etwa drohen? Mir, dem Präsidenten der Türkei?" Auch der, sich wie ein alter Feudalherrscher des untergegangenen Ostmanischen Reiches gebärdende, Türke schrie jetzt geradezu ins Telefon. Doch seine etwas schrille Stimme kam gegen den sonoren Bass des US-Präsidenten nicht an. Dieser übertönte ihn geradezu mühelos.

„Nein, nicht drohen, aber mit den Tatsachen konfrontieren! Von den Griechen haben Sie nichts zu befürchten. Aber kommen Sie ja nicht auf die Idee, ihrerseits militärisch gegen den NATO-Partner Griechenland vorzugehen. Das wird unsere Navy und die gesamte übrige NATO zu verhindern wissen.

Denken Sie daran, bevor Sie hier eine Lawine lostreten, die Sie nicht mehr aufhalten können!"

Die Antwort des Türken ersparte sich Daniel B. Brown, dessen Großvater noch Otto Braun hieß, aus Frankfurt am Main stammte und nach dem Weltkrieg von 1914 – 1918 nach Amerika ausgewandert war, wo er Frau und spätes Glück fand.

Unschlüssig spielte Alina Sacharowa mit dem kleinen Computerstick herum. Gerade vor etwas über einer Stunde hatte ihr Oberst Orlow erklärt, dass sie gemeinsam mit ihm nach Murmansk versetzt würde. Murmansk! Für sie am anderen Ende der Welt – zumindest ihrer Welt. Ihr Vater war schon vor langer Zeit in Tschetschenien gefallen und ihre Mutter, um die sie sich nach Kräften gekümmert hatte, vor einem Jahr an Krebs gestorben. Wirkliche Freunde hatte sie nur bis zum Ende ihrer Schulzeit gehabt. Bei FSB oder GRU hatte es jeder schwer, Freunde zu behalten oder gar neue zu finden. Wie auch, wenn man selbst über seine Arbeit und vieles mehr nicht reden durfte? Zuerst war es ihr als große

Chance erschienen, nach der Schule auf die Militärakademie zu kommen und Offizier zu werden. Auf Grund ihrer guten Sprachkenntnisse in Englisch und Deutsch sowie Spanisch hatte sie dann, gleich nach ihrem Leutnantsexamen, die GRU vereinnahmt. Eine große Ehre gegen die man sich nicht wehren konnte, wenn die Karriere nicht schon vorbei sein sollte, bevor sie begann. Auch Oberst Orlow, dem sie nach einiger Zeit zugeteilt wurde, erwies sich als angenehmer Vorgesetzter.

Aber ihre Zweifel an dem, was sie Tag für Tag zu tun hatte, wuchsen. Nach dem Fall des Eisernen Vorhangs und dem anschließenden Zerfall der Sowjetunion war sicherlich in allen Truppenteilen vieles im Argen gewesen. Kommandeure, Offiziere und selbst Soldaten bekamen nur unregelmäßig Sold und verkauften dafür ganze Waffensysteme, Fahrzeuge und alles an Waffen und Munition, was möglich war, ohne sofort aufzufallen. Dann kam die Herrschaft der schwachen Präsidenten, der Oligarchen und der russischen Mafia.

Jetzt war Russland wieder auf dem Wege zur bedeutenden Macht, aber die gewonnene Freiheit ging stückweise verloren. Wer gegen den dauerhaft Mächtigen, der sich jetzt Präsident nannte, opponierte, verlor rasch Freiheit und Vermögen. Wer hingegen dem Wunsch Kruskins folgte, dessen Reichtum und Macht wuchs. Nachdem ihre erste Liebe zerbrach, nachdem sie der GRU zugeteilt wurde, ihre Eltern tot und alle Freundschaften bald aufgehört hatten, fragte sie sich immer öfter, wie es ihr im Westen – Amerika, England oder auch Deutschland ergehen würde. In Zeiten des Internets, auch wenn in Russland viele Seiten gesperrt waren, war auch ihr nicht verborgen geblieben, wie junge Frauen ihres Alters dort lebten. Sie konnten sich für Freiheit, Menschenwürde, Frieden und alles Mögliche einsetzen, ohne um ihre Freiheit fürchten zu müssen.

Und was machte ihr Land? Es unterdrückte die Opposition und schränkte die Freiheit immer weiter ein. Dafür unterstützte es die Tyrannen und Diktatoren, von denen es immer noch viel zu viele gab.

Sie brauchte hier nur an Syriens Staatschef denken, der sich nur mit russischer Waffenhilfe an der bröckelnden Macht hielt oder auch einige Länder in Afrika oder Südamerika. Dazu die Annektierung der Krim, die einst Chruschtschow der Ukraine geschenkt hatte. Nein, ihr Land befand sich auf Eroberungskurs und sie wirkte, wenn auch als unbedeutendes Rädchen im Getriebe, hieran mit.

Und jetzt wurde sie zusammen mit Oberst Orlow ans Eismeer versetzt. Dahin, wo sie noch weniger Abwechslung haben würde. In Moskau konnte sie zumindest tanzen oder ins Theater gehen und auch einmal einen jungen Mann für eine Nacht aufgabeln, auch wenn sie dabei sehr vorsichtig sein musste. Sie warf einen weiteren nachdenklichen Blick auf den kleinen unscheinbaren Stick in ihrer Hand. War das der Grund für die Versetzung von Orlow und sie an die Eiswüste?

Hatte sie nicht schon seit einiger Zeit das Gefühl beobachtet zu werden und war sie nicht sicher, dass ihre Wohnung durchsucht worden war? Letzteres bestimmt von Profis, denn nur durch einen Zufall hatte sie es bemerkt. Sie hatte die Angewohnheit ihre Bücher nach Autoren zu ordnen und das, was sie gerade las, ein minimales Stück weniger an die Rückwand ihres Bücherbordes zu schieben. Als sie vor wenigen Tagen zurück vom Dienst gekommen war, stand dieses aber – so wie alle anderen Werke auch – fest an den hinteren Rand gelehnt. Auch einen Monat zuvor war ihr etwas aufgefallen. Sie war sich sicher gewesen, ihren Schirm mit der Krücke nach links im Ständer abgestellt zu haben. So, wie sie es immer tat. Als sie nach Hause kam, zeigte diese aber nach rechts. Waren es ihre Kollegen von der GRU oder die Konkurrenz vom FSB? Nur eins war sicher. Hätten die den Stick gefunden, wäre sie längst in einem der Sondergefängnisse gelandet. Was hatte sie eigentlich bewogen, die von Orlow unter absoluter Geheimhaltung erarbeitete Studie zu kopieren? Spätestens, seit sie diesen Plan insgesamt auf einem Computer eines ihrer nächtlich aufgegabelten Kurzzeitfreunde gelesen hatte, während dieser erschöpft und betrunken im Bett lag, war ihr aufgegangen, was daraus entstehen konnte. Auf ihrem eigenen PC mochte sie den Stick nicht ansehen, da dieser auf jedem nicht autorisierten Computer unlöschbare Spuren hinterlassen hätte. Daher kannte sie vorher auch nur Teile der von Orlow ersonnenen Strategie. Schon mehrfach war sie versucht gewesen, sich dieses gefährlichen Teils zu entledigen, hatte sich aber nicht dazu durchringen können. Und jetzt war es tatsächlich nicht bei einer Studie geblieben. Nein, der Plan, den der gewitzte Oberst ersonnen hatte, wurde ganz offensichtlich genauso umgesetzt und in der Tat, die Saat schien aufzugehen. Griechenland und die Türkei standen am Rand eines Krieges.

Sie starrte auf das kleine Anhängsel ihres Schlüsselbundes, das den brisanten Stick enthielt. War das ihr Billet in die Hölle oder etwa in die Freiheit?

Konnte sie es wagen, einfach in eine westliche Botschaft zu stürmen? Wohl kaum. Diese wurden stark bewacht. Vielleicht die Vertretung der Schweiz oder auch Schwedens? Nein, selbst wenn sie es schaffen würde, sogar im Diplomatengepäck würde es kaum gelingen, sie außer Landes zu schmuggeln. Und würde man ihr überhaupt Glauben schenken?

Je mehr sie darüber nachdachte, desto sicherer war sie sich: Die Versetzung nach Murmansk war nur der erste Schritt. Sie hatte zwar offiziell nur einen ganz kleinen Einblick in das Machwerk des Obersten erhalten. Aber waren nicht schon Angehörige des Militärs und der Geheimdienste plötzlich verschwunden, die über weit weniger brisantes Wissen verfügten?

Ob auch Tibor Orlow so dachte? Oh Gott, was sollte sie nur tun?

Mit Höchstfahrt hatten die beiden US-Zerstörer „Nathan Ross" und „Caleb Tunker" die Meerenge von Gibraltar passiert und standen jetzt im Atlantischen Ozean auf der Höhe von Cádiz, Spanien beziehungsweise dem marokkanischen Tanger.

Jetzt reduzierten sie ihre Geschwindigkeit auf zehn Seemeilen und ließen das birnenförmige Schleppsonar hinab. Auch die Hubschrauber der beiden Zerstörer waren gestartet und klärten in der Mitte zwischen den schwimmenden Einheiten auf. Da nicht damit zu rechnen war, dass das gesuchte U-Boot auftauchen würde, schleppten auch sie ein deutlich kleineres Sonargerät an einer langen Trosse tief im Meer hängend hinter sich her.

Stunde um Stunde verging und bald würden die Helis das Sonar einziehen und zum Nachtanken landen müssen.

Auf der Brücke der USS „Nathan Ross" zündete sich Commander Freddy Fox eine Camel an und inhalierte tief. „Was meinen Sie, Number One, was für ein Boot suchen wir?"

„Schwer zu sagen, Sir. Nach den uns gegebenen Informationen ja kein nuklear betriebenes Boot. Aber ein Iraner oder auch Israeli würde doch wohl kaum in den Atlantik fahren, wenn er seinen Auftrag erledigt hätte, und ein Türke schon gar nicht."

„Ja, sehe ich auch so. Bei der Schnelligkeit des Bootes unter Wasser käme wohl ohnehin nur ein Israeli in Betracht. Die Mullahs haben so etwas Schönes nicht. Zum Glück!"

Der Wachoffizier, Lieutenant-Commander Clifford Masterson, nickte zustimmend. „Stimmt wohl, Sir, aber ein Israeli würde wohl kaum die Griechen angreifen!"

„Also, wen suchen wir, Cliff?"

„Wenn Sie mich fragen, Sir, dann tippe ich auf einen Russen!"

„Was, wieso das?"

„Nun, Sir, es ist ja nicht gesagt, dass dieses U-Boot etwas mit den Anschlägen auf die griechischen Schiffe und Flugzeuge zu schaffen hat. Aber ich glaube nicht, dass die Türken schon so ein Boot haben und die Chinesen, nun ja, was sollen die hier?"

„Ein Punkt für Sie, Cliff. Sie sind schon ein cleveres Kerlchen. Muss ich schon sagen ..."

Der Rest des Satzes blieb ungesagt, denn in diesem Moment meldete der Sonarraum des Zerstörers einen Kontakt.

Wie elektrisiert fuhr der Kommandant herum und griff zum Mikrofon.

„Hier spricht der Captain! Was haben Sie, Sonar?"

„Sich schnell bewegenden Kontakt dreißig Grad Backbord. Eindeutig U-Boot. Bitte auf dreißig Grad Backbord voraus drehen und die Geschwindigkeit leicht erhöhen!"

„Wird gemacht! Laufend weiter melden!"

Dann gab er die erforderlichen Befehle zur Fahrterhöhung und Kurswechsel.

„Und Sie, Number One, informieren unseren Heli und auch die Kameraden von der „Caleb Tunker". Unser Heli soll sofort auftanken und sich bereit machen, das U-Boot zu verfolgen. Den bekommen die Boys da unten nicht so schnell mit wie uns."

„Aye aye, Sir!"

„Hier Sonar, Lieutenant Caspers!", quäkte der Lautsprecher dazwischen.

„Captain hört, was haben Sie, Lieutenant?"

„Eindeutig U-Boot. Signatur unklar. Offenbar ein neuer Typ, den wir noch nicht im Repertoire haben."

„Kann er uns hören? Wie tief und wie weit ist er weg?"

„Ob er uns jetzt schon mitbekommen hat, ist höchst unwahrscheinlich, da er schneller läuft als wir. Wir müssen mindestens auf zwanzig Meilen gehen, wenn wir den Abstand halten und ihn nicht verlieren wollen, Sir!"

„Machen wir und der Kurs?"
„Liegt jetzt genau Lage null, Sir!"
„Okay, wird veranlasst. Geschwindigkeit zwanzig Meilen und Kurs genau voraus!"
Der Commander nickte seinem Ersten zu, der die Befehle an Rudergänger und Maschine weitergab.
Dann folgten die weiteren Angaben aus dem Sonarraum.
„Geschätzte Entfernung sechs Meilen und Tiefe sechshundert Fuß."
Danach informierte der Captain seinen Admiral per Funk und wartete auf die Rückkehr seines Hubschraubers, der dann die Verfolgung des Bootes fortsetzen sollte, da dieser wesentlich dichter an dem getauchten U-Boot bleiben konnte, ohne bemerkt zu werden.

Der türkische Präsident tobte vor Wut. Was bildete sich dieser verdammte Amerikaner eigentlich ein? Wie erlaubte der sich mit ihm, dem Führer der Türkei, und wohl bald der gesamten islamischen Welt, zu reden? Erdreistete sich gar, ihm zu drohen. Hatte dieser westliche Trottel etwa nicht verstanden, wer hier wen mehr brauchte? War der neue Boss im Weißen Haus etwa genau so ein Tor, wie der ehemalige Präsident, der nur mit Mühe seine Amtszeit erfüllt hatte und zur Wiederwahl auch von seiner Partei gar nicht mehr nominiert worden war?
Nun, unter seiner, Ibrahim Özdemirs, Führung würde die stolze Türkei sich von niemandem mehr Befehle erteilen lassen und das sollte dieser Kerl zu spüren bekommen.
„Lassen Sie unsere Schiffe klarmachen und Kurs auf die bekannten Inseln nehmen, die die Griechen meinen beanspruchen zu können. Aber keine direkte Konfrontation. Noch nicht! Unsere neue Fregatte „Galipoli" will ich vor der Insel *Imia* und die „Pascha" vor *Samos* postiert sehen. Beide dürfen ruhig auch Landungstruppen an Bord nehmen und das Ein- und Ausschiffen üben!"

„Na, Alina Alinuschka, haben Sie schon gepackt?" Das Lächeln, mit dem Oberst Orlow seiner Vorzimmer-Offizierin, die eher eine Sekretärin war, diese Frage stellte, wirkte alles andere als echt.
Also weiß auch er nicht, was diese Versetzung an den Arsch der Welt zu bedeuten hat, dachte Alina.

Sie antwortete daher durchaus nicht erfreut: „Nein, Herr Oberst. Ich weiß ja noch nicht einmal, wie lange wir dort bleiben müssen und …?"

„Das weiß ich auch nicht, Leutnant Sacharowa, aber richten Sie sich auf eine längere Zeit ein. Ihre Wohnung behalten Sie natürlich vorerst noch. Ich meine übrigens auch. Aber Sie haben doch gar keine Verwandten mehr. Soviel ich weiß auch keinen Verlobten oder festen Freund. Also, was hält Sie hier? Außerdem, als Offiziere haben wir da unseren Dienst zu verrichten, wo man uns hinbeordert."

„Jawohl, Herr Oberst!", quetschte Alina durch ihre zusammengepressten Lippen und konnte nur mühsam die Tränen zurückhalten.

„Gehen Sie nach Hause und packen Sie. Hier gibt es für Sie nichts mehr zu tun. Genießen Sie die letzten Tage und Stunden hier in Moskau. Gehen Sie nochmal ins Theater oder ins GUM. Warme Uniform bekommen wir dort. Aber auch etwas private Kleidung für Murmansk kann durchaus wichtig sein."

Alina nickte und wandte sich schnell ab. Das fehlte noch, dass ihr vor ihm, den sie immer so gemocht und bewundert hatte, die Tränen kamen. Und das noch in Uniform? Das ging gar nicht! Ganz plötzlich fühlte sie den Computerstick in ihrer Jackentasche. In ihrer Wohnung mochte sie ihn nicht lassen und trug ihn daher bei sich. Aber auch sie konnte einer Leibesvisitation unterzogen werden. Sogar heute noch. Schnell entschlossen plante sie einen Umweg durch die jetzt leere Kantine ein.

Auf dem Weg mit der U-Bahn nach Hause, in ihre Wohnung im bevorzugten Prospekt für Offiziere und hohe Beamte des Kreml, die sie auch Orlow zu verdanken hatte, gingen ihr die Gedanken durch den Kopf.

Was blieb ihr? Die Uniform ausziehen und versuchen in Moskau unterzutauchen? Es gab im Gegensatz zu früher heute durchaus Möglichkeiten dazu. Aber wie sollte sie in den Gegenden, wo die Miliz nur in zwingenden Notfällen auftauchte, sich zurechtfinden? Dort, wo die heute geduldeten Rockerbanden und Teile der neuen Russenmafia herrschten? Und arbeiteten diese nicht mit dem Staatsapparat durchaus auch manchmal zusammen? Immer dann, wenn es sich für beide Seiten lohnte? Also würde sie wohl eher für hohen Judaslohn verraten werden, statt Hilfe zu bekommen. Nein, es musste eine andere Lösung geben. Vorsichtig tastete sie nach ihrem Schlüsselbund mit dem belastenden Anhängsel. Sollte sie ihn doch vernichten? Ihn einfach bei sich zu behalten war eindeutig zu gefährlich. Außerdem könnten sie durch eine Röntgenschleuse müssen und würden dabei die Daten vernichtet werden können. Aber wo sollte sie ihn lassen?

Sie überlegte fieberhaft und hätte fast vergessen auszusteigen, als ihr plötzlich die Idee kam, wo sie das belastende Teil verbergen würde. Hatte sie daran schon im Unterbewusstsein gedacht und deshalb noch den stets diverse Essensdüfte ausdünstenden Ort aufgesucht?

Schnellentschlossen stieg sie aus und hastete, so wie jeden Abend, die Treppen der U-Bahn-Station hinauf. Statt sich nach links in Richtung ihrer Wohnanlage zu wenden, schaute sie erst einmal in das Fenster der Auslage eines der kleinen Läden, die sich mittlerweile auch hier in und an jeder Station des Hauptverkehrsmittels der russischen Hauptstadt befanden. Alles schien normal. Kein besonders unauffälliger Passant, der sie verfolgte oder beobachtete war zu erkennen. Sie wartete noch einen Moment ab und hastete dann die Treppen wieder hinab. Gerade rechtzeitig, um die zur Abfahrt bereite Bahn in die Gegenrichtung zu erwischen. Während der acht Stationen bis zum Zentralfriedhof achtete sie genau auf Auffälligkeiten unter den Fahrgästen. Auszumachen war nichts. Aber was hieß das schon in der zu dieser Zeit stets besonders vollen U-Bahn?

Am großen Friedhof stiegen nur wenige Leute aus und alle schienen eilig nach Hause zu streben. Vielleicht stand an diesem Wochenende ein besonderes Ereignis an? Oder auch nur die Hoffnung auf etwas Erholung von der harten Woche? Hauptsache, es interessierte sich niemand besonders für sie.

Das einer Frau in Offiziersuniform immer mehr Blicke nachgeworfen wurden, besonders mit den Kragenspiegeln des GRU, daran hatte sie sich längst gewöhnt.

Minuten später huschte sie durch einen der vielen Nebeneingänge und strebte dann mit schnellen Schritten dem Grab ihrer Mutter zu. Dort verharrte sie andächtig einen längeren Augenblick und musterte die Umgebung sehr aufmerksam aus ihren Augenwinkeln. Niemand in der Nähe. Jetzt, wo es schon langsam dunkelte, war der richtige Moment für ihr Vorhaben. Das dritte Grab neben dem ihrer verstorbenen Mutter war bereits für das Frühjahr bepflanzt und würde wohl erst im Herbst wieder etwas Aufmerksamkeit finden. Ein erneuter schneller Rundblick und dann trat sie an das erst vor zwei Jahren erneuerte Holzkreuz heran, ging in die Hocke und mit dem aus der Seitentasche ihrer Uniformjacke geholtem Löffel, den sie in der Kantine eingesteckt hatte, hob sie ein schmales Loch aus. Direkt hinter dem in der Erde versenktem Fuß des massiven Holzkreuzes. Da hinein steckte sie die Plastikhülse, die früher einmal eine teure kubanische Zigarre enthalten hatte und jetzt den gefährlichen Stick enthielt. Sie drückte die Erde wieder fest, warf noch einen prüfenden Blick auf die Stelle. Nicht zu sehen, dass hier gerade etwas versenkt worden war, befand sie. Spätestens morgen würde es laut Wetterbericht auch regnen und letzte mögliche Spuren tilgen.

Sie atmete tief durch und warf noch einen langen Blick dahin, wo ihre Mutter seit langer Zeit in der Erde ruhte. „Mach's gut, Mamatschka", murmelte sie und ließ jetzt, hier in der Einsamkeit des Friedhofes zu, dass ihr einige Tränen über die Wangen rannen.

An Bord der USS „Nathan Ross" war der Helikopter aufgetankt wieder gestartet und nahm jetzt die Nahverfolgung des unbekannten U-Bootes auf. Das Ziel ging tiefer und strebte nunmehr in etwa achthundert Fuß Tiefe mit immer noch rund zwanzig Knoten den größeren Tiefen zu.

Immer näher ging der Bordhubschrauber des großen Zerstörers an das weit unter ihm durch die Tiefe des Ozeans gleitende Boot heran. Die Sonarortung hielt es gefangen und auch die Aufzeichnung des Motoren- und Schraubengeräusches wurde direkt an das Mutterschiff übertragen.

„Keine uns bekannte Signatur, Sir", meldete der Sonaroffizier an die Brücke.

„Haben wir irgendetwas, dass dem ähnelt im Programm?"

Commander Fox war verwundert. Eigentlich waren doch alle U-Bootstypen vom großen Boomer bis zum kleinen Jagd-U-Boot verzeichnet. Egal, ob nuklear oder dieselelektrisch betrieben.

Am schwersten fiel die Ortung der neuen U-Boote der Deutschen Marine. Klein, wendig und mit einem neuartigen Raupenantriebssystem ausgestattet waren diese durchaus für ganz bestimmte Missionen erste Wahl. Aber wäre ein deutsches Boot hier unterwegs, hätte es die NATO gewusst.

Aber hatten nicht auch die Israelis solche Boote erhalten?

„Sagen Sie, Lieutenant, passt die Signatur in etwa auf eines der kleinen deutschen Boote? Klasse 209 oder 212 oder so mit diesem Raupenantriebssystem?"

„Nein, Sir, leider nicht. Diese haben wir genau gespeichert."

„Damned! Gut, kann man nichts machen. Bleiben sie dran und jede Veränderung sofort melden!"

Dann wandte er sich an seinen Ersten. „Number One, Lassen Sie Signal an USS „Caleb Tunker" geben! Verschlüsselt natürlich. Sie soll zu uns aufschließen und ihr Heli sich bereit halten, unseren abzulösen. Ich informiere den Admiral."

In dieser Nacht passierte auch in Griechenland erneut ein folgenschweres Ereignis.

Im Büro des Ministerpräsidenten tagte der nationale Sicherheits- und Verteidigungsrat bis nach Mitternacht. Nachdem die NATO Griechenland ihre volle Unterstützung zugesagt hatte, auch wenn der Bündnisfall noch nicht ausgerufen worden war, trug dies immerhin etwas zur Entspannung bei.

Aber solange nicht endgültig geklärt war, wer hinter den Anschlägen steckte, kamen etwaige Vergeltungsmaßnahmen nicht in Frage. Schon gar nicht gegen einen weiteren NATO-Partner, den die meisten Regierungsmitglieder in Athen immer noch als den einzigen möglichen Täter ansahen.

„Gerade wollten der Regierungschef und seine wichtigsten Minister sich noch einige Stunden zu ihren Familien begeben und auch etwas Schlaf finden, da ertönte eine mächtige Explosion in einiger Entfernung. Laut genug immerhin, dass dem Finanzminister die gerade aufgenommene Wasserflasche aus den Fingern rutschte und auf dem Parkettboden zersprang.

„Da seht nur!" Aufgeregt deutete der Verteidigungsminister auf das große Fenster, wo eine helle Feuerwand wie aus dem Nichts in den Himmel zu wachsen schien.

In diesem Moment dröhnte eine Explosion unglaublicher Lautstärke an ihre Ohren und es schien, als würde sich unter der Druckwelle die Scheibe aus leichtem Panzerglas nach innen wölben und zerbersten. Aber sie hielt wider Erwarten dem Druck stand. Aber dafür zuckten jetzt aus der Flammenhölle immer weitere Blitze in verschiedenen Farbschattierungen von blutrot über orange bis fast weißlich hervor und diverse weitere Explosionen hallten durch die Nacht.

Alle Personen im Raum, bis auf den stellvertretenden Ministerpräsidenten, der gleichzeitig Außenminister war, hatten sich instinktiv zu Boden geworfen und rappelten sich jetzt langsam wieder auf.

„Was zum Teufel war das?", fragte der Ministerpräsident und starrte in das zuckende Inferno aus Feuer und Rauch.

„Das, Georgis, war das größte Munitionsdepot unserer Marine. Dort lagern, ich sollte wohl besser sagen – lagerten – Torpedos, Wasserbomben, Raketen und Granaten. Jetzt ist das alles in die Luft geflogen und der ganze Stadtteil wohl mit!"

Dem Verteidigungsminister standen Tränen in den Augen. Dachte er an die vernichteten Munitionsvorräte, die seiner Marine jetzt fehlten oder an die mit Sicherheit zu beklagenden Toten und Verletzten? Vermutlich an beides und auch an den voraussichtlich in Schutt und Asche liegenden Teil des um diese Zeit wohl ziemlich menschenleeren Hafenviertels.

Während sich die führenden Politiker noch fragend gegenseitig anstarrten, gellten erste Sirenen in der Stadt auf. Blaulichter zuckten durch die Nacht und mit seltsam entrücktem Blick verkündete Innenminister Valentin Cordalis: „Wenn das Munitionslager in die Luft geflogen ist, dann ist das doch deine Sache als Verteidigungsminister oder muss ich etwa den Notstand ausrufen und das jetzt alles koordinieren?"

„Das darf ja doch wohl nicht wahr sein. Bist du noch bei Trost? Das betrifft uns alle. Den Einsatzstab leite ich. Du rufst alle Polizisten und Feuerwehrleute zum Dienst und den Bürgermeister an, damit der sich um die Aufnahme in die Krankenhäuser kümmert! Los, los jetzt! Wurde das Depot etwa nicht besonders geschützt nach den letzten Ereignissen?"

Die letzte Frage richtete sich an den Verteidigungsminister.

„Doch, alle Einrichtungen der Streitkräfte. Eine ganze Kompanie der Militärpolizei in vier Schichten, unterstützt von Infanterie und …"

Dann versetze sofort alles in Alarmbereitschaft und sieh zu, dass du an den Ort des Geschehens kommst!"

Der Ministerpräsident hatte bereits den Hörer des Telefons in der Hand und rief den großen Krisenstab zusammen.

Die in einem Offiziersheim am anderen Ende der Stadt untergebrachten Offiziere und Geheimdienstler der NATO hatten ebenfalls noch zusammengesessen und die bisherigen Ergebnisse ihrer Ermittlungen diskutiert, als sich die weitere Katastrophe ereignete.

„Was war das?" Admiral Leandros zuckte zusammen, als plötzlich ein geradezu ohrenbetäubender Knall ihm die gesprochenen Worte vom Mund riss.

„Was auch immer, jedenfalls kein Silvesterknaller", antwortete Commander Ronny Bean vom Marine-Geheimdienst der USA. „Das war ganz in der Nähe!"

Und mit diesen Worten stürmte er hinaus. Alle folgten ihm nach und blickten auf ein noch nie gesehenes Bild einer wahren Wand aus Flammen. Riesig hoch und weit ausladend.

Aber das war bei weitem nicht alles. Immer neue Explosionen dröhnten aus dem Inferno heraus auf und viele weitere Blitze schossen aus der niedriger werdenden Flammenwand in die Höhe. Immer wieder wurden auch Trümmerstücke von erheblicher Größe hoch in den jetzt von den Flammen erhellten Nachthimmel geschleudert.

„Haben Sie hier eine Munitionsfabrik oder ein großes Depot?"

„Ja, unser größtes Waffenlager für unsere Marine", antwortete ein sichtlich verstörter Oberbefehlshaber dessen, was nach dem Verlust der neuesten Fregatten von der Marine seines Landes übrig geblieben war.

„Sie sollten sofort alles an Booten und Schiffen auslaufen lassen, falls die Attentäter über See flüchten, Admiral! Lassen Sie alle Boote anhalten und durchsuchen!"

Mit diesen Worten wandte sich der an diesem Morgen eingetroffene Chefermittler der NATO-Geheimdienste, der amerikanische Captain William „Wild Bill" Bronson, an Admiral Vassili Leandros.

„Die werden längst über alle Berge sein. Aber wir sollten sehen, dass wir an den Ort des Geschehens kommen. Vielleicht haben die überlebenden Wachmannschaften etwas zu berichten", widersprach der Deutsche Ferdinand v. Terra, den der MAD zu der Ermittlertruppe der NATO abgeordnet hatte.

„Machen Sie trotzdem Ihre Marine mobil und sehen Sie zu, dass wir eine entsprechende Fahrgelegenheit bekommen", ergänzte Captain Bronson seine Empfehlung an den Admiral.

Aber nicht nur in Athen bumste es diese Nacht mächtig. Auch die der Angriffe auf das griechische Militär verdächtigte Türkei wurde jetzt das Ziel von Anschlägen.

Ein gerade neu erworbener, von den Russen ausgemusterter Flugzeugträger, der zur Umrüstung im Dock der türkischen Marinewerft in Istanbul lag und fast fertiggestellt war, stand urplötzlich in Flammen. Die gerade neu aufgetragene Farbe brannte wie Zunder und zu allem Überfluss brachen auch noch die Stützen weg, so dass der Koloss gegen die Wände des größten Docks knallte und dieses schwer beschädigte.

Doch damit nicht genug. Fast zeitgleich explodierte die Fregatte „Gür" fünfzehn Seemeilen vor Athen in Sichtweite der US-Träger-Kampfgruppe. Die – wodurch auch immer ausgelöste – Sprengung erfolgte im hinteren Drittel des Schiffes und ließ die dort gelagerten Wasserbomben hochgehen, die das gesamte Heck förmlich in Stücke rissen. Das Vorschiff mit dem Decksgeschütz richtete sich auf und versank in weniger als drei Minuten mit dem abgesprengten Heck im Wasser des Mittelmeeres.

Von den Begleitschiffen des US-Trägers, der USS „Sam Housten", konnten nur sieben Besatzungsmitglieder, darunter der wachhabende Offizier, gerettet werden. Zweihundertsechsundfünfzig Offiziere und Soldaten fanden den Tod. Entweder infolge der Explosion oder aber auch durch Ertrinken an Bord des untergehenden Schiffes.

Doch damit nicht genug. Unmittelbar nach diesen Katastrophen, die die Marine betrafen, erwischte es auch die türkische Luftwaffe auf dem Flugfeld, wo sie mit vier Jagdbombern zum Einsatz gegen kurdische Verbände im Irak starteten. Unmittelbar nachdem alle vier voll aufmunitionierten Flugzeuge wie üblich in einer großen Platzrunde ihre Formationen einnahmen, schlugen zunächst Flammen aus den Triebwerken, die versagten und kurz darauf explodierte eine Maschine nach der anderen beim Aufschlag auf den Boden in einem alles verzehrenden Feuerball.

Präsident Ibrahim Özdemir glaubte nicht richtig zu hören, als er in seinem protzigen Palast unsanft geweckt wurde und hörte, was geschehen war.

Gerade musste er zur Kenntnis nehmen, dass sein von den Russen gekaufter Träger im Dock in Flammen gehüllt auf die Seite gekippt war, als auch schon ein weiterer dienstbarer Geist mit einem Telefon angerannt kam.

„Was denn noch alles", schrie der ergrimmte Herrscher und selbst ernannte Heilsbringer der Türken, die er noch nicht hatte ins Gefängnis werfen oder aus ihren Ämtern entheben lassen.

„Was, die „Gür"? Und was ist mit meinem Sohn? Der ist doch dort an Bord!" Er schrie diese Frage mit geradezu sich überschlagender Stimme heraus.

Der völlig verschüchterte Überbringer der Hiobsbotschaft, ein Wache haltender subalterner Offizier, wurde immer kleiner und hätte im Boden versinken mögen. Doch der mit edlem Parkett belegte Marmorboden verhinderte dieses.

„Über gerettete Besatzungsmitglieder ist noch nichts bekannt, Herr Präsident!", stammelte er.

„Die Nachricht stammt von den Amerikanern, die die Unglücksstätte absichern und …"

„Geben Sie her!", schrie Özdemir und riss dem unglücklichen Hauptmann das Mobiltelefon aus der schweißnassen Hand.

„Hier ist Präsident Özdemir! Was ist mit meinem Sohn? Reden Sie schon!"

Doch am anderen Ende der Funkwellen wurde sein türkisch nicht verstanden.

„Where are you?", hörte er eine noch jung klingende Stimme-

„Ich bin der Präsident der Türkei, Sie Idiot und werde …"

Da endlich ging ihm auf, dass der Andere ihn nicht verstand und er stellte seine Frage auf Englisch.

„Nein, nur ein Offizier, ein Mehmet Altin …", lautete die Antwort.

„Suchen Sie weiter, Mann. Mein Sohn Hamit Özdemir, ein Leutnant, war an Bord. Finden Sie ihn um Allahs Willen!"

Erschöpft ließ er das Handy sinken. Wenn sein Sohn von diesen Griechen umgebracht worden sein sollte, dann würde er diese ganze griechische Brut auslöschen. Möge Allah sie alle verdammen.

Noch an diesem Tage glühten die Telefondrähte, wie auch die, kaum mehr von den wichtigsten Protagonisten in Politik und NATO, aus der Hand gelegten Mobiltelefone.

Vom US-Präsidenten über den neuen deutschen Bundeskanzler, der die ewige Kanzlerin nach doch deutlichem Popularitätsverlust endlich abgelöst hatte, bis hin zu den Engländern, Franzosen und vor allen anderen den Mittelmeeranrainern. Alle Regierungschefs und ebenso ihre Außenminister hatten sich persönlich bemüht, den aufgebrachten Türken zu beruhigen.

Der war aber außer sich vor Zorn und Trauer und schrie in der Videokonferenz mit den wichtigsten NATO-Verbündeten diese am nächsten Morgen geradezu an: „Lassen Sie doch Ihr Geheuchel! Wer von Euch hat denn nicht zumindest insgeheim mit dem Finger auf uns Türken gedeutet, als es um die Anschläge in Griechenland ging? Aber jetzt, wo die Türkei betroffen ist, zeigt da irgendeiner auf die Griechen? Nein und nochmals nein! Wo bleibt denn da die Neutralität bei einem Konflikt zwischen zwei NATO-Mitgliedern? Das Wort *Partner* nehme ich nicht mehr in den Mund. Ganz Europa verhätschelt die Pleite-Griechen. Aber die uns bedrohenden Terroristen finden in Griechenland, Deutschland und Amerika Unterschlupf und uns werden die Gelder gekürzt oder ganz gestrichen. So nicht! Nicht mit mir! Ab sofort werden wir niemanden mehr aufhalten, der von wo auch immer durch unser Land in die EU weiterreisen will. Und **diese** NATO braucht die Türkei weniger als sie von Euch allen benötigt wird. Ab sofort gilt unser Luftraum und unser Hoheitsgebiet für alle anderen NATO-Einheiten gesperrt. Aus sämtlichen Stäben werden unsere Leute abgezogen und ihr holt Eure Leute und Material innerhalb von dreißig Tagen aus unserem Land. Das geht Ihnen heute noch als Verfügung des Präsidenten der Türkei zu!"

Mit diesen Worten blendete Özdemir sich aus der Konferenz aus.

Die Staatschefs und auch der Generalsekretär des Nordatlantischen Verteidigungsbündnisses blickten konsterniert auf die Bildschirme vor ihnen, wo eben noch der vor Wut fast geifernde Türke sich völlig undiplomatisch ausgelassen hatte.

„Und nun?" Mit dieser Frage tauchte das Gesicht des Dänen Carl Peterson auf den Schirmen vor den verbliebenen Teilnehmern auf.

Als Erster ergriff der US-Präsident das Wort.

„Zunächst einmal stellen wir alle sicher, dass wir jetzt unter uns bleiben!"

Alle Teilnehmer bestätigten, dass sie dafür gesorgt hatten, dass Özdemir ihrem weiteren Gespräch nicht mehr folgen konnte. Erst danach nahm der Amerikaner zu dem eben Gehörten Stellung.

„Meine Damen und Herren, wir alle haben unsere Probleme mit dem sich wie ein Diktator gebärdenden Präsidenten der Türkei und dem, was in seinem Land abgeht. Nicht nur, dass sich das Land immer weiter von sämtlichen demokratischen Rechten und unserem freiheitlichen Lebensstil entfernt. Nein, zudem steuert dieser Herr immer mehr auf eine islamische Republik zu. Gleichzeitig kauft er, wie Sie alle ja wissen, seine Waffensysteme nunmehr sogar in Moskau ein. Zuerst einige ganze Raketenbatterien, dann auch noch einen alten Flugzeugträger und diverse andere Artikel."

„Na, an dem Träger hat er ja keine Freude mehr. Den haben diese Angreifer ja nun ziemlich zerstört und das große Trockendock gleich dazu."

Diese Worte kamen von dem deutschen Bundeskanzler, einem Mann, der zur Überraschung aller im In- und Ausland die ewige Bundeskanzlerin in ihrem Amt beerbt hatte und aus seiner Antipathie gegenüber dem türkischen Herrscher keinen Hehl machte.

„Stimmt, wir werden sehen, ob er es ernst meint mit seiner Austrittsdrohung? Und wenn ja, auch gut. Auf den Herrn konnte wohl ohnehin niemand mehr bauen", meinte der Generalsekretär des Bündnisses. Nur müssen wir dann schnellstens diese offene Flanke sichern und da bleibt vorerst wohl nur die US-Navy, Herr Präsident."

„Stimmt! Wie immer, wenn es brennt. Dann wird nach Amerika gerufen und anschließend sind wir wieder die bösen Amis", kam es als Antwort von dem Führer der westlichen Welt zurück.

„Aber nicht wieder nur auf unsere Kosten, meine Herrschaften, dass das klar ist!"

Inzwischen war der Mai gekommen. Im Mittelmeerraum war es bereits ungewöhnlich heiß und an den Küsten lud das sich stark erwärmte Wasser die bereits reichlich eingetroffenen Touristen zum Baden ein. Neben dem wirtschaftlich stark angeschlagenen Griechenland profitierten auch die anderen Länder, vor allem Spanien mit seinen Sonneninseln, von der gestiegenen Tourismusnachfrage.

Nur in der Türkei blieben die Urlauber weg. Kaum mehr Deutsche oder andere EU-Europäer, die sonst die türkische Riviera überschwemmten. Ein schwerer Schlag für die türkische Wirtschaft, deren Haupteinnahmequelle neben Obst und Gemüse auch und gerade der Tourismus stets gewesen war.

Die Zunahme an russischen Gästen konnte das Manko bei Weitem nicht aufwiegen.

Ibrahim Özdemir trauerte sehr um seinen Sohn Hamit, dessen Leiche bisher nicht gefunden werden konnte. Über achtzig tote Besatzungsmitglieder wurden von den amerikanischen Schiffen aufgefischt und zusammen mit den wenigen Überlebenden drei türkischen Schiffen übergeben.

Auf der schnell erfolgten Trauerfeier mit der Bestattung der Toten gemäß den Vorschriften des Islam verkündete Präsident Özdemir, dass die Schuldigen, wo immer sie sich hin verkriechen mochten, ihrer gerechten Bestrafung, die nur ein Todesurteil sein konnte, nicht entgehen würden. Daran würde ihn und das mit ihm verbundene türkische Volk niemand hindern können. Auch nicht die sich für allmächtig haltende NATO, der die Türkei nicht mehr länger angehören wolle.

„Die Mitgliedschaft in diesem von Amerika und der Europäischen Union dominiertem Bündnis werde ich in den nächsten Tagen auch formell aufkündigen. Mit Ländern, die Terroristen Schutz bieten macht sich die Türkei nicht mehr gemein!", verkündete der Obertürke mit wutverzerrtem Gesicht in die zahlreichen Kameras und ließ weitere Hasstiraden folgen.

Die zahllosen Journalisten, durch die anhaltende Krise im Mittelmeerraum ohnehin gut beschäftigt, erhielten jede Menge zusätzliches Futter und die Spekulationen, welches Ausmaß die Krise noch erreichen würde, schossen in den Himmel. In den diversen Talkshows stritten die üblichen Politiker der zweiten und dritten Reihe mit jeder Menge tatsächlicher oder auch selbsternannter Fachleute und Krisenmanager über die richtige Strategie zur Eindämmung der Krise.

Weit entfernt von den sonnigen Stränden des Konfliktfeldes Mittelmeerraum hatte der Frühling es nicht leicht, den frostigen Winter zu verdrängen.

Im immer noch frostigen Murmansk hatte Oberst Timor Orlow den Befehl über die GRU-Kommandantur übernommen und ziemlich schnell festgestellt, dass ein Mann mit seinen Fähigkeiten hier ziemlich unterfordert war. Keine Anzeichen deuteten auf eine Spionageaktivität hin. Auch die fast überall zum Problem gewordene Beschaffungskriminalität zur Verbesserung des Einkommens von Soldaten und Offizieren spielte fast keine Rolle. Natürlich waren auch bei den Truppen hier immer wieder Fehlbestände gerade bei Nahrungs- und Genussmitteln auffällig. Aber nichts von Bedeutung. Keine plötzlich verschwundenen Gefechtsköpfe oder Raketen. Nicht einmal ganze Kraftfahrzeuge. Ein paar nicht auffindbare Gewehre oder Pistolen. Etwas Fehlmenge an Munition für Handwaffen oder ein paar fehlende Handgranaten. Das war schon alles. Vielleicht geklaut, eventuell aber auch nur verschrottet, verschossen und nicht ausgetragen.

Was sollte er hier. Karrierefördernd war dieses Kommando jedenfalls nicht. Warum also war er hierher versetzt worden? So langsam dämmerte ihm, dass dies etwas mit seinem Strategiepapier zu tun hatte, auf das er so stolz war. Nur wieso? Ganz offenbar war doch die Operation entsprechend seinem Vorschlag angelaufen und nach dem, was er bisher gehört hatte, doch ausgesprochen erfolgreich verlaufen. Weshalb wurde er jetzt kaltgestellt mit diesem Kommando, für das er eindeutig um ein mehrfaches überqualifiziert war? Wollten Andere – etwa gar der

Präsident – sicherstellen, dass zu einem gegebenen Zeitpunkt nicht etwa er Ansprüche auf das Gelingen erheben könnte, sondern der Erfolg ausschließlich ihm zugeschrieben werden würde?

Oder sollte er als Mitwisser ganz aus dem Spiel genommen werden und diese Versetzung an den Arsch der Welt war nur ein erster Schritt zu seiner Eliminierung?

Doch, so konnte es durchaus sein. Er wäre nicht der Erste gewesen – und würde auch bestimmt nicht der Letzte sein, dem dieses Schicksal blühte. Das hatte, egal wie loyal jemand dem Regime gedient hatte, in Russland eine lange Tradition.

Ganz plötzlich wurde ihm klar, dass statt der Generalssterne ihm wesentlich anderes drohte. Etwas absolut endgültiges. War das vielleicht Alina Alinuschka sogar noch vor ihm klargeworden?

Hatte er deshalb ohne sie in das Flugzeug steigen müssen und war ihr Unfall, als sie auf der Gangway ausgerutscht war und ins Militärhospital gebracht wurde, nur vorgetäuscht gewesen?

Nun hatte er eine Menge Stoff zum Nachdenken und zündete sich eine weitere Zigarette an.

„Na, Leutnant Sacharowa, wie geht es Ihnen denn heute?"

Alina schaute die mit einem weißen Kittel über der Uniformhose bekleidete Ärztin aus ihren großen Augen an und zuckte mit den Schultern.

„Die Schmerzen im Knie und an der Hüfte werden weniger, Kapitän. Auch die Kopfschmerzen lassen nach. Aber hier oben drin …" Sie fuhr sich mit der Hand über die Stirn. „Da tut sich nichts. Es ist wie verhext. Ich erinnere mich an einfach alles. Meine Kindheit. Den Tod meiner Mutter. Schule und Militärakademie. Wo ich wohne und an meinen ersten Tag beim GRU. Aber danach … nichts. Einfach nichts!"

„Seltsam. Bei einer Amnesie gibt es zwar immer wieder Überraschungen. Aber gerade bei einer retrograden Amnesie ist es meist so, dass die Erinnerung bis ganz kurz vor dem Unfall oder sonst einschneidendem Ereignis voll da ist und nur der Moment des Unfalls und vielleicht bis zum Erwachen danach ausgeblendet wird. Aber nachher wird unser Spezialist sich mit Ihnen beschäftigen und die weitere

Behandlung festlegen. Auch General Koljanin kommt Sie besuchen. An den erinnern Sie sich doch?"

„Ja, natürlich …"

„Schön, dann freuen Sie sich und machen sich vielleicht noch etwas frisch. Der General wird in etwa einer Stunde erwartet."

Der türkische Präsident stand kurz davor zu explodieren. Trauer um seinen geliebten Sohn Hamit, dessen Leiche noch nicht einmal gefunden und bestattet werden konnte und dazu die Wut darüber, sich noch nicht einmal sofort an seinen Mördern rächen zu können, ließen ihn innerlich fast implodieren.

Doch einem Angriff auf diese elenden Helenen standen Amerika und NATO im Wege. Insbesondere der US-Flugzeugträger mit seinen über hundert Flugzeugen und die Begleitkreuzer und Zerstörer mit ihrem Aegis-System würden jeden Angriff vereiteln und den türkischen Streitkräften schweren Schaden zufügen. Als Ventil für seine Wut blieben ihm nur seine anderen Intimfeinde, die sich im Irak und Teilen von Syrien immer mehr ausbreitenden Kurden, die einen eigenen Staat anstrebten und damit auch die Türkei bedrohten. Also befahl er erst einmal verstärkte Luftangriffe auf die kurdischen Stellungen. Außerdem hatte er die Austrittserklärung seines Landes und Kündigung der entsprechenden Verträge bezüglich der ihm immer mehr verhassten NATO unterschrieben.

Aber selbst er brauchte Partner, wie ihm bei aller Selbstüberschätzung bewusst war. Partner im Kampf um die Vormachtstellung im östlichen Mittelmeer und der ganzen Region. Gerade bei der Versorgung mit der notwendigen Energie und bei der für seine Pläne unvermeidlichen weiteren Aufrüstung seiner Streitkräfte. Und was lag da näher, als sich noch viel enger mit dem russischen Präsidenten zu verbünden. Nun hatte der Mann natürlich nicht ganz sein Format, aber wer hatte das schon? Niemand! Wieso und woher auch? Aber der Mann war ähnlich erfolgreich wie er und wurde ebenfalls von Amerikanern und Europäern geschmäht als Kriegstreiber und Räuber fremder Gebiete. Nur war ihm, dem Russen, mit der Krim und großen Teilen der Ost-Ukraine das auch schon gelungen. Er selbst hatte die ins Auge gefassten von Griechenland beanspruchten Inseln noch nicht annektieren können. Doch mit russischer Hilfe sollte dieses vielleicht gelingen. Mal sehen, was sich da machen ließ, wenn er am Wochenende den russischen Präsidenten hier in seinem Palast, der den Kreml wohl deutlich in den Schatten stellte, empfing. Nur eine Sache machte ihm Sorge. Der Russe, Machtpolitiker wie er selber ja auch einer war, würde eine Gegenleistung verlangen. Eine Gegenleistung, die er ihm jetzt nach seiner Aufkündigung der NATO-Verträge nicht mehr so leicht verweigern könnte: Den direkten Zugang seiner Schwarzmeerflotte durch das Marmarameer und die Dardanellen ins Mittelmeer. Ein russischer Traum seit der Zeit der Zaren.

General Koljanin warf einen prüfenden Blick aus dem Fenster seines Büros. Die Sonne schien so hell wie noch nie in diesem Frühjahr. Er blickte auf seine Schulterklappen, die ihn seit seinem Besuch im Kreml am gestrigen Tage als Generaloberst auswiesen. Dazu zierte ein neuer Orden seine Brust, wie er freudigen Auges im Spiegel erkennen konnte.

Die Beförderung und endgültige Bestallung zum Befehlshaber der GRU, die er bis dahin lediglich kommissarisch geleitet hatte, hatte er wohl mit, wenn nicht vielleicht sogar überwiegend, den zu Papier gebrachten Gedankengängen seines jungen Oberst Orlow zu verdanken. Irgendwie tat ihm der noch junge und überaus talentierte Offizier leid. Dessen Ideen hatten ihm Beförderung und Orden eingebracht und dem Schöpfer dieses Plans die Versetzung an das Ufer des Eismeeres.

Gut daran war nur, dass es von dort gegebenenfalls einen Weg zurück gab, wenn er Glück hatte.

Merkwürdig nur, dass die auf diese Weise auch mit ihm in die Eiswüste abkommandierte Sacharowa auf der Gangway der Militärmaschine gestürzt war. Zufall, wie auch diese merkwürdige Amnesie. Oder steckte mehr dahinter? Er stand dem Präsidenten im Wort, dass nicht das Geringste aus diesen Plänen, die bereits angelaufen waren, nach draußen drang.

Deshalb musste er, jetzt ein Generaloberst, das Krankenhaus aufsuchen und sich davon überzeugen, ob eine kleine Tippse im Leutnantsrang simulierte und damit zur Gefahr wurde oder wirklich einen Gedächtnisverlust erlitten hatte? Eigentlich eine Zumutung für einen Mann wie ihn, der noch große Ambitionen hatte. Wer sagte denn, dass der nächste Präsident Russlands nicht aus dem GRU kommen könnte? Ein ehemaliger KGBler hatte es ja auch schon vor Jahren auf diesen Posten als unumstrittener Kreml-Chef geschafft.

Er grinste seinem Spiegelbild zu und machte sich auf den Weg nach unten, wo sein Fahrer mit der großen Limousine, die schon sein Vorgänger benutzt hatte, mitsamt Leibwächter warten würde.

Alina hatte Mühe, sich nicht zu verraten, solange die Ärztin bei ihr war. Koljanin wollte sie besuchen.

Der allmächtige Chef besuchte doch keinen kleinen Leutnant, der zu schusselig war, über eine Treppe ein Flugzeug zu betreten. Also glaubte er ihr die Amnesie nicht. Und spätestens, wenn der angekündigte Spezialist sie untersuchte, würde ihre Schwindelei doch ganz sicher auffliegen. Sie musste hier weg. Ganz schnell sogar. Aber wie? Das war hier die Frage. Schließlich war sie in einem Armee-Krankenhaus. Hier konnte sie nicht einfach so herausspazieren. Alle Besucher wurden am Eingang kontrolliert. Ebenso alle Patienten, die einen Entlassungs-schein oder eine sonstige Genehmigung vorlegen mussten, wenn sie das Gebäude verlassen wollten. Nur gut, dass das andere Bett in diesem für Offiziere vorgese-henem Zweibettzimmer nicht belegt war.

Schnell sprang sie aus dem Bett und guckte in den zweigeteilten kleinen Schrank. Linke Tür geöffnet – leer. Rechte Seite aufgemacht und? Ja, Ihre Uni-form, die sie auf dem Weg in das Flugzeug angehabt hatte, hing einschließlich Hemd, Krawatte und Mütze fein säuberlich aufgehängt auf verschiedenen Bügeln. Ihre gebrauchte Unterwäsche lag in einem Beutel ganz unten bei ihren Schuhen. Sie langte in die Uniformjacke und konnte es kaum fassen. Auch ihre Papiere waren vollständig in der Brieftasche. Dazu ihr Geld. Nur ihr Koffer fehlte. Den hatten die Leute auf dem Flugfeld wohl nicht mehr ausgeladen, als sie gestürzt war. Nur gut, dass sie sich bei diesem absichtlichen Fehltritt nicht mehr als ein paar Prellungen und eine dicke Beule an der Stirn und am Hinterkopf geholt hatte. Sie war auch nicht wirklich bewusstlos gewesen, sondern hatte auch diesen Umstand nur vorgetäuscht und war selbst überrascht gewesen, dass dieser Um-stand niemand aufgefallen war.

Ganz plötzlich, als sie schon fast oben an der Tür in den Flieger gewesen war, hatte sie den Entschluss gefasst. Wirklich in allerletzter Sekunde sozusagen. Denn wenn sie erst einmal in Murmansk gelandet wäre, wie hätte sie von dort jemals auf eigene Faust verschwinden sollen? Das würde hier in Moskau schon schwer genug werden. Hier, wo sie sich immerhin auskannte. Während sie im Krankenhaus lag, war ihr endgültig klargeworden, dass die Versetzung von Orlow, dem aufstrebenden jungen Oberst, in diesen unwirtlichen Ort nur deshalb erfolgt sein dürfte, um ihn zumindest auf Zeit auszuschalten. Ihn, den Urheber des ausgesprochen gefährlichen Plans zur Destabilisierung der NATO, der die erhoffte Wirkung ja auch erzielt, wenn nicht sogar übertroffen hatte. Bisher jedenfalls.

Gerade wollte sie sich das hier bekommene Nachthemd über den Kopf ziehen, als sie Schritte hörte. Schritte, die sich schnell näherten und die sie schon oft gehört hatte. Die jeder aus den oberen Abteilungen der GRU kannte. Diese schnellen und doch unverkennbaren Geräusche waren ihr nur zu vertraut. Da kam General Koljanin den Gang entlang.

Schnell hüpfte die junge Frau zurück in ihr Bett aus Stahlrohren mit Rollen darunter und zog die hellgraue Decke über sich.

Die Tür wurde aufgerissen und Kapitän Katja Dolmanowska, die Ärztin, erschien im Rahmen. Hinter ihr die drahtige Gestalt des Generals, der die Uniformmütze unter den linken Arm geklemmt hatte. Während der dunkelhaarige Mann, einen prüfenden Blick um sich werfend, auf das Bett zutrat, wurde hinter ihm eine weitere Person sichtbar, die sich langsam in das Zimmer schob. Klein, dicklich und ebenfalls in Uniform, aber mit dem üblichen Kittel darüber.

Alina richtete sich im Bett auf und versuchte so etwas wie Haltung anzunehmen.

Der General winkte ab und reichte ihr die Hand. Eine kühle, glatte Hand, die fest, aber nicht schmerzhaft, zudrückte.

„Leutnant, was machen Sie mir für Sorgen? Jetzt sitzt der arme Oberst Orlow ohne seine Vorzimmer-Kommandeuse am Eismeer. Glauben Sie, dass ihm das gefällt?"

„Nein, Herr General …", sie verbesserte sich mit einem Seitenblick auf seine breiten Schulterstücke, „Verzeihung, Herr Generaloberst. Darf ich mir erlauben, Ihnen zu Ihrer Beförderung zu gratulieren?"

Sie dürfen, Leutnant. Aber jetzt erklären Sie mir bitte, wie ein Leutnant der GRU es fertigbringt, eine simple Flugzeugbrücke nicht unfallfrei hinaufsteigen zu können?

„Ich weiß auch nicht, wie mir das passieren konnte. Ich bin einfach ausgerutscht und …"

Alexander Mikolaiewitsch Koljanow winkte ab. „Lassen wir das. Aber Ihren Gedächtnisverlust kann ich mir nicht erklären. Sie haben doch eben auch meine neuen Rangabzeichen erkannt und gewusst, dass ich vorher, also vor wenigen Tagen, noch kein Generaloberst war. Ich habe mich schon ein bisschen schlau gemacht. Das hier ist unser bester Psychiater und Psychologe in Moskau. Der wird sich um Sie kümmern und ihre Gedächtnislücken ganz schnell schließen. Nicht wahr, Doktor?"

Die letzten Worte waren an den kleinen Dicken gerichtet, der unverzüglich Haltung annahm.

„Das kann ich Ihnen leider nicht versprechen, Herr Generaloberst. Aber ob eine Amnesie vorliegt, oder etwa nur vorgetäuscht wird, das werden wir spätestens in zwei Tagen wissen. Das kann ich Ihnen versichern!"

Koljanin warf bei dieser Antwort einen schnellen Seitenblick auf die sich in ihrem Bett aufgerichtete Sacharowa und hoffte eine Reaktion zu erkennen. Aber auch sie war durch die nicht immer leichte Schule der GRU gegangen und wusste ja, was sie erwartete, als nicht nur der Besuch des GRU-Kommandeurs sondern auch der des Spezialisten angekündigt worden war. Dafür war sie der ebenfalls noch jungen Ärztin dankbar.

Vielleicht hatte sie sich deshalb so gut unter Kontrolle. Jedenfalls zuckte sie nicht etwa bei den Worten des kleinen Dicken zusammen. Stattdessen versuchte sie sogar so etwas wie ein Lächeln auf ihre Züge zu zaubern. „Dann hoffe ich sehr, Herr Generaloberst, dass mir dieser Herr Doktor meine Erinnerung schnell wieder zurückgeben kann."

„Das hoffe ich ebenfalls, Leutnant Sacharowa. Aber ich glaube, da können wir unserem Oberst hier vertrauen. Genauso, wie er bisher stets mit sicherem Blick", er unterbrach seinen Satz kurz und schaute auf den wesentlich kleineren Psychologen und Psychiater hinab, „alle Simulanten entlarvt hat, hat er andererseits auch vielen Leuten ihr Erinnerungsvermögen zurückgeben können."

Ein vieldeutiges Lächeln umspielte seine Lippen bei diesen Worten, ohne allerdings die immer aufmerksam aber auch kühl blickenden Augen zu erreichen.

„Wissen Sie, was ich nicht verstehe, Leutnant?"

„Nein, Herr Generaloberst. Ich weiß nicht …?"

„Nun, wie mir Kapitän Dolmanowska sagte, können Sie sich an Ihre Versetzung zur GRU und auch an Ihre ersten Tage dort erinnern …"

„Jawohl, Herr Generaloberst!"

„Aber an die letzten Tage und Wochen nicht. Stimmt das?"

„Jawohl, ich..."

Schroff unterbrach er sie: „Ach, interessant. Sehr interessant sogar. Wieso wissen Sie denn dann, dass Sie auf der Treppe zum Flieger ausgerutscht sind?"

„Ich weiß nicht. Wirklich nicht!"

Fast flehentlich sah Alina ihren Kommandeur an.

Doch in dessen Augen schimmerte nur ein eisiger Glanz. So kalt, dass sie unwillkürlich zu frieren begann.

„Herr Generaloberst, wenn ich bemerken dürfte...", ließ sich der dicke Spezialist vernehmen.

„Später, Oberst! Nicht hier!", wurde er scharf ausgebremst.

An Alina gewandt sagte Koljanin dann: „Wir werden Ihrem Gedächtnis schon auf die Sprünge helfen. So oder so. Da können Sie ganz sicher sein, Leutnant Sacharowa. Und bis es soweit ist, sind Sie hier ja gut aufgehoben."

Mit diesen Worten drehte sich der Chef der GRU um und verließ das Zimmer. Gefolgt von den beiden Armee-Medizinern in ihren weißen Kitteln über der Uniform.

Kaum waren die Schritte der drei aus dem Zimmer eilenden Offiziere verhallt, sprang Alina aus ihrem Bett. Schnell blickte sie sich nochmals in dem, einfach aber zweckmäßig mit Bett, Stuhl und Tisch möbliertem Einheitszimmer um, an das sich hinter einer Schiebetür Dusche mit Toilette und Waschbecken anschloss. Dann drückte sie ihr Ohr an die Tür. Nichts zu hören auf dem Gang. So schnell wie wohl noch nie schlüpfte sie in ihre gebrauchte Unterwäsche. Hemd und Hose angezogen. Schlips um und Jacke drüber. Mütze auf und die Haare sorgfältig darunter verborgen und jetzt noch die Schuhe angezogen und zugebunden. Dann stand sie erneut vor der Tür. Leise öffnete sie diese einen kleinen Spalt. Nichts zu sehen. Also raus und langsam, nur nicht zu schnell, huschte sie in die entgegengesetzte Richtung, in die Koljanin und die Ärzte gegangen waren, wie sie dem Geräusch der davoneilenden Schritte entnommen hatte. Aber würde sie in Uniform aus dem Krankenhaus überhaupt herauskommen? Fraglich, sehr fraglich. Dann hatte sie das Gangende erreicht. Wohin jetzt? Runter zum Ausgang drängte es sie. Vorsichtig schaute sie um die Ecke. Oh, verdammt! Da näherte sich eine Frau in Uniformhose mit dem obligatorischen weißen Kittel darüber. Schon wollte sie zurück in Richtung ihres gerade verlassenen Zimmers flüchten, als das

Geräusch der Schuhe auf dem Terrazzoboden verstummte und eine Tür sich leise knarrend öffnete. Schnell wieder um die Ecke geschaut und dann eilte sie die Treppe hinunter. Die Treppe, weil alle Patienten und auch Ärzte sowie das Pflegepersonal wohl eher die Aufzüge nutzen würden.

Niemand war zu sehen. Langsam, um nicht durch das schnelle Tapsen ihrer Ledersohlen auf der Steintreppe unliebsame Aufmerksamkeit zu erregen, gelangte sie bis in den ersten Stock, wo ein Schild auf verschiedene OP-Säle hinwies. Einem innerem Impuls folgend bog sie nach rechts um die Ecke, wo sich einem weiteren Hinweis nach Röntgenstation, MRT sowie CT befanden.

Die Schilder an den einzelnen Türen warnten vor gefährlichen Strahlen und geboten den Zutritt nur für das Personal oder in deren Begleitung. Dahinter gab es weitere Räume für auf ihre Behandlung wartende Patienten. Sie öffnete eine der danach folgenden Türen. Offenbar ein Arztzimmer. Schreibtisch, Aktenschrank, Computer und ein weiterer schmaler Schrank. Aber kein Mensch im Raum. Sie öffnete den als Kleiderspind erkenntlichen hohen, schmalen Schrank und freudiges Erkennen durchzuckte sie. Eine Jacke mit den Abzeichen eines Kapitäns, Mütze und ein weißer Kittel.

Eine Jacke ihrer Größe, also einem weiblichen Kapitän und Armeeärztin gehörend. Sie zog ihre Jacke aus, entnahm dieser die Brieftasche mit Geld und Papieren und zog das andere Uniformjackett an. Oh, da waren ja ebenfalls Papiere in der Innentasche. Eine schmale, wesentlich teurere Brieftasche mit einem dicken Pack an Rubelscheinen, einem Armeeausweis mit dem Bild einer etwas älteren Frau, die aber durchaus Ähnlichkeit mit ihr hatte. Dazu Führerschein und die Papiere für einen Lada. Der Autoschlüssel fand sich neben einem Hausschlüsselbund in der rechten Jackentasche.

Na, das passte ja. Schnell hängte sie ihre ausgezogene Uniform auf den Bügel, warf sich den weißen Kittel über und verließ nach einem kurzen Blick in den Gang den Raum.

Wohin jetzt? Zurück ins Treppenhaus und den Weg zum Haupteingang eingeschlagen, wo vor dem Gebäude, wie sie von ihrer Stube aus gesehen hatte, ein kleiner Parkplatz angeordnet war. Dort hoffte sie auch den Wagen der Ärztin zu finden.

Oh, da war noch etwas in der anderen Seitentasche. Offenbar Zigaretten und ein Feuerzeug. Ihre Hand fuhr unter den Kittel und kam mit einer fast vollen Packung wieder zum Vorschein.

Aha, da war der Ausgang. Schnellen Schrittes ging sie darauf zu, als von der Seite, aus einem anderen Nebengang, eine Frau, gekleidet wie sie, ebenfalls dem Eingangsbereich zustrebte.

Mal sehen, ob die kontrolliert wird, dachte Alina und wurde unauffällig langsamer.

Nein, die Wachposten grüßen freundlich und ließen sie passieren.

Na, dann mich wohl auch, überlegte die junge Frau und ging gelassenen Schrittes auf die beiden Wachsoldaten zu. Kurz vor ihnen zog sie die Zigarettenpackung aus der Kitteltasche und nahm ein Stäbchen heraus und steckte es sich zwischen die Lippen.

„Halt!", erklang da der Ruf eines der beiden Wächter, gerade als sie diese passierte und die rechte Hand mit dem kleinen silbernen Feuerzeug an die Spitze der Zigarette führen wollte.

Erschrocken drehte sie sich um. „Warum halten Sie mich an?" Sie bemühte sich, ihrer Stimme einen forschen und sogar etwas ungehaltenen Ton zu verleihen.

„Verzeihung, Kapitän, aber sie haben die Zigarette falsch herum im Mund! Ich wollte nur darauf hinweisen, bevor Sie den Filter anbrennen. Wäre doch schade, wo es doch eine teure Importzigarette ist."

Alina zuckte zusammen und nahm den Glimmstängel aus dem Mund. Tatsächlich, verkehrt herum. Typisch Nichtraucher schoss es ihr durch den Kopf, der zugleich etwas rot angelaufen war, was sie zum Glück nicht sehen konnte.

„Oh, ja, danke." Sie drehte die Zigarette und nahm erneut die Schachtel aus der Tasche und bot dem Soldaten eine an.

„Oh, vielen Dank, Kapitän Iwanowa", bedankte sich der noch junge Unteroffizier und zog sich eine der Zigaretten mit spitzen Fingern aus der dargebotenen Schachtel.

Alina nickte nur und ging schnell weiter.

Wieso nannte er sie *Iwanowa?* Sie blickte an sich hinab und da sah sie es. Ein Namensschild an dem Kittel. *Dr. Iwanowa, Kapitän,* stand da deutlich zu lesen.

Hatten die anderen Ärzte auch so ein Schild am Kittel gehabt? Sie konnte sich nicht erinnern.

Egal, jetzt aber schnell mal sehen, ob ich den Lada finde?

Oh, verdammt, ich sollte diese Zigarette auch anstecken, sonst wundert sich der Soldat hinter mir vielleicht oder kommt gar hinterher, um mir Feuer zu reichen. Sie führte die Flamme des kleinen Feuerzeuges an die Spitze der, jetzt richtig herum zwischen ihren Lippen steckenden Zigarette und sog daran. Fast hätte sie den Rauch verschluckt und hustete leicht. Aha, da war der Fußweg zu den Stellplätzen der wenigen abgestellten Fahrzeuge. Sie blickte sich um. Sieben Pkw, aber drei davon waren Lada.

Hoffentlich fiel sie nicht auf, wenn sie an den falschen Autos herumfummelte.

Ein schmutzig-grün in Tarnfarben lackiertes und bereits leicht angegammelt wirkendes Auto stand gleich vorn. Das würde doch wohl keiner Ärztin gehören, entschied sie und wandte sich zunächst einem neueren, in auffälliges Rot gehaltenen, Wagen zu. Schlüssel ins Schloss und tatsächlich, er passte. Sie stieg ein, steckte den Schlüssel in die Zündung und ließ den Motor an. Oh, wie schön. Die Tankanzeige sprang auf *voll*. Na, dann nichts wie weg von hier! Sie legte den ersten Gang ein und ließ die Kupplung langsam kommen. Der rote Lada setzte sich langsam in Bewegung und kurz darauf bog sie um die Ecke und hatte drei Minuten später die Hauptstraße Richtung Zentrum erreicht.

Mit etwas Glück würde die Iwanowa erst am Abend merken, dass ihre Jacke umgetauscht worden war und ihr Auto fehlte. Wesentlich eher würde ihre Abwesenheit bemerkt und die Fahndung nach dem Leutnant Sacharowa eingeleitet werden. Zurück in ihre Wohnung konnte sie nicht. Dort würde man zuerst suchen. Aber sie brauchte Zivil und eine Unterkunft. Aber wo? Oh, warum nicht? Sie hatte doch auch die Wohnungsschlüssel der Frau – und deren Jacke passte wie angegossen. Sie warf einen Blick auf ihre Armbanduhr. Die Kinder dürften noch in der Schule sein, wenn die Ärztin denn welche hatte und der Ehemann wohl seiner Arbeit nachgehen. Also, warum sollte sie sich nicht dort bedienen? Damit würde doch wohl keiner rechnen. Wo wohnte Frau Kapitän? Aha, Komski-Prospekt.

Also keine Armeewohnung. Wenn sie richtig informiert war, dann neue, schöne Wohnungen für die bessere Moskauer Gesellschaft. Dann mal los, sagte sich Alina und bog an der übernächsten Kreuzung in die entsprechende Richtung ab.

Es waren zähe Verhandlungen gewesen. Er hatte dem Russen wesentlich mehr Zugeständnisse machen müssen, als er eigentlich wollte. Dennoch konnte sich das Ergebnis sehen lassen, meinte der türkische Präsident, als er gemeinsam mit seinem russischen Amtskollegen vor die versammelte Presse und die zahlreichen Fernsehkameras trat und die Ergebnisse verkündete.

Ergebnisse, die die gleichgeschalteten türkischen Pressevertreter – die anderen saßen ja im Gefängnis oder hatten Berufsverbot – zunächst einhellig bejubelten.

So im Licht der Kameras sah sich Ibrahim Özdemir am liebsten. „Russland wird uns zu einem Sonderpreis, der um über fünfzig Prozent unter Weltmarktniveau liegt, mit Erdöl und auch Gas beliefern", tönte er strahlend.

„Und auch bei der Aufklärung der Angriffe auf unsere Schiffe und dem Schutz unseres Landes wird uns Russland künftig unterstützen, was die NATO, aus der unsere Republik übrigens mit Wirkung von gestern ausgetreten ist, ja nicht konnte oder auch wollte. Wir wissen ja alle, wer hinter den Angriffen steckt. Der sich in Amerika versteckende Oberterrorist, Griechen, Kurden und alle anderen Feinde der Türkei. Dafür werden wir der russischen Schwarzmeerflotte die freie Zufahrt durch das Marmarameer und den Bosporus gewähren und ihnen auch unsere Militärflugbasen öffnen und ..."

Weiter kam er vorerst nicht, denn große Unruhe machte sich unter den geladenen Vertretern von Presse, Funk und Fernsehen breit. Das, obwohl nur wenige ausländische Sender und Journalisten zugelassen waren und das Gros der Anwesenden aus Türken, Russen und Neutralen bestand.

Erstaunt musste Özdemir erkennen, dass gerade auch seine handverlesenen Landsleute geradezu entsetzt aufsahen. Die wenigen zugelassenen Europäer, hauptsächlich Schweizer und Schweden, rieben sich ebenfalls verwundert die Augen.

„Ruhe!", donnerte Özdemirs mikrophonverstärkte Stimme in den Saal. Dennoch dauerte es, bis das Stimmengewirr soweit abschwoll, dass er seine Rede fortsetzen konnte.

Doch kein Jubelgeschrei mehr, stattdessen lähmende Stille. Besonders auch seine Militärs wirkten überrascht. Unangenehm überrascht, wenn nicht gar rundweg entsetzt.

Waren die etwa beleidigt, weil er sie nicht vorher eingebunden und ihre Zustimmung eingeholt hatte? Mehmet Gülen, sein nach dem gescheiterten Armeeputsch von ihm ernannter Generalstabschef blickte ihn, er konnte es kaum fassen, aus geradezu wuterfüllten Augen an.

Jetzt stand der Kerl auch noch auf. Was fiel dem denn ein? Der konnte es doch nicht gar wagen, seinen Präsidenten zu unterbrechen?

Doch genau das hatte der alte General vor. Er stand auf und brüllte mit Stentorstimme in Richtung der Bühne, auf der Özdemir und sein russischer Amtskollege an zwei von Mikrophonen gesäumten Sprechpulten standen.

„Das geht überhaupt nicht! Das macht die Armee – das mache ich nicht …"

Weiter kam der stark übergewichtige Militär nicht. Mitten im Satz verdrehte er die Augen und fiel zu Boden. Vor die Bühne, vor der er in der ersten Reihe, neben seinem russischen Kollegen, gesessen hatte.

Dieser, der Russe in seiner voll mit Orden aller Art behangenen Jacke, war von dem Ergebnis der Beratungen der beiden Präsidenten bereits informiert worden und wirkte sehr zufrieden. Ganz im Gegensatz zu dem Türken, der von Özdemirs Worten und dieser weitreichenden Entscheidung völlig überrascht worden war. Auch seine nachgeordneten Kameraden, die Befehlshaber der einzelnen Teilstreitkräfte konnten kaum fassen, was ihr Präsident da den Russen zugestanden hatte. Das rüttelte geradezu an den Grundfesten der Souveränität ihres Landes.

Doch im Moment hatten sie damit zu tun, sich um ihren obersten Befehlshaber zu kümmern, der da mit zornrotem Kopf vor ihnen zusammengebrochen war.

Auch die russischen Offiziere hatten sich erhoben und standen um den Zusammengebrochenen herum. Für den kam aber ersichtlich jede Hilfe zu spät. Die in die Brust – mitten zwischen die Ordensschnalle – gekrallten Finger lösten sich und mit einem merkwürdigen Geräusch entwich die angestaute Luft aus seiner Brust. Der Kommandeur der türkischen Luftstreitkräfte löste seinen Blick von dem soeben Verschiedenen, dessen blicklose Augen in die Luft starrten. In die Luft oder etwa genau dorthin, von wo aus der erhöhten Warte sein Präsident ohne besondere Anteilnahme auf ihn herabsah? Nicht nur dem General der Luftwaffe sondern auch seinem Kollegen vom Heer entging die ganz offensichtliche Gleichgültigkeit, die sich in den Augen ihres allmächtigen Präsidenten widerspiegelte, keineswegs.

Der Tod des Generalstabschefs beendete auf tragische Weise den Auftritt der Präsidenten der beiden neuen Verbündeten, die bisher jahrzehntelang in gegensätzlichen Lagern gestanden hatten, bis erst in jüngster Zeit eine Annäherung zwischen ihren Führungen erfolgte. Eine Annäherung, die längst nicht alle ihrer Untertanen billigten – gerade in der Türkei nicht – und das, obwohl die wichtigsten Oppositionellen alle längst im Gefängnis saßen oder auf andere Weise kaltgestellt waren.

Diese Eröffnung der vollzogenen Abkehr der Türkei von den übrigen NATO-Partnern und Aufkündigung des Bündnisses und künftigen – auch militärischen – Zusammenarbeit mit Russland sorgte weltweit für Aufregung. Die Öffnung des Mittelmeeres für die russische Flotte und die Stationierung russischer Flugzeuge auf türkischem Boden veränderte das Kräfteverhältnis nicht nur in dieser ohnehin instabilen Region. Nein, das hatte viel weitergehende Auswirkungen. Die gesamte Verteidigungsstrategie der westlichen Welt war betroffen.

Die NATO wies jetzt eine offene Flanke auf, in die der Russe ungehindert vorstoßen konnte.

Während im zerstrittenen Debattierclub *Europäische Union* erst einmal wieder die gegensätzlichen Meinungen aufeinanderprallten, reagierte Amerika sofort. Eine weitere Trägerkampfgruppe wurde in das Mittelmeer in Marsch gesetzt, um das entstehende Vakuum zumindest vorläufig aufzufüllen.

Wie schon der Vorgänger des jetzigen – handlungsstarken – US-Präsidenten ausnahmsweise richtig erkannt hatte, hatten die Europäer wenig bis nichts getan, ihre Verteidigungsanstrengungen auch tatsächlich zu erhöhen und jedenfalls ihren Verpflichtungen innerhalb der NATO gerecht zu werden.

Nach dem Brexit standen zwar die Engländer fest an der Seite der USA und hatten ihre Streitkräfte nach Einsetzen des erneuten Wettrüstens nach der Annektierung der Krim durch Russland und dem Wiedererstarken des Terrorismus sowie den anhaltenden Kriegen in den arabischen Ländern nicht weiter abgebaut. Aber in der EU waren viele Staaten in Süd- und Ost-Europa nicht in der Lage, ihren Wehretat zu erhöhen. Einzig Deutschland, das seiner nach wie vor sprudelnden Wirtschaft hierzu imstande gewesen wäre, gab infolge seiner anhaltenden Koalitionsregierung mit Beteiligung einer linken Öko-Partei die Milliarden-Überschüsse völlig verfehlt aus. Statt in Infrastruktur, die es nötig hatte, wurde das Geld für die Aufnahme weiterer Flüchtlinge aus Afrika und Arabien und sonstige soziale Wohltaten ausgegeben. Immerhin aber waren jetzt wieder drei U-

Boote einsatzbereit, nachdem über Jahre teilweise nicht ein einziges wegen fehlender Ersatzteile in See gehen konnte.

Die Hauptlast der Verteidigung der Freien Welt trug also wieder einmal Amerika.

Im Hauptquartier der westlichen Verteidigungsallianz in Brüssel wies der Generalsekretär auch eindringlich darauf hin, dass es so nicht weitergehen könne. Schließlich kam die Erörterung der Lage durch die schnell einberufenen Spitzen des Hauses und die Verteidigungsminister der Mitgliedsstaaten auf den Auslöser der derzeitigen Krise zu sprechen. Den Konflikt zwischen Türken und Griechen.

„Wissen wir denn überhaupt mittlerweile etwas mehr darüber, wer denn die Anschläge zu verantworten hat?", fragte der spanische Verteidigungsminister.

„Nein, zu unser aller Verwunderung noch immer nicht", musste der Generalsekretär einräumen.

„Haben nicht erst ein britisches Kriegsschiff und dann auch amerikanische Zerstörer ein unbekanntes U-Boot zuerst in der Meerenge von Gibraltar und dann auch im offenen Atlantik ausgemacht und verfolgt?"

Diese Frage kam von dem deutschen Staatssekretär, der seinen erkrankten Minister vertrat.

„So ist es", antwortete der zu der Sitzung eingeflogene Befehlshaber der NATO für Europa, Sir Sandram Lassiter. „Leider haben die US-Zerstörer und ihre eingesetzten Hubschrauber nach einigen Tagen die Spur verloren. Sturm und vermutlich eine erhebliche Tauchtiefe des unbekannten Bootes, zusammen mit einem ausgesprochen leisen Antrieb, waren dafür verantwortlich. Alle verfügbaren Schiffe unserer Streitkräfte im Atlantik versuchen das Boot aufzuspüren. Aber das ist jetzt die Suche der Nadel im berühmten Heuhaufen bei der Größe des infrage kommenden Gebietes."

So ging es hin und her. Die Minister versprachen, bei ihren jeweiligen Regierungen darauf zu dringen, dass der Etat für die Verteidigung erhöht werde. Immerhin wollten Großbritannien, Frankreich und auch Deutschland jedenfalls mehr eigene Einheiten in das Mittelmeer entsenden und auch Griechenland bei der Beschaffung neuer Schiffe und Flugzeuge unterstützen.

„Besser als gar nichts, aber nicht genug", befand Generalsekretär Carl Peterson später, als im kleinen Kreis mit den militärischen Spitzen die Lage weiter erörtert wurde.

Nachdem es weder in Griechenland noch gegen die Türkei weitere Anschläge gegeben hatte, waren die Ermittlungen von Polizei und Geheimdiensten sowie dem Militär alle andere als entscheidend vorangekommen. Bis auf das im Hafen von Athen gefundene Teil, das auf Verwendung eines mit TNT gefüllten Sprengsatzes hinwies, war an der Außenmauer des in die Luft gejagten griechischen Sprengstoffdepots lediglich die leere Schachtel einer türkischen Zigarettenmarke gefunden worden.

Aber was bedeutete das schon? Auch dann, wenn diese noch nicht lange dort liegen konnte. Ein vager Hinweis auf die Türkei. Genauso wenig aussagekräftig wie die Verwendung von TNT, das auch hier wieder mittels Zeitzünder zum Einsatz gelangt war. TNT befand sich zwar noch in den Arsenalen der Türken, wurde aber auch von anderen Armeen nach wie vor verwendet und ebenso im nichtmilitärischen Gebrauch bei Sprengungen verschiedenster Art.

Die beiden griechischen Obersten, der Chef der Militärpolizei, Andrea Papandreo und der Geheimdienstler, Christos Koustantinidis, waren nach wie vor davon überzeugt, dass die Türken für die Anschläge auf ihr Militär verantwortlich waren.

„Vergessen Sie nicht, meine Herren, die Zigarettenschachtel war kaum älter als zwölf Stunden, denn davor wäre sie nass gewesen. Schließlich hatte es geregnet. Und außerdem, welcher Grieche würde schon türkische Zigaretten rauchen?"

„Und dann zündet sich der Attentäter in aller Ruhe eine Kippe an, bevor er seinen mit Zeitzünder versehenen Sprengsatz legt? Außerdem waren doch doppelte Wachen aufgezogen, wie Sie mir erklärt haben. Nein, Herrschaften! Wenn Ihre Sicherheitsmaßnahmen nur halb so gut waren, wie Sie alle behaupten, dann konnte der Sprengsatz gar nicht dort deponiert werden, wo die erste Explosion die ganze Kettenreaktion ausgelöst hat. Nein, der Sprengsatz wurde lange vorher dort gelegt und vielleicht oder sogar wahrscheinlich erst durch einen simplen Anruf des dort ebenfalls als Zünder eingebauten Handys ausgelöst", schüttelte der eingeflogene Chefermittler der NATO, Captain „Wild Bill" Bronson seinen Kopf mit den markanten Gesichtszügen und dem dunklen Haarschopf, in den sich erste graue Strähnen eingeschlichen hatten.

„Und wer hat die Türken angegriffen und ihren neu angeschafften Träger im Dock zerstört und ihre Fregatte mitsamt Sohn ihres durchgeknallten Präsidenten versenkt? Diesem Türken mag viel, sehr viel Ungeheuerliches zuzutrauen sein. Denken wir nur an seinen Austritt aus unserem Verteidigungsbündnis ohne Frist von heute auf morgen. Aber seinen eigenen Sohn opfern – und das ohne Not? Nein, der ist zwar genauso verbohrt, dass er Griechenland beschuldigt für seine zerstörten Schiffe verantwortlich zu sein. Aber ist er das nicht vielleicht nur deshalb, weil ja Ihre Leute, meine Herren, seine Botschaft angegriffen haben?"

„Genau das denke ich auch", erklang eine nicht sehr laute Stimme, die aber dennoch von allen Anwesenden verstanden wurde. Die rund zwanzig Offiziere und Geheimdienstler, viele davon in Zivil, wandten sich dem Sprecher zu.

Auf das Nicken des Ermittlungsführers, des amerikanischen Captains Bronson, fuhr der deutsche Fregattenkapitän Ferdinand v. Terra mit seinem begonnenen Satz fort.

„Eben, meine Dame", er nickte der einzigen Frau an dem Konferenztisch, Lieutenant Ann Hurly vom amerikanischen Marine-Nachrichtendienst freundlich zu, „und meine Herren, der Türke hält die Griechen als seine Urfeinde für verantwortlich, weil er eben genau weiß, dass sein Land nicht die Anschläge im Hafen von Piräus, auf das Flugfeld und das große Munitionsdepot verübt hat. Der Mann ist total verunsichert und kocht vor Wut und Trauer. Sollten wir uns nicht lieber fragen, wer der große Nutznießer dieser ganzen Geschehnisse ist?"

„Ach, und an wen denken Sie da?"

Ferdinand von Terra sah den Fragesteller an, den griechischen Obersten und Chef der Militärpolizei Athens.

„Das liegt doch auf der Hand, Herr Oberst. Wer profitiert denn von dieser Situation am meisten? Wer bekommt denn jetzt Basen für seine Luftwaffe vor unserer Nase und freien und ungehinderten Zugang für seine isolierte Schwarzmeer-Flotte ins Mittelmeer und hat dazu noch die NATO erheblich geschwächt?"

„Russland!", entfuhr es dem Griechen. Doch obwohl er selbst es ausgesprochen hatte, schien er fast erschrocken und machte sofort Zweifel geltend.

„Aber nein, wenn das beweisbar wäre, dann riskiert Kruskin ja einen richtigen Krieg. Das kann ich einfach nicht glauben!" Seine Augen irrten durch die Runde, die durchaus offenbar diesem Gedankengang schon folgen mochte.

„Das sehe ich genauso. Ein oder zwei, dazu noch höchst fragwürdige Indizien, die auf türkische Täter hindeutet, aber mehr nicht. Genug jedoch, um die Türkei als Erbfeind als einzig wahrscheinlichen Hauptverdächtigen ins Visier zu nehmen. Genau das ist das Muster, das dem KGB – oder, wie er sich jetzt zu nennen pflegt, FSB zuzutrauen ist", bekräftigte der amerikanische Commander Ronny Bean die Worte seines MAD-Kollegen.

„Dann sollten wir sehen, wie wir das beweisen können", brummte „Wild Bill" Bronson.

„Haben Ihre Nachrichtendienste keine Nachtigall, die aus dem Käfig im Reich des Bösen zwitschert?"

Captain Bronson wandte sich dem Engländer im Team zu, der diese Frage gestellt hatte.

„Nicht, dass ich wüsste. Was ist denn mit Ihrem MI 6?"

Der britische Colonel schüttelte verneinend den Kopf. „Leider nicht!"

Natürlich wusste jeder am Tisch, dass weder Amis noch Engländer jemals in diesem Kreis bestätigen würden, einen Spion im inneren Zirkel des Kreml zu haben. Egal, ob es stimmte oder nicht.

Alina Sacharowa parkte frech vor dem Haus, in dem nach den Papieren, die sie gefunden hatte, Irina Iwanowa, deren Auto sie fuhr, wohnte. Sie setzte die Uniformmütze auf und zog den Schirm ziemlich weit nach vorn. So verdeckte sie den Großteil ihres Gesichtes. Während sie den Schlüssel in die Außentür des Mehrfamilienhauses steckte, wurde diese von innen aufgerissen.

„Oh, entschuldigen Sie, Frau Doktor", schallte ihr eine kräftige Männerstimme entgegen.

„Schon Dienstschluss im Krankenhaus?"

„Ja!", brachte Alina hervor und versuchte dann ganz schnell in einem kleinen Hustenanfall ihre Stimme zu verdecken und einem weiteren Gespräch vorzubeugen.

Es schien, als wolle der gutgekleidete Mann noch etwas sagen, verzichtete aber darauf, als er sah, dass die Militärärztin flotten Schrittes dem Fahrstuhl zustrebte, dessen Türen sich gerade wieder schließen wollten.

„Puh, gerade noch einmal gutgegangen", stöhnte die junge Frau und merkte, wie ihr der Schweiß ausbrechen wollte. Nach der Anordnung des Klingelschildes sollte sich die Wohnung wohl im zweiten Stockwerk befinden, wie sie unten an der Klingelleiste bemerkt hatte.

Sie drückte den entsprechenden Knopf und hoffte, dass niemand mehr zusteigen oder sich auf dem entsprechenden Flur befinden würde, wenn sie die Wohnung der Iwanowa zu finden suchte.

In diesem Neubaublock aus den neunziger Jahren dürften wohl an die hundert oder mehr Wohnungen untergebracht sein, was nur zum Vorteil sein könnte. In einem kleinen alten Block mit zehn oder weniger Partien, wie in den Vororten noch häufig zu finden, würde sie viel schneller auffallen.

Der Fahrstuhl hielt mit einem quietschenden Geräusch, sackte dann einige Zentimeter zurück und kam endlich zum Stillstand. Nicht auszudenken, wenn dieser alte Kasten plötzlich hängenbleiben und sie darin festsitzen würde, wie die Ratte in der Falle. Schnell stieg sie aus dem Fahrstuhl und stand im Gang. Aber nicht allein, wie sie zu ihrem Schrecken bemerkte. Zwei Männer, einer davon in Armeeuniform, standen vor einer keine zehn Meter entfernten Wohnungstür und unterhielten sich laut. Schnell wandte sie ihre Schritte in die andere Richtung und hoffte nur, dass die gesuchte Wohnung dort zu finden sein mochte. Es wäre schon auffällig, wenn sie den Weg in ihre eigene Bleibe nicht einschlagen würde. Sie legte einen Zahn zu und musterte unauffällig die Türschilder zu beiden Seiten des Korridors.

Je näher sie dem Ende dieses langen Flurs kam, desto mehr verlangsamte sie ihre Schritte. Vorsichtig warf sie einen Blick über die Schulter nach hinten. Die beiden Männer standen immer noch am gleichen Ort und schienen sehr in ihr Gespräch vertieft zu sein. Ihre Augen irrten von links nach rechts und umgekehrt. Oh, verdammt, wenn sie jetzt umkehren musste, würde das doch Anlass zur Nachfrage geben und die Kerle spätestens dann erkennen, dass sie gar nicht die hier wohnende Iwanowa war. Da – sie konnte ihr Glück kaum fassen – sprang ihr das Namensschild am Ende des Ganges förmlich ins Auge. *Iwanow* stand da zu lesen. Sie meinte fast, den riesigen Stein von ihrer Brust plumpsen zu hören. Ein

Seufzer der Erleichterung entrang sich ihrem Mund. Doch als sie zum Schlüsselbund griff, war die Angst zurück. Was war, wenn sich der Gatte der Ärztin in der Wohnung befand? Unwahrscheinlich zwar zu dieser Tageszeit, aber immerhin möglich. Wenn er auch bei der Armee war, dann hatte er sicher auch Schichtdienst. Nun, klingeln an ihrer eigenen Haustür konnte sie schlecht. Also, Schlüssel ins Schloss und – hach, zweimal abgeschlossen. Puh, dass machte kaum jemand in einem solchen Wohnblock, wenn er sich in seiner Wohnung aufhielt.

Schnell trat sie ein und schloss die Tür zum Außenkorridor. Der Lichtschalter war wie üblich neben der Tür und flimmernd gingen die beiden Flurlichter an. Der übliche Schnitt in diesen Wohnkasernen, wie sie ihn kannte. Links und rechts gingen je drei Türen ab. Eine große Wohnung, wie sie nur verdienten Anhängern und Leistungsträgern des neuen – wie auch schon des alten – Systems dieses Landes zuerkannt wurden. An der Garderobe hingen nur wenige Kleidungsstücke, darunter ein Wintermantel mit den Abzeichen eines Majors, also wohl des Ehemannes. Zwei dicke Kinderjacken und ein Pelz mit Kapuze, den sie der Kleidergröße der Ärztin zuordnete.

Schnell durchsuchte sie die anderen Räume. Ein schlichtes Schlafzimmer mit einem großen Kleiderschrank. Linke Seite die Sachen des Mannes und rechts die Damenbekleidung. Obendrauf praktischerweise ein Koffer. Wie für sie bereitgestellt. Schnell füllte sie diesen mit Unterwäsche, Strümpfen, zwei Röcken, Blusen und zwei langen Hosen. Dazu Mantel und zwei schicke Kleider. Auch Schuhe waren genügend da und passten – wie auch die Kleidung – wie für sie gemacht.

Jetzt fehlte ihr nur noch etwas Geld und schon könnte sie sich aus dem Staub machen.

Im Nachschränkchen der Dame des Hauses fanden sich noch etwas Schmuck, goldene Damenuhr und Ohrstecker. Richtig fündig wurde sie dann auf der anderen Seite des Doppelbettes. Ein dicker Packen Rubelscheine in einer ledernen Brieftasche und – zu ihrer Überraschung eine kleine handliche Pistole. Schnell ließ sie das Magazin herausfallen und stellte fest, dass dieses mit acht Patronen voll geladen war. Auch eine kleine Schachtel mit weiteren Patronen in dem passenden Kaliber mit einer ausländischen Beschriftung darauf lag etwas weiter hinten in der Schublade.

Sie warf ihre Beute auf das Bett, zog ihre Uniform aus und verstaute diese im geplünderten Schrank.

Dann kleidete sie sich neu an. Eine nicht zu warme Hose, etwas dickere Bluse, Strickjacke und den gefundenen Mantel in einem dunklen Blau angezogen, Waffe und Geld eingesteckt und nichts wie raus. Doch da verhielt sie und wandte sich erneut dem Schrank zu und stülpte sich noch eine schicke Strickmütze auf den Kopf, der ihre Haarfarbe verbarg. Danach lauschte sie einen Moment an der Tür, bevor sie auf den langen Gang zum Fahrstuhl und Treppenhaus hinaushuschte.

Niemand begegnete ihr, obwohl sie jetzt den Fahrstuhl nahm, da eine Frau mit Koffer auf der Treppe wohl eher auffallen würde.

Auch das Auto stand noch immer dort, wo sie es abgestellt hatte und sprang auch sofort an. So, jetzt noch den Wagen so abstellen, dass er nicht sofort gefunden würde und dann müsste sie untertauchen. Aber wo?

Im Oval Office saß der Präsident der USA mit seinem Sicherheitsberater, Efrahim Dalton, seiner Außenministerin Tilly Ambrose, Stabschefin Diana Cook und dem Verteidigungsminister zusammen.

„Ich habe eben noch mit dem Direktor der CIA telefoniert. Selbst auf die Gefahr der Entdeckung hin hat er veranlasst, dass alle unsere Quellen in Russland angezapft werden. Aber niemand will etwas wissen. Dennoch ist wohl nicht ausgeschlossen, dass dieser Kriegstreiber in Moskau seine Finger im Spiel hat. Aber wir haben nichts handfestes, dass wir auf den Tisch legen könnten. Dafür aber trifft der Russe Anstalten, Teile seiner Schwarzmeer-Flotte auf den Weg ins Mittelmeer zu schicken. Auch erste Staffeln an Suchoi 27 und Mig 29 rüsten nach Agentenberichten zur Verlegung auf türkische Basen. Satelitenaufnahmen bestätigen das. Also, wie gehen wir weiter vor?"

Die schlanke und deutlich jünger als ihre fünfundvierzig Jahre wirkende Außenministerin suchte Blickkontakt mit ihrem Präsidenten.

„Ja, Tilly, was schlagen Sie vor?"

„Wir schicken doch die „Ronald Reagan" mit ihrer gesamten Begleitflotte zur Unterstützung ins Mittelmeer. Dann haben wir auf beiden Trägern an die zweihundert Kampfflugzeuge. Dazu die Aegis-Kreuzer und diverse Zerstörer und Fregatten, Sir. Wenn wir noch mehr tun, außer vielleicht den Griechen noch eine Staffel F 16 zur Unterstützung zu schicken, dann heizen wir die neue Rüstungsspirale noch mehr an. Wir müssen auch an unseren Schuldenstand denken, den wir Ihrem unsäglichen Vorgänger zu verdanken haben. Können wir das wirklich wollen?"

„Es geht hier nicht ums Wollen, sondern darum, diesen beiden Irren in Türkei und Russland zu zeigen, wo ihre Grenzen sind", fuhr die Stabschefin, die rothaarige und gerade frisch geschiedene Diana Cook, ihrer Lieblingsfeindin in der engeren Runde um den Präsidenten, ins Wort.

Präsident Daniel B. Brown konnte sich ein Lächeln nur mühsam verkneifen. Trotz des Ernstes der Lage konnten es die beiden attraktiven Frauen nicht lassen, bei jeder Gelegenheit aufeinander einzuhacken.

Seit längerem beschlich ihn das Gefühl, die beiden Damen konnten sich ihn auch in anderer Position als ihren Präsidenten vorstellen und waren auch – oder sogar hauptsächlich deshalb so unversöhnliche Konkurrentinnen. Nun, er war schon viele Jahre Witwer und kam eigentlich ganz gut bei dem weiblichen Geschlecht an, wie er nur zu gut wusste. Seine Stabschefin hingegen war gerade erst zum dritten Mal geschieden worden, stets kinderlos geblieben und wohl das, was allgemein als *heißer Feger in mittleren Jahren* bezeichnet wurde. Sie hatte bereits mehrfach zu erkennen gegeben, dass sie ihm auch in anderen Dingen, als mit Rat in seiner Eigenschaft als Führer der freien Welt, durchaus zur Verfügung stände.

Tilly Ambrose hingegen sah niemand an, dass sie vierfache Mutter war. Ihr Mann war als Major im Irak mit seinem Jagdbomber aus ungeklärter Ursache abgestürzt und seine Leiche nie gefunden worden. Ihre drei erwachsenen Söhne waren dem Vater nachgeeifert und zwei bereits Piloten bei der Air Force und einer bei der Navy. Die jüngste Tochter hatte die High-School abgeschlossen und studierte in Yale Jura. Wenn er wirklich auf den Gedanken kommen und zwischen beiden so unterschiedlichen Frauen entscheiden müsste …?

Ganz schnell riss er sich aus diesen Gedankengängen und mahnte zur Besonnenheit.

„Nun, nun, meine Damen! Irgendwie haben Sie ja beide recht. Einerseits müssen wir sowohl dem neuen Zaren in Russland, als auch dem selbstherrlichen Türken ihre Grenzen aufzeigen. Aber wenn irgend möglich doch lieber ohne eine militärische Auseinandersetzung anzuzetteln, die sich sehr schnell ausweiten und in einem Weltbrand enden kann. Zudem haben uns die Kriege im Irak, unsere Engagements in Afghanistan und gegen den weltweiten Terrorismus so viel Geld gekostet, dass wir längst mehr als an unsere Grenzen gestoßen sind."

„Richtig, wenn ich das einmal so sagen darf, Mr. Präsident, jetzt sollen gefälligst die Europäer, die alle erwarten, dass wir sie gegen die Bösen dieser Welt stets verteidigen, endlich auch einmal Flagge zeigen und vor allem auch ihren Teil der Kosten tragen. Trotzdem müssen wir sehr deutlich machen, dass wir auch vor einem militärischen Eingreifen nicht zurückschrecken, wenn es denn sein muss", meldete sich Verteidigungsminister Arnold Wilde zu Wort.

Der Präsident nickte zustimmend. „Richtig, Arnold, dass habe ich denen schon erklärt. Mit den Engländern sind wir uns ohnehin einig. Die sind zum Glück, wie ich meine, auch aus diesem europäischen Debattierclub von EU ausgetreten, was jedenfalls militärpolitisch und gerade für uns nur von Vorteil sein kann.

Auch der neue Bundeskanzler in Deutschland begreift, dass auch die europäischen Partner in der NATO ihren Beitrag leisten müssen. Aber viel wichtiger ist, dass wir alles versuchen, die sich anbahnende Krise nicht ausufern zu lassen. Ich habe bewusst erst mal nur Sie um Ihre, hoffentlich konstruktiven, Vorschläge gebeten, bevor der Marineminister, der Direktor der CIA und Admiral Al Cobb, unser oberster Militär dazukommen."

Aufmunternd blickte Daniel B. Brown die in seinem Arbeitszimmer versammelten engsten Vertrauten an.

„Nun, Mr. Präsident, wir sollten alle Optionen prüfen und …"

Weiter kam sein Sicherheitsberater nicht, als die Außenministerin warnend die Hand hob und murmelte: „Wieso bin ich mir so sicher, dass jetzt wieder ein Vorschlag aus der ganz dunklen Kiste kommt?"

Ein mehrdeutiges Grinsen stahl sich in das Gesicht des abgebrühten Politprofis, dessen Rat vom Präsidenten immer gesucht war, auch wenn er ihm aus verschiedenen Gründen häufig nicht folgen mochte. Er nahm Blickkontakt mit seinem Boss und altem Duzfreund auf und fuhr dann fort, als hätte es den Einwand der Ministerin gar nicht gegeben. „… auch unkonventionelle Methoden nicht von vorn heraus ausschließen. Wenn wir die Attentäter nicht vor der Weltöffentlichkeit entlarven und so den Druck aus dem Kessel nehmen können, müssen wir die Türken dazu bringen, den Deal zwischen ihrem Präsidenten und den Russen rückgängig zu machen."

Zur Überraschung der Außenministerin signalisierte der Präsident mit seinem schmalen, aber in seiner Hagerkeit dennoch Jugendlichkeit ausstrahlendem

Gesicht so etwas wie Zustimmung. „Daran habe ich auch schon gedacht, Efra. Und was stellen Sie sich da so vor?"

„Da gibt es aus meiner Sicht nur eine Option, Sir. Das türkische Militär muss sich gegen Özdemir stellen. Aber nicht so dilettantisch wie vor einigen Jahren. Und wenn ich eins weiß, dann die Tatsache, dass die türkischen Generäle alles andere als hinter dem Abkommen ihres Präsidenten mit den Russen stehen. Dazu kommt noch der Tod ihres Oberbefehlshabers und die Reaktion Özdemirs darauf. Es fehlt nur ein kleiner Anstoß und dann gibt es einen neuen Putsch. Die türkischen Generäle wissen genau, was ihnen blüht, wenn sie die Russen erst einmal im Land haben."

Außenministerin Ambrose war empört. Sie schluckte mehrfach und ihr immer noch schönes Gesicht überzog sich mit einer leichten Röte. Bevor sie jedoch etwas sagen konnte, musste sie hören, wie ihre liebste Feindin im engeren Kreis des Präsidenten fast jubelnd zustimmte.

„Ja, das könnte gelingen, Mr. Präsident und da unsere NATO-Verbündeten ja noch ein oder zwei Wochen mindestens brauchen, um ihre Zelte auf den Stützpunkten der Türken abzubrechen, sollten wir die Zeit nutzen. Ich stimme Efrahim da jedenfalls voll zu."

Der Herr des Weißen Hauses schaute auf seinen Verteidigungsminister. „Was ist, Arnold. Sie haben doch einen guten Draht zu dem Stellvertreter des so unglücklich dahingeschiedenen Generalstabschefs der Türken, dieses Gülen. Wie heißt der Knabe noch?"

„Cetin Keser, Sir. Aber nicht ich persönlich habe den Kontakt, sondern unser Militärattaché in Ankara."

„Sehr gut! Ist der Mann zuverlässig und kann unser Mann ihn entsprechend ansprechen?"

„Ich nehme gleich Kontakt mit Colonel Crawford auf. Den Colonel kenne ich persönlich und bin mir sicher, dass dieser die Lage beurteilen kann."

Auf den Wink des Präsidenten griff Arnold Wilde zu seinem Handy und verließ den Raum.

Der in Kürze wohl mit allen Kräften eines noch immer totalitären Staates gejagt werdenden Frau war eine Idee gekommen. Freunde, die sie verstecken und außer Landes bringen würden, hatte sie keine. Familie, die ihr helfen könnte, ebenfalls

Fehlanzeige; außerdem würde sie dort zuerst gesucht werden. Wenn sie Glück hatte, wurde zwar bereits nach ihr gesucht, noch nicht aber nach dem Auto der Ärztin. Wo waren die Kontrollen am schärfsten? Am Flughafen. Also würden Miliz, Armee und ihre Kollegen von den verschiedenen Geheimdiensten sie dort wohl eher nicht vermuten. Also nahm sie den Weg zum Flughafen unter die Räder ihres derzeitigen fahrbaren Untersatzes.

Auf einem der großen Parkflächen würde sie den Wagen stehen lassen und sehen, dass sie irgendwie wieder in die große Stadt zurück käme. Wenn ihr überhaupt jemand helfen würde, dann vielleicht Andrej, der alte Pope, der sie schon als kleines Mädchen getauft hatte, nachdem dieses ohne Ansehensverlust auch für Angehörige der Streitkräfte wieder möglich war. Hoffentlich lebte er überhaupt noch. Es war schließlich lange her, dass sie ihn zuletzt gesehen hatte. Bei der Beerdigung ihrer Mutter war es gewesen. Die kleine Kirche in der Nähe des Friedhofes, wo ihre Mutter begraben lag und wo sie den belastenden Computerstick verborgen hatte, sah jedenfalls noch aus wie immer. Seltsam, dass sie bei dem Besuch auf dem Friedhof überhaupt nicht an den alten Priester gedacht hatte. Sie schaute auf den Tacho. Bloß jetzt nicht noch einer Streife auffallen. Sie guckte auf die Straße und bemerkte, dass es anfing zu regnen. Scheibenwischer und Licht zu finden waren kein Problem. Sie blickte nach links, von wo sich eine dunkle Wolkenwand näherte, als sie hinter sich Lichter zuckend aufblitzen sah. Ein Kleinbus der Miliz kam mit hoher Geschwindigkeit von hinten herangebraust. Wollten die etwa was von ihr? War der rote Lada doch schon in die Fahndung gegeben? Sie fühlte, wie ihr der Schweiß den Rücken hinunter rann. Ein Auge richtete sie auf die Schnellstraße vor sich und das andere hing gebannt am Spiegel. Jetzt schoss der Kleinbus auf die linke Spur hinüber. Alina hielt den Kopf starr geradeaus nach vorn gerichtet. Aus den Augenwinkeln allerdings schaute sie auf den sie überholenden Polizeiwagen, dessen Blinklichter auf dem Dach rotierten und sie plötzlich mit blaurotem Licht überzogen. Dann sah sie das dahinjagende Fahrzeug nur noch von hinten und ein Stein fiel ihr von der zusammengepressten Brust.

„Puh", stöhnte sie unwillkürlich auf und merkte, wie ihr Atem schneller ging. Da ertönte weiteres Sirenengeheul hinter ihr und erneut blitzte rotes und blaues Lichtgewitter hinter ihr auf. Zwei Krankenwagen und dahinter ein großer roter Feuerwehrwagen kamen in hohem Tempo näher und rauschten ebenfalls an ihr und den anderen Fahrzeugen vorbei. Hoffentlich kein Unfall auf dieser Autobahn. Denn dann würden wohl die Fahrbahnen gesperrt und der Verkehr käme zum Erliegen.

Doch kaum hatte sie daran gedacht, wurden die Autos vor ihr langsamer und dann sah sie es auch schon. Wenige hundert Meter vor ihr stand jetzt der Polizeiwagen mit zuckenden Lichtern, davor einige ineinander verkeilte Fahrzeuge, wovon eines auf dem Dach lag. Kurz darauf war die Unfallstelle fast erreicht. Sie fuhr scharf rechts an den Rand der Fahrbahn, so wie es die Fahrer vor ihr getan hatten. Auf der linken Spur näherten sich in der gebildeten Gasse weitere Rettungseinheiten.

Sie holte tief Atem und stieg aus. Ganz sicher gab es viele Verletzte und vielleicht konnte sie helfen.

Ohne weiter nachzudenken lief sie auf die sich an den Fahrzeugen zu schaffen machenden Rettungskräfte zu.

„Halt, wo wollen Sie hin?", rief ihr einer der Milizionäre zu.

Alina stockte kurz. Dann kam ihr der Gedanke an die fremden Papiere in ihrer Tasche.

„Lassen Sie mich. Ich bin Ärztin. Kapitän Iwanowa vom Armeekrankenhaus Moskau!"

„Oh, Verzeihung, Kapitän!", zuckte der Polizist zurück. „Kommen Sie bitte!"

„Hier bringe ich euch eine Ärztin!"

Die Sanitäter aus den beiden Krankenwagen sahen sich um.

„Oh, gut! Da, sehen Sie, Frau Doktor. Die beiden Frauen in dem umgestürzten Auto sind nicht ansprechbar. Sollen wir sie rausziehen?"

Alina überlegte kurz. Natürlich verstand sie etwas von Erster Hilfe. Aber bestimmt weniger als die Berufssanitäter hier vor Ort.

„Moment, ich will sie mir erst einmal ansehen!" Sie kniete neben dem auf dem eingedrückten Dach liegenden kleinen Kompaktwagen ausländischen Modells. Ein deutscher VW, wie sie erkannte.

„Oh, das sieht nicht gut aus. Sie sah gleich, dass die eine junge Frau ganz ohne Zweifel sich das Genick gebrochen hatte, so wie ihr Kopf neben der Schulter hing. Ein Griff an die Halsschlagader bestätigte ihre Vermutung. Kein Puls mehr spürbar.

„Herausziehen! Diese Frau ist tot. Genickbruch!"

Alina wandte sich der anderen, etwa gleichaltrigen Dunkelhaarigen auf dem Beifahrersitz zu. Im Gegensatz zu ihrer Mitfahrerin war diese blutüberströmt. Ein tiefer Riss auf der Stirn, der sich bis weit auf den Mittelkopf fortsetzte, wie Alina feststellte. Auch der Arm schien gebrochen. Aber diese Frau lebte eindeutig noch. „Hierher! Diese Frau lebt noch, kann aber eine Wirbelsäulenverletzung haben. Alle Mann hierher und ganz vorsichtig anpacken!"

Die Sanitäter ließen die Tote einige Meter abseits sanft auf die Fahrbahn gleiten und kamen eilig heran. „Zwei Mann auf die andere Seite und so gut es geht versuchen, von dort aus den Rücken zu stabilisieren!", ordnete Alina an und blickte auf die still einige Meter entfernt liegende Tote.

„He, Sie da! Ja, Sie von der Miliz! Kommen Sie her und drücken Sie die Tür des Wagens etwas weiter auf, wenn die Sanis die Frau herausheben!"

Der Beamte, der sich gerade der Toten zuwenden wollte, kam herbeigetrabt und fasste mit an.

Schnell warf Alina einen Blick auf die Tote, die jetzt still und verlassen auf dem Rücken lag.

Niemand achtete auf sie. Der andere Polizist hielt die Neugierigen fern, deren Aufmerksamkeit jetzt ohnehin von dem nächsten ankommenden Polizeiwagen in Anspruch genommen wurde.

Schnell kniete sich die angebliche Ärztin neben die Tote und fühlte ihre Taschen ab. Nichts! Oh, was war das? Eine Gürteltasche. So schnell sie konnte, löste Alina den Gürtel und nahm die Tasche an sich. Glücklicherweise war diese so klein, dass sie sich gut unter ihrer Jacke verbergen ließ.

Da hatten die fünf Männer auch schon die andere Verletzte geborgen. Offenbar hatte niemand etwas von ihrer Tat bemerkt.

„So, Männer, für die da", Alina deutete auf die Tote, „ können wir leider nicht mehr viel tun. Aber jetzt schnell ins Krankenhaus mit der, die Sie aus dem Auto gezogen haben. Vorsichtig auf die Trage mit ihr und dann nichts wie ab! Ich fahre mit. Hier, der Schlüssel von meinem roten Lada. Zum Flughafen auf den Parkplatz für die Miliz mit ihm. Ich hole das Auto dort später ab!"

Mit diesen Worten warf sie den Autoschlüssel dem Polizisten zu und stieg hinten in den Rettungswagen ein. Nur gut, dass kein Notarzt an Bord gewesen war.

Sekunden später raste der hellbeige Krankentransporter mit zuckenden Lichtern und gellendem Sirenenklang der nächstgelegenen Notaufnahme zu.

Ein kurzer Blick nach vorn, wo der zweite Mann neben dem Fahrer saß und mit dem Funkgerät hantierte. Die waren beschäftigt und durch die trennende Scheibe aus dickem Milchglas konnten sie ohnehin Einzelheiten nicht erkennen. Alina tat so, als kümmere sie sich um die schwer verletzte Frau und sah sich den Inhalt der erbeuteten Tasche näher an. Reisepässe, Ausweise, einschließlich Führerscheine in einer ihr nicht unbekannten Sprache. Dazu reichlich Dollar und Euro und ein kleines Smartphone. Sie betrachtete das Bild in Pass und Ausweis sowie auf dem Führerschein und danach die Schwerverletzte, die jetzt leise zu stöhnen begann. Das Bild in dem einen Pass zeigte eindeutig diese Frau, die jetzt hier neben ihr lag. Aber in dem anderen Pass … das Bild ähnelte ja ihr selbst etwas. Schnell blickte sie auf den anderen Führerschein und den zweiten in eine Plastikhülle eingeschweißten Ausweis. Doch, auf den ersten Blick war eine gewisse Ähnlichkeit vorhanden.

Einen Versuch war es wert, entschloss sie sich spontan, denn jetzt hatte sie die Papiere beider Frauen aus dem verunglückten deutschen Auto und es würde einige Zeit dauern, bis die Opfer des Unfalls identifiziert sein dürften. Denn bei dem Fahrzeug handelte es sich um keinen Mietwagen, sondern ein Fahrzeug, dass offenbar einer deutschen Firma zuzuordnen war. Reichlich zusätzliches Geld hatte sie auch gefunden und, wie sie jetzt beim Durchblättern des Passes sah, ein Flugticket nach Palma de Mallorca, also auf die Balearen. Das lautete auch auf den Namen der jungen Frau, die ihr ähnlich sah. Abflugdatum war heute um 18.00 Uhr. Das konnte sie schaffen. Jetzt musste sie nur sehen, wie sie aus dem Krankenhaus wegkam, ohne aufzufallen und dann noch ihre Haarfarbe ändern – das konnte knapp werden. Ach, was soll's? Sie hatte dunkelbraune Haare. Auf dem ohnehin schlechten Passfoto fiel der Unterschied kaum auf.

Fedor Wladimirowitsch Kruskin konnte es nicht fassen, was ihm GRU-Chef Koljanin am Telefon mitteilen musste.

„Wie zum Teufel konnte denn das passieren? Wann ist die Frau denn aus dem Krankenhaus abgehauen? Und vor allem, was haben Sie veranlasst, dass sie schnellstens gefasst wird?"

Wie ein Trommelfeuer prasselten die Fragen seines Präsidenten auf General Koljanin nieder. Das Schlimmste aber war, dass der neue Herrscher über das, auch nach dem Zerfall der UDSSR noch immer riesige Russland, nicht einmal seine Stimme erkennbar lauter werden ließ, sondern in leisem Tonfall sprach, dem aber Eiseskälte beigemischt war.

Der General berichtete, nach ganz kurzer Überlegung, wahrheitsgemäß.

„Ja, das Auto der Ärztin, das die Sacharowa gestohlen haben dürfte, ist am Flughafen gefunden worden. Direkt vor der Wache der Miliz. Die Kameras in der Nähe haben auch eine Frau in der Uniform eines Kapitäns erfasst, jedoch ohne das Gesicht erkennen zu können. Jawohl, der gesamte Flughafen und alle abgehenden Flüge, Züge, Busse und Autos werden von uns, natürlich der Miliz und auch der Armee kontrolliert. Selbstverständlich sind FSB und KGB eingebunden."

„Und Ihre persönliche Meinung, Koljanin?"

Der GRU-Chef entschloss sich auch hier zur Ehrlichkeit.

„Ich glaube ihr die Amnesie nicht. Vielleicht wollte sie ganz einfach nicht weg aus Moskau und ist deshalb verschwunden, als sie gemerkt hat, dass ihr Schwindel auffliegen würde."

„Glauben Sie persönlich, dass sie soviel über unser ... äh ... Planspiel weiß, dass sie die Zusammenhänge durchschaut?"

„Ich kann es leider nicht ausschließen, Gospodin Präsident."

„Dann General rate ich Ihnen dringend, finden Sie sie und sorgen Sie dafür, dass von ihr nie mehr eine Gefahr ausgehen kann. Wenn das, was derzeit abläuft, herauskommt, dann rollen Köpfe – und Ihrer ganz bestimmt zuerst!"

Das hatte ihm gerade noch gefehlt, dass dieser bisher so ausgezeichnet umgesetzte Plan dieses vielversprechenden Oberst, den er im Wesentlichen natürlich als das Produkt seines Superhirns ansah, nun wegen einer so unbedeutenden Frau gefährdet wurde.

Auch General Koljanin setzte alles daran, seine Position – und vermutlich auch sein Leben – nicht durch die Flucht dieses kleinen Leutnants seiner Truppe zu gefährden.

Er warf einen Blick auf die getroffenen Veranlassungen: Kontrollen an allen Bahnhöfen im Umkreis von dreihundert Kilometern und an allen aus Moskau herausführenden Straßen. Wechselnde Kontrollpunkte in der Stadt selbst. Überprüfungen aller Hotels, Pensionen und Gaststätten. Öffentliche Fahndung in Funk, Fernsehen und Presse. Die Verstärkung der Bewachung vor den westlichen Botschaften und vorsorglich auch der Chinas und der Türkei verstand sich von selbst.

„Gesucht wegen Spionage und Terrorverdacht!" So lautete die Überschrift über ihrem Bild, das überall verbreitet wurde.

Natürlich wurde auch am Hafen und an der Moskwa und allen Nebenflüssen kontrolliert und alle Boote von der Flusspolizei durchsucht.

Nach menschlichem Ermessen konnte die Sacharowa nicht entkommen. Aber: Sie war nicht nur jung, sondern hatte auch eine Spezialausbildung bei der GRU absolviert. Und wie sie aus dem Armeekrankenhaus entkommen war, sich das Auto der Ärztin beschafft und in deren Wohnung neu eingekleidet hatte, das sprach doch für eine gewisse Gewandtheit, die er ihr eigentlich nicht zugetraut hatte.

Natürlich wurden auch die Kontakte zur Mafia und den geduldeten und teilweise für eigene Zwecke des Staates eingespannten Rockerbanden genutzt, um auch diese in die Suche einzubinden. Gegen hohe Belohnung versteht sich.

Während in Russland die Jagd auf die verschwundene GRU-Offizierin begann, näherte sich die Situation im Mittelmeer der nächsten Eskalation.

Die türkische Fregatte „Gallipoli" hatte sich der griechischen Insel *Imia*, vor der sie nach einem kurzen Aufenthalt zum Auftanken und Anbordnahme eines Landungstrupps, erneut patrouillierte, immer weiter genähert, bis sie in die von den Griechen beanspruchten Hoheitsgewässer um die Insel geriet.

Ein griechisches Boot der Küstenwache nahm daraufhin Kurs auf die türkische Fregatte und forderte diese auf, die griechischen Hoheitsgewässer zu verlassen. Doch das türkische Kriegsschiff kümmerte sich nicht um den gerade einmal zwölf Meter langen und nur mit einem mickrigen Maschinengewehr bewaffneten Kutter. Dessen Kommandant meldete das Vorkommnis per Funk seinem Vorgesetzten, der zusagte, von der fünfzig Meilen entfernten Fregatte „Salamis" einen Hubschrauber zur Unterstützung zu schicken. Bis dahin sollte der Leutnant, der den Wachkutter befehligte, dem Türken den Weg blockieren und notfalls Warnschüsse abgeben.

Mit gemischten Gefühlen, aber dennoch unverzagt gab der Kommandant des kleinen Bootes Befehl, sich vor den Bug des über zehnmal größeren Schiffes zu manövrieren. Doch die türkische Fregatte behielt ihren Kurs bei und nur mit einem schnellen Rudermanöver konnte das kleine griechische Wachboot eine Kollision, die es unzweifelhaft nicht überstanden hätte, verhindern. Nur ganz knapp verfehlte der Bug des Türken den kleinen Griechen, der an der hohen Bordwand der Fregatte entlangschrammte. Mit vor Zorn und Entsetzen hochrot entflammtem Gesicht befahl Leutnant Diolis daraufhin, die Persenning von dem leichten Maschinengewehr zu entfernen und ließ, als der Kutter etwas seitlichen Abstand gewonnen hatte, von achtern einen kurzen Feuerstoß vor den Bug des türkischen Schiffes abgeben. Die kleinen Projektile furchten eine von Bord der Brücke des Türken kaum zu erkennende Linie aufspritzenden Wassers in die ruhige See der Ägäis.

Einen Moment lang schien es, als kümmere sich die Schiffsführung der Fregatte gar nicht darum und gerade wollte der langsamere Kutter in das silbern brodelnde Kielwasser des türkischen Kriegsschiffs einscheren, da belferte ein kleines Luftabwehrgeschütz auf dem Achterdeck des Türken los und stanzte eine Reihe von Löchern in Bug und Deck des Kutters und riss auch das leichte MG mitsamt seiner Lafette über Bord. Im Steuerhaus des getroffenen Bootes sackte der Rudergänger neben dem Kommandanten zusammen und auch von achtern her ertönte ein schriller Schmerzensschrei. Doch damit nicht genug. Mit schreckgeweiteten Augen sah Leutnant Diolis wie die Fregatte wendete und mit zunehmender Fahrt direkt auf sein Boot zulief.

„Ruder hart backbord!", brüllte der Kommandant, der erst jetzt begriff, dass sein Rudergänger ja getroffen zu seinen Füßen lag. Er griff selbst in die Speichen des alten, hölzernen Ruderrades und brüllte in Richtung Maschinenraum: „Volle Kraft voraus, der will uns rammen!"

„Maschine ist ausgefallen!", rief eine Stimme und Dionis sah seinen Maschinisten durch das offene Luk zu sich in das Ruderhaus hochkommen.

Inzwischen rauschte die Fregatte hinter einem Vorhang aus hochaufgeworfenem Schaum heran.

„Alle Mann von Bord!", brüllte der Leutnant und machte zwei schnelle Schritte aus dem offenen Ruderhaus und sprang über die niedrige Reling. Sein Maschinist tat es ihm gleich auf der anderen Seite und da bohrte sich der Steven des Kriegsschiffes bereits in den Bug der kleinen Nussschale und drückte das ganze Boot unter Wasser und rauschte darüber hinweg. Nachdem Rudergänger und die Bedienung des MG bereits zuvor getroffen waren, verschwanden auch der junge Leutnant und sein etwas älterer Maschinist in dem Wirbel aus Wasser und dem in seine Bestandteile auseinanderberstenden Kutter.

Der Hilferuf des Griechen hingegen wurde ebenfalls von mehreren Schiffen der NATO aufgenommen und auch die Fregatte „Bremen" der Deutschen Marine startete ihren Hubschrauber, um zu sehen, was dort vor der kleinen Insel in der Ägäis passierte. Freilich wusste zu diesem Zeitpunkt noch niemand von der Tragödie, die sich abgespielt hatte.

Auch der Flugzeugträger USS „Sam Housten" schickte eine Rotte seiner F 15 an die angegebene Position. Diese Alarmrotte startete sofort und war noch vor dem Hubschrauber der griechischen Fregatte vor der kleinen Insel in der Ägäis angekommen.

„Türkische Fregatte in den Hoheitsgewässern vor der Insel gesichtet. Kein weiteres Schiff in Sicht!", lautete die Meldung des Rottenführers an die „Sam Housten".

Der Trägerkommandant befahl dort zu bleiben, alle Aktivitäten des türkischen Schiffes zu melden und gleichzeitig nach dem Wachboot Ausschau zu halten.

Wenige Minuten später meldete die F 15: „Die Fregatte stoppt keine tausend Yards vor der Insel und zwei Schlauchboote mit Soldaten an Bord werden ausgeschifft und nehmen Kurs auf Imia!"

„Abwarten! Ein griechischer Hubschrauber müsste gleich bei Ihnen eintreffen. Haben Sie schon Sichtkontakt?"

„Nein, aber zwei langsam fliegende Objekte auf dem Radar." Sekunden später ergänzte der Pilot: „Jetzt Sichtkontakt zum Heli. Dieser nimmt Kurs auf die Landungsboote, die nur noch ca. vierhundert Yards vor der Insel sind. Der Heli geht tiefer und überfliegt die Boote ganz niedrig und gibt Blinksignal, dass allerdings nicht abgelesen werden kann."

„Weiter abwarten! Wir versuchen bereits die Fregatte anzufunken. Diese reagiert aber nicht!"

Keine Minute später ein aufgeregter Ruf im Sprechfunk: „Hier Eagle 3. Die Boote fahren wilde Ausweichkurse und der Heli ist etwas höher gegangen und fliegt jetzt die Boote direkt von vorn an."

Keine zwei Sekunden später: „Die Fregatte hat Rakete abgefeuert und der Heli ist explodiert!"

„Abwarten! Weitere Befehle folgen!", lautete die Antwort vom Träger.

Doch Sekunden später meldete sich Eagle 3 erneut: „Weiterer Heli im Anflug aus Richtung Süden!"

Noch bevor der vorgesetzte Offizier des Piloten antworten konnte, ergänzte dieser seine Meldung: „Der zweite Heli dreht ab. Die Boote nehmen wieder Kurs auf die Insel. Was sollen wir tun? In fünf Minuten sind die angekommen!"

Es dauerte einige Sekunden, dann der Befehl: Niedrig überfliegen! Sehr niedrig!"

Der Rottenführer bestätigte mit einem grimmigen Lächeln auf den Lippen und nahm – gefolgt von seinem Kameraden in der zweiten F 15 – in einem weiten Bogen über die Insel Kurs auf die ankommenden Schlauchboote. Was mit der Anweisung *sehr niedrig* gemeint war, war beiden Piloten klar. Was dieser tiefe Überflug ausrichten würde auch. Sie mussten nur aufpassen, dass sie nicht gar zu niedrig über die Wasseroberfläche donnern würden, um sich nicht selbst zu gefährden. Dicht nebeneinander, mit nur wenigen Metern Abstand zwischen den Spitzen der Tragflächen, stürzten die Jagdbomber aus dem unschuldig blauen Himmel auf das nicht weniger blaue Meer hinab.

In den beiden großen, mit Außenbordern angetriebenen Schlauchbooten, sahen die türkischen Soldaten mit vor Schrecken geweiteten Augen den aus dem Himmel auf sie herabstürzenden Maschinen entgegen. Doch dem auf sie zurasendem Verhängnis konnten sie nicht mehr entgehen.

Nur ein einziger Mann in dem hinteren Boot sprang noch über den dicken Wulst des Bootes in das kaum bewegte Meer. Dann war es soweit. Der Sog der rasenden Maschinen packte die schweren Boote und ließ sie sich überschlagen. Was der Wirbel der verdichteten Luft noch nicht zerstört hatte, das besorgten die feurigen Abgasstrahlen der donnernden Triebwerke, die im Hochziehen der silbernen Donnervögel ungeschützt auf die mitsamt Menschen und Ausrüstungsgegenständen herumgewirbelten luftgefüllten Boote trafen. Die Hitze ließ Gummi und Haut förmlich dahinschmelzen, wo sie auftraf. Wer von den voll ausgerüsteten Soldaten noch nicht von dem Luftsog erfasst und schwer getroffen mit gebrochenen Gliedern ins kochende Meer gestürzt war, den brachte spätestens jetzt die Glut der aufdröhnenden Strahltriebwerke um.

Auf der „Galipoli" blickten Kommandant und Offiziere fast starr auf das über ihren Landungstrupp hereinbrechende Unheil.

Während die beiden Jagdbomber hochzogen und zu einem großen Kreis ansetzten, um nochmals zu schauen, ob ihre Maßnahme auch den gewünschten Erfolg zu verzeichnen hatte, fasste sich der Kommandant der „Galipoli". „Luftabwehr bereithalten. Raketensilos öffnen und Feuerbereitschaft herstellen. Zielradar an!"

Die beiden F 15 stürzten wieder wie riesige Raubvögel, nur ungleich schneller auf das Meer herab, überflogen nochmals die Stelle, wo noch einige Ausrüstungsgegenstände und die eine oder andere von ihrer noch nicht geplatzten Schwimmweste über Wasser gehaltene menschliche Gestalt auf dem sich wieder beruhigten Meer trieb. Dann zogen die silbern in der Frühjahrssonne aufblitzenden Maschinen steil in den Himmel.

In diesem Moment schossen aus dem Raketensilo der älteren türkischen Fregatte Flammen empor, an deren Spitze sich dann eine Luftabwehrrakete in den blauen Himmel schwang. Keine Sekunde später das gleiche Bild nochmals und eine weitere Rakete zog mit einer erst feurigen, dann fast weißen Rauchspur ziemlich steil nach oben in die Richtung, in die die F 15 verschwunden waren.

Gebannt folgten die Blicke der türkischen Offiziere und Mannschaften, soweit sie auf Brücke oder Oberdeck versammelt waren, ihren himmelwärts strebenden Lenkwaffen.

In den beiden amerikanischen F 15 hingegen ertönten die akustischen Warnsysteme und auch optisch wurde angezeigt, dass sich ihnen ballistische Flugkörper näherten.

Die Piloten riefen sich gegenseitig Warnungen zu und auch auf den Begleitschiffen des Trägers waren die Raketenstarts bemerkt worden.

Die Piloten blickten auf ihre Anzeigen und erhöhten die Geschwindigkeit und bereiteten sich auf die Abwehrmanöver vor.

Immer näher rückten die Raketen zu den auserkorenen Opfern. Die eingeschalteten Nachbrenner der Jagdbomber boten ihren auf Hitze reagierenden Suchköpfen eigentlich nicht zu verfehlende Ziele.

Aber die Piloten der F 15 verstanden ihr fliegerisches Handwerk. Unmittelbar bevor die erste Rakete ihr Ziel erreichen konnte, riss der Rottenführer seinen Jagdbomber nochmals steil in die Höhe und schaltete gleichzeitig den Nachbrenner aus. Nur wenige Meter jagte die fast doppelt so schnelle Lenkwaffe unter dem

Flugzeug hinweg, das einen kleinen Vorsprung gewann, bevor das Geschoss sich wieder an seine Hitze abstrahlende Turbine heftete. Major Jimmy Westen jagte indessen seinen Flieger im Sturzflug in Richtung Wasseroberfläche. Fast schien es, als solle er es nicht schaffen, doch unter erneutem Einsatz des Nachbrenners gelang es ihm, etwas Vorsprung vor dem nahenden Verhängnis zu behalten. Unmittelbar bevor sein Fluggerät auf der Wasseroberfläche zerschellen würde, riss er die Maschine wieder hoch. Die keine fünfzig Meter hinter ihm heranrasende Rakete hingegen schaffte die Kurskorrektur nicht mehr und knallte mit dreieinhalbfacher Schallgeschwindigkeit in das Wasser, wo der Aufschlagzünder den Sprengkopf explodieren ließ.

Erst jetzt merkte Major Westen, wie ihm der Schweiß unter der Kombination und dem Helm förmlich aus den Poren strömte.

Gerade wollte er seinen Kameraden anrufen und hoffte nur, dass diesem auch gelungen sein mochte, der auf ihn gezielten Lenkwaffe zu entkommen, als er dessen Stimme im Sprechfunk vernahm.

„Hier Eagle 4! Lenkwaffe ausmanövriert!"

Mit Bedauern mussten die beiden Flieger dann den Befehl befolgen und zur Landung auf dem Träger ansetzen. Zu gern hätten sie jetzt ihrerseits einen Angriff auf die türkische Fregatte geflogen. Dass ihnen einmal ein bis vor ganz kurzer Zeit verbündeter NATO-Partner nach dem Leben trachten würde, war eine ganz neue Erfahrung für sie.

Der Befehlshaber der Trägerkampfgruppe, der wieder auf die USS „Sam Housten" zurückgekehrte Admiral James Watson war außer sich vor Zorn darüber, dass diese türkische Fregatte es gewagt hatte, seine Flugzeuge anzugreifen und hätte liebend gern sofort einen Angriff mit Cruise Missiles angeordnet und das Türkenschiff in den Grund des Mittelmeeres gebohrt. Leider stand die Genehmigung Präsidenten oder des Marineministers noch aus. Aber er ließ sofort erhöhte Gefechtsbereitschaft anordnen und wies alle seine Einheiten daraufhin, dass mit Feindseligkeiten seitens der türkischen Schiffe und Flugzeuge gerechnet werden müsse und gegebenenfalls mit Waffengewalt auf Angriffe – aber zunächst nur auf Angriffe – geantwortet werden dürfe.

Als kurz darauf Rettungsschiffe unter Schutz von NATO-Einheiten eintrafen und nach dem vermissten Kutter und auch dem abgeschossenen Hubschrauber suchten, hatte sich die türkische Fregatte aus dem Bereich der Insel *Imia* zurückgezogen.

Als kurz darauf Trümmerteile und jedenfalls einige Leichen im Meer treibend geborgen werden konnten, ergab die erste Untersuchung bereits, dass der Hubschrauber unzweifelhaft von einer Lenkwaffe getroffen und der Kutter mit Sicherheit gerammt und von einem wesentlich größeren Schiff überlaufen und unter Wasser gedrückt worden war. Da der Hubschrauberabschuss zudem unzweifelhaft infolge der Meldung der Flieger erfolgt war und diese von der „Gallipoli" ebenfalls mit Lenkwaffen angegriffen wurden, mussten Amerika und auch die NATO Stärke beweisen und handeln.

Sowohl der amerikanische Präsident als auch die NATO in Person ihres Generalsekretärs wiesen die Regierung in Ankara unmissverständlich daraufhin, dass künftig jede Verletzung griechischen Territoriums einschließlich der Hoheitsgewässer um die umstrittenen Inseln als Angriff auf einen NATO-Partner angesehen und damit den Verteidigungsfall für die NATO auslösen würde.

Der Weltsicherheitsrat tagte im Rahmen einer Sondersitzung und nur das VETO Russlands bewahrte die Türkei vor einer einstimmigen Verurteilung.

Inzwischen wurden weitere Kriegsschiffe der NATO-Verbündeten in das Krisengebiet entsandt. Vor den besonders gefährdeten Inseln, die dicht vor der türkischen Küste lagen, wachten jetzt einsatzbereite Fregatten verschiedener Staaten, darunter auch die deutsche Fregatte „Bremen".

Die Griechen, die ein Wachboot und einen Hubschrauber sowie insgesamt vierzehn Soldaten verloren hatten, forderten vehement Vergeltungsschläge gegen die Türkei. Diese bestritt jegliche Schuld und ihr Präsident behauptete dreist, der Wachkutter habe den Kurs der „Gallipoli" unvorsichtig gekreuzt, so dass diese gar nicht mehr ausweichen konnte. Der Hubschrauber hingegen habe die übenden Boote mit seinem Maschinengewehr beschossen und sei daraufhin im Rahmen der erlaubten Selbstverteidigung abgeschossen worden. Das gelte auch für die Raketen, die auf die amerikanischen Flugzeuge gestartet worden seien, da diese die Fregatte angreifen wollten. Wenn also überhaupt eine Nation Schadenersatz und eine Entschuldigung fordern könne, so sei dieses ausschließlich die Türkei.

Während sein türkischer Amtskollege sich endgültig zwischen alle Stühle gesetzt hatte – nicht nur außenpolitisch, auch seine Anhängerschaft im Land selbst war inzwischen mehr als nachdenklich geworden – war auch sein Rückhalt in den türkischen Streitkräften stark geschwunden. Hatten noch bei dem halbherzigen und ziemlich naiv anmutenden Versuch eines Staatsstreiches der Militärs diesen letztendlich die Massen an Zivilisten auf den Straßen verhindert, würde es bei einem erneuten Versuch der Machtübernahme durch die Armee wohl anders aussehen.

Ganz anders die Situation in Russland. Zwar war auch dort die Wirtschaft am schwächeln und die Versorgungslage schlechter geworden, so wurde doch der neue Coup ihres Präsidenten bewundert.

Die NATO entzweit, Zugang zum Mittelmeer für die russische Flotte und Stützpunkte in der Türkei. Das deckte viele innenpolitische Probleme zu.

Dazu würde der russische Einfluss durch den Schulterschluss mit der muslimischen Türkei im ganzen arabischen Raum und Teilen Afrikas erheblich wachsen.

Präsident Feodor Wladimirowitsch Kruskin kam nicht umhin, sich selbst in den höchsten Tönen zu loben. Es war jetzt sogar an der Zeit, den türkischen Präsidenten, den er nur als willigen Esel betrachtete, der sich vor den von ihm so genial gelenkten Karren spannen ließ, etwas zu bremsen.

Die NATO aufzubrechen war das Eine – sich in eine kriegerische Auseinandersetzung mit dem Bündnis verstricken zu lassen aber eine ganz andere Sache. Nun, das würde er schon in den Griff bekommen. Nur durfte nie offenkundig werden, dass Russland hinter den Anschlägen im Mittelmeer steckte, die die ganze Krise ausgelöst hatten. Darum wurde es Zeit, dass diese kleine Sekretärin von dem Oberst, der den von ihm sofort für sich vereinnahmten Plan ersonnen hatte, endlich gefasst und zum Schweigen gebracht wurde. Die Attentäter, die die griechischen Flugzeuge und das Munitionslager in die Luft gejagt hatten, waren bereits nach Russland zurückgekehrt. Zwei Tage später, als sie alle mit dem Flugzeug unterwegs waren, um die Belohnung für ihren Einsatz zu erhalten, war dieses aus unerfindlichen Gründen leider abgestürzt und die Männer mitsamt den beiden Piloten ums Leben gekommen. Auch das U-Boot mit dem Speznas-Kommando an Bord meldete sich plötzlich nicht mehr. Tragisch, aber das Unglück schläft bekanntlich nicht und für große Ziele müssen eben auch Opfer gebracht werden befand Kruskin. Damit waren als Mitwisser nur noch der Oberst und sein General, der GRU-Kommandeur, vorhanden, denn die Leute, die für die Verluste von U-Boot und Flugzeug gesorgt hatten, hatten dieses unwissentlich getan. Sie waren der Meinung gewesen, lediglich ein zusätzliches Gepäckstück für einen guten Lohn an Bord geschmuggelt zu haben. Und da sie jeweils mitgeflogen waren, hatte sich dieses Problem elegant gelöst.

Jetzt musste nur noch General Koljanin endlich melden, dass er seinen kleinen Leutnant aufgespürt und gebührlich versorgt hatte.

Das hätte der GRU-Chef auch nur zu gerne seinem Präsidenten gemeldet, aber bisher hatte sich diese Alina Sacharowa zu seiner Verwunderung in keinem der großflächig von ihm ausgespannten Netze verfangen. Wo zum Teufel konnte dieses kleine unbedeutende Weibsstück nur stecken?

Hätte er geahnt, was Alina gerade tat, wäre ihm der kalte Schweiß ausgebrochen.

So aber schenkte er sich einen Wodka ein, zündete sich eine seiner geliebten Orientzigaretten an und war sich eigentlich sicher, dass es nur noch eine Frage von Stunden sei, bis die Frau gefunden wurde.

Aus dem Krankenhaus war Alina völlig ohne Probleme weggekommen. Kaum hielt der Krankenwagen vor dem Portal, kamen ein Arzt und zwei Pfleger herausgerannt. Die Schwerverletzte wurde auf eine fahrbare Trage gehoben und ohne sich um Alina weiter zu kümmern, verschwanden die Weißkittel im Laufschritt in dem Gebäude. Just in diesem Moment erhielt der Rettungswagen einen weiteren Einsatz. „Wir müssen wieder los. Die Notaufnahme ist gleich vorn links, Frau Doktor. Können Sie gar nicht verfehlen, rief ihr der Beifahrer noch zu und schon raste der Sanka mit heulender Sirene davon.

Alina blickte sich kurz um. Oh, da drüben standen zwei Taxen. Ohne zu überlegen, lief sie über den Vorplatz und stieg in einen der Wagen und ließ sich ins Stadtzentrum fahren. In verschiedenen Geschäften kaufte sie sich einen leichten Mantel, eine moderne Mütze mit Schirm und eine Sonnenbrille. Dann noch einen kleinen Imbiss in einer der jetzt auch in Moskauer Geschäften zu findenden Cafeterias, wo sie die Tüte mit ihren alten Kleidungstücken liegen ließ. Dann in einem weiteren Geschäft noch einen Koffer und eine Handtasche gekauft Etwas Unterwäsche und Bluse sowie eine Hose in den Koffer gepackt und ab zum Flughafen. Jetzt musste sie nur noch durch die Abflugkontrolle kommen. Sollte es wirklich klappen? Sie blickte auf ihre Uhr. Noch gut drei Stunden bis zum Abflug.

U-Bahn, die direkt im Flughafen hielt oder Taxi, was sollte sie nehmen? Da die U-Bahnen, wie alle öffentlichen Verkehrsmittel stets kontrolliert wurden, würde man bei Miliz und Geheimdiensten kaum annehmen, dass sie diese nutzen würde, sagte sie sich und lief zur U-Bahnstation gegenüber dem GUM hinab. Noch schnell die Fahrkarte erworben und nichts, wie rein in den gerade zur Abfahrt bereiten Zug. Deutschunterricht hatte sie in der Schule gehabt. Diese Sprache konnte sie zwar nicht so perfekt, wie englisch, aber viel wichtiger war, dass sie nicht versehentlich perfekt russisch sprach, wenn sie in der Bahn oder nachher im Flughafen kontrolliert wurde. Da wurde ihr plötzlich ganz schlecht und fast hätte sie aufgestöhnt. Sie hatte doch den Lada durch den Milizionär zum Flugplatz bringen lassen. Also würde man dort wohl ebenfalls nach ihr suchen!

Schon überlegte sie, ob sie wieder aussteigen sollte? Andererseits, wie sollte sie hier wegkommen? Russland war nun beileibe noch kein Land, dass jeder verlassen konnte, wie er wollte. Nein, sie musste es einfach versuchen. Eine bessere Chance würde sie kaum bekommen und vielleicht würden Generaloberst Koljanin und die Geheimdienste ja annehmen, dass sie gerade deshalb den Bereich des internationalen Airports meiden würde. Andererseits, wenn die Tote und die Verletzten bereits identifiziert worden sind, dann wüssten ihre Jäger auch, nach wem sie suchen mussten. Aber in Russland gab es eben doch noch immer genug Schlendrian. Wenn sie Glück hatte, fiel der Lada, nach dem bestimmt schon gefahndet würde, direkt vor der Polizeiwache gar nicht auf oder der eine oder andere Milizionär würde denken, der Wagen wäre bereits gefunden und dort abgestellt worden und sich nicht weiter darum kümmern. Viele Fragezeichen, die sich in ihrem strapazierten Hirn zu einem wahren Monsterberg auftürmten.

Oh, da kamen ja schon zwei Milizionäre in Uniform und der Kontrolleur aus dem Nachbarwagen herüber. Jetzt galt es die Nerven zu behalten. Die Leute in der zu dieser Tageszeit nicht so überfüllten Bahn, wie es in den Stoßzeiten morgens und abends der Fall war, zeigten mehr oder weniger gelangweilt ihre Fahrtausweise vor. Nur wenige guckten überrascht, dass der U-Bahner von der Polizei begleitet wurde. Sie wartete, bis der Kontrolleur sie ansah, öffnete dann ihre neue Handtasche und richtete es so ein, dass sie das Flugticket mit der Fahrkarte hervorzog, als sie ihm diese reichte. „Oh, wie schön, Sie verreisen?"

Alina zuckte die Schultern und lächelte dann entschuldigend: „Sorry, I am understand …"

Der Mann lächelte und gab ihr die Karte zurück. Dann meinte er zu der stämmigen Frau in der Uniform einer Unteroffizierin der Miliz: „Muss schön sein, jetzt irgendwohin in den Frühling zu fliegen. Ich bin ja noch nie geflogen. Sie schon?" Die Antwort verstand Alina nicht mehr, da die Bahn gerade kreischend bremste, weil die nächste Station erreicht wurde.

Na, so einfach würde sie die Abflugkontrolle wohl nicht hinter sich bringen, überlegte die Flüchtige und sah erneut auf ihre Uhr. Hoffentlich wurde die Zeit nicht zu knapp.

Dann endlich war ohne weitere Zwischenfälle die Station tief unter den Hallen des Moskauer Flughafens erreicht und Alina hastete mit Koffer und Mantel über dem Arm in die Abflughalle. Schnell orientierte sie sich an den Anzeigetafeln und lief zum Abflugschalter der „Balearis" der Fluggesellschaft, bei der das arme Unfallopfer gebucht hatte.

Nur eine kleine überschaubare Schlange stand vor der Gepäckabfertigung an und schon nach wenigen Minuten war ihr Gepäck auf dem Laufband gelandet und sie auf dem Weg zur Pass- und Personenkontrolle. Hier herrschte etwas mehr Betrieb, was aber vielleicht nur gut war. Kam es ihr nur so vor oder wurden junge Frauen zwischen zwanzig und dreißig Jahren sehr viel genauer unter die Lupe genommen? Doch, so schien es, obwohl nur wenige in diesem Alter anstanden. Die Männer wurden jedenfalls sehr viel schneller durchgelassen. Alina versuchte so natürlich wie nur möglich zu wirken, was ihr alles andere als leicht fiel.

Ganz langsam schob sich die Reihe näher an den Kontrolleur in seinem Glaskasten heran. Neben dem Kontrollposten standen ein uniformierter Grenzsoldat und ein in Zivil gekleideter Mann, dem das Wort: *Geheimdienst* förmlich in Großbuchstaben auf der Stirn prangte. FSB! Das stand für sie fest. Sie merkte, wie ihr feucht auf der Haut wurde. Nur das nicht, wünschte sie sich fast flehentlich. Schweißperlen auf der Stirn wären ein mehr als untrügliches Zeichen für Angst. Und das würde diesem Kerl unweigerlich auffallen – und wohl auch den Grenzern. Sie hatte doch gelernt, ihre Reaktionen weitestgehend zu beherrschen. „Ganz ruhig bleiben!", befahl sie sich und versuchte auch ihren unwillkürlich schneller gehenden Atem unter Kontrolle zu bekommen. Als nächster war ein älterer Mann – offenbar Russe – dran. Nur ein Blick in die vorgezeigten Papiere und ziemlich schnell konnte er passieren. Sie musterte unauffällig die jetzt noch vor ihr anstehenden Reisenden. Zunächst noch zwei Männer, dann eine offensichtlich ältere Frau, wohl die Begleiterin des vor ihr stehenden Mannes. Dann eine weitere Frau mit roten Haaren und einer Sonnenbrille in der einen und ihrem Flugschein und Pass in der anderen Hand. Das Alter konnte Alina nicht ausmachen, da die Frau zwar unruhig trippelte und auch nervös die große Sonnenbrille in ihrer Rechten hin und her drehte. Aber einen Blick auf ihr Gesicht konnte sie nicht erhaschen, obwohl sie nur vier Positionen vor ihr anstand.

Auch die nächsten Personen wurden relativ zügig durchgelassen. Dann kamen die beiden älteren Herren und die dazugehörige Endfünfzigerin dran, die offenbar zusammengehörten und zügig abgefertigt wurden. Jetzt war die Rothaarige an der Sperre angekommen. Sie wechselte die Brille in die Linke und reichte mit der rechten Hand Pass und Flugschein dem Grenzbeamten. Dabei drehte sie sich diesem zu und jetzt sah Alina, dass es sich um eine junge Frau von Anfang zwanzig handelte. Also etwa in ihrem Alter. Auch von der Statur her glich sie ihr und dürfte dieselbe Kleidergröße haben.

Der Beamte warf einen Blick auf den Flugschein und reichte diesen an den in Zivil gekleideten Mann weiter, der diesen sehr genau in Augenschein nahm. Dann gegen das von der Decke strahlende Licht hielt und – nicht zurückgab, sondern in der Hand behielt und sich dann den Pass reichen ließ.

Danach fragte er die immer unruhiger werdende junge Frau etwas in russischer Sprache, worauf diese mit den Schultern zuckte und ihm englisch antwortete.

„So, Sie verstehen mich nicht. Sie können also unsere Sprache nicht?" Der ziemlich kleine, dafür aber durchaus kräftig wirkende, Zivilist wechselte ebenfalls in die englische Sprache über, die aus seinem Mund allerdings seltsam hart klang.

Die Rothaarige bestätigte ihm, dass sie leider kaum ein Wort russisch konnte und verzog entschuldigend das Gesicht. Auch die nächsten Fragen beantwortete sie schnell und ohne zu zögern.

Dann, der kaum mittelgroße Mann verzog sein Gesicht auch zu einem gekünstelten Lächeln, tat er so, als würde er ihr Flugticket und Pass zurückgeben. Doch bevor sie danach greifen konnte, rief er plötzlich laut auf Russisch: Passen Sie auf! Hinter Ihnen!"

Die Frau fuhr blitzschnell herum – doch da war nichts. Nur die anderen Reisenden, die sie – und auch ihn – verwundert anblickten. Als sie sich dem Rufer wieder zuwandte, hatte dieser ihre Reisepapiere und Pass bereits eingesteckt und packte sie an einem Arm und auf seinen Wink hin griff sich der Grenzsoldat ihren anderen Oberarm und schnell wurde sie an dem Kontrollpunkt vorbeigeführt. Alina sah gerade noch wie sie mit ihren Begleitern hinter einer sich wie von Geisterhand öffnenden Tür in der dahinter liegenden Wand verschwand. Unruhe brach unter den in der Schlange Stehenden aus. Die Blicke aller waren der abgeführten Frau gefolgt und Fragen und Antworten flogen hin und her.

Doch ganz schnell sorgte der Kontrolleur mit lauten Worten und einer herrischen Armbewegung aus seinem Glasverschlag heraus für Ruhe und winkte die nächsten Wartenden heran.

Dann war die Reihe an Alina und ruhig und entspannt aussehend, obwohl ihr immer noch die Bluse am Rücken klebte, reichte sie Pass und Flugschein dem Uniformierten. Dieser musterte sie genau und verglich ihr Foto im Pass mit ihrem Gesicht. Dann forderte er sie auf, die Haare an ihrer rechten Seite zurückzuziehen, so dass ihr Ohr freikam. Dann die Frage: „Sie sind Deutsche? Dafür sprechen Sie aber sehr gut russisch. Wie kommt das?"

„Wie Sie meinem Pass entnehmen können, bin ich in Magdeburg geboren, also in der ehemaligen DDR. Dort war russisch früher in der Schule Pflichtfach, konnte aber auch zu meiner Schulzeit noch immer als zweite Fremdsprache gewählt werden. Deshalb bin ich jetzt auch hier bei einer deutschen Firma in Moskau tätig und will jetzt einen kurzen Urlaub auf Mallorca machen, wo ich dann meine Eltern und meine ältere Schwester treffe."

„Na dann ...", brummte der noch junge Grenzbeamte und reichte ihr Pass und Flugschein zurück.

„Spassiba", dankte ihm Alina und schenkte ihm noch ein – jetzt natürlich und befreit wirkendes – Lächeln und eilte ihrem Abfluggate entgegen.

Doch schon nach wenigen Schritten setzte die Reaktion ihres Körpers auf die durchlittene Anspannung ein. Ihre Knie wurden seltsam weich und sie hatte das Gefühl, wie auf Watte zu gehen.

Doch sie bezwang diese momentane Schwäche schnell und hatte wenige Minuten später ihr Gate erreicht. Dort erhielt sie am Schalter im Austausch gegen ihren Flugschein die Bordkarte ohne jede Nachfrage. Eine Minute später saß sie im Abflugraum auf einem der billigen Kunststoffstühle und wartete darauf, endlich in den Flieger steigen zu können.

Sollte sie wirklich so leicht aus Russland herauskommen? So schien es tatsächlich. Aber richtig wohl würde ihr erst sein, wenn die Maschine abgehoben und den russischen Luftraum verlassen hätte.

Während die letzten Soldaten der NATO mit ihren Gerätschaften, Fahrzeugen und Waffen das türkische Staatsgebiet verließen – die Türken hatten ihre Soldaten längst aus Stäben und sonstigen Einrichtungen oder gemeinsamen Projekten mit den ehemaligen Partnern des Nordatlantikpaktes zurückgezogen – war die Stimmung in der Türkei am Kippen.

Die noch bis vor ganz kurzer Zeit mehrheitlich hinter ihrem immer despotischer agierenden Präsidenten stehende Zivilbevölkerung ahnte, dass dessen Weg sie mit ins Verderben reißen würde.

Die zunächst gewachsene Wirtschaft schrumpfte bereits seit seinem Zerwürfnis mit den Europäern. Die immer mehr werdenden Touristen aus Russland konnten das Wegbleiben der Deutschen und sonstigen Urlauber aus den europäischen Ländern nicht wettmachen. Weder zahlenmäßig noch – das zählte besonders – finanziell. Der Öl- und Erdgasdeal hörte sich zwar gut an, würde aber die Mindereinnahmen nicht annähernd ausgleichen und russische Soldaten würden auch nicht viel Geld auszugeben haben. Ein ungutes Gefühl machte sich in der Bevölkerung breit. Mehr noch als bisher schon.

Ganz besonders die Armee war alles andere als denn begeistert davon, dass russische Raketen, Flugzeuge und Schiffe nebst Soldaten sich in ihren Stützpunkten, Häfen und Flugplätzen breit machen würden.

Einige Stützpunkte und Flugfelder sollten sogar ganz geräumt und den *neuen Verbündeten* überlassen werden.

Das Murren in den einzelnen Truppenteilen wurde vernehmlich lauter und auch im Generalstab prallten die Meinungen hart aufeinander und es schien fast, als würden die Gegner dieses Abkommens ihres Präsidenten die seiner Anhänger deutlich überwiegen. Es gärte – wieder einmal – in den Streitkräften.

Colonel Sam Crawford hatte etwas Versteck spielen müssen, um seine Beobachter vom türkischen Geheimdienst abzuschütteln, bevor er Cetin Keser, den neuen Generalstabschef der türkischen Streitkräfte, treffen konnte. Beide kannten sich seit einiger Zeit und hatten ein gemeinsames Hobby, was bekanntlich verbindet. Mehrfach waren sie bereits mit dem Boot des Generals auf die See hinausgefahren, um vom Boot aus mit geschleppten Metallködern auf die großen Räuber des Meeres zu fischen. An diesem Samstag Mitte des Wonnemonats Mai brannte die Sonne ungehindert durch irgendwelche Wolken vom hellblauen Himmel. Der Militärattaché der amerikanischen Botschaft war also schon ziemlich durchgeschwitzt, als er die versteckte Bucht erreichte, wo er sich ein kleines Boot mit Außenborder in den vorhergehenden Stunden hatte bereitlegen lassen. Um seine Verfolger vom MIT, dem Militärgeheimdienst, leichter abschütteln zu können, hatte er für die Fahrt ein Motorrad gewählt. So kam er in der verkehrsreichen Innenstadt schneller vorwärts und war seinen vermuteten Verfolgern in ihrem Auto eindeutig überlegen. Dazu war er in Lederkombi und Helm schwer zu verifizieren. Der Preis dafür war eine Unmenge vergossener Schweiß. So war er froh, das Lederzeug endlich abstreifen zu können und zusammen mit der Maschine unter den Büschen am felsigen Ufer verstecken zu können. Gut, dass er seine Bootskluft in den Satteltaschen unterbringen konnte.

Tatsächlich lag das kleine Schlauchboot, mit einem kräftigen Außenborder und vollem Tankkanister versehen, unversehrt an schwer einsehbarer Stelle in einer kleinen Vertiefung der felsigen Küste. Auch eine unverfängliche Angelausrüstung befand sich an Bord. Kurz darauf löste er die Leine vom Gestein, startete den kräftigen Motor, der sofort fauchend zum Leben erwachte und nahm Kurs auf den etwa fünf Meilen entfernten Treffpunkt. Dort, wo sie schon öfter gemeinsam gefischt hatten.

Keine halbe Stunde später erreichte er den per GPS angesteuerten Punkt, wo er bereits lange vorher durch das Glas das große Kajütboot des Türken ausmachen konnte.

Mit seinem kleinen Boot im Schlepp saßen General Keser und Colonel Crawford kurz darauf auf dem Achterdeck, wo sie jeweils eine Angel mit einem blitzenden Metallköder seitlich ausgeschwenkt in die jeweiligen Rutenhalter gesteckt hatten. Während der Kajütkreuzer, von dem ihm treu ergebenen Burschen des Generals gelenkt, mit langsamer Fahrt seine Bahn an diesem bekannt gutem Fangplatz zog, wo durch eine Laune der Natur sich bis dicht unter der Meeresoberfläche eine Erhebung befand, die dann wieder steil nach Südosten abfiel, öffnete der General eine Kühlbox.

Kurz darauf hatten beide Männer eine eiskalte Bierdose eines bekannten holländischen Herstellers in der Hand.

„Na dann mal prost!" Mit diesen Worten hob der neue Armeechef seine Dose an den von einem kräftigen, pechschwarzen Schnurrbart gesäumten Mund.

„Cheers!" Sam Crawford nahm ebenfalls einen tiefen Zug. „Du hast mir ja schon gesagt, dass Allah im Dunkeln schlecht sieht, wenn du gern mal einen Whisky trinkst. Aber jetzt am hellen Tag …?"

„Da blendet ihn die Sonne", grinste der Türke, „dann leg mal los. Was hast du so Wichtiges auf deinem immer länger werdenden Zettel? Muss ja ziemlich heikel sein, wenn wir uns nicht wie üblich treffen können."

„Ist es doch wohl hauptsächlich für dich, mein Freund – oder darfst du dich noch mit einem Ami allein unterhalten ohne in den Knast zu wandern? Nach den jüngsten Ereignissen wohl nicht unbedingt."

„Nun, unser allergnädigster Herrscher wäre sicher nicht begeistert, wenn er uns hier zusammen sehen würde, was nicht nur daran liegt, dass wir ein Bier trinken. Da hast du schon recht. Aber du willst sicher mit mir über unseren überraschenden Austritt aus der NATO reden, wenn ich nicht irre?"

Sam Crawford grinste verschmitzt. „Nicht nur darüber. Ich glaube kaum, dass du und deine Offiziers-Kameraden begeistert sind, wenn jetzt die Russen zunächst eure Verbündeten und dann eure Besetzer werden, denn darauf wird es wohl hinauslaufen."

Der schlanke und hochgewachsene Türke trank mit einem Zug den Rest aus seiner Büchse und zerdrückte diese in der Hand bevor er sie in das Meer warf.

Obwohl er seinem Burschen vertraute, warf er dennoch einen Blick in das Ruderhaus, wo dieser es bemerkte und freundlich lachend die Hände an die Ohren führte und diese damit verschloss.

Cetin Keser musste lachen und winkte dem Unteroffizier, der nicht nur Bursche, sondern auch Fahrer und Leibwächter des Armeechefs war, zu.

Danach steckte er sich eine seiner dunklen ägyptischen Zigaretten an, inhalierte tief und blies den Rauch dann genüsslich aus. Dieses veranlasste Sam Crawford zu der Bemerkung: „Diese verdammten Sargnägel werden dich noch umbringen. Warum rauchst du nicht wie jeder halbwegs vernünftige Mensch, der es nicht lassen kann, jedenfalls eine ordentliche amerikanische Marke?"

„Die schmecken genauso wenig wie euer Bier. Wenn schon Bier, dann aus Deutschland oder Holland.

Aber nun sag schon, was treibt dich um, was nicht warten konnte? Oder ... ach, halt, ich ahne es. Du willst wissen, ob die Armee eventuell einen erneuten Putsch plant!"

„Jedenfalls hat dir dieses komische Kraut noch nicht das Hirn vernebelt, Cetin. Genau darum geht es. Nur müsstet ihr das natürlich jetzt etwas besser hinkriegen als vor ein paar Jahren."

Das Lachen war aus dem Gesicht des türkischen Offiziers geschwunden und jetzt wirkte er deutlich älter und waren ihm seine fünfzig Jahre anzusehen. Er langte erneut in die Kühlbox und nahm zwei Dosen heraus, von denen er eine seinem amerikanischen Freund zuwarf. Noch bevor dieser seine aufreißen konnte, krümmte sich plötzlich die Angelrute an seiner Seite des Bootes.

Jetzt war alles andere Nebensache. Der Colonel packte die schwere Hochseerute und zog diese aus der stabilen Halterung. Auch sein Freund Cetin stellte seine Bierdose ab und warf die ohnehin fast aufgerauchte dunkle Zigarette über Bord.

Ohne dass er etwas sagen musste, hatte sein Faktotum Ali im Ruderhaus den Motor ausgekuppelt.

Stark bog sich die kräftige Angelrute durch. „Pass auf, dass die Leine nicht unter das geschleppte Boot gerät", mahnte Cetin. „Das ist ein Großer!"

„Das merke ich selber!" Vor Anstrengung und Aufregung keuchend stieß Crawford diese Worte hervor. Es dauerte etwas, bis das Boot weiter an Fahrt verloren hatte und der Angler endlich beginnen konnte, den Fisch am Ende der Schnur, der auf einen großen silberfarbenen Schleppköder gebissen hatte, zu drillen. Die Minuten dehnten sich und endlich konnte Sam etwas von den gut achtzig Metern Schnur einholen. Doch dann musste er sogar wieder etwas Leine geben, was die große Hochseerolle an seiner Angel mit einem lauten Knarren quittierte. Es dauerte weitere sieben oder acht Minuten, die den Fischjägern um ein Vielfaches länger erschienen, bis sich der auf den Kunstköder hereingefallene Meeresräuber das erste Mal ziemlich dicht unter der Oberfläche erblicken ließ. Lang und schlank geformt. Wie ein Torpedo schoss der Fisch durch das im Sonnenlicht glitzernde Wasser.

„Ein Barracuda! Ein großer Barracuda!" Die Stimme des Amerikaners überschlug sich fast.

„Ja, ein paar Meter noch, dann haben wir ihn", rief sein türkischer Angelkollege und starrte gebannt auf den wie ein Silberstreifen durch die leicht gekräuselten Wellen jagenden schlanken Leib des Raubfisches. Längst hatte Ali sich zu den beiden gesellt. Bewaffnet mit einem langstieligen Gaff, einem Bootshaken ähnelnden Gerät mit einem scharf geschliffenen, gebogenen Haken an der Spitze, mit dem die Beute in den Kiemen gehakt und an Bord gehievt werden soll.

Die Rute bog sich, die schwere Hochseerolle sang ihr knarrendes Lied und da schoss der lange, stromlinienförmige Körper fast am Heck des Bootes vorbei. Dann aber hatte sich die Kraft des großen Fisches ziemlich erschöpft und langsam und vorsichtig dirigierte ihn der Freizeitfischer an die Seite des Hecks. Stahl blitzte im Wasser und dann hob der stämmige Ali den über einen Meter langen Barracuda an Bord. Das Gaff hatte genau hinter den Kiemen, also sozusagen schulmäßig gehakt.

Strahlend nahm der glückliche Fänger die Wünsche seiner Bordkameraden entgegen und betrachtete den Fisch, der jetzt einen kräftigen Schlag auf den Kopf bekam und danach, in seinen Armen gehalten, fotografiert wurde, bevor Ali ihn ausnahm und in die Kühlung unter Deck legte.

Jetzt schmeckte das gekühlte Bier doppelt gut und auch Sam steckte sich jetzt zur Feier des Fanges eine Marlboro an, bevor die Offiziere auf das heikle Thema zurückkamen.

„Fühlst du nur mal so vor oder fragst du sozusagen in offizieller Eigenschaft nach, Sam?"

„Wie immer du es sehen willst? Selbstverständlich würden wir nie bestätigen, dass wir einen entsprechenden Versuch der Streitkräfte eines Landes gegen einen gewählten Regierungschef unterstützen. Aber natürlich könntet ihr mit mehr als nur unserem Wohlwollen rechnen. Nur müsstet ihr dann auch Nägel mit Köpfen machen. Und das sehr schnell. Denn, wenn erst einmal die Russen im Land sind, ist es zu spät."

Erwartungsvoll sah der Colonel seinen türkischen Offizierskameraden an.

„Nun, wie du und auch dein Präsident sich denken können, will die Armeeführung keine Russen im Land haben. Dazu hat die Reaktion unseres Sultan-Präsidenten auf den Tod meines Vorgängers seine Beliebtheit in Offizierskreisen nicht gerade gesteigert. Das Problem ist nur, dass es immer noch fast die Hälfte der Bevölkerung, vor allem auf dem Lande, mit Özdemir hält. In den Städten hat sich die Stimmung gewandelt. Wenn wir jetzt zuschlagen, werden wir es auch schaffen. Aber niemand in der Truppe will der Königsmörder sein. Wenn da ein Unfall ohne das Zutun der Streitkräfte die Voraussetzungen schafft, dann kann alles ganz schnell gehen. Die Kommandeure der Armee in den großen Städten sind bereit. Die Marine ist gespalten und die Luftwaffe bleibt am Boden."

„Aha, ahnte ich es doch, dass ihr schon einen Plan gefasst habt." Crawford freute sich sichtlich. Das lief ja besser als gedacht. Er kniff ein Auge zu und warf die fast bis zum Filter heruntergebrannte Zigarette über Bord. „Wo wäre denn der Sultan in den nächsten Tagen besonders gefährdet?"

Cetin Keser schaute sich nochmals um. Von Ali war nichts zu sehen. Der war sicher noch damit beschäftigt, den großen Fisch zu versorgen.

„Das ist das Problem. Er ist fast immer von seiner neuen Garde umgeben und die ist ihm treu bis in den Tod. Sind fast alles fanatische Muslime, liegen also religiös voll auf seiner Linie. Ganz im Gegensatz zu Militär und Wirtschaft. Gerade mit der geht es ja immer weiter bergab. Viele Arbeitslose in den Städten wünschen ihm sicher auch nicht alles Gute und die Opposition dürfte eine nächste Wahl vielleicht sogar gewinnen, wenn die Armee im Falle eines Falles beweist, dass sich die Verhältnisse bessern."

„Na, dann fehlt nur noch der richtige Zeitpunkt. Verhaften geht gar nicht. Özdemir muss weg. Das müsste euch klar sein."

„Ist es. Aber nicht durch unsere Hände!"

Sam Crawford warf einen prüfenden Blick auf Keser. Würde der Präsident einem Anschlag unter Einsatz von Amerikanern zustimmen? Wohl mehr als zweifelhaft. Aber ausloten musste man die Möglichkeit.

„Also, die Zeit läuft uns allen weg. Euch, der NATO, jedem von uns. Was käme in Frage?"

Wieder warf der Armeegeneral einen Blick in Richtung Steuerhaus. Sollte er seinem Ali doch nicht so trauen, wie er immer behauptet hatte? So langsam kamen Crawford Bedenken. Was wäre denn, wenn dem so wäre und Ali eventuell sogar ein Mikrofon installiert haben sollte? Dann könnte nicht nur Keser einpacken, sondern auch er. Doch noch bevor er seine Bedenken in Worte kleiden konnte, antwortete der General auf seine Frage.

„Özdemir fliegt Sonntag nach Teheran. Bekanntlich droht auch den Mullahs eine Art Revolution ihres unterdrückten Volkes. Er fliegt um 0800 mit seinem fliegenden Palast ab Ankara. Den Flieger abschießen geht gar nicht, denn dann würden die Luftwaffenangehörigen mit in den Tod gerissen und ob die Luftwaffe dann noch stillhält?"

„Nee, das kommt nicht in Betracht. Und sonst?"

Cetin zuckte die Achseln. „Ich weiß nicht. Auf dem Flugplatz sehe ich keine Chance und wie es in Teheran aussieht weiß ich nicht."

„Verflucht, das wird alles so kurzfristig nicht zu machen sein", schimpfte der Colonel.

„Wie kommt er zum Flugplatz von seinem Palast aus?"

„Meist mit dem Hubschrauber, aber manchmal auch im Autokonvoi. Das gibt er aber erst kurz vorher bekannt und kriegen wir auch nicht mit."

„Dann bleibt es an euch hängen. Könnt ihr euch nicht dazu durchringen? So ein Unfall lässt sich doch bei der Festnahme arrangieren oder auch ein Herzinfarkt vor Aufregung und Wut. Stress hatte er ja wahrhaftig genug in letzter Zeit. Dazu der Tod seines lieben Sohnes und ..."

Crawford stutzte, denn der General hob die Hand. Offenbar war ihm etwas eingefallen.

„Ja, hast du eine Idee?"

„Vielleicht. Ihr seid doch die großen Drohnenspezialisten. Im Autokonvoi würde es nur ihn und seine Minister und die Garde treffen. Und seit Anfang des Jahres fliegt seine Garde, die in der gesamten Armee nicht beliebt ist, auch seinen Hubschrauber. Also Auto oder Hubschrauber könntet ihr doch sicher aus der Luft treffen."

„Hm, das sollte machbar sein. Technisch kein Problem, zumal wir auf dem Träger auch Drohnen haben. Aber da wird doch der Verdacht sofort auf uns fallen und ..."

„Nicht unbedingt, lieber Sam. Auch Israel hat Drohnen und habt ihr nicht auch den Saudis welche geliefert vor einem Jahr oder war das eine Ente?"

„Wenn dem so wäre, dann zumindest ein Fehler. Aber du hast Recht. Das könnte eine Option sein. Den Fisch kannst du behalten. Mir pressiert es jetzt!"

Kurz darauf jagte Sam Crawford mit seinem Schlauchboot mit allem was der Außenborder hergab zurück an die Küste. Würde der Präsident seine Zustimmung zu so einem Vorhaben geben? Wenn seit Reagens Zeiten es überhaupt ein Präsident machen würde, dann wohl dieser, der jetzt im Weißen Haus residierte, überlegte er.

Je näher der Abflugtermin rückte, desto nervöser wurde Alina. Längst stand die Maschine der Aero Russian angedockt an dem ausgefahrenen Flugsteig bereit. Warum ging es denn nun nicht endlich an Bord? Mühsam zwang sie sich zur Ruhe. Da hörte sie eine durch Lautsprecher verstärkte Stimme erklingen: „Achtung! Flugreisende nach Mallorca mit Aero Russian 066! Es gibt aus technischen Gründen eine kleine Verzögerung von mindestens dreißig Minuten. Bleiben Sie aber unbedingt in diesem Abflugraum und halten Sie zu einer erneuten Überprüfung Ihre Pässe und Bordkarten bereit. Leider ist es zu einer Überbuchung des Flugzeuges gekommen, so dass diese Überprüfung notwendig wird." Während die Bodenstewardess die Durchsage in englischer Sprache wiederholte, spürte die auf der Flucht befindliche junge Frau wie ihr jetzt der Schweiß aus allen Poren zu brechen drohte.

Das musste ihr gelten. Wem sonst? Oh, was sollte sie nur tun? Ihr Blick hetzte durch den Raum und blieb schließlich an dem Eingang haften, wo sich jetzt zwei Frauen in der blauen Uniform der Fluggesellschaft gemeinsam mit zwei Zivilisten näherten. Dahinter kamen noch zwei Milizoffiziere eiligen Schrittes hinterher. Den in ziemlich schmuckloses Zivil gekleideten Männern stand förmlich das Wort *Geheimdienst* auf die Stirn geschrieben. Der eine groß und vierschrötig im Aussehen, der andere erinnerte an ein kleines, gemeingefährliches Wiesel.

Das war's wohl. Resignation erfasste Alina und einen Moment lang überlegte sie, ob sie versuchen sollte zu fliehen? Aber wohin? Die Glaswände konnte sie kaum durchbrechen und im Ausgang standen jetzt die Geheimdienstler und Milizionäre und sprachen mit dem Personal der Airline.

Da, jetzt formierten sie sich, um in den Abflugraum vorzudringen. Vorneweg die beiden kräftigen Figuren von der Miliz, dann das Wiesel in Zivil. Daran anschließend eine Bodenstewardess und am Schluss der Vierschrötige mit den schlecht verheilten Pockennarben im Gesicht.

Plötzlich sagte der kleine Geheimdienstler etwas und die Gruppe blieb stehen. Der kleine Mann drängte sich nach vorn und wies in ihre Richtung. Kein Zweifel! Der meinte sie. Eigentlich war ihr das ja ohnehin klar gewesen. Wirklich im letzten Augenblick. Fast wie im Film, dachte sie und fragte sich gleichzeitig, wie ihr in dieser Situation dieser Gedanke kommen konnte? Gab es für sie jetzt nicht wesentlich Wichtigeres zu bedenken? Was würde der GRU-Chef mit ihr machen? Sie vor Gericht stellen? Wohl kaum. Wenn überhaupt, vor ein Militärgericht ohne Öffentlichkeit und dann würde sie in einem Lager verschwinden oder sogar ganz und gar von der Erdoberfläche. Sie musste fast lachen. Von der Erdoberfläche war gut. Die Frage war nur wie tief? Wie bei allen anderen im Raum, so hingen ihre Augen ebenfalls gebannt an den Herannahenden.

Da hörte sie ein Poltern weiter hinter sich. Menschen schrien auf und die Polizisten und auch das Wiesel stürmten voran. An ihr vorbei, wo hinter ihr sich eine junge Frau erhoben hatte und Richtung Ausgang zum Flugzeug lief. Aber die Tür war noch nicht geöffnet und offenbar verriegelt, denn die Dunkelhaarige riss aus Leibeskräften am Griff, bekam sie jedoch nicht geöffnet. Da hatte sie das kleine Kerlchen, dessen Visage wirklich an ein Frettchen erinnerte, erreicht und trat ihr gegen die Beine, so dass sie zu Boden stürzte, wo er ihren Kopf unsanft auf den harten Boden drückte und ihre Arme auf den Rücken zwang. Handfesseln wurden der Frau angelegt, aus deren Augen jetzt Tränen strömten. Lautes Stimmengewirr setzte ein, verstummte aber sofort, wenn die Uniformierten oder auch die Männer in Zivil ihre Augen auf die ihren Unmut äußernden Passagiere warfen. Zumindest, soweit es sich um Russen handelte. Alina konnte noch einen letzten Blick auf die bedauernswerte Frau erhaschen, als diese sich noch einmal in dem Ausgang in ihre Richtung drehte, bevor sie mit festem Griff weitergezwungen wurde. Die Frau war ihr gar nicht zuvor aufgefallen, hatte aber eine gewisse Ähnlichkeit mit ihr. Sollten die Häscher sich die Falsche gegriffen haben? Es sah so aus, denn nur wenige Minuten später begann das Boarding. Ungewöhnlich, wo doch bereits eine Rothaarige in ihrem Alter zuvor verhaftet worden war. Wieso war sie selbst unbehelligt geblieben? Aber egal, wenn doch bloß endlich der Flieger abheben würde. Aber erst, wenn sie auf dieser berühmten Urlaubsinsel das Flugzeug verlassen hatte, konnte sie wohl sicher sein. Schließlich befand sie sich in einem russischen Flugzeug, dass jederzeit zurückgerufen werden könnte. Also würde es noch einige Stunden dauern, bis sie es überstanden hatte.

An diesem Mittwoch Ende Mai dieses ereignisreichen Jahres überstürzten sich die Ereignisse förmlich. Gegen 0600 an diesem klaren Frühlingstag gingen die ersten Schiffe der russischen Schwarzmeerflotte daran, ihre Verlegung an die türkische

Küste vorzubereiten. Zwei Zerstörer, ein schon etwas älterer Kreuzer, ein erst vor wenigen Monaten in Dienst gestelltes Mehrzweckkampfschiff, das über eine starke Luftabwehr mit Raketen und kleinkalibrigen Schnellfeuergeschützen verfügte. Letzteres war aber insbesondere für Landungsoperationen gedacht und konnte Truppen sowie Fahrzeuge bis zum schweren Panzer befördern und teilweise direkt anlanden. Dazu zwei Schnellboote des größten Typs der russischen Marine, die nicht nur über Torpedos, sondern auch Raketen und herkömmliche Geschütze verfügten.

Die Meldung von dieser Operation erreichte den Präsidenten fast gleichzeitig mit der Information, dass eine Staffel russischer Jagdbomber ihre Verlegung in die Türkei vorbereitete.

Gerade noch hatte er es abgelehnt, über einen Anschlag auf den türkischen Präsidenten unter Einbeziehung des amerikanischen Militärs oder der Geheimdienste auch nur ernsthaft nachzudenken. Doch wenn jetzt, noch bevor die letzten NATO-Soldaten türkischen Boden verlassen hatten, die Russen einzogen, dann änderte das doch so einiges.

Er schob die Meldungen seinem Verteidigungsminister zu. Dieser las und sein Blick suchte den des Präsidenten. „Und jetzt, Sir? Ich würde sagen, wir müssen handeln!"

Der Präsident nickte seiner Sicherheitsberaterin zu, die daraufhin einen verlangenden Blick auf die beiden Blätter warf, die Minister Wilde noch in seinen Händen hielt.

„Hier bitte, Diana!" Arnold Wilde reichte die Faxe an die schöne Rothaarige weiter.

„Uff, jetzt brennt aber die Hütte", kommentierte diese ziemlich unkonventionell aber sehr passend den Inhalt der Eilmeldungen.

„Und Ihre Meinung zu der Bitte des türkischen Generalstabschefs?"

Diana Cook ließ die Blätter Papier sinken und schaute den Präsidenten aus ihren grünen Augen abschätzend an. Prüfend, wie auch der gut zehn Jahre ältere Mann bemerkte.

Sie zögerte mit ihrer Antwort ungewöhnlich lange. Doch hier ging es um viel. Möglicherweise um die Verhinderung eines Krieges – oder eben dessen Auslösung.

„Eigentlich kann die Antwort nur lauten: Ja! Kruskin hätte jedenfalls in einer solchen Situation überhaupt nicht lange überlegt. Aber hier wissen bereits einige Leute von dieser Option. Auch wenn wir uns auf uns drei hier im Raum verlassen können. Was ist mit diesem Colonel in Ankara? Was mit dem Türken. Wir kennen den Typen überhaupt nicht. Was ist, wenn der uns hier ganz geschickt in die Falle lockt und …"

„Wieso in die Falle lockt?", entfuhr es Arnold Wilde. Auch der Präsident guckte einen Moment irritiert. Dann jedoch nickte er verstehend. „Sie meinen …?"

„Allerdings, Sir. Diesem Özdemir traue ich alles zu. Alles, aber eben nicht, dass er einen Generalstabschef beruft, dem er nicht hundertprozentig vertrauen kann."

„Aha, jetzt verstehe ich", zeigte auch der Verteidigungsminister, dass er endlich begriffen hatte, was die als Blitzdenkerin bekannte Sicherheitsberaterin meinte – und sich offenbar auch dem Regierungschef erschlossen hatte. „Sie halten es tatsächlich für wahrscheinlich, dass Özdemir durch seinen Armeechef uns zu einem Attentat auf sich selbst anstiftet um uns dann vor aller Welt als Mördergesindel und absolut skrupellos vorzuführen?"

„Ja, Arny, diesem Türken ist das durchaus zuzutrauen. Er mag ebenso selbstverliebt wie korrupt sein, ein machtbesessener Egomane vor dem Herrn – aber dumm ist der Kerl nicht. Immerhin hat er es geschafft, für lange Zeit den größten Teil seines Volkes hinter sich zu bringen und eine Machtposition zu erreichen, wie kein türkischer Präsident vor ihm."

„Das stimmt wohl. Aber dennoch glaube ich nicht, dass sich Colonel Crawford so hat täuschen lassen. Der kennt diesen Keser schon ziemlich lange und hält ihn für ausgesprochen zuverlässig."

„Ach, dieser Keser ist sich doch sicher, dass ein erneuter Putsch der Militärs klappt. Auch dass er nicht als Königsmörder dastehen will, verstehe ich ganz gut, weil eine solche Tat auch immer zusätzliche Gegner schafft. Selbst in den Reihen der Opposition, die es ja in der Türkei eigentlich nicht mehr gibt.

Aber so gern ich diesen Despoten aus dem Spiel nehmen würde, das Risiko ist einfach zu hoch. Wir würden international an den Pranger gestellt und viel an Vertrauen verlieren, was wir uns gerade erst wieder mühsam erworben haben, nachdem mein Vorgänger ja auch so einiges an Porzellan zerschlagen hat." Der Präsident rieb sich seine kräftige Nase. Bei ihm ein Zeichen des intensiven Nachdenkens. Wie in Gedanken versunken ging er um seinen Schreibtisch herum und förderte aus einer Schublade weit unten einen Aschenbecher hervor und stellte diesen auf den Tisch. Kurz darauf zauberte er auch eine Packung Camel und ein silbernes Feuerzeug aus derselben Quelle.

„Ich weiß, ich weiß. Aber Sie wissen auch, dass ich dann und wann eine rauche", er machte eine kurze Pause, „und von Ihnen, Diana, ist auch bekannt, dass Sie diesem Laster insgeheim immer noch frönen. Arnold sowieso. Also, wenn nicht jetzt, wann denn dann?"

Mit diesen Worten reichte er die Schachtel herum und gab allen Feuer.

Nach zwei, drei tiefen Zügen meldete sich die nach wie vor schöne, wie intelligente und auch zu ausgefallenen Ideen neigende, Diana Cook zu Wort. „Wo unsere geschätzte Außenministerin ja heute nicht dabei ist, können wir sicher ganz offen auch unorthodoxe Theorien aufstellen …?"

„Nur zu, Diana! Wir hören interessiert zu!", bestätigte Daniel B. Brown.

Die dem Präsidenten sehr zugeneigte Sicherheitsberaterin stärkte sich noch mit einem tiefen Zug aus der Camel und begann: „Wir wissen ja alle noch nicht, wer hinter den Anschlägen auf sowohl die Griechen, wie auch die Türken steckt. Ich meine, dass unser allseits Unruhe verbreitender *Freund* Kruskin dahintersteckt. Schließlich ist er der größte Nutznießer. Der Gedanke mit der Drohne ist ja nicht schlecht. Nur, wenn eine amerikanische Kampfdrohne aus irgendwelchen Gründen abstürzt oder abgeschossen wird, kommen wir aus der Nummer nicht mehr raus. Die Israelis würden sicher gern helfen, dafür aber vielleicht einen zu hohen Preis fordern. Den Saudis können wir ohnehin nicht vertrauen und beide Seiten würden zu viele Mitwisser ins Spiel bringen. Sind wir uns soweit einig?"

Die beiden Herren nickten zustimmend und die wesentlich jünger aussehende Mittvierzigerin fuhr fort. „Schön, um nicht zu sagen ausgesprochen uns in die Karten spielen würde doch, wenn unsere russischen *Freunde* ihren neuesten Verbündeten erledigen würden!"

„Das werden sie vielleicht auch, aber doch noch nicht jetzt", widersprach Arnold Wilde.

„Ich glaube, ich verstehe", ging dem Präsidenten ein Licht auf.

„Eben, Mr. Präsident! Wir haben doch diese russischen Luft-Bodenraketen und wenn wir die umrüsten für die Raptor auf unserem Träger?"

Ein leichtes Lächeln entspannte das Gesicht des Hausherrn und er förderte zu den Zigaretten auch eine Flasche alten Scotch auf den Tisch des Oval Office nebst den dazugehörigen Gläsern.

„Eine interessante Idee, liebe Diana, ausgesprochen interessant, wie ich meine."
Dann sagte der Präsident seine weiteren Termine des Tages ab.
Jetzt gab es eindeutig Wichtigeres als alles, was sonst auf seinem Tagesplan stehen mochte.

Alina Sacharowa, sonst dem Alkohol gar nicht so zugetan, hatte bereits das dritte Glas Wodka getrunken, als die Stimme der Stewardess sie aus dem unruhigen Schlaf, in den sie gefallen war, aufweckte. Was hatte die etwas breithüftige Flugbegleiterin in das Mikrophon gesprochen?
Waren sie wirklich schon über dem westlichen Mittelmeer? Ja, tatsächlich!
„Bitte klappen Sie die Tischchen vor sich wieder hoch und schnallen Sie sich an, wir werden in wenigen Minuten auf dem Airport von Palma de Mallorca landen!"
Die etwas herrische Stimme klang auf einmal wie Musik in ihren Ohren und schnell blickte sie aus dem Fenster. Doch inzwischen war es dunkel geworden. Aber vereinzelte Lichter zeigten ihr, dass die Maschine schon stark an Höhe verloren hatte. Sollte sie es tatsächlich geschafft haben?
Doch, es schien so, denn jetzt setzte die Iljuschin auf der Landebahn auf und die Turbinen heulten im Umkehrschub laut auf und verlangsamten das Flugzeug schnell.
Es dauerte dann noch etwas, bis der Flieger seine endgültige Parkposition erreicht hatte. Viel zu lange für die schon ungeduldig werdende junge Frau. Doch dann endlich öffneten sich die Türen und im Strom der Urlauber schob sich Alina endlich durch die Tür. Jetzt noch die Passkontrolle. Sollte sie sich gleich zu erkennen geben? Nein, jetzt würde sie sich erst einmal ein Hotel suchen und ausschlafen. Dann morgen sehen, ob es hier ein US-Konsulat gab.
Zwanzig Minuten später stand sie mit ihrem Koffer vor dem Flughafengebäude und schaute wohl etwas verwirrt in die Gegend. Schließlich erkannte sie, wohin die Leute hasteten. Viele wurden von Bussen aufgenommen, einige stiegen in die Taxen. Auch Alina lenkte ihre Schritte zu dem Taxenstand. Doch genau vor ihrer Nase enterte eine Gruppe von vier männlichen Touristen den letzten Wagen und so konnte sie der davonfahrenden Taxe nur nachschauen. Da kam schon ein

weiteres Auto mit dem Taxenschild auf dem Dach angefahren und ein freundlicher junger Mann sprang heraus, hob Alinas Koffer in den Wagen und hielt ihr die vordere Tür auf. Alina zögerte kurz, denn in Moskau wurde erwartet, dass die Passagiere hinten einstiegen, wenn nicht alle Plätze benötigt wurden. Aber was soll's, sagte sie sich. Der Fahrer sprach sie auf Englisch an und fragte, wohin sie wolle?

Alina erklärte, dass sie kein bestimmtes Hotel gebucht habe, sondern sich morgen umsehen wolle.

Für heute würde ihr ein kleines Hotel oder eine Pension reichen. Hauptsache, sie bekäme noch etwas zu essen.

„Kein Problem, ich kenne hier am Hafen eine kleine saubere Pension und dort sind auch viele Lokale, die bis spät in die Nacht geöffnet haben", erklärte ihr der schlanke Dunkelhaarige mit dem Dreitagebart. „Woher kommen Sie denn?"

Alina stockte. Sollte sie ihm sagen, dass sie aus Moskau kam? Wohl besser nicht. Er sah sie fragend an, als sie nicht antwortete.

„Aus Schottland ... aus Glasgow", antwortete sie schließlich.

„So, jetzt war doch gerade der Flieger aus Moskau gelandet", entgegnete der Mann, dem sein Erstaunen anzumerken war.

Doch Alina hatte sich gefangen. „Ja, jetzt aus Moskau. Aber ich bin Schottin. Ich war in Moskau bei meiner Tante, die dort arbeitet. Ich will jetzt noch ein paar Tage Sonne genießen, bis ich ins regnerische Schottland zurückfliege."

„Aha", dehnte der Fahrer und ihm war anzumerken, dass er ihr nicht glaubte.

Zwanzig Minuten später hielt der kleine Renault vor einer Pension. Sie zahlte mit den gefundenen Euros einen, wie es ihr schien, viel zu hohen Preis und stapfte in den etwas schmuddelig wirkenden Eingang. Jetzt stieg ihr auch der typische Hafengeruch in die Nase. Alles andere als einladend. Das übliche Geruchsgemisch aus fauligem Wasser, Öl, Tang und Fisch.

Das hier konnte unmöglich eine Gegend für Touristen sein. Sie drehte, kaum, dass sie den dicken Mann hinter dem Tresen sah, wieder um. Hier mochte sie nicht bleiben. Wieder draußen versuchte sie sich zu orientieren. Die Gestalten auf der Straße wirkten auch nicht gerade vertrauenerweckend.

Aber wohin? Da kam ein anderes Taxi angefahren. Sie hob die Hand und der Wagen hielt. Ein netter älterer Mann saß hinter dem Steuer und sprach sie durch das offene Seitenfenster auf Deutsch an.

„Nanu, haben Sie sich verlaufen?"

Nun, die deutsche Sprache konnte sie ganz gut. Sie erklärte ihm, was ihr widerfahren sei und der Fahrer stieg aus, wuchtete ihren Koffer auf den Rücksitz und ließ sie einsteigen.

Dann griff er in die Hosentasche und holte sein Handy hervor. Spanisch verstand Alina nicht. Ein weiteres Telefonat und dann nickte der kräftige Mann ihr zu. „Ich habe etwas für Sie gefunden. Nicht sehr komfortabel, aber sauber und ordentlich und zwei Häuser weiter ist ein kleines Restorante, das bis spät in die Nacht geöffnet hat. Einverstanden?"

„Ja, danke!"

Schon vor Stunden war die Sonne wie ein glühender Ball aus dem blauen Meer emporgestiegen und stand jetzt schon hoch am Himmel. Von dort aus sandte sie ungebremst von irgendwelchen Wolken ihre nicht nur wärmenden, sondern auch bereits stark blendenden, Strahlen vom Himmel auf Land und Wasser herab.

Hoch über dem Himmel von Ankara stand inmitten dieser hellen, weißglühenden Strahlen ein silbriges Objekt am Himmel. Fast unbeweglich und von der Erde kaum auszumachen. Ohnehin würde wohl trotz dunkler Brillen kaum ein Mensch direkt in dieses gleißende Licht blicken.

Schon kurz vor Sonnenaufgang war dieses große und fast unhörbare Flugobjekt von seinem weit entfernten Standort gestartet und hatte schnell Höhe gewonnen und sich auf den Weg dorthin gemacht, wo es jetzt auf seinen Einsatz wartete. Die großen Propeller drehten sich nur so schnell, dass es seinen Platz genau dort behielt, von wo die sengenden Blitze der Sonne am grellsten schienen. Denn dieser silberne Vogel wurde nicht nur von seinen batteriegespeisten Elektromotoren angetrieben, sondern hatte auf seinen langen und auch breiten Tragflächen auch großflächige Solarspeicher, die die Sonnenenergie aufnahmen und sogleich die Batterien wieder aufluden. So bestand bei dieser Drohne neuester Technik keine Gefahr, dass dieser trotz rein elektrischen Antriebs bei Wolken oder Regenwetter der Saft ausging. Bei vollen Akkus konnte sie dann auch zur Not bis zu vierundzwanzig oder mehr Stunden ohne neue Stromzufuhr weiterfliegen. Gesteuert wurde dieses Gerät aus weiter Ferne mit einem Joystick und einigen Knöpfen. Zwei hochauflösende Kameras sorgten dafür, dass der Steuermann am Boden sich stets ein Bild von der Umgebung seines hochtechnisierten Flugkörpers machen konnte. Sowohl den Luftraum um die Drohne als auch den Erdboden unter ihr konnte er in gestochen scharfen Aufnahmen in Echtzeit und Farbe auf seinem Monitor betrachten.

Aber dieses unbemannte Flugobjekt diente nicht nur der Beobachtung. Es konnte auch Tod und Verderben vom Himmel schleudern. Die sonst hierfür vorgesehenen Luft-Boden-Lenkwaffen waren allerdings gegen eigentlich veraltete ehemals sowjetische Luft-Boden-Raketen ausgetauscht worden. Dafür mussten spezielle andere Halterungen angebracht und auch die Abfeuerungstechnik angepasst werden. Diese etwas größeren Raketen waren knapp zweieinhalb Meter lang und wogen knapp zweihundertachtzig Kilo das Stück. Allein der Gefechtskopf trug eine Hohlladung von über einhundert Kilogramm.

In einem kleinen, viele hundert Kilometer entfernten, Gebäude blickte ein dunkelhaariger Mittdreißiger auf seinen Bildschirm und dann auf seine Fliegeruhr an seinem linken Handgelenk.

„Nur die Ruhe, Colonel. Sie haben Ihren Vogel bestens platziert!"

„Schon, Sir, aber so langsam dürfte sich unser Zielobjekt zeigen. Wir wissen ja nicht, ob Autokolonne oder Heli?" Der Mann mit dem militärisch kurzen Haarschnitt fuhr sich mit dem Unterarm über die Stirn. Gern hätte er sich eine Zigarette angesteckt, aber das war im Dienst ja seit einiger Zeit verpönt und zusammen mit einem leibhaftigen Drei-Sterne-General hatte er auch noch nicht in einem Raum seit Stunden zusammengesessen.

„Hoffen wir mal auf Autos. Das gibt weniger Kollateralschäden. Ganz werden die sich ohnehin nicht vermeiden lassen, fürchte ich", entgegnete der hohe Offizier mit dem eisgrauen, kurzgeschorenen Haar. Am einfachsten wäre es, gleich hier am Palast. Dann trifft es jedenfalls keine unschuldigen Frauen und Kinder auf den Straßen oder gar – beim Abschuss eines Hubschraubers vielleicht sogar in den Häusern."

„Das hoffe ich sehr, General", erwiderte der Lieutenant-Colonel und sein Gesicht verhärtete sich bei dem Gedanken, vielleicht mit seiner Aktion Zivilisten und sogar Kinder eventuell zu verletzen oder gar zu töten. Schließlich war er selbst Vater von sechsjährigen Zwillingen. Sohn und Tochter. Nur mühsam gelang es ihm, Gedanken an seine eigenen Kinder zu verdrängen. Das Warten zehrte an seinen Nerven. Mit seiner Drohne Terroristen in Syrien, Irak oder auch anderen Ländern zu töten, das war ihm nicht allzu schwergefallen. Aber einen Staatspräsidenten, das war schon ein ganz anderer Hammer. Nur deshalb gab es wohl auch keine Telefonleitung zu den übergeordneten Kommandostellen, wie in vielen Fällen gar dem Weißen Haus, wo dann im Lagerraum der Präsident, seine Sicherheitsberaterin, Verteidigungsminister und hohe Militärs zusammensaßen und jederzeit den Auftrag widerrufen oder aber den Feuerbefehl aufrechterhalten konnten.

Dafür saß jetzt der Vicechef der Air Force, den er noch nie persönlich gesehen hatte, direkt neben ihm. Um ihm den Rücken zu stärken oder um sicherzustellen, dass er auch auf den Feuerknopf drückte und seinen Befehl ausführte? Der Lieutenant-Colonel tendierte eher zu der letzteren Annahme.

„Was sagen Sie da? Das Weib ist einfach so von Moskau trotz aller verschärften Sicherheitskontrollen mit einem russischen Flugzeug nach Mallorca geflogen? Das kann doch wohl nicht wahr sein! Bin ich denn hier nur von Totalversagern umgeben?"

Vor grenzenloser Wut war der russische Präsident aufgesprungen und hätte fast den Hörer seines Telefons gegen die Wand geschleudert.

Im Gegensatz zu seinem hochrot im Gesicht angelaufenen Staatschef war am anderen Ende der gesicherten Leitung General Koljanin kalkweiß geworden.

„Ich habe es selbst erst vor einer Minute erfahren und ...", stotterte er in die Sprechmuschel.

„Und doch wohl hoffentlich den Flieger umkehren lassen!", brüllte Feodor Wladimirowitsch Kruskin ihm ins Ohr.

„Leider zu spät, Gospodin Präsident. Das Flugzeug war schon gelandet und die Passagiere von Bord gegangen."

„Und jetzt? Wir haben doch bestimmt jemand auf dieser Insel! Setzen Sie alles daran, diese Frau daran zu hindern, mit den Spaniern oder gar den Amerikanern Kontakt aufzunehmen."

„Ich wende mich sofort an den FSB und ..."

„Sie Versager machen gar nichts mehr! Sie sind Ihres Postens enthoben und hiermit unter Arrest gestellt! Sie dürfen Ihr Büro nicht mehr verlassen, bis ich entschieden habe, was mit Ihnen weiter geschieht. Haben Sie mich verstanden?"

„Jawohl, ich ..." Doch da hatte Kruskin den Hörer bereits auf die Gabel geschmettert.

Schon kurz darauf waren die ersten FSB-Agenten, von denen natürlich auch auf einer Insel wie Mallorca einige installiert waren, auf der Suche nach der sich in Sicherheit wähnenden Frau.

Nur wenige Stunden später hatten zwei findige in, Tarnpositionen auf der beliebten Ferieninsel tätige, Agenten ermittelt, dass die Gesuchte von einer Taxe in eine anrüchige Pension im alten Hafenviertel von Palma gefahren worden war. Doch da war sie nicht abgestiegen, wie das offiziell bei einer Fluggesellschaft angestellte Ehepaar in Diensten des russischen FSB schnell herausfand. Eine erneute Nachfrage bei dem Taxifahrer erbrachte nichts an neuen Erkenntnissen. Dieser hatte nicht abgewartet, sondern war zum Flughafen zurückgekehrt, als er die Frau in die Pension hineingehen sah. Seine Provision von dem Betreiber des zwielichtigen Übernachtungsbetriebs konnte er sich dann wohl in den Kamin schreiben.

Also riefen die beiden wirklich miteinander verheirateten Agenten, eine Russin, die einen Insulaner geheiratet und für den FSB geworben hatte, alle Hotels und Pensionen der Reihe nach an. Da die Frau unter einem anderen Namen geflogen war, dürfte sie diesen ja auch bei der Anmeldung genutzt haben. Doch erst am nächsten Morgen gegen 09.00 Uhr erfuhren sie, wo die Flüchtige untergekommen war und gaben die Information sofort an ihren Führungsoffizier weiter.

Bereits vier Stunden später traf vom Festland ein Team ein um sich des Problems nachhaltig anzunehmen.

„Na, das ist doch ein Auftrag nach meinem Geschmack. Sonne, Strand, reichlich Bewegungsgeld und mit dem Weib werden wir wohl kaum Probleme haben", freute sich Nikita Gromikov. „Vielleicht können wir sie gleich im Hotel erledigen und uns dann einen oder sogar ein paar schöne Tage machen!"

„Wir werden sehen. Die Frau ist immerhin Leutnant beim GRU. Wir sollten sie nicht unterschätzen. Außerdem, wer sagt uns denn, dass sie nicht schon wieder weitergezogen ist?"

„Hm, Flughafen hier und Konsulate werden überwacht. Natürlich kann sie versuchen mit einem kleinen Boot wegzukommen. Vielleicht nach Menorca oder Ibiza. Aber das glaube ich eher nicht. Und, dass sie zur spanischen Polizei geht? Wohl kaum. Wenn sie denn wirklich etwas so Wichtiges zu verraten haben sollte, dann will sie doch auch Kapital aus ihrem Wissen schlagen!"

Aber etwas hatte Gromikov an Zuversicht eingebüßt, wie seine Kollegin, Dunja Kusmanowa, eine brünette Dreißigjährige bemerkte.

Und so kam es auch. In dem kleinen Hotel befand sich die Frau nicht mehr. „Die hat heute schon ganz früh ausgecheckt. Wir konnten ihr das Zimmer nämlich nur diese eine Nacht geben, da es ab heute vorbestellt ist", bedauerte der Mann hinter dem kleinen Tresen in der Lobby des Hotels, die auch nur sehr eng ausgefallen war.

„Ach, und wo ist unsere Freundin denn jetzt hin? Hat sie eine Adresse hinterlassen?"

„Leider nicht!"

„Ach, vielleicht erinnert sich der Taxifahrer, der sie abgeholt hat und ..."

„Wohl kaum, denn sie ist zu Fuß weggegangen. Hatte ja auch nur einen kleinen Koffer und eine Handtasche dabei. Vielleicht versuchen Sie es am Busbahnhof. Hier von Palma fahren ja viele Busse in die verschiedenen Orte ab", versuchte der freundliche Insulaner zu helfen.

„Ja, gracias", dankte ihm die junge Frau und die beiden verließen die Empfangshalle und stiegen in ihren am Flughafen angemieteten Ford Fiesta.

„Und was machen wir nun?" Die bis dahin gute Laune des kräftigen Dunkelhaarigen war wie weggeblasen.

„Erst erstatten wir Bericht und dann bleibt uns bloß die Ochsentour. Bahn- und Busverbindungen überprüfen, und vorab versuchen, eine Liste aller Hotels und Pensionen zu bekommen. Wir können wohl davon ausgehen, dass sie mit dem Pass dieser toten Frau nach wie vor unterwegs ist und haben also den angenommenen Namen und auch ihr Aussehen. Wir sind schon mit deutlich weniger erfolgreich gewesen. Also los!"

Alina war selbst überrascht, dass sie trotz aller Ängste und Aufregungen nach einem kleinen Abendessen, Kaninchen in Knoblauchsoße mit Reis und einem kleinen Salat, in dem neben der Hotel-Pension gelegenem Restaurant so gut geschlafen hatte. Erst gegen 10.00 Uhr wurde sie von einem Klopfen geweckt. Zuerst schrak sie aus ihrem immer noch tiefen Schlummer auf und musste kurz rekapitulieren, dass sie ja in einem Hotelbett auf Mallorca lag.

Dann warf sie sich schnell ihren dünnen Mantel über und öffnete.

„Ich wollte Sie nicht stören, aber denken Sie bitte daran, dass Sie das Zimmer bis um 11.00 Uhr, also in einer Stunde räumen müssen." Die freundliche Frau sprach sie in einem gut verständlichen Deutsch an. Ach so, sie hieß ja jetzt Sandra Bauer und stammte aus Magdeburg.

„Ja, ich weiß, vielen Dank. Ich packe sofort!"

„Sie haben noch eine knappe Stunde, aber wenn Sie noch frühstücken wollen, dann müssen Sie in fünfzehn Minuten unten sein", entgegnete die nette, schon etwas ältere Frau und schloss die Tür.

Alina, die unter dem in Moskau gekauften Mantel nur ihren Slip trug, sprang schnell unter die Dusche und war tatsächlich keine Viertelstunde später unten in einem separaten, zweckmäßig aber dennoch ansprechend eingerichtetem, Raum, in dem nur noch ein älteres Ehepaar beim späten Frühstück saß.

Das aus ihrer Sicht reichhaltige Büfett überraschte sie und ließ sie zögern. Schließlich häufte sie sich etwas Rührei, Bacon und ein Brötchen sowie vier Scheiben gekochten Vorderschinken und ein kleines Butterpäckchen auf den Teller und goss sich einen Tee auf.

Dann begann sie mit gutem Appetit zu essen und hatte in beeindruckender Geschwindigkeit den bis zum Rand gefüllten Teller geleert.

Das ältere Ehepaar hatte ihr Verhalten mit Interesse betrachtet und die Frau sprach sie schließlich an.

„Na, Sie haben aber einen gesegneten Appetit, junge Dame. Nehmen Sie sich doch noch etwas von dem frisch gepressten Orangensaft und vielleicht auch etwas Obst. Schließlich reisen Sie wohl ab – oder?" Die ältere Dame, die wohl die Sechzig bereits überschritten hatte, lächelte sie freundlich an.

Alina zuckte zusammen und starrte die in einen modischen Hosenanzug gekleidete Dame wohl etwas seltsam an.

„Oh, entschuldigen Sie, das geht mich ja gar nichts an. Ich musste nur gerade an meine Enkelin denken, die hat auch immer so schnell gegessen und ..."

„Ich glaube, das interessiert die junge Frau wohl kaum", mischte sich der Begleiter der Älteren ein." „Sie müssen schon entschuldigen, aber meine Frau kann es einfach nicht lassen. Sie muss immer irgendjemanden bemuttern. Seit unsere Kinder aus dem Haus sind und unsere einzige Enkelin auch nicht mehr da ist", bei seinen letzten Worten verdüsterte sich seine Miene etwas und fast schien es, als würde ihm die Stimme versagen, bis er seinen Satz beenden konnte, „muss in der Regel ich herhalten. Also entschuldigen Sie nochmals und lassen Sie sich nicht stören, denn Sie müssen wohl gleich zum Flughafen." Er deutete auf ihren Koffer, den sie auf dem Stuhl neben sich abgestellt hatte.

Inzwischen hatte Alina längst gemerkt, dass ihr von den beiden älteren Leutchen nichts Böses drohte.

„Nein, schon in Ordnung. Meine Mutter hat mich auch immer aufgefordert nicht so schnell das Essen in mich hineinzustopfen", erwiderte sie. „Außerdem haben Sie ja recht. Einen Orangensaft sollte ich mir nicht entgehen lassen."

Während sie sich ein Glas von dem wirklich frischen und aromatischen Saft einschenkte, musterte die Frau von dem gegenüber angeordnetem Tisch sie nochmals.

„Aber, Sie reisen doch nicht ab. Sie sind doch noch ganz blass. Ich glaube eher, Sie sind gerade angekommen und haben den Bus zu ihrem Hotel verpasst und wollen Ihren Urlaub erst beginnen. Habe ich nicht recht mit dieser Annahme? Außerdem, woher kommen Sie denn? Sie haben so einen merkwürdigen Akzent und …"

Was sollte sie darauf antworten, fragte sich Alina und da von diesen Leutchen ja eigentlich nichts Bedrohliches ausging antwortete sie entsprechend der angenommenen Personalien, die sie jetzt auswiesen. Denn bei dem GRU hatte sie gleich zu Beginn gelernt, dass es fast immer ratsam ist, nahe bei der Wahrheit zu bleiben, wenn eine falsche Identität nicht durch einen profanen Fehler auffliegen soll. Sie lächelte die älteren Deutschen an.

„Ich bin in Magdeburg geboren, aber schon als kleines Kind in die Ukraine mit meinen Eltern umgezogen, da mein Vater dort gearbeitet hat, bis alle beide bei einem Verkehrsunfall umgekommen sind."

„Oh, wie schrecklich!" Die ältere Dame schlug ihre Hände vor das Gesicht, das sich schmerzlich verzog. Dann sah sie ihren etwa gleichaltrigen Mann an und murmelte mit leiser Stimme: „Oh, Otti, wie Meike."

Dann brach sie ab und Tränen rollten ihr über die Wangen und hinterließen schmale Spurrillen auf der nur leicht geschminkten Haut. Rührend besorgt nahm der Mann seine Frau in die Arme und langsam beruhigte sie sich.

„Wissen Sie, unsere Enkelin … Meike … ist ebenfalls bei einem Verkehrsunfall umgekommen. Von so einem besoffenen Raser mitten auf dem Zebrastreifen überfahren."

„Oh, das tut mir sehr leid", bekundete Alina ehrlich betroffen. Sie nahm ihr Glas, kam an die andere Seite der Frau und bot ihr einen Schluck zu trinken an.

Fünfunddreißig Minuten später verließ sie gemeinsam mit dem freundlichen Ehepaar die Hotelpension und saß hinten im Mietwagen auf dem Weg zur Ostküste der Insel.

Noch bevor die Drei Palma verlassen hatten, klingelte das Telefon in ihrer früheren Herberge und die nette Wirtin musste dem Anrufer leider mitteilen, dass die gesuchte Freundin gerade die Pension verlassen hatte. Gemeinsam mit einem älteren Ehepaar aus Deutschland. Nein, wohin wisse sie leider nicht.

„Da, es tut sich was!" Der Drohnenpilot wies mit dem Arm auf den rechten Bildschirm, wo auf den in Echtzeit übertragenen Bildern ein dunkler Schatten unter dem fast lautlos im gleißenden Sonnenlicht verharrenden Flugobjekt erschien.

„Ein … nein, zwei Hubschrauber nähern sich unter der Drohne dem Palast!", verkündete der dunkelhaarige Offizier.

„Ja, ich sehe", bestätigte der grauhaarige General neben ihm und beugte sich interessiert vor.

Ein schneller Blick auf den zweiten Monitor, der den Palasteingang zeigte, ließ hingegen noch keine weitere Bewegung erkennen.

Mit seinem Joystick steuerte der Pilot die erste Kamera so, dass sie die beiden Helikopter im Fokus behielt. Eine Maschine landete, während die zweite in etwa hundert Metern Höhe in der Luft verharrte. „Das ist der Geleitschutz", verkündete der eisgraue General überflüssigerweise, denn das erkannte der Drohnenpilot natürlich selbst.

„Ja, zwei schwenkbare MG in den geöffneten Seitentüren und je zwei kleine Raketen über den Kufen. Ziemlich professionell das Ganze. Wollen wir hoffen, dass keiner der Piloten oder Schützen nach oben in die Sonne blickt", erwiderte der Lieutenant-Colonel.

„Da, die Tür geht auf!" Der ebenfalls in einen Kampfanzug gekleidete Luftwaffen-Vice deutete mit einer hektischen Bewegung auf das Palasttor. Einige Soldaten mit Schnellfeuergewehren traten in den strahlenden Sonnenschein und nahmen zu beiden Seiten Aufstellung. Dann traten zwei Offiziere aus der Tür und kurz darauf der Präsident und ein weiterer Mann. Beide in dunkle Anzüge gekleidet, wie die superscharfen Bilder auf dem Monitor klar erkennen ließen.

„Jetzt, wenn sie eingestiegen sind, wäre es ideal. Ein sicherer Schuss und der Fall wäre erledigt, Sir."

Der noch jugendlich wirkende Offizier blickte kurz seinen Vorgesetzten an.

„Nein, Colonel! Erst, wenn sie in der Luft und mindestens zweihundert Meter hoch sind. Wir wollen ganz sicher gehen. Und wenn der erste, also der Heli mit dem Präsidenten, getroffen ist, sofort die nächste Rakete auf den Kampfhubschrauber. Nicht, dass der noch unseren Vogel vom Himmel holt!"

Der Drohnenpilot und damit auch gleichzeitig der Vollstrecker des Tötungsbefehls biss auf die Zähne. Wenn er jetzt geschossen hätte, dann wären jedenfalls keine unbeteiligten Zivilisten umgekommen. Zumindest wahrscheinlich nicht.

Da traten noch zwei Anzugträger in den hellen Morgen und folgten dem Präsidenten und seinem – einen halben Schritt hinter ihm gehenden – Begleiter. Auch diese bestiegen den gelandeten Heli. Die Soldaten behielten ihre Paradeaufstellung bei und kurz darauf hob der Präsidenten-Hubschrauber ab.

Dieser war, wie jetzt eindeutig zu erkennen war, in einem dunklen, fast schwarz erscheinenden Blau lackiert und unterschied sich deutlich von dem kleineren und in üblichem Militärgrün gehaltenen Kampfhubschrauber. Schnell gewannen die beiden Drehflügler an Höhe und nahmen Kurs auf den nahen Flughafen der Hauptstadt.

Der Pilot der Drohne hatte Mühe, diese den sehr schnell fliegenden Zielobjekten in angemessenem Abstand für einen sicheren Schuss folgen zu lassen.

„Jetzt sollte es gehen!", verlangte der Dreisterne-General.

„Eben nicht, Sir. Der Geleiter verdeckt das Hauptziel, weil er etwas höher in geringem Abstand folgt."

„Und was nun? Gleich ist er über den dichten Wohnbezirken. Oh verdammt!"

Der Vicechef der Air Force fluchte halblaut.

„Bleibt nur zuerst den Begleitschutz und dann das eigentliche Ziel anzugreifen. Dann aber sofort, wenn wir viele unschuldige Tote vermeiden wollen!" Auch der Lieutenant-Colonel hatte jetzt seine Stimme erhoben und sich sogar das übliche „Sir" gespart, was sein hoher Vorgesetzter aber überhaupt nicht zu bemerken schien.

„Ja, machen Sie! Aber treffen Sie um Himmelswillen auch beide!"

„Um Himmelswillen ist gut gesagt", murmelte der gleich zum Vollstrecker werdende Mann fast lautlos vor sich hin. Er richtete die Zieloptik auf den oberen Hubschrauber, ließ den damit verbundenen Computer den Schusswinkel und die Entfernung berechnen und als die Klarmeldung kam, drückte er auf den entsprechenden Knopf, dessen Sicherung er vorher aufgehoben hatte.

Die Kamera im Bug der Rakete übernahm nach dem Start das Bild auf dem einen Monitor und aus einer Entfernung von jetzt nur noch knapp zwei Kilometern dauerte es somit gerade noch knappe zehn Sekunden bis zum Einschlag.

Ein heller Blitz und das Bild erlosch, um aber sofort von der Bugkamera der Drohne übernommen zu werden.

„Getroffen! Gut gemacht. Jetzt schnell das eigentliche Ziel!", forderte der jetzt auch in Schweiß geratene General.

Sein Untergebener, der gerade einige Soldaten aus dem Leben gerissen hatte, antwortete nicht. Mit zusammengebissenen Zähnen und jetzt ganz kühl, hatte er die zweite Rakete schussklar gemacht. Die Daten errechnete der Computer in Sekundenschnelle. Das Zielkreuz stand auf dem dunklen Schrauber, einem luxuriösen Zivilmodell eines bekannten Herstellers. Erneut drückte der Mann den Auslöser. Auch diese Luft-Bodenrakete zündete und getrieben von ihrem Feststoff-Triebwerk raste ihr Gefechtskopf mit über einhundert Kilo Hohlladung auf das Ziel zu. Nachdem die etwas umgerüstete Rakete aus dem Waffenbehälter wie vorgesehen gestartet war, sollte sie jetzt in wenigen Sekunden das anvisierte Ziel zerstören. Geleitet von der optischen Steuerung über die Kamera im Kopf, die das anvisierte Objekt stets im Fokus behielt. Diese Umrüstung der, ursprünglich aus noch sowjetischer Produktion stammenden, Rakete hatte das größte Problem für die Techniker dargestellt, zumal keine Zeit für eine echte experimentelle Erprobung blieb. Ursprünglich erfolgte die Zielortung dieser Lenkwaffe über eine sogenannte Funkkommandolenkung.

Aber wie geplant ging auch der Hubschrauber des Präsidenten in einem aufblühenden Feuerball über und in Flammen gehüllte Teile sanken zu Boden. Dort, wo eben die Einzelteile des zuvor getroffenen Helis neben einer Straße einschlugen und einen ankommenden Kleinlaster zu wilden Ausweichmanövern zwangen.

Der grauhaarige General fuhr sich mit einem ebenso gefärbten Taschentuch über den Kopf und atmete erleichtert aus. „Das war eine reife Leistung. Ihre

Beförderung zum Colonel ist Ihnen sicher, mein Lieber. Jetzt sehen Sie zu, dass unser Flieger noch heil wegkommt und alles ist gut!"

„Jawohl, General!" Mit zusammengekniffenen Lippen ließ der Dunkelhaarige die Drohne steigen und Kurs auf das Meer nehmen. Wenn alles gutgehen sollte, so würde sie bald wieder auf diesem Stützpunkt landen und schnellstens in ihren ursprünglichen Zustand zurückversetzt werden. Bis dahin aber würde auf ihn noch etwas angespannte Arbeit warten. Denn sollten türkische Flugzeuge die Drohne trotz ihrer Stealth-Eigenschaft entdecken, so musste er durch Sprengung per Funkbefehl sicherstellen, dass sie vollständig zerstört wurde. Doch die Bilder der in Flammen und Glut aufgegangenen Hubschrauber würden ihn wieder in seinen Träumen verfolgen und nachts schreiend erwachen lassen. Davor fürchtete er sich schon jetzt und noch mehr vielleicht vor den fragenden und besorgten Blicken seiner Frau, der er ja den Grund für seine Albträume nicht verraten durfte.

Kaum war die Nachricht vom Tode des Präsidenten und dem Attentat auf die Hubschrauber eingegangen, lief der diesmal exakt geplante Einsatz für die Machtübernahme des Militärs an. Alle strategisch wichtigen Punkte in den großen Städten, den Häfen und Flughäfen wurden von Panzern und Infanterie besetzt. Auch vor dem Parlament fuhren bereits Panzer auf, noch bevor alle Abgeordneten, des ohnehin nur noch Präsidentenbefehle abnickenden Hauses, überhaupt vom Tode des Präsidenten, des Außenministers und den weiteren Mitgliedern der Regierungskommission, die den Iran besuchen sollte, erfahren hatten. Mehrere Züge schwerbewaffneter Infanteristen besetzten das Gebäude. Die neue Präsidentengarde wurde nach kurzem Feuergefecht entwaffnet, soweit die Männer nicht bereits infolge ihrer Gegenwehr erschossen worden waren. Die Minister des Innern, für Verteidigung sowie Justiz und ihre maßgeblichen Mitarbeiter wurden verhaftet. Ebenso die Polizeichefs und Leiter der Gefängnisse in den großen Städten. Ebenso alle Richter des Verfassungsgerichts und der obersten Strafgerichte. Diesmal gelang es auch, sofort alle Sender des Staatsfernsehens, des Rundfunks und die ohnehin gleichgeschaltete Presse lahmzulegen.

Schon nach wenigen Stunden schien die Machtübernahme des Militärs eindeutig erfolgreich gewesen zu sein.

„Was sagen Sie da? Das türkische Militär putscht schon wieder?" Der russische Präsident mochte kaum glauben, was ihm da sein Botschafter aus der türkischen Hauptstadt berichtete.

Aber es kam noch viel schlimmer.

„Was, wiederholen Sie nochmals!" Kruskins Gesicht verzerrte sich vor unbändiger Wut über das, was ihm sein Botschafter weiter berichtete.

„Ist das gesichert? Özdemir ist mit seinem Hubschrauber abgestürzt?"

„Aha, also ein Attentat ... fast zeitgleich ... Hm, ja danke. Es war richtig, dass Sie mich gleich direkt angerufen haben, Bulgarow. Ja, melden Sie alles, was geschieht sofort mir direkt!"

Sollte damit sein schöner Plan nun doch noch vereitelt werden? Nein, so kurz vor dem Ziel würde er sich nicht aufhalten lassen. Schließlich hatte er mit dem Türken einen verbindlichen Vertrag geschlossen. Das wollen wir doch mal sehen, ob das türkische Militär es wagt, der Roten Armee offen entgegenzutreten?

Er ließ sein Krisenkabinett einberufen – Verteidigungs- Außen- und Innenminister sowie den Ministerpräsidenten. Dazu die Chefs von Armee, Luftwaffe und Marine und auch den Leiter der neuen Cyber-Krieger, die in der modernen Kriegsführung eine immer größere Rolle einnahmen. Dazu die Kommandeure der einzelnen Geheimdienste. Er zögerte kurz, bestellte dann aber auch den in Ungnade gefallenen Generaloberst Koljanin ein.

Die jetzt eingetretene Situation stellte selbst einen Mann seiner Qualitäten vor eine mehr als schwierige Aufgabe, gestand er sich ein. Aber wenn nicht er, wer sollte sie dann erfolgreich bewältigen? Schließlich war er ausersehen, Russland wieder zu alter Größe erwachsen zu lassen und seine bisherigen Erfolge konnten sich durchaus sehen lassen. Die halbe Ukraine hatte er seinem Land einverleibt. Weiß-Russland stand praktische unter seiner Kontrolle und mit dem direkten Zugang zum Mittelmeer hätte er etwas erreicht, was weder Zaren noch den Sowjets oder seinen direkten Vorgängern gelungen war.

Diesen Triumph würde er sich nicht nehmen lassen, egal welchen Preis die Welt dafür zahlen müsse.

Doch den würde er nur dann genießen können, wenn nicht herauskäme, wer letztlich diese neuesten gravierenden Ereignisse im Mittelmeer ausgelöst hatte.

Warum konnten seine Leute nur nicht dieses elende Weibsstück endlich finden?

Bei dem Gedanken kam ihm logischerweise auch General Koljanin in den Sinn. Dessen Unfähigkeit war es letztendlich zu verdanken, dass es überhaupt zu einem möglichen Sicherheitsleck kommen konnte. Dafür sollte und würde er büßen. Aber vorher …"

Linda und Ottmar Wegner waren ebenso überrascht, wie auch erfreut gewesen, dass Alina, die ja jetzt unter dem Namen Sandra Bauer reiste, ihr Angebot angenommen hatte, mit ihr an die Ostküste zu reisen. Da, in Cala Millor, einem in den letzten Jahrzehnten stark gewachsenen Ort, hatten die Wegners sich ein Zimmer im Hotel „Don Pedro" gebucht, das erst ab heute frei wurde, weshalb sie in Palma eine Nacht verbrachten. Dort, wo jetzt das „Don Pedro" seine zehn Stockwerke in den Himmel schraubte, hatten sie vor mehr als dreißig Jahren in einem dem Neubau gewichenen Haus einen herrlichen Urlaub verbracht, so dass es sie nach dieser langen Zeit nochmals an diesen Ort gezogen hatte. Sollte Sandra, wie Alina ja jetzt hieß, dort kein Zimmer erhalten, so waren die Wegners zuversichtlich, dass sie in einem der anderen Hotels an diesem Ort unterkommen würde.

„Wenn alle Stricke reißen", so sagte die resolute Linda, „dann müssen die Hotelleute uns eben ein drittes Bett ins Zimmer stellen. Du bist dann einfach unsere Enkelin und basta!"

Alina alias Sandra wollte erst protestieren, dann aber ging ihr auf, dass sie auf diese Weise ja viel anonymer untertauchen konnte, denn ihre Kollegen von GRU oder vielmehr FSB würden ja eine allein reisende junge Frau suchen. Und dass die russischen Sicherheitsorgane ihr längst auf der Spur waren und bestimmt auch schon wussten, dass sie nach Mallorca mit dem Pass der toten Sandra Bauer geflogen war, das war ihr nur zu klar.

Langsam fuhr Ottmar mit dem ungewohnten Ford in Richtung Cala Millor. Die Mittelmeersonne schien hell und strahlend vom fast wolkenlosen Himmel und das Thermometer kletterte schon am späten Vormittag auf 28° Celsius. „Das haben wir im Frühjahr hier auch schon anders erlebt", erklärte Linda ihrer neuen Schutzbefohlenen, als die sie Sandra anzusehen begann.

„Stimmt, das war im April. Anfang April, als wir das vorletzte Mal hier gewesen sind", ergänzte Ottmar. „Da sah es hier noch etwas anders aus. Nicht so zugebaut wie jetzt!"

„Ja, früher war es hier schöner. Ach, ob es das alte Kastell noch gibt? Was meinst du, Otti?"

„Keine Ahnung, Liebes. Aber das können wir ja gleich nach dem Einchecken prüfen."

Schon nach gerade mal zwei Stunden, da hatte sie sie zum ersten Mal gesehen, begann Alina die beiden älteren Leute immer mehr zu mögen. Unkompliziert, hilfsbereit und ganz einfach lieb.

Früher sagte man gerade auch den einfachen Menschen in Russland eine große Herzlichkeit nach, wie sie von ihrer Mutter wusste. Aber nach Stalin und den Kalten Kriegern nach ihm war es trotz der kurzen Perestroika unter Gorbatschow und auch Jelzin nie wieder ganz so geworden. Gerade der jetzige Präsident sorgte wieder für viel gegenseitiges Misstrauen und hatte das sich Anfang der neunziger Jahre erwachende Gefühl von Freiheit schnell wieder einfrieren lassen. Opposition gegen ihn und sein Machtstreben führte schnell zur Enteignung und ins Straflager oder gar in den frühen Tod. Dieses kurze Aufblühen des zarten Pflänzleins namens Freiheit hatte Alina nicht miterleben dürfen. Leider, wie ihr ihre verstorbene Mutter oft bedauernd gesagt hatte.

Da riss Ottmars Ruf sie aus ihren Gedanken. „Da, da ist es! Wir sind da, Liebes!"

Wie ein Feldherr reckte Ottmar den Arm nach vorn und wies auf das Ortsschild des kleinen Ferienortes. „Cala Millor" stand da auf der Ortstafel. „So, jetzt suchen wir unser Hotel, das ziemlich am Ortsende liegen soll. Dort, wo wir früher in diesem Samba oder Sima oder so gewohnt haben ..." „Du meinst das „Sumba", Otti. Wenn das neue „Don Pedro" genauso gut ist und der Direktor so freundlich, dann klappt es auch mit einem Zimmer für unsere neue, junge Freundin!" Bei diesen Worten warf Linda einen lieben Blick in Richtung Alina, die sich auf dem Rücksitz nach vorn gereckt hatte. Kurz darauf hielt Ottmar auf einem der wenigen Parkplätze, die seitlich des Hoteleingangs angeordnet waren. „Komm, Sandra und nehme deinen Koffer gleich mit!" Linda stieg aus und klappte den Beifahrersitz nach vorn, so dass die junge Frau ihr folgen konnte.

Sandra, ihren Koffer in der Linken haltend, schaute an dem großen Bau aus Glas und Beton hinauf.

„Schönes, neues Hotel", meinte sie bewundernd. Linda schüttelte den Kopf. „Findest du? Ich fand unser altes Hotel schöner. Jetzt fällt mir auch der Name wieder ein. „Mumba", so hieß es, nicht Otti?"

„Ja, meine Liebe und es hatte auch so eine komische Form. Wie ein X. von unserem Zimmer aus, konnten wir die andere Ecke sehen." Ottmar Wegner schaute den beiden Frauen nach und griff sich die schweren Koffer, klappte die Zuggriffe aus und zog die gleich großen und sehr stabilen Samsonite hinter sich her. Währenddessen hatte Linda bereits den Portier angesprochen und sich vorgestellt.

„Ja, Frau Wegner. Sie haben Zimmer 347 im dritten Stock. Hier sind die Schlüsselkarten. Wenn Sie sich noch bitte eintragen würden und …?"

„Ja, sofort. Aber wir brauchen noch ein weiteres Zimmer. Möglichst nebenan, denn unsere Enkelin ist mitgekommen. Das wird doch kein Problem sein?"

Der noch junge Mann mit bereits beginnender Glatze und Hornbrille nickte und befragte seinen Computer. „Sie haben Glück. Die Nummer 352, gleich schräg gegenüber ist noch für … Moment … elf Tage frei. Danach habe ich nur noch im Stockwerk darüber zwei Zimmer, wenn die junge Dame auch zwei Wochen bleiben will."

„Nein, ich habe nur eine Woche Urlaub", antwortete Alina, die hier Sandra hieß, schnell!"

„Na, dann hat ja alles gut geklappt", freute sich Ottmar, der jetzt auch den Empfangstresen erreicht hatte.

In der Türkei hatten, bis auf wenige Ausnahmen, die Menschen noch gar nicht mitbekommen, dass ihr Präsident und auch der Außenminister tot waren. Die Präsenz des Militärs an allen strategisch wichtigen Punkten aber war wohl kaum jemandem verborgen geblieben.

Alle wollten wissen, was denn nun los sei? Ein erneuter Putsch, wie vor einigen Jahren? Doch weder im Fernsehen, noch im Radio, wurde zunächst etwas verlautbart. Dann, nach über drei Stunden meldete der neue Generalstabschef, General Cetin Keser, sich über alle staatlichen Rundfunkstationen und natürlich das Fernsehen und erklärte, dass im Zusammenhang mit den Anschlägen auf das türkische und vorab schon das griechische Militär, die Streitkräfte die Sicherung des Landes übernommen hätten. Die Bürger, wie auch alle Ausländer im Land wurden aufgefordert, sich ruhig zu verhalten und Weisungen der Soldaten sofort Folge zu leisten. Es gehe auch um ihre Sicherheit. Inzwischen kursierten erste Meldungen im Internet über einen Putsch in der Türkei und ein erstes hochgeladenes Filmchen, dass an der Hauptstraße vom Präsidentenpalast zum Flughafen aufgenommen worden war und brennende Wrackteile neben der Straße zeigte.

Auch ein Großaufgebot an Polizei, Armee und Rettungsdiensten war vor Ort zu sehen.

Schließlich wurde, nachdem Aufnahmen auch von der Festnahme von Regierungsmitgliedern und hohen Richtern und Beamten sowie Abgeordneten im Internet auftauchten, eine Fernsehansprache des Generalstabschefs für 21.00 Uhr angekündigt und gleichzeitig ein Versammlungsverbot für die großen Städte für die kommenden zweiundsiebzig Stunden erlassen.

Spätestens da waren sich die meisten Türken darüber im Klaren, dass das Militär erneut geputscht und jetzt die Macht übernommen hatte. Auch wenn viele den Beteuerungen des Generals, nicht das türkische Militär habe den Hubschrauber des Präsidenten abgeschossen, nicht glauben mochten, so blieb doch der große Aufruhr der Massen aus. Anders als bei dem misslungenen Staatsstreich vor Jahren. Der wirtschaftliche Niedergang, die hohe Inflation und das Unterdrücken jedweder Opposition hatten die Menschen im Lande nachdenklich gemacht. Die Ankündigung, dass jetzt auch noch russisches Militär ins Land kommen sollte, war den stolzen Türken ohnehin übel aufgestoßen.

Also blieb alles viel ruhiger, als die Militärführung unter Cetin Keser befürchtet hatte. So trat er dann vor die Kameras und Mikrophone. Auch viele ausländische Fernsehsender und Radiostationen waren zugelassen und vernahmen mit großem Interesse seine Worte, die auch bei der türkischen Bevölkerung mehrheitlich auf Zustimmung stießen: „Liebe türkische Landsleute, Sie sollen jetzt erfahren, wohin der Weg für Sie, für die Türkei und auch unsere Nachbarn in Europa und auch in der übrigen Welt führen wird. Zunächst aber darf ich Ihnen versichern, dass nicht wir, also nicht das türkische Militär, den Hubschrauber mit Präsident Özdemir, unserem Außenminister und weiteren Regierungsmitgliedern an Bord abgeschossen hat. Die beiden Hubschrauber wurden von einer Rakete getroffen, die, soweit wir bis jetzt wissen, ganz sicher nicht aus Beständen unserer Streitkräfte stammt und auch nicht aus den Arsenalen der anderen NATO-Staaten. Wir hoffen, insoweit aus den Trümmerteilen noch nähere Aufschlüsse zu gewinnen. Das alles nährt den Verdacht, dass sowohl die Anschläge gegen das griechische Militär, als auch unsere Schiffe und Flugzeuge, eben nicht von dem jeweils anderen Land ausgegangen sind. Wir wissen, dass wir die griechischen Fregatten und auch ihre modernsten Flugzeuge nicht vernichtet haben. Die Griechen behaupten ebenfalls, uns nicht angegriffen zu haben. Das dürfte auch zutreffen, wie nicht zuletzt der offenbar von einem nicht näher identifizierten Flugobjekt ausgehende Raketenangriff auf unsere Helikopter belegt.

Wenn Sie sich jetzt fragen, wieso wir dann so schnell nach dem Angriff auf den Präsidenten die amtierende Regierung unter Arrest gestellt und die Sicherung des Landes übernommen haben, dann liegt die Begründung darin, dass wir ohnehin darauf eingestellt waren, Präsident Özdemir und seine Regierung abzusetzen, und das umgehend. Die Gründe hierfür sind vielfältiger Natur. Unter Özdemir hat sich die Türkei von den Grundideen Ata Türks immer weiter entfernt. Die Trennung zwischen Staat und Kirche ist fast aufgehoben. Die Freiheit der einzelnen Menschen im Land wird immer weiter eingeschränkt. Pressefreiheit gibt es nur noch auf dem Papier. Die Justiz wird von der Regierung so beeinflusst, dass sie nicht einmal mehr den Anschein von Unabhängigkeit erkennen lässt. Jedwede Opposition wird unterdrückt. Die Wirtschaftsleistung geht stark zurück und die Inflationsrate steigt ständig. Energie wird immer teurer und darauf reagierte Özdemir mit dem „Russenvertrag", der der Türkei zwar billigeres Erdgas verspricht, dafür aber uns die russischen Streitkräfte ins Land holt. Unsere Militärbasen sollten von den Russen ganz oder teilweise übernommen und die damit angeblich unsere neuen Verbündeten werden. Dafür hat Özdemir unsere Mitgliedschaft in der NATO aufgekündigt. Das war der Tropfen, der das Fass endgültig zum Überlaufen und uns, das Militär, zum Handeln gezwungen hat. Wir sind nicht bereit, unsere Souveränität aufzugeben und bald aus Moskau regiert zu werden. Denn auf nichts anderes läuft es letzten Endes hinaus. Und da bin ich mir mit meinen Kameraden sicher, stehen Sie, die breite Masse des türkischen Volkes, hinter uns. Wir werden den Austritt aus der NATO rückgängig machen und weder russische Flugzeuge, noch russische Kriegsschiffe in unser Land lassen. Das verspreche ich hiermit! Und sobald sich die Verhältnisse normalisiert haben, werden wieder freie Wahlen stattfinden und hierzu selbstverständlich die Oppositionsparteien, soweit sie auf dem Boden der türkischen Verfassung stehen, zugelassen. Die Freilassung aller zu Unrecht Inhaftierten wird in den nächsten Tagen erfolgen und die Zensur von Presse und Rundfunk aufgehoben!

Lassen Sie uns zu einer Nation in Freiheit, Rechtsstaatlichkeit und Demokratie zurückkehren und dann auch wieder unseren Anspruch auf Mitgliedschaft in der Europäischen Union erheben!

Ich danke Ihnen und hoffe auf Ihrer aller Unterstützung!"

Es schien, als habe die Ansprache den richtigen Ton getroffen. Auf den Straßen blieb es relativ ruhig.

Es war so, als atme das ganze Land tief durch und wappnete sich auf das Kommende – was immer es auch sei? Die Frage aller Fragen war: Wie würde Russland reagieren? Der Herrscher im Kreml war nicht der Mann, der sich die Butter vom Brot nehmen ließ. Das wusste jeder. Die Türkei allein konnte wohl kaum gegen den mächtigen Militärapparat auf der anderen Seite des Schwarzen Meeres bestehen. Doch würde die NATO nach der willkürlichen und fristlosen Kündigung durch Özdemir dem ehemaligen Partner noch Beistand leisten?

Das fragte sich nicht nur der neue starke Mann in der Türkei, nämlich Cetin Keser, sondern auch der russische Präsident.

Natürlich hatte er sofort versucht, Kontakt mit dem neuen Generalstabschef in der Türkei aufzunehmen. Doch dieser war einfach nicht an das Telefon zu bekommen.

Eigentlich verständlich, sagte sich Kruskin. Der hat jetzt genug damit zu tun, sein Land in den Griff zu bekommen. Sollte er also sofort den dafür ohnehin vorgesehenen Einheiten der Schwarzmeer-Flotte den Befehl erteilen, die türkische Küste anzusteuern?

„Was meinen Sie, Serge Sergejewitsch?"

Der Verteidigungsminister und Marschall der Roten Armee schwitzte ohnehin schon stark und seine Glatze war mit entsprechenden Tropfen geradezu übersät.

„Äh, das Risiko ist gewaltig. Umso mehr, als auch der zweite Träger mit seinen Begleitschiffen jetzt seine Position zwischen Griechenland und der Türkei eingenommen hat. Wir müssen also damit rechnen, dass an die zweihundert Flugzeuge und dazu die alle mit Lenkwaffen ausgerüsteten Begleitschiffe und vor allem die beiden Aegiskreuzer uns gegenüberstehen."

„Ja, aber würden die auch tatsächlich eingreifen und unsere Schiffe und Flugzeuge sogar angreifen? Die Türkei ist offiziell kein Partner der NATO mehr. Vergessen Sie das nicht, Serge Sergejewitsch."

„Das weiß ich wohl. Aber ich bin mir sicher, dass das türkische Militär bereits wieder in Brüssel angeklopft hat. Und die gesamte NATO wird froh sein, dass die Türken zurück in das Bündnis wollen. Davon bin ich überzeugt!" Der Marschall atmete schwer und angelte nach seinen Zigaretten.

Kruskin sah die Lage zwar genauso, dennoch war er bereit, es darauf ankommen zu lassen. Aber, wenn es schief ging, dann wollte natürlich keineswegs er der Schuldige sein. Er richtete seine Blicke auf die Führer der Teilstreitkräfte, die hauptsächlich betroffen sein würden. „Admiral Kunikov, wie beurteilen Sie unsere Chancen, trotz des Putsches in der Türkei mit Teilen unserer Schwarzmeer-Flotte Fuß zu fassen?"

Durch die schlanke Gestalt des mittelgroßen Offiziers in seiner schwarzblauen Uniform ging ein Ruck. Er richtete sich gerade auf und verkündete mit lauter Stimme: „Es könnte gelingen, Herr Präsident!"

Kruskin sah ihn ausgesprochen erfreut an. Seine Strategie schien schneller aufzugehen, als er sich erträumt hatte. Da schien er den ersten Sündenbock für den Fall des Nichtgelingens ja bereits gefunden zu haben. Doch die nächsten Worte des Admirals und früheren Kommandanten des Kreuzers „Kirow", der bereits verschrottet worden war, verdunkelten die präsidialen Gesichtszüge wieder.

„Könnte! Aber das ist alles andere als sicher. Und wenn es gelingen soll, dann nur, wenn wir unsere kampfkräftigsten Schiffe schicken, denen jedenfalls die Türkei nichts entgegenzusetzen hat."

„So, und an welche dachten Sie da?"

„Darüber habe ich bereits mit Vize-Admiral Bullin gesprochen, der Ihnen als Chef der Schwarzmeer-Flotte da am besten gleich selbst antwortet", erwiderte der Admiral.

Kruskin nickte dem wesentlich wohlgenährter und immer etwas behäbig wirkenden Mann zu. Dieser erhob sich halb in seinem Stuhl und erklärte: „Der neue Kreuzer „Marat" ist voll ausgerüstet und das kampfkräftigste Schiff im Schwarzen Meer. Dazu die Lenkwaffen-Zerstörer „Buljakov", „Bjednota" und „Bangradian". Das sind unsere neuesten Einheiten, die insbesondere über eine starke Luftabwehr verfügen, verbunden mit unserer besten und schnellsten Zielerfassung."

„Gut, Admiral ..., und wann können die Schiffe ablegen?"

„Die „Marat" und die drei Zerstörer liegen in Sewastopol und könnten innerhalb von zwölf Stunden in See gehen! In Sotschi liegt noch der gerade generalüberholte Kreuzer „Frunse", der ebenfalls vollständig ausgerüstet ist und dazustoßen könnte."

„Sehr schön, aber gegen zwei Träger der Amerikaner und ihre zweihundert Flugzeuge können die wohl kaum bestehen", grunzte der Verteidigungsminister, der wieder etwas zu Atem gekommen war, dazwischen. Feodor Wladimirowitsch Kruskin fuhr herum. Musste dieser alte Depp, der längst aufs Altenteil gehörte, schon wieder dazwischenquatschen? Der wäre der Nächste, den er aus seinem Kabinett entfernen würde; das war sicher.

„Sehr schön, mein lieber Serge Sergejewitsch. Dann wissen Sie sicher auch genau, was wir dagegen tun können, nicht wahr?"

„Allerdings!", schnaubte der Alte. „Am Besten, wir lassen es sein. Hätte klappen können, wenn der Türke nicht vom Himmel geholt worden wäre. Aber jetzt wird es ein Vabanquespiel, an dem wir uns kräftig die Finger verbrennen können. Das Spiel mit der Krim und auch in der Ost-Ukraine haben wir gewonnen. Aber da hatten wir auch einen Schönschwätzer auf dem Sessel des US-Präsidenten, danach einen Abenteurer – aber jetzt einen Mann wie damals diesen Ronald Reagan. Der zieht nicht den Schwanz ein. Wenn wir also dennoch eine Chance haben wollen, dann müssen wir das Risiko deutlich erhöhen. Für unsere Seite, aber auch und gerade für die Amerikaner und die restliche NATO."

„Aha, und was schlagen Sie da vor?"

Nicht nur der Präsident sondern auch die hohen Offiziere beugten sich interessiert nach vorn.

„Wir müssen auch den größten Teil unserer Flotte aus Murmansk und Archangelsk auslaufen lassen. Dazu die derzeit im Atlantik übenden Einheiten um den Kreuzer „Uritzky" sofort ins Mittelmeer schicken, um die Begleitschiffe der amerikanischen Träger zu binden. Natürlich auch die beiden neuen Atom-U-Boote, die mit ihren Atom-Torpedos eine Bedrohung für die riesigen Schiffe darstellen, um dadurch deren Aufmerksamkeit abzulenken und ihre Kräfte zu zersplittern. Dazu dauernde Flüge unserer Atom-Bomber an den Grenzen des NATO-Territoriums. Dann – und nur dann – haben wir eine Chance auf das Gelingen dieses Plans."

Während sich der Marschall schweratmend in seinen Sessel zurückfallen ließ und mit fahriger Hand nach seinem Wodkaglas angelte, bemühte sich der Präsident, sich seine Überraschung nicht anmerken zu lassen. So vertrottelt, wie er gedacht hatte, war das alte Schlachtross ja denn doch noch nicht. Genau diese Gedanken waren ihm auch durch den Kopf gegangen. Doch nachdem sie jetzt ein Anderer ausgesprochen hatte, da konnte er doch auf den Zug wesentlich ungefährdeter aufspringen.

„Interessant, Serge Sergejewitsch, wenn auch ein sehr hohes Risiko, aber vielleicht haben Sie ganz recht. Sie sind schließlich der militärische Experte." Er grinste innerlich, als er sich an die Spitzen des Militärs wandte. „Und Sie, Admiral Kunikov und auch Sie Generaloberst Uljin? Marine und Luftwaffe sind ja hauptsächlich gefragt. Was meinen Sie zu den Anstößen unseres geschätzten Marschalls?"

Die Herren waren alles andere als glücklich über den Vorstoß ihres Marschalls und Ministers. Doch jetzt mussten sie Farbe bekennen.

„Wenn überhaupt, dann kann es nur so gelingen, wie Marschall Popow vorgeschlagen hat. Die Einheiten aus dem Atlantik können in fünf Tagen vor Ort sein. Die Schiffe aus Murmansk und Archangelsk allerdings frühestens in zwei Wochen."

„Das ist zu lange!", schnappte Kruskin. „Und die Luftwaffe?"

„Kann in zwei Tagen mit Flügen an den Grenzen der NATO und ab morgen bereits mit voller Kampfausrüstung ständig über dem Mittelmeer in der Luft sein", behauptete der Generaloberst der Luftflotte.

„Sehr schön, meine Herren. In drei Tagen will ich die Schiffe auf dem Weg in die türkischen Häfen sehen. Und Sie sorgen dafür, dass unsere Schiffe aus dem Atlantik schneller im Mittelmeer die Amerikaner beunruhigen. Veranlassen Sie sofort – und wenn ich sage: sofort, dann meine ich auch sofort, Admiral!", brachte der Präsident seine Vasallen auf Trab.

„Und es kann nicht schaden, wenn Sie, Generaloberst Uljin, einige unserer neuesten Jagdbomber die amerikanischen Kampfgruppen beschäftigen lassen. Rund um die Uhr, versteht sich!"

Dann, als alle Teilnehmer dieses Treffens gingen, hielt er General Koljanin zurück.

„Sie nicht, Koljanin!"

Der so barsch Angesprochene gab sich alle Mühe sein Erschrecken zu verbergen, was ihm aber nur unvollkommen gelang und seinem Präsidenten natürlich nicht verborgen blieb.

„Sie, den ich gerade zum GRU-Kommandeur ernannt habe, haben mich schmählich im Stich gelassen. Eigentlich wollte ich Sie Ihres Kommandos entheben, aber eine Chance gebe ich Ihnen noch. Sie kennen doch diesen Leutnant Sacharowa ganz gut und Oberst Orlow sicher noch besser. Wir wissen, dass sie nach Mallorca geflogen ist. Mit den Papieren einer toten Deutschen und …"

So erfuhr Koljanin nochmals alle Einzelheiten von Alinas Flucht aus Russland.

„Beachtlich, wenn ich ehrlich bin. Hätte ich dem Mädchen kaum zugetraut und …"

„Nun, spätestens, nachdem Sie selbst Verdacht geschöpft hatten, als Sie sie im Armee-Krankenhaus besucht haben, hätten Sie für eine durchgehende Bewachung sorgen müssen. Aber jetzt geht es nur noch darum, dieses Weib daran zu hindern, auszupacken."

Kruskin gebot Koljanin zu schweigen, als der einen Einwand hervorbringen wollte.

„Nein, Koljanin, sagen Sie lieber nichts. Aber Sie und Oberst Orlow werden wohl die besten Chancen haben, das Mädchen dort aufzuspüren. Abgereist von der Insel ist sie per Flugzeug jedenfalls nicht. Flughafen, die Fähren und auch Konsulate werden überwacht. Ich habe Orlow schon nach Moskau zurückbeordert. Er müsste in etwa einer Stunde eintreffen und Sie und er werden gegen 16.00 Uhr nach Palma de Mallorca fliegen. Sie treffen ihn am Flughafen. Hier sind die Tickets und die vorbereiteten Pässe, Führerscheine und alles, was Sie brauchen. Und enttäuschen Sie mich ja nicht wieder! Eines der Teams vor Ort wird Sie beide am Flughafen erwarten."

Von alledem ahnte Alina nichts. Natürlich war ihr klar, dass sie vom FSB gesucht werden würde und wohl auch von ihren eigenen Leuten der GRU, aber das Koljanin und Orlow persönlich aufgeboten werden würden, damit rechnete sie ganz bestimmt nicht. Sie hatte mehrfach daran gedacht, sich den Wegners zu offenbaren, war aber dann doch davor zurückgeschreckt.

Wie hatte doch der sonst so liebe und fürsorgliche Ottmar getobt, als er am nächsten Morgen beim gemeinsamen Frühstück die neue Ausgabe des größten deutschen Boulevardblattes ergriff und die in fette Balken gehaltene Überschrift las.

„Das hat ja so kommen müssen! Unsere Politiker, vor allen anderen unsere ehemalige Kanzlerin ist den Türken immer weiter entgegengekommen, bis auch sie endlich gemerkt hat, wohin dieser Irrweg führt. Ganz genauso mit diesem

Russen. Denen – und zwar allen beiden – konnte doch niemand über den Weg trauen, der seinen Verstand nicht an der Garderobe abgegeben hatte.

Na, jetzt hat endlich das Militär in der Türkei mal wieder geputscht und wohl auch seinen Irren an der Spitze beseitigt. Aber ob uns das jetzt die Russen vom Leib hält? Dieser Kruskin wird sich auf seine Abmachung mit diesem Türken berufen und versuchen, endlich den ersehnten Zugang zum Mittelmeer für seine Schwarzmeer-Flotte durchzusetzen. Wenn das man gutgeht!"

„Nun reg dich nicht auf, Otti, wir können das doch nicht ändern. Und du bist endlich pensioniert und bekommst keine Chance mehr, an der Spitze deines Bataillons in deinem Leo II in die Schlacht zu ziehen."

Ottmar gab einen schwer zu identifizierenden Ton von sich und vergrub sich hinter der Zeitung.

Linda hingegen lachte laut prustend auf und erläuterte ihrer neuen Freundin warum.

„Weißt du, Sandra, noch vor vielen Jahren – Ottmar hatte gerade ein Panzerbataillon übernommen, da brach ja dieser unsägliche Krieg im Irak aus. Da war mein Otti totunglücklich, dass er nicht mitschießen durfte und hat auf alle Politiker geschimpft, die Deutschland aus diesem Desaster herausgehalten haben."

Alina alias Sandra lachte leise. Diese Geschichte kannte sie nur zu gut aus ihrer Offiziersschulung.

„Ja, ich weiß schon, darüber haben wir noch in der Schule gesprochen. War aber doch ganz gut so. So hast du doch deinen Otti jedenfalls heil und gesund bei dir behalten!"

„Allerdings!", bekräftigte Linda, während Ottmar sich an seinem Fruchtsaft fast verschluckt hätte, als er zu protestieren gedachte.

Nach einem kurzen Räuspern legte der Mann die Zeitung beiseite und knurrte: „Mir wäre schon nichts passiert, aber nach dem, was wir jetzt wissen, war es vielleicht doch die richtige Entscheidung. Obwohl, wenn damals gleich Nägel mit Köpfen gemacht worden wären und der Iran mit seinen unsäglichen Mullahs gleich mit platt gemacht und dann ein ordentliches Besatzungsrecht eingeführt und durchgesetzt worden wäre, dann hätten wir diese ganzen heutigen Probleme wohl nicht gehabt!"

„Ach Otti, dafür aber andere, glaube mir – und jetzt Schluss damit, wir wollen ans Meer!"

„Ja, Liebes, nur noch einen Satz, wenn du gestattest?"

„Ja, aber nur einen!"

„Nun denn! Du weißt, ich habe schon oft Recht behalten, wenn ich eine Voraussage gemacht habe. Und jetzt kommt mir gerade der Gedanke, dass diese ganzen Anschläge in Griechenland und auch gegen die Türken vielleicht dieser Kruskin geplant und veranlasst hat, um endlich diesen Deal mit den Türken zu erreichen und..."

„Ja, wir werden sehen. Aber jetzt Schluss mit dieser dämlichen Politik! Sonst werde ich ernsthaft böse, Ottmar!"

Wenn seine Linda ihn „Ottmar" nannte, dann war der Punkt erreicht, an dem es brenzlig wurde. Das wusste er nur zu genau und verschluckte lieber das, was er noch sagen wollte.

Alina hingegen überlegte wieder: Sollte Sie Ottmar ins Vertrauen ziehen? Er hatte doch genau erkannt, was tatsächlich der Grund für die heraufbeschworene Weltkrise war und durchaus zu einem neuen Krieg führen konnte. Einem Krieg, der wahrscheinlich nur Verlierer hervorbringen würde.

Genau das prophezeiten jedenfalls Presse, Funk und das Fernsehen auf allen Kanälen, wo auch wieder einmal die üblichen Alleswisser sich in den allgegenwärtigen Talkrunden gegenseitig überboten.

Sah es wirklich so schlimm aus? Musste sie nicht jetzt doch ihr Wissen offenbaren? Einerseits hatte sie als Offizierin der Roten Armee einen Eid geschworen – doch jetzt jagten sie ihre eigenen Leute.

Wenn sie ihnen in die Hände fiel, wäre das ihr Ende. Da machte sie sich keine Illusionen.

Außerdem, wenn Amerika – ob mit der NATO oder auch allein – sich gegen Russland stemmte und die Türkei unterstützen würde, dann würde das unzählige Tote und Verletzte bedeuten und schlimme Zerstörungen nach sich ziehen. Durfte sie da weiter schweigen?

Ihre Gedanken überschlugen sich fast.

Der Präsident der Vereinigten Staaten von Amerika blickte auf den Bildschirm vor ihm, auf dem der neue starke Mann der Türkei zu sehen war. General Cetin Keser berichtete, dass es in seinem Land, bis auf wenige Ausnahmen, ruhig geblieben war und die Bevölkerung mit großer Mehrheit sich den Verbleib des Landes in der NATO wünsche und die neue Militärregierung den Vertrag des abgestürzten türkischen Präsidenten mit Moskau bereits für ungültig erklärt und dieses auch dem russischen Botschafter mitgeteilt hätte.

„Sehr schön, General! Natürlich will auch Amerika die Türkei in unserem Nordatlantikpakt behalten.

Bitte informieren Sie Brüssel direkt, dass die Aufkündigung ihres ... äh ... verstorbenen Präsidenten annulliert wird. Fordern Sie Amerika und auch die gesamte NATO auf, ihr Territorium zu schützen und bitten Sie uns ausdrücklich, Truppen und Flugzeuge sowie Schiffe in Ihre Häfen und auf Ihre Flugbasen zu entsenden. Die entsprechende Bitte möchte ich in der üblichen Form sofort erhalten und darf Sie bitten, insoweit auch den russischen Botschafter zu informieren, dass die Türkei das Überfliegen ihres Staatsgebietes oder das Einlaufen russischer Schiffe in ihre Hoheitsgewässer als kriegerischen Akt betrachten würde. Ich werde Senat und Kongress unterrichten und Anweisung geben, dass die Flugzeuge unserer Streitkräfte auch über Ihrem Staatsgebiet patrouillieren und unsere Schiffe wieder in Ihren Hoheitsgewässern und Häfen erwünscht sind. Setzen Sie mich über alle Entwicklungen bitte sofort in Kenntnis!"

„Danke, Mr. Präsident! Ich werde sofort die entsprechenden Veranlassungen treffen."

Das Gespräch wurde beendet und das Bild des Türken erlosch auf dem Schirm.

Daniel B. Brown schaute seine um ihn im Oval Office versammelten Mitarbeiter an.

„Na, dann wissen wir ja, was auf uns zukommt! Arnold, veranlassen Sie, dass wir auf Defcon 2 gehen und alle Truppenteile in Alarmbereitschaft versetzt werden. Unsere Cyber-Krieger sollen schauen, was sich in Russland tut und sich bereithalten, die Kommunikation dort zu stören und unsere zu sichern." Er rieb sich das Kinn und wandte sich dann an seine Außenministerin. „Sie, Tilly, kontakten unsere Freunde in Deutschland und England und bitten diese, Keser in Brüssel zu unterstützen. Danach nehmen Sie sich Ihre Kolleginnen und Kollegen in den anderen Staaten vor. Ich werde zuerst einmal den Minderheitsführer aufsuchen und Diana sorgt dafür, dass meine Rede vor Senat und Kongress vorbereitet wird!"

Keine zwei Stunden später befanden sich die US-Streitkräfte überall in der Welt in dem Alarmierungszustand, der nur noch von einem tatsächlich ausgebrochenen, offenen Krieg übertroffen werden konnte. Die Stützpunkte von Südkorea über Diego Garcia im Indischen Ozean bis Ramstein in Deutschland und auch die Raketen-Silos mit den überschweren atomaren Interkontinental-Raketen mit ihren bis zu sieben Sprengköpfen wurden betankt und abschussbereit gemacht.

Auch und gerade im Mittelmeer, das einmal mehr zum explodierenden Pulverfass zu werden drohte, gingen die NATO-Einheiten auf entsprechende Alarmstufe. Die Raketen lagen abschussbereit in ihren Vorrichtungen, die Torpedos durchgeregelt in den Rohren und die Magazine der Geschütze waren voll aufgeladen. In den Kommandozentralen der Schiffe saßen die Männer und Frauen an den Radar- und Sonargeräten. Die AWACS-Flugzeuge blieben ständig in der Luft, wo sie auch betankt wurden und spähten weit über alle Grenzen hinweg. Auch die Spionage-Satelliten behielten jeden Fleck der Erde im Blick.

Ständig waren die Jagdbomber der riesigen Träger auf Luft-Patrouille bis weit über den türkischen Teil des Schwarzen Meeres im Einsatz.

Die Spannung an Bord der Schiffe, bei den Einheiten an Land und in den Flugzeugen, war fast körperlich zu spüren. Würde es dieses Mal zum großen Knall kommen? Einige hofften darauf, endlich zeigen zu können, wie gut sie für solche Situationen ausgebildet waren und sich jetzt auch im Ernstfall bewähren zu können und auf Auszeichnungen und Beförderungen hoffen zu dürfen. Wesentlich mehr hingegen fragten sich, ob sie heil und gesund aus dem sich abzeichnenden Schlagabtausch modernster Waffensysteme hervorgehen, als Krüppel mit verlorenen Gliedmaßen, von großflächigen Verbrennungen zum Monster gezeichnet für den Rest des Lebens oder gar als Leiche in die Heimat zurückkehren würden? Gewisse Ängste hingegen erfüllten fast jeden Mann und jede Frau.

Die beiden Männer in Reihe 14 der „Irkut 200" der russischen Charterfluggesellschaft „Aero Russian" wirkten nicht wie Menschen, die sich auf einen sonnigen Urlaub, nach einem doch sehr kalten Winter in Mütterchen Russland, freuten. Angespannt studierten sie einige Unterlagen und warfen immer wieder einmal einen Blick auf ein kleines Foto, das eine junge Frau zeigte, die ihnen nur zu gut bekannt war. Die *Irkut 200* war eines der modernsten neuen Verkehrsflugzeuge aus russischer Produktion und auch der Service an Bord besser als üblich. Doch keinen Blick verschwendeten die Männer an das hübsch gestaltete Innere der

Maschine oder die nett anzuschauende Flugbegleiterin, die ihnen die bestellten Wodkas brachte.

„Orlow, wenn wir das Weib nicht finden und ausschalten, dann war es das mit uns und unseren Karrieren. So wütend habe ich unseren Präsidenten noch nie erlebt. Glauben Sie es mir!"

„Jawohl, Herr Generaloberst. Aber eigentlich glaube ich noch immer nicht ..."

„Verdammt noch mal! Es ist völlig egal, was Sie oder auch ich glauben. Wir haben einfach nur noch diese eine Chance, wenn wir nicht am Ural oder in Sibirien enden wollen! Wir können nur hoffen, dass unsere Kollegen, die bereits auf der Insel suchen, sie bereits aufgespürt haben, wenn wir landen – oder haben Sie eine Ahnung, wo wir sie finden könnten?"

„Nein, habe ich nicht. Ich hätte auch nie gedacht, dass sie dazu in der Lage wäre, so überlegt aus dem Hospital zu flüchten, diese Chance durch den Unfall zu nutzen und tatsächlich auf diese Weise zu verschwinden. Wenn sie so geschickt war, wieso ist sie dann nicht schon längst wieder von Mallorca aus aufs Festland verschwunden? Mit einem kleinen Boot auf eine der anderen Inseln und von dort mit der Fähre nach sonstwohin?"

„Malen Sie bloß nicht den Teufel an die Wand! Wenn sie uns entwischt oder gar ihr Wissen preisgibt, dann Gnade uns Gott!" Koljanin funkelte den jungen Oberst böse an und stürzte sich den Wodka in den Rachen.

Timor Orlow machte sich ganz andere Gedanken. Ihm war mittlerweile ziemlich klar geworden, dass sein allmächtiger Präsident seinen Plan schlicht und ergreifend als sein eigenes geistiges Produkt längst vollständig vereinnahmt hatte. Deshalb war er auch auf seinen unwichtigen Posten am Rand des Eismeeres abgeschoben worden, während sein Staatschef seinen Plan umsetzte und kurz vor dem Erfolg stand. Einem Erfolg, der erst im allerletzten Moment zu scheitern drohte, weil die Amerikaner oder sogar die Türken selbst zum ultimativsten aller Mittel gegriffen hatten, um den bereits ausgehandelten Plan noch platzen zu lassen.

War Alina etwa doch soweit gegangen, sich eine Kopie seines Planes auszudrucken und zu erkennen, dass Kruskin es sich gar nicht leisten konnte, den Urheber dieses genialen Papiers und seine Mitwisser weiterexistieren zu lassen? Hatte er nicht selbst geschrieben, dass *sichergestellt* werden müsse, dass auch die mit der

Durchführung der vorbereitenden Maßnahmen betrauten Kräfte anschließend keine derartigen Aussagen machen könnten?

Sollten also Koljanin und er zuerst Alina beseitigen um dann selbst endgültig zum Schweigen gebracht zu werden? Hatte der Generaloberst darüber überhaupt schon nachgedacht oder hielt er sich selbst etwa für weniger gefährdet? Orlow blickte nach links. Was er sah, war ein Mann, der kaum mehr etwas mit dem kühlen Denker und Macher gemein hatte, als den er ihn kennen- und schätzengelernt hatte. Jetzt saß dort neben ihm ein innerlich zerrissener Mensch, der offenbar bereit war, alles zu tun, um seine Existenz und wohl auch sein Leben zu retten, aber nicht wusste, ob das auch reichen würde, dieses Ziel zu erreichen? Regeroses Verhalten von Staats- und Regierungschefs hatte es in seiner Heimat immer gegeben. Von den Zaren über die Kommunisten bis zu den jetzt ebenfalls alles andere als lupenreinen Demokraten an der Spitze des Staates.

Wie stolz war er auf seinen brillanten Plan gewesen? Doch den hatte Kruskin sofort für sich deklamiert und ihn an der Arsch der Welt versetzt. Sollte er jetzt wirklich an der Beseitigung seiner ehemaligen Assistentin mitwirken, um dann selbst in der Versenkung zu verschwinden? Doch welche Wahl blieb ihm? Als die neueste Verkehrsmaschine seines Landes zur Landung auf dem Airport von Palma de Mallorca ansetzte hatte er noch keine Entscheidung getroffen.

In der Europäischen Union stand es Spitz auf Kopf. Die baltischen und osteuropäischen Staaten sowie Deutschland unter seinem neuen, gradlinigen Bundeskanzler Leopold v. Scharfengries standen für eine klare Unterstützung der Türkei und Annullierung des Austrittes aus dem NATO-Bündnis. Die Engländer, die ja vor Jahren aus der uneffektiven und schwerfälligen Union ausgetreten waren, standen ebenfalls an der Seite Amerikas. Die Mittelmeerländer waren uneins und die Franzosen beharrten wie immer auf einer Extrarolle ihrer Grande Nation, die gar nicht mehr so groß war, wie sie ihr Präsident gerne sehen wollte.

Also landeten die Strategischen Bomber der Amerikaner, auch die B1 und B2 mit ihren Stealth-Eigenschaften in Ramstein, um von dort aus im gesamten Mittelmeerraum und auch über dem Schwarzen Meer und der Türkei schnell eingreifen zu können. Die Anzahl der weltfremden Friedensapostel aus dem grün-linken Lager hielt sich in überschaubaren Grenzen und ihre Proteste verhallten weitgehend ungehört. Dies war auch der Tatsache geschuldet, dass die Wirtschaftslage in Deutschland unter der neuen konservativ-liberalen Regierung immer besser wurde. Die Auswirkungen der Flüchtlingskrise war eingedämmt und die Infrastruktur wieder auf dem Weg der Besserung. Der Soli war Geschichte, Renten stiegen im Verhältnis zu den Pensionen und das soziale Ungleichgewicht wurde durch die neue Regierung immer mehr beseitigt. Alles, was das linke Lager immer versprochen, aber nie erreicht hatte, wurde unter dem neuen Kanzler angepackt und zeigte, was möglich war, wenn die Wirtschaft brummte und die sprudelnden Steuern sinnvoll eingesetzt wurden.

Mit den amerikanischen Kriegsschiffen sollten auch drei deutsche Fregatten in die türkischen Häfen einlaufen, die als Basen für russische Schiffe in dem Vertrag zwischen dem ehemaligen türkischen Präsidenten und seinem russischen Kollegen vorgesehen waren. Eine klare Mehrheitsentscheidung des Deutschen Bundestages hatte den Weg dafür freigemacht.

Die Spannungen zwischen Griechenland und der Türkei endeten und die türkischen Schiffe waren von ihren Positionen vor den griechischen Inseln in die türkischen Gewässer zurückbeordert worden.

Die ersten Urlauber reisten auch aus Griechenland, Malta und den anderen Inseln ab und viele andere gar nicht erst an. Zu groß war für viele die Angst, mitten in einen Krieg zu geraten.

Nikita Gromikow und Dunja Kusmanova konnten ihr Glück kaum fassen.

„Ich habe sie gefunden. In Cala Millor, an der Ostküste, ist eine Sandra Bauer eingecheckt. Angeblich mit ihren Großeltern!"

„Na Klasse, dann können wir ja dem Generaloberst gleich einen positiven Bericht erstatten, wenn wir ihn in einer Stunde auf dem Flughafen treffen. Super, Dunja!"

Ähnlich erfreut reagierte der nach wie vor noch – oder wieder – im Amt befindliche GRU-Chef, als er die für ihn freudige Botschaft erhielt.

„Na also, dann wollen wir uns dieses Problems so schnell wie möglich annehmen und es nachhaltig aus der Welt schaffen. Was haben Sie für uns mitgebracht?"

Gromikow händigte den beiden hochrangigen Offizieren je eine unregistrierte Pistole mit jeweils zwei Magazinen, Personalpapiere, die sie als Ingenieure auswiesen, die Urlaub hatten und einige andere Utensilien aus. Passen Sie mit den

Spritzen auf! Ein Pieks, und das war es dann!", warnte die Kusmanova die hohen Herren aus Moskau.

„Nein, uns kennt das Objekt. Die Ausführung der Tat dürfen Sie übernehmen. Wir bleiben im Hintergrund! Nur keine Sorge, es wird sich für Sie auszahlen!"

Mit diesen Worten gab Koljanin die gefüllten Spritzen in ihrer eingeschweißten Umhüllung zurück an die Frau, die ihren Partner überrascht anstarrte.

„Darauf waren wir nicht vorbereitet, Herr Generaloberst. Das habe ich noch nie gemacht."

„Dann wird es ja Zeit, dass Sie sich endlich etwas mehr für Mütterchen Russland einsetzen. Nur keine Sorge, das geht leichter als Sie es sich vorstellen können. Wie war das noch, ein kleines Piekserchen und das war's? Also los; bringen wir es hinter uns!"

Am nächsten Morgen gab es den ersten schweren Zwischenfall über dem Mittelmeer: Zwei russische Kampfbomber vom Typ Suchoi 27 näherten sich dem US-Trägerverband.

Sofort startete eine Alarmrotte von der „USS Ronald Reagan" und die beiden Kampf-Jets warfen sich den Russen entgegen und versuchten sie abzudrängen. Doch die Suchoi reagierten nicht.

Inzwischen hatten auch die Begeitschiffe, gesteuert vom Aegis-System der Kreuzer, ihre Luftabwehr-Raketen startbereit in den Rampen.

„Geben Sie aus der Bordkanone eine Salve vor den Bug der Russen!", lautete schließlich der Befehl des Air-Boss vom Träger. Gesagt getan, doch ungerührt hielten die beiden vollbewaffneten Sochoi weiter Kurs auf die „USS Ronald Reagan".

Schließlich befahl der Admiral auf dem Träger: „Abschießen! Die wollen es ja nicht anders haben!"

Je eine der beiden F22 „Raptor" hängten sich hinter die zwei russischen Jagdbomber. Diese merkten jetzt, dass es Ernst wurde und begannen wilde Ausweichmanöver zu fliegen, hielten aber weiter auf den amerikanischen Träger und seine Begleitschiffe zu.

Die amerikanischen Jets schalteten ihr Zielradar ein und entsicherten die Abschussknöpfe für die „Sidewinder". Längst war es für die nicht mehr ganz neuen Suchoi 27 zu spät, dem ihnen zugedachten Schicksal zu entgehen. Schon hatten sich die Feuerleit-Systeme auf die Ziele programmiert und mit einem Fauchen löste sich die „Sidewinder" unter der Tragfläche der F22 des Rottenführers.

Immer schneller werdend folgte der schlanke Leib der Lenkwaffe auf seinem dünnen, hellen Rauchstrahl der russischen Maschine. Im letzten Moment versuchte der russischen Pilot mit einem waghalsigen Manöver seinem Schicksal zu entgehen und drückte die Maschine brutal nach unten.

Doch es war zu spät. Fast hätte es geklappt – doch eben nur fast. Mit einem Feuerblitz verschmolz die Lenkwaffe mit ihrem Ziel und am Leitwerk getroffen rieselten die rauchenden Reste von stolzem Silbervogel und Geschoss in merkwürdig anmutenden, teils kreisenden, Bewegungen langsam auf das Meer herab.

„Abschuss!", meldete Major Jim Heller über Funk an den Träger. In diesem Moment war auch sein Rottenknecht, Lieutenant Sam Dodd, in bester Schussposition hinter seinem Ziel und wollte selbstverständlich auch seinen Abschuss erzielen. Vielleicht wollte der zweite russische Pilot gerade abdrehen, eventuell aber auch nur ein Ausweichmanöver einleiten, als auch die andere Raptor ihre leichte Lenkwaffe löste. Auch hier fauchte die Rakete aus ihrer Abschussvorrichtung und nahm Kurs auf das Ziel. Der Russe sah keine Chance, mit seinem Flugzeug zu entkommen und versuchte sich mit dem Schleudersitz zu retten. Doch gerade hatte er seinen Jet in Rückenlage gebracht und auf den Knopf gedrückt, der das Kabinendach absprengen und die Rakete auslösen würde, die seinen Schleudersitz aus der Maschine katapultieren sollte, als auch er und sein Flugzeug in einem feurigen Inferno ausgelöscht wurden.

„Target zerstört", meldete die junge Stimme des US-Leutnants, der die Anspannung, aber auch der Stolz auf seinen ersten Abschuss, deutlich anzumerken war.

„Verstanden, Rückkehr zur Basis!", lautete die Antwort des Fliegerleitoffiziers auf dem Carrier.

Dem kommandierenden Admiral auf der USS „Ronald Reagan" war klar, dass nunmehr eine Grenze überschritten war und mit entsprechenden Reaktionen der Gegenseite zu rechnen sein würde.

„Geben Sie mir eine sichere Leitung zum Weißen Haus und Mitteilung an alle Einheiten, dass mit Vergeltungsangriffen der Russen zu rechnen ist und kein Risiko eingegangen werden darf. Auf jeden möglichen Angriff ist sofort mit allen Mitteln zu reagieren. Zwei Rotten bleiben ständig in der Luft und zusätzlich zwei Alarmrotten auf beiden Trägern in ständiger Sitzbereitschaft!"

Etwa zu dieser Zeit, als zwei junge Männer sterben mussten und zwei andere sich über ihren ersten Luftsieg freuten, beendeten das Ehepaar Wegner und ihre bereits in die Rolle einer Adoptivenkelin hineinwachsende Alina ihr Frühstück im Hotel „Don Pedro".

„Komm, Sandra, wir holen unsere Badesachen und bringen Otti seine Sonnenbrille und seinen Strohhut mit. Dann kann er noch einen Blick in seine geliebte Zeitung werfen."

Linda und Alina nahmen wie üblich die Treppe, um sich in Schwung zu halten und das reichliche Essen nicht zu sehr ansetzen zu lassen.

„Wieso nehmen die die Treppen?" Nikita Gromikow guckte den Frauen überrascht hinterher.

„Keine Ahnung. Vielleicht wollen sie in Form bleiben. Versuchen wir unser Glück, wenn die beiden wieder runterkommen", erwiderte Dunja Kusmanova und warf einen weiteren Blick in Richtung Rezeption, wo in ungewohnter Sommerkleidung Koljanin und Orlow, die Augen hinter dunklen Sonnenbrillen verborgen, ebenfalls verwundert ihrem auserkorenen Opfer nachblickten.

Von alledem hatten Alina und Linda nichts mitbekommen. Schnell huschten sie die Treppen hinauf und verschwanden in ihren Zimmern.

Nach wenigen Minuten, Alina alias Sandra wartete schon im Hotelkorridor, trat auch Linda aus der Tür ihres Zimmers mit der Nummer 347 und die beiden Frauen huschten die Treppen schnellen Schrittes wieder hinab.

Im Erdgeschoss, wo sich die Essens- und Clubräume befanden, wartete Dunja Kusmanova bereits auf ihr Opfer. Nicht, dass die brünette Frau nun allzu zart besaitet gewesen wäre, aber einen Mord hatte sie noch nicht auf ihr Gewissen geladen, war also durchaus nervös. Gegenüber bei den Aufzügen stand Nikita und nickte ihr aufmunternd zu.

Diesen Blick fing der gerade aus dem Frühstücksraum kommende Ottmar auf und wunderte sich. Schließlich kamen gerade seine Frau und Sandra die Treppe hinunter, wo ihnen diese Frau, die einen sehr nervösen Eindruck machte, entgegenblickte. Genauso wie der Mann, der offensichtlich gelangweilt an den Aufzügen stand, jetzt aber der Brünetten irgendwie auffordernd zunickte. Ohne hinterher genau sagen zu können, was ihn dazu bewogen hatte, beschleunigte Ottmar Wegner seine Schritte und ging den ihm zuwinkenden Frauen entgegen.

Da, gerade sprang Sandra mit einem schnellen Schritt die letzte Stufe hinunter, trat die andere Frau ihr in den Weg und rempelte sie an. Gleichzeitig erschien in ihrer rechten Hand eine Spritze, die sie offenbar zuvor am Körper oder im Ärmel ihrer leichten Strickjacke verborgen gehalten hatte.

„Halt!", gellte Ottmars Schrei durch den hallenartigen Vorraum und gleichzeitig warf er sich nach vorn und schlug der etwa dreißigjährigen Frau kräftig gegen die Schulter.

Diese stieß einen kurzen Schrei aus, der wohl mehr der Überraschung als denn einem empfundenen Schmerz geschuldet war und die zum Stich erhobene kleine Spritze verfehlte ihr Ziel. Haarscharf stach die Nadel an Sandras Arm vorbei. In diesem Moment packte Ottmar den Arm der Attentäterin und schlug diesen gegen die Wand. Die Spritze fiel zu Boden und Wegner griff mit der anderen Hand nach der Frau um sie festzuhalten. Da traf ihn ein Faustschlag gegen den Hinterkopf, der ihn genau gegen die Wand prallen ließ, an die er den Arm mit der Spritze geschlagen hatte.

Linda starrte geradezu fassungslos auf das Geschehen, während ihr Mann sich aufzurappeln versuchte. Einige Gäste kamen auf die offenbar in Streit geratene Gruppe zu und auch der Portier verließ seinen Tresen und eilte an den Ort des Geschehens. Der kräftige Mann, der gerade Ottmar zu Boden geschlagen hatte, wollte sich nach der auf dem Boden liegenden Spritze bücken, ließ es dann aber sein und griff statt dessen den Arm der Brünetten, stieß zwei drei Leute beiseite und verschwand im Laufschritt durch die Halle aus dem Hotel.

Den Aufruhr nutzten auch zwei Herren am anderen Ende des Eingangsbereiches um sich ganz schnell aus dem Gebäude zu entfernen.

„Was war denn hier bloß los", fragte der Portier in gutem Deutsch. Dann sah er die Spritze auf dem Boden und wollte sich nach dieser bücken.

„Halt! Nicht anfassen!" Mit diesen Worten hielt Ottmar, der sich wieder aufgerappelt hatte, ihn gerade noch rechtzeitig davon ab, zog sein Taschentuch aus der leichten Baumwollhose und fasste die Einwegspritze vorsichtig an der Nadel an und wickelte sie in das Seidentuch.

„Die Frau hat versucht Sandra mit der Spritze zu verletzen. Sie sollten die Leute nach ihren Namen fragen", Ottmar wies auf die Umstehenden, „und dann die Polizei rufen. Es muss untersucht werden, was sich in dieser Spritze befindet!"

Doch die meisten der Zuschauer schienen wenig Neigung zu haben, als Zeugen von der spanischen Polizei befragt zu werden und machten sich davon. Nur ein jüngeres Ehepaar und ein älterer Mann von ca. siebzig Jahren blieb bei den Wegners und Sandra stehen während der Hotelangestellte die Polizei rief.

„Das kann ja doch wohl nicht wahr sein. Was wollte diese Frau von dir, Sandra?" Immer noch geradezu perplex richtete Linda diese Frage an ihre neue Freundin.

„Ich weiß nicht ... ich kenne diese Frau nicht. Aber vielleicht ..."

„Aber vielleicht was, Sandra? Irgendwas kam mir von Beginn an sehr merkwürdig vor. Was stimmt nicht an deiner Geschichte? In was für Sachen hängst du drin? Rede mit uns! Jetzt, bevor die Polizei da ist!", drängte Ottmar.

War es jetzt soweit? Musste sie ihr Wissen offenbaren? Sollte sie umgebracht werden? So war es wohl. Denn die Frau hatte sie als Russin erkannt und der Mann, der Wegner niedergeschlagen hatte, war wohl ihr Partner gewesen. Ganz offenbar hatte Koljanin ein Team auf sie angesetzt. Was war in der Spritze? Plutonium? Ein anderes tödliches Gift? Vermutlich hatte Ottmar ihr das Leben gerettet.

Sie blickte den beiden älteren Leuten, die sich so nett ihrer angenommen hatten, in die fragenden Gesichter. Ja, sie musste mit der Wahrheit herausrücken. Aber die spanische Inselpolizei war wohl kaum die richtige Adresse für das, was sie zu sagen hatte.

Sie wandte sich Ottmar zu und flüsterte: „Danke, dass du mich gerettet hast. Ja, es stimmt. Ich bin Russin und die sind hinter mir her. Ich war bei der GRU und weiß vermutlich, was hinter diesem ganzen Geschehen hier im Mittelmeerraum steckt. Aber die spanische Polizei hilft uns nicht weiter. Kannst du mich zu den Amerikanern bringen?"

Linda, die nicht mithören konnte, was Sandra ihrem Mann ins Ohr raunte, sah nur, wie sich dessen Gesicht fast ungläubig verzog.

„Was ist, was hat Sandra gesagt?" Jetzt wollte Linda natürlich sofort alles wissen.

Ottmar winkte ab und überlegte angestrengt einen Moment, während seine Frau ihn weiter bedrängte, sie doch endlich zu informieren. Linda war eine herzensgute Frau, aber wenn sie irgendwer sozusagen *draußen vor lassen wollte*, das war mit ihr nicht zu machen.

„Ich will jetzt sofort wissen, was Sandra gesagt hat!" Wütend riss sie an dem Arm ihres Mannes.

„Jetzt nicht! Es geht vielleicht um Leben und Tod. Hole sofort die Autoschlüssel und unsere Papiere, Geld und alles. Bring auch Sandras Sachen mit und dann laufe zum Auto. Wir treffen uns dann da. Aber schnell!"

Linda wollte widersprechen, aber dann lief sie die Treppe hinauf und Sandra folgte ihr, um ihr die Schlüsselkarte für ihr Zimmer zu geben. „Meine Tresornummer ist dreimal die Sieben. Meine Tasche liegt da drin mit allen Papieren und Geld!"

Währenddessen war Ottmar zur Rezeption geeilt und rief dem Portier zu: „Wir brauchen die Polizei nicht mehr. War alles ein Irrtum. Nur ein blöder Witz. Meine Enkelin kennt die Leute!"

Der Spanier stutzte. So hatte sich das Geschehen ihm nicht dargestellt. Aber als der Mann ihm einen Fünfziger zusteckte, zuckte er die Achseln und sprach schnell ins Telefon. Offenbar hatte der Polizist am anderen Ende der Leitung noch Gesprächsbedarf. Aber der Hotel-Angestellte erhöhte seinerseits Tempo und Lautstärke seines Redeschwalls und legte schließlich auf.

„Erledigt, Senôr! Aber was ist jetzt mit der Spritze?"

„Was? Ach so, da war nur Wasser drin. Alles ist gut!"

Damit wandte sich Ottmar ab und ging langsam und gemessenen Schrittes mit Sandra hinaus.

Ein zweifelnder Blick des Portiers verfolgte ihn.

Wegner tat so, als schlug er den Weg zum Strand ein und hoffte nur, dass seine Frau klug genug wäre, den anderen Ausgang zum hinter dem Hotel gelegenen Parkplatz, wo die Langzeit-Abstellplätze für die Gäste angeordnet waren, genommen hatten. Wenn Linda schon nicht daran denken würde, Sandra – oder wie sie wirklich hieß – hätte es wohl getan. Denn an den Namen Sandra glaubte Ottmar jetzt auch nicht mehr.

Doch, am Wagen wartete seine Frau schon auf ihn und das Mädchen. Die beiden Frauen und stiegen jetzt schnell ein. Wegner erklomm den Fahrersitz des kleinen Fiesta. „Hast du alles mitgenommen?" Seine Frau nickte und der Mann gab Gas und fuhr langsam vom Parkplatz, umschlug die Rückseite des Hotels und nahm die Ausfahrt hinter dem Haus. Auf der Landstraße angekommen beschleunigte er und schlug den Weg zum Hafen des nächsten Ortes ein.

Dort parkte er in einer Seitenstraße. „Nimmt nur die Handtaschen mit Papieren und Geld sowie eure Jacken mit! Los jetzt!" Er wehrte Lindas Versuch, endlich eine Antwort auf ihre Fragen zu erhalten, ab und ging in Richtung auf die ausgedehnte Terrasse des Lokals am Hafen von Cala Bona zu.

Da dort hauptsächlich Engländer logierten und sich schon am Strand befanden, waren noch viele Tische frei. Ganz weit hinten ließ sich Ottmar nieder und wartete auf die ihm etwas langsamer folgenden Damen.

„So. Ottmar, jetzt will ich endlich wissen, was eigentlich los ist?" Lindas Blick richtete sich zuerst auf ihren Mann und dann auf Sandra.

Aber zunächst musste sich die Frau noch einmal gedulden, denn der Kellner schlenderte gemächlich herbei und fragte nach den Wünschen des Trios.

„Drei Kaffee!" Ottmar bestellte einfach und der schwarzhaarige Jüngling verschwand endlich nach einem langen Blick auf die junge Russin, die er ganz offenbar gern näher kennenlernen würde.

Dann sah Ottmar Winkler seine Linda mit einem langen, prüfenden Blick an und meinte: „Am besten, wir lassen Sandra berichten. Aber von Anfang an, ohne etwas auszulassen, wenn wir dir weiterhelfen sollen. Vielleicht fängst du damit an, dass du uns deinen richtigen Namen verrätst!"

„Was? Sandra heißt gar nicht Sandra?" Linda war überrascht und enttäuscht.

„Sollte mich wundern", brummte ihr Mann. „Aber jetzt bitte ohne weitere Unterbrechung!"

„Also ... ich heiße Alina Sacharowa und bin Leutnant beim GRU. Das ist der russische Militärgeheimdienst und ..."

„Was?" Linda glaubte nicht richtig zu hören.

„Verdammt, Linda, nun lasse Sandra ... Alina... meine ich, endlich ihre Geschichte erzählen. Wir haben vermutlich nur wenig Zeit!" Ottmar wurde energisch. Doch jetzt gab es eine weitere Unterbrechung. Der Kellner nahte mit dem Kaffee und stellte umständlich die Tassen auf, schob Zuckertopf und Milchkännchen mehrfach hin und her und betrachtete Alina in einer Weise, die seine Gedankengänge offenbarten.

Mit einer eindeutigen Handbewegung und einem unzweideutigen Blick verscheuchte Ottmar den Schmalzlockigen schließlich und Alina konnte endlich fortfahren.

Linda verschlug es geradezu die Sprache, so dass sie nur gebannt zuhörte, was die junge Frau dem älteren Ehepaar jetzt offenbarte.

Ottmar Wegners Gesichtsausdruck spiegelte ebenfalls seine Überraschung wieder. Aber auch er lauschte den Worten Alinas erst fast ungläubig, dann zunehmend gespannter. Währenddessen erkaltete der Kaffee ungetrunken und als Linda einen Schluck aus der Tasse nahm, schüttelte sie sich.

„Igitt! Ich mag diesen spanischen Kaffee schon heiß nicht, aber so ..."

Ihr Mann brachte sie mit einer Handbewegung zum Schweigen.

Dann sah er Alina durchdringend an. „Dann wollte diese Frau dir eine tödliche Injektion verabreichen und der Kerl, der mich niedergeschlagen hat, gehört zu ihr?"

„Ja, da bin ich mir sicher", erwiderte die junge Frau und sah den älteren Mann etwas ängstlich an.

„Wenn Linda und du jetzt Angst haben, kann ich das verstehen. Ich versuche dann, allein weiterzukommen. Aber ..."

„Nein, natürlich versuchen wir dir zu helfen. Zunächst sollten wir aber erst einmal von hier verschwinden und zwar sofort!" Ottmar legte einen Zehner auf den Tisch und stellte die Zuckerdose darauf und drängte zum Aufbruch.

Enttäuscht, dass das schöne Mädchen mit den beiden Alten verschwand und wohl auch noch zusätzlich über das geringe Trinkgeld sah ihnen der Kellner mit den gegelten Haaren nach.

„Wo willst du hin, Otti?" Linda starrte ihn verwundert an, als er statt zu dem abgestellten Mietwagen den Weg über die Promenade am Strand entlang in Richtung Cala Millor einschlug.

„Wir lassen das Auto stehen. Ihr habt eure Jacken und Papiere. Setzt die Sonnenbrillen auf und dann Tempo! Wir verschwinden erst einmal für ein paar Stunden von der Bildfläche. Da auf halber Strecke fährt doch um halb zwölf dieses Fischerboot aufs Mittelmeer, mit Fisch und Tomatenbrot und Sangria. Das schaffen wir und da können wir überlegen, was wir weiter unternehmen?"

Er warf einen Blick auf seine Uhr und mahnte zur Eile. „Los, Beeilung! Vielleicht sind die Brüder da ausgerechnet heute mal pünktlich."

Unterwegs, an einem der vielen Verkaufsstände, erwarben die Drei noch eine weiße Mütze für Ottmar und zwei breitkrempige Strohhüte für die Frauen. Damit waren die Haare verdeckt und die Sonnenbrillen taten ein Übriges, um die Gesichter zu verdecken.

„Ah ja, wir sind rechtzeitig, da kommt das Boot und allzu viele Leute stehen auch nicht am Anleger", freute sich Wegner wenige Minuten später.

Kurz darauf saßen Linda, Ottmar und Sandra, die jetzt wieder Alina hieß, etwas abseits der anderen Fahrgäste an einem der kleinen Tische und erfreuten sich an einem kühlen „San Miguel". Einem der trinkbaren spanischen Biere.

„Du bist also bereit, alles, wirklich alles zu sagen, was du weißt, Sand ... äh, Alina?"

„Ja, Ottmar, den Amerikanern oder auch euch Deutschen, aber ich glaube, dass die Amerikaner als die stärkste Nation bestimmt die besseren Ansprechpartner wären – und mich wohl auch am besten schützen könnten."

„Da hast du wohl recht, Mädchen. Hier auf der Insel suchen die Russen dich und noch einmal werden wir wohl kaum das Glück haben, ihren Anschlag zu vereiteln. Aber wie kommen wir zu den Amis? Das ist hier die Frage. Die haben zwar ihre zwei Trägerflotten hier im Mittelmeer, aber zwischen Griechenland und der Türkei, soviel wir aus den Zeitungen und Nachrichten entnommen haben."

Ottmar rieb sich die kräftige Nase, wie er es häufig zu tun pflegte, wenn ihn ein größeres Problem beschäftigte.

Linda war klug genug, ihn jetzt nicht zu stören. Dafür trank sie ihr Bier aus und ging mit der leeren Flasche zum Ausschank, um sich mit Nachschub zu versorgen. Bier war eines ihrer Lebenselixiere.

Einige Flaschen am Abend beim Fernsehen oder auch bei den gelegentlichen Kneipenbesuchen gönnte sie sich nach wie vor gern. Mit drei neuen, gut gekühlten Flaschen in der Hand setzte sie sich zu den beiden. Zwei Flaschen stellte sie auf den Tisch und nahm einen kräftigen Schluck aus der, die sie in der Hand behielt. Und, ganz so, als ob ihr Gehirn diesen Treibstoff gebraucht hätte, kam ihr ein Gedanke. Sollte sie ihn aussprechen? Ja, warum eigentlich nicht, denn bisher kaute ihr Otti ja noch ohne eine Lösung gefunden zu haben an dem Problem herum.

Sie stärkte sich mit einem weiteren Schluck und hob die Hand. Ganz brav, wie früher in der Schule – nur, dass sie nicht mit den Fingern schnippste.

„Ja?" Ottmar nahm jetzt auch einen größeren Zug aus seiner Flasche.

„Du hast doch die Nummer von Elmar aus dem Ministerium gespeichert in deinem Handi, Otti?"

„Ja, und?"

„Na, der ist doch bis zu seiner Beförderung beim NATO-Stab in Brüssel gewesen. Kannst du den nicht anrufen und der müsste doch vielleicht mit den Amerikanern Kontakt aufnehmen können und ..."

Wegner schlug sich mit der flachen Hand vor die Stirn, beugte sich vor und gab seiner Linda einen lauten Schmatz auf die Stirn.

„Super, Liebes, das könnte die Lösung sein und so ein Heli kann in wenigen Stunden hier sein."

Ottmar angelte sein Smartphone aus der Hosentasche, als jetzt die junge Russin die Hand hob.

„Ja, Alina?"

„Ottmar, wenn das hilft, ich habe sogar eine Kopie von dem Plan auf einem Stick versteckt und ..."

„Was? Wo? Sag schon, Kind!"

„Ja, nicht hier bei mir, sondern in Moskau auf dem Friedhof, wo meine Mutter begraben ist."

„Aha, aber da kommen wir ja jetzt nicht ran. Aber gut, das hilft vielleicht mit!"

Ottmar wählte. Als erfahrener Auslandsreisender hatte er sein Telefon entsprechend umgestellt und das Freizeichen ertönte, als würde er nebenan anrufen. Aber dann meldete sich nur die Mail-Box.

„Verdammt" zerquetschte der ehemalige Offizier einen Fluch zwischen den Zähnen. Er sah erneut in sein Telefonregister und wählte neu. Jetzt die Direktwahl des Anschlusses im Ministerium.

„Oberst Schuck!", ertönte eine kräftige Stimme.

„Hallo Elmar, hier ist Ottmar!"

„Ottmar, alter Knabe, tut mir leid, aber jetzt passt es gar nicht. Hier jagt ein Meeting das Nächste. Du weißt ja, was los ist im Mittelmeer. Also bis bald einmal!"

„Halt!" Ottmar brüllte so laut in sein Mobiltelefon, dass selbst die etwas entfernt sitzenden Ausflügler aufmerksam wurden.

„Leg bloß nicht auf, Elmar. Genau darum geht es. Vielleicht habe ich hier neben mir die Lösung der Probleme sitzen und ..."

„Sag mal, bist du schon am frühen Morgen besoffen? So kenne ich dich ja gar nicht, aber jetzt habe ich wirklich keinen Nerv für irgendwelchen Blödsinn!"

„Kein Blödsinn. Mein Ehrenwort als Freund und Offizier. Neben mir sitzt eine Russin, Leutnant des GRU, hinter der ihr Geheimdienst her ist. Die weiß genau, wer dahintersteckt. Ihr ehemaliger Chef hat diesen Plan ausgearbeitet. Wir sind auf einem kleinen Ausflugsboot an der Ostküste von Cala Millor auf Mallorca. Wir haben das Mädchen gerade vor einem Giftanschlag gerettet. Kannst du dich mit den Amis in Verbindung setzen, dass die uns einen Hubschrauber schicken?"

„Uff, und das ist wirklich wahr? Otti, wenn das nicht stimmt, dann kommen wir beide in Teufels Küche. Ist dir das klar?"

„Glasklar! Alles stimmt und ihre Behauptung klingt auch absolut schlüssig. Also, was kannst du tun?"

„Wie heißt das Boot und wie sieht es aus?"

„Moment", Wegner blickte sich um. Das Boot ist blau mit grünen Aufbauten, knapp zwanzig Meter lang und heißt „Dalida".

„Lass die Verbindung stehen. Hast du noch genug Saft im Akku?"

„Ja, ist voll!"

Es dauerte gut zwanzig Minuten, die den Wegners, wie auch Alina Sacharowa, wie Stunden vorkamen, bis wieder die Stimme des Obersten aus dem fernen Deutschland erklang.

„Ihr habt Glück. Eine Fregatte der Engländer ist ganz in der Nähe. Die schickt einen Hubschrauber. Du und Linda, ihr geht mit an Bord des Heli. Verstanden! Der Schrauber bringt euch alle Drei direkt zu einem amerikanischen Zerstörer und von dort auf die „Sam Housten". Wenn der britische Heli kommt, dann sorg dafür, dass euer Boot stoppt. Ich hoffe, ihr seid schwindelfrei, denn die holen euch mit der Winde an Bord. So, ich muss jetzt Schluss machen."

Noch bevor Ottmar seinem alten Freund und Offizierskollegen danken konnte, hatte dieser die Verbindung unterbrochen.

„So, Mädels, das scheint zu klappen. Ein Helikopter holt uns direkt hier von Bord ab. Eine englische Fregatte ist in der Nähe und von dort geht es auf einen US-Zerstörer und von da auf die „Sam Housten". Scheint so, dass wir auf unsere alten Tage noch ein richtiges Abenteuer erleben."

Admiral James Watson, Oberkommandierender der US-Streitkräfte im Mittelmeer, beobachtete gerade den Start einer Alarmrotte von seinem Flaggschiff, als er die Meldung erhielt, dass offenbar durch Vermittlung der Deutschen, eine russische GRU-Angehörige demnächst von einem Ausflugsboot vor Mallorca von einem Bordhubschrauber einer britischen Fregatte zu einem seiner Zerstörer geflogen werden würde. Von diesem sollte sie dann zu ihm auf seinem Träger gebracht werden.

„Na, da bin ich ja mal gespannt wie ein alter Flitzbogen. Wie sollte so ein kleiner GRU-Leutnant in solche Geheimnisse eingeweiht sein? Und ein pensionierter deutscher Offizier und seine Frau kommen auch mit? Und diese drei Figuren sollen uns die große Erleuchtung bringen? Wer hat das veranlasst?"

Sein Adjutant, ein Commander und sein Stabschef informierten ihn über das Wenige, was sie bisher wussten.

„Soso, ein deutscher Oberst aus dem Verteidigungsministerium, der einen Anruf von einem alten Offizierskameraden aus seinem Frühjahrsurlaub erhalten hat. Und die Anweisung kommt direkt aus Brüssel von der NATO? Na, für mich klingt das wie eine schlechte Räuberpistole!"

Dem Admiral waren seine Zweifel anzumerken. Er wandte sich an seinen Stabschef. „Captain, dann veranlassen Sie mal, dass Captain Bronson und auch dieser pfiffige junge Commander, Bean glaube ich, so heißt der, sofort nach hier an Bord geflogen werden. Die sind doch wohl beide noch in Athen?"

„Aye aye, Sir, wird sofort erledigt", quittierte der Kapitän zur See den Befehl seines Admirals.

Zweifel, dass sie ihr Ziel, die Ausschaltung Alinas nicht doch noch erreichen konnten, hatten sich bei ihren Jägern weitgehend zerstreut. Vor allem, weil keine Polizei auftauchte. Auch sahen Generaloberst Koljanin und Oberst Orlow die beiden Frauen und den älteren, aber noch ganz gut in Form befindlichen, Mann noch in den Kleinwagen steigen und wegfahren in Richtung „Cala Bona".

Nach einigem Suchen hatten sie auch in einer Seitenstraße des kleinen Ortes das Fahrzeug gefunden. Die wieder zu ihnen gestoßenen Gromikow und Kusmanova teilten sich auf. Während Dunja und Nikita das Auto im Auge behalten und gegebenenfalls ihre Chance zu einem – jetzt hoffentlich erfolgreichen Angriff – nutzen sollten, versuchten die beiden Offiziere die Flüchtigen irgendwo ausfindig zu machen. Als ihnen das nicht gelang, machten sie sich auf den Weg am Wasser entlang zurück zu dem Hotel, wo die Sacharowa mit den beiden älteren Deutschen abgestiegen war.

Orlow zündete sich gerade eine Zigarette an, als ihn sein hoher Vorgesetzter anstieß.

„Da vorn, da laufen doch drei Leute. Könnten das nicht unsere Drei sein?"

„Möglich", bestätigte der Oberst, „aber wir müssen näher ran! Zwei Frauen und ein Mann sind es jedenfalls."

Einige Minuten danach waren die Zwei deutlich näher aufgerückt und jetzt bestand kein Zweifel mehr.

„Ja, das sind sie", bestätigte Orlow.

Dann etwas später: „Oh, verdammt, die wollen mit dem Boot fahren!"

Timor Orlow wollte loslaufen, als ihn Koljanin am Arm festhielt. „Nicht, Alina erkennt uns doch, wenn wir mit auf das Boot gehen und von dort kommen wir dann nicht so leicht weg!"

„Stimmt, war dumm von mir, Herr Generaloberst", entschuldigte sich der Jüngere.

„Siehe da, Abfahrt und auch Ankunft ist hier. Also brauchen wir nur abzuwarten. Gegen 17.00 Uhr kommen die dann hierher zurück. Dann werden wir zuschlagen. Rufen Sie die beiden Anderen an!"

Koljanins Laune besserte sich, während er dem ablegenden Boot nachsah.

Dreißig Minuten später kamen Dunja und Nikita mit ihrem kleinen Fiat angefahren. Koljanin griff nach dem Fernglas im Handschuhfach und blickte dem jetzt einige hundert Meter von der Küste entfernten Boot hinterher.

„Das Boot scheint einfach an der Küste entlangzufahren. Folgen wir ihm auf der Straße. Vielleicht legen sie ja doch irgendwo an und es ergibt sich für uns eine unerwartete Gelegenheit", befahl er.

Etwa zu diesem Zeitpunkt kam es vor der türkischen Schwarzmeerküste zu einem weiteren militärischen Zusammenstoß. Ein russischer Zerstörer, der sich eindeutig noch in internationalen Gewässern befand, wurde in größerem Abstand von zwei F 16 der Amerikaner in großem Abstand umkreist und fotografiert. Plötzlich feuerte das Kriegsschiff schnell hintereinander zwei Raketen auf die F 16 Fighting Falcons ab. Ohne jede Vorwarnung. Eine der beiden Maschinen konnte nach dem schrillen Warnsignal, das die auf sie zurasende Rakete meldete, noch einige Täuschkörper ausstoßen und dann im Sturzflug bis fast auf die Meeresoberfläche hinuntergehen, so dass die nachfolgende Lenkwaffe hinter ihr ins Wasser stürzte. Der zweite Jagdbomber hatte dieses Glück nicht. Noch bevor der Flugzeugführer überhaupt richtig registriert hatte, was ihm drohte, schlug es in seinem Triebwerk ein und Sekundenbruchteile später gingen Pilot und Flugzeug in einem Feuerball in kleine Teilchen auf, die brennend der See entgegenstürzten.

Keine dreißig Minuten später stiegen von der näher gelegenen „USS Ronald Reagan" im Mittelmeer vier Kampfbomber auf, um den russischen Zerstörer anzugreifen.
Der Konflikt begann also weiter zu eskalieren.

Keine Stunde nach dem letzten Telefonat mit dem Oberst im Bundesministerium für Verteidigung hielt ein mittelgroßer Hubschrauber auf das Ausflugsboot zu. An Bord wurden gerade frisch geräucherte Fische von der Größe kleinerer Heringe serviert. Dazu gab es frisches Brot mit in der Sonne gereiften Tomaten.

Ottmar Winkler machte sich auf den Weg zu dem Schiffsführer, der bereits argwöhnisch auf den auf sein Boot zuhaltenden mit Schwimmern ausgestatteten Drehflügler schaute.

Zum Glück verstand der Mann sehr gut deutsch, wunderte sich aber nicht ganz unberechtigt darüber, dass er sein Schiffchen anhalten sollte, da dieser ältere Herr und zwei Damen von dem Schrauber übernommen würden. Aber auf das Blinksignal, des jetzt nur noch gute zwanzig Meter über dem Boot schwebenden Helikopters hin, stoppte der schwarzbärtige Schiffer das Boot.

Kurz darauf wurde an einem langen Seil ein stabiler Korb mit einem Marinesoldaten darin herabgelassen und zuerst die junge Russin von der starken Winde hinaufbefördert. Dann folgten die Winklers und der Heli gewann schnell an Höhe und nahm Kurs auf seine Fregatte, die hinter dem Horizont stand. Eine attraktive und dazu noch kostenlose Showeinlage für die Passagiere.

„Das war ja einfacher als im Karussell auf dem Jahrmarkt", entspannte sich Linda und lächelte ihrem Mann und Alina zu.

„Was zum Teufel geht da vor sich?" Generaloberst Koljanin blickte gebannt durch sein Fernglas.

„Da, der Heli lässt eine Mannboje runter. Die holen Alina an Bord!" Oberst Orlow schaute ebenfalls gebannt auf das Geschehen, dass selbst mit bloßem Auge gut zu beobachten war, da die vier Russen nur wenige hundert Meter entfernt am Strand das Geschehen mit ansehen konnten.

„Da, der Korb kommt wieder runter. Die holen auch noch den Kerl, der das Weib gerettet hat", knurrte Koljanin. „Jetzt sind wir im Arsch, Orlow", fügte er noch hinzu. Dann sah er die beiden Agenten böse an. „Das haben Sie schön vermasselt. Zu dämlich einer Frau eine Spritze zu verpassen. In Ihrer Haut möchte ich jetzt nicht stecken!"

Dunja Kusmanova und Nikita Gromikow sahen sich betreten an.

Aber eigentlich hatte Koljanin selbst am meisten zu befürchten, was ihm nur zu klar war. Auch Orlow würde nicht ungeschoren davonkommen; soviel war sicher. Das wusste niemand besser als er selbst.

Doch was half es, er musste sofort seinen Präsidenten informieren und ließ sich das abhörsichere Satellitentelefon von Orlow reichen.

Der stets dienstbare Sekretär Kruskins nahm das Gespräch an und kurz darauf hatte Kruskin seinen Staatschef am Ohr.

„Ah, Koljanin, Sie sprechen doch wohl über eine sichere Leitung?"

„Selbstverständlich Gospodin Präsident."

„Schön, dann wollen Sie mir also die Erledigung unseres kleinen Problems melden?"

„Leider nein, denn ..."

„Was denn?", kam es in scharfem Ton zurück. „Wagen Sie es bloß nicht, mir wieder einen Fehlschlag mitzuteilen!"

Doch das, was ihm sein endgültig in Ungnade gefallener GRU-Chef, der er jetzt, von diesem Moment an, eigentlich schon nicht mehr war, mitzuteilen hatte, übertraf Kruskins schlimmste Befürchtungen.

„Was sagen Sie da, Sie Kretin? Ein Hubschrauber hat das Weib und noch zwei andere Leute von Bord eines dieser Ausflugsboote geholt? Was für ein Hubschrauber?"

Der mittlerweile aschfahl im Gesicht gewordene Generaloberst stockte.

„Nun reden Sie schon, Sie Versager!", drang es da mit schneidender Eiseskälte an sein Ohr.

„Eindeutig ein Marine-Hubschrauber, wie ihn die kleineren Einheiten, also Fregatten und Zerstörer der NATO an Bord führen. Oberst Orlow meint, britische Hoheitszeichen erkannt zu haben."

„Wann und wo war das?"

„Gerade jetzt, vor zwei, drei Minuten. Ich habe sofort ..."

„Und wieso noch zwei Leute? Bedeutet das, dass die westlichen Geheimdienste sie bereits unter ihre Fittiche genommen haben?"

Jetzt blieb Koljanin nichts anderes mehr übrig, als von dem fehlgeschlagenen Anschlag zu berichten, was den russischen Präsidenten allerdings eher zu beruhigen schien, als ihn noch mehr gegen seinen General aufzubringen.

„Sie und Orlow kehren sofort zurück und melden sich beide direkt im Kreml bei mir!", verabschiedete ihn Kruskin mit kalten Worten.

Er musste jetzt versuchen zu retten, was vielleicht nicht mehr zu retten war. Koste es was es wolle.

Der neue Bord-Helikopter der englischen Fregatte „HMS Cornwall", ein Sea Lion des Airbus-Konzerns, der mittlerweile auf den meisten Fregatten der europäischen NATO-Partner den früher allgegenwärtigen Sea Lynx abgelöst hatte, flog mit gut dreihundert Stundenkilometern in etwa dreitausend Metern Höhe über das leicht bewegte Mittelmeer. Ein nur durch leichte Kumuluswolken vereinzelt mit weißen Tupfern versehener und strahlendblauer Himmel ließ die Wegners und Alina fast vergessen, dass sie gerade einer großen Gefahr entgangen waren.

Es war eng in der Kabine des Helis, der jetzt mit drei zusätzlichen Passagieren überfüllt war. Deshalb blieb der Pilot auch unter der Höchstgeschwindigkeit.

„Wir werden in einer Stunde auf dem Landedeck eines amerikanischen Zerstörers landen. Von dort aus werden Sie an Bord der „USS Sam Houston" gebracht, wo Sie bereits erwartet werden", hatte der englische Oberleutnant seine Gäste wissen lassen.

„Wieder per Hubschrauber?"

„Das vermute ich", antwortete der hochgewachsene junge Mann auf Lindas Frage.

Ottmar Winkler betrachtete mit Interesse das Innere des Sea Lion und fragte auch nach der Bewaffnung und den technischen Daten. Dinge, die ihn als alten Offizier schon beschäftigten. Alina hingegen war seltsam ruhig und in sich gekehrt. Vermutlich kam ihr jetzt erst die gesamte Tragweite ihrer Rolle in diesem gefährlichen Spiel zu Bewusstsein.

In der Tat fragte sie sich, ob sie denn alles richtig gemacht hatte? Warum hatte sie den Bericht kopiert? Warum hatte sie ihn überhaupt gegen den ausdrücklichen

Befehl in seiner Gesamtheit gelesen und musste jetzt ihr Land verlassen, in das sie nie wieder zurückkehren dürfte?

Andererseits, durfte sie schweigend geschehen lassen, was geplant war? Und, warum hatte man Orlow und sie an den Arsch des Russischen Reiches verbannt? Drohte ihnen beiden vielleicht ohnehin Schlimmeres? War ihr das, was jetzt geschah, vielleicht sogar vorbestimmt gewesen und konnte sie sich künftig als freier Mensch in einem freien Land bewegen?

Inzwischen war es ohnehin zu spät. Ändern konnte sie nichts mehr. Doch wie würden die Amerikaner ihr begegnen? Eine gewisse Angst begann sich in ihr auszubreiten und ein kalter Schauder ließ sie erzittern.

Eine gute Stunde später landete der britische Heli auf dem Landedeck des amerikanischen Zerstörers „USS Payne". Ein junger Navy-Lieutenant nahm die Besucher in Empfang und führte sie zum Kommandanten des Kriegsschiffes. Commander Tilgham empfing die Dreiergruppe, stellte sich und seinen Ersten Offizier, einen Lieutenant-Commander, vor und bot Kaffee an.

„Sie müssen noch etwas hier an Bord verweilen, bevor ich sie mit meinem Heli an Bord der „USS Sam Houston" bringen lassen kann. Zur Zeit gibt es einige kleine Auseinandersetzungen an der türkischen Schwarzmeerküste, wo ein russisches Schiff einen unserer Jabos abgeschossen hat, was wir uns natürlich nicht gefallen lassen", erläuterte der amerikanische Kommandant seinen Gästen.

„Aha, das hört sich ja nach einem echten Krieg an, der sich hier zu entwickeln beginnt", nahm der fließend englisch sprechende Wegner die Gelegenheit wahr, sich näher zu informieren.

„Kann man wohl so sehen. Zum Glück ist unser neuer Präsident niemand, der sich wegduckt. Anders als seine Vorgänger, die rote Linien gezogen haben wie in Syrien oder der Mann nach ihm, der ja auch viel getönt und wenig erreicht hat."

„Stimmt, nach unserer *ewigen aber auch zuletzt nicht mehr berechenbaren Kanzlerin* sind wir Deutschen auch ganz froh, jetzt mit Leopold v. Scharfengries einen Mann mit klaren Ideen von politischem Handeln zu haben", erwiderte Ottmar.

„Schön", bestätigte der Commander, wandte sich dann aber direkt an Alina, „und Sie und Ihre Sicherheit sind mir ganz besonders von unserem Admiral ans Herz gelegt worden. Habe ich das richtig verstanden? Sie sind Russin und verfügen über wichtige Erkenntnisse? Für eine derartige Geheimnisträgerin sehen Sie mir doch recht jung aus, Miss!"

Bevor Alina antworten konnte, fiel ihr Wegner ins Wort. „Nun Commander, Sie wissen doch, manchmal trügt der Schein. Aber ich glaube, Miss Sacharowa sollte erst gegenüber dem Admiral ihre Kenntnisse offenbaren."

„Wie Sie meinen", reagierte der Amerikaner sichtlich verschnupft. „Warten wir also auf die Freigabe des Lufttransportes."

Eine Stunde später war es soweit. Alina und die beiden Deutschen stiegen an Bord des Hubschraubers vom Typ Sikorski Sea Hawk 90 F, eine neuere Version des altbekannten SH 3 D 60 F, der deutlich größer war, als der der englischen Fregatte. Der Heli hob ab und nahm, dicht über dem Meer bleibend, Kurs auf den Flugzeugträger, der irgendwo hinter dem Horizont stand.

Präsident Kruskin hatte inzwischen diverse Entscheidungen getroffen und bewiesen, zu was er fähig war, wenn es darauf ankam. Direkt von dem neu ausgebauten Flotten- und Luftwaffenstützpunkt auf der Krim waren gleich zwei Rotten seiner modernsten Suchoi SU 50 Jagdbomber gestartet. Die mit abwerfbaren Zusatztanks versehenen, vollständig bewaffneten Maschinen waren in großer Höhe über die Türkei hinweg bis zum Mittelmeer geflogen. Dort gingen sie tief auf das Wasser hinunter in der Hoffnung, nicht sofort von den Radargeräten auf den Schiffen der NATO und von der den Luftraum überwachenden Awacs-Boeing erfasst zu werden.

Doch der fliegenden Radarstation war schon der Start auf der Krim und der Überflug der Türkei nicht verborgen geblieben obwohl die Maschinen dank ihrer Stealth-Eigenschaften nicht einmal so groß wie ein Handball auf den hochauflösenden Schirmen erschienen. Sofort wurden Abfangjäger von den Flugzeugträgern auf sie angesetzt.

Doch die Russen warfen dicht über dem Mittelmeer ihre fast geleerten Zusatztanks ab, was ihre Silhouette auf dem Radar etwas veränderte und ihre Manövrierfähigkeit erheblich verbessern sollte.

Zudem waren die Flugzeuge vom Radar so dicht über den Wellen nur schwer zu erkennen, was auch für die Piloten der amerikanischen F 22 Raptor galt. Zudem flogen die jeweils zwei Suchoi stets so dicht beieinander, dass ihre Abbildungen auf den Schirmen der Geräte, wo sie ohnehin kaum eindeutig zu identifizieren waren, miteinander verschmolzen.

Als sie dann die Funkmeldung über den derzeitigen Aufenthaltsort ihres außerordentlich wichtigen Zieles erreichte, wendeten sie einen weiteren Trick an. Jeweils eine Maschine der beiden an die zwanzig Meilen auseinander gerückten Rotten stieg steil in den wolkenlosen Himmel auf. Die andere drückte sich noch tiefer auf die Wellen hinab. Der Erfolg trat wie erhofft ein. Sämtliche Radarstationen empfingen sofort eindeutige Signale der schnell an Höhe gewinnenden Maschinen und je eine Rotte der Abfangjäger wurde auf je eines der jetzt klar erkannten Gegner angesetzt.

„Wo zum Teufel sind die anderen beiden Russen abgeblieben? Die können sich doch nicht in Luft aufgelöst haben?" Diese Frage stellte sich nicht nur der Verantwortliche in der Awacs-Boeing, sondern auch die Kommandanten der einzelnen Schiffe der NATO.

„Die hecken eine besondere Schweinerei aus. Starten Sie zwei weitere Rotten je Träger. Wir müssen unbedingt die verschwundenen Flugzeuge aufspüren und unschädlich machen!"

Admiral James Watson auf der „USS Sam Houston" war nicht nur besorgt sondern mindestens ebenso wütend. „Wozu haben wir die modernste Luftraumüberwachung mit unseren Awacs-Fliegern, wenn uns trotzdem einfach so zwei Flugzeuge entwischen können?"

„Da sind sie, Sir!" Der Radar-Beobachter wies seinen Offizier in der Awacs-Maschine auf zwei kleine Punkte auf dem Schirm hin, die sich jetzt immer deutlicher abzeichneten.

„Die müssen förmlich auf den Wellen geritten sein", fügte der Staff-Sergeant noch hinzu. Sein direkter Vorgesetzter, ein deutscher Oberleutnant, nickte und griff zum Mikrophon.

Kurz darauf erhielt Admiral Watson die Meldung, schaute auf den angegebenen Kurs der feindlichen Flugzeuge und stutzte.

„Verdammt! Die fliegen in genau die Richtung, aus der der Heli der „Payne" diese Russin zu uns an Bord bringen soll. Nehmen Sie sofort Kontakt zu den in der Luft befindlichen eigenen Maschinen auf!

Die sollen diese beiden Russen unverzüglich abschießen! Sofort auch zwei eigene Rotten starten, die dem Heli entgegenfliegen. Auch Meldung an den Schrauber und die „Payne" und alle eigenen Einheiten!"

Die Suchoi SU 50 donnerten mit allem, was die eingeschalteten Nachbrenner an zusätzlichem Schub hergaben, durch den unschuldig blauen Himmel. Fast hätte ein Beobachter den Eindruck haben können, dass sich ihre Tragflächen berühren würden. So dicht flogen die silbernen Neuheiten nebeneinander. Die Funkstille wurde strikt eingehalten. Ein als griechischer Fischkutter getarnter Spionage-Trawler hatte den Kurs des „Sikorski"-Hubschraubers gemeldet, der sofort an die Kampfflugzeuge weitergegeben worden war.

Das bordeigene Radar der Flugzeuge war ausgeschaltet, so dass sie durch diese Strahlen nicht geortet werden konnten und die Männer im Cockpit sich auf ihre Augen verlassen mussten.

Aufmerksam spähten die beiden Piloten, deren Maschinen immer noch mit über Mach 2 durch die Luft schossen, in die Richtung, von wo aus der große Bord-Hubschrauber in Sicht kommen müsste.

Da erkannte Major Lettow weit vor sich, aber sehr viel tiefer, einen aufblitzenden Lichtreflex.

Die Strahlen der hoch am Himmel stehenden Sonne mussten von etwas reflektiert worden sein.

Angestrengt starrte er aus zusammengekniffenen Augen in die Richtung des unnatürlichen Blitzes, den er wahrgenommen hatte. Da war es schon wieder. Er hob die Hand und signalisierte seinem Rottenflieger tiefer zu gehen. Dann sahen sie es beide. Da flog er, der erwartete Helikopter. Der Major zeigte an, dass er zum Angriff ansetzen wolle und sein Rottenknecht ihn aus sicherer Entfernung und größerer Höhe vor etwaigen Überraschungen decken möge.

Dieser signalisierte mit der linken Hand, dass er verstanden hatte und zog seine SU 50 nach oben. Natürlich hatten beide Maschinen ihre Nachbrenner wieder ausgeschaltet. Jetzt wurden diese nicht mehr gebraucht. Das Ziel war erkannt und es konnte sich nur noch um Minuten handeln, bis dieses zerstört sein würde. Major Juri Lettow nahm Schub zurück und ließ seinen neuen Jäger mit verminderter Geschwindigkeit dem auf ihn zukommenden Ziel entgegensinken.

Jetzt konnte er den langsamen Vogel bereits klar erkennen. Sein Daumen entsicherte mit dem dafür vorgesehenen Schalter am Steuerknüppel die Waffensysteme. Sollte er jetzt eine der Luft/Luft-Raketen einsetzen, die sich unter seinen Tragflächen in ihren Startvorrichtungen befanden?

Nein, überlegte er. Für dieses völlig unterlegene Ziel bedeutete das ja geradezu mit Kanonen auf Spatzen zu schießen. Außerdem würden die gegnerischen Radarstationen auf den Schiffen und ganz bestimmt die an Bord des Awacs-Flugzeuges den Raketenstart erkennen. Also würde er die leistungsstarke 30mm-Bordkanone zum Einsatz bringen. Das sollte vollauf genügen und würde die wenigsten Beweise liefern. Er überflog in großer Höhe seine sichere Beute und ließ seine Maschine dann weiter absinken und näherte sich dem Hubschrauber nunmehr von hinten. Immer größer werdend wanderte der Heli in das auf sein Gesichtsfeld im Helm eingeblendetes Visier, das mit den Läufen der Maschinenkanone verbunden war. Jetzt stand das Fadenkreuz genau auf der Mitte des Sikorski und sein Daumen erhöhte langsam den Druck, der gleich den tödlichen Feuerstoß auslösen würde.

Mit gleichbleibend hoher Marschgeschwindigkeit überquerte der Marine-Helikopter das unter ihm liegende Meer. Die aufgesetzten Kopfhörer minderten das ansonsten kaum ertragbare Rotorengeräusch und interessiert schauten die Wegners durch die Fenster auf das Wasser unter ihnen, wo sich die Sonnenstrahlen auf den kleinen Schaumkronen blitzend reflektierten.

Linda warf einen prüfenden Seitenblick auf die still dasitzende und in sich gekehrte Alina, der anzumerken war, dass sie sich alles andere als zufrieden mit der Situation fühlte, in die sie sich und andere gebracht hatte. Aber jetzt hatte sie keine Wahl mehr.

„Alina, wir sind bei dir!" Mit diesen Worten und einem leichten, aufmunternden Knuff in die Rippen versuchte die wesentlich ältere Frau das Mädchen, als das sie die Jüngere immer noch ansah, aufzumuntern. Mit wenig Erfolg. Nur leicht verzog sich das Gesicht der Angesprochenen.

Gerade wollte Linda Alina auffordern, den Kopfhörer kurz abzusetzen, damit sie ihre Worte besser verstehen könne, als Unruhe unter der Besatzung entstand. Die Wegners und Alina waren zwar mit Kopfhörern ausgestattet, aber weder an das interne Bordnetz der Besatzung, noch an den Funk von außen angeschlossen.

Das änderte sich jetzt abrupt; jedenfalls soweit es die Verständigung mit der Besatzung betraf.

„Achtung, wir werden angegriffen! Festhalten und unbedingt die Gurte geschlossen halten und auf den Plätzen bleiben!"

So drang die Stimme des Piloten an ihre Ohren. Linda warf einen entsetzten Blick auf ihren Mann, der ebenfalls aufgeregt um sich blickte. In diesem Moment stürzte der Heli steil nach unten auf das schwach bewegte Wasser zu.

„Oh Gott, wir stürzen ab!", schrie Linda auf und tastete nach der Hand ihres Mannes. Im selben Moment krachte und splitterte es in der Kabine und Wegner glaubte feurige Strahlen durch den Hubschrauber brechen zu sehen. Der Co-Pilot schrie kurz auf und sackte dann in seinen Gurten zusammen. Während der Pilot den stürzenden Sikorski wieder in die Gewalt zu bekommen versuchte, sah Linda voller Entsetzen das gezackte Löcher im Plexiglas und auch im metallenen Rumpf entstanden waren, durch die jetzt der Wind pfiff. In diesem Moment erschien direkt über ihnen eine zweite Sonne aufzugehen und sofort wieder zu entschwinden. Dafür regnete es plötzlich um sie herum glühende Teilchen, die neben ihrem kurz über dem Meer wieder abgefangenen Fluggerät herabrieselten. Fast gleichzeitig hörten sie ein unheimliches Fauchen und durch ein Loch in der Verglasung der Kabine meinte Ottmar ein silbriges Etwas auf einem Feuerschweif in den Himmel reiten zu sehen. Indessen irrten Lindas Blicke wirr durch den Raum und blieben schließlich an dem weit vorn in seinem Sitz zusammengesunkenen Co-Piloten hängen. Ein Mann der Besatzung kümmerte sich um ihn, zog ihn zurück und versuchte den schlaffen Körper etwas aufzurichten. Ohne Erfolg. Schließlich ließ er den Mann in den rechten Sitz vorn vor den Anzeigen der Instrumente zurück sinken und schüttelte mit trauriger Miene den Kopf. Der Pilot nickte nur und betrachtete seine Anzeigen vor sich und hantierte mit den Steuerknüppeln. Das Geräusch der sich drehenden Flügel der Rotoren über ihren Köpfen wurde lauter und langsam aber stetig stieg der Helikopter wieder. Der Mann, der sich eben noch um den zweiten Piloten gekümmert hatte, sprach jetzt in das Mikrophon des leblos im rechten Sitz hängenden Mannes vor ihnen. Dann löste er die Gurte der schlaffen Gestalt und zog diese nach hinten, wo Wegner ihm half, den Toten sanft auf den Boden der Kabine gleiten zu lassen. Jetzt wurde deutlich, was ihm geschehen war. Eines der Geschosse aus der Bordkanone des Angreifers hatte ihm die Brust vorne aufgerissen. So, als hätte die Tatze eines riesigen Bären den Oberkörper des Mannes zu teilen versucht. Entsetzt wandte sich Linda ab und begann zu würgen.

„Da! Flugzeuge!" Wegner deutete nach vorn links, wo eben ein blitzender Silberfunken vorbeizuhuschen schien.

„Das sind unsere! Die passen jetzt auf uns auf! Leider zu spät für Tom!" Der Pilot deutete mit einer resignierenden Geste auf den Boden im hinteren Teil, wo die stille Gestalt lag.

„Da vorn ist die „USS Sam Houston"! Sie haben es geschafft. Dort an Bord kann Ihnen wohl kaum noch etwa geschehen!"

Kurz zuvor im Schwarzen Meer, nahe vor den türkischen Hoheitsgewässern.

Der russische Zerstörer „Josif Kostolewski" erwartete den Gegenschlag der NATO bzw. der Amerikaner, nachdem er ein US-Flugzeug abgeschossen hatte. Die Geschütze waren geladen und auch die Luftabwehrraketen lagen feuerbereit in ihren bereits geöffneten Behältern.

Der Kommandant und seine Offiziere machten sich wenige Illusionen darüber, was ihnen bevorstand.

Ganz offensichtlich war ihr nicht mehr ganz neues Schiff dazu auserschen, den Konflikt anzuheizen und konnte erforderlichenfalls auch geopfert werden. Dennoch hatte die Marineführung zugesichert, Flugzeuge zur Unterstützung zu schicken. Aber bisher wartete die Besatzung des älteren Zerstörers auf diese Luftsicherung vergeblich. Dafür tauchten auf den Radarschirmen vier sich schnell nähernde Punkte auf.

„Achtung! Feindliche Flugzeuge im Anflug von Land her!" Dieser Ruf des Radarmannes veranlasste, dass sich die Rohre der veralteten Luftabwehrgeschütze in die Richtung drehten, aus denen der Anflug gemeldet war. Aber mit Geschützfeuer war ein moderner Jet, der aus großer Höhe oder weiter Entfernung seine tödlichen Lenkwaffen oder auch selbstsuchende Torpedos löste, kaum erfolgreich zu bekämpfen. Wenn überhaupt, dann durch die modernisierten Schiff/Luft-Raketen, die auch bereits der F 16 zum Verhängnis geworden waren. Diese modernen Iskander 7 M waren ganz neu entwickelte Luftabwehr-Raketen, die auch auf kleineren Kriegsschiffen, sogar auf den neuen nur etwas über sechzig Meter langen Korvetten, zum Einsatz kommen konnten.

Über vier Silos, aus denen diese Lenkwaffen abgefeuert werden konnten, verfügte der modernisierte Zerstörer, der bereits vor über dreißig Jahren als eines der letzten Schiffe seiner Baureihe zur Flotte gekommen war. Längst waren die Schusswerte errechnet und wurden vom Computer laufend ergänzt. Der Kommandant richtete sein Glas in die Richtung, aus der die gegnerischen Jagdbomber anfliegen würden. Er warf einen Blick auf die Anzeigen der Bildschirme. Entfernung, Geschwindigkeit und Höhe der Ziele waren angegeben und jetzt blinkte auch das Licht für den letzten Silo grün.

In Abständen von einer Sekunde erfolgte der Feuerbefehl für die vier Flugkörper. Im selben Moment blinkte auch die Warnung vor anfliegenden Raketen grell auf.

Also hatten auch die Flugzeuge ihre für Schiffsziele konstruierten Lenkwaffen gelöst.

Die Maschinen liefen mit äußerster Kraft und beschleunigten den alten Kasten auf fast achtunddreißig Knoten. Hoch schäumte die Bugsee auf und das Heck presste sich tief in die See.

Ein schneller Blick auf die Anzeigen verriet Kommandant und Offizieren auf der Brücke, dass sich mit zweifacher Schallgeschwindigkeit insgesamt acht Lenkwaffen der „Josif Kostolewski" näherten.

Ein weiterer Bildschirm zeigte an, dass sich die feindlichen Jagdbomber getrennt hatten und im Tiefflug auf das Meer hinabstießen.

Der Kommandant hörte noch, wie die Maschinenwaffen seines Schiffes auf die anfliegenden Raketen zu feuern begannen. Dann schlug es auf dem Zerstörer gleich mehrfach ein und ein alles verzehrender Glutball hüllte die Konturen des Schiffes ein.

Das weit entfernt und hoch am unschuldig blauen Himmel ebenfalls ein feuriger Zacken aufflammte, bekam an Bord des tödlich getroffenen Schiffes niemand mehr mit. Wer nicht beim Einschlag der Raketen bereits ums Leben kam, wurde spätestens dann vom Tod ereilt, als in der Höllenhitze die Munition einschließlich Wasserbomben und Torpedos explodierten und das Vernichtungswerk vollendeten.

Von den amerikanischen Fliegern hatten drei das Glück dem ihnen zugedachten Schicksal zu entgehen. Zwei Jabos gelang es, durch waghalsige Flugmanöver bis auf wenige Meter auf die Meeresoberfläche hinabzustürzen, so dass die ihnen bereits dicht am Leitwerk klebenden Lenkwaffen nicht mehr die Kurve bekamen und ins nur leicht bewegte Wasser stürzten, wo sie beim Aufschlag detonierten. Der dritte Pilot hatte wieder Anschluss an seinen Rottenpartner gesucht und wie dieser mit allem, was Triebwerke und Nachbrenner hergaben, seinen Jagdbomber ebenfalls steil nach oben gezogen. Dann aber, als ihm angezeigt wurde, dass der Einschlag der ihn verfolgenden Lenkwaffe unmittelbar bevorstand, alle Triebwerke ausgeschaltet. Die ihn verfolgende Rakete hatte daraufhin ebenfalls die ihm etwas seitlich voraus fliegende F 22 verfolgt, so dass beide Iskander XP 7 mit wenigen Milli-Sekunden Abstand das gleiche Ziel trafen.

Zu der Zeit, als Alina und die Wegners dem Tod knapp entgingen und andere junge Menschen zu Opfern dieses nicht erklärten Krieges wurden, tagte in Washington der Weltsicherheitsrat erneut in einer Dringlichkeitssitzung und in Brüssel gleichzeitig der NATO-Rat.

Während das UN-Gremium wieder einmal mehr aufgrund der jeweiligen Vetos der anderen Seite zu einer Verurteilung einer Partei nicht kamen und nur erneut alle beteiligten Konfliktparteien aufrufen konnten, an den Verhandlungstisch zurückzukehren und die Kriegshandlungen einzustellen, machte die NATO endlich Nägel mit Köpfen. Sie beschloss, mit Stimmenthaltung Frankreichs, die zurückgenommene Kündigung der Türkei zu akzeptieren und forderte Russland auf, das Hoheitsgebiet der Türkei zu achten und wies darauf hin, dass ein Eindringen russischer Schiffe oder Flugzeuge in Luftraum, Hoheitsgewässer oder das Land selbst als Angriff auf die NATO mit den entsprechenden Konsequenzen angesehen, also der Bündnisfall eintreten würde.

Mitten in die eigentlich bereits beendete Sitzung des Weltsicherheitsrates platzte die Meldung, dass ein russisches Kriegsschiff offenbar eine amerikanische F 22 abgeschossen hatte und wenig später selbst von US-Jets versenkt worden war. Wieder beschuldigten sich – dem altbekannten Muster folgend – die Konfliktparteien gegenseitig und der türkische UN-Botschafter erklärte, sein Land habe die Aufkündigung der NATO-Mitgliedschaft zurückgenommen und verwehre Russland die von seinem Ex-Präsidenten eingeräumten Rechte und stelle sich unter den Schutz der NATO.

Der Generalsekretär der Vereinten Nationen appellierte daraufhin an Russland und die USA von allen weiteren kriegerischen Handlungen Abstand zu nehmen.

Zunächst müsse erst einmal festgestellt werden, ob und inwieweit die Maßnahmen des ehemaligen Präsidenten sowie der auf ihn folgenden Übergangsregierung des Militärs überhaupt den Konventionen des Völkerrechts entsprechen.

Zur Überraschung fast aller Anwesenden stimmte der russische Vertreter nach einem Telefonat mit Moskau zu. Nach seinen Worten um dem Wunsch seines Landes nach einer friedlichen Lösung eine Chance einzuräumen. Nach Auffassung der Mehrheit aber wohl eher der Tatsache geschuldet, dass die beiden Träger-Kampfgruppen der Amerikaner im Mittelmeer den Durchbruch von Schiffen der russischen Schwarzmeer-Flotte ziemlich sicher verhindern könnten und auch eine Luftüberlegenheit gegen die NATO-Streitkräfte nicht zu erzielen sein würde.

„Eine Atempause für höchstens eine Woche, wenn überhaupt", kommentierten Beobachter und Journalisten ziemlich einhellig.

Überraschend sanft setzte der Sikorski auf dem Landedeck der „USS Sam Houston" auf. Noch bevor die Rotor-Blätter zum Stillstand gekommen waren, wurde die Leiche des Co-Piloten von Sanitätern aus dem Heli geborgen und unter Deck geschafft.

Dann, als die Motoren abgestellt und die metallenen Blätter des Haupt-Rotors seltsam schlaff anzusehen in Ruhestellung leicht herabhingen, konnten auch Alina und ihre deutschen Beschützer die Kabine verlassen. Von einem noch jungen Lieutenant-Commander empfangen, wurden sie zunächst in die tief unten im Schiff gelegene Krankenstation geleitet, wo sie aufgrund des Beschusses vorsorglich von einem Arzt kurz untersucht und befragt wurden und sich etwas frisch machen konnten. Dann brachte sie der Lieutenant-Commander, der sich als Adjutant des Admirals vorgestellt hatte, zu dem Kommandeur der Kampfgruppe um die „USS Sam Houston", dem auch die anderen US-Einheiten im Konfliktgebiet als ranghöchstem Offizier der US-Navy unterstellt waren.

„Kaffee?" Admiral James Watson wies auf die silberfarbenen Thermoskannen auf dem fest mit dem Boden verschraubten Tisch.

„Eigentlich hätte ich gern etwas Stärkeres", äußerte Ottmar mit einem unschuldigen Blick.

„Tut mir sehr leid, aber auf Schiffen der US-Navy gibt es keinen Alkohol. Wir sind nicht die Briten!"

Zu diesen Worten traf ihn ein strenger Blick des Admirals, dem sich der seiner Frau anschloss.

„Sorry", Kaffee ist genau richtig", erwiderte Ottmar Winkler.

Dann, als alle Anwesenden einen Schluck des starken Getränks zu sich genommen hatten, drängte der Admiral zur Eile. „Wir müssen jeden Moment mit einer weiteren Attacke des Gegners rechnen und jede Minute zählt. Also, Miss Sacharowa, was wissen Sie?"

Erst stockend, dann immer flüssiger werdend, berichtete Alina in ihrem etwas hart klingenden Englisch, welches Planspiel Oberst Orlow ersonnen und seinem Präsidenten vorgetragen hatte.

Die Mienen des Admirals und seiner Stabsoffiziere, verfinsterten sich. Gerade wollte der Stabschef des Admirals eine Frage stellen, als es klopfte und ein junger, weiblicher Lieutenant dem Befehlshaber der Kampfgruppe einige weitere Besucher ankündigte.

Dieser nickte zustimmend und kurz darauf drängten sich, militärisch grüßend, drei weitere Personen in die Kammer des Admirals, die jetzt so voll mit Menschen war, dass Linda und Ottmar sich einen Sessel teilen mussten.

Zur Verwunderung Lindas stellte James Watson Alina, die Winklers und seine Offiziere den Neuankömmlingen vor, erwähnte deren Namen und Tätigkeit aber nicht. Dafür fasste er Alinas bisherige Schilderung für die zwei Amerikaner und einen Deutschen kurz zusammen.

Der älteste der weiteren Besucher des Admirals atmete tief durch, als er hörte, was Alina berichtet hatte. Er tauschte einen kurzen Blick mit seinen Gefährten und musterte dann die junge Russin genau.

„Ich darf dann mal, Sir?"

Watson nickte bestätigend und der Mann in der Uniform eines Captains der US-Navy zog ein kleines Taschen-Diktiergerät aus seiner Jacketttasche und schoss dann ein ganzes Feuerwerk von Fragen auf die junge Russin ab.

„Und das alles bekommt ein kleiner Leutnant des GRU zu wissen? Das kann ich mir eigentlich nicht vorstellen. Sie wollen mir doch nicht weismachen, dass dieser Oberst Ihnen diesen Plan diktiert hat?"

Alina warf einen hilfesuchenden Blick auf Linda und Ottmar, die ihr aber nur beruhigend zunickten.

„Nein, diktiert hat er mir gar nichts. Aber ich habe einige Recherchen für ihn angestellt, die mir merkwürdig vorkamen. Ich war seine ... wie sagt man bei Euch? Ach so, ja, seine Sekretärin und ..."

Der an die vierzig Jahre alte Captain verzog spöttisch das Gesicht. „Ach, und seine Sekretärin kennt seine Passworte? So eine Ausarbeitung wird doch sicher geschützt und der Computer abends im Tresor verschlossen und ... ach, halt, die Kombination des Safes kennen Sie dann auch?"

„Nein!" Die junge Frau verzog das Gesicht und stampfte mit dem Fuß auf.

William Bronson, um ihn handelte es sich bei dem bereits in sommerliches Khaki gekleideten Offizier, machte seinem Spitznamen *Wild Bill* einmal mehr alle Ehre, als er verächtlich aufschnaubte.

„Aha, und jetzt ist die junge Dame beleidigt! Warum? Weil wir ihr ihre Geschichte nicht so einfach abnehmen? Wer sagt uns denn, dass Sie nicht einfach aus anderen Gründen abgehauen sind, wenn Sie überhaupt die sind, als die sie sich hier ausgeben?" Die so harsch angefahrene Russin suchte wiederum hilfesuchend Blickkontakt mit dem Ehepaar Winkler, das den US-Kapitän ebenfalls wütend und verständnislos anstarrte.

Daraufhin nahm Wild Bill jetzt die beiden Deutschen aufs Korn. „Und Sie? Was haben Sie hier überhaupt noch zu suchen, wenn es um militärische Dinge geht? Wer sind Sie überhaupt?"

Jetzt ging Ottmar hoch und wollte dem Amerikaner ein paar unfreundliche Worte sagen, als der Admiral eingriff und über die Rolle der Winklers und die Tatsache aufklärte, dass erst der Kontakt des pensionierten Oberstleutnants über das Verteidigungsministerium und die NATO dafür gesorgt hatte, dass Alina sich jetzt an Bord des neuesten Flugzeugträgers der US-Navy befand.

Als dann noch erklärt wurde, dass der Helikopter, der die Drei an Bord gebracht hatte, von russischen Flugzeugen beinahe abgeschossen worden wäre, was gerade noch verhindert werden konnte, änderte sich die durchaus als aggressiv zu bezeichnende Haltung des Geheimdienst-Offiziers.

„Sorry, über diese letzten Ereignisse war ich noch nicht informiert. Aber dann erklären Sie mir jetzt bitte, wie Sie Kenntnis von dem gesamten Plan erhalten haben?"

Alinas Augen blitzten immer noch wütend, aber dann berichtete sie die Einzelheiten bis hin zu dem Gedanken, sich eine Kopie auf einen Stick zu ziehen.

„Na dann! Und wo ist dieser Computerstick?" Wild Bills Gesicht nahm einen lauernden Ausdruck an.

„In Moskau, auf dem Friedhof, wo meine Mutter begraben liegt!"

„Na, herrlich. Und wie sollen wir da jetzt schnell herankommen? Die Russen lassen ganz bestimmt keine Amerikaner ins Land und vor Allem nicht wieder hinaus!" Captain Bronson winkte ab.

„Moment, unsere Botschaft ist doch noch voll besetzt und …", wandte der Admiral ein, als der Captain und Chefermittler der NATO-Geheimdienste in Sachen Marine den Kopf schüttelte.

„Nein, Sir, ich befürchte, das können wir vergessen. FSB und jetzt vielleicht auch GRU und wer weiß wer noch, werden jeden unserer Leute auf Schritt und Tritt überwachen."

„Ja, und die Briten, Franzosen und jeden anderen Mitarbeiter einer Vertretung der Staaten, die der NATO angehören, ganz sicher auch, Sir, falls Sie daran denken sollten", ließ sich erstmals der einige Jahre jüngere Begleiter des Captains vernehmen.

Da hob der älteste der drei Besucher, der die Uniform eines Fregattenkapitäns der Deutschen Marine trug, die Hand.

„Ja, Commander", nickte ihm Admiral Watson zu.

„Admiral, seit Ausbruch dieser Krise prüfen wir natürlich auch, inwieweit unsere Handels- und Kreuzfahrtschiffe gefährdet sind. Bisher haben wir nur Warnungen für den Mittelmeerraum herausgegeben. Aber ich meine mich zu erinnern, dass einer unserer Musikdampfer … äh … Cruiseliner, die „Prinzessin des Nordens", auf einer Kreuzfahrt auch St. Petersburg anlaufen soll. Und von dort gibt es vielleicht ja auch geplante Ausflüge nach Moskau."

„Ah, Sie denken …?"

„Genau, Sir", antwortete der Deutsche.

„Das vergessen Sie man, meine Herren", mischte sich jetzt Ottmar Winkler ein. Von Leningrad … äh, St. Petersburg, wie es jetzt heißt, bis nach Moskau sind es mindestens siebenhundert Kilometer. Das wird kein Tagesausflug bei einer Kreuzfahrt."

Fregattenkapitän Ferdinand v. Terra sah erst ihn und dann den Admiral an.

„Wäre wohl auch zu schön gewesen", meinte er dann in Richtung des Amerikaners.

„Oder auch nicht", mischte sich jetzt der jüngere Amerikaner, Commander Ronny Bean, ein.

„Diese Kreuzfahrer machen doch auch immer mehr Abstecher per Tagesflug, wenn ein Land besucht wird, dass über weit auseinanderliegende Anziehungspunkte verfügt. Denken wir doch nur an unsere Schiffe, die in Asien anlegen und dann außer der Hafenstadt in China auch noch Peking oder Hue besuchen wollen. Für diese Shuttle-Flüge reicht doch das Touristen-Visum für die Kreuzfahrt. Einen Versuch ist es wert, meine ich."

„Stimmt, können Sie es von hier aus abfragen, Commander?" Der Admiral sah jetzt den deutschen Marineoffizier an.

„Ja, wenn Sie mir eine sichere Leitung verschaffen, Admiral!"

„Kein Problem, mein Adjutant wird sich Ihrer annehmen, Commander!"

Die beiden Offiziere entfernten sich in Richtung der nächsten Funkstation, die über ein sicheres Satellitentelefon verfügte.

„Ich frage mich, wie das gehen soll? Einen Amerikaner können wir wohl kaum an Bord schmuggeln und diese Reise machen lassen. Und selbst wenn, wie soll der sich von der Reisegruppe entfernen – ohne aufzufallen und auf dem Friedhof nach diesem Stick suchen und auch wieder unauffällig zurückkehren? Absoluter Nonsens!", verkündete Captain Bronson und blickte den Admiral Zustimmung erheischend an.

Aber antworten tat der jüngere Offizier des Navy-Geheimdienstes auf das Nicken von Watson.

„Da müsste schon ein Deutscher dabei sein und wohl auch Miss Sacharowa in eine Rolle als Touristin schlüpfen. Sie weiß schließlich genau, wo sie den Stick versteckt hat, ist Russin und fällt nicht auf, wenn sie mit Bus oder Taxe zum Friedhof fährt."

Ob dieser Worte konnte Ottmar seine Linda nur mühsam daran hindern, ihren Protest lautstark zu erheben. Wollte dieser junge Kerl mit dem frechen Gesicht etwa ihrer kleinen Alina zumuten, nochmals in das Reich des Bösen zurückzukehren? Dorthin, von wo sie gerade entkommen war und man sie umbringen wollte?

Böse blickte sie von Einem zum Anderen und nahm sich vor, das auf keinen Fall zuzulassen – auch, wenn sie nicht wusste, wie sie es verhindern könnte?

„Na, das wäre ja der Hammer", kommentierte US-Präsident Daniel B. Brown die Meldung seines Sicherheitsberaters. „Aber zutrauen würde ich diesem Kerl das schon."

„Ich auch", bestätigte ihm sein Freund und engster Vertrauter Efrahim Dalton.

„Schon klar, du hast ihn ja von Beginn an als die Reinkarnation des Bösen eingeschätzt – und wohl auch alles Andere als zu Unrecht, wie wir mittlerweile ganz sicher wissen. Nur beweisen müssen wir es, wenn wir einen Krieg am Bosporus verhindern wollen, der sich ganz schnell zum Weltbrand entwickeln kann."

„Ich habe schon veranlasst, dass geprüft wird, ob es diesen Oberst Soundso gibt und er für ein solches Exposé in Betracht kommt? Über dieses kleine Leutnants-Mädchen werden wir wohl kaum etwas finden."

„Schon klar, und wenn die Geschichte stimmt, dann werden ihre geschätzten ehemaligen Kollegen ja auch ihre Wohnung im Auge behalten, so dass wir nur Verdacht erwecken, wenn wir da nachschauen, ob ihr Name da an der Tür prangt?"

„Allerdings, Mr. Präsident. Und wenn die Iwans die ganze Geschichte nur als Fake in die Welt gesetzt haben, um uns auflaufen zu lassen, dann haben sie auch für das Namensschild gesorgt, die Mitbewohner verpflichtet oder einfach ausgetauscht und dann gibt es bestimmt auch diesen Leutnant bei dem GRU. Wir brauchen also unbedingt die gezogene Kopie."

„Allerdings! Nur wie? Dieser Deutsche, den die Abwehr der Bundeswehr nach Athen geschickt hat, scheint nach den Worten Admiral Watsons dem Mädchen seine Geschichte abzunehmen und hat eventuell eine Idee. Ich melde mich sofort, wenn ich mehr weiß!"

„Danke, Efra, ich warte dann noch, bis ich den inneren Zirkel informiere und sage es zunächst nur Diana", verabschiedete ihn Daniel B. Brown und ließ sich hinter seinem Schreibtisch in den Sessel sinken. Es wäre schon mehr als segensreich, wenn sich nach den Weltkriegen, Korea, Vietnam im vergangenen Jahrhundert und Irak, Afghanistan und Syrien und dem anhaltenden Kampf gegen den weltweiten Terrorismus in den vergangenen gut zwanzig Jahren, ein ausufernder Waffengang mit Russland vermeiden ließe, dessen Hauptlast wieder einmal die

Vereinigten Staaten tragen müssten, überlegte er. Jedenfalls würde er Vieles dafür tun – keineswegs aber dem Machtstreben des russischen Präsidenten nachgeben. Denn der würde dadurch nur ermutigt, seinen Machtbereich immer weiter auszudehnen und andere Völker zu unterjochen. So ein Mensch war vor neunzig Jahren schon einmal an die Macht gekommen und was daraus geworden war, das würde die Welt nie vergessen.

Tausende Kilometer entfernt in Moskau drohte Feodor Wladimirowitsch Kruskin vor angestauter Wut auseinanderzubersten. Nicht einmal diesen Helikopter hatten seine Flieger erwischen können. Nun saß diese Verräterin also beim amerikanischen Admiral auf dem Schoß und plauderte aus, was nie hätte offenkundig werden dürfen. Wenn dieses Miststück sogar eine Kopie des Angriffsplanes präsentieren konnte, dann würde er am Pranger der Weltöffentlichkeit stehen. Dann würde es nicht mehr ausreichen – wie üblich – alle Vorwürfe zu bestreiten. Bei den Morden an Oppositionellen, Ex-Agenten und dergleichen war er bisher damit durchgekommen. Bei dem Angriff auf zwei NATO-Staaten würde es ihm nicht gelingen. Also würde sich in den nächsten Stunden zeigen, ob die Amerikaner eindeutige Beweise vorlegen konnten oder nicht? Sein oder Nichtmehrsein, das war hier die Frage – und zwar nicht nur hypothetischer Natur. Er blickte auf seine Uhr. Mehr ein symbolischer Blick, als denn zur Kenntnisnahme der genauen Tageszeit. Lief seine persönliche Uhr ab oder doch noch nicht? Doch, wenn es tatsächlich so kommen sollte, dann würde er vorher noch mit Koljanin und diesem Oberst abrechnen. Dieser Orlow hatte in der Tat einen genialen Plan ersonnen, der ihm selbst nicht besser hätte einfallen können. Und dann ließ dieser Kerl es zu, dass seine Tippse davon zu viel oder sogar alles erfuhr und eventuell sogar kopieren konnte? Wie dumm und nachlässig konnten Menschen nur sein? Wurde denn außer ihm selbst niemand seinen hohen Ansprüchen auch nur annähernd gerecht?

„Das könnte klappen, wenn wir ganz schnell handeln und alle, aber auch wirklich alle Stellen mitspielen", erklärte Fregattenkapitän Ferdinand v. Terra zunächst in kleiner Besetzung Admiral Watson, seinem Adjutanten und den beiden amerikanischen Geheimdienst-Kollegen.

„Hm, und die Ausflüge können noch an Bord zugebucht werden, wenn das Kontingent nicht voll ist?"

„Ja, wie meine Dienststelle meldet ist es so und es sind auch noch sieben Plätze frei für den Tagesflug nach Moskau. Wir haben also fünf Tage, denn spätestens in Helsinki müssten dieses GRU-Mädchen und einer unserer Leute an Bord des Schiffes gehen. Wir brauchen Papiere, nachprüfbare Daten unverdächtiger tatsächlicher existierender Personen, die zumindest eine gewisse Ähnlichkeit aufweisen müssen. Dann noch die Papiere nachträglich altern lassen, die Legenden lernen und die Passagierlisten ändern. Ich weiß nicht und ..." William „Wild Bill" Bronson, der Chefermittler der NATO-Geheimdienste, winkte ab.

„Warten wir doch erst einmal die Bilder der Passagiere und deren Daten ab. Vielleicht ist da ja doch was Passendes an Leuten bei, in deren Identität zumindest einer unserer Agenten schlüpfen könnte", wandte v. Terra ein.

„Wir brauchen in jedem Fall auch die Einwilligung des Marineministers oder gar des Präsidenten. Vergessen Sie das nicht, meine Herren! Außerdem machen doch solche Reisen vorwiegend Rentner und sonstige alte Leute. Ob wir da überhaupt mit einer jungen Frau, die derzeit in Russland von allen Institutionen gesucht wird, operieren können, scheint mir ohnehin fraglich", meldete auch der Admiral seine Bedenken an.

Da klopfte es und ein Petty-Officer reichte dem öffnenden Adjutanten eine Mappe. Dieser warf einen kurzen Blick hinein und antwortete auf den fragenden Blick seines hohen Vorgesetzten: „Die Passagierdaten und die Fotos, Sir!"

Admiral Watson warf nur einen kurzen Blick auf den dicken Stapel in der prall gefüllten Mappe, weil er gleichzeitig durch die Bordsprechanlage in den Gefechtstand gebeten wurde.

„Da, Commander, schauen Sie die Blätter durch; war ja Ihre Idee!" Mit diesen Worten drückte er die erhaltenen Unterlagen dem deutschen Fregattenkapitän in die Hand. Sehr zum Missfallen Wild Bill Bronson's, der sich übergangen fühlte.

„Sie und Ihre Kollegen können gern hierbleiben. Die beiden Damen und Mr. Wegner können Sie in die Messe begleiten, Ken", wandte er sich dann an seinen Adjutanten. „Sie finden mich in der Insel!"

„Die Insel ist der Aufbau des Trägers mit der Kommandozentrale", erklärte der Lieutenant-Commander den Zivilisten und bat sie mit einer auffordernden Handbewegung, ihm zu folgen.

Der Offizier des Militärischen Abschirm-Dienstes der Bundesrepublik Deutschland, kurz MAD genannt, begann die Unterlagen durchzusehen.

„Sehr gut, dabei sind die Kopien der Pässe und der Fotos, die für die Bordkarten gemacht werden", brummte v. Terra zufrieden.

„Na dann viel Spaß", wünschte Wild Bill und lehnte sich, sein Desinteresse ganz deutlich dokumentierend, zurück. Ganz anders sein Kollege vom Nachrichtendienst der US-Navy, der interessiert zusah.

Doch ein Blatt nach dem anderen legte v. Terra auf den immer größer werdenden Stapel rechts von sich und griff schon leicht entmutigt nach dem nächsten Foto, als sich der Träger plötzlich stark beschleunigend in den Wind drehte. Gleichzeitig dröhnten die Alarmglocken durch die Decks. Während die Schritte der auf ihre Gefechtsstationen eilenden Seeleute durch die Gänge dröhnten, starteten die Dampfkatapulte bereits einige Flugzeuge des Trägers.

„Nanu, ich dachte wir hätten ein paar Tage Ruhe. Aber das hört sich ja an, als wenn der Iwan wieder Zicken macht", murrte Captain Bronson. Ich schaue mal, was da los ist!"

Kaum war er aus der Stahltür in einer der unendlich langen Gänge des Trägers getreten, als das große Schiff wieder mit Hartruder drehte.

Ferdinand von Terra hätte nun doch gern gewusst, was da draußen vor sich ging, mochte aber nicht nachfragen, zumal sein jüngerer Kollege jetzt auf das eben von ihm beiseite gelegte Foto deutete.

„Da, schauen Sie mal. Mit einer Blondierung und einem guten Friseur sowie grünblauen Haftschalen könnte sich unsere Russin in das Mädchen verwandeln. Figur und Größe stimmen jedenfalls, soweit ich sehen kann."

„Zeigen Sie nochmals her!" Der Deutsche warf noch einen Blick auf das Foto, griff sich dann den Ausdruck des Bordmanifestes und zum Schluss die Kopie des Passes.

„Tatsächlich, Ronny! Das legen wir mal zur Seite."

Aber alle weiteren Personen passten kaum.

„Schade, aber wir brauchen ja mindestens einen, besser zwei Männer, die zu ihr passen", brummte v. Terra wenig später enttäuscht. „Sie reist doch mit ihren Großeltern, wenn ich das richtig gelesen habe."

„Stimmt, Ferdi", knurrte Bean und reichte dem Älteren die Fotos von Oma und Opa. „Der alte Knacker ist mindestens siebzig. Ja, hier hab ich es, achtundsechzig … aber noch volles Haar auf dem Schädel, wenn auch silbrig."

Ferdinand v. Terra musterte nochmals das Foto und legte seine Stirn in nachdenkliche Falten.

„Hm, zeigen Sie nochmal den Pass, bitte!"

Kurz darauf hielt er die Kopie des Dokuments in der Hand und brummte: „Größe 178, achtzig Kilo und Hornbrille, die das halbe Gesicht verdeckt. Augenfarbe passt und mit einem guten Maskenbildner …"

„Sie denken doch nicht etwa …" Ronny Bean schaute seinen deutschen Kollegen fragend an.

„Doch, wenn wir das Mädchen hinbekommen, dann sollte so ein Mensch von Film oder Theater doch auch mich auf alt trimmen können."

„Ich denke, Sie sind bei der Abwehr und Spezialist für Aufdeckung von Sicherheitslücken. Sie sind doch kein Agent im Außendienst. Das macht doch bei euch der BND, der Bundesnachrichtendienst, soweit ich weiß."

„Ja, aber in der Not frisst der Teufel Fliegen und da die Zeit drängt, warum nicht?"

„Nun, zumindest sind Sie dann bei denen da drüben nicht als Auslandsagent bekannt. Was heißt, der Teufel frisst Fliegen?"

„Nur ein deutsches Sprichwort", grinste v. Terra und erklärte es kurz, was ein Grinsen auf den Zügen seines Kameraden erscheinen ließ.

„Dann fehlt uns nur noch ein zweiter Mann, wenn die Passagiere mitspielen. Aber wo nehmen wir den her?"

Commander Bean zauberte erneut ein schelmisches Grinsen auf sein glattrasiertes Gesicht.

„Wir sollten uns noch von diesem Liner die Besatzungsliste mit Fotos schicken lassen. Da sollte sich ja vielleicht ein junger, passender Typ finden lassen!"

„Gute Idee, passend für wen? Der sollte dann ja doch gerne des Deutschen mächtig sein, wenn wir die Risiken minimieren wollen."

„Genau das, mein lieber Kollege Ferdinand!"

Bass erstaunt sah von Terra seinen amerikanischen Mitstreiter an, der ihn in einem leicht mit schwäbischer Mundart geprägten Deutsch geantwortet hatte.

„Du sprichst unsere Sprache?" Vor Überraschung antwortete der Fregattenkapitän jetzt auch auf Deutsch und duzte Bean zum ersten Mal.

„Allerdings! Mein Vater war in Ramstein stationiert und meine Mutter stammt aus Stuttgart und ich bin bis ich fünfzehn war nur im Urlaub in den Staaten gewesen". Ronny Bean lachte jetzt laut auf.

In das Lachen stimmte v. Terra schmunzelnd ein. „Und dann kanntest du unser schönes Sprichwort nicht?"

„Doch, aber ich wollte unbedingt deine Erklärung hören!"

Beide standen jetzt auf und klopften sich laut lachend auf die Schultern. In diesem Moment öffnete sich die Tür und Captain Bronson und mit ihm der Admiral traten ein und blickten erstaunt von Einem zum Anderen.

„Sie scheinen ja gute Laune zu haben, während sich die Situation zuspitzt", kritisierte Wild Bill Bronson, woraufhin Fregattenkapitän v. Terra, direkt an den Admiral gewandt, die Situation erklärte.

Dieser konnte sich eines Lächelns nicht erwehren und meinte dann: „Und, haben Sie etwas gefunden?"

„Allerdings, jetzt fehlt uns noch eine Person, soweit Sie und wohl auch das Weiße Haus und meine Vorgesetzten zustimmen – und natürlich die ins Auge gefassten Menschen auf dem Schiff."

„Na, dann lassen Sie mal hören, meine Herren. Das wird natürlich auch Captain Bronson brennend interessieren, nicht wahr, Captain.

Dieser war sichtlich noch immer nicht besänftigt und fühlte sich mehr oder minder ausgeschlossen von der bisherigen Planung. Dennoch, was sollte er anders machen, als sich ein: „Natürlich, Sir!", abzuquälen.

Als die beiden Offiziere ihren Bericht beendet hatten, schaute der Admiral sie prüfend an und antwortete dann in seiner typisch gedehnten Sprechweise. „Und jetzt suchen Sie ein Besatzungsmitglied, für das Sie sich ausgeben können, Commander Bean, wenn ich richtig vermute?"

„Genau, Sir. Aber ich glaube, das sollte Commander v. Terra übernehmen, denn es ist ja ein deutsches Schiff und es sollte dann auch ein deutsches Mitglied der Besatzung sein."

„Dann mal los! Ich lasse Sie zur Funkstation bringen, wo Sie ein sicheres Telefon finden und sich dann für den Fall, dass alles klappen sollte, auch gleich die Zustimmung Ihrer Vorgesetzten einholen können, Commander v. Terra."

„Ich habe da meine Bedenken, Admiral", meldete sich jetzt mit Nachdruck Captain William Bronson zu Wort. „Weder Terra noch Bean sind für solche Auslandseinsätze ausgebildet und …"

„Stimmt, aber die Zeit drängt und die beiden sind in die Situation eingeweiht. Außerdem brauchen wir für die Rolle eines Besatzungsmitglieds wohl einen Seemann. Außerdem wissen wir noch nicht, ob Washington und die Deutschen zustimmen? Warten wir erst einmal das ab und ich werde jetzt den Marineminister informieren. Sehen wir mal, was der dazu sagt, Captain!"

Nachdem es in der Türkei nach dem Tod des mehr und mehr despotisch regierenden Präsidenten und der Machtübernahme durch das Militär ruhig geblieben war, viele politische Gefangene aus den Gefängnissen entlassen und abgesetzte Amtsträger und Beamte wieder auf Rückkehr in ihre Positionen hoffen konnten, mehrte sich der Zuspruch für den neuen starken Mann an der Spitze der Streitkräfte.

Viel trug dazu bei, dass dieser sein Land in der NATO halten wollte was auch von der Verteidigungsgemeinschaft freudig akzeptiert worden war. Trotzdem wollte Cetin Keser alles tun, um auch die eigene Verteidigungsbereitschaft seines Landes zu dokumentieren. Die Schiffe der Flotte waren an den Seegrenzen des Schwarzen Meeres zusammengezogen, um sich einem Durchbruch der Russen an die ihnen vom verstorbenen türkischen Präsidenten zugesagten Stützpunkte entgegenzusetzen. Auch die Luftwaffe war in Alarmbereitschaft versetzt und vorsorglich über alle Flugbasen verteilt. Hinzu kam die Präsenz der von der NATO nach Griechenland verlegten Kampfflugzeuge, die in kürzester Zeit über dem Schwarzen Meer eingreifen könnten.

Eine besondere Rolle kam hierbei den B 1 und B 2 der US-Air Force zu, die aus großer Höhe und praktisch vom Radar nicht auszumachen auch jedes Seeziel mit ihren Raketen und ferngelenkten Bomben angreifen und wohl auch fast sicher ausschalten konnten.

Um auch die aufgeflackerten Feindseligkeiten zwischen ihren Nationen, die beide angegriffen worden waren, zunächst einmal abzuwürgen, hatte sich Cetin Keser mit dem griechischen Ministerpräsidenten in Athen getroffen. Beide hatten verabredet, einander nicht nur im Rahmen der NATO-Zugehörigkeit militärisch, sondern ebenfalls in zivilen Bereichen, wie dem Katastrophenschutz und der medizinischen Versorgung zu unterstützen. Trotzdem würde es noch Jahre oder gar Jahrzehnte dauern, die gegenseitigen Ressentiments in den Bevölkerungen der Erbfeinde abzubauen.

Schließlich hatte es auch nach drei Kriegen mehr als ein Menschenleben gedauert, bis sich Deutschland und Frankreich von Todfeinden zu einander unterstützenden Nationen entwickelt hatten und jetzt gemeinsame Werte verteidigten.

Russland hingegen zog an seiner Seite des Schwarzen Meeres immer stärkere Flottenverbände zusammen. Darunter auch die beiden neuesten Schiffe für Landungsoperationen mit starken Truppenverbänden an Bord und mitgeführten Landungsbooten, die nicht nur Truppen, sondern auch schweres Gerät einschließlich Kampfpanzern an die Küsten transportieren konnten.

Von einer tatsächlichen Entspannung der Lage konnte also keine Rede sein. Im Gegenteil, beide Seiten rüsteten sich für einen entscheidenden Schlag. Die Welt lag in banger Erwartung und die Börsen bebten. Rüstungsaktien und die Krisenwährung *Gold* schnellten in die Höhe und andere Werte näherten sich dem Tiefstand. Ähnlich der Immobilien- und Währungskrise vor langer Zeit. Sollte es wirklich zum Krieg zwischen der westlichen Verteidigungsallianz und Russland kommen, stand der Sieger wohl fest. Doch den größten Nutzen würde die hinter den USA nach wie vor weiter aufstrebende, zweitgrößte Wirtschaftsmacht verbuchen, nämlich China. Dem stand selbst die Tatsache nicht entgegen, dass das Reich der Mitte gleichzeitig der größte Gläubiger Amerikas war. Aus Sicht Chinas war sogar eher das Gegenteil der Fall.

Das war auch dem US-Präsidenten nur zu klar, als er von seinem Marine-Minister vorab über die Tatsache informiert wurde, dass es Beweise dafür geben könnte, dass Russland wieder einmal der Aggressor war. Schnell hatte er sein Sicherheitskabinett, das ohnehin in Anbetracht der Ereignisse abrufbereit war, im gesicherten Lageraum versammelt.

„Das dieser russische Paria wieder einmal mehr ohne Skrupel seine Machtspiele verfolgt, scheint mir durchaus wahrscheinlich", äußerte der Sicherheitsberater des Präsidenten, Efrahim Dalton unverblümt. „Ja, das sehen wir wohl alle so. Dieser machtgeile und narzisstische Typ schreckt vor nichts zurück, um sein Russland wieder zu einer Supermacht hochzustilisieren."

Daniel B. Brown nickte zustimmend. „Aber ist es wahrscheinlich, dass ein kleiner Leutnant seines Militärgeheimdienstes sich tatsächlich eine Kopie des gesamten Strategiepapiers verschaffen konnte? Eigentlich mag ich das nicht glauben."

„Auch ich halte es für unwahrscheinlich, aber wenn die Russen so hinter ihr her sind, dass sie unseren Heli abschießen wollten, muss da ja doch wohl etwas dran sein. Nur, wie kommen wir an diese Kopie heran?" Die Stabschefin des Präsidenten schaute fragend in die Runde.

„Mal sehen, gleich haben wir per Video-Konferenz die Möglichkeit erst einmal mit Admiral Watson und dem Chefermittler unserer NATO für diesen Bereich zu sprechen, der sich an Bord befindet und sich einen ersten Eindruck von der Frau verschafft hat", bemerkte Präsident Brown und blickte zu dem großen Bildschirm, der jetzt blau aufleuchtete. Alle zwölf Leute dieses inneren Zirkels wandten ihre Blicke dem großen Fernseher auf der Stirnseite des Raumes zu.

Ein kurzes Flackern und es erschien das Bild eines schlanken Mannes mit militärisch kurzem Haarschnitt und klarem Blick. Ganz offenbar ein Mann mit großem Selbstbewusstsein und Durchsetzungsvermögen. Wer sonst könnte auch geeignet sein, einen der stärksten Flottenverbände der Welt zu kommandieren, der ganz allein einen Krieg gegen eine mittlere Macht nicht nur führen, sondern vielleicht sogar gewinnen könnte.

Daniel B. Brown räusperte sich. „Admiral, hier spricht der Präsident! Können Sie uns hören?"

„Jawohl, Mr. Präsident, laut und deutlich", erklang eine sonore, befehlsgewohnte Stimme aus dem Lautsprecher.

„Sind Sie derzeit allein, Admiral?"

„Nein, Mr. Präsident. Captain Bronson, unser Chefermittler für Marineangelegenheiten in der NATO und Commander Bean vom Nachrichtendienst unserer Navy sowie Commander v. Terra von der deutschen Abwehr sind mit im Raum. Ich dachte, dass Sie auch deren Einschätzung hören wollten."

„Sehr gut, Admiral. Ich habe das engere Sicherheitskabinett um mich versammelt. Dann schießen Sie mal los. Wie schätzen Sie diese russische Dame ein?"

„Nun, Sir, wir sind hier unterschiedlicher Meinung. Captain Bronson ist eher skeptisch. Ich hingegen meine, dass ihre Story zwar etwas abenteuerlich klingen mag, aber doch etwas dran sein muss. Denken wir an den Versuch, den Heli mit ihr an Bord abzuschießen, den auch von zwei deutschen Zeugen bestätigten

Mordversuch ... und wenn wir dann noch den Beweis dafür finden, dass sie die Person sein dürfte, die sie vorgibt zu sein, dann ..."

Hier unterbrach ihn der Präsident. „Das scheint stimmig. Dazu laufen umfangreiche Fahndungen in Russland mit verstärkter Überwachung von Flug- und Seehäfen, Bahnlinien und Fernstraßen. Das hat die CIA bestätigt. Auch gibt es einen Leutnant Sacharowa beim GRU in Moskau, die in der Abteilung von diesem Oberst Orlow eingesetzt ist, Admiral."

„Dann neige ich dazu, mich der Auffassung von Commander Bean und dem deutschen Offizier anzuschließen, Sir." Möchten Sie noch Captain Bronson hören?" Ja, Admiral und auch die beiden Commander und danach diese Russin, die ja wohl ganz gut Englisch spricht. Schließlich steht viel auf dem Spiel."

Captain Bronson führte viele Dinge an, die aus seiner Sicht die ins Auge gefasste Operation mutmaßlich scheitern ließen.

„Danke, Captain, ich habe Sie verstanden. Geben Sie mir jetzt bitte den deutschen Commander!"

„Commander v. Terra, Mr. Präsident!", mit diesen Worten meldete sich der Mann in der Uniform eines Fregattenkapitäns der Deutschen Marine, dessen Bild jetzt auf dem Schirm erschien.

„Dann legen Sie mal los, Commander! Sie scheinen ja ihrem Plan einige Erfolgsaussichten beizumessen. Ganz im Gegensatz zu der Meinung von Captain Bronson."

„Jawohl, Sir, aber da wir keine Zeit verlieren dürfen, wenn eine massive militärische Auseinandersetzung, vermutlich sogar ein nicht nur lokal zu begrenzender Krieg vermieden werden soll, muss jede Chance genutzt werden. Damit, dass Miss Sacharowa als deutsche Schülerin, die mit ihren Großeltern eine Kreuzfahrt nach bestandenem Abitur macht und einem Agenten als Großvater rechnen die Russen wohl kaum. Da die Großmutter erkrankt ist, fliegt ein Besatzungsmitglied mit nach Moskau, wenn wir denn einen passenden Mann finden. Ich erwarte jeden Moment die Fotos und Biographien der infrage kommenden Crewmitglieder. Wenn also jemand dabei ist, dann müsste es schnell gehen und ..."

„Gut, und Commander Bean stimmt auch zu?"

Ein jüngerer Mann schob sein Gesicht vor die Kamera und bestätigte: „Jawohl, Mr. Präsident und ich glaube auch, dass wir eine gute Chance hätten!"

„Sie wissen, welches Risiko Sie eingehen?" Beide Köpfe vor der Kamera an Bord der „USS Sam Houston" nickten.

„Gut, ich bin einverstanden. Dann rufe ich gleich Ihren Kanzler an, Commander v. Terra, und wenn die Voraussetzungen tatsächlich gegeben sind, dann viel Erfolg. Aber jetzt möchte ich mir noch ein Bild von dieser jungen Russin machen. Holen Sie sie mir bitte vor die Kamera."

Kurz darauf erschien auf dem Bildschirm das Gesicht der jungen Russin, die einen leicht erschöpften Eindruck machte, aber klar und ohne zu zögern ihre Geschichte auch vor der Videokamera erzählte.

Im Keller des Weißen Hauses blickten alle Anwesenden gebannt auf die junge Frau mit den markant hohen Wangenknochen und den jetzt müde wirkenden Augen, die ein gut verständliches Englisch sprach, aber einen harten Akzent nicht vermeiden konnte.

„Und Sie sind wirklich bereit, nochmals nach Russland einzureisen – und das unter falscher Identität?" Der Präsident ließ seine Zweifel durchklingen, als er diese Frage stellte.

„Jawohl, da ich hoffe, dann in Amerika oder Deutschland bleiben zu können, wenn alles gut geht, weil ich diese Sprachen spreche. Und eine neue Identität müssten Sie mir dann auch zusichern, denn sonst wird mich unser Geheimdienst irgendwann töten. Russland lässt keine ehemaligen Verräter leben. Denken Sie an Litwinenko, Kroschinsky, Polkow und vor wenigen Jahren Skripal, Sir."

„Nun, Miss Sacharowa, wenn Sie helfen, dieses Komplott Ihres verbrecherischen Staatschefs zu enttarnen und damit einen Krieg zu verhindern, wird es daran ganz bestimmt nicht scheitern."

Damit beendete Daniel Brown sein Gespräch mit der Russin und wandte sich an seine engeren Mitarbeiter im Konferenzraum.

„Was halten Sie von der Frau?"

„Als Erste meldete sich die Stabschefin des Präsidenten zu Wort. „Wenn ich nicht genau wüsste, wie gut sich Frauen verstellen können, würde ich ihr glauben."

Außenministerin Tilly Ambrose lachte leise, aber durchaus mit gehässigem Nachklang.

„Diana, nicht alle Frauen sind so gestrickt wie Sie!"

„Was wollen Sie damit sagen!", hackte Diana Cook wütend zurück.

„Nur, dass ..."

„Meine Damen, wir haben andere Sorgen", unterbrach der Präsident seine beiden, eifersüchtig um seine Gunst streitenden, wichtigsten Mitarbeiterinnen.

Arnold Wilde, der Verteidigungsminister, mischte sich ein. „Das sehe ich genauso. Ich glaube ihr, selbst wenn diesem russischen Kriegstreiber alles zuzutrauen ist, aber uns dieses Mädchen mit einer Story zu schicken, die ihn selbst schlimm belastet – was soll er damit erreichen wollen?"

Admiral Alexander „Al" Cobb, der Vorsitzende der Vereinigten Stabschefs, schloss sich dieser Meinung an. Ebenso Efrahim Dalton, der Sicherheitsberater des Präsidenten, was auch die anderen Mitglieder des Krisenkabinetts bewog, nunmehr einheitlich auf diese Linie einzuschwenken.

„Und, wenn es gelingt, noch ein passendes Besatzungsmitglied auf diesem Kreuzfahrtschiff zu finden, wollen wir es dann also mit der Russin, unserem Commander und diesem Deutschen probieren?"

Die Frage des Präsidenten wurde bejaht.

„Eine andere Möglichkeit haben wir kaum, allein schon aus Zeitgründen. Zudem stehen die Deutschen wohl nicht gerade ganz oben auf der Liste der größten Kruskin-Gegner. Denken wir nur an die Abhängigkeit der Deutschen von den russischen Gaslieferungen, die die frühere Bundeskanzlerin ihrem Land eingebrockt hat – wie so Vieles anderes auch. Dazu werden die russischen Geheimdienste diesen Deutschen kaum kennen und unseren Mann vom Navy-Nachrichtendienst ebenfalls nicht unbedingt auf dem Radar haben", bestätigte der höchste Militär am Tisch.

„Trotzdem sollten wir einen Alternativplan ausarbeiten." Daniel B. Brown sah den Direktor der CIA, der mit am Tisch saß, an. „Was das angeht, erwarte ich, dass Sie sich mit Ihren Kollegen vom MI 6 abstimmen und klären, ob die jemanden haben, der derzeit in Moskau relativ unbeobachtet agieren könnte. Aber keine Einzelheiten herausgeben und die Franzosen lassen wir besser draußen vor, so wie alle Anderen auch! Verstanden, Carl?"

„Jawohl, Mr. Präsident!"

Auf der „USS Sam Houston" hatte der Flottenchef ganz andere Sorgen. Im Moment jedenfalls.

Eine der den äußeren Schirm um den Carrier bildenden Einheiten hatte einen Unterwasserkontakt gemeldet. Das war auch der Grund für den plötzlichen Kurswechsel des atomgetriebenen Trägers und den Alarmstart von zwei zusätzlichen Kampfflugzeugen und drei Helikoptern, von denen zwei eine Sonarboje durch das Wasser schleppten, um den wieder verlorengegangenen Kontakt zu dem mutmaßlichen U-Boot möglichst wiederherzustellen. Auch die U-Jagd-Fregatten und zwei der großen Zerstörer suchten in immer weiter um den Träger ziehenden Kreisen die See ab.

Sollten die Russen ein weiteres ihrer Unterseeboote herangeführt haben, ohne bisher entdeckt worden zu sein? Eigentlich mochte er das nicht glauben. Aber rechnen musste man mit allem. Zumal die russische Marine ja neue U-Boote in Fahrt gebracht hatte, die kaum mehr zu orten sein sollten.

Nur hatte der kurze Kontakt, der auch gleich wieder verlorengegangen war, nicht ausgereicht, eine Signatur der Maschinen- und Fahrtgeräusche des vermuteten U-Bootes aufzuzeichnen. Hinzu kam, dass eine kräftige Unterströmung in diesem Bereich herrschte und auch einige Wracks auf dem Grund lagen, die eventuell für den Kontakt gesorgt haben konnten.

Aber nichts war schlimmer, als die gegebene Unsicherheit.

„Fragen Sie bei allen NATO-Staaten und den sonstigen Anrainern nach, die infrage kommen könnten! Vergessen Sie den Hinweis nicht, dass wir jeden unbekannten Unterwasserkontakt als feindlich ansehen und bekämpfen werden, wenn er sich nicht klar identifiziert und geben Sie das auch an die „USS Ronald Reagan" und alle Einheiten durch!" Der Kommandant des Trägers nickte und machte sich auf den Weg zu seinem Kommandostand, um die weiteren Anweisungen zu erteilen.

„Da, der Typ passt!" Mit diesen Worten reichte Fregattenkapitän v. Terra den Personalbogen des Dritten Offiziers der „Prinzessin des Nordens" an Commander Roy Bean weiter.

Dieser warf einen Blick auf den Bogen und das vergrößerte Foto und schüttelte sofort seinen mit zwar kurzem, aber vollem, braunem Haar versehenen Schädel.

„Wie bitte? Der Kerl hat doch so gar keine Ähnlichkeit mit dem gutaussehenden Sohn meiner Mutter!" Geradezu empört blitzten die ebenfalls braunen Augen in dem gut geschnittenen Gesicht des Jüngeren.

Ferdinand v. Terra grinste aufreizend zurück. „Ah, du hast also noch einen Bruder?"

„Nein, habe ich nicht …" Bean brach seinen Satz ab. Ihm war gerade noch rechtzeitig aufgegangen, dass v. Terra ihn frotzelte. Jetzt grinste er zurück und lachte leise. „Wenn du einen auf alten Opa machst, dann meinst du, kann ich auch meine Haare opfern?"

„Genau. Guck dir das Foto noch mal genau an. Haare ab, blaue Haftschalen und fertig. Größe stimmt bis auf zwei Zentimeter und die Platte, die du dann hast, kannst du leicht nachbräunen."

„Hm", der junge Commander wirkte nicht gerade begeistert, als er sich das Foto und die Personaldaten näher betrachtete, nickte dann aber. „Ja, könnte gehen. Wollen wir den Admiral informieren?"

„Ja, der muss wohl zustimmen und die Genehmigung einholen. Dann müssen wir noch sehen, dass die Betroffenen auf dem Kreuzfahrer mitspielen. Da habe ich schon eine Idee."

Tief unter der jetzt etwas mehr bewegten Oberfläche des Mittelmeeres lag dicht neben einem alten Wrack aus dem Zweiten Weltkrieg ein etwas über siebzig Meter langes, einer Zigarre nicht unähnliches Etwas auf dem hier ziemlich ebenen Grund. Die herrschende Unterströmung ließ das dunkle Ding zur Hälfte im sandigen Grund verschwinden, was durchaus im Sinne der Menschen war, die diesen schlanken Fisch aus Stahl derzeit bewohnten. Es handelte sich bei diesem künstlichen Meeresbewohner, der wie eine Flunder im heimischen Nordseegrund zu verschwinden drohte, um ein älteres U-Boot. Genauer gesagt um ein etwas über siebzig Meter langes Boot der ehemals sowjetischen Kilo-Klasse. Dieses, bereits in den frühen Neunzigern des vergangenen Jahrhunderts an die Islamische Republik Iran gelieferte, Boot war seinerzeit mit dieselelektrischem Antrieb ausgestattet und konnte sowohl Torpedos als auch Raketen abfeuern. Zur damaligen Zeit gehörte die Kilo-Klasse zu den leisesten Booten und war deutlich schwerer zu orten, als beispielsweise ein modernes Atom-U-Boot. Nur musste ein solches mit herkömmlichem Antrieb ausgestattetes Unterwasserschiff natürlich zum Aufladen der Batterien immer von Zeit zu Zeit auftauchen und mit den Dieselmotoren die Batterien neu aufladen oder bei Unterwasserbetrieb der Diesel schnorcheln. Dabei aber wären sie auf große Entfernungen vom Dieselgeräusch unter Wasser den modernen Horchgeräten aufgefallen oder aber sogar der Schnorchelkopf vom Radar geortet worden. Aber die Iraner, die mittlerweile selbst neue, kleinere U-Boote bauten, hatten zwei der alten Kilos erheblich modernisiert. Hierbei halfen die ursprünglichen Eigentümer, wie nach Geheimdiensterkenntnissen der NATO gegen Öllieferungen auch Nord-Korea. Jetzt verfügte das Boot über einen Brennstoffzellen-Antrieb, eine moderne Lufterneuerungstechnik und auch die Bewaffnung war wesentlich umgerüstet worden. Das Boot konnte jetzt superschnelle Torpedos mit herkömmlicher Sprengladung verschießen. Torpedos, die mit einem Feststoff-Raketentreibstoff betrieben werden und mit Hilfe der sogenannten *Superkavitation,* die entsteht, wenn ein stromlinienförmiger Gegenstand mit einer Geschwindigkeit von über hundertachtzig Stundenkilometern durch das Wasser fegt, weit über zweihundert Kilometer schnell werden. Möglich macht das eine entstehende Gashülle, die das Geschoss bei dieser Geschwindigkeit umgibt und den Widerstand im Wasser erheblich reduziert. Außerdem wurde eines der verbliebenen Torpedorohre für den Abschuss von Atomtorpedos, also Torpedos mit einem atomaren Sprengsatz, hergerichtet.

Eine Waffe, die nicht nur einen Supercarrier mitsamt allen Flugzeugen und der gesamten Besatzung mit einem Treffer im wahrsten Sinne des Wortes verglühen lassen könnte, sondern auch kaum vorhersehbaren Schaden an Flora und Fauna des Meeres anrichten würde.

Aber daran dachte an Bord der „Mohammed Koufnuk" niemand. Vom Kommandanten bis zum jüngsten Matrosen waren alle berauscht von dem Gedanken, dem großen Satan, wie im Iran Amerika allgemein genannt wurde, einen großen Schlag zu versetzen. Doch jetzt hieß es zunächst einmal abwarten. Denn sie waren kurz geortet worden, hatten sich dann neben das bekannte Wrack gelegt. So nah, dass sie dieses beim Absinken auf den Meeresgrund sogar einmal kurz berührt hatten. Jetzt hoffte der Kommandant, dass die Sonarwellen, die immer wieder einmal Boot wie Wrack trafen und zurückgeworfen wurden, von den Sonarspezialisten dem in den Seekarten verzeichneten, gesunkenen Dampfer aus dem Jahr 1942 zugerechnet wurden. Bisher war das wohl auch der Fall, denn sonst hätte es wohl Wasserbomben von oben herabgeregnet und das alte Wrack und mit ihm das U-Boot wäre vollends zerstört worden. Aber noch glaubten alle Männer an Bord an ihre Chance. Sollte es ihnen gelingen, einen der Superträger zu versenken, dann würden sie als echte Märtyrer gern ihr Leben geben und bald von zweiundsiebzig Jungfrauen umgeben an Allahs Seite im Paradies sitzen. An dem Gedanken berauschten sie sich förmlich.

Plötzlich ging es ganz schnell. Für ansonsten lange geplante und vorzubereitende Geheimdienst-Operationen geradezu in bisher kaum dagewesener Geschwindigkeit. Bereits am übernächsten Tag, die „Prinzessin des Nordens" hatte gerade in Stockholm festgemacht, wo sie den Rest des Tages und die Nacht am Kreuzfahrt-Terminal liegen würde, während die Passagiere Stadt und Umgebung erkunden konnten, hielt ein großer, dunkler Van an der gerade ausgebrachten Gangway.

Fünf oder sechs Leute gingen an Bord und schleppten einige Koffer und Taschen mit. Offenbar bevorzugt zu behandelnde Gäste, die die teuren Suiten auf dem obersten Deck beziehen würden.

Sogar der Kapitän des Clubschiffs, ein Mitvierziger mit bereits stark gelichtetem Haar, stand zum Empfang der VIPs bereit. Während die neuen Gäste, wie vermutet die freie große Suite in Begleitung des Kapitäns aufsuchten, hatten auch der Erste Offizier und die Chef-Stewardess wichtige Aufträge zu erfüllen. Die Passagiere strömten wenig später, als die Behörden das Schiff freigegeben hatten, von Bord. Einige wollten Hafen und die nähere Umgebung zu Fuß erkunden, andere hatten sich auf die herbeigeeilten Taxen gestürzt und viele traten die gebuchten Ausflüge in den bereitgestellten Bussen an.

Ein älteres Ehepaar und die mitreisende Enkelin, der sie die Reise zum bestandenen Abitur geschenkt hatten, wurden aber von der freundlichen Chef-Stewardess noch in ihrer Kabine abgefangen und erhielten die Mitteilung, dass ihr Ausflug leider ausfalle. Aber für sie alle gäbe es eine mehr als reichhaltige Entschädigung, die ihnen der Kapitän und die Kreuzfahrtdirektorin persönlich erklären würden.

„Wieso das denn? Ich verstehe nicht ... wir haben uns so auf Stockholm gefreut und wollten unbedingt ..."

„Das werden Sie, liebe Frau Maaß und noch viel mehr. Zusammen mit Ihrem Gatten und Ihrer hübschen Enkelin. Sie werden staunen!"

„Ich staune jetzt schon. Denn wie ich durch das Fenster sehen kann, treffen sich alle anderen Ausflügler an dem Bus da draußen. Ausflug Nummer 7. Steht doch da. Oder?" Ernst Maaß, pensionierter Verwaltungsbeamter im mittleren Dienst, deutete aus dem kleinen Fenster, das aber trotz des tiefgelegenen Deck 3, wo die günstigen Kabinen lagen, nicht mehr an die früher üblichen Bullaugen erinnerte.

„Warten wir doch ab, was der Kapitän zu sagen hat. So lernen wir gleich einmal den Kapitän persönlich kennen, Opa!" Enkelin Daniela war ganz offenbar nicht abgeneigt, denn sie hatte erkannt, dass ihnen nur etwas Wertvolleres angeboten werden würde. Vielleicht, weil der Ausflug überbucht war oder weshalb auch immer.

„Na gut, Dani, diese Reise soll ja deine Belohnung sein", stimmte auch die resolute ältere Dame mit den kunstvoll frisierten Locken zu.

In der geräumigen Kabine des Kapitäns, die in der Aufteilung und den Raummaßen an eine der sog. *Junior-Suiten* erinnerte, warteten neben dem Mann mit den vier goldenen Streifen an den Ärmeln seines gutgeschnittenen Bordjacketts auch ein Mann, der dem politisch interessierten Ernst Maaß sofort bekannt vorkam.

„Moment, sind Sie nicht Herr ..."

„Ja, Herr Maaß, ich bin Staatssekretär Bollerjahn. Aber zunächst einmal darf ich Ihre Gattin und die junge Dame hier begrüßen." Anschließend gab sich auch der Schiffsführer die Ehre, seine Gäste gebührend in seiner Kabine willkommen zu heißen und wies auf die bereitgestellten Gläser, in denen ein Champagner der besseren Sorte perlte und darauf wartete getrunken zu werden.

Dann übernahm der Mann aus dem Kanzleramt, der erst vor zwei Stunden unauffällig per Linienflug in Stockholm angekommen war, begleitet von einem Maskenbildner des berühmten Opernhauses und seinem Assistenten, der zugleich als Friseur tätig war. Fast gleichzeitig mit dem in Griechenland gestarteten Airbus, der Ferdinand v. Terra, Roy Bean und Alina Sacharowa nonstop nach Schweden gebracht hatte. Auf eine schwedische Luftwaffenbasis genauer gesagt.

Während Staatssekretär Bollerjahn sprach, wurde die Haltung der beiden älteren Leute immer angespannter, fast ängstlich. Auch Daniela lauschte mit sichtlichem Interesse, aber ohne eine Spur von Ängstlichkeit zu zeigen.

„Ja, und Sie, verehrte Frau Maaß, können an dem zweitägigen Tagesflug nach Moskau leider nicht teilnehmen, weil Sie an einem Infekt erkrankt sind. Sie müssten wir dann für drei oder vier Tage in unserem Hospital beherbergen. Ihr Mann und Ihre Enkeltochter fliegen wir aus. Wenn alles gut geht, wovon wir ausgehen, kommen diese wieder in Tallin an Bord und ..."

„Nein, nichts da! Ich mache da nicht mit. Wer garantiert mir denn, dass Ernst und Daniela nichts passieren kann?"

„Ich, Frau Maaß und Herr Kapitän Völker auch", versicherte der Politiker mit dem ehrlichsten Gesicht zu dem er fähig war. „Und in Tallin kommen die beiden dann wieder an Bord und die Doppelgänger verschwinden spurlos in der Versenkung."

„Dafür bekommen Sie und Ihr Gatte und selbstverständlich Ihre Enkelin dann von unserer Reederei im Herbst eine kostenlose Fahrt von Hamburg bis in die Karibik spendiert und sehen auch Florida, von wo es erst nach drei Wochen mit dem Flugzeug zurück nach Hause geht. Alles in einer hübschen Kabine mit Balkon." Jetzt durfte die Kreuzfahrt-Direktorin ihr Angebot unterbreiten.

„Oma, nun sei kein Frosch und sag endlich ja!", überzeugte schließlich Daniela die alte Dame.

Anschließend wurde in der Abgeschiedenheit des vollausgestatteten, aber völlig unbelegten Schiffslazaretts daran gewerkelt, Danielas Ebenbild möglichst täuschend echt zu schaffen. Das gelang dem hervorragenden Maskenbildner und seinem Gehilfen so gut, dass selbst Annemarie ihre Enkelin nur an der Stimme unterscheiden konnte. Bei Ferdinand v. Terra hatten die Theaterleute ebenfalls ein wahres Meisterstück vollbracht. Der agile und muskulöse Fregattenkapitän war um gut zwanzig Jahre gealtert und brachte es sogar fertig, die Sprechweise des alten Maaß und dessen Stimme fast perfekt nachzuahmen. Nur bei Roy Bean wären einem geschulten Beobachter vielleicht einige kleine Unstimmigkeiten aufgefallen. Aber eine etwas längere Nase und auch die Ohren ließen sich nur annähernd korrigieren, wenn kein Blut fließen sollte. Für die Abheilung hätte die zur Verfügung stehende Zeit ohnehin nicht annähernd ausgereicht. Commander Bean hingegen sah in den kleinen Abweichungen kein Problem. Ihn störte nur, dass sein Haupthaar vollständig der Schere zum Opfer gefallen war.

„Vergiss nicht, dass du jetzt eine größere Fläche rasieren musst", neckte ihn sein neuer Partner v. Terra, der längst nicht mehr so überzeugt von seinem eigenen Plan war, wie es noch vor ganz kurzer Zeit der Fall gewesen war. Doch so sehr er immer wieder alle Einzelheiten des geplanten Vorgehens überdachte, einen groben Fehler konnte er nicht entdecken. Natürlich gab es eine ganze Reihe nicht kalkulierbarer Risiken. Doch die gab es bei solchen Aktionen eigentlich immer. Doch bisher waren die von Terra's immer einigermaßen glimpflich davongekommen. Sein Großvater, der einen Hilfskreuzer im Zweiten Weltkrieg kommandiert hatte und auch sein Vater, der in jungen Jahren bei einem Manöver über Bord gegangen war. Also vertraute auch er auf sein Glück.

Die UN erwies sich wieder einmal mehr als zahnloser Tiger. Mehr als Aufrufe, den bestehenden Konflikt friedlich auf dem Verhandlungswege zu lösen, brachten weder der UN-Generalsekretär noch der Weltsicherheitsrat als das wichtigste Gremium zustande. Der russische UN-Botschafter verlangte, die Türkei möge sich an wirksam geschlossene Verträge halten. Dem widersprachen die Botschafter aller NATO-Staaten geschlossen. Der Türke fügte noch hinzu, dass dieser angeblich geschlossene Vertrag ja keineswegs von den nationalen Parlamenten gebilligt und damit nicht ratifiziert sei. Außerdem sähen die Verträge zwischen den NATO-Staaten keine fristlose Kündigung der Mitgliedschaft vor.

Alles Augenwischerei meinte der Russe, ein treuer Vasall seines Präsidenten. Russland bestehe auf den gegebenen Zusagen und werde am 20. Mai Teile seiner Schwarzmeerflotte in die türkischen Häfen verlegen. Genau, wie es vereinbart worden war. Sollte den Schiffen der Weg verwehrt werden, dann werden diese sich den Weg notfalls mit Gewalt freikämpfen. Das gelte übrigens auch für die freie Durchfahrt durch Bosporus, Marmara-Meer und die Dardanellen ins Mittelmeer.

Mit großem Vergnügen verfolgte der chinesische Botschafter bei den Vereinten Nationen die Debatte. Was konnte der zweitgrößten Wirtschaftsmacht der Welt besser gefallen, als wenn sich die USA, mit ihr die NATO und die Europäische Union einerseits sowie Russland auf der anderen Seite gegenseitig schwächten? Ein vergnügliches Lächeln wusste er aber hinter seiner nach außen hin unbeteiligten Miene so gut zu verbergen, wie es in aller Regel nur Asiaten vermögen.

Feodor Wladimirowitsch Kruskin hatte sich inzwischen weitere Zeugen auf die übliche Weise vom Hals geschafft. Mit traurigem Gesicht verkündete er, dass Verteidigungsminister Marschall Serge Sergejewitsch Popow und mit ihm der neue GRU-Vorsitzende, Generaloberst Alexander Mikolaiewitsch Koljanin und ein weiterer Offizier zusammen mit dem Fahrer bei einem Verkehrsunfall auf dem Weg in den Kreml tödlich verunglückt waren. Die hohen Offiziere waren zu einem Dringlichkeitstreffen in den Kreml bestellt worden, um über das weitere

Vorgehen in der durch die Türkei und Amerika heraufbeschworenen Krise zu beraten. Infolge einer Unachtsamkeit des Fahrers war der Wagen mit hoher Geschwindigkeit in einen Tanklastwagen gefahren und in dem ausgebrochenen Feuer alle Männer, einschließlich der beiden Fahrer des Tanklasters, zur Unkenntlichkeit verbrannt. Nur eine sofort veranlasste DNA-Analyse war dazu in der Lage, die Identität der Toten einwandfrei zu bestimmen. Ein schwerer Verlust, gerade in der gegenwärtigen Lage unseres Landes, beklagte ein sichtlich erschütterter Präsident im Staatsfernsehen.

Jetzt konnte ihm nur noch dieses dumme Weib gefährlich werden, wenn sie denn wirklich Beweise vorlegen könnte. Doch wäre das der Fall gewesen, dann hätte der neue US-Präsident diese doch längst der Weltöffentlichkeit präsentiert. Aber wirklich beruhigt war er nicht. Er wusste ja nicht einmal, ob sich diese Verräterin überhaupt noch an Bord des amerikanischen Trägers befand oder bereits ausgeflogen war? Leider kamen seine Flugzeuge und Schiffe nicht mehr auch nur annähernd dicht genug an die „USS Sam Houston" heran. Nur ein griechischer Trawler, dessen Kapitän auf der Lohnliste der russischen Geheimdienste stand, wusste zu berichten, dass innerhalb von vierundzwanzig Stunden drei Helikopter den Träger verlassen hatten, wovon zwei nach Stunden wieder auf dem Deck gelandet waren. Aber war Alina Sacharowa an Bord eines dieser Hubschrauber gewesen? Und wenn ja, wo war sie jetzt?

Alina war wieder an Bord eines Schiffes, aber das konnte Kruskin nicht wissen. Rein äußerlich hatten sich sowohl Alina als auch die beiden Männer, die sie auf ihrem gefährlichen Besuch in Russland begleiten sollten, inzwischen in die Personen verwandelt, deren Rolle sie demnächst übernehmen sollten. Ferdinand v. Terra frühstückte bereits am nächsten Morgen als Ernst Maaß mit Frau Annemarie und Enkelin Daniela, dargestellt von Alina Sacharowa, die wegen einer Mandelentzündung nur wenig sprach, damit die veränderte Aussprache den anderen Passagieren nicht auffiel.

Von Terra hingegen spielte seine Rolle wie ein begnadeter Schauspieler und traf auch Sprache und Wortwahl so gut, dass sogar die skeptische Annemarie überzeugt war, dass niemand auf der Welt ihren Mann so gut imitieren könnte.

Jetzt bedauerte sie sogar schon, nicht an seiner Seite mit nach Moskau fliegen zu können. Aber ihren Platz benötigte ja der Amerikaner, der sie mit seinem guten Deutsch und dem schwäbischen Dialekt geradezu verblüffte.

Nur durfte der nicht seinen Part des Dritten Offiziers auf der Brücke der „Prinzessin des Nordens" übernehmen. Das Risiko war hier eindeutig zu groß. Erstens wäre einem der anderen Besatzungsmitglieder vermutlich doch etwas aufgefallen und andererseits kannte er das Schiff ja auch nicht gut genug, um diese verantwortungsvolle Position auf See und bei Manövern mit der nötigen Sicherheit auszuüben. Die tatsächliche Enkelin mit ihrem Großvater war nach Norwegen ausgeflogen worden, wo die beiden die Zeit in Oslo verbringen sollten.

Indessen steuerte die „Prinzessin des Nordens" eine der Perlen des Ostens, wie St. Petersburg gepriesen wurde, an.

Seit Stunden war es ruhig geblieben. Keine direkten Sonarkontakte hatten mit dem nervtötenden Pingen mehr die stählerne Hülle des U-Bootes getroffen. Auch die hochempfindlichen Horchgeräte an Bord hatten keine Propeller- oder Turbinengeräusche mehr aufgefangen, wie sie typisch für Überwasser-Kriegsschiffe waren.

„Dann wollen wir versuchen an einen der Träger heranzukommen. Auf fünfzig Meter gehen!", befahl Kapitän Adnan Ghebi. Langsam drückte die eingeleitete Pressluft das Wasser aus den Tauchtanks und das Boot hob sich aus der es teilweise bedeckenden Schicht von feinem Vulkanstaub und Sand hervor und löste sich vom Grund. Wenig später war es auf die Tiefe von nur fünfzig Metern unter der Oberfläche eingependelt. Eigentlich zu flach, um am Tage aus der Luft unentdeckt zu bleiben und ungünstig, um weit horchen zu können. Aber längst hatte sich die Dunkelheit über das Wasser gesenkt.

Da es hier einige Untiefen gab und das Meer sowieso an dieser Stelle selten tiefer als hundert bis hundertfünfzig Meter bis zum Grund hinabreichte, wollte der Kommandant keine Grundberührung riskieren.

„Was sagt das Horchgerät?"

„Nur Fischereifahrzeuge und weiter entfernt in Richtung Athen verdichten sich Schraubengeräusche von Frachtschiffen, Kapitän", lautete die Antwort des Unteroffiziers, der angestrengt in die Muscheln des Kopfhörers lauschte.

Doch schon dreißig Minuten später kam vom Horcher die erhoffte Meldung.

„Schnelldrehende Schrauben in siebzig Grad!" Kurz darauf: „Mehrere Schiffe! Mindestens zwei Zerstörer und zwei Fregatten und etwas weiter entfernt vermutlich ein sehr großes Schiff mit mehreren Schrauben!"

„Das muss der Träger sein!" Geradezu elektrisiert rief diese Worte der Kommandant aus.

„Wie weit?", lautete seine Frage unmittelbar danach.

„Mindestens vierzig Meilen in zweiundsiebzig Grad!"

„Signatur aufzeichnen und vergleichen!"

„Zweiundsiebzig Grad steuern und Kurs genau halten!"

„Frage Wassertiefe auf diesem Kurs?"

Während der Bug auf den neuen Kurs einschwenkte hob der Steuermann die Hand und der Kapitän wandte sich seinem Navigator zu. „Und, was sagt die Karte?"

Der schon leicht ergraute, stämmige Mann wies auf die auf dem Bildschirm zu sehende Darstellung des Meeresgrundes und der Tiefenangaben.

„Wenn wir statt zweiundsiebzig Grad auf fünfundsiebzig und ab da, also in etwas mehr als zwanzig Minuten, auf sechsundsechzig Grad gehen, umschiffen wir diese beiden Untiefen und diesen gesunkenen Frachter und können auf neunzig Meter gehen und ab da", er wies auf einen weiteren Punkt, „sogar auf hundertzwanzig!"

Kurz darauf waren die neuen Kurse in den Autopiloten eingegeben, der das Boot stur auf Kurs halten und alle Strömungsversetzungen automatisch ausgleichen würde.

Jetzt lag auch die Signatur aus dem Aufzeichnungsgerät vor.

Interessiert warf Adnan Ghebi einen Blick darauf.

„Und, welcher Träger ist es?"

„Diesen haben wir nicht gespeichert. Eine deutliche Abweichung zu der „Ronald Reagan", Kapitän!"

„Dann ist das dieser neue Superträger. Der größte, der jemals gebaut wurde. Die „Houston" also!"

Spannung verzerrte das Gesicht des besten U-Boot-Kommandanten der iranischen Marine und seine Augen blitzten fanatisch als er fragte: „Horchraum, wie weit ist der große Satan weg und wie peilt er?"

„Peilung jetzt siebenundsechzig Grad und Entfernung abnehmend bei etwa fünfunddreißig Meilen, Kapitän!"

Der Kommandant warf einen Blick auf das Chronometer in der Computerkonsole vor ihm. Es zeigte 02.00 Uhr MESZ, also herrschte draußen auf See stockdunkle Nacht. An Bord des amerikanischen Flugzeugträgers würde aber die Aufmerksamkeit der Radar- und Sonargasten an ihren Geräten kaum nachlassen. Aber vielleicht war es doch die Stunde der geringsten Aufmerksamkeit.

Er dachte noch einen Moment nach und befahl dann: „Halbe Fahrt voraus und Kurs genau 67 Grad halten! An Torpedoraum: Rohre eins, drei und vier mit schnelllaufenden Torpedos Typ K VII laden. Hochgeschwindigkeitsstufe einstellen! Den A-Torpedo klarmachen und dann Rohr zwei mit diesem bestücken. Alles doppelt überprüfen! Wir dürfen uns jetzt keinen Fehler leisten!"

Einige Sekunden später fügte er noch an alle Stationen hinzu: „Möge Allah unser Werk gelingen lassen!"

Neben einigen anderen NATO-Schiffen waren auch die dänische Fregatte „Niels Johannsson" und die neue deutsche Fregatte „Schleswig-Holstein" im Krisengebiet zwischen der Türkei und Griechenland eingetroffen. Beide Schiffe operierten etwa mittig zwischen den Trägerkampfgruppen der Amerikaner. Die „USS Ronald Reagan" mit ihren Begleitschiffen jetzt vor den Dardanellen während die „USS Sam Houston" einige Seemeilen vor Athen an der griechischen Küste auf und ab stand.

Kurz nach 0200 MESZ meldete der Sonar-Offizier des dänischen Schiffes einen Unterwasserkontakt per verschlüsseltem Funkspruch an alle NATO-Einheiten.

Das Sonar der „Niels Johannsson", die mit heruntergefahrenen Turbinen als *Horchposten unter Wasser* ihre Sonarstrahlen aussandte, verfolgte das unter der jetzt etwas stärker bewegten Oberfläche erkannte Objekt und gab ständig dessen gesteuerte Kurse weiter.

„Verdammt! Das ist dieses U-Boot!", erkannte Admiral Watson.

„Aye, Sir und es hält genau auf uns zu!", bestätigte der Kommandant des Trägers.

„Stimmt, lassen Sie auf hohe Fahrstufe gehen und drehen wir Richtung offene See ab. Die Nahsicherung soll sich um uns gruppieren! Gefechtsalarm für alle Stationen und Einheiten auslösen, Captain!"

Der Reaktor fuhr hoch und das riesige Schiff beschleunigte stark. So stark, dass nur die Zerstörer und der Kreuzer mithalten konnten, während die Fregatten zurückblieben und zusammen mit der deutschen Fregatte auf das Unterwasserziel angesetzt wurden.

Geleitet wurden sie weiter von der dänischen Fregatte, die jetzt mit geringer Geschwindigkeit dem im Sonar gehaltenen Ziel folgte.

Die deutsche Fregatte, ein Schiff von etwas über siebentausend Tonnen bei einer Länge von gut einhundertfünfzig Metern, verfügte über ein 155mm-Geschütz mit einer Reichweite von rund siebzig Kilometern. Dazu diverse Lenkwaffen für die Bekämpfung von Luft- und Seezielen. Nach anfänglichem Verzicht au diese Systeme war jetzt auch eine umfassende Bekämpfung von Unterwasserzielen möglich. Es standen zwei Ausstoßrohre für moderne, selbstsuchende Torpedos zur Verfügung, die sich schnell auf mindestens fünfzig Meter Wassertiefe einpendelten und dann bis zu einer Tiefe von fast eintausend Metern selbstständig nach einer Geräusch- und oder Wärmequelle suchten. Ein spezielles Tiefenruder verhinderte, dass der Torpedo Ziele im Oberflächenwasser angreifen und somit sogar das eigene Schiff gefährden konnte. Eine ganz neue Erfindung, die die Unterwasserabwehr auf Schiffen der NATO vielleicht bald generell verbessern würde. Dazu waren die Bordhubschrauber nicht nur mit im Wasser nachzuschleppenden Sonarbojen, sondern ebenfalls mit kleineren U-Jagd-Torpedos ausgestattet, die teils selbstsuchend, teils drahtgelenkt abgeworfen werden konnten.

Einer dieser Hubschrauber, ein speziell zur U-Boot-Bekämpfung ausgerüsteter Sea Lion näherte sich dem Heli der dänischen Fregatte, der ebenfalls trotz Dunkelheit gestartet und von seinem Mutterschiff eingewiesen seine Sonarboje abgesenkt hatte, die jetzt den direkten Kontakt zu dem U-Boot hielt. Der eigentlich bereits veraltete Sea Lynx des dänischen Schiffes befand sich jetzt direkt hinter dem unbekannten Unterseeboot und hatte sein Bojensonar noch nicht eingeschaltet, damit der Gegner überrascht und nach genauem Kontakt von dem U-Jagd-Hubschrauber der deutschen Fregatte sofort bekämpft werden konnte.

Da es sich um einen zu bekämpfenden Unterwasserkontakt handelte, hatten die Helis ihre Positionslichter gesetzt und standen in verschlüsseltem Funkkontakt.

„Wir sind bereit, unser Schleppsonar zu aktivieren. Bitte bestätigen, wenn Sie abwurfbereit sind!", meldete sich der dänische Pilot.

Kurz darauf bestätigte der deutsche Oberleutnant: „Gefechtsklar für Abwurf UJT!"

„Sollten jetzt tatsächlich ausgerechnet wir die ersten Deutschen sein, die nach dem Zweiten Weltkrieg ein U-Boot vernichten?"

Diese Frage stellte der für den Torpedoabwurf zuständige Offizier, ebenfalls ein junger Oberleutnant, die Hand auf den Einstelltasten des tödlichen Unterwassergeschosses.

„Sieht so aus", bestätigte sein Kommandant der das Nachtsichtgerät vor den Augen hatte.

Da erschienen auf der Computerkonsole des Waffenoffiziers die Daten des dänischen Sonars: Entfernung zweitausend X abnehmend X Tiefe achtzig X Kurs 70.

Schnell gab, den Blick sowohl auf die kleine Tastatur des Torpedorechners als auch auf die ständig fortgeschriebenen Werte des dänischen Sonars auf der Konsole vor ihm gerichtet, der Oberleutnant die Daten ein, klappte den Wasserdichten Deckel auf dem Rücken des schlanken Geschosses zu und drückte auf den Knopf, der die Öffnung im Boden des Helis freigab und schon glitt das dunkle, an die zweieinhalb Meter lange Geschoss aus seinem Behälter.

„Abwurf erfolgt!", meldete der Offizier. Und kurz darauf, als der Aal, wie diese Unterwassergeschosse in der Deutschen Marine seit jeher bezeichnet wurden, die ersten Funksignale sendete: „UJT steuert planmäßig auf achtzig Meter und nimmt Geschwindigkeit auf!"

Der Aal mit seinem hochwirksamen Sprengkopf, der eine wesentlich stärkere Zerstörungskraft entwickelte, als das früher in Topedoköpfen platzierte TNT konnte sowohl durch Funkbefehl, als auch durch seinen Aufschlagzünder zur Detonation gebracht werden.

Gebannt verfolgte die Heli-Besatzung den Kurs des vermuteten U-Bootes auf den in Echtzeit überspielten Sonarwerten des dänischen Hubschraubers, der mit seinem Schleppsonar weiter in gleichbleibendem Abstand dem Ziel folgte.

Auf dem anderen Schirm war der Kurs des Torpedos abzulesen, der inzwischen eine Geschwindigkeit von rund 55 Knoten erreicht hatte und dem zu zerstörenden Objekt immer näher rückte.

„Vermutlicher Einschlag in 130 Sek", meldete der Mann vor den Anzeigen. Seine Stimme vibrierte vor Erregung. Auch die junge Bordschützin, die auf ihrem Platz am Maschinengewehr Kaliber 50 verharrte und voraussichtlich kaum in das Geschehen würde eingreifen brauchen, verspürte eine bisher nicht bekannte Erregung. Unwillkürlich blickte sie voraus. Dorthin, wo in etwa achtzig Metern unter der dunklen Oberfläche sich in kaum mehr als einer Minute ein Drama ereignen würde. Sie schluckte und ihr Hals fühlte sich seltsam trocken an. Was würde geschehen? Würde Feuer und Blitz auch an die Meeresoberfläche dringen und zu sehen sein oder alles in gnädiger Dunkelheit der Tiefe ablaufen und sie gar nichts davon mitbekommen, wie das U-Boot von dem Torpedo getroffen zerbrach und seine Besatzung entweder in der Explosion umkommen oder in dem zerbrechenden Boot ertrinken müsste?

Auch an Bord der „Mohammed Koufnuk" war die Spannung förmlich zum Greifen nah. Alle wirkten geradezu beseelt von dem Gedanken, als erste Macht der Welt einen atomgetriebenen Superträger, und dann noch den derzeit neuesten, größten und kampfkräftigsten, zu versenken.

Vom Kapitän bis zum jüngsten Mann an Bord sah sich ein jeder als williges Werkzeug Allahs des Allmächtigen und als Speerspitze des wahren Islam im Kampf gegen den dekadenten Westen und vor allen anderen den großen Satan USA.

„Alle Rohre klar und bewässert, Mündungsklappen geöffnet und Schusswerte sind eingespeist!"

Klar und deutlich klangen die Worte des Ersten Offiziers, der gleichzeitig der Torpedo-Offizier war, an das Ohr des Kommandanten.

„Zuerst feuern wir den atomaren Torpedo auf den Träger ab! Selbst wenn uns einer der Zerstörer in die Schussbahn läuft, sollte die ungeheure Sprengwirkung ausreichen, den Träger mit zu verdampfen, wenn der Abstand zu diesem nicht allzu weit entfernt ist."

„Jawohl, Kapitän! In fünfzig Sekunden erreichen wir die optimale Schussentfernung für den *Rächer.*"

Diesen Namen hatte die Crew auf den schlanken, gut sieben Meter langen, grauschwarzen Leib des Torpedos geschrieben.

Nach weiteren zwanzig Sekunden begann die Uhr die restlichen dreißig Sekunden bis zum Abschuss zu ticken. „Noch zwanzig Sek…!" Der Offizier am Torpedorechner brach ab, als der Ruf ertönte: „Achtung, Träger dreht hart nach Steuerbord und erhöht die Geschwindigkeit!"

Der Vize-Kapitän am Computerpult blickte auf den Kommandanten. „Was jetzt?"

„Wir bleiben dran! Volle Kraft voraus und A-Torpedo auf Hochgeschwindigkeit und neun Meter Tiefe neu einregeln! Programmierung auf lautestes Schraubengeräusch!"

Das Boot erhöhte seine Geschwindigkeit ohne Rücksicht auf die rote Markierung der Anzeigen und hängte sich direkt an den Träger. Jetzt konnte es nicht mehr lange dauern, bis sie angegriffen würden. Denn die rasante Fahrterhöhung und das Abdrehen des Feindes in Richtung offene See wies eindeutig daraufhin, dass sie geortet worden waren. In diesem flachen Wasser war ihre Chance, den Gegenmaßnahmen zu entrinnen, mehr als gering. Das war Kapitän Ghebi nur zu klar. Jetzt kam es nur noch darauf an, den Träger zu erwischen, bevor sie versenkt werden konnten.

„Die anderen drei Rohre schussklar!"

„Jawohl, Kapitän!"

„Im Abstand von zwei Sekunden abfeuern!"

Jetzt mussten die schnelleren Superkavitations-Torpedos zuerst auf den Weg gebracht werden, da ansonsten die Gefahr bestand, dass diese, auch wenn sie den A-Torpedo nicht treffen würden, diesen aber durch die enorme Druckwelle dennoch aus dem Kurs werfen konnten. Dieses, wenn auch geringe, Risiko wollte Adnan Ghebi unter allen Umständen vermeiden!

Gerade war der dritte Schnellläufer aus dem Rohr geglitten, als ein unheilvoller Laut durch das Boot hallte und sich der Mann am Horchgerät mit einem Schrei die Kopfhörer von den Ohren riss.

„Achtung! Aktiv-Sonarwellen!", schrie er, ohne seine Worte selbst zu hören mit vor Entsetzen geweiteten Augen. Kommandant Ghebi reagierte prompt, auch wenn ihn gleichzeitig die Erkenntnis durchzuckte, es könne zu spät sein. „Rohr zwei Feuer! Beide Täuschkörper ausstoßen! Ruder hart Steuerbord! Tiefenruder hart oben! Alle Maschinen aus!"

Die Sekunden dehnten sich endlos lang und die Spannung an Bord des U-Jagd-Hubschraubers war kaum mehr auszuhalten. „Noch zehn Sekunden!" Die Worte des Waffensystemoffiziers klangen seltsam gepresst durch die interne Bordverbindung. Dann plötzlich: „Ziel dreht ab!"

In diesem Moment brach eine helle Fontäne aus der dunklen Meeresoberfläche empor, silbrig glitzernd, die gleich darauf wieder in sich zusammensackte.

„Das war's wohl", brummte der Pilot zwischen zusammengebissenen Zähnen hindurch.

Der andere Oberleutnant warf einen Blick auf seine Konsole. „Ja, die Verbindung zu dem Torpedo ist auch abgerissen. Also Treffer!"

Ein, zwei Sekunden später meldete sich der die Sonarboje schleppende Sea Lynx des Dänen. „Unser Sonar meldet sich schnell entfernende, sehr kleine Kontakte. Aber für abgesprengte Wrackteile viel zu schnell. Wohl K-Torpedos. Warnung an alle Einheiten ist raus! Dafür haben wir jetzt drei Kontakte am Ort der Detonation. Haben Sie unser Bild vorliegen?"

Der deutsche für den Waffeneinsatz zuständige Offizier schüttelte den Kopf. „Negativ! Übertragung gestört! Was sehen Sie?" Ein großes, klares Echo, wohl das eigentliche Ziel ist etwas außer Kurs geraten und peilt jetzt 170 Grad und geht tiefer. Aber keine Fahrt über Grund! Das zweite Echo spricht für einen Täuschkörper und befindet sich genau an dem Detonationspunkt. Dann noch ein sehr kleines Echo, das zusehends schwächer wird und ebenfalls absinkt. Mutmaßlich abgesprengtes Wrackteil!"

Der Kommandant des deutschen Sea Lion, der mitgehört hatte, übernahm. „Führen Sie uns zu dem eigentlichen Zielkontakt. Wir schießen einen zweiten Torpedo!"

Die „USS Sam Houston" hatte ihre maximale Geschwindigkeit erreicht, als die Meldung der Dänen über schnelllaufende Kontakte in ihre Richtung einging. Der Träger selbst und alle Begleitschiffe suchten mit ihren Sonargeräten, was durch die hohe Geschwindigkeit der Einheiten sehr erschwert wurde. Dennoch, eine der langsameren, zurückgebliebenen Fregatten bekam Kontakt zu den mit unerhörter Geschwindigkeit durch das Wasser rasenden Geschossen. Auch wenn dieser Kontakt schnell wieder abriss, so konnte sie doch Kurs und Geschwindigkeit melden, die auch bei Admiral Watson die Erkenntnis brachten, dass hier eine unerhörte Bedrohung durch diese neuen mit Feststofftreibmittel angetriebenen

Torpedos, die weitaus besser als Unterwasserraketen zu bezeichnen wären, drohte.

„Diesen Scheißdingern können wir nicht davonlaufen. Die durch die Geschwindigkeit erreichte Unterstützung durch diese sogenannte Superkavitation liegt bei bis zu über hundertfünfzig Knoten.

Sofort alles an Täuschmitteln ausstoßen! Vor allem die Lautsprecherbojen mit den aufgezeichneten Maschinen- und Schraubengeräuschen!" Umgehend erging der Befehl an alle Einheiten.

Aber es war zu spät. Jedenfalls für den Zerstörer „USS Duke", der schwer getroffen unmittelbar nach diesem Befehl des Admirals an Steuerbord des Trägers zurückfiel.

Gerade hatten die anderen Schiffe die ersten Täuschkörper ausgestoßen und aktiviert, da erfolgte die nächste Detonation. Ein heller Feuerblitz brach aus der Nacht unmittelbar hinter der „USS Sam Houston" hervor. Gerade erst war die riesige Boje mit ihrem Durchmesser von über fünfzehn Metern und den unter Wasser das aufgezeichnete Schraubengeräusch des Trägers verbreitenden Lautsprechern über die Ablaufbahn in das Wasser eingebracht, da traf auch schon eine dieser rasenden Unterwasserraketen das Ablenkmittel und detonierte.

„Alle Wetter, dass war knapp", stöhnte der Admiral auf.

Aber es war noch nicht vorbei. In diesem Moment zuckte ein weiterer Feuerschein durch die Nacht.

Auch der Zerstörer „USS Winchester" wurde getroffen und sackte schnell über das Heck tiefer in die See. Admiral Watson war außer sich vor Zorn. Liebend gern hätte er seine Flugzeuge losgeschickt und auf der anderen Seite der Türkei die gesamte russische Schwarzmeer-Flotte in Grund und Boden gebombt. Wer weiß, vielleicht hätte er das sogar getan, wenn er gewusst hätte, welch schreckliche Waffe noch auf seine Flotte zum Einsatz gebracht worden war.

Für ihn stand fest, dass konnte nur ein russisches U-Boot gewesen sein, dass diese neuartigen Torpedos, mit denen die eigene Navy ebenfalls experimentierte, abgefeuert hatte.

„Geben Sie höchste Alarmstufe an alle Einheiten. Auf jede mögliche Gefahr sofort alle Abwehrmaßnahmen einleiten! Die Fregatten und Zerstörer sowie der Kreuzer sollen heranschließen und Luft- und Unterwasserabwehr ständig in Gefechtsbereitschaft halten. Jeweils eine Fregatte zur Hilfeleistung zu den getroffenen Zerstörern detachieren! Je vier Helis sollen in immer weiteren Kreisen um die beiden Kampfgruppen mit Sonarbojen aufklären!"

Der Adjutant griff zum Telefon und gab die Befehle weiter, während sich James Watson in Richtung Insel bewegte, um Washington zu informieren. Kurz bevor er seine Brücke verließ rief er noch: „Und Ken, wenn die Schadensmeldungen der beiden getroffenen Einheiten vorliegen, sofort Meldung an mich!"

„Aye, aye, Sir", erwiderte der Lieutenant-Commander.

Inzwischen schwebte der Sea Lion genau über dem Kontakt. Auch die Verbindung zu den Signalen des dänischen Sonars stand wieder.

„Tiefe 98, Echo konstant, keine Veränderung! UJT fertig zum Abwurf!"

„Verstanden!" Der Pilot blickte durch seine Nachtsichtbrille auf die sich unschuldig wiegenden Wellen. „Was sagt das herabgelassene Horchgerät?"

„Wird gerade aktiviert, Herr Oberleutnant!", bestätigte der Funker, zu dessen Aufgaben auch die Bedienung des an einem langen Nylonseil herabgelassenen Unterwasserhorchgerätes gehörte, das die empfangenen Signale auch aufzeichnete und speicherte.

Keine dreißig Sekunden später drangen über die Bordsprechanlage leise Geräusche an die Ohren der

Soldaten. „Eindeutig Hilfsmaschinen!", meldete der Mann am Gerät.

„Sehe ich auch so!", bestätigte der Kommandant, „liegt die Bestätigung für die Fortsetzung des Angriffs vor?"

„Jawohl, ist gerade nochmals vom Oberkommandierenden Mittelmeer eingegangen!"

„Dann ... Feuer frei!"

Durch die bereits geöffnete Bodenklappe rauschte der UJT mit seinem schweren Sprengkopf aus dem Abwurfbehälter und klatschte einen langen Wimpernschlag später in das hundert Meter unter dem Drehflügler liegende Meer.

Den dünnen Draht, der sich rasend schnell von der Spule abwickelte ermöglichte es, das Geschoss genau an das Ziel heranzuführen.

Gebannt verfolgte der Torpedoschütze auf dem Bildschirm vor sich, wie sich die Echos annäherten und sog dann einmal scharf die Luft ein. „Achtung Zündung ... jetzt!", erklangen seine Worte und gleichzeitig drückte er den entsprechenden Knopf auf der Konsole.

Der Horcher hatte die Kopfhörer vom Ohr genommen und jetzt konnten alle über das Gerät, das zuvor an die fünfzig Meter hochgezogen worden war, die Detonation hören. Unmittelbar danach eine weitere, weitaus stärkere Explosion, die gut hundert Meter vor dem Heli sich das Wasser erheben ließ, als wolle ein Berg aus dem Grund wachsen.
Dann fiel das wässrige Gebirge genauso schnell wieder zusammen und es herrschte eine seltsame Stille. Alle schwiegen, bis die junge Bordschützin über die interne Kommunikation das Schweigen brach. „Das ist es dann wohl gewesen", lauteten ihre Worte.

Steil hob sich der Bug der „Mohammed Koufnuk" der Oberfläche entgegen, nachdem kurz zuvor die K-Torpedos die Rohre verlassen hatten. Gerade hatte der Torpedo-Offizier den Atom-Torpedo abgefeuert und dieser das Rohr fast verlassen, da traf ein heftiger Schlag das Boot und wirbelte es herum. Vorn am Bug hatte es eingeschlagen und sofort fiel das Licht aus. Glucksend schoss das Wasser in den Torpedoraum und drückte das schwer beschädigte Boot durch die Gewichtsverlagerung nach unten. Da brach die Stahlhülle in Höhe der Torpedorohre ganz ein und wer bis dahin im vorderen Teil überlebt haben sollte, kam spätestens jetzt um.
Doch die Schotten zur Zentrale des Bootes hielten erstaunlicherweise dem Wasserdruck stand.
Die Beleuchtung, durch Notaggregat gespeist, sprang in diesem Teil des Bootes wieder an und selbst die Anzeigen einzelner Armaturen nahmen ihren Dienst wieder auf.
Kapitän Adnan Ghebi, den es gegen den massiven unteren Teil des Periskopmastes geschleudert hatte, rappelte sich eben wieder auf. Er rieb sich die angeschlagene Stirn und schaute verwirrt um sich. Dann begann er zu begreifen und die Nebel in seinem Hirn schwanden und sein Blick wurde wieder klarer. „Wir sind getroffen?"
„Ja, Kapitän, am Bug! Der gesamte Bugraum ist vollgelaufen. Der Druckkörper stark beschädigt!"
Ghebi reckte sich. „Was ist mit dem Heck?"

„Scheint unbeschädigt, Kapitän!" Sein Stellvertreter war im Bugraum eingeschlossen und vermutlich längst tot, so dass der Dritte in der Befehlskette antwortete, ein junger Offizier mit pechschwarzem Vollbart.

„Sind die Torpedos noch abgefeuert?" Ja, die drei konventionell bestückten auf alle Fälle!"

„Und der Atom-Torpedo?"

Der schlanke Schwarzbärtige senkte den Blick. „Der Feuerbefehl wurde noch bestätigt, aber da wurden wir auch schon getroffen. Das Horchgerät hier ist ausgefallen. Wir haben keinen Kontakt.

In diesem Moment trafen erst eine und dann mit kurzen Verzögerungen zwei weitere Schockwellen das Boot.

„Waren das unsere Torpedos?"

„Mag sein, vielleicht ja, vielleicht auch nicht. Unser großer Hammer war es jedenfalls nicht", antwortete resignierend der Kommandant.

In diesem Moment brach das Wasser in breiter Front in die Zentrale des Bootes. Sei es, dass sich der Riss vom Bug des Bootes ausgehend weiter in Richtung Mitte ausgeweitete oder aber der Wasserdruck das Schott zum Bugraum eingedrückt hatte? Vielleicht war auch beides zeitgleich passiert. Kurz darauf war das Leben auch in der mittleren Sektion des Bootes, der sogenannten Zentrale erloschen. Nur im Heckraum gab es noch Leben. Aber wie lange noch genau würde wohl niemand je erfahren, denn das Wasser drang immer weiter durch diverse kleinere Leckagen auch dort ein und würde die wenigen Männer, die noch am Leben waren, in Kürze auch ertrinken lassen.

Für die Köpfe des Bösen im fernen Teheran aber würde es unruhige Stunden geben. Denn nachdem ihr Plan gescheitert war, dem großen Satan einen riesigen Schlag zu versetzen, konnten sie nur hoffen, dass nie bekannt werden würde, dass sie mit einer Atomwaffe eine amerikanische Flotte angegriffen hatten. Die Reaktion Amerikas würde zumindest sie, wenn nicht ihr Land hinwegfegen. Bei dem neuen US-Präsidenten würde es nicht bei halbherzigen Gegenschlägen bleiben. Da durften sie sicher sein.

Kaum war die Meldung von der Versenkung des Unterseebootes Admiral Watson zur Kenntnis gelangt, befahl er den beiden Fregatten „Schleswig Holstein" und

„Niels Johannsson" an der Untergangsstelle zu verbleiben und diese zu sichern, bis ein Bergungsschiff das Wrack heben konnte.

Er wollte schon wissen, wer dort seine Flotte angegriffen hatte. Auf den getroffenen Zerstörern hatte es Tote und Verletzte gegeben. Die Schiffe selbst aber konnten gerettet und nach Piräus eingeschleppt werden.

Der amerikanische Präsident war außer sich vor Zorn. Hatte der Russe jetzt vor Ablauf der selbst gesetzten Frist seine Flotte angegriffen? Er rang mit sich, ob er dem Wunsch seines Seebefehlshabers entsprechend einen Großangriff auf die russische Schwarzmeer-Flotte befehlen sollte?

Wer außer Russland mochte in diesen Konflikt jetzt sonst gegen Amerika und die NATO eingreifen?

Er gab Defcon I in Absprache mit den NATO-Partnern aus, als die höchste Stufe, die dem Kriegszustand entsprach. Auch die atomar bestückten Langstreckenraketen in ihren Silos wurden betankt und startklar gemacht, was natürlich der russischen Seite nicht verborgen blieb.

Jetzt stand die Welt endgültig am Rande eines neuen interkontinentalen Krieges. Das wurde nunmehr auch dem russischen Präsidenten klar, der sich sofort in allen Medien gegen diese Verdächtigungen verwahrte und bekundete, kein russisches U-Boot hätte einen Torpedoangriff auf eine amerikanische Trägerkampfgruppe unternommen. Dieses ließ er auch seinen UN-Botschafter vor dem sofort erneut einberufenen Sicherheitsrat verkünden. Soweit wollte er es nun doch nicht kommen lassen. Jedenfalls jetzt noch nicht.

Doch wer so oft schon gegen das Völkerrecht verstoßen hatte, dem glaubte eigentlich niemand mehr. So ging es auch dem US-Präsidenten, der die Reservisten mobilisierte und bereit war, sofort zuzuschlagen, wenn erneut ein Angriff auf die USA oder einen NATO-Partner erfolgen und der Angriff eindeutig russischen Kräften zugeordnet werden konnte.

„Hoffentlich gelingt es unseren Leuten, diese Kopie von dem russischen Angriffsplan zu finden – und das noch rechtzeitig", äußerte er vor seinem einberufenen Krisenstab im Weißen Haus.

„Selbst wenn, wird er dann klein beigeben? Ich glaube kaum. Wenn dieser Plan wirklich existiert, was ich nunmehr auch vermute, dann bleiben ihm doch eigentlich nur zwei Möglichkeiten", übernahm sein Sicherheitsberater.

„Ja, klein beigeben und dann wohl selbst in Russland als Präsident nicht mehr haltbar sein oder auf den Knopf drücken und untergehen. Und der Typ, der die mühsam errungene Alleinherrschaft in diesem neuen Russland aufgibt und vielleicht dann in eines seiner Straflager umgesiedelt wird, ist er wohl kaum", sprang ihm Diana Cook, die rothaarige, attraktive Stabschefin bei.

„Oder auch nicht, wenn ihm nämlich sein Militär die Gefolgschaft verweigert", widersprach der Verteidigungsminister.

„Ach, Arnold und warum sollte es? Dort haben doch seine Gefolgsleute die absolute Mehrheit", beharrte Diana auf ihrem Standpunkt.

„Das schon, aber wenn es diesen Angriffsplan, denn nichts anderes ist er, wenn ich das richtig sehe, wirklich gibt und der öffentlich gemacht wird, dann kann auch China nicht neutral bleiben. Und mit China im Rücken wird das Risiko zu groß. Das wird jeder Befehlshaber erkennen – und seine Freunde, die Oligarchen, auch. Die wollen ihre Millionen oder gar Milliarden genießen. Und China als unser größter Gläubiger wird seine in den USA investierten Milliarden auch nicht verlieren wollen. Ganz abgesehen davon, dass die Chinesen davon ausgehen müssen, dass dieser Russe ohne Angst vor einem geschwächten Amerika und der übrigen NATO, vielleicht dann auf den Gedanken kommt, sich die erheblichen Bodenschätze in der Chinesischen See und auch die Seltenen Erden in China selbst und Korea anzueignen." Arnold Wilde blickte bei seinen letzten Worten weniger die Stabschefin als vielmehr den Präsidenten an.

Daniel B. Brown lächelte etwas gequält als er antwortete. „Das stimmt, Arnold. Die Chinesen haben seit Jahren so viele Milliarden in US-Staatsanleihen investiert, dass sie nicht daran interessiert sein können, dass wir in hohem Maße wirtschaftlichen Schaden nehmen, wie es mit einem ausufernden Krieg, auch konventionell geführt, unweigerlich der Fall sein würde."

Dann wandte er sich an den Vorsitzenden der Vereinigten Stabschefs. „Dennoch, Admiral, ich verlasse mich darauf, dass wir jederzeit mit allem was wir haben sofort zuschlagen können."

„Das können Sie, Sir", antwortete der Admiral, „unsere Streitkräfte sind bereit und der Großteil unserer U-Boote hat bereits seine vorgesehenen Standorte in den Tiefen der Ozeane erreicht und die Raketenabwehr ist bei hundert Prozent."

„Danke Admiral!"

Die „Prinzessin des Nordens" hatte am Vortag in St. Petersburg festgemacht. Bereits gegen 09.00 Uhr starteten die Passagiere ihre gebuchten Ausflüge in die alte Zarenstadt, die Jahrzehnte unter dem Namen „Leningrad" bekannt war, bis sie ihre alte Bezeichnung zurückerhalten hatte.

Für einen Teil der Passagiere sollte am nächsten Tag der zweitägige Ausflug nach Moskau beginnen.

Zunächst bestand die Befürchtung, dass dieser aufgrund der Krise abgesagt werden würde, bis erst gegen Mittag bekanntgegeben wurde, dass der Flug doch stattfinden könne.

Ferdinand v. Terra plagten mittlerweile doch erhebliche Zweifel, ob sein ersonnener Plan wirklich so gut war, wie er zunächst gedacht hatte? Konnte dieses Vorhaben, das ihm inzwischen sogar fast aberwitzig erschien, tatsächlich gutgehen? Der sonst so ruhige Mann musste sich zusammenreißen und bekämpfte seine Unruhe, ganz gegen seine sonstige Gewohnheit auch mit dem einen oder anderen zusätzlichen Drink. Selbst das Rauchen hatte er wieder angefangen. Aber das, so belog er sich selbst, lag ja daran, dass auch Ernst Maaß Zigaretten rauchte.

Auch Alina, die ja schon wieder eine neue Identität angenommen hatte und nunmehr unter dem Namen Daniela Dobberstein auftrat, war sichtlich nervös.

Ganz anders dagegen der unter dem Namen Werner Ritter agierende Amerikaner. Locker, als wäre er niemals jemand anders gewesen, spielte er seine Rolle, währenddessen der richtige Werner Ritter Oma Maaß im Schiffslazarett Gesellschaft leisten durfte. Abgeschirmt von den die Sprechstunde aufsuchenden Passagieren, die von den üblichen Erkältungskrankheiten und Altersbeschwerden geplagt dort Hilfe suchten.

Dann war es soweit. Am frühen Morgen, nach einem schnellen Frühstück an Bord, verließen die Ausflugteilnehmer über die Gangway das Schiff und bestiegen den wartenden Bus zum Flughafen.

Bisher lief alles wie geplant. Daniela alias Alina hatte neben ihrem Großvater in der dritten Reihe ihren Platz gefunden. Eine Reihe weiter hinten saß der Dritte Offizier der „Prinzessin des Nordens", der den Platz von Oma Maaß eingenommen hatte. Anstandslos hatte die russische Reiseleiterin für diesen Ausflug das Ticket auf den Namen Werner Ritter geändert, nachdem dieser seine Papiere vorgezeigt und sie diesen mit der Besatzungsliste des Schiffes verglichen hatte. Ebenso wurden die personifizierten elektronisch auslesbaren Bordkarten der Passagiere mit der Liste der Ausflugteilnehmer verglichen – und das war es auch schon.

Sehr verwunderlich für das misstrauische Russland; zumal jetzt im Konflikt mit der Türkei und vor allem der NATO und Amerika.

Mit freundlichem Grinsen und einem auf schwäbische Mundart dargebrachtem *Dankeschön* nahm der jetzt glatzköpfige Commander des US-Navy-Nachrichtendienstes sein Flugticket entgegen und lehnte sich bequem in den eigentlich gar nicht so gemütlichen Sitz des nicht mehr ganz neuen Busses zurück. Nach einer durch den Frühverkehr sich etwas länger hinziehenden Fahrt erreichte das rotweiße Fahrzeug über die Pulkovoer Chaussee endlich den gleichnamigen Flughafen der alten Zarenstadt. Dieser präsentierte sich als durchaus moderner Bau mit zweckmäßig eingerichteter Infrastruktur. Direkt vor dem Terminal für Inlandsflüge hielt der Bus und unter Führung der etwa vierzigjährigen, ganz gut Deutsch sprechenden, Russin ging es zur Abflugkontrolle. Ein kurzer Blick auf die Tickets, die Reisepässe und die Bordkarten des Schiffes genügte dem gelangweilten Milizionär. Dann ging es durch einige lange Gänge zum Ausgang direkt auf den betonierten Boden vor dem Gebäude, wo bereits eine ältere Turboprop-Maschine mit zwei Triebwerken wartete.

Keine zwanzig Minuten später hob der Flieger ab und nahm Kurs auf die Hauptstadt der russischen Republik.

Die Reiseflughöhe war wenig später erreicht und gerade hatten die russischen Flugbegleiterinnen Tee, Kaffee und eine Art Sandwich serviert, da drehte sich eine ältere Frau aus der Reisegruppe um und sprach die hinter ihr sitzende Daniela an. „Na, Frl. Daniela, wo haben Sie denn Ihre Frau Großmutter gelassen?" Alina starrte sie nur an und warf dann einen hilfesuchenden Blick auf den neben ihr sitzenden Grafen. Dieser übernahm sofort und hoffte nur, dass die auf jung getrimmte Siebzigerin nichts merken würde. „Ach, meine liebe Frau hat sich ein hässliches Virus eingefangen. Heute Nacht musste sogar unser Schiffsarzt kommen und hat sie vorsorglich ins Lazarett gesteckt. Darum ist unser Dritter Offizier mitgereist. Schade, sehr schade, aber Gesundheit geht vor – gerade in unserem Alter."

„Oh, da haben Sie ja so recht, mein lieber Herr Maaß. Trotzdem sehr schade. Dabei hatte sich Ihre Gattin doch so auf Moskau gefreut. Die goldenen Türme, der Kreml und der Rote Platz. Da, wo doch vor urlanger Zeit dieses Kerlchen mit seinem kleinen Flieger gelandet ist. Wissen Sie noch?"

Die Alte hatte ihm gerade noch gefehlt. Wie hieß die Sabbeltante bloß? Kannten die Maaßens sie etwa näher? Da wandte sich die Frau bereits erneut an die vermeintliche Daniela.

„Und Sie, Dani – ich darf doch Dani sagen?"

Alina nickte nur und wies auf ihren Hals, um den sie ein leichtes Tuch geschlungen hatte.

Ferdinand v. Terra zeigte auf Alina und antwortete für diese. „Ja, Verehrteste, leider hat dieses böse Virus auch unsere Kleine nicht verschont. Aber trotz ihrer Mandelentzündung wollte Daniela unbedingt mit. Nur das Sprechen sollte sie vermeiden. Sie verstehen das sicherlich."

„Oh, ja natürlich. Das ist es also. Sie kam mir doch gleich etwas verändert vor. Wenn das man nur nicht irgend so ein schlimmer Keim ist und ..."

„Ja, man weiß nie", brummte der Offizier, Großvaters Stimme offenbar ausgezeichnet imitierend.

Die Plappertante musterte die beiden hinter ihr nochmals und meinte dann plötzlich: „Oh, unser Tee wird ja kalt. Dabei sollen diese Russen doch, wenn sie sonst auch nicht so viel auf die Reihe kriegen, doch gerade Tee kochen können. Naja, ist ja auch nicht schwer, und billig noch dazu."

Ferdinand v. Terra nickte geduldig und endlich wandte sich die Alte ihrem kaum mehr dampfenden Tässchen zu. Erleichtert sahen sich Alina und ihr neuer Großvater an und etwas Farbe kehrte in das blass gewordene Gesicht der jungen Russin zurück.

„Alles ist gut", sprach der auf alt getrimmte Fregattenkapitän ihr Mut zu. „Denk immer dran, Dani, nicht sprechen, wenn es sich vermeiden lässt."

Die junge Frau nickte ihm dankbar zu und trank schnell einen Schluck von ihrem jetzt nur noch lauwarmen Tee.

Feodor Wladimirowitsch Kruskin musterte den Chef seines Auslandsgeheimdienstes mit einem nicht sonderlich wohlwollenden Blick. Der Nachfolgedienst des KGB war auch nicht mehr das, was dieser einst geleistet hatte.

„So, General, Sie haben also noch immer keinen blassen Schimmer davon, wo diese Verräterin abgeblieben ist?"

„Ich bedaure, sagen zu müssen, dass dem so ist, Gospodin Präsident", erwiderte der General in seiner reichlich mit Orden verzierten Uniform.

„Schade, sehr schade!" Kruskin ließ sein Bedauern mehr als nur durchklingen. Ein Blick, wie er kälter nicht sein konnte, traf den Vorsitzenden des FSB. Dieser hatte das Gefühl, sich verteidigen zu müssen und hob zaghaft die Hand. Fast wie ein Schüler, der sich auf eine Frage des Lehrers meldete. Wäre die Situation nicht so ernst, hätte der etwas klein geratene Führer des neuen Russland, als der er sich sah, geschmunzelt. Innerlich zumindest.

Es tat ihm einfach gut, dass selbst ein so abgebrühter Mann, wie General Kossegyn es zweifelsohne war, offenbar vor Furcht zu transpirieren begann.

„Ja, General, Sie wollten noch etwas sagen?"

„Ich möchte nur darauf hinweisen, dass wir ja nicht auf dem Träger der Amerikaner nachschauen können und unsere Agenten in Griechenland und der Türkei keine Person ausmachen konnten, die der Gesuchten ähnelt. Alle internationalen Flughäfen haben wir unter Beobachtung gestellt. Auch die der sonstigen Anrainerstaaten und der Ferieninseln."

„Alle? Das kann ich mir kaum vorstellen", kam es daraufhin lauernd von den schmalen Lippen des Präsidenten.

„Nein, da haben Sie vollkommen recht, Herr Präsident, aber die wahrscheinlichsten."

„Ah, sehr beruhigend. Glauben Sie nicht, dass die Amis damit auch gerechnet hätten? Die werden diese Sacharowa in einen der Hubschrauber gesetzt und zu einem anderen Schiff oder einem Militärflugfeld geflogen und dann mit einer Militärmaschine ausgeflogen haben." Der Spott in Kruskins Stimme war nicht zu überhören.

„Wir haben auch nochmals ihre Wohnung durchsucht und ..."

„Das hat ihr Kollege Koljanin auch gemacht." Wie bedauernd schüttelte Kruskin den schmalen Kopf.

„Apropos Koljanin. Sie haben gehört, was ihm widerfahren ist?"

General Kossegyn erschauderte innerlich.

„Jawohl! Unfall auf der Ringstraße, soviel ich weiß."

„Stimmt, stimmt genau!" Der alle demokratischen Reformen längst rückgängig gemachte Despot lehnte sich in seinem Schreibtischsessel zurück.

„Ach, General, was vermuten Sie denn persönlich? Wo ist die Frau jetzt? Und noch viel wichtiger, kann sie etwas erfahren haben, dass uns belasten könnte?"

Der FSB-Chef riss sich zusammen. Noch immer stand er, fast in Habachtstellung, vor dem ausladenden Schreibtisch seines Staatschefs.

„Ich meine, sie ist noch auf dem Träger oder in die Staaten ausgeflogen worden. Auch wenn ich nicht weiß, was diese Alina Sacharowa genau bei der GRU für Aufgaben hatte, warum ist sie geflohen, wenn sie nichts zu verbergen hatte?"

„Richtig, da stimme ich Ihnen zu. Und wenn Sie etwas an sich gebracht hätte, eine Aktenkopie oder so? Wo wäre sie damit geblieben?"

„Diese Frage haben wir uns auch gestellt, Gospodin Präsident, und erneut ihre Wohnung durchsucht und aufgrund Ihrer persönlichen Vollmacht nochmals ihren Arbeitsplatz bei der GRU.

Dann haben wir versucht Freunde und Kollegen ausfindig zu machen. Da gibt es nur sehr wenige, die alle bekunden, seit Monaten keinen Kontakt mehr gehabt zu haben. Dann haben wir, Verwandte hat sie ja nach unseren Unterlagen nicht mehr, Krankenzimmer, Toiletten und alle infrage kommenden Räume im Krankenhaus abgesucht. Nichts! Schließlich haben wir auch noch das Grab ihrer Mutter fast umgegraben. Ein beliebter Ort, um Dinge zu verstecken, wie ich bemerken darf. Aber auch ohne Erfolg. Auch die Durchsuchung der kleinen Kapelle auf dem Kirchhof hat nichts ergeben. Der Pope will sie ebenfalls nicht gesehen haben."

Der General wagte kaum, seinen Präsidenten anzusehen, als er seine Ausführungen beendet hatte.

Sieh an, so blöd war der Kerl also doch nicht, überlegte Kruskin und blickte seinem stehenden Gegenüber ins Gesicht. „Und, glauben Sie dem Popen?"

„Das weiß man bei diesen Typen ja nie hundertprozentig. Aber meine Leute sagen, dass er sich nicht auffällig verhalten hat."

„Gut, Kossegyn, denken Sie nach, was wir noch machen können? Ach ja, und besuchen Sie den Popen nochmals persönlich und nehmen Sie geeignete Leute mit, die ihn ... sagen wir, nachdrücklich auffordern, seine Aussagen nochmals zu prüfen, ob er sich vielleicht doch geirrt haben könnte?"

„Jawohl, Gospodin Präsident!"

Dem FSB-General war anzumerken, wie froh er war, aus dem Amtszimmer des Allgewaltigen herauszukommen.

So sehr sich Kruskin sonst darüber freute, wenn wieder einmal einer seiner Generäle oder sonstigen Hartliner deutlich erkennen ließ, dass er ziemliche Angst vor seinem allmächtigen Staatschef verspürte. Fast war es wieder so wie in alten Tagen, als noch der Zar und seine ihm ergebene Geheimpolizei ein straffes Regime führten. Doch war nicht auch dieses einmal zerbrochen?

Solange keine Klarheit herrschte, ob dieser kleine GRU-Leutnant doch wesentliche Erkenntnisse über den von Oberst Orlow entworfenen Plan hatte oder gar eine Kopie von wesentlichen Teilen ziehen konnte, würde er keine Ruhe finden.

Die zweimotorige Turboprob-Maschine befand sich im Anflug auf den Moskauer Flughafen Domodedowo. Die Tische vor den Sitzen waren hochgeklappt und der Sinkflug begann. Einige weiße Kumuluswolken tauchten vor den Fernstern auf. Dann drehte der Flieger mit bereits ausgefahrenen Landeklappen auf die zugewiesene Bahn ein. Mit einem ruppelnden Geräusch klappte das Fahrwerk aus und schon setzte die Maschine auf.

„Nun geht's los, immer schön ruhig bleiben, Dani!" Sanft drückte der vorgebliche Großvater die Hand der jungen Frau. Seit dem Beginn des Rollenspiels war sie *Dani*, so wie die richtigen Großeltern ihre Enkelin fast immer nannten und er hörte auf *Opa*.

Das Flugzeug war bereits fast zum Stillstand gekommen, als es wieder Fahrt aufnahm und gleichzeitig eine Frauenstimme über die Lausspracheranlage erklang.

„Leider wird sich das Ausborden etwas verzögern, da wir einen anderen Stellplatz zugewiesen bekommen haben. Auch wird eine Sicherheitskontrolle unten an der Gangway erfolgen. Bitte halten Sie Ihre Reisedokumente und Ausweispapiere bereit!"

Alina alias Dani zuckte spürbar zusammen und warf Ferdinand v. Terra einen ängstlichen Blick zu.

Auch dieser und der hinter ihm sitzende Commander Bean hatten alle Mühe, sich kein Erschrecken anmerken zu lassen.

„Das ist ja wieder typisch für diese Russen. Kontrolle und kontrollieren und überall Misstrauen!"

Die ältere Dame, die bereits zu Beginn des Ausflugs für eine leichte Irritation bei den drei unter falscher Identität Reisenden gesorgt hatte, ließ wieder von sich hören.

„Das hat meinen seligen Ewald bereits immer so gestört, wenn wir früher nach Russland gereist sind.

Da waren wir schon mehrmals. War ja damals auch noch viel billiger, weil die Sowjets dringend unsere Devisen brauchten. Haben ja nichts auf die Reihe gekriegt, außer Atomraketen und Sputniks und so'n Zeugs. Bin mal gespannt, was sie jetzt wieder haben?"

„Werden wir bald wissen, meine Liebe", säuselte der Fregattenkapitän in geheimer Mission mit sonorer Stimme, die die Unruhe, die auch ihn erfasst hatte, in keinster Weise widerspiegelte.

Nun waren außer ihrer Reisegruppe natürlich auch noch über sechzig andere Fluggäste an Bord der Zweimotorigen. Vielleicht galt der Aufwand ja einem dieser Passagiere oder es gab einen Zwischenfall auf dem Flugfeld. Aber die Nervosität begann zu nagen. An Alina wie auch an Ferdinand v. Terra. Beide drehten sich zu ihrem dritten Mann um, der aber völlig gelassen wirkte.

Commander Ronny Bean grinste jetzt jedoch völlig unbefangen. „Typisch für diese Russen", schwäbelte er laut und ungeniert, „vielleicht vermuten sie ja einen Spion unter uns oder sie haben wieder einmal Angst vor Bazillen oder Viren. Bei Spionen und Krankheitserregern spielen die Roten ja seit ewigen Zeiten verrückt; auch wenn diese meist nur in ihrer Einbildung vorhanden sind."

Die in ihrer Nähe an einem der Notausgänge ihren Platz gefundene Flugbegleiterin, die sehr gut die deutsche Sprache beherrschte, verzog wütend das Gesicht und Alina, die nunmehr Daniela hieß, wurde noch einen Tick blasser. „Dieser Kruskin soll lieber aufpassen, dass ihm das von ihm mit diesem Türken angezettelte Narrenspiel im Mittelmeer nicht völlig um die Ohren fliegt. Die Türken haben ja den Fehler ihres aufgeblasenen Möchtegern-Sultans schnell korrigiert. Vielleicht nehmen sich ja Andere ein Beispiel daran", setzte Ronny noch einen drauf.

Die Stewardess drohte vor unterdrückter Wut zu platzen, während Alina sich fragte, ob dieser doch eigentlich so sympathische Amerikaner plötzlich durchdrehte?

Auch v. Terra war der Ansicht, dass der falsche Schwabe kräftig überzog, auch wenn derartige Unverfrorenheit sich manchmal als stimmige Taktik erweisen könnte. Aber in dieser Situation derart auf den Präsidenten eines alles andere als demokratisch geführten Landes zu schimpfen, konnte natürlich auch ins Auge gehen und die Sicherheitskräfte zu einer besonders genauen Prüfung veranlassen, wenn denn die Flugbegleiterin einen entsprechenden Anstoß geben würde.

Ferdinand v. Terra schaute aus dem Fenster und sah zu seinem Erschrecken, dass neben der jetzt abbremsenden Maschine ein Mannschaftswagen des Militärs auftauchte. Er versuchte aus dem gegenüberliegenden Fenster zu blicken und sah auch dort einen tarnfarbenen Laster an das eben zum Stillstand kommende Flugzeug heranschließen.

„Bitte bleiben Sie auf ihren Plätzen angeschnallt sitzen, bis weitere Weisungen erfolgen!", dröhnte es zuerst auf russisch, dann auf englisch und zuletzt auch in deutscher Sprache aus den Lautsprechern.

Cetin Keser, der neue Generalstabschef des türkischen Militärs und damit auch der Interims-Staatschefs nach dem dieses Mal erfolgreichen Militärputsches, blickte auf den Bildschirm seines Laptops. Nachdem ihm von seinem Geheimdienst gemeldet worden war, dass die Russen offenbar ihre gesamte Schwarzmeer-Flotte auslaufbereit machten, versuchte er mit dem US-Präsidenten Kontakt aufzunehmen. Seit langen Minuten wartete er auf die Verbindung und viele Gedanken gingen ihm durch den Kopf.

Der Putsch schien dieses Mal eindeutig von der Mehrheit des türkischen Volkes mitgetragen zu werden. Lange genug hatten sie ihrem früheren Präsidenten vertraut, der viele Versprechungen machte, aber sein Land immer weiter von westlichen und damit europäischen Normen entfernt hatte. In der Folge blieben die Touristen aus, die gesamte Wirtschaft schwächelte und von einer demokratischen Staatsform, geschweige denn einer unabhängigen Justiz, konnte lange keine Rede mehr sein. Das ganze Land, vor allem die überwiegend jüngeren Leute in den großen Städten wie Istanbul, Ankara und Izmir, schien neuen Mut zu schöpfen. Doch was war, wenn der russische Präsident tatsächlich versuchen würde, die mit Özdemir getroffene Vereinbarung durchzusetzen?

Das türkische Militär würde gegen die vor allem technisch überlegenen Russen nicht lange durchhalten und wenn die Zivilbevölkerung in den Städten etwa unter Raketenbeschuss oder einem Bombardement leiden müsste, könnte die Stimmung schon noch kippen. Daher wollte er unbedingt nochmals die Zusicherung des amerikanischen Präsidenten einholen, dass die Amerikaner unverzüglich eingreifen würden, damit er mit dieser Zusicherung auch seine Bevölkerung etwas beruhigen konnte. Denn die russischen Aktivitäten wurden auch bereits im Internet verbreitet und kommentiert.

Endlich tat sich etwas und auf seinem Bildschirm erschien das Konterfei des fast immer ruhig und gelassen wirkenden Amerikaners.

„General Keser, ich bedaure, dass Sie recht lange warten mussten, aber meine Anwesenheit in meinem Sicherheitskabinett war länger erforderlich geworden. Was kann ich für Sie tun?"

„Mr. Präsident, mir wurde gemeldet, dass die Russen ihre gesamte Schwarzmeer-Flotte zum Auslaufen bereit machen und jede Menge an Waffen auf die Schiffe bringen. Auch Treibstoff und Nahrungsmittel werden in großer Menge in den Häfen angeliefert."

„Ja, das ist mir natürlich auch bekannt. Aber das ist noch lange nicht alles…"

Keser hob überrascht den Kopf. „Was denn noch?"

„Nun, aus den Häfen von Murmansk und einem weiteren Stützpunkt an der Barentssee sind mehrere U-Boote ausgelaufen und auch aus den syrischen Häfen und dem Iran liegen Nachrichten vor, dass die dortigen russischen Einheiten sich für eine längere Unternehmung rüsten."

„Also lässt es Kruskin darauf ankommen?" Die Besorgnis in dem Gesicht des Türken war unübersehbar.

„Vielleicht ja, vielleicht hofft er auch auf einen Rückzieher von Ihnen und …?"

„Da hofft er vergebens! Wir auf Ihre Unterstützung und die der gesamten NATO hoffentlich nicht, Mr. Präsident?"

„Nein, General Keser, Wir stehen zu unserem Wort. Ich will nicht als Präsident in die Analen der Geschichte eingehen, der *rote Linien* zieht und dann bei deren Überschreitung nicht reagiert. Unser Sojus-System wird dafür sorgen, dass wir die russischen U-Boote nicht aus dem Auge verlieren und ich habe zudem Befehl gegeben, weitere Bomber auf zwei italienische Flugplätze zu überführen.

Auch die anderen Länder, insbesondere Großbritannien, wird weitere Flotteneinheiten in das Mittelmeer verlegen. Sie sollten alle ihre kampfkräftigen Schiffe in das Schwarze Meer an ihre Seegrenze vorziehen. Und keine Angst, wir sind

bereit ... ach ja, und vielleicht wird es ja auch gar nicht soweit kommen. Ich habe da noch so eine ganz bestimmte Hoffnung ..." Hier brach Daniel B. Brown ab, denn zu große Hoffnungen wollte er auf eine Beilegung des Konfliktes ohne großes Blutvergießen nicht erwecken. Stattdessen beendete er das Gespräch mit den Worten: „Keine Sorge, General, zusammen werden wir es schon schaffen!"
„Danke, Mr. Präsident!"
Trotz dieser aufmunternden Worte blieb Cetin Keser noch einige Minuten vor dem Laptop sitzen, obwohl das Bild des US-Präsidenten längst erloschen war.

Auch US-Präsident Daniel B. Brown blieb noch einige Minuten an seinem Schreibtisch sitzen. Seine Gedanken gingen zu seinem jungen Commander vom Marine-Nachrichtendienst, von dem er vor dieser Krise noch nie gehört hatte. Hoffentlich gelang es diesem, gemeinsam mit dem deutschen MAD-Mann und der jungen Russin, wirklich den Stick mit dem angeblichen Angriffsplan zu finden.

Und selbst wenn, gab dieser tatsächlich so viel her, um den, sich als neuen Herrscher über ein wieder auferstandenes Weltreich Russland sehenden Kruskin zum Einlenken zu bewegen?

Russlands Wirtschaft schwächelte immer mehr. Doch die Rückgewinnung der Krim, die jetzt sogar eine neue Brücke mit dem russischen Festland verband sowie die Annektierung weiterer großer Teile der Ost-Ukraine hatten ihm viel Rückhalt in der Bevölkerung verschafft. Doch dieser begann wieder zu bröckeln. Umso mehr, als sich die Lebensverhältnisse eines großen Teils der Bevölkerung nicht besserten, sondern langsam aber stetig immer weiter verschlechterten.

Also war es wieder einmal Zeit für einen außenpolitischen Coup. So wie er ihm mit dem Schulterschluss mit seinem türkischen Kollegen, ebenfalls einem selbst verliebten Narzissten, schon gelungen schien. Würde er den Ansehensverlust verkraften, sich gar in eines der Länder, wo er zweifellos für einen solchen Fall vorgesorgt und Vermögen gebunkert hatte, absetzen?

Wohl kaum, denn kein Geld der Welt kann für gewisse Menschen Macht ersetzen, überlegte Brown.

Aber bevor es zu einem wirklich ganz großen Konflikt kam, müsste sich vielleicht sogar er selbst bemühen, dem Russen einen Weg aufzuzeigen, wie er eventuell doch Präsident bleiben könnte. Aber dazu könnte es erst kommen, wenn dieser Stick wirklich die nötige Munition lieferte, Kruskin vor der Weltöffentlichkeit mit heruntergelassenen Hosen zu präsentieren.

Im Moment jedenfalls galt es, das militärische Übergewicht zu demonstrieren.

Nun zweifelte Daniel B. Brown keine Sekunde daran, dass die Vereinigten Staaten, notfalls auch allein, mit der gesamten NATO allemal, den Russen überlegen waren, also sogar einen überregionalen Krieg eindeutig gewinnen würden.

Aber Russland würde total, die NATO insgesamt angeschlagen und Amerika ohne Zweifel ebenfalls geschwächt daraus hervorgehen. Immer vorausgesetzt, es bliebe bei einer konventionell geführten Auseinandersetzung. Doch selbst Kruskin sollte wohl von seinen Generälen ausgebremst werden, wenn er den Atomknopf drücken wollte. Das hoffte der US-Präsident jedenfalls.

Die wirtschaftlichen Folgen wären ebenfalls enorm und China dann vielleicht als die führende Weltmacht daraus hervorgehen. Dazu der immer weiter auf dem Vormarsch befindliche Islam mit seinen teilweise steinzeitlich anmutenden Auswüchsen, sich aber selbst auf das Äußerste bekämpfenden Glaubensauslegungen. Schiiten gegen Sunniten; und alle wiederum geeint gegen das Christentum und die Juden – personifiziert im Hass auf Israel und die USA.

Da riss ein Anruf den Präsidenten aus seinen trüben Gedanken. Es gab neue Satellitenaufnahmen aus dem Mittelmeer und dem Schwarzen Meer.

Seufzend erhob sich Brown. Auch das, was er dort zu sehen bekam, würde seine Laune kaum bessern können.

Tausende Kilometer von Washington entfernt saßen drei Männer an einem ziemlich schmucklosen Tisch in einem ebensolchen Raum in gleichermaßen trüber Stimmung zusammen.

Der Geistige Führer der Islamischen Republik Iran, sein Regierungschef und der Admiral der iranischen Flotte.

„Also ist unsere Mission gescheitert und unser U-Boot und seine Männer liegen auf dem Grund des Mittelmeeres oder wie darf ich die Nachrichten im westlichen Fernsehen und den Zeitungen verstehen?" Groß-Ayatollah Diren Haaleh richtete die dunklen Augen in seinem, überwiegend von einem schneeweißen Bart bedecktem, Gesicht auf den Jüngsten unter ihnen.

„Leider ja!" Admiral Samir Navid verbeugte sich mit nach unten gerichtetem Blick.

„Aber wir haben immerhin zwei große Zerstörer der Amerikaner schwer getroffen und …"

Eine Handbewegung des Geistlichen brachte ihn zum Schweigen.

„Und was ist mit dem Atom-Torpedo?"

„Wir wissen es nicht", antwortete an Stelle des Marineoffiziers der Regierungschef, „aber wir können nur hoffen, dass die Amerikaner nicht versuchen, das Boot zu heben und herauszufinden, dass es sich um eines unserer Boote handelt. Und wenn sie dann noch den Torpedo bergen …?"

Der Blick des Groß-Ayatollahs ließ ihn verstummen.

Alle drei Männer konnten sich ziemlich klar vorstellen, was geschehen würde, wenn die Amerikaner herausfänden, dass eine ihrer Trägerkampfgruppen von einem iranischen U-Boot angegriffen worden war. Und wenn dann noch herauskam, dass dieses einen Torpedo mit Atom-Sprengkopf auf ihr größtes Kriegsschiff abgefeuert hatte, dann würde der Fortbestand des Iran wohl an einem sehr dünnen, seidenen Faden hängen.

Zwei Stunden später wurden ihre Sorgen noch deutlich größer, als sie von einem ihrer Agenten an der Ostküste der Staaten erfuhren, dass ein Bergungsschiff der Navy in aller Eile ausgerüstet wurde.

Quälend langsam verrannen die Minuten. Die Unruhe unter den Passagieren wurde größer und die Gesichter zunehmend besorgter. Selbst die sich so Russlanderfahren gegebene Witwe des seligen Ewald wurde angesteckt und drehte sich besorgt zu Opa und Enkelin in der Sitzreihe hinter sich um.

„Was die wohl so lange brauchen?"

Noch bevor Ferdinand v. Terra, der die Hand seiner *Enkelin* fest in seiner hielt, antworten konnte, tönte es hinter diesem hervor: „Sollte mich wundern, wenn die Typen das selbst wissen!"

Commander Bean ließ ein verächtlich klingendes Lachen folgen. Vielleicht ganz gut, dass die Flugbegleiterin ihren Platz verlassen hatte und ins Cockpit gegangen war, so dass sie diese erneute Schmähung ihres Mutterlandes und seiner Sicherheitskräfte nicht hören musste.

Dann endlich kam Bewegung in die Sache.

„Achtung! Alle Passagiere können jetzt nacheinander in der Reihenfolge der aufgerufenen Sitzplatz-Nummern die Maschine verlassen. Es kann nur die vordere Gangway benutzt werden. Bitte stehen Sie erst auf, wenn ihre Nummern aufgerufen werden!" Die Stimme verstummte wieder.

Es dauerte weitere vierzig Minuten, bis auch ihre Sitzreihe aufgerufen wurde. Direkt an der Tür standen zwei Milizionäre und ließen immer nur eine Person durch, nachdem sie zunächst auch deren Bordkarte und den Pass kontrolliert hatten.

Fregattenkapitän v. Terra hatte es so eingerichtet, dass er zuerst, dann seine vorgebliche Enkelin und nach ihr der schwäbelnde US-Commander anstanden. Langsam und gemächlich, wie es sich für einen älteren Pensionär gehört, und in leicht gebückter Haltung reichte er dem langen Mann in der grauen Uniform mit der übergroßen Mütze auf dem hageren Schädel seinen Pass und die Bordkarte.

Dieser warf einen Blick darauf, dann einen wesentlich längeren auf den Pass und danach auf den alten Herrn vor ihm. Schließlich gab er ihm die Papiere zurück und winkte ihm zu, die Treppe hinunterzugehen.

Ferdinand v. Terra zwang sich, langsam und leicht beschwerlich die Stufen hinabzusteigen und sich erst dann nach seiner vermeintlichen Enkelin umzuschauen.

Doch dann entspannte sich sein Gesicht sehr schnell. Gerade gab der etwas griesgrämig dreinschauende Miliz-Leutnant dieser ihre Papiere zurück. Daniela alias Alina dankte ihm mit einem Lächeln und hüpfte geradezu wie von einer Last befreit ihm entgegen.

Etwas länger dauerte die Prozedur bei dem zweiten Mann des Teams, als das sie jetzt hoffentlich ihren Auftrag erfüllen und auch unbeschadet wieder heimkehren würden.

Aber schließlich stapfte auch der falsche Schwabe das Treppchen hinunter und grinste die dort Wartenden freundlich an. Auch seine Kodderschnauze machte sich sofort wieder bemerkbar.

„Na, wie lange wollen die uns jetzt noch hier stehen lassen? Wir sind doch ohnehin schon im Verzug.

Ein bisschen preußische Akkuratesse würde den Burschen ganz gut zu Gesicht stehen. Wen die wohl suchen?"

Doch das sollten sie nicht mehr erfahren. Kurz darauf war ihre Reisegruppe vollzählig, eine neue Leiterin übernahm und kurz darauf saßen sie alle im Bus. Einem ziemlich neuen Fahrzeug eines bekannten deutschen Herstellers, dessen bequeme Limousinen auch die alten SIL für die Staatsführer längst abgelöst hatten.

Inzwischen war General Kossegyn nicht untätig geblieben. Schließlich hatte er nicht das geringste Bedürfnis, das gleiche Schicksal zu erleiden, wie es dem ehemaligen GRU-Chef beschert worden war.

Gemeinsam mit seinem Adjutanten und vier ausgesprochen erfahrenen Ermittlern, man könnte diese vielleicht ehrlicher als Geständnisentlocker auch verstockter Staatsfeinde und Schwerstkrimineller bezeichnen, hatte er sich nach der Rückkehr von seinem Präsidenten auf den Weg zu diesem Popen gemacht.

Pope Andrej Semjonow, ein alter Mann von sechsundsiebzig Jahren erschrak, als er wieder einmal zwei Armeefahrzeuge, einen Kleinbus und einen Lada, den Weg zu seiner kleinen Kirche heraufbrausen sah. Die waren doch erst hier gewesen. Zweimal sogar und hatten seine gepflegten Wege zwischen den Gräbern mit ihren Geländereifen zerwühlt und sich nicht darum geschert, dass auch die Bepflanzungen der direkt an den für die Laster zu schmalen Wegen liegenden Gräber zerstört und diese fast gänzlich umgepflügt worden waren. Das Grab von der Sacharowa hatten sie sogar gänzlich umgewühlt und anschließend ihn ziemlich harsch herangenommen, weil sie wissen wollten, ob er die Tochter der Toten in den letzten Wochen und Monaten gesehen hätte.

Doch die kleine Alina, die er ja vor über zwanzig Jahren getauft hatte, hatte er ja wirklich schon lange nicht mehr hier auf dem kleinen Kirchhof gesehen. Aber dagewesen sein musste sie, wie an den mindestens einmal im Monat frisch auf das Grab gelegten Blumen zu sehen war.

Aber so, wie die jetzt heranrauschten, das versprach nichts Gutes. Schnell wandte er sich der Hintertür seines direkt an der kleinen Kirche angrenzenden Hauses zu und verschwand hinter der dahinterliegenden Hecke während vorn vor der Haustür die Fahrzeuge schlitternd bereits zum Stehen kamen. Zwanzig Meter weiter, dort wo die dichte Hecke aus Buchsbaum einen harten Knick nach rechts machte, verharrte der Pope. Von hier aus konnte er alles gut überblicken ohne selbst gesehen zu werden. Geradezu ideal, dieser immergrüne Bewuchs mit der direkt dahinter anschließenden hohen Mauer der Rückwand eines neu errichteten Einkaufszentrums.

Die Türen der Autos knallten zu und auch die Geräusche aus seinem kleinen Haus drangen aus den offenen Fenstern bis dahin, wo sich der Alte verborgen hielt. Zwei Mann traten aus der Hintertür und blickten sich um. Aber auf dem trockenen Boden waren zum Glück des alten Popen keine frischen Abdrücke erkennbar, Trotzdem duckte er sich vorsorglich noch etwas tiefer hinter das frisch ausschlagende Blattwerk.

Nach einigen Minuten erklang eine befehlsgewohnte Stimme und kurz darauf verkündeten ins Schloss fallende Autotüren, dass die Kavalkade offenbar wieder abrückte.

Trotzdem wartete Andrej noch eine geschlagene halbe Stunde ab, bis er sich in seine ärmliche Behausung zurücktraute. Jedenfalls hatten sie, außer etwas Schmutz hineinzutragen, sonst keinen Schaden angerichtet. Da war er aus früheren Zeiten durchaus Schlimmeres gewöhnt.

Aber die würden wiederkommen. Und dann würden sie ihm hart zusetzen – auch wenn er wirklich nichts wusste. Aber weglaufen konnte er nicht. Nun, er würde auf Gott vertrauen, was blieb ihm auch anderes übrig?

Derweil absolvierte die Reisegruppe das Pflichtprogramm ihres zweitägigen Ausfluges nach Moskau.

Wegen der Verzögerung, über deren Grund und den Erfolg der getroffenen, intensiven zusätzlichen Personenkontrollen die Teilnehmer nichts erfuhren, musste der Ablauf etwas gekürzt werden.

Die Grabstätte Lenins aber sollte auf alle Fälle noch heute drankommen und gebührend gewürdigt werden. So wurden die Teilnehmer dann in die lange Reihe der Schlange stehenden Russen und wenigen Touristen einfach im vorderen Ende eingefädelt. Zum Erstaunen vieler ihrer Gruppe ohne das übliche Murren oder gar handgreiflichem Protest, der bei derartigen Aktionen in Deutschland wohl selbstverständlich wäre.

„Na, der alte Kruskin hat seine Untertanen aber im Griff, das muss ihm der Neid lassen", kommentierte Commander Bean in bestem schwäbisch. Nur um dann etwas später, als sie vor dem gläsernen Sarkophag mit Lenis einbalsamierter Leiche standen, zu verkünden: „Alle Achtung, den Knaben haben sie aber gut imprägniert", was ihm erneut einige Aufmerksamkeit bescherte.

Nach dem Roten Platz und einem durchaus genießbaren Abendessen stand dann noch ein Besuch im weltbekannten Bolschoi-Theater an. Eine Entschädigung dafür, dass die Gruppe einige Sehenswürdigkeiten infolge der Verzögerungen nicht besuchen konnte. Sie alle erhielten ihre Tickets und die resolute Russin bemerkte in flüssigem Deutsch: „Leider konnte ich keine zusammenhängenden

Plätze bekommen. Aber in das ganz neue Hotel „Oktjabrskaja Revoluzia" kommen Sie mit der *Metro*. Die Station ist gleich um die Ecke Hier habe ich Fahrscheine für Sie." Svetlana, als die sich die Reiseführerin vorgestellt hatte, gab jedem ein Billet und fügte noch hinzu: „ Wenn Sie jedoch noch auf eigene Faust etwas unternehmen wollen, vergessen Sie nicht, dass es zu später Stunde sinnvoll ist, dann eines unserer Taxis zu nutzen. Das bringt Sie dann auf jeden Fall sicher in Ihr Hotel. Und bitte nicht vergessen: „Morgen in aller Frühe gibt es um 07.00 Uhr Frühstück und um 08.00 ist unser Bus bereit zur Abfahrt für die Besichtigung des Kreml mit seinen herrlichen Türmen. Anschließend die Museen und das berühmte GUM, wo Ihnen auch ein spätes Mittagessen serviert werden wird im dortigen Restaurant. Und dann müssen wir auch schon zum Flughafen fahren."

Ferdinand v. Terra nahm Eintrittskarten und U-Bahn-Tickets für sich und seine Enkelin in Empfang und wechselte einen schnellen Blick mit Ronny Bean. Dieser nickte zustimmend. Da war sie, die Gelegenheit, ohne groß aufzufallen sich von der Gruppe zu trennen. Genauso hatte auch Alina sofort die Chance erkannt.

„Donnerwetter, was ein Andrang", staunte der Commander, als er die Massen ins Theater strömen sah. „Was sehen wir denn ... äh ... versäumen wir leider?", wandte er sich an Daniela, ganz vergessend, dass diese ja nicht reden sollte, wenn es sich in der Gruppe vermeiden ließ.

„Ein Ballet. *Schwanensee,* ganz bekannt, wie Sie wissen, Herr Ritter", antwortete v. Terra, der sich inzwischen ganz in seine Rolle als Großvater hineingefunden hatte.

Langsam ließen sich die Drei dann im Strom der Menge zurückfallen und kehrten zum Ausgang zurück.

„So, und nun mal nichts wie hin zum Friedhof!" Ronny sah die beiden Anderen fragend an. „Wir nehmen die U-Bahn. Das hier sind Touristen-Tickets von „InTourist", unserer staatlichen Organisation. Die gelten für das ganze Netz. Darum hat Svetlana auch gesagt, wir dürfen sie nicht verlieren und müssen ihr die Karten morgen wieder zurückgeben."

„Praktisch, würden in Amerika aber sofort gefälscht werden", grinste der Commander.

„Hier sind auch schon Fälschungen im Umlauf. Gibt aber in unserer Metro kaum Kontrollen, weil der Fahrpreis sehr niedrig ist", erwiderte die junge Frau.

„Wir müssen mehrfach umsteigen, also folgt mir einfach. Und wenn es geht, nicht reden!"

Kurz darauf hatten sie den Abgang zu der Station erreicht und sowohl v. Terra als auch sein US-Kollege wunderten sich, wie tief es hinab nach unten ging. Auch die prächtig ausgestatteten Bahnsteige mit ihren Wandmalereien verwunderten beide. Keine Schmierereien und kein Müll, wie er in fast allen westlichen Großstädten zuhauf in U- und S-Bahnhöfen vorzufinden ist.

Jetzt am frühen Abend war es einigermaßen voll in den langen Zügen. Ein Beweis dafür, dass in Moskau die Metro das Hauptverkehrsmittel war und immer noch ist. So sehr sie in ihrer üblichen Straßenbekleidung wie ein Fremdkörper zwischen den Besuchern des berühmten Bolschoi-Theaters gewirkt hatten, fielen sie jetzt zum Glück kaum auf. Ganz anders wäre es vielleicht doch in eleganter Abendgarderobe gewesen, überlegte v. Terra. Ganz gut vielleicht, dass ein Theaterbesuch eigentlich nicht vorgesehen war.

Beim letzten Umsteigen wären sie beinahe getrennt worden, aber im letzten Moment, die Türen des vorletzten Waggons hatten sich bereits fast geschlossen, konnte sich Ronny noch hindurchzwängen.

Dann hatten sie die dem kleinen Kirchhof nächstgelegene Station endlich erreicht. Hier, abseits des eigentlichen Stadtkerns und am Rand des U-Bahnnetzes waren die Straßen um diese Stunde fast leer.

Kaum Leute auf den beidseitigen Fußwegen und nur dann und wann ein Fahrzeug auf der breiten Straße und wenn, dann zur Überraschung der Offiziere meistens ein Geländewagen.

„Hier in den Außenbezirken wohnen zum Teil begüterte Leute, die das Gedränge in der Stadt und den Lärm am Abend nicht mögen. Dazu führt diese Straße geradewegs an den Fluss, wo noch reichere Moskauer ihre Datschen haben", erläuterte Alina.

„Aha, die Herren der neuen Oberschicht. Mafia und andere ehrenwerte Herrschaften, die nach dem Zerfall der alten Sowjetunion sich die Taschen vollgestopft haben", nickte Commander Bean wissend.

„Ja, aber auch die Generäle und anderen hohen Offiziere haben sich bedient. Die besseren Teile der Verpflegung für die Truppe haben manche unter der Hand verkauft und auch Waffen und Munition. Selbst Torpedos und Raketen sind auf dem Schwarzmarkt gelandet. Bestraft wurden die Allerwenigsten. Eigentlich nur die, die in den neunziger Jahren nicht mit den jeweils Mächtigen teilen wollten", stimmte Alina zu.

„Da hinten ist es!" Die ehemalige GRU-Offizierin deutete auf eine an die drei Meter hohe Mauer, die jetzt auf ihrer Straßenseite ins Blickfeld geriet. Unwillkürlich beschleunigten sie ihre Schritte.

„Und, wie kommen wir rein? Über die Mauer?" Ferdinand v. Terra schaute Alina an.

„Nein, ein kleines Stückchen weiter ist eine Seitenpforte. Die ist eigentlich nie verschlossen", entgegnete Alina und wies mit dem Arm nach vorn.

In dem Moment, wo sie die kleine grüne Holztür fast erreicht hatten, drangen lauter werdende Motorengeräusche an ihre Ohren. Wie auf ein Kommando drehten alle Drei sich um und sahen jetzt auch grelle Scheinwerfer die zwischenzeitlich eingetretene Dunkelheit in helles Fernlicht tauchen.

„Schnell rein hier!", rief die junge Frau und packte je einen ihrer Begleiter an den Schultern und schob sie durch die geöffnete Pforte. Schnell huschte sie hinterher und alle drückten sie sich eng an die Mauer. Da ratterten ein schwerer Lkw, gefolgt von einem dunklen Lada, vorbei und bremste kurz darauf ab.

„Das waren doch Militärfahrzeuge", wunderte sich der Fregattenkapitän.

„Ja, das sehe ich auch so und die scheinen hier anzuhalten. Gilt das etwa uns?" Jegliche Überheblichkeit war aus dem Tonfall des einige Jahre jüngeren Commanders verschwunden.

„Ruhig!", zischte Alina und horchte.

Richtig, der Motor des schweren Lasters dröhnte wieder auf.

„Ah, sie fahren weiter!", freute sich Bean und sein Grinsen kehrte zurück. Aber nur um sogleich wieder zu verschwinden, als die Frau den Kopf schüttelte.

„Nein, die fahren durch das zweite Haupttor auf den breiten Weg zur Kirche hoch. Oh, verdammt! Wir sind zu spät gekommen!"

Wäre es nicht zu dunkel dazu gewesen, hätte jeder die Enttäuschung gesehen, die sich im Gesicht der beiden Anderen widerspiegelte.

Vor Wut stampfte Alina mit dem Fuß auf den Boden. Dann verstummte das Motorengeräusch und Türen schlugen zu.

„Die stehen jetzt bei Väterchen Andrej vor der Tür", flüsterte die Russin.

„Ja, aber dann sind die doch beschäftigt. Außerdem ist es stockfinster. Können wir uns nicht zu dem Grab deiner Mutter schleichen und vielleicht doch den Stick bergen?"

Alina schaute Ferdinand v. Terra an. „Ich weiß nicht? Das Grab liegt ziemlich dicht an der Kirche und dem Häuschen und ..."

„Egal, wir sollten es jedenfalls versuchen", grollte Ronny Bean. „Wer weiß denn, ob wir nochmals hierherkommen können?"

„Genau. Komm Alina, lass es uns zumindest versuchen!"

Auch der ältere Mann blickte die junge Frau fordernd an und stand jetzt so dicht vor ihr, dass sie trotz der schwarzen Nacht, die sie umgab, seinen Gesichtsausdruck erkennen konnte.

Aber noch zögerte sie. Da drangen laute Geräusche an ihre Ohren. Schreie und wütendes Gebrüll. Kurz darauf das Splittern von Glas und lautes Gerumpel.

„Oh Gott! Sie schlagen Väterchen Andrej und zertrümmern seine Wohnung!", brach es aus Alina heraus.

„Dann ist das unsere Chance! Los Alina! Lauf voraus!"

„Nun mach endlich! Wir können dem Pfarrer sowieso nicht helfen. Aber die Ablenkung sollten wir nutzen!" Ferdinand gab ihr einen kleinen Stoß. Und dieser schien zu wirken.

Das Mädchen lief so schnell los, dass die Männer alle Mühe hatten, ihr zu folgen ohne im Finstern den Anschluss zu verlieren. In stockfinsterer Nacht über einen unbekannten Friedhof zu rennen ist aber alles Andere als leicht. Zumal dann, wenn man jemand folgt, der sich hier auskennt und nicht nur auf den Wegen bleibt, sondern querfeldein mitten über die Gräber hüpft. Hier einem Kreuz, dort einem Grabstein oder einem Busch geschickt ausweichend. So kam es, wie es kommen musste. Während Ronny es schaffte Alina ganz dicht auf den Fersen zu bleiben, gelang dieses v. Terra eben nicht. Mit dem rechten Bein blieb er an einem Strauch oder einer Wurzel hängen und knallte voll in einen kräftigen Busch. Gerade soeben konnte er noch den ihm auf den Lippen liegenden Schmerzensschrei halbwegs unterdrücken. Mühsam rappelte er sich wieder auf. Oh, verflucht, das linke Bein schmerzte doch ziemlich. Verstaucht oder gezerrt? Hoffentlich nicht mehr!

Vorsichtig erhob er sich und wischte mit der Hand über sein Gesicht. Wieso war es da so feucht? Er hob die linke Hand dicht vor die Augen. Verdammt, das war

Blut! Langsam tastete er sein Gesicht ab. Ja, da, da begann es auch jetzt zu brennen. Ein ganz ordentlicher Riss auf der Stirn. Das hatte ihm gerade noch gefehlt. Und wo waren die Anderen? Nicht zu sehen. Er drehte sich einmal um sich selbst. Aber nichts! Was nun?

Commander Bean hatte mitbekommen, dass Ferdinand von Terra den Anschluss verloren hatte. Auch das Geräusch eines schweren Falls war ihm nicht verborgen geblieben. Aber was sollte er tun? Wäre er stehen geblieben, hätte er den Anschluss an die ehemalige GRU-Offizierin verloren. Also folgte er ihr weiter. Doch was war mit v. Terra?

Da klangen einige Rufe vom Haus her und plötzlich wieder Schreie in einer für ihn unverständlichen Sprache. Plötzlich stoppte die Frau vor ihm und fast wäre er auf sie geprallt.

„Da, jetzt schlagen sie den alten Popen." Das Mitgefühl in Alinas Stimme, gepaart mit einer gewissen Wut, war nicht zu überhören.

„Ja, aber was sollen wir tun?"

Doch noch bevor Alina antworten konnte, fuhr Ronny fort: „Übrigens haben wir auch Ferdinand verloren."

„Was? Wo ist der denn?" Alina klang jetzt völlig verwirrt.

„Im Moment können wir uns darum nicht kümmern. Wir suchen ihn, wenn wir den Stick haben. Ist es noch weit bis dahin?"

„Nein, da drüben. Aber dicht am Haus und an der Kirche."

Commander Bean blickte in die angegebene Richtung. Dort hob wieder das Gebrüll an und Taschenlampen leuchteten auf. Ein Schmerzensschrei gellte auf, brach dann aber plötzlich ab.

Ein Kommando ertönte und die Scheinwerfer der beiden Armeefahrzeuge tauchten Kirche und Haus in helles Licht. Mehrere Männer in dunklen Uniformen standen herum und jetzt hoben zwei dieser Gestalten einen liegenden Mann vom Boden auf und versuchten ihn auf die Beine zu stellen.

Alina mochte ihren Blick nicht von diesem Geschehen abzuwenden. Schließlich knuffte sie der Commander derb an und zischte: „Nun mach schon! Wir brauchen den Plan und Terra müssen wir auch noch suchen. Los jetzt, wo ist es?"

Das Mädchen riss sich zusammen und zeigte in Richtung Haus. „Dort!"

Ganz langsam und gebückt schlichen die beiden in die vorgegebene Richtung. Wieder ein klatschendes Geräusch, dem ein unterdrückter Schrei folgte und eine wütende Stimme. Inzwischen konnten Alina und Ronny ziemlich deutlich erkennen, was dort vor ihnen geschah. Die Soldaten wollten von dem alten Mann, den sie jetzt wieder vom Boden aufhoben, etwas in Erfahrung bringen.

Das Gesicht des Alten war von Blut und Schmutz überzogen und seine Beine versagten den Dienst. Aber unbarmherzig richteten ihn die Soldaten wieder auf und ein Offizier in ordensgeschmückter Uniform mit Schaftstiefeln an den Füßen baute sich vor ihm auf. Wie gebannt starrte die auf einem Grab hockende Alina auf das sich ihr bietende Bild.

„Nun mach schon! Du siehst doch, dass wir gegen die ganze Meute nichts ausrichten können", flüsterte Bean ihr ins Ohr. Langsam wurde es ihm zu viel. Jeden Moment konnte einer der Soldaten seine Taschenlampe herumschwenken und sie entdecken. Nur gut, dass sie so mit dem offenbar verstockten Alten beschäftigt waren.

Endlich schien Alina zu begreifen und duckte sich noch tiefer und machte im Krebsgang einige Schritte weiter auf die Meute zu. Ronny Bean folgte ihr auf Knien, bis sie plötzlich stehen blieb und mit den Händen in der Erde zu wühlen begann.

Immer hektischer wurden ihre Grabbewegungen.

„Hast du es endlich?"

„Nein verdammt! Aber hier müsste es sein." Panik sprach aus dem Blick ihrer weit aufgerissenen Augen. Panik, die jetzt auch immer mehr den Commander zu packen drohte.

Plötzlich fuhr die Frau herum und begann an anderer Stelle wie wild zu buddeln. Dann stockten ihre Bewegungen und schließlich hob sie eine kleine, dünne Röhre hoch.

„Hier ist er!" Sie flüsterte nur, aber Bean erschien ihre Stimme viel zu laut.

„Zeig her!" Er riss ihr die Plastikhülse, als die sich der Gegenstand in der Hand der Frau entpuppte, geradezu aus der Hand.

Oberflächlich vom Schmutz befreit schüttelte er die dünne Röhre. Richtig, darin klang es scheppernd. So wie, wenn etwas wesentlich kleineres in einem großen, ansonsten hohlen Behältnis enthalten war. Trotz der gefährlichen Nähe der russischen Soldaten entrang sich seiner Brust ein Laut der Erleichterung. Also hatte sich ihr Einsatz gelohnt. Dann jedenfalls, wenn diese ehemalige Schutzhülle einer teuren kubanischen Zigarre wirklich das enthielt, was die Überläuferin angekündigt hatte.

Daran wollte er allerdings jetzt gern glauben. Doch erst einmal mussten sie dieses Land mit ihrer Beute verlassen können. Er steckte ohne nachzufragen das vielleicht unglaublich wertvolle Behältnis samt Inhalt in die Innentasche seines leichten Sommerjacketts.

„So, jetzt nichts wie weg hier! Wir müssen ja auch noch den Deutschen suchen. Hoffentlich hat er sich nicht ernsthaft verletzt."

Da erst bemerkte er den argwöhnischen Blick seiner Begleiterin.

„Keine Angst, ich passe auf das Ding schon auf!" Bei diesen Worten klopfte er sich auf die linke Brustseite. Dorthin, wo das derzeit wohl wichtigste Kleinod sich befand. Ein kleiner Computerstick, der vielleicht kriegsentscheidender war, als die stärksten Atomsprengköpfe auf ihren Interkontinental-Raketen.

In diesem Moment erklang wieder die Stimme des befehlshabenden Offiziers bei dem kleinen Haus und kurz darauf ein weiterer Schmerzensschrei des geschundenen alten Mannes.

Alina zuckte zusammen und fast sah es so aus, als wolle sie dorthin laufen, wo die Soldaten den alten Popen jetzt derb vom Boden hochgerissen hatten und auf die Ladefläche des Armeelasters warfen.

Gerade soeben konnte Ronny sie noch davon abhalten und zu Boden drücken. Denn jetzt startete der Lada und wendete. Seine Scheinwerfer strahlten dabei auch genau dahin, wo der Amerikaner die Russin mit seinem Körper fest auf die schmutzige Erde der Gräber drückte.

Dann erwachte der schwere Diesel des Lastwagens röhrend zum Leben. Krachend rastete der erste Gang ein. Rote Bremslichter leuchteten auf und dann setzte das Fahrzeug zurück. Erneutes lautes Knacken und mit voll eingeschlagener Lenkung drehte der Fahrer. Die Scheinwerfer tauchten das Dunkel genau dort wieder in gleißendes Licht, wo sich Alina gerade erneut aufrichten wollte. Der Lichtkegel glitt weiter, doch da bremste der Fahrer nochmals und setzte zurück.

Wieder glitt das helle Licht über die Gräber. Doch da hatte Ronny Bean die Frau längst ganz tief auf die schmutzige Erde gedrückt. Einigermaßen geschützt von einem dichten Busch und einem breiten Stein auf dem Grab. Doch der helle Doppelstrahl verharrte gerade dort, wo sich die beiden so dicht auf den Boden drückten, wie sie es wohl seit ihrer infanteristischen Grundausbildung nicht mehr getan hatten. Jetzt öffnete sich auch noch die rechte Tür des Führerhauses und ein Soldat stieg aus.

Nein, nicht ganz. Er stellte sich auf das Trittbrett und kurz darauf flammte ein Suchscheinwerfer an der rechten Dachkante des Lkw auf. Der Mann auf dem Trittbrett schwenkte den ausgesprochen hellen Lichtstrahl über den nachtschwarzen Friedhof.

Nicht nur Alinas Herz klopfte so laut, dass sie meinte, es müsse bis zu den Soldaten zu hören sein. Auch der Blutdruck des Commanders stieg immer weiter an. Gerade hatte er sich entschieden, notfalls auch allein so schnell es ging zu flüchten, als endlich das Licht noch einmal zurückschwenkte und dann erlosch. Dafür sprang jetzt der Motor wieder an und endlich trat auch der Laster den Rückweg an. „Puh! Das war knapp." Ronny zog Alina hoch und sah sie an. Das Gesicht der jungen Frau war mehr als angespannt und ihre Augen flackerten nervös, was trotz der Dunkelheit dem Amerikaner nicht entging. Er versuchte sie tröstend in den Arm zu nehmen, wurde aber brüsk zurückgestoßen. „Nana, ich meine es doch nur gut ..."

Doch Alina antwortete nicht, sondern schüttelte sich einmal kurz und schlug dann den Weg ein, auf dem sie bis hierher quer über die Gräber gerannt waren.

Wortlos folgte Ronny ihr. Gerade wollte er bemerken, dass es etwa hier gewesen sein müsste, wo Ferdinand v. Terra gestolpert und zurückgeblieben war, eine leise Stimme etwas links vor ihnen vom Erdboden her erklang. „Ein Glück, ich dachte schon, sie hätten euch erwischt."

„Das war auch knapp genug", antwortete Bean. „Aber dafür hat Alina es gefunden!" Er schlug erneut mit der flachen Hand auf seine linke Brustseite.

„Schön, aber ich habe mir den Fuß verknackst. Gebrochen scheint nichts zu sein, aber ich kann nur noch humpeln."

„Wenn das alles ist, kein Problem alter Mann! Wir stützen dich. Nichts wie zurück zum Hotel und dann sehen wir uns deinen Fuß genauer an." Um Ronny Beans Lippen spielte schon wieder ein gewisses Grinsen. Dass sie alle Drei gerade eben beinahe erwischt worden wären, schien er schon wieder verdrängt zu haben.

„Ach, und wie, du Schlauberger? Wir sind von oben bis unten mit Dreck beschmiert. Glaub mal ja nicht, dass du besser aussiehst als ich." Der Fregattenkapitän ließ sein Feuerzeug aufflammen.

„Oh, ja ... so können wir nicht die Metro nehmen und auch kein Taxi." Das Grinsen war dem Commander vergangen. Er schaute erst v. Terra und danach Alina an. „Und was jetzt?"

Alina schien ihren Schock überwunden zu haben und überlegte kurz. „Die Soldaten – da waren wohl auch die Leute vom FSB dabei – sind ja mit Väterchen Andrej verschwunden. Der arme Mann ..."

„Ja, tut mir ja auch leid, aber für den können wir nun wirklich nichts tun", unterbrach sie Ronny.

„Nun mal langsam, Ronny! Was war denn genau da los?"

Alina berichtete stockend. Ihr war anzumerken, dass ihr das, was dem alten Mann widerfahren war, ziemlich an die Nerven ging und immer noch an ihr fraß.

Aber trotzdem hatte sie sich soweit gefasst, dass sie wieder zielgerichtet denken konnte.

„Aber der FSB hat jetzt zu tun mit dem Popen. Ich glaube nicht, dass die heute nochmals wieder hierherkommen. Also gehen wir doch in sein Haus und sehen, ob wir uns da etwas herrichten können. Vielleicht finden wir da auch ein paar Sachen." Sie warf einen Blick auf Ferdinands Hose.

„Diese Hose kannst du jedenfalls nicht mehr anziehen. Die ist hier ganz tief eingerissen."

Von Terra warf einen Blick im Schein seines Feuerzeugs auf seine Hose. „Oh, das habe ich so genau noch gar nicht gesehen. Also los!"

Auf den griechischen Militärflugplätzen waren jetzt zwei Staffeln F 22 eingetroffen. Zusätzlich auf den größeren Basen in Italien insgesamt zwei Staffeln B 1 und ebenfalls zwei komplette Staffeln des hochmodernen B 2 Tarnkappenbombers in seiner neuesten Ausführung, klassifiziert als B 2d.

Außerdem waren mehrere Fregatten der verschiedensten NATO-Staaten im Mittelmeer angekommen.

Dazu im Eilmarsch vier der modernsten Zerstörer der US-Navy, der gerade im Atlantik geübt hatte. Es waren ziemlich große Schiffe von rund achttausendachthundert Tonnen Wasserverdrängung. Bewaffnet mit modernsten Boden/Luft- und Schiff/Schiff-Lenkwaffen. Dazu mit Helikoptern für die U-Boot-Jagd und auch in der Lage selbst U-Boot-Jagd-Torpedos abzufeuern. Eine neue Entwicklung, die aus Raketenbehältern abgeschossen wurden und dann unter Wasser selbstständig suchend, mit Geschwindigkeiten von bis zu 88 Knoten und Geräusch- und Magnetzielsuchern ausgestattet, einem U-Boot nur wenig Chancen zum Entkommen ließen.

Hinzu kamen die herkömmlichen Tomahawk-Flugkörper, die gegen Landziele eingesetzt werden konnten. Gegen anfliegende Lenkwaffen gab es umfassenden Schutz durch je vier Gatling-Schnellfeuer-Geschütze, die kleine Projektile mit hoher Treffsicherheit und enorm schneller Schussfolge auf anfliegende Ziele abfeuerten. Dazu war jedes dieser Schiffe mit einer eigenen, nochmals verbesserten Aegis-Feuerleitanlage ausgerüstet, die gleichzeitig bis zu achtundzwanzig Ziele bekämpfen konnte.

Zwei dieser Mehrzweckkampfschiffe neuesten Zuschnitts nahmen die Plätze, der von den iranischen Torpedos getroffenen Zerstörern, in dem Geleit der Trägerkampfgruppe der „USS Sam Houston" ein.

Die beiden anderen hingegen, nach einem erneuten Auftanken, Kurs auf das Marmarameer und den Bosporus.

Diese Massierung von Schiffen und Flugzeugen wurde natürlich von den Medien begleitet und ausführlich kommentiert. Eine deutsche Boulevard-Zeitung, eines der auflagenstärksten Blätter weltweit, kommentierte: „Aufmarsch zum Show Down". Dazu waren Reporter von CNN weltweit auf Sendung. So erfuhren der russische Präsident und seine militärische Führungsspitze, ohne dass es ihres Auslandsnachrichtendienstes bedurft hätte, auch aus erster Hand, welche Verstärkungen die NATO heranführte. Admiral Kunikov, der Marinechef, sah seinen Präsidenten an.

„Gospodin Präsident, glauben Sie wirklich, dass wir gegen diese Armada mit unseren Schiffen eine echte Chance haben?"

„Andersherum, Kunikow! Glauben Sie wirklich, dass wir jemals unsere Ziele erreichen, wenn wir jetzt sang- und klanglos den Schwanz einziehen?"

„Nein, das sicher nicht. Wenn wir die Türken auf unsere Seite gezogen und damit freien Zugang zum Mittelmeer errungen hätten, dann wäre die NATO eindeutig geschwächt worden. Der Plan war gut und wäre fast aufgegangen. Leider ist er in letzter Sekunde geplatzt, weil die Türken oder die Amerikaner Özdemir vom Himmel geholt haben. Aber was bringt es uns jetzt, wenn wir mit

Gewalt versuchen, in der Türkei Fuß zu fassen und dann mit blutiger Nase abgewiesen werden?"

Kruskin maß seinen Marinechef mit einem vernichtenden Blick und wandte sich an den Befehlshaber der Schwarzmeer-Flotte. „Und was sagen Sie, Bullin?"

Der Vize-Admiral wand sich förmlich unter den Blicken seines Staatschefs.

„Mit den beiden Flugzeugträgern und deren Kampfflugzeugen, dazu die Bomber in Italien und dann noch die modernen Zerstörer, die offenbar in den türkischen Teil des Schwarzen Meeres verlegt werden, müssen wir mit dem Totalverlust unserer beteiligten Einheiten rechnen", wagte er dennoch zu erwidern.

Ohne ihn noch einer direkten Antwort zu würdigen, sah Feodor Wladimirowitsch Kruskin seinen Verteidigungsminister an. „Und was sagen Sie, Marschall?"

Dieser hatte gut überlegt und war weder seines Postens, noch seines Lebens, überdrüssig.

„Nun, wenn, wovon ich ausgehe, der Einsatz von Kernwaffen generell ausgeschlossen ist, dann stehen unsere Chancen schlecht. Wir könnten zwar jede Menge Bomber heranführen und auch vielleicht sogar den einen Träger zerstören, aber damit hätten wir wenig gewonnen, weil wir selbst sehr geschwächt wären. Wir sollen unsere Flotte losschicken, aber nur bis an die Grenze der türkischen Hoheitsgewässer. Dort sollten sie patrouillieren, die Amis und ihre Verbündeten in Atem halten, aber nicht angreifen. Wenn überhaupt, müsste die Gegenseite den ersten Schuss abgeben!"

„Genauso machen wir es. Ganz meine Meinung. Dazu heizen wir die Stimmung unter den islamistischen Ländern weiter gegen die Amerikaner, die Europäer und gerade auch gegen die Türken, die überwiegend dem Islam huldigen, an. Die Iraner kommen der Bombe immer näher. Der koreanische Konflikt schwelt weiter und Amerika wird an allen Fronten präsent sein müssen. Wenn denn noch der nahe Osten wieder geschlossen gegen Israel aufsteht, kann sich ganz schnell eine neue Chance gegen einen dann geschwächten Westen ergeben."

Kruskin gestattete sich ein maliziöses Lächeln. Dann nickte er zustimmend und die Miene des Marschalls entspannte sich. Schließlich antwortete er: „Sehen Sie, meine Herren, das ist eine vernünftige Analyse. Können Sie noch viel lernen, von unserem verehrten Marschall und Verteidigungsminister. Haben Sie verstanden Admiral!"

„Jawohl", klang es zweistimmig zurück.

General Kossegyn wartete bereits einige Minuten vor dem Hauptquartier des GRU und seine Stimmung war nicht gerade als freundlich zu bezeichnen.

Da endlich näherte sich der schwere Lastwagen mit seinem Schlägerkommando und dem alten Popen.

„Wo zum Teufel haben Sie solange gesteckt?"

Der noch junge, kräftige Offizier zuckte zusammen. Gerade wollte er antworten und hatte die von seinem General erwartete stramme Haltung angenommen, als unter dem Verdeck der Ladefläche eine zornige Stimme erklang. „Nun mach endlich, dass du vom Wagen kommst, Alter!"

Es folgte ein klatschendes Geräusch und dann ein erstickter Schrei.

Kossegyn wandte sich von seinem Leutnant ab und brüllte: „Kriegt ihr Kerle es nicht einmal fertig den alten Sack jetzt endlich in unseren Keller zu schaffen?"

Wie einst der KGB unterhielt auch seine Nachfolgeorganisation den seit Jahrzehnten bewährten Keller mit einigen Zellen und besonderen Verhörräumen nach wie vor. Insoweit hatte sich wenig geändert. Dort stand all das zur Verfügung, was der Verhörexperte, der nicht von störenden Gesetzen und anderen demokratischen Hemmnissen gehindert wird, benötigt um schnell die gewünschten Auskünfte zu erhalten.

Da wurde der alte Priester bereits von kräftigen Armen über die hintere Bordwand der Ladefläche gehoben und dann unsanft fallengelassen.

Kossegyn warf nur einen kurzen Blick auf den geschundenen, aus der Nase und einigen Rissen im Gesicht blutenden, Greis und wandte sich dann dem Eingang zu.

Gleichzeitig schleppten zwei seiner Soldaten den Alten zu einem etwas abseits gelegenen Abgang, der in die gefürchteten Kellerräume führte.

In der Zeit gönnte sich der FSB-Gewaltige erst einmal ein großes Glas Wodka. Schließlich war es Jahre her, dass er bei so simplen Anlässen sich genötigt sah, persönlich dabei zu sein.

Aber einen Fehlschlag konnte er sich einfach nicht leisten. Natürlich wollte er nicht genauso wie sein Kollege Koljanin von der GRU enden.

„Da, die Tür steht offen!" Commander Bean deutete mit ausgestrecktem Arm auf die offene Tür der ärmlich anmutenden Behausung des alten Priesters neben seiner kleinen Kirche.

„Ja, aber die Soldaten sind doch alle weg. Oder meinst du, sie haben einen oder zwei Männer zurückgelassen, die vielleicht das Haus durchsuchen?"

„Das glaube ich nicht, aber dann würden wir wohl Geräusche hören, denn dass die Kollegen nicht so zimperlich sind, haben wir ja gesehen." Die nur mühsam unterdrückte Wut war Alina anzumerken, die das Schicksal des alten Andrej ziemlich berührte. Kein Wunder, denn sie wusste ja genau, dass letztlich sie der Grund dafür war.

„Dann gehr ihr man vor. Ich warte einige Minuten, denn wenn ihr flüchten müsst, würde ich euch ja nur behindern mit meinem kaputten Fuß. Wir sollten uns jedenfalls beeilen!"

Ferdinand . v. Terra humpelte doch ziemlich stark.

Alina erhob sich aus ihrer hockenden Stellung und ging mit langsamen Schritten auf die offene Tür zu. Ein schwacher Lichtschein drang heraus. Schließlich verschwand die Frau im Innern des kleinen Hauses. Ronny Bean folgte ihr und hatte gerade die Eingangstür passiert, als er einen erstickten Schrei hörte, den er sofort Alina zuordnete. Er zuckte zurück. Was bedeutete das? Waren eventuell doch Soldaten im Haus und Alina ihnen geradewegs in die Falle gelaufen?

Schnell schlich er auf leisen Sohlen zurück zur nach wie vor geöffneten Eingangstür und machte mit den Armen ein Zeichen in Richtung des angeschlagenen Kollegen. Er hoffte nur, dass Ferdinand begriff, was gemeint war. Aber die Bewegung der ausgestreckten Arme mit offenen Händen nach unten sollte eigentlich eindeutig sein.

Dann glitt er wieder durch die Tür und horchte. Da, in dem Raum links von ihm, lachte ein Mann hämisch und sprach einige Worte in einer Sprache, die er nicht verstand. Was dann folgte, war um so aufschlussreicher. Alinas Stimme ertönte auf Deutsch. „Was wollen Sie von mir? Warum schlagen Sie mich? Zwei kräftige Männer, dazu bewaffnet, gegen eine junge Frau!"

Sehr gut! Die Frau hat bei der GRU doch was gelernt, freute sich der Commander. Jetzt wusste er, dass er es mit zwei bewaffneten Gegnern zu tun bekam.

„Ah, mit wem wollen Sie telefonieren? Jetzt lassen Sie mich doch endlich los!"

Alina hoffte, dass Ronny verstand, was sie ihm damit sagen wollte.

In der Tat verstand er, dass der eine Soldat Alina festhielt und der andere offenbar Meldung erstatten wollte. Es war also Eile geboten, wenn das verhindert werden sollte.

Bean atmete nochmals tief durch, drückte die Klinke der Tür hinunter und warf sich mit seinem vollen Gewicht dagegen. Das dünne Türblatt prallte gegen den Rücken des einen Soldaten, der gerade versuchte, Alina die Hände auf den Rücken zu fesseln. Mit einem Schmerzensschrei auf den Lippen ließ er die Frau los. In diesem Moment traf ihn bereits ein Faustschlag des Amerikaners und ließ ihn taumeln. Dann wurde es aber auch höchste Zeit, sich dem zweiten Soldaten zuzuwenden.

Dieser hatte das Telefon von der rechten Hand in die linke gewechselt und griff erst dann mit der jetzt freien Rechten an seine Pistolentasche. Die Waffe flog hoch und da traf ihn ein Tritt des Angreifers genau zwischen die Beine, während eine Hand nach seinem Arm griff und diesen ruckartig zur Seite riss. Mit einem seltsam knirschenden Geräusch fiel der waffenbewehrte Arm nach unten und die Pistole auf den Boden. Aber noch war der kräftige, sicher über einen Meter und neunzig Zentimeter große, Mann nicht ausgeschaltet. Ein wuchtiger Faustschlag seiner Linken streifte Bean zum Glück nur an der Schläfe. Dafür traf ihn ein Tritt des Russen genau dort, wo er zuvor dessen Kronjuwelen anvisiert hatte. Jedoch ohne die erwartete, paralysierende Wirkung zu erzielen.

Das hingegen gelang dem russischen Soldaten. Mit einem Schmerzensschrei auf den Lippen sackte Ronny Bean auf die Knie. Seine Hände waren unwillkürlich dorthin gefahren, wo der Schmerz in ihm aufflammte. Den jetzt freien Schädel wollte der Russe mit einem mächtigen Fußtritt treffen und so seinen Gegner endgültig ausschalten, als ein lauter Knall die plötzlich aufgekommene Stille zerriss.

Das zum Tritt weit nach hinten geschwungene Bein des Russen verharrte in der Luft und dann sackte erst dieses Bein, danach der restliche Körper, ohne einen Ton in sich zusammen.

Ronny Bean hatte unwillkürlich die Augen geschlossen, als ihm klar wurde, dass er dem ihm zugedachten Tritt nicht würde ausweichen können. Jetzt öffnete er die Augen wieder und starrte verwundert auf den vor ihm liegenden Russen, dessen rechtes Bein seltsam verdreht unter seinem Körper lag. Hinter dem reglos auf dem Boden liegenden Soldaten stand Alina mit einer Pistole in ihrer rechten Hand. Hinter ihr lag der andere Uniformierte. Ebenfalls kampfunfähig, aber offenbar durchaus lebendig, denn seine Brust hob und senkte sich erkennbar im Rhythmus der einzelnen Atemzüge.

„Puh!", stöhnte Bean und rieb sich den Ort, an dem der Schmerz noch immer wütete.

„Danke, Alina! Und was machen wir jetzt mit ihm?"

Da hatte die Frau bereits eine Idee. Sie nahm das schwere Schließzeug, das der jetzt am Boden röchelnde Uniformierte ihr zuvor anlegen wollte. Dann legte sie eine Schelle um sein linkes Bein, zog dieses nach oben und griff mit der anderen Hand nach dem rechten Arm des Liegenden.

„Nun hilf mir doch mal!", ranzte sie den Commander an.

Dieser schien zu begreifen, was die Frau vorhatte.

„Willst du ihm das wirklich antun?"

„Allerdings! Wenn ich daran denke, was diese Schweine mit dem alten Popen gemacht haben, kommt er ganz gut davon – oder?" Ihr Blick wies auf den keine zwei Meter entfernt verkrümmt auf dem nackten Boden liegenden Toten.

„Stimmt auch wieder", brummte Ronny immer noch schmerzerfüllt und griff sich den rechten Arm des Bewusstlosen. Schließlich schnappte die zweite Schelle dort am Handgelenk ein und in dieser höchst unbequemen Haltung sollte der Soldat nunmehr auf unbestimmte Zeit verbleiben, wenn er den Gesichtsausdruck der ehemaligen GRU-Angehörigen richtig deutete.

Da zerriss ein Stöhnen die kurz eingetretene Stille. Der Russe war, wohl aufgrund der schmerzhaften Lage wieder am Erwachen. Sein Blick irrte durch den Raum, blieb zunächst an seinem toten Kameraden haften und fiel dann auf Alina und schließlich auf den Amerikaner.

Ungläubig schaute er sich um, soweit es diese sehr individuelle Fesselung ermöglichte und schrie dann einige Worte in den Raum.

Alina fuhr herum und bevor Bean es verhindern konnte, fauchte sie zurück. Leider auf Russisch.

„Bist du blöd?", fuhr der Commander sie an. „Jetzt müssen wir ihn vermutlich töten, damit er uns nicht verrät!" Alina zuckte zusammen. Kaum hatte sie sich dazu hinreißen lassen, auf Russisch zu antworten, da war ihr dieser Fehler auch schon bewusst geworden.

Nachdem es jetzt ohnehin egal war, überschüttete sie den sich vor Schmerzen windenden Mann auch noch mit einem wahren Wortschwall. Mit dem Ergebnis, dass dieser zurückbrüllte und Ronny Bean verständnislos von Alina zu dem Liegenden und zurück zu ihr blickte.

Aber Alina antwortete nicht. Stattdessen zog sie dem Gefesselten die Stiefel aus und Bean sah staunend zu, wie sie ihm danach die dicken Strümpfe von den Füßen riss. Einen drehte sie zusammen. Dann griff sie ihm an die Nase, hielt diese zu und als er den Mund aufriss, um zu atmen, stopfte sie ihm den einen dicken Strumpf so weit es ging in den Rachen. Den anderen olivfarbenen Wollstrumpf band sie darüber und knebelte ihn so.

Fassungslos sah ihr der Commander zu, als sie sich erhob und dem so Gequälten noch einen kräftigen Fußtritt in die Seite angedeihen ließ.

„Meinst du nicht, dass er so ersticken kann?"

Alina zuckte die Schultern. „Hast du nicht gesagt, dass wir ihn jetzt sowieso töten müssen? So, jetzt hol Ferdinand rein, damit wir uns säubern und nach einer Hose für ihn sehen können!"

Ronny wunderte sich. Erst wollte sie sich fast geradezu ins eigene Verderben stürzen, um dem misshandelten Priester zu helfen und jetzt schien es ihr nichts auszumachen, dass sie eben einen Mann getötet hatte und einem weiteren ungerührt das gleiche Schicksal angedeihen lassen wollte.

Na, wenn das die viel gerühmte russische Seele war …?

Da näherten sich ungleichmäßige Schritte und der Commander richtete die Pistole, die er dem toten Soldaten weggenommen hatte auf die offene Tür. Aber nur, um den Lauf der Waffe gleich wieder zu senken, als v. Terra hereinhumpelte. Staunend blickte er auf die beiden liegenden Gestalten.

„Da habt ihr wirklich ganze Arbeit geleistet", staunte er.

„Ja, was blieb uns übrig, wo du ja verhindert warst", grinste der Commander. „Aber, um ehrlich zu sein, die Hauptarbeit hat unsere Kollegin erledigt."

„Beachtlich, aber wollen wir ihn wirklich so liegen lassen? Das ist ja schon Folter!" Ferdinand v. Terra deutete auf den so verkrümmt zusammengeschlossen Daliegenden.

„Unsere Mitstreiterin meint, das hat er verdient", erklärte Bean und vermied es nach wie vor, Alinas Namen zu erwähnen. Dann berichtete er, dass die Frau den Soldaten auf Russisch beschimpft hatte und er jetzt wohl ein Sicherheitsrisiko darstellte, das sie sich nicht leisten konnten.

„Heißt das, ihr wollt ihn auch …"

„Das muss wohl sein. Doch zunächst sollten wir uns reinigen und dir eine neue Hose suchen. Dabei können wir ja überlegen, ob es eine Alternative gibt? Aber ich sehe keine, wenn ich ehrlich sein soll", fügte Ronny Bean noch hinzu.

Der Deutsche wollte protestieren, ließ es aber dann zunächst und die Drei machten sich auf, das Badezimmer des Popen zu suchen. Doch diese Mühe war vergeblich. Offenbar besaß er diese Segnung der Zivilisation, ohne die heute eigentlich in Europa auch ein Altbau nicht mehr vorstellbar ist, nicht. Also musste die Küche herhalten und nachdem sie sich Hände und Gesicht gewaschen hatten, versuchten sie, auch ihre Kleidung wieder soweit zu säubern, dass sie zumindest nicht jedem Menschen in der Metro auffallen würden. Ein aufmerksamer Hotelportier würde hingegen sich schon so seine Gedanken machen, aber vielleicht konnten sie den ja irgendwie ablenken. Mit einer Hose für den Fregattenkapitän war es schon schwieriger. Eine Hose des Alten war zwar lang genug, aber deutlich zu eng. „Macht nix, mit der Jacke drüber geht es schon und in meinem Trolley habe ich eine Jeans. Die hätte ich lieber anziehen sollen. Die hätte wohl gehalten!"

„Gut, dann lasst uns sehen, dass wir hier wegkommen", drängte Alina.

„Und was wird mit dem Russen? An einem Mord kann ich mich nicht beteiligen, dass das mal klar ist!" Ferdinand sah seine beiden Mitstreiter an.

„Hier lassen können wir ihn nicht. Jedenfalls nicht lebend. Das Risiko ist viel zu groß", stellte Alina klar. „Könntest du ihn denn wirklich so einfach töten? Einen wehrlosen Mann?" Von Terra wollte es einfach nicht glauben.

„Dieser ach so wehrlose Kerl hat auf mich auch keine Rücksicht genommen und hat den alten Popen ziemlich verprügelt. Der war es, das habe ich genau gesehen. Und Ronny wollte der Andere mit einem gewaltigen Tritt den Kopf vom Hals treten. Hätte ich nicht geschossen, wäre er tot oder jedenfalls sehr schwer verletzt." Alinas Augen blitzten vor Zorn.

„Trotzdem, ich ...", hob v. Terra erneut an, als ihn Ronny Bean unterbrach.

„Ihr beide geht schon mal raus. Ich habe da eine Idee ..."

Doch der Mann und die Frau wollten sich nicht so einfach abschieben lassen.

„Los jetzt, wir haben es eilig und ich weiß schon, was ich mache. Wenn ihre Kameraden die beiden finden, dann werden sie wohl schnell eins und eins zusammenzählen. Also können wir nicht einfach zwei Tote hinterlassen."

„Und was hast du vor?" Ferdinand wollte es genau wissen.

„Das Richtige, verlasst euch darauf. Und jetzt raus mit euch!", machte der Amerikaner Druck.

Alina schob den noch immer stark humpelnden v. Terra vor sich her aus dem Haus. Draußen angekommen sahen sie sich fragend an. Doch niemand wollte als Erster das Wort ergreifen. Die Minuten verrannen quälend langsam in angespannter Stille.

„Was macht er nur so lange?", brach schließlich der Deutsche das Schweigen. Doch da knallte es laut im Haus. „Jetzt hat er ihn doch erschossen!", brach es aus Ferdinand hervor.

Entsetzt starrte er auf den Eingang, wo sich jetzt die Tür öffnete und der Commander hervortrat.

Ronny Bean war alles andere als so kühl, wie er sich gegenüber den Anderen gegeben hatte.

Schließlich war er Marine-Nachrichtenoffizier und kein staatlich lizenzierter Killer. Aber hier und jetzt stand wesentlich mehr auf dem Spiel als das Leben eines einzelnen Russen, der sicherlich in seinem bisherigen Dasein auch schon so manche verwerfliche Tat begangen haben mochte. Er gab sich einen Ruck und betrat den Raum, wo die beiden Russen auf dem Boden lagen. Die Pistole des so schmerzhaft Gefesselten hatte Alina weit in die Ecke unter eine Anrichte gekickt, wie er nach kurzem Rundblick entdeckte. Sein zweiter Blick galt dem Toten. Doch, der konnte so liegen bleiben, überlegte er und wandte sich dem unter seinem Knebel nur gedämpft ausstoßende Schmerzlaute und Verwünschungen von sich gebendem Russen zu. Dieser starrte ihn halb entsetzt, halb auf Befreiung aus seiner misslichen Lage hoffend an.

Die Hoffnung schwand aber sofort aus seinen Augen, als sich der Amerikaner die Pistole unter dem alten Zierschrank hervorangelte. Als der schlanke Ausländer dann ein Tuch hervorzog und Griff und die Teile der Waffe abwischte, die er beim Aufheben berührt hatte, trat Panik in die Augen des Liegenden. Er verstummte und verfolgte genau, was jetzt passierte. Ronny wickelte sein Taschentuch um Griff und Abzug und richtete es so ein, dass ein Zipfel des blaugrauen Tuches auch den Verschluss der *Naga* bedeckte. Dann zog er den Schlitten der Waffe zurück und mit einem unheilvollen Klicken wurde eine Patrone aus dem Magazin in das Patronenlager gehebelt. Spätestens jetzt war dem Soldaten klar, was ihm bevorstand. Die Angst ließ ihn die Schmerzen fast vergessen und unverständliche Laute quollen an dem Knebel vorbei aus seinem Mund.

Dann zog der Amerikaner den Russen einige Schritte beiseite, hob ihn mit einem kräftigen Griff in den Nacken vom Boden an und kniete sich seitlich an seine rechte Körperhälfte. Der Lauf der altbewährten russischen Militärpistole berührte eine Stelle dicht hinter dem rechten Ohr des Mannes und mit einem ohrenbetäubenden Knall wurde der Kopf des Russen zur Seite gerissen und Blut und Gewebeteilchen spritzten an die seitlich dahinter befindliche Wand. Ein eiskalter Schauder durchzog den Körper des Amerikaners, der eben einen Menschen aus dem Leben gerissen hatte und ließ ihn einen Moment wie erstarrt verharren.

So, jetzt mussten die Fesseln ab. Wo war der Schlüssel für das schwere Schließzeug? Hatte Alina den etwa eingesteckt? Sein Blick irrte durch den Raum. Wo zum Teufel…? Ah, da lag er ja. Auf eben dem kleinen Schränkchen, unter dem auch die Pistole gelegen hatte.

Schnell löste Bean die Fesselung, richtete die Beine so aus, als hätte der Tote, dessen Schädel jetzt in einer immer weiter sich ausbreitenden Blutlache schwamm, auf dem Boden gesessen. Dann noch ein paar Abdrücke von Daumen und Zeigefinger der Linken auf dem Schlitten und Lauf der Waffe hinterlassen und seine Rechte um Griff und Abzug schließen, den Arm des Toten soweit wie möglich anheben und ihn durch sanften Druck auf seinen Zeigefinger einen letzten Schuss in Richtung seines ebenfalls toten Kameraden abgeben lassen. Danach die alte Armeepistole vom Typ „Makarow" dicht neben dem rechten Arm auf den Boden legen. Dann noch den Knebel entfernen, die Strümpfe wieder an die Füße und die Stiefel anziehen, dachte Ronny und machte sich eilig daran, diese Gedanken in die Tat umzusetzen.

Kurz darauf betrachtete er sein Werk und konnte nicht ganz verhindern, den aufkommenden Kloß im Hals herunterwürgen zu müssen. Dann atmete er ein oder auch zweimal tief durch und begab sich durch die offene Haustür wieder ins Freie.

„Erledigt, die beiden sind in Streit geraten und der Eine hat den Anderen erschossen und dann, als ihm klar wurde, was er getan hatte, sich selbst gerichtet. Die beste Lösung … für uns alle. Und jetzt wollen wir darüber nicht mehr reden! Verstanden?"

Alina nickte zustimmend und stieß v. Terra an. „Ist doch ein guter Gedanke. Verschafft uns Zeit. Und jetzt los, dann können wir uns vielleicht noch unter die Leute mischen, die aus dem Theater kommen."

Der deutsche Offizier antwortete nicht, schloss sich aber den beiden Anderen an.

Das Geschehene belastete ihn doch stark. So sehr, dass er trotz der Schmerzen in seinem Knöchel, wenn auch stark humpelnd, so doch deren Tempo mithalten konnte. Bis zur Metro-Station ging es ganz gut. Dort am Eingang verschwand auch die kaputte Hose in einem der großen Abfallkörbe. Selbstverständlich waren alle Taschen vorher sorgsam geleert worden.

Aber die langen Treppen hinunter zum Bahnsteig – die Rolltreppen waren, warum auch immer, außer Betrieb – erwiesen sich als Tortur für den umgeknickten Knöchel, der überdies bereits stark angeschwollen war. Schweißperlen standen dem Offizier auf der Stirn, als er sich endlich in den Sitz der Bahn fallenlassen konnte.

Wie ein nasser Sack hing der alte Andrej auf einem einfachen Holzstuhl in einer speziell ausgestatteten Zelle im Keller des Moskauer FSB. Der Keller war geblieben, aber seit Stalins Geheimpolizei und auch der KGB Geschichte waren, hatte sich viel geändert. Zwar wurde auch immer noch brachiale Gewalt angewendet, aber auch subtilere Methoden kamen zum Einsatz. Neben sogenannten Wahrheitsdrogen und Schmerzverursachern wie Succinylcholine hatte auch das von den Amerikanern mit Vorliebe praktizierte Waterboarding Aufnahme in das Repertoire der angewandten Scheußlichkeiten gefunden. Ein sehr probates Mittel, wenn die Zeit drängte.

Zu gern hätte Unterleutnant Arkadi Dostojewski seinem General schon ein Ergebnis präsentiert. Aber auch wenn der Alte mehr Wasser zu schlucken bekommen hatte, als vielen Fischen in so kurzer Zeit durch die Kiemen geflossen wäre, blieb der Erfolg aus. Als der Pope endlich – nach langen Minuten – wieder sprechen konnte, beteuerte er nach wie vor nichts zu wissen und die Sacharowa schon lange nicht mehr persönlich gesprochen zu haben.

Da flog die Tür auf und General Kossegyn trat ein. „Na, hat Väterchen geplaudert?"

Das Gesicht des jungen Offiziers nahm eine starke Rotfärbung an. „Nein, Herr General, obwohl er fast ertrunken wäre. Er ist gerade wieder zu sich gekommen und ..."

Der junge Uniformierte brach ab, als ihn ein an Missbilligung kaum zu überbietender Blick aus den dunklen Augen des neuen Chefs des FSB traf, der jetzt sowohl für die Inlandsaufklärung sowie ebenfalls für alle Länder außerhalb der Russischen Föderation zuständig war. Im Gegensatz zu den Amerikanern mit ihren nunmehr sechzehn selbstständigen Geheimdiensten hatte Russland unter seinem Präsidenten, außer dem Militärischen Dienst, der GRU, alles in den gewachsenen FSB integriert. Dafür wollte er aber auch schnelle Erfolge sehen, was dem General nur zu klar war.

Er warf einen Seitenblick auf den verkrümmt und klatschnass auf dem Stuhl hockenden alten Mann.

„Dann passt mal auf, wie das geht!", grollte Kossegyn in Richtung seiner drei Vasallen.

Alsdann wandte er sich dem Popen zu. „So, Alter, entweder sagst du mir jetzt alles, was ich wissen will, oder es tut gleich so weh, dass du dir wünschen würdest, nie geboren worden zu sein. Hast du mich verstanden?"

Andrej Semjonow öffnete das rechte Auge, aus dem er noch einigermaßen sehen konnte, und sah den Chef seiner Peiniger an. „Ich weiß doch wirklich nichts. Ich habe die kleine Alinuschka schon seit über einem Jahr nicht mehr gesprochen. Ich weiß nur, dass sie fast jeden Monat, seit sie wieder in Moskau ist, Blumen auf das Grab ihrer Mutter gelegt hat und das haben Ihre Leute ja geradezu umgepflügt und ..."

„Genug, Alter, du willst es ja nicht anders", zischte der General, um dann seinen Leuten die Anweisung zu geben, dem Alten die Kleidung vom Leib zu reißen.

Eine Minute später stand der arme Pope dann nackt vor seinen Folterknechten und versuchte mit den Händen sein Geschlecht zu bedecken.

„Hängt ihn an den Armen auf!", lautete der nächste Befehl, der sofort befolgt wurde. Von der Decke wurden dünne Stahlketten mit Schellen herabgelassen und diese um seine Gelenke gelegt.

Dann straffte sich der stählerne Strang und Andrej glaubte schon, er würde an den Armen nach oben gerissen werden, als der Zug aufhörte und seine Arme gespreizt in Schulterhöhe vom Körper abstanden. Das war gar nicht so schlimm, fand er. Dann wurden seine dünnen Beine ebenfalls gespreizt und an Stahlringen im Boden mit entsprechenden Fesseln verbunden.

Inzwischen hatte sich der General persönlich dünne Handschuhe aus feinstem Leder angezogen und näherte sich jetzt dem, ihm aus dem unverletzten Auge entgegenstarrenden, Popen. Dieser folgte angstvoll dem Blick des hohen Offiziers, der an seinem Geschlechtsteil haften blieb.

„Na, mein Alter, mit dem traurigen Pesel kannst du ja ohnehin nichts mehr anfangen. Aber ich hoffe, in der Gegend kannst du jedenfalls noch Schmerz empfinden? Oder ist da schon alles taub und abgestorben?"

Obwohl ein Auge bereits fast zugeschwollen und auch Lippen und Nase aufgeplatzt waren, hatten Andrej die Schläge und Tritte sehr viel weniger ausgemacht, als das simulierte Ertrinken. Das hatte ihm wirklich so zugesetzt, wie bisher nichts in seinen immerhin achtundsiebzig Lebensjahren.

Aber so nackt und gefesselt vor diesem offensichtlichen Sadisten zu stehen und nicht zu wissen, was der jetzt mit ihm anstellen mochte, das nagte schon an seiner Zuversicht, dass Gott es schon richten würde. Leise murmelte er ein Gebet vor sich hin, so dass für den vor ihm stehenden Offizier nur ziemlich unverständliche Töne zwischen seinen zerschlagenen Lippen hervorquollen.

„Was hast du gesagt, Alter? Sprich lauter, so dass ich dich verstehen kann!"

„Nichts, ich habe gebetet", krächzte der alte Mann.

„Du willst also wirklich nichts wissen? Die Sacharowa hat nicht mit dir gesprochen oder dir irgendetwas zur Aufbewahrung übergeben oder auf diesem armseligen Friedhof versteckt?"

„Nein, ich habe sie vor vielen Monaten das letzte Mal gesehen und zuletzt vor einem Jahr ihr *Frohe Ostern* gewünscht. Sonst wirklich nichts."

„Na, schauen wir mal, ob wir deinem altersschwachen Gedächtnis auf die Sprünge helfen können?"

Ein sardonisches Grinsen überzog das Gesicht des FSB-Generals und seine behandschuhte Rechte packte den schlaffen Hodensack des Alten und drückte kräftig zu.

„Auuuhoouuu!" An diesem Aufschrei wurde der aufflammende Schmerz deutlich. Kossegyn zog seine Hand zurück und der so Gequälte sackte in seinen Fesseln zusammen und wurde nur noch von den Handfesseln gehalten, die seine Arme jetzt fast ausrenkten, weil die Beine unter ihm weggesackt waren.

Die Soldaten lachten und auf ein Zeichen des Generals füllte einer von ihnen einen Eimer mit Wasser und goss ihn mit Schwung dem Alten über Kopf und Körper.

Doch das erhoffte Ergebnis blieb aus. Der Pope kam nicht zu sich, sondern blieb in der seltsamen Haltung hängen. Das Grinsen erstarb auf dem Gesicht des FSB-Oberen und besorgt beugte er sich persönlich nieder und fühlte am Hals des Alten den Puls.

Doch da war nichts mehr zu spüren. Dieser letzte – geradezu unmenschliche – Schmerz war zu viel für das altersschwache Herz. Väterchen Andrej war in die Arme Gottes heimgekehrt.

„Oh, verflucht! Der Alte ist krepiert!" Die Augen des Generals saugten sich an seinem Unterleutnant fest. „Das haben Sie ja fein hingekriegt, Sie Idiot!"

Der niedere Offizier, der erst einmal zuvor bei einer Aktion des Generals ohne Anwesenheit eines anderen, höheren Offiziers mitwirken durfte, war geradezu entsetzt. Er hatte ihn doch nicht umgebracht. Das war doch sein höchster Vorgesetzter persönlich gewesen.

„Verzeihung, Herr General, aber ..."

„Was aber, Sie Trottel? Meinen Sie etwa, dass der Pope nur an meinem kleinen Kniff in seine Eier abgekratzt wäre, wenn Sie und Ihre Männer ihn nicht vorher viel zu viel Wasser hätten schlucken lassen? Ich habe doch extra angeordnet, es nicht zu übertreiben!"

Ein weiterer vernichtender Blick traf den Anführer der Folterknechte, der diesen förmlich schrumpfen ließ.

„Aber nun ist es zu spät. Lassen Sie seinen Kadaver verschwinden und fragen Sie nach, ob die beiden Unteroffiziere in der Behausung des Popen etwas gefunden haben? Ich bin oben!"

Der Daumen des Generals wies in Richtung seines Dienstzimmers, das drei Stockwerke über dem Keller lag.

Kaum hatten die drei erfolgreichen Schatzsucher die Metro-Station „Theatralnaja" am berühmten Bolchoi-Theater erreicht, drängte Alina zur Eile. „Wenn pünktlich Schluss ist, dann kommen gleich die Ersten aus dem Eingang geströmt. Also, beeilt euch!"

„Ja doch", murrte v. Terra, dem sein Knöchel immer mehr zu schaffen machte. Aber mit Beans Hilfe machte er so schnell er nur konnte. Doch als er vor dem Eingang auf einer der Bänke, die nach der vor knapp zwanzig Jahren erfolgten Renovierung aufgestellt worden waren, mit einem Laut der Erleichterung niedersank, war seine Stirn voller Schweißperlen und auch Hemd und die viel zu enge Hose klebten an seinem Körper.

Kaum war er etwas zu Atem gekommen, öffneten sich die gläsernen Eingangstüren und jede Menge gut gekleidete Besucher traten ins Freie. Alina und Ronny schauten sich um. Niemand von ihrer Gruppe zu entdecken. Wäre ja auch gar nicht so einfach gewesen, bei dieser Menschenmenge.

Doch da erklang ein Ruf. Unverkennbar eine deutsche Stimme. „Hallo, Herr Ritter! Frl. Dani!"

Beide fuhren herum und erkannten – wohl zum ersten Mal überhaupt mit ehrlicher Freude – die Witwe des seligen Ewald. Hinter ihr die Reiseleiterin und einige andere Mitglieder ihres Kurztrips nach Moskau.

„Ah, Sie sind es, Frau ..." „Ja, das war doch toll, oder was meinen Sie, Herr Ritter?"

„Ja, ich war ganz hin und weg", schwäbelte der sofort übergangslos seine Rolle als Werner Ritter einnehmende Ronny Bean. „Nur unser Herr Maaß, der ist leider böse umgeknickt." Mit diesen Worten gab der Amerikaner den Blick auf den auf seiner Bank hockenden vorgeblichen Großvater von Daniela frei. „Na, das sollte sich der Arzt im Hotel ansehen!", erklang die Stimme der russischen Reiseleiterin, die die Gruppe ins Theater geführt hatte. „Wann ist denn das passiert?"

„Schon in der Pause", reagierte Ronny blitzschnell, denn ein Arzt würde schon merken, dass die Verletzung nicht erst vor ein paar Minuten entstanden war.

„Gut, dass das neue Hotel „Oktjabrskaja Revoluzia" rund um die Uhr einen Arzt im Hause hat", freute sich die Russin in ihrem gutturalen Deutsch. „Ich werde Sie ins Hotel begleiten und rufe uns jetzt eine Taxe!" Schon griff sie in ihre riesige Handtasche und förderte ein Mobiltelefon hervor. Während sie eine Kurzwahltaste drückte, wandte sie sich an die anderen ihrer Gruppe. „Sie kommen doch allein zurecht?" „Natürlich", bestätigte Ewalds Witwe und fügte noch hinzu: „Welch ein Pech aber auch, Daniela. Erst deine Oma und jetzt auch noch der Großvater. Jaja, Unglück schläft nicht, wie ich schon immer zu meinem seligen Ewald zu sagen pflegte."

„Mhm", machte Daniela alias Alina und deutete auf ihren Hals. „Ach, stimmt ja, du hast dir ja einen Virus eingefangen. Kann der Doktor auch gleich mal mit ansehen, nicht wahr!"

Das hätte gerade noch gefehlt, dachte Ronny Bean und versuchte die Alte abzuwimmeln.

Doch die warf noch einen, wie sie meinte, mitfühlenden Blick auf den fußkranken Großvater und stellte fest: „Sie müssen ja furchtbare Schmerzen haben, Sie Ärmster. Sie sehen ja schon irgendwie ganz anders aus und …"

Ferdinand v. Terra konnte sein Erschrecken nur mühsam verbergen.

Trotzdem zwang er sich, den Tonfall des alten Maaß zu intonieren als er antwortete.

„Allerdings, aber ein Arzt wird nicht nötig sein. Kalte Umschläge und Daniela macht mir einen straffen Verband und dann geht es schon!"

„Meinen Sie wirklich …?"

„Und ob! Ich habe einmal im Urlaub einen Arzt an mich herangelassen und der hat meinen entzündeten Blinddarm für eine Nierenkolik gehalten. Da wäre ich fast abgenippelt. Also, einen Arzt oder gar ein Krankenhaus im Ausland – nein danke."

„Wie Sie meinen, Herr Maaß. Aber das ist sehr unvernünftig. Muss ich schon sagen …" Damit drehte die Witwe kopfschüttelnd ab.

„Puh!", stöhnte Commander Bean erleichtert auf. Da kam auch schon die bestellte Taxe und der Fußkranke wurde auf den rechten Vordersitz verfrachtet, während Daniela und der vorgebliche Werner Ritter hinten in den Lada einstiegen. Als sich die Reiseführerin zu ihnen in das Auto quetschen wollte, wehrte der Amerikaner in bestem Hochdeutsch ab. „Nein danke, bleiben Sie ruhig bei der Gruppe. Wir kommen schon zurecht. Vielen Dank für Ihre freundlichen Bemühungen!"

Schnell schloss er die Tür und nannte dem Fahrer das brandneue Hotel „Oktjabrskaja Revoluzia" als Ziel. Der Mann nickte nur und fuhr los.

Bereits nach wenigen Minuten war das neue Luxushotel, das der einfache Moskauer Bürger wohl nie in natura von innen zu sehen bekommen würde, erreicht und der Commander entlohnte den Fahrer mit einem Fünfzig-Euro-Schein. Großzügig winkte er ab, als dieser ihm ein ganzes Bündel von Rubelscheinen herausgeben wollte, was ihm ein mehrfaches *„Spassiba, Gospodin"* eintrug und vielleicht auch in Anbetracht der Tatsache, dass der schon ältere Fahrer ein goldfarbenes Kreuz um den Hals trug, einen Einschluss in dessen Nachtgebet einbringen würde.

Jedenfalls ließ es sich der Russe nicht nehmen, gemeinsam mit Bean, den Verletzten stützend bis in die Hotelhalle zu bringen.

An der Rezeption bot der Angestellte sofort in gut verständlichem Deutsch an, den Hotelarzt zu rufen, was Ronny freundlich ablehnte und sich die Schlüsselkarten geben ließ, wobei eine Fünf-Euro-Note den Besitzer wechselte.

An den Fahrstühlen herrschte Andrang. Viele Gäste kamen von ihren Exkursionen in das Moskauer Nachtleben zurück, machten aber bereitwillig Platz, als Alina und Ronny den auf alten Herrn getrimmten Fregattenkapitän stützend, näherkamen.

Dann war es endlich geschafft. Soweit jedenfalls, dass alle Drei in v. Terras Zimmer angekommen waren. Aufstöhnend ließ sich Ferdinand in den Sessel am Fenster sinken und legte das angeschwollene Fußgelenk auf den kleinen davor stehenden Tisch.

Alina machte sich daran, ihm den Schuh auszuziehen. Bei einem über den Knöchel reichenden Stiefel wäre dieses im Hinblick auf die starke Schwellung kaum so einfach gelungen. So aber ging es, wenn auch schmerzhaft für den gepeinigten Mann. Als auch die Socke aus glücklicherweise sehr dehnbarem Material entfernt war, bot sich ihren Augen ein stark angeschwollener, sich bereits verfärbender Knöchel dar. „Und du bist dir sicher, dass er nicht gebrochen ist?", fragte Bean beklommen. „Ja, dann hätte ich ihn wohl kaum aufsetzen können", murrte Ferdinand und verzog das Gesicht. „Hier! Ich habe sogar Eis in dem kleinen Kühlschrank der Minibar gefunden!" Alina hielt eine kleine Schale hoch. „Gut, gib her! Ich mache es klein und du suchst ein Handtuch!" Ronny nahm die Schale entgegen und verschwand ebenfalls im Bad.

Keine zwei Minuten später tauchten die beiden mit einem gefalteten weißen Tuch, in dem sich das jetzt zerstoßene Eis befand und einem Handtuch wieder auf. Schnell wurde die Eispackung um den Knöchel gelegt. Das Handtuch darüber gewickelt und fixiert.

„So, und jetzt erst einmal einen Whisky", verkündete Bean. „Den werden die doch in ihrer Minibar haben, wie ich sehr hoffe." Doch die Ausbeute war mager.

Zwei kleine Fläschchen förderte er zutage und knurrte: „Also A… äh, Dani, hol mal deine beiden auch aus der Minibar und bring noch ein Glas mit. Ich gehe derweil in mein Zimmer!"

Fünf Minuten später hielten sie alle ein Glas in der Hand. Die Männer hatten den aufgefundenen Whisky brüderlich geteilt und Alina sich für einen Wodka entschieden.

Sie stießen an und dann fragte v. Terra: „Und wie geht es jetzt weiter mit …"

Alina unterbrach ihn sofort und legte den Finger auf die Lippen. „Mit deinem Fuß, Opa? Das wird schon wieder. Meinem Hals geht es auch schon etwas besser, aber ich will vermeiden viel zu sprechen." Gleichzeitig wedelte sie mit der linken Hand im Raum umher und deutete an, die Männer mögen sich über den geschwollenen Knöchel unterhalten. Glücklicherweise hatten beide sofort begriffen, was die Frau meinte. Na klar, natürlich musste befürchtet werden, dass auch in diesem neuen Hotel Abhöranlagen installiert waren. Spätestens unter dem jetzigen Präsidenten dürfte der allmächtige FSB, der Nachfolger des KGB, wieder Hochkonjunktur in der Bespitzelung nicht nur der eigenen Oppositionellen, sondern auch und gerade der ausländischen Gäste haben. Vor allem der Politiker, Künstler und Wirtschaftsführer, die sich dieses Luxushotel leisten konnten. Aber wie sollten sie miteinander kommunizieren? Sie konnten doch nicht jeder alle Fragen und Antworten aufschreiben.

Ganz zu schweigen davon, dass sie zwar das Briefpapier des Hotels, das in jedem Zimmer auslag, nutzen konnten, aber alles dann ja auch wieder entsorgen mussten. Außerdem würde es wohl auffallen, wenn sie fast alle Briefbögen verbraucht, aber keine Marken im Hotel erworben oder die Briefe dort aufgegeben hätten.

Verdammt noch mal. Jetzt hatten sie den Stick, konnten aber kaum prüfen, ob der Inhalt auch Alinas Angaben entsprach? Sie konnten wohl schlecht sich an einen der Hotelcomputer setzen und nachschauen? Oder vielleicht doch? Und wie sollen sie jetzt weiter vorgehen? Bei der Kontrolle am Flughafen könnte doch das wertvolle Teil entdeckt oder gar im Röntgengerät gelöscht werden, wenn sie es denn im Handgepäck verstauen würden. Zu dumm, dass sie die anstehenden Probleme nicht diskutieren konnten. Aber Alinas Hinweis auf mögliche Abhöraktionen waren nicht von der Hand zu weisen. Ronny Bean überlegte fieberhaft und ganz plötzlich kam ihm der Gedanke, dass ja sogar die Möglichkeit bestand, dass auch für sie unsichtbare Kameras installiert sein könnten. Die ostdeutsche Stasi hatte doch schon dieses Spiel vor vielen Jahrzehnten betrieben und so mit auf ausgesuchte Gäste angesetzte Agentinnen viel Erfolg gehabt. Nicht nur bei Geschäftsleuten aus dem Westen, sondern auch und gerade bei Politikern, die glaubten, sich hier im Osten einmal mit vermeintlichen Prostituierten ausleben zu können. Das wurde ihnen auch gewährt und viele dieser ach so honorigen Persönlichkeiten, die zuhause den braven Ehemann spielten, waren echt begeistert. Nicht gar so wenige von ihnen planten nach derartigen Erlebnissen in Gedanken bereits die nächste Reise nach Ost-Berlin oder Leipzig, wo sie dann mit entsprechenden Fotos oder gar Filmen in bester Qualität bei bestimmten Aktivitäten konfrontiert wurden, die nicht nur ihren Ruf vernichtet hätten. Niemand wird genau ermitteln können, wie erfolgreich diese Erpressungen gewesen sind. Aber, dass eine Menge an geheimen Wissen verraten wurde, das wird kaum jemand bezweifeln. Alle Bereiche waren betroffen. Die Wirtschaft, die Politik und natürlich das Militär. Die Stasi hatte es sogar geschafft, einem deutschen Bundeskanzler seinen Hausspion beizuordnen. Manche behaupten sogar, dass noch viel mehr möglich war und auch passiert ist, was wohl nie an die Öffentlichkeit gelangen wird. Alles das ging Bean durch den Kopf als er plötzlich erklärte: „So, du ruhst jetzt deinen Knöchel aus, Opa Maaß. Hier hast du noch ein paar Zigaretten!"

Er griff in die Innentasche seines Sakkos und zog eine Packung Marlboro hervor. Pass gut darauf auf, denn ich weiß nicht, ob ich jetzt noch welche von dieser Sorte hier im Haus bekomme. Deine liebe Enkelin und der edle Ritter machen noch einen kleinen Spaziergang, nachdem wir ja den Patienten mühevoll umsorgt haben." Er kniff ein Auge zu und griff Daniela am Arm. „Komm, meine Schöne! Der alte Herr braucht jetzt etwas Ruhe!" Mit diesen Worten führte er die junge Frau aus dem Zimmer und ließ einen reichlich verdutzten v. Terra zurück. Hätte eine Kamera seinen Gesichtsausdruck aufgenommen, niemand wäre auf den Gedanken gekommen, dass nicht echte Überraschung und auch reichlich Unmut zu erkennen waren.

Als er sich dann ein Stäbchen aus der rotweißen Packung mit den hässlichen aufgedruckten Krebsbildern fingerte, stutzte er kurz und auch etwas erleichtert. Fast schon hatte er befürchtet, dass der immer etwas nassforsch auftretende junge Amerikaner mit der Russin einen Alleingang geplant hatte, um den Stick aus der Gefahrenzone zu schaffen.

Unterleutnant Iwan Popow fühlte sich noch beklommener als ohnehin schon, als er an der Tür des Generals klopfte. Auf die nicht sehr freundlich klingende Aufforderung einzutreten, öffnete er die Tür und trat in die Mitte des Dienstzimmers seines hohen Vorgesetzten.

Noch bevor der Offizier seine Meldung machen konnte, knurrte der Generaloberst: „Nun, Sie Unglückswurm, ich hoffe nur, die beiden Kerle haben etwas in der Behausung von diesem Priester gefunden!"

„Jawohl, Herr Generaloberst, das ..."

„Na also! Und, nun reden Sie schon, Mann! Was haben die Männer gefunden?"

„Ich weiß es nicht, Herr Gene..."

„Was wissen Sie nicht? Sie antworteten doch soeben auf meine Frage mit *ja* oder etwa nicht?"

Die Stimme des FSB-Vorsitzenden war schneidend scharf geworden und jagte dem Unterleutnant einen wahren Schauder des Unbehagens über den Rücken.

„Jawohl! Ich meinte damit, dass es wünschenswert wäre, wenn die Leute etwas gefunden hätten!"

Kossegyn schlug mit der flachen Hand auf den Tisch, dass es laut knallte und sein Wodkaglas einen kleinen Hochsprung vorführte. „Was denn nun, Sie traurige Figur von einem Offizier? Nun reden Sie schon, Kerl!"

Mit hochrotem Kopf stotterte der arme Popow: „Melde gehorsamst, wir können keinen der Männer erreichen. Es meldet sich niemand!"

„Was! Haben die Kerle etwa Schnaps bei dem Popen gefunden und sich besoffen? So schnell kann das doch gar nicht gehen!" Der FSB-Gewaltige tobte. „Meinen Lada und nehmen Sie zwei Mann mit! Wir sehen selbst nach. Und wenn die sich tatsächlich besoffen haben, dann finden die sich im tiefsten Sibirien wieder. Und Sie Niete dürfen die dann begleiten!"

Um Punkt Mitternacht traten Alina und Ronny aus dem pompösen Eingangsbereich des von einigen Strahlern in grelles Licht getauchten Hotels. Noch immer herrschte ein reges Kommen der ausgegangenen Gäste und der Empfang war dicht umlagert. Bean wunderte sich. So ein Nachtleben wie in amerikanischen Metropolen hatte er hier in Russland eigentlich nicht erwartet. Er schaute sich suchend um.

„Da drüben ist ein kleiner Park. Da stehen auch Bänke!" Alina zeigte in Richtung Osten, wo sich einige Laternen abmühten, ein gedämpftes Licht zu spenden.

Doch Ronny schüttelte den Kopf und wisperte: „Wer weiß schon? Vielleicht haben bei euch ja auch die Bänke Ohren."

Er blickte erneut in die Runde. „Und wo geht es da hin?"

„Da führt eine kleine Straße runter bis an einen Skulpturenpark. Der ist aber nur bis achtzehn oder zwanzig Uhr geöffnet." Bean nickte zufrieden. „Dann sind wir da also ungestört?"

„Ich denke schon." Die nächsten gut zweihundert Meter legten sie schweigend zurück. Dann tauchte vor ihnen ein kleines, flaches Gebäude auf, an das sich eine kleine Mauer anschloss, aus der in halber Höhe Stahlstangen emporwuchsen und einen durchsichtigen Zaun bildeten, hinter dem einige seltsame Figuren dunkel aufragten.

„Das ist das Kassenhäuschen und ein angeschlossener Kiosk, wo es Ansichtskarten und Andenken gibt und man auch etwas zu Trinken bekommt oder eine Kleinigkeit essen kann", erklärte die junge Frau. Trotzdem sah sich Ronny nochmals genau um und lauschte auch einen Augenblick in die Dunkelheit hinein. Dann endlich schien er zufrieden zu sein, legte zu ihrem Erstaunen den Arm um sie und flüsterte: „Tun wir so, als seien wir ein Liebespaar." Dann näherte sich sein Mund ihrem Ohr und sagte: „So, den Stick haben wir jetzt. Aber wie bekommen wir ihn hier heraus? Ihn mit ins Flugzeug zu nehmen, scheint mir riskant. Wenn es piept bei den Metalldetektoren wird er eventuell entdeckt und im Gepäck könnte er beim Röntgen Schaden nehmen oder gar ganz zerstört werden. Also, was machen wir?"

Die abtrünnige GRU-Angehörige überlegte einen langen Moment, dann drängte sie sich etwas näher an den Mann heran und legte ihren Kopf an seine Schulter. „Das habe ich auch schon überlegt. Wo hast du ihn überhaupt? Doch nicht immer noch in deiner Tasche?"

„Nein, der ist in der Zigarettenschachtel bei unserem Opa Maaß!" Ronny lachte leise auf, als er an den so gut auf alt getrimmten Kollegen dachte.

„Warum lachst du? Ich glaube, mein armer alter Großvater hat ziemliche Schmerzen." Auch die Frau lachte jetzt leise auf, wurde aber sogleich wieder ernst. „Und, was hast du dir überlegt?"

„Können wir das Ding irgendwie in die Botschaft bekommen?"

Alina schaute ihn zweifelnd an, was er aufgrund der Lichtverhältnisse aber nicht so erkennen konnte.

„In die amerikanische Botschaft? Spinnst du? Unsere Länder führen im Mittelmeer quasi Krieg gegeneinander. Da wird eure Botschaft so abgeschirmt sein, da kommt keine Maus ungesehen hinein."

„Das befürchte ich allerdings auch. Und die anderen Botschaften? Deutschland, England oder wer auch immer?"

„Auch da greift für eine Krise ein strikter Plan. Der gilt für die diplomatischen Vertretungen sämtlicher Natostaaten und eigentlich, wenn auch etwas abgeschwächt, für sämtliche Länder, mit denen wir nicht unbedingt befreundet sind."

„Also für fast alle auf dieser Welt, wenn wir mal Weißrussland ausklammern und vielleicht noch den Iran. Selbst Kuba oder Venezuela und ein paar andere Bananenrepubliken haben sich ja mehr nach Westen geöffnet. Also, wer bleibt noch?"

Noch immer, wie ein echtes Liebespaar aneinandergeschmiegt, dachten beide verstärkt nach.

„Hm, China streitet mit uns über Grenzverläufe am Ussuri und würde vielleicht helfen", überlegte Alina. „Zu unsicher", widersprach der Amerikaner. „Aber was ist mit Japan? Die sind doch neutral wie die Schweiz."

„Offiziell schon, aber seit der Abschuss des Flugzeuges über der Ukraine von der internationalen Untersuchungskommission jetzt auch offiziell Russland angelastet wird, und ein ehemaliger Soldat dort Zuflucht gesucht hat, der dieses im Internet bestätigt hat, wird gerade deren Vertretung abgeschirmt wie kaum eine andere. Da wurde sogar ein Auto der Japaner gerammt, weil angenommen wurde, dass dieser Russe in einem großen Koffer als Diplomatengepäck herausgeschmuggelt werden könnte."

„Was? Das muss aber ein ziemlich großer Koffer gewesen sein."

„War es auch, aber nur voller Akten."

Der US-Commander lachte leise, kam aber sofort ernsthaft auf das brennende Anliegen zurück.

„So geht es dann wohl nicht. Aber welche Möglichkeit bleibt uns? Du kennst dich doch hier aus. Was schlägst du vor?" Noch während Alina erneut sich ihr in den letzten Tagen ohnehin überanstrengtes Gehirn zermarterte, spürte sie plötzlich die Lippen des Mannes an ihrem Ohr. „Ich glaube, ich habe eine Idee geboren", hörte sie und drehte sich ihm zu.

Dann erläuterte ihr Ronny, was ihm so plötzlich eingefallen war: „Wenn ich es richtig verstehe, dann werden doch wohl auch alle Telefonate abgehört, die offiziell an eine der Botschaften oder Generalkonsulate gehen, oder?"

„Das ist Sache des FSB, aber davon müssen wir ausgehen. Genauso dürften alle Mobilnummern, die wichtigen Botschaftsangehörigen zugeordnet werden können, abgehört werden. Du kannst also nicht einfach dort anrufen und ein Treffen mit einem Attaché vereinbaren und ihm das Teil zustecken."

„Nein, aber was wäre, wenn dein Opa, also der arme fußkranke Maaß, in Deutschland anruft. Würde das Telefonat auch überwacht?"

„Vom Hotel aus ganz sicher, aber von einem Mobiltelefon aus wohl nur, wenn die Nummer von der das Gespräch abgeht verdächtig ist oder die Nummer, die angerufen wird. Bestimmte Behörden werden garantiert hinsichtlich von Russland ausgehender Gespräche permanent überwacht."

Der Commander überlegte kurz. „Und, meine Schöne, so einfach ein Prepaid-Handy kaufen, wie in der freien Welt, geht hier wohl auch nicht, oder?"

Jetzt starrte ihn Alina so überrascht an, dass er es trotz der schlechten Lichtverhältnisse erstaunt bemerkte. „Nein, natürlich nicht. Ist doch viel zu gefährlich, dann könnte doch jeder nach außen tragen, was immer er wollte und überhaupt niemand das mehr kontrollieren."

Bean konnte ein Grinsen nicht unterdrücken. „Das, meine liebe Alina, nennt man Freiheit. Aber das ist in totalitären Staaten die größte Gefahr, die sich die Regierenden vorstellen können. Aber aufhalten werden sie sie nicht können. Das werden auch dein Präsident und einige Andere noch merken, selbst die Chinesen. Da hilft auch das zeitweilige Abschalten von Internet und Mobilfunk nicht viel weiter. Glaub mir!"

„Ja. Das stimmt wohl. Aber an das Umdenken muss ich mich noch gewöhnen", kam es fast schuldbewusst zurück.

„Dann müssen wir uns wohl ein Handy von einem Menschen hier ausleihen", überlegte Ronny. „Meinst du, dass dir das gelingt und du dann anschließend das geführte Telefonat gleich wieder löschen kannst?"

„Wohl schon, leihen auf jeden Fall und telefonieren müsstest du dann aber. Wen willst du denn anrufen? Bei einem Anruf direkt bei der Botschaft bekommt der arme Mensch ganz große Schwierigkeiten und …"

Der Mann näherte seinen Mund wieder ihrem Ohr. „Nein, aber ich habe zwei Nummern bekommen, die nicht mit unserer Botschaft oder den Mitarbeitern dort in Verbindung gebracht werden können."

„Aha, das sind dann vermutlich Russen, die verdeckt für euch arbeiten. Also Verräter und Spione", kombinierte die ehemalige GRU-Angehörige folgerichtig. „Aber kannst du denn da sicher sein, dass diese Leute nicht auf beiden Schultern tragen, also sozusagen als Doppelagenten tätig sind? Unser Geheimdienst hat mit Sicherheit einige Elemente enttarnt, die für den Westen arbeiten und dann umgedreht und …"

Hier wurde sie unterbrochen. „Schon möglich, aber ich bin mir eigentlich ganz sicher, dass die Nummern, die man mir gegeben hat, die von genau überprüften Leuten sind."

Erregt schüttelte die junge Russin den Kopf. „Da kann niemand sicher sein. Viele passende Kandidaten sind von unseren Geheimdiensten bewusst ausgewählt worden, Kontakt zu westlichen Firmen zu suchen, sich anstellen zu lassen und dann zu versuchen, sich unentbehrlich zu machen, in der Firmenhierarchie möglichst weit über die Jahre aufzusteigen, um immer wertvollere Informationen liefern zu können. Das können Mechaniker sein, die beispielsweise die Autos von Botschaft und Konsulaten warten oder reparieren. Journalisten, die offiziell der Opposition zugerechnet werden oder sogar der im Notfall gerufene Arzt."

Zunächst zog ein leichtes Grinsen über die Gesichtszüge des Commanders, die dann aber einen eher nachdenklichen Ausdruck annahmen. Schließlich wusste er nur zu gut, dass Amerika und seine Verbündeten das gleiche Spiel betrieben. Und bei dem Einsatz, um den es hier ging, konnte man nicht vorsichtig genug sein.

Da unterbrach Alinas Stimme seine Gedanken. „Äh, was hast du gemeint?" Sie flüsterte ihm etwas zu. „Nein, Fer…äh, deinem lieben Opa wird sein Verein auch nur die die eine oder andere Telefonnummer eines Menschen gegeben haben, die seine Leute für absolut zuverlässig halten. Aber wie sollen wir ihn fragen, wenn das Zimmer und voraussichtlich dann doch auch Bar oder Speisesaal verwanzt sind? Der alte Trick, Badewasser einlaufen lassen und dabei laut das Radio anhaben, funktioniert doch tatsächlich nur noch in alten Spionagefilmen. Selbst wenn die Stimmen nicht herausgefiltert werden, dann wird doch jeder nachdenklich, wenn Opa und Enkelin bei Musik gemeinsam plantschen gehen."

„Wie? Ach so, das bedeutet soviel wie baden gehen", erläuterte der Commander den deutschen Begriff, den er damals von einem ursprünglich aus Hamburg stammenden Mitschüler erstmals gehört und gern einmal anbrachte, wenn er deutsch reden konnte. Leider viel zu selten, wie er fand.

„Ja, da hast du wohl recht. Aber wenn wir es so machen, wie du gesagt hast, kennst du denn denjenigen, der geschickt wird, um die Kopie in Empfang zu nehmen?"

„Persönlich nicht, aber ich habe einige Fotos zu sehen bekommen von den Leuten, die hierfür vorgesehen sind. Aber um ganz sicherzugehen, können wir doch einen Treffpunkt wählen, der uns die Möglichkeit gibt, zu sehen, ob es einer dieser Leute ist und ob er eventuell beschattet wird. Du guckst auf das Programm für morgen und entscheidest, welchen Ort wir wählen. Einverstanden?"

Alina nickte. Doch so ganz wohl war ihr bei dieser Sache nicht.

Leicht schleudernd nahm der Lada mit General Kossegyn auf dem Beifahrersitz die Einfahrt zu dem kleinen Friedhof. Steine und Sand des mit Schlaglöchern übersäten Weges spritzten, als der Pkw wieder beschleunigte. Der nachfolgende Transporter mit dem heruntergeputzten Unterleutnant Popow und sechs Soldaten auf den Bänken der Ladefläche hätte fast den steinernen Sockel der Einfahrt gerammt, was dem Fahrer eine wahre Schimpfkanonade des jetzt neben ihm sitzenden Hauptmanns einbrachte. Dann leuchteten die Bremslichter des mit einer dünnen Staubschicht überzogenen Generalswagens auf und dieser und der hinter ihm heranrauschende Lkw kamen schlitternd zum Stehen.

Kaum, dass der Lada stand, riss Kossegyn selbst seine Tür auf und sprang geradezu aus dem Wagen.

Er riss die Tür auf und brüllte nach dem zurückgelassenen Zweierteam. Aber auf Antwort wartete er vergebens. Mit einem massiven Tritt gegen die angelehnte Küchentür ließ er diese auffliegen und gegen die Wand dahinter prallen. Eben noch konnte der wütende FSB-Vorsitzende verhindern, dass ihn die von der Wand zurückfedernde Tür traf, was seine Laune noch mehr verschlechterte. Gerade riss er den Mund auf, um den hinter ihm ins Haus drängenden Männern etwas zuzurufen, als er wie von einer unsichtbaren Wand aufgehalten abrupt stehen blieb.

Seinen Augen boten sich beileibe keine Schnapsleichen sondern tatsächliche Tote dar.

Jetzt konnten die nachdrängenden Soldaten ebenfalls einen Blick an der Figur des Generals vorbei in die spartanisch ausgestattete Küche werfen und saugten sich an ihren auf dem Boden liegenden Kameraden fest. Ausrufe der Überraschung und des Entsetzens erklangen.

„Verdammt, was ist denn hier passiert!" Kossegyn wandte sich zu seinen Männern um. „Popow, Sie Unglückswurm, verschwinden Sie aus der Hütte und lassen Sie die Männer aufsitzen und zertrampeln Sie keine Spuren! Sie, Hauptmann Grosny holen bitte die Kamera aus dem Lada und kommen wieder zu mir!"

Kurze Zeit später machte der General persönlich einige Aufnahmen von den auf dem Boden liegenden Toten und vergaß auch nicht, einige Schuhabdrücke festzuhalten, die sich auf dem feuchten Fußboden und vor allem im Blut um den einen Toten abzeichneten.

Anschließend betrachtete er ganz genau die Toten, die neben dem einen von ihnen liegende Armeepistole und wandte sich dann an seinem Hauptmann, der früher bei der Militärpolizei tätig war. „Und, Hauptmann Grosny, was halten Sie davon?"

Dieser überlegte nicht lange. „Auf den ersten Blick sieht es so aus, als wenn der vordere hier", er deutete auf den einen der Toten, neben dessen rechtem Arm die Waffe lag, „erst seinen Kameraden und dann sich selbst erschossen hat. Aber warum? Und wer hat die Spur im Blut des anderen Toten hinterlassen? Das ist kein Stiefel unserer Soldaten und außerdem höchstens Größe vierzig. Eine Frau?"

„Ja, das denke ich auch, Hauptmann! Aber wer soll das gewesen sein und warum ist sie dann verschwunden und hat keine Hilfe geholt?"

„Vielleicht, weil sie die beiden erschossen hat und es dann wie einen Mord mit anschließendem Selbstmord aussehen lassen will, Herr General?"

„Möglich, aber wer?", überlegte Kossegyn laut. „Diese GRU-Verräterin käme natürlich in Betracht. Aber die ist ja zu den Amis übergelaufen und wird kaum noch jemals einen Fuß nach Russland hineinsetzen. Rufen Sie unsere Spezialisten und lassen Sie die Pistolen auf Fingerabdrücke prüfen und auch die Hände des Schützen auf Schmauchspuren. Machen Sie dem Labor Druck und pfeifen Sie die Weißkittel zum Dienst. Ich will nicht bis morgen warten."

Der Generaloberst verließ das armselige Häuschen und ließ den in Ungnade gefallenen Unterleutnant mit seinen Leuten den kleinen Kirchhof absperren. Nun blieb ihm noch die mehr als undankbare Aufgabe, seinem Staatschef Bericht zu erstatten. Jetzt noch in der Nacht? Nein, lieber gleich morgen in der Frühe, überlegte er und sein Blick trübte sich sorgenvoll.

Es hatte gedauert, bis die Sorgen hinsichtlich einer Ausweitung des Konfliktes um die Türkei den US-Präsidenten endlich in einen unruhigen Schlaf hatten fallen lassen. Dennoch hatte er fast fünf Stunden ungestört durchschlafen können und fühlte sich einigermaßen erfrischt, als er gegen sechs Uhr morgens seine privaten Räume verließ und noch vor dem Besuch seines privaten Fitness-Studios einen Blick in das Vorzimmer seines Oval-Office warf. Eine seiner beiden vertrauenswürdigen Sekretärinnen war bereits an ihrem Schreibtisch dabei, die wichtigsten Meldungen für ihn aufzubereiten. „Na, Anne, kann ich aufs Laufband oder liegt etwas Unaufschiebbares an?"

„Nein, die üblichen Störmanöver der Russen im Schwarzen Meer und Mittelmeer, aber keine richtigen Kampfhandlungen."

„Und was von der Botschaft in Moskau oder von Diana oder Arnold?"

„Nein, Sir!"

Daniel B. Brown winkte seiner schon etwas älteren Vertrauten zu und fragte sich, ob keine weiteren Nachrichten von der Mission in Moskau nun wirklich gute Nachrichten waren? Immerhin war die Mission wohl bisher nicht aufgeflogen, denn das hätte sein Gegenspieler im Kreml bestimmt sofort verbreitet. Doch konnte er da sicher sein? Die Gedanken ließen ihn nicht los, auch nicht, als er auf dem Laufband ganz mechanisch einen immer schnelleren Schritt anschlug.

In der russischen Hauptstadt hatten Alina und Ronny schließlich mit viel Mühe teils schriftlich mit in dem Reiseführer enthaltenen Zetteln, die sie dann im Duschwasser aufweichten, zerrieben und erst danach in der Toilette entsorgen, Ferdinand v. Terra über ihren Plan unterrichtet.

Trotz erheblicher Bedenken stimmte der MAD-Mann zu. Er selbst hätte es auf andere Art probiert, aber infolge seiner Verletzung fiel er ja für gewisse Aktivitäten aus.

Nach einem reichhaltigen Frühstück, dass Bean in diesem Land so gar nicht erwartet hätte, stand der Besuch des Kreml und vorab des Kaufhauses GUM auf dem Programm. Dort wollte Alina versuchen, ein Handy für ein Gespräch auszuborgen. Dicht gedrängt schoben sich bereits an diesem frühen Vormittag nicht nur Einheimische sondern auch erstaunlich viele Touristen durch das riesige Kaufhaus. Gleich im Erdgeschoss drängte sich eine skandinavische Gruppe vorwiegend junger Leute an ihnen vorbei. Direkt vor Ronny drängte sich ein baumlanger mit bis auf die Schultern fallendem Blondhaar gesegneter Jüngling in die Reihe der interessiert die reichhaltigen Waren musternder Besucher. Hinten in seiner blauen Jeans steckte, völlig sorglos, wie man es selbst bei Jugendlichen nur noch selten findet, ein halb aus der Tasche ragendes Smartphone. Ronny schaltete augenblicklich. Ein schneller Blick nach links und rechts. Niemand achtete auf ihn. Seine Hand schoss nach vorn und schon verschwand das von ihnen so begehrte Gerät in seiner rechten Hosentasche.

„Komm, meine Schöne", flötete er Alina in breitem schwäbisch laut an. „Ich muss erst mal eine rauchen und was trinken. Wir haben ja noch massig Zeit, anschließend hier weiter durch das Haus zu laufen."

Verfolgt von dem etwas missbilligenden Blick der Witwe des seligen Ewald schoben sich die beiden jungen Leute durch das Gedränge auf einen der Ausgänge zu.

Zum Glück folgte ihm die junge Frau ohne Nachfrage.

Mit triumphierendem Blick zog Ronny einige Minuten später das Smartphone aus der Hosentasche und grient sie an. „Na, was sagst du nun, Daniela?"

Ein schelmisches Lächeln spielte um ihre Lippen. „Die große, blonde Bohnenstange wird sich bald wundern und sich sagen, dieses Russland ist wirklich mehr als kriminell. Sogar im GUM wird einem das Handy geklaut."

„Äh, du hast das mitbekommen?"

„Ja, habe ich." Und dann: „Ich wollte selbst gerade zugreifen!" Jetzt lachte sie laut auf.

Auch der Commander grinste und wählte die auswendig gelernte Nummer seiner ihm genannten ersten Anlaufstelle bei erforderlichem Botschaftskontakt.

Es war fast, als hätte jemand die Hand schon am Hörer gehabt. Schon nach dem gerade das Freizeichen ertönte, wurde abgehoben. „Elina Kostarowa!", klang es an sein Ohr, als sich die Person mit dem genannten Namen, der ganz sicher nicht ihr richtiger sein würde, meldete.

„Chrustschow", nannte Bean sein Kennwort. Sofort sprach die angebliche Elina Englisch und spielte ihre Rolle als Callgirl, von denen es in Moskau eine erhebliche Anzahl gab. „Du bist also mal wieder in der Stadt?"

„Ja, antwortete Ronny und ich habe unseren Freund mitgebracht." Damit war klar, dass er im Besitz des Sticks war.

„Dann sollten wir uns treffen. Gleich zu viert? Eigentlich wollten Anouschka und ich heute freimachen, aber bei euch ist das natürlich etwas anderes."

„Dann können wir uns vielleicht gleich treffen? Wir sollen nämlich mit dem Boss schon zu Mittag essen. Oder ist es für euch zu früh?"

„Nein, seid ihr im Hotel wie immer abgestiegen?"

„Ja, wir machen es in meinem Zimmer. Ich habe heute die hundertvier; nach Süden raus. Ich hole Anouschka und dich am Aufzug ab. Wäre schön, wenn ihr euch beeilt."

„Oh, habt ihr es so nötig? Aber gut, ist ja um die Ecke und gebadet haben wir schon. Also in einer halben Stunde!"

Die Zimmernummer bedeutete als Treffpunkt das GUM, wo sie sich gerade befanden. Mit der Nummernfolge waren die Orte festgelegt, wo sich die Ausflügler voraussichtlich innerhalb einer größeren Menschenmenge bewegen würden. Aufzug stand für Eingang und Süden bezeichnete den südlichen Haupteingang in das riesige Kaufhaus. Der Name Anouschka wies darauf hin, dass die Person, der das kleine, aber unsagbar wichtige Teil übergeben werden sollte, einen verbundenen Finger haben würde.

Mit kurzen Worten informierte Ronny Alina und meinte: „So, jetzt müssen wir nur noch das Handy loswerden. Ausgeschaltet habe ich es schon."

„Hast du auch das Telefonat gelöscht?"

„Na klar, ich bin doch nicht von gestern!"

Schon gut zwei Stunden bevor die Kontaktaufnahme des Commanders mit seinem CIA-Kontakt erfolgt war, hatte der Vorsitzende des FSB, des russischen Gegenstücks zu der amerikanischen CIA, eine ausgesprochen unerfreuliche Unterredung mit seinem Präsidenten gehabt. Eigentlich war es kein Gespräch, da fast ausschließlich der Präsident gesprochen hatte. Und das, was er seinem Geheimdienstchef zu sagen hatte, war für diesen alles andere als erfreulich.

„Soso, also wieder eine Spur erloschen. Der Priester tot und zwei ihrer Männer auch. Das kann wohl kaum ein Zufall sein. Und ein Mord mit anschließendem Selbstmord macht auch keinen Sinn.

Wenn ich zwei und zwei zusammenzähle, dann spricht vieles dafür, dass diese GRU-Frau etwas bei dem Priester versteckt hatte. Jetzt hat sie das den Amerikanern erzählt und die haben einen Agenten oder meinetwegen auch eine Agentin losgeschickt, dieses Teil zu holen und sind dabei auf ihre Leute gestoßen und haben diese erledigt. Nicht, dass es um die Trottel schade wäre, aber wie wichtig ist das, was jetzt voraussichtlich die Amis haben und was passiert nun?"

„Gospodin Präsident, wie soll die Frau das gemacht haben? Die beiden sind kräftige Männer gewesen und eindeutig mit der gefundenen Pistole erschossen worden. Auch die sonstigen Verletzungen deuten daraufhin, dass sie sich vorher gestritten und wohl auch geprügelt haben und ..."

„Und was? Wieso dann dieser kleine Fußabdruck? Können Sie mir das sagen?"

„Nein, aber es gibt auch keine über das normale Maß hinausgehenden Aktivitäten bei den Amerikanern. Der Botschafter war auf einem Empfang bei den Argentiniern und ist erst gegen zwei Uhr in seine Residenz zurückgekehrt."

„Das bedeutet gar nichts, Kossegyn! Ich frage mich immer mehr, ob Sie wirklich der richtige Mann für diesen verantwortlichen Posten sind? Wann höre ich denn mal wieder etwas von Erfolgen meines Geheimdienstes? Ist schon einige Zeit her und in dieser Sache haben Sie und ihre Leute von Anfang an versagt. Erst das Desaster, dass die Frau überhaupt entkommen konnte, dann das Versagen in Spanien und jetzt auch noch selbst hier in Moskau. Ziehen Sie die Spezialisten von der Miliz hinzu. Diesen Dimitrow, der auch die Morde an den drei Wissenschaftlern geklärt hat, die fast als Selbsttötungen zu den Akten gelegt worden wären! Und halten Sie mich über alle Entwicklungen sofort auf dem Laufenden. Verstanden!"

„Jawohl!"

„Na, dann machen Sie voran!"

Eigentlich hatte Kossegyn seinem Präsidenten noch mitteilen wollen, dass das FSB eine für die Amerikaner arbeitende Angestellte eines staatlichen Energie-Konzerns enttarnt hatte, die hauptsächlich für englischsprachige Korrespondenz mit der EU zuständig war und teilweise auch bei Konferenzen dolmetschte. Aber die Frau war wohl nur ein kleiner Fisch, die sich ein gelegentliches Zubrot bei den Amis verdiente und bisher kaum etwas wirklich Wertvolles der Gegenseite verraten konnte. Aber jetzt war er froh, seinem allmächtigen Staatschef entkommen zu sein.

Diesen Miliz-Obersten hinzuzuziehen, der die Abteilung Kapitalverbrechen bei der Moskauer Kripo leitete, war ihm ein zusätzlicher Dorn im Auge.

Alina und Ronny beobachteten die vorbeiströmenden Passanten ebenso unauffällig wie genau.

Die erwartete Person wollte einfach nicht auftauchen. „Wir haben doch den richtigen Eingang?"

Ronny blickte hinauf zu den beiden kleinen Türmchen die das imposante Gebäude oben schmückten.

Das bereits 1893 erbaute riesige Kaufhaus von 75.000 Quadratmetern Fläche war vor einiger Zeit ziemlich originalgetreu restauriert worden im typischen Baustil der damaligen Zeit.

„Ja, da drüben ist doch der rote Platz und da auf der anderen Seite der Kreml", beschied ihn eine langsam nervös werdende Alina.

„Schon fünfunddreißig Minuten, also fünf Minuten über der Zeit", brummte Bean wenig später und steckte sich eine neue Zigarette an.

Kaum hing ihm diese brennend zwischen den Lippen, brach die Sonne durch den heute etwas wolkenverhangenen Himmel und er fingerte nach seiner Sonnenbrille.

Diese noch in der linken Hand, sah er plötzlich eine Frau sich langsam vom Straßenrand auf den Eingang des Kaufhauses zuzubewegen. Er vergaß die Brille aufzusetzen als er einen dunklen Schutzverband am kleinen Finger der etwa Dreißigjährigen bemerkte. Gerade wollte er Alina anstoßen, als sich rechts und links neben der Blonden zwei Männer auf diese zu bewegten und sie an beiden Oberarmen packten. Einige Leute schrien auf, andere machten, dass sie weiterkamen und auch Ronny fühlte sich im selben Augenblick am Arm gegriffen und von Alina in den stuckverzierten Eingangsbereich des GUM gezogen. In diesem Augenblick hielt mit kreischenden Bremsen ein dunkler Pkw am Bordstein und Bean sah gerade noch, wie die blonde Frau in das Auto geschubst wurde, das sofort wieder anfuhr. Im selben Moment spürte er, wie ihm die brennende Zigarette aus dem Mund gezogen und auf den Boden geworfen wurde. Erst jetzt bemerkte er, dass die beiden Männer, die die Frau ergriffen hatten, sich ebenfalls in den Eingangsbereich des alten Geschäftes drängten und die dort aufhältigen Menschen musterten. Gleichzeitig sprach ihn Alina laut auf Russisch an und zog ihn mit sich fort.

„Noch dümmer geht es nicht", raunte sie wenig später auf Deutsch. „Kein Mensch würde heute mehr mit einer brennenden Zigarette in ein Kaufhaus gehen. Da erkennt jeder gleich den überrascht Flüchtenden und genau danach halten die FSB-Leute Ausschau. Nur gut, dass sie uns nicht bemerkt haben und jetzt lass uns versuchen, uns ganz unauffällig unserer Gruppe wieder zu nähern. Die sollte jetzt oben bei den kleinen Läden sein."

Der Commander atmete tief durch und folgte der Russin zum nächsten Aufzug.

Dann ließen sie sich durch das obere Stockwerk treiben, wo sie schließlich auf einige Mitglieder ihres Ausfluges stießen, die dort einen kleinen Imbiss an einem der vielen verschiedenen Stände einnahmen.

Auch ein Eiscafé befand sich dort, wo Ewalds Witwe mit einer anderen alten Dame vor einem riesigen Eisbecher saß. Beide winkten ihr fröhlich zu und machten dann, dass sie weiterkamen.

Wenig später hatte ihn die Russin auf den angrenzenden Roten Platz bugsiert wo sie ihn leise fragte, was er nunmehr zu unternehmen gedachte?

„Wenn ich das wüsste", erwiderte er ziemlich ratlos. „Ich kann doch wohl schlecht nochmals eine der Nummern anrufen, nachdem wir eben mitbekommen haben, was da passiert ist. Was hältst du davon, wenn du in unser Hotel zurückkehrst und ich versuche einfach allein nochmals Kontakt zu unserer Botschaft aufzunehmen und …"

„Blödsinn, dann können wir uns gleich ausliefern …" Sie beendete den Satz nicht und blieb abrupt stehen. „Sag mal, war das denn überhaupt die Frau, deren Bild man dir gezeigt hat?"

„Ich bin mir nicht sicher, aber der Verband und das Alter … Ich glaube schon."

„Aber sicher bist du dir nicht?"

„Nein … soll ich doch noch mal versuchen anzurufen? Ich habe ja das Smartphone noch."

„Auf keinen Fall." Alina blieb stehen und kaufte mit ein paar eingewechselten Rubeln ein Stück Gebäck an einem der vielen auch hier befindlichen Stände. Sie nahm ein paar Bissen und kurz darauf verschwand das gar nicht so kleine Mobiltelefon in dieses Papier gewickelt in einem der überreichlich aufgestellten Abfallkörbe. Unauffällig schlenderten sie weiter und beguckten, genau wie die vielen anderen Touristen, die ihre lange vor den Vorkommnissen im Mittelmeer gebuchte Reise nach Moskau trotz dieser Ereignisse angetreten hatten, die vielen angebotenen Andenken.

Ein Stand bot auch Miniaturen von Flugzeugen und Panzern aus dem Zweiten Weltkrieg an. Interessiert blieb der Commander dort stehen und schaute sich die Dinge genauer an.

Leider fast alles aus Kunststoff. Nichts, worin man den Stick sicher verbergen konnte, stellte er mit Bedauern fest. Ein Asiate, der einige Meter neben ihm stand, kaufte gerade einen T 34, also einen der Weltkriegspanzer und hielt ihn in die Kamera, die seine Frau gerade hochhielt, um diesen Moment festzuhalten. Eigentlich wunderte er sich hierüber nur, weil Kameras doch kaum noch eingesetzt wurden in dieser Zeit, wo man mit dem Smartphone hervorragende Bilder in bester Qualität machen konnte, als ihm eine Idee kam.

Er zog seine Begleiterin weiter und wisperte an ihrem Ohr, einen Wangenkuss vortäuschend: „Die Alte von diesem Ewald hat doch einen alten Fotoapparat mit. Der und die Filme werden doch wohl nicht durchleuchtet, damit sie nicht zu Schaden kommen?"

„Nein, aber Filme nutzt doch heute kein Mensch mehr und die Speicherkarten werden bestimmt geprüft. Und die eigenen Laptops durfte niemand mehr mit von Bord nehmen, wie du weißt. Dazu ist ja das Internet seit Tagen zumindest in Teilen abgeschaltet. Aber deine Botschaft wird doch in irgendeiner Weise von sich aus mit dir Kontakt aufnehmen, jetzt wo die Übergabe gescheitert ist."

„Ja, heute Nachmittag im Hotel, wohl in der Lounge, wie ich vermute. Aber irgendwie habe ich ein ungutes Gefühl dabei. Schließlich geht um 23.00 Uhr Ortszeit schon unser Rückflug"

„Tut mir leid, aber die Übergabe hat nicht geklappt", berichtete die vermeintliche Elina Kostarowa, eine Amerikanerin mit russischen Vorfahren, die jetzt Ally Barnes hieß und seit zwei Jahren als Kultur-Attaché zum Diplomatischen Corps der US-

Vertretung gehörte. „Gerade als ich am abgesprochenen Eingang des GUM eintraf, hat das FSB eine Festnahme durchgeführt. Da ist mein Kontakt wohl lieber entschwunden, was ja auch richtig ist."

Der CIA-Stationsleiter schlug wütend mit der Faust auf seinen Schreibtisch, so dass die Stifte und auch sein Wasserglas einen kleinen Luftsprung aufführten.

Jetzt konnte man solche Gespräche im Büro führen, nachdem ein neues Gerät entwickelt worden war, das sowohl installierte Abhörgeräte jeglicher Art, als auch auf das Gebäude gerichtete Richtmikrophone sicher anzeigte, soweit diese eingeschaltet waren. Ein erheblicher Vorteil gegenüber der Vergangenheit. Noch vor wenigen Jahren mussten solche Gespräche in einem abhörsicheren Bunker mit dicken Isolationsschichten geführt werden. Von allen Seiten waren damals die leistungsstärksten Richtmikrophone auf die Botschaft gerichtet, die sogar das leise Rascheln eines umgeblätterten Aktenblattes aufnahmen.

„Also Plan B?" Ally sah ihren Vorgesetzten, denn auch sie war eine getarnte CIA-Agentin, fragend an.

Dieser überlegte einen langen Augenblick bevor er antwortete.

„Ja, aber in abgewandelter Form. Für Sie hat sich die Sache erledigt. Ich kümmere mich jetzt selbst darum."

Etwas überrascht sah die Frau ihren Stationsleiter an, verkniff sich aber jede Nachfrage, denn eine Antwort hätte sie sowieso nicht erhalten.

Wenig später erhielt der Legationsrat Werner von Emmerich in der Deutschen Botschaft eine auf den ersten und wohl auch alle weiteren Blicke unauffällige Mail auf seinem Rechner, wo er gebeten wurde, einen zusätzlichen Platz für einen Mitarbeiter eines amerikanischen Schifffahrts-Konzerns für eine geplante Demonstration eines neuen Filtersystems zur Abgasreinigung von Kreuzfahrtschiffen bei einer deutschen Werft zu beschaffen.

Ein Lächeln umspielte seine Augen. Das der große Bruder mit seinen insgesamt sechzehn eigenständigen Geheimdiensten die Hilfe des kleinen Bündnispartners brauchte, kam nicht oft vor.

Aber in diesem speziellen Fall hatte er nun gar nicht einmal im Traum damit gerechnet, wo doch die lieben Amerikaner gerade in einem solchen Fall von in der Tat lebenswichtiger Bedeutung für vielleicht eine riesige Anzahl von Menschen eigentlich noch nicht einmal sich selbst vertrauten.

Aber er würde ihnen schon beweisen, dass auch die kleine Truppe an seiner Botschaft ihr Handwerk verstand. Er wusste auch schon ganz genau, wen er einsetzen würde. Darauf würden die Russen nie kommen. Ganz sicher nicht, schmunzelte er und öffnete seinen Safe, um die dort verwahrten, entschlüsselten Nachrichten nochmals genau zu studieren. Denn hier bei dieser Operation durfte nicht das Geringste schiefgehen.

General Kossegyn war stocksauer. Zum Einen erwies sich die verhaftete Fremdsprachen-Korrespondentin als ein wesentlich kleinerer Fisch als erhofft, wie schon bei dem ersten Verhör klar wurde. Andererseits ließ ihn dieser kleine Miliz-Oberst deutlich spüren, dass er von moderner Polizeiarbeit so gut wie kaum etwas verstehen würde. Nun gut, er würde sich schon zu rächen wissen, vorausgesetzt, er überstand diese Krise und behielt seinen Posten. Aber erst einmal musste er gute Miene zum bösen Spiel machen, das dieser kleine und unscheinbare Kerl mit ihm trieb.

Gut, der konnte seinen Job. Die Spezialisten der Kriminalabteilung der Miliz stellten sehr schnell fest, dass die Frau und wohl auch noch mindestens zwei Männer vom Friedhof aus in das Haus des Priesters gelangt waren. Schuhabdrücke wurden auf dem lockeren Boden der Gräber gesichert, die auch zu dem teilweisen Abdruck in der Küche des ärmlichen Hauses passten. Den Zusammenhang lieferten auch die kleinen Erdanhaftungen, die sich vor und im Haus fanden.

„Es war also nicht nur eine Frau in diesem Haus, sondern auch noch mindestens zwei Männer. Der eine Schuhabdruck weist auf eine teure italienische Marke hin, die auch einige der Neureichen unter unseren Emporkömmlingen in Moskau bevorzugen, Herr General. Auch wenn auf den ersten Anschein alles für einen Mord mit anschließender Selbsttötung spricht, gehe ich davon aus, dass die beiden Soldaten von den Eindringlingen getötet worden sind. Wir prüfen noch die kleinen Blutreste im Ausguss des Waschbeckens und ich bin mir sicher, dass diese weder zur DNA der beiden Toten noch der des alten Priesters passen. Apropos Priester – wo ist der denn überhaupt?"

„Das wollen Sie gar nicht wissen, Dimitrow. Der ist … äh … verstorben. Ganz unabhängig von diesem Geschehen hier. Weitere Nachfragen erübrigen sich insoweit. Verstanden!"

Der Milizoberst gestattete sich ein maliziöses Lächeln. „Allerdings. Vollkommen sogar!"

„Na, dann ist es ja gut. Und, wer steckt denn nun hinter dieser Tat hier, Sie Schlauberger?"

„Wenn Sie, Herr General, mich einweihen würden, um was es hier eigentlich geht, dann könnte ich sicherlich leichter kombinieren."

„Das, Dimitrow, geht nicht. Für diese Informationen sind Sie nicht freigegeben. Gehen Sie aber davon aus, dass es hier um etwas geht, dass im Zusammenhang mit den Beschuldigungen der Amerikaner und der NATO stehen. Obwohl wir nur unsere Interessen gemäß mit der Türkei getroffenen Vereinbarungen verteidigen."

„Dann also die NATO-Geheimdienste? Aber warum …?"

Kossegyn setzte an zu sprechen, als Arkadi Dimitrow plötzlich ein Licht aufging.

„Oh, ich glaube, ich verstehe …"

„Was meinen Sie zu verstehen?"

„Dann hat die Gegenseite hier etwas gesucht! Aber was?" Man sah dem Kriminalisten an, wie es in seinem Kopf arbeitete. Plötzlich verzog sich sein Gesicht zu einem schmalen Lächeln.

„Könnte es sein, Herr General, dass es hier einen Zusammenhang mit dem jungen weiblichen GRU-Offizier gibt, den alle unsere Dienste gejagt haben?"

Kossegyns Gesichtszüge froren ein. Doch der Oberst der Miliz setzte noch hinzu. „Dann haben die Westler hier etwas gesucht. Aber was? Deshalb sind die also auf dem Kirchhof herumgetrampelt. Und, haben Ihre Leute nicht auch hier schon ganze Gräber umgegraben?"

„Ja, Sie haben nicht ganz Unrecht. Wir vermuten in der Tat, dass hier etwas … äh … sagen wir einmal … Internes für den Dienstgebrauch von dieser verfluchten Verräterin versteckt war, dass dem Gegner Aufschlüsse über gewisse Planungen unsererseits ermöglichen könnte. So, nun wissen Sie Bescheid. Also, was raten Sie uns?"

„Ihnen raten? Da überschätzen sie mich und die Miliz. Ich bin nur hier, um zu klären, um was für eine Tat es sich hier handeln könnte und wer dafür verantwortlich sein dürfte? Alles Andere ist für mich kleinen Milizionär doch einige Nummern zu groß, Herr General. Ich melde mich, sowie die Laboranalyse bezüglich der gefunden Blutspuren vorliegt, wobei ich hoffe, dass die verdünnten Reste ausreichen, nähere Aufschlüsse zu gewähren."

Während die Fahndung nach Amerikanern in italienischen Markenschuhen teils verdeckt, teils auch ganz offen durch Geheimdienste und Miliz in den Hotels der Stadt anlief, kam es zu einem schweren Zwischenfall im Schwarzen Meer.

Der zusätzlich an die Hoheitsgrenze der Türkei beorderte neue, noch in der Erprobung befindliche Lenkwaffenkreuzer „Marat" gelangte durch einen Ruderausfall in die türkischen Gewässer, was die beiden türkischen Fregatten „Zafer" und Ali Özil" veranlasste, sofort einen offenen Funkspruch abzusetzen und die Feuereröffnung auf das russische Kriegsschiff anzudrohen, falls dieses nicht sofort abdrehen und die türkischen Hoheitsgewässer verlassen würde.

Als nach weniger als einer Minute zwar die Maschine des Kreuzers gestoppt wurde, aber die Fahrt in Richtung türkischer Küste mit fast unverminderter Geschwindigkeit weiterging, setzte die „Zafer" einen Schuss aus ihrem Buggeschütz vor den Bug des Kreuzers. Kaum war die nicht allzu hohe Einschlagsfontäne wieder zusammengestürzt, eröffnete auch die ältere „Ali Özil" das Feuer. Offenbar hatte niemand auf den türkischen Schiffen bedacht, dass es dauert, bis ein Schiff bei hoher Fahrt ersichtlich langsamer wird, selbst wenn die Maschine stoppt. Auch auf ein Ruderkommando reagiert ein großes Schiff natürlich ganz anders, als ein kleines Boot – nämlich deutlich langsamer. Zudem war die Rudermaschine ausgefallen und auch das Hilfsaggregat sprang nicht an. Kinderkrankheiten, wie sie bei jedem Schiff in der Erprobung vorkommen können, auch wenn das sehr selten der Fall sein dürfte. Zusammengenommen reichte es hier aber aus, eine Katastrophe auszulösen. Auf die geringe Entfernung von weniger als drei Meilen schlugen nicht nur die Geschosse der Buggeschütze auf dem Kreuzer ein. Auch die gleichzeitig gestarteten alten Exocet-Raketen aus französischer Fertigung, die die Türkei seit den achtziger Jahren des vorigen Jahrhunderts besaß und mit denen ihre älteren Fregatten noch immer ausgerüstet waren, trafen den noch in der Erprobung befindlichen Kreuzer.

Innerhalb von Sekunden stand das Schiff in Flammen, konnte aber dennoch, obwohl die Besatzung noch längst nicht den vollen Ausbildungsstand erreicht hatte, aus seinem vorderen Raketensilo ebenfalls noch zwei Schiff/Schiff-Raketen starten, weil die Zieldaten im Rahmen der weiterlaufenden Ausbildung der

Mannschaft bereits eingespeichert waren. Jetzt brannten alle drei Schiffe. Am schlimmsten stand es um die „Ali Özil". die auch noch mit den eigentlich veralteten Wasserbomben ausgestattet war, von denen jetzt einige in den Racks auf dem Heck des Schiffes explodierten und den hinteren Teil der alten Fregatte absprengten. Auch die „Zafer" war schwer getroffen, aber sie konnte jetzt ebenfalls noch zwei Lenkwaffen starten, von denen allerdings eine das Ziel verfehlte. Aber auch die Bugkanone des Türken feuerte noch und Schuss auf Schuss schlug in den russischen Kreuzer ein, der sich nur noch mit einzelnen Maschinenkanonen wehren konnte, da die moderne, computergesteuerte Feuerleitung jetzt ausgefallen war. Aber die Maschinen des russischen Kriegsschiffs wurden, von wem oder wodurch auch immer, wieder auf die Schraubenwellen geschaltet und das Schiff nahm erneut Fahrt auf. Wegen des Versagens der Rudermaschinen raste es jetzt immer schneller werdend auf die türkische Küste zu. Doch zwischen dem Kreuzer und dem Strand stand noch die türkische Fregatte „Ali Özil" – beziehungsweise das, was von ihr noch übrig war. Das Heck, auf dem weitere Explosionen aufbrachen und dieses vollends zerrissen, versank langsam in den nur leise bewegten Wellen des Schwarzen Meeres. Das Vorderschiff hingegen schwamm noch. Erste Besatzungsmitglieder sprangen über Bord. Viele andere folgten, als sie den brennenden Kreuzer, der immer noch aus Maschinenwaffen auf die ohnehin zerstörte Fregatte feuerte, auf den Rest ihres Schiffes zurasen sahen. Kurz vor dem Aufprall des hohen Kreuzerbugs auf die wesentlich kleinere Fregatte schlugen zwei weitere Granaten aus dem Buggeschütz der „Zafer" in den Kreuzer ein und trafen einen der Raketenabschussbehälter, aus dem die feuerbereiten Lenkwaffen infolge Unterbrechung der Stromzufuhr nicht mehr abgeschossen werden konnten. Mehrere, sich zu einem ungeheuren aufflammenden und alles in die Luft sprengenden Inferno vereinigende Explosionen besiegelten das Ende des modernen Lenkwaffenkreuzers. Nachdem die in den Himmel steigenden Flammen in sich zusammenfielen und es große und kleine Wrackteile von oben in die hier jetzt auch aufgewühlte See regnete, waren die Reste der „Ali Özil" von der Wasseroberfläche verschwunden.

Auch von dem Kreuzer waren nur noch die Aufbauten teilweise zu erkennen, bis keine Minute später auch dieser seine letzte Fahrt antrat. Wie die entsetzten Offiziere auf der Brücke der „Zafer" später berichteten, sollen sich die Schrauben des mächtigen Kriegsschiffes noch immer gedreht haben.

Das ganze Geschehen konnte, wie in der modernen Kriegsführung üblich, übrigens nicht nur das türkische Marinekommando, sondern auch der NATO-Befehlshaber im Mittelmeer sowie auch der amerikanische Admiral auf dem Träger „USS Sam Houston" per Video-Übertragung verfolgen.

Die Türken, die sofort ihre Flugzeuge zum Angriff auf die außerhalb ihrer Hoheitsgewässer operierenden russischen Einheiten starten lassen wollten, wurden von Admiral Watson davon abgehalten, der seinerseits mehrere Alarmrotten von seinem Träger wie auch von der „USS Ronald Reagan" starten und vor der türkischen Küste operieren ließ. Gleichzeitig wurde das Pentagon und auch das NATO-Hauptquartier in Kenntnis gesetzt. Auch der US-Präsident griff zur Direktverbindung, die ihn per Internet mit dem russischen Staatschef verband. Er wies diesen darauf hin, dass die Türkei lediglich ihre Hoheitsrechte verteidigt hätte und bei einem weiteren Angriff die NATO, namentlich die US-Flotte mit ihrer Trägerwaffe, eingreifen und alle Angreifer eliminieren würde.

Präsident Kruskin schäumte zwar vor Wut und kündigte scharfe Gegenmaßnahmen an. Angriffe erfolgten aber nicht. Kruskin wusste sehr wohl, dass seine Flotte gegen gleich zwei amerikanische Trägerkampfgruppen und die im Mittelmeerraum zusammengezogenen Luftstreitkräfte der NATO sich nie würde behaupten können. Und bei einem weltweit ausufernden Konflikt hätte er wesentlich mehr zu verlieren, als der Westen. Der vielleicht einzige Sieger wäre wohl China, wenn es denn dann überhaupt noch etwas zu verteilen gäbe. Außerdem bestand immer noch die Gefahr, dass er doch noch als Drahtzieher der Geschehnisse im Mittelmeer, die beinahe wirklich zum Erfolg der Herauslösung der Türkei aus der NATO und direktem Zugang der Russen ins Mittelmeer geführt hätten, entlarvt werden könnte. Diese latente Unsicherheit nagte zusätzlich an ihm. Den Verlust seines neuesten Raketenkreuzers konnte er immerhin gegenüber seinem langsam skeptischer werdenden Volk damit bemänteln, dass auch zwei türkische Fregatten vernichtet worden waren. Die „Zafer" konnte zwar eingeschleppt werden, musste aber als Totalverlust gelten. Von der mehrere hundert Köpfe zählenden Besatzung der „Marat" konnten von den türkischen Schiffen nur ganze 67 Offiziere und Soldaten, darunter der Erste Offizier, gerettet werden. Die Türken hatten zweihundertundvier Gefallene und Verletzte zu beklagen, was die antirussische Stimmung in der Türkei immer mehr anheizte.

Am späten Mittag waren Alina und Ronny in das Hotel zurückgekehrt, wo sie einen stark humpelnden, aber immerhin allein auf seinen Füßen stehenden, Ferdinand v. Terra antrafen. Mit wenigen Worten unter gleichzeitig laufender Dusche erklärte ihm der Amerikaner, dass die beabsichtigte Übergabe leider gescheitert war und jetzt nur noch darauf gehofft werden könne, dass die Botschaft entsprechend reagiert. Immerhin hatten sie daran gedacht, ihm zur Jeans passende Turnschuhe in seiner Größe mitzubringen. Trotz des weiterhin stark geschwollenen Knöchels gelang es mit viel Mühe den malträtierten Fuß in den weichen Stoffschuh zu zwängen.

Zwei Stunden später saßen die drei Schicksalsgenossen in der fast leeren Hotellounge und ließen sich einen Kaffee schmecken. Alle waren mittlerweile von einer sich stetig steigernden Unruhe befallen, denn noch immer zeichnete sich keine Lösung ab, wie der Stick sicher durch die Passagierkontrollen am Flughafen gebracht werden könnte. Dazu hatten sie, wie alle anderen Gäste im Hotel mitbekommen, dass es im Schwarzen Meer zu einer weiteren kriegerischen Auseinandersetzung gekommen war.

„Hoffentlich kommen wir hier überhaupt noch weg. Nicht, dass die Russen einfach dichtmachen", sorgte sich Ferdinand v. Terra. „Das glaube ich nicht, aber die Kontrollen werden sicher verschärft. Wohl auch im Hafen von St. Petersburg", erwiderte Alina.

Da auch hier mit Abhöraktionen durchaus zu rechnen war, sprachen sie sich natürlich immer mit ihren Alias-Namen an.

„Ja, Daniela, was meinst du wohl, was sich Oma für Sorgen macht", entgegnete v. Terra laut, als sich einige andere Teilnehmer der Reisegruppe näherten.

„Ja, Opi, das glaube ich auch, aber nun sind wir ja heute Abend wieder bei ihr."

„Ja, Frl. Daniela, da bin ich mir eigentlich ganz sicher. Schließlich kann die „Prinzessin" ja nicht ohne ihren Dritten Offizier auslaufen. Kapitän Völker und sein Erster werden das schon zu verhindern wissen. Hoffe ich doch jedenfalls", fügte der vorgebliche Werner Ritter stark schwäbelnd seinen ersten Sätzen noch hinzu.

Da ließen sie näherkommende Schritte aufmerken.

Eine Hotelangestellte in einem gutgeschnittenen Kostüm, dessen kurz über dem Knie endender Rock einen Blick auf ein paar durchaus ansehnliche Beine freigab, näherte sich ihnen.

Sie schaute kurz auf die wenigen Anwesenden, die es sich auf den weichen Poltermöbeln bequem gemacht hatten und fragte dann in einem etwas harten Englisch: „Mister Ritter?"

„Der bin ich!" Ronny Bean erhob sich und sah die auch im Ganzen sehr ansehnliche junge Frau fragend an. Ihre Zigarren aus Kuba sind doch noch angekommen, die Sie heute Morgen im GUM kaufen wollten. Wenn Sie mir bitte den Empfang quittieren wollen!" Sie reichte ihm ein Formular und wisperte dabei kaum hörbar: „Beachten Sie die mittlere Zigarre!" Laut sagte sie, so dass es alle hören konnten: „Die Botin musste die Sendung leider am Empfang abgeben, weil sie sich gerade am Finger verletzt hat und unseren teuren Teppichboden hier im Raum nicht beschmutzen wollte."

Einem versierten Beobachter wäre wohl aufgefallen, dass der Empfänger der teuren *Cohibas* zunächst sehr überrascht reagierte, sich dann aber doch relativ schnell fing und mit einem mokanten Lächeln die Quittung unterzeichnete.

„Danke", flötete die attraktive Frau, „damit dürfte sich das Problem wohl gelöst haben. Vielen Dank und einen schönen Heimflug!"

Alle Blicke folgten der sich mit anmutigen Schritten entfernenden Rezeptionskraft. Während Ferdinand und Alina ihr durchaus mit gemischten Gefühlen nachblickten, galt das Augenmerk des Commanders vornehmlich den ansehnlichen Beinen und ebenso dem, was sich darüber in dem engen Rock anmutig abzeichnete.

Die fragenden Blicke des ihm gegenüber sitzenden Paares ignorierend öffnete er die Packung und zog eine Zigarre nach der anderen aus dem angenehm nach Tabak duftenden Behältnis. Wie ein ausgesprochener Kenner exquisiter Zigarren beschnupperte er eine nach der anderen dieser teuren Tabakröllchen. Vielleicht verweilte er bei der mittleren *Cohiba* etwas länger und drehte diese auch einmal mehr in der Hand, bevor er sie wieder in die aufwändig gearbeitete Packung schob.

Dann endlich ließ er sich zu der Bemerkung herab: „Damit werde ich meinem höchsten Chef eine besondere Freude bereiten. Ich glaube, damit ein ganzes Stück meiner nächsten Beförderung nähergekommen zu sein."

Ferdinand von Terra glaubte jetzt erkannt zu haben, welche Bedeutung dieser Zigarrenbox zukam.

„Ich rauche ja keine Zigarren, sondern immer noch Zigaretten, sehr zum Leidwesen meiner Frau. Aber dieses Behältnis, ist das aus Alu?"

„Ja, und innen noch besonders beschichtet, damit die Klimaunterschiede dem edlen Tabak nichts anhaben können, Herr Maaß", erwiderte Werner Ritter und dozierte noch etwas über die Behandlung besonders wertvoller Zigarren, damit diese auch vollumfänglichen Genuss bei ihrem Raucher erzeugen konnten.

Jetzt hatte Alina ebenfalls begriffen, dass in diesem Futteral wohl der wertvolle Stick außer Landes gebracht werden sollte. Aber Zigarren waren doch genau wie Zahnpastatuben und Seifen aller Art bereits seit urlanger Zeit zum Schmuggel von kleinen Geheimnissen verwendet worden. Und jetzt sollte ausgerechnet bei dieser überaus wichtigen Mission so ein alter Trick angewendet werden.

Wenn das man gut ging.

„Ach, gepackt haben wir ja schon, Daniela, wollen wir nicht noch etwas Luft schnappen, bevor wir zum Abendessen gehen?"

„Gern, Opi, danach geht es doch dann gleich zum Flughafen. Aber kannst du denn schon wieder so weit laufen? Willst du dich nicht lieber noch schonen?" Die junge Frau sprach leise und deutete wegen der in der Nähe sitzenden Leute auf ihren Hals, der ja angeblich noch immer entzündet war.

„Nein, etwas frische Luft wird mir gut tun und wir brauchen ja nur in den Hotelpark gehen."

„Gute Idee, da schließe ich mich doch gern an, wenn's genehm ist", ließ sich Werner Ritter hören.

„Wenn es denn sein muss. Sie waren bereits den ganzen Vormittag mit meiner Enkelin unterwegs. Gönnen Sie mir altem Mann doch auch etwas ihre Gesellschaft."

„Die haben Sie doch auch, wenn ich dabei bin, mein Bester", widersprach Ritter munter und erhob sich.

Wenig später standen die Drei etwas abseits der Bänke in der kleinen, gartenähnlichen Anlage.

Die Sonne schien und kein Wölkchen trübte den herrlichen Frühsommertag. Direkt über ihnen summte ein Generator, der das Wasser in dem hübsch angelegten, runden Teich umwälzte, in dem sich viele silbrige Fische tummelten. Vermutlich die Forellen, die auch auf der Speisekarte standen.

Hier dürfte sich kein Mikrophon befinden und wenn doch, so würde die laufende Pumpe ihre Worte übertönen. Eine Kamera war ihrer geschulten Blicke nach ebenfalls nicht auf diesen Fleck gerichtet. Also zog Ronny sein Zigarrenetui aus der Tasche. „Ist aus Alu und scheint hier handelsübliche Verpackung für die edlen Kubaner zu sein. Das gleiche Material also wie das Gehäuse des Stick. Und jetzt passt auf!" Er zog die mittlere Zigarre aus dem Behältnis und wies am hinteren Ende auf einen kleinen Nylonfaden hin. Dann zog er an diesem und das untere Stück des Innenlebens der dicken *Cohiba* ließ sich herausziehen. Nur die Deckblätter hielten die kunstvoll gerollte Zigarre zusammen. Am Ende erschien jetzt eine Öffnung, die ebenfalls mit einem besonderen Stoff ausgekleidet zu sein schien. Jetzt holte Bean den Stick aus seiner Jacketttasche und schob ihn in diese Ausnehmung. Dann drückte er das herausgenommene Unterteil wieder in die Deckblätter und entfernte den Nylonfaden.

Zu ihrer aller Verwunderung saß das Teil fest in der Umhüllung und auch bei leichtem Schütteln löste sich das Unterteil nicht. Einer Sichtprüfung hielt das *trojanische Pferd* in Gestalt einer edlen Zigarre ebenfalls stand.

„So, und jetzt vertrauen wir einfach auf unser bisheriges Glück und hören auf, uns nervös zu machen." Ronny nickte den beiden Anderen bestimmend zu.

Doch diese blickten sich nicht so wirklich überzeugt an.

US-Präsident Daniel B. Brown war froh, dass eine total aus dem Ruder zu laufende Eskalation wohl im Moment vermieden worden war. Aber daran, dass sein russisches Pendant Kruskin jetzt aufgeben würde, daran mochte er einfach nicht glauben. Hoffnung versprach, dass, was er kaum zu hoffen gewagt hatte, es dieser russischen Überläuferin und seinem Commander vom Navy-Nachrichtendienst offenbar gelungen war, diesen russischen Angriffsplan tatsächlich dort zu finden, wo ihn die Russin versteckt haben wollte. Aber solange er nicht wusste, was dieser tatsächlich enthielt und die Echtheit des Dokuments bestätigt werden konnte, war sein Glaube auf diesem Wege die Krise lösen und vielleicht sogar das Ende von Kruskins Herrschaft über das riesige Reich, das von Europa bis an die chinesische Grenze reichte, besiegeln zu können, doch sehr vage.

Kruskin war durchaus zuzutrauen, hier eine Falle zu stellen, in die der Westen, vornehmlich die USA, hineintappen sollten.

Da ging die Tür zum Oval-Office auf und sein Verteidigungsminister nebst der Nationalen Sicherheitsberaterin traten ein. Hatte er das Klopfen überhört? Na, egal, sagte sich Brown und sah den beiden erwartungsvoll entgegen. „Was Neues aus dem Reich des Bösen?"

„Ja, die Übergabe ist geplatzt. Offenbar hat das FSB gerade dort eine Verhaftung vorgenommen und verständlicherweise sind die Russin und unser Commander daraufhin erst einmal abgetaucht", beantwortete Arnold Wilde seine Frage.

„Verd… und jetzt?"

„Jetzt, Mr. Präsident, kommen die Deutschen ins Spiel. Einer von ihnen ist ja auch dabei und sie haben offenbar eine Möglichkeit, ein sicheres Behältnis für den Transport von Moskau auf das Schiff in St. Petersburg zu übergeben", übernahm Diana Cook, die Sicherheitsberaterin.

„Was, die Leute sollen diese Kopie durch die Flughafenkontrolle schmuggeln? Das ist doch ein unglaublich hohes Risiko!" Daniel B. Brown konnte es nicht fassen. „Warum hat dieser Bote oder wer immer den Kontakt aufgenommen hat, denn das brisante Teil nicht an sich genommen und in der Botschaft abgeliefert?"

„Nun ja, das, Sir, ist die zweite Nachricht. Auf dem Friedhof, wo unsere Russin das Teil versteckt hatte, muss etwas vorgefallen sein und daran waren unsere Leute wohl beteiligt und …"

„Was soll das heißen?" Daniel B. Brown fuhr auf.

„Auf dem Friedhof sind, wie unsere Informanten melden, zwei Soldaten, wohl von der GRU oder FSB getötet worden und jetzt suchen russische Agenten und die Miliz Ausländer. Vor allem Amerikaner und haben auch unsere Botschaft und die der anderen NATO-Staaten noch weiter abgeriegelt. Dort kommt niemand mehr rein oder raus, der nicht über einen Diplomatenpass verfügt", bedauerte die attraktive Sicherheitsberaterin.

„Ich verstehe, und dieser Mensch, der diesen Trojaner überbracht hat, steht also nicht in unseren … äh, wollte sagen den deutschen Diensten. Dann können wir wohl nur hoffen, dass wir es hier nicht mit einem Doppelagenten zu tun haben und Kruskin sich schon insgeheim ins Fäustchen lacht."

„Das glaube ich eigentlich nicht, aber es reicht ja schon, wenn dieser Mensch vielleicht bereits enttarnt ist und die Russen ihn einfach weitermachen lassen. Das kann wohl niemand ausschließen."

„Das hätten wir aber sollen. Gerade in dieser Situation, Arnold. Stell dir mal vor, Kruskin lässt uns hier wirklich auflaufen. Dann nimmt in der EU uns keiner mehr ernst. Und mein Vorgänger hat ja nun wirklich genug Porzellan zerschlagen. Dazu dieser Franzose und die Vorgängerin des jetzigen Kanzlers, die mit ihrem abrupten Energiewechsel ihr Land und halb Europa den Russen doch quasi ausgeliefert hat. Abhängig von russischem Gas und dazu kaum noch einsatzbereites Militär. So sah es doch noch vor kurzem in Deutschland und bei den meisten unserer europäischen NATO-Partner aus. Nur gut, dass da jetzt ein vernünftiger Mann das Ruder in der Hand hält. Aber ob das bis hin zum Nachrichtendienst der Deutschen schon Früchte getragen hat?"

Präsident Brown waren seine Zweifel anzusehen. Zweifel, die seine engsten Mitarbeiter in vollem Umfang teilten.

Eben diese Zweifel beschlichen auch Ferdinand v. Terra und Alina Sacharowa. Insgeheim bemächtigte sich selbst dem nach außen völlig ruhig und gelassen wirkenden Commander Ronny Bean ein sich immer mehr verstärkendes ungutes Gefühl.

Gegen zwanzig Uhr Ortszeit traten die Drei aus dem Aufzug und begaben sich in die Lounge. Als sie an der Rezeption vorbeikamen, bremsten draußen zwei Wagen der Miliz und kurz darauf eilten einige Milizionäre an ihnen vorbei an den Tresen des ihnen ebenso überrascht wie interessiert entgegenblickenden Empfangschefs mit seinen beiden Mitarbeiterinnen. In einer der Frauen erkannte Bean sofort die junge Frau, die ihm das angeblich sichere Transportbehältnis für seine heiße Ware ausgehändigt hatte. Der Druck auf seine Brust nahm zu und es kam wohl nicht von ungefähr, dass sich dieser insbesondere an der Stelle verstärkte, wo das Zigarrenetui in der Innentasche seines Sommerjacketts steckte. Zwei der Polizisten blieben an den großen, gläsernen Ausgängen, einer Drehtür und zwei weiteren Türen, die auch für Rollstuhlfahrer geeignet waren, stehen.

Auch von der Rückseite, wo sich ebenfalls entsprechende Ausgänge befanden, die unter anderem zum Parkplatz führten, eilten mehrere Uniformierte herbei.

Die bangen Blicke, die die drei unter falschen Identitäten reisenden Geheimdienstler wechselten, fielen zu deren Glück kaum weiter auf, da alle Gäste, die den Aufmarsch der Ordnungskräfte mitbekamen, ebenfalls interessierte, aber auch besorgte Blicke wechselten.

Jetzt erschienen hinter den in die grauen Uniformen gekleideten Milizionären auch einige Zivilisten.

Die zivile Kleidung konnte aber kaum darüber hinwegtäuschen, dass es sich auch hier um Staatsbeamte handelte, die zu den Uniformierten gehörten.

„Na, kriegen wir jetzt noch eine Abschiedsshow geboten?"

Die Stimme, die dieses laut fragte, gehörte der sich stets Gehör verschaffenden und alles und jedes kommentierenden Witwe. In diesem Moment fuhr draußen ein Bus vor. Gleich darauf stieg die Russin aus dem Fahrzeug, die die deutsche Reisegruppe durch Moskau geführt hatte und diese jetzt zum Flughafen begleiten sollte.

Die resolute Frau erkannte ihre zu eskortierenden Schäfchen und nickte diesen beruhigend zu. Mehr als dieses Nicken hatten aber die Worte von der allgegenwärtigen Witwe zumindest bei v. Terra bewirkt, der bei ihren Worten unwillkürlich lachen musste, was den sich seit Stunden verstärkenden Druck um seine Brust seltsamerweise lockerte. Wie viele Jahre mochte es der arme Ewald bei diesem Drachen ausgehalten haben? Dieser Gedanke war es, der ihm durch den Kopf geschossen war und sich so befreiend auswirkte.

Inzwischen entspann sich an der Rezeption ein kleiner Disput zwischen dem Chef-Portier und dem hochgewachsenen Zivilisten, der offenbar das Kommando über die eingetroffenen Staatsorgane führte. Die Stimmen wurden lauter und auch die Fremdenführerin war bis zu der wartenden Gruppe der deutschen Reisenden zu vernehmen. Schließlich trat der Zivilist in seinem hellbraunen Anzug gemeinsam mit einer jüngeren Offizierin der Miliz hinter den Empfangstresen, wo sie der Portier offenbar in den Computer blicken ließ, der auch hier natürlich das vor Jahrzehnten übliche Gästebuch ersetzt hatte. Inzwischen fuhren draußen ein Kleinbus und zwei dunkle Limousinen vor, denen weitere Personen entstiegen und in die Hotelhalle eilten. Inzwischen hatte der Zivilist hinter dem Computer auf verschiedenen Zetteln Notizen angefertigt, die der weibliche Miliz-Hauptmann jetzt an je einen der neu eingetroffenen Zivilisten und einen Uniformierten übergab. Dazu händigte der sichtlich verstimmte Empfangschef jeweils eine Schlüsselkarte pro Team aus.

Jetzt wandte sich auch die Fremdenführerin, deren Gesicht ebenfalls hochrot angelaufen war, von dem Rezeptionsbereich ab und kam auf ihre Reisegruppe zu.

„Tut mir leid, meine Damen und Herren", verkündete sie in ihrem etwas hart klingenden Deutsch, „aber unsere Ordnungskräfte suchen einen oder mehrere gefährliche Personen. Auch unsere Abreise wird sich daher verzögern. Bitte nehmen Sie in der Lounge Platz und halten Sie Ihre Papiere bereit.

Soweit Sie Gepäck oder einen Mantel dabei haben, sollten Sie diesen Gegenständen jetzt nichts mehr entnehmen oder hineinstecken, denn Ihre Sachen werden durchsucht. Aber keine Sorge, das ist eine reine Routinemaßmaßnahme."

Trotz dieser beruhigend wirkenden Worte – oder aber vielleicht auch gerade deswegen – machte sich zunehmende Unruhe unter den Touristen breit.

„Wehe, die Burschen wollen an meine kubanischen Zigarren!", tönte Ronny Bean laut und grinste Alina an, die diese Bemerkung gar nicht so lustig fand.

„Hallo, mein lieber Herr Maaß, Sie sehen aber doch immer noch sehr mitgenommen aus. Vielleicht hätten Sie doch den Doktor mal nach Ihrem Fuß gucken lassen sollen! Wissen Sie, mein lieber Ewald war vor Jahren so unglücklich umgeknickt, dass alle Bänder in seinem Knöchel, Sie wissen schon, diesem Gelenk da am Fuß, gerissen waren. Das hat gedauert, kann ich Ihnen sagen! Und der Doktor hat da mit Ewald richtig geschimpft und …"

Ferdinand v. Terra verdrehte die Augen. Die Alte hatte ihm gerade noch gefehlt. Wie hieß die Tante bloß gleich noch? Hatte er es überhaupt gewusst? Während ihm diese Gedanken durch den Kopf gingen, quasselte die Frau, die die Siebzig wohl bereits um einige Jahre überschritten hatte, ungeniert weiter: „… da hätten Sie, Frau Hesse, unbedingt für sorgen müssen, wenn Ihr Gatte schon so unvernünftig ist, hat er gesagt, der Doktor Beckmann …"

Aha, Hesse heißt die Nervensäge also, dachte v. Terra und bequemte sich, erstmalig auf den Redefluss zu antworten. „Ja, da haben Sie ja so recht, Frau Hesse, aber das wird schon wieder. Jetzt in diesen leichten Turnschuhen hat der Fuß zwar keinen Halt, aber jedenfalls habe ich ihn überhaupt hineinbekommen."

„Jaja, bei meinem Ewald mussten wir sogar die alten Schuhe aufschneiden, sonst hätte er seinen Fuß gar nicht herausbekommen und …"

Sie brach ab, als die Moskauer Fremdenführerin mit einer Miliz-Soldatin und einem dieser unnahbar wirkenden Zivilisten auf die Gruppe zukam.

„Meine Damen und Herren, ich konnte unsere Sicherheitskräfte davon überzeugen, dass es sich bei Ihnen um eine ausschließlich deutsche Reisegruppe handelt und fast alle über das Rentenalter hinaus sind. Damit Sie Ihren Flug nicht versäumen, werden Sie bei der leider nochmals notwendigen Überprüfung vorgezogen. Bitte halten Sie Ihre Reisedokumente bereit und öffnen Sie auf Verlangen Ihre Taschen und folgen Sie allen Anweisungen!"

Dann begann die Prozedur. Einige der Ältesten brauchten nur Ihre Papiere vorzuweisen. Bei den noch nicht ganz so Betagten wurde zusätzlich ein ausführlicher Blick in die mitgeführten Reisetaschen und sonstigen Behältnisse geworfen. Ganz zuletzt näherten sich die Uniformierte und der aus der Nähe noch arroganter wirkende etwa dreißigjährige Mann in seinem billigen Anzug den verbliebenen vier Personen. Der Witwe und dem älteren Herrn neben ihr sowie den beiden Jüngsten der Gruppe.

Bei der Frau, unter der der selige Ewald wohl zu Lebzeiten ziemlich gelitten haben dürfte, ging es schnell. Ein Blick auf die Bordkarte der „Prinzessin des Nordens" und den Pass, das war es schon.

Dann allerdings wurde es heikel. Die Moskauer Stadtführerin wies auf Ferdinand von Terra und sagte einige Worte zu dem Zivilisten, unter dessen offenem Sakko in altmodischen Karos, jetzt aus der Nähe gesehen, sich eine Faustfeuerwaffe abzeichnete. „Ich habe dem Herrn Hauptmann gerade erklärt, dass Sie Herr Maaß sind und sich gestern am Fuß verletzt haben und ..."

Weiter kam die bemühte Frau, die sicher auf ein größeres Trinkgeld in Euro hoffte, nicht. Der Mann neben ihr bellte einige Worte und sie starrte ihn daraufhin gerade zu verstört an, wollte etwas erwidern, ließ es dann aber bleiben und wandte sich an Ferdinand v. Terra. „Herr Maaß, es tut mir leid, aber die Sicherheitsorgane bestehen darauf, sich Ihren Fuß anzusehen und ..."

„Wie bitte? Na, ich muss schon sagen, das ist ja eine Zumutung. Muss das wirklich sein? Ich bin froh, dass ich den Schuh anbekommen habe und ..."

„Bitte machen Sie keine Schwierigkeiten, erstens nützt es nichts und zweitens verpassen Sie dann ganz bestimmt Ihren Flug."

„Na denn ...", gab sich der vermeintliche Ernst Maaß geschlagen und öffnete ganz vorsichtig die Schnürsenkel seines Turnschuhs. Einen leisen Schmerzenslaut konnte er nicht unterdrücken, als er den Schuh über den stark angeschwollenen Knöchel streifte, was nur mit Mühe gelang.

Dann noch die Socke, was ebenfalls etwas dauerte und schließlich erschien ein dicker, sich in verschiedenen Farben von blau mit teils leichtem, beginnenden Grünton präsentierender Fußknöchel.

Der karierte Unsympath nickte und v. Terra meinte schon, die Sichtprüfung seines malträtierten Fußes habe ausgereicht. Er begann, nicht ohne hierbei schmerzhaft das Gesicht zu verziehen, sein freigelegtes Gehwerkzeug wieder zu verpacken. Kaum hatte er den Stoffschuh mit viel Mühe erneut angezogen, als der Russe wieder einige Worte in einem harten, fast bellendem Tonfall hervorstieß.

Erneut wandte sich die leidgeprüfte Fremdenführerin an den vermeintlichen Rentner.

„Ich bedaure, aber der Offizier will wissen, wo die Schuhe geblieben sind, die Sie bei Ihrem … äh … Unfall getragen haben!"

„Ach", meint er, „die passen ihm? Kann er gerne haben! Wenn sie noch da sind. Da Daniela, meine Enkelin, den rechten Schuh aufschneiden musste, wird er daran allerdings nicht mehr viel Freude haben!" Der auf alten Rentner getrimmte v. Terra schoss einen wütenden Blick auf den mutmaßlichen FSB-Offizier ab.

So ganz wörtlich schien die Russin seine Worte nicht übersetzt zu haben, denn der Geheimdienstler nickte fast menschlich berührt. Dann fragte er jedoch nochmals nach, um was für eine Art Schuhe es sich gehandelt habe und wo die sich jetzt befinden würden? Die mittlerweile mehr als genervt wirkende Tourismusbeauftragte übersetzte seine Worte.

„Die habe ich, dass heißt, Daniela, also meine Enkelin, hat sie in den Papierkorb in meinem Zimmer geworfen. Den hat aber das Zimmermädchen heute in der Frühe bereits geleert."

Nach der Übersetzung nickte der Mann im karierten Jackett und winkte einen der in der Nähe stehenden Milizionäre heran und erteilte diesem einen Befehl.

Er selbst wandte sich jetzt Daniela zu. Diese hielt ihm ihre Bordkarte, Ausflugsticket und Pass hin. Lange schaute der Karierte immer wieder auf das Passfoto und dann die junge Frau an. Schließlich nickte er und zeigte auf ihre Schuhe.

„Der Offizier möchte, dass Sie ihm Ihre Schuhe geben und …"

„Hähähä!" Eine meckernde Lache ertönte von dem Sitz gegenüber der Enkelin. „Der Typ hat wohl einen Schuhtick, oder wie sehe ich das?"

Wer anders als Commander Bean hätte diese Worte von sich geben können? Glücklicherweise wieder in breitem Schwäbisch, so dass auch die Stadtführerin seine Aussage wohl kaum richtig verstanden haben dürfte.

Doch Alina alias Daniela zog bereits ihre Sportschuhe aus und gab sie dem Russen. Dieser warf einen Blick auf die Sohlen und gab die hellen Laufschuhe dann wortlos zurück.

Dann fragte er, ob die Frau noch andere Schuhe dabei hätte?

Nach Übersetzung verneinte diese. Darauf fragte der Karierte die Tourismus-Beauftragte, ob sie noch andere Schuhe an der Frau gesehen hätte in den letzten Tagen, vor allem am Vortag. Alina, die seine Worte natürlich verstand, beschäftigte sich angelegentlich damit, eine Doppelschleife an ihrem linken Schnürband zu binden. Die Russin guckte nochmals auf die Schuhe und antwortete dann: „Nein, ich bin mir ziemlich sicher, dass Frl. Dobberstein auch gestern und überhaupt immer diese Schuhe getragen hat."

Ob es sich um einen Wahrnehmungsfehler der Touristenführerin gehandelt hatte oder diese ganz einfach nur genauso genervt war, wie ihre Schützlinge, wird niemand je erfahren.

Egal, der Unsympath schien sich damit zufriedenzugeben. Jedenfalls wandte er sich jetzt dem letzten der deutschen Ausflügler zu und streckte fordernd die rechte Hand aus.

Mit einem spöttischen Grinsen reichte ihm Commander Bean die Papiere des dritten Offiziers der „Prinzessin des Nordens". Nur ein kurzer Augenmerk fiel auf das Ausflugsticket. Ein wesentlich längerer hingegen auf die Bordkarte des Kreuzfahrtschiffes. Das Gesicht des Russen nahm einen angespannten Ausdruck an. Ihm war aufgefallen, dass die Bordkarte dieses deutlich jüngeren Mannes anders gestaltet war, als die ihm zuvor übergebenen. Jetzt nahm er sich den Pass vor und verglich mit aufreizender Langsamkeit das Foto darin mit dem vor ihm sitzenden Mann. Dann folgte der Vergleich des Originals mit der Bordkarte und schließlich des Passes mit dieser. Schließlich entrang sich der Kehle des Offiziers ein schwer zu deutender Laut, der dem Grunzen eines Ebers nicht unähnlich war, aber die Tourismus-Frau zum Erschrecken brachte. Mit Pass und den ihm gereichten Papieren in der einen Hand zog der Mann die Frau mit der anderen ein Stück zur Seite und flüsterte mit ihr.

Die beiden waren noch mitten in eine Diskussion verstrickt, als sich der vorhin weggeschickte Milizionär näherte. In der linken Hand hielt er eine Plastiktüte, die er, mit sichtlich stolzem Gesichtsausdruck dem Offizier reichte. Dieser unterbrach sein Getuschel mit der Abgesandten des Moskauer Touristenbüros. Wortlos griff

277

er in die blickdichte Tüte und zog erst den einen Schuh heraus, betrachtete diesen von allen Seiten und insbesondere die Sohle. Dann wanderte dieser wieder in das Behältnis zurück und er zog den anderen daraus hervor. Ein irgendwie enttäuschend klingender Grunzlaut folgte und der ganz offenbar auf ein Lob wartende Uniformierte bekam seine mit wichtigem Gesicht angetragene Beute zurück und wurde damit wieder weggeschickt.

Noch ein paar halblaute Worte an neben ihm stehende Frau und dann kehrten beide zu den Touristen zurück.

„So, Sie alle können sich zum Bus begeben. Nur an Herrn Ritter hat der Herr Hauptmann noch einige Fragen. Bitte beeilen Sie sich, wir sind schon ziemlich spät dran. Die anderen Herrschaften sind schon eingestiegen."

„Dann müssen Sie Ihrem Herrn Großvater wohl allein in den Bus helfen, Frl. Daniela. Also bis gleich!"

Trotz des lockeren Tonfalls war sowohl der ehemaligen GRU-Angehörigen als auch v. Terra klar, was ihnen der Commander damit bedeuten wollte. Nämlich: Tut bloß, was ich euch sage und fragt nicht dumm nach, um die Aufmerksamkeit dieses Kerls nicht noch zusätzlich auf euch zu ziehen.

Ächzend kam v. Terra auf die Füße und folgte, von seiner Enkelin liebevoll gestützt, der bereits vorauseilenden Witwe, die nur zu gern gewusst hätte, was der Russe noch von dem Schiffsoffizier wollte? Aber auch ihr schien es ratsam zu sein, lieber nicht aufzufallen. Ein seltener Moment der Einsicht hatte sie befallen.

„Was will er denn nun noch?", wandte sich der Commander als Werner Ritter an die Russin und deutete mit dem Kopf auf den Karierten.

„Dem Herrn Hauptmann ist aufgefallen, dass Sie kein Tourist sind, sondern Offizier der Deutschen Handelsmarine und ..."

„Soso, ist ihm das. Alle Achtung", spottete Bean in fast einwandfreiem Hochdeutsch.

Der Blick der Frau beschwöre ihn förmlich, den Befrager nicht noch unnötig zu verärgern, so dass er sich fügte. Zu sehr überziehen wollte er natürlich nicht, um seine Mission nicht zusätzlich zu gefährden. Aber sein Instinkt sagte ihm, ein Verhalten wie die Maus vor der Schlange signalisiere eher ein schlechtes Gewissen, als eine gewisse Aufsässigkeit es täte.

„Ich empfehle Ihnen dringend, die Angelegenheit nicht in die Länge zu ziehen, sonst verpassen wir garantiert unseren Flug! Also, der Herr Hauptmann möchte wissen, wieso Sie für Frau Maaß an dem Ausflug teilnehmen?" Weil Frau Maaß erkrankt ist und schon bezahlt hatte. Da ich Moskau noch nicht kenne, habe ich ihr das Geld erstattet und bin mitgeflogen. Außerdem", er beugte sich vertraulich vor und setzte leise hinzu, „erschien es mir eine Gelegenheit die Enkelin, Frl. Dobberstein, bei dieser Gelegenheit näher kennenzulernen."

Jetzt stahl sich ein verstehendes Lächeln in die mehr als angespannt wirkenden Züge der Frau. Leise übersetzte sie dem Geheimdienstler, was sie zu hören bekommen hatte.

Dieser nickte nur, sagte einige Worte und deutete dann auf die Schuhe des Befragten.

„Der Hauptmann fragt, ob es sich bei Ihren Schuhen um ein italienisches Modell handelt?"

„Wie bitte? Nein, ganz und gar nicht. Das sind relativ günstige Schuhe von einem deutschen Versandhandel. Nicht einmal echtes Leder, aber rutschsichere Sohlen. Wichtig an Bord, damit man nicht auf den doch manchmal glitschigen Niedergängen außerhalb des Passagierbereiches ausrutscht. Er löste die Schnürsenkel des linken Schuhs und reichte ihn der Frau, die ihn an den Offizier weiterreichte.

Dieser betrachtete zuerst die Sohle und dann den restlichen Schuh. Schließlich führte er ihn sogar an seine ziemlich breit geratene Nase. Die Geruchsprobe schien ihn auf einen neuen Gedanken gebracht zu haben. Wieder ein kurzer Satz zu der Frau und ein abschätzender Blick auf den vorgeblichen Dritten Offizier des Kreuzfahrers.

„Der Hauptmann meint, diese Schuhe seien ziemlich neu und fragt, wie das kommt?"

Ronny Bean stöhnte leise auf und verdrehte die Augen. „Natürlich haben wir immer zwei Paar Gebrauchsschuhe an Bord dabei und für diesen Flug und den Ausflug habe ich die neuen Schuhe angezogen. Die alten waren doch schon etwas abgetreten und … naja … Frl. Dobberstein sollte doch einen guten Eindruck von mir gewinnen. Sie verstehen?"

So langsam begann der Commander zu spüren, wie ihm heiß wurde und er fuhr sich mit der Rechten über die frisch geschorene Glatze.

Dann ging alles ganz schnell. Ein kurzer gutturaler Satz des Karoliebhabers zu der Touristenführerin und der Schuh landete neben ihm auf dem Sofa.

Erstaunt blickte Ronny auf. „Das war's jetzt endlich?"

„Ja, beeilen Sie sich. Ich rufe gleich am Flughafen an. Vielleicht schaffen wir es noch so gerade eben, wenn wir dort nicht auch noch zusätzlich aufgehalten werden!"

So schnell war Bean lange nicht in seinen Schuh geschlüpft und aufgesprungen.

In Ankara gelang es dem neuen starken Mann in der Türkei, Cetin Keser, die Massen zu beruhigen, die weitere Vergeltung für die versenkten türkischen Schiffe und die gefallenen Soldaten forderten.

Taktisch klug verkaufte er das Seegefecht als klaren türkischen Sieg, da der brandneue russische Kreuzer einen vielfach höheren Gefechtswert als die eigenen Fregatten besaß, seine Herstellungskosten zwanzigmal so teuer gewesen seien als beide türkischen Schiffe zusammen und auch viel mehr russische Marinesoldaten ihr Leben lassen mussten.

Cetin Keser konnte allemal hochzufrieden auf das zurückblicken, was er maßgeblich geschafft hatte.

Den immer selbstverliebter agierenden und die Türkei stets weiter wirtschaftlich und politisch zurückwerfenden Präsidenten abserviert und durch seine Person ersetzt. Den Vertrag mit den Russen aufgehoben. Die Mitgliedschaft in der NATO erhalten. Das war in der kurzen Zeit mehr als wohl kaum jemand sich zutrauen durfte. Dazu stand die Bevölkerung zu mittlerweile über achtzig Prozent hinter ihm und auch das Militär war mit seinem neuen Oberbefehlshaber außerordentlich zufrieden. Auch die letzten noch im Gefängnis sitzenden Putschisten von damals waren wieder frei und zum Großteil in ihre Dienststellungen zurückgekehrt. Egal, ob Offiziere und Soldaten, Polizisten und sonstige Beamte oder Richter und Lehrer. Das alles sorgte dafür, dass er sicherer im Sattel seines Amtes saß, als viele seiner Vorgänger. Selbst die Erbfeindschaft mit den Griechen begann zu bröckeln.

Ja, Cetin Keser war vielleicht persönlich der größte Gewinner der bisherigen Ereignisse.

Ganz anders sah es bei Feodor Wladimirowitsch Kruskin aus. Seit langer Zeit hatte er seine Macht immer mehr gefestigt. Ihm war es gelungen, sein Russland wieder von einer, wie ein US-Präsident abschätzig vor Jahren öffentlich gesagt hatte, einer

Regionalmacht wieder zu einem Land zu machen, dass Amerika auf Augenhöhe begegnen konnte. Und jetzt dieses Fiasko. So gut hatte es begonnen. Griechenland und die Türkei waren wie erwartet auf einander losgegangen. Die NATO erschien geschwächt und der seit Jahrhunderten erträumte direkte Zugang zum Mittelmeer in Reichweite. Und jetzt das: Putsch in der Türkei; der geschlossene Vertrag Makulatur und Amerika und mit ihm der Rest der NATO stand felsenfest hinter diesem neuen Machthaber am Bosporus.

Was sollte er nur tun? Immer mehr Kriegsschiffe der NATO-Staaten durchquerten vom Mittelmeer kommend das Marmarameer und den Bosporus und standen jetzt auf der türkischen Seite des Schwarzen Meeres. Gegen diese Schiffe allein hätte seine Schwarzmeer-Flotte wohl noch eine Siegchance gehabt. Aber gegen die hinzukommenden, auf der anderen Seite des Bosporus im Mittelmeer startbereiten Trägerflugzeuge und die zusätzlich im Mittelmeerraum stationierten, landgestützten Kampfflugzeuge wohl kaum.

Wenn er jetzt einfach akzeptierte, dass sein so guter Plan gescheitert war, würde er vielleicht etwas an Ansehen und Akzeptanz bei seinem Volk verlieren, aber das war es dann auch schon. Neue Chancen würden sich bieten. Aber für ihn selbst lief die Zeit ab. Schließlich hatte er die Siebzig bereits erreicht. Natürlich hatte er einiges an Vermögen beiseite geschafft und hätte in einem der wenigen lebenswerten Staaten in Südamerika oder Afrika in Saus und Braus leben können. Aber das war für ihn nicht erstrebenswert. Die Macht war sein Fetisch und würde er diese verlieren, dann war das Leben für ihn wertlos. Doch noch schlimmer wäre es, wenn sein Andenken trotz seiner – wie er meinte allergrößten Verdienste um Mütterchen Russland – zerstört werden würde.

Vielleicht sollte er die neue Militärmacht Russlands, die das Land erst unter seiner Führung erreicht hatte, nochmals der Welt demonstrieren, überlegte er. Damit würde er auch von dem Desaster im Schwarzen Meer ablenken. Dieser Gedanke gefiel ihm zunehmend und seine Stimmung hellte sich etwas auf.

Mit einem Grinsen im Gesicht eilte Werner Ritter alias Ronny Bean auf den wartenden Bus zu.

Die Tür öffnete sich und alle Gesichter wandten sich ihm zu. Aber wenn er erwartet hätte, dass alle Insassen ihm erfreut entgegenblicken würden, so wurde er enttäuscht.

Die schweigende Mehrheit blickte durchaus eher grimmig, denn sie alle fürchteten, dass sie wegen ihm ihren Flug und damit die Besichtigung der Eremitage verpassen würden.

Diese Erweiterung des damaligen Winterpalastes der Zaren enthält eine der bedeutendsten Gemäldesammlungen der Welt und diverse weitere Kunstschätze. Verteilt über 19 (!) Kilometer Galeriefläche. Die Besichtigung dieses Barockbaus wollte sich niemand entgehen lassen, obwohl in ein paar Stunden am Vormittag ohnehin nur ein Bruchteil angesehen werden könnte.

Nur die Moskauer Fremdenführerin, deren Tätigkeit mit der Ablieferung ihrer Gruppe am Flughafen endete und natürlich Ernst Maaß und Daniela waren mehr als erfreut, als er endlich den Bus betrat. Aus durchaus unterschiedlichen Gründen allerdings. Er saß noch nicht einmal ganz auf seinem Platz hinter Opa und Enkelin, als der Fahrer auch schon Gas gab und sofort Tempo aufnahm.

Die Russin hatte ihr Handy am Ohr und sprach aufgeregt hinein.

Schließlich beendete sie das Gespräch und steckte das Mobiltelefon ein und griff zum Mikrophon, das vor ihrem Sitz auf der rechten Seite des Fahrzeugs angebracht war.

„Meine Damen und Herren! Mit viel Mühe ist es mir gelungen, die Genehmigung zu erhalten, dass wir direkt vor die Abfertigung durch die Kontrollorgane fahren dürfen. Sie müssen daher nicht durch den gesamten Flughafen laufen. Wenn jetzt nicht noch etwas Unvorhergesehenes geschieht, können wir es rechtzeitig schaffen. Das Flugzeug darf bis zu dreißig Minuten warten, muss dann aber starten." Frenetisches Klatschen dankte ihr und ließ sie doch noch auf ein reichhaltiges Trinkgeld hoffen. Die kritischen Blicke seiner Gefährten beruhigte Ronny mit dem flapsigen Satz: „Ja, Herr Maaß, meine Cohibas sind noch am Mann. Ich überlege gerade, ob wir uns zur Feier des Tages dann heute Abend in der Bar auf der „Prinzessin des Nordens" eine davon anstecken? Verdient hätten wir es wohl, Hähähä!"

Während Alina sich dazu einer Äußerung völlig enthielt, verdrehte Ferdinand v. Terra nur wortlos die Augen. Der Fahrer legte ein ordentliches Tempo vor, das den Verdacht aufkommen ließ, dass die Verkehrsregeln und die Geschwindigkeitsbeschränkung nicht für die Staatskonzerne, wie das staatliche Tourismusunternehmen, galten. Jedenfalls nahm ein auf dem Moskauer Ring von dem Bus überholter Kombi der Miliz die offensichtlich überhöhte Geschwindigkeit nicht zum Anlass, das Vehikel zu stoppen.

Der Schweiß auf dem Rücken des Commanders war jedenfalls ganz offenbar nicht nur wieder getrocknet, sondern er hatte auch das nach wie vor latent über ihnen lauernde Damoklesschwert aus seinen Überlegungen verdrängt. Ebenso wie die Tatsache, dass dieses der Sage nach ja nur an einem einzelnen Pferdehaar aufgehängt war, also leicht den Schädel des unter ihm stehenden spalten könne. Sein Kopf drängte sich zwischen die Nackenstützen der vor ihm sitzenden Ernst Maaß und Daniela Dobberstein. „Na, Opa Maaß, bald sitzen wir im Flieger und zwei Stunden später wohl an Bord meiner stolzen *Prinzessin*. Dann werden wir unseren Weißkittel einen Blick auf Ihren Fuß werfen lassen und dann unsere Cohibas in Brand setzen und dazu einen ordentlichen Whisky trinken, was! Und unsere schöne Dani bekommt natürlich ein Glas Champagner oder auch zwei. Hähähä!"

„Schauen wir mal, Herr Ritter! Mein Fuß wird schon wieder werden. Vielleicht ein stützender Verband und gut ist. Zunächst werde ich aber meine liebe Frau in die Arme schließen und hoffen, dass es ihr schon etwas besser geht. Und was Daniela angeht, wird sie es sich nicht nehmen lassen, ebenfalls zu allererst nach ihrer Großmutter zu sehen, dann sich von Dr. Fleischer ein Gurgelmittel verordnen lassen und danach können wir beide vielleicht an einen Whisky denken …"

„Klar doch, und natürlich an die guten Kubaner in meiner Tasche nicht wahr. Hahaha!"

Die Lache war noch nicht ganz verhallt, da ertönte eine andere Stimme und ein nicht mehr ganz taufrisches Gesicht drehte sich auf dem Sitz vor Großvater und Enkeltochter nach hinten.

„Sie denken wohl auch immer nur an das Vergnügen, Herr Ritter, was! Warten Sie mal ab, wie lange das gut? Mein Ewald hat höchstens mal auf einer Feier ein Bier oder ein Glas Wein getrunken und das Rauchen hat er sofort nach unserer Hochzeit aufgegeben und …"

„Und jetzt ist er schon lange tot! Wollten Sie das sagen? Ich hingegen lebe noch und gedenke das auch noch lange zu genießen – das Leben, meine ich!"

„Hach!", schnaubte Ewalds Witwe, „Sie sind doch erst höchstens fünfzig und haben schon kein einziges Haar mehr auf dem Kopf. Da sieht man ja, wohin das führt!"

Rundum ertönte Gelächter und Ronny Bean verschluckte die Antwort, die ihm schon auf der Zunge lag und schaute jetzt doch etwas gekränkt. Dafür drehte sich der Fregattenkapitän, der sich immer wieder über die Anrede *Opa Maaß* ärgerte zu ihm und meinte trocken: „Was, Sie gehen auf die Fünfzig? Dann sollten Sie sich aber etwas in Ihrem Alter suchen und nicht meine Daniela … äh, wie sagt man heute, anmachen. Schließlich hoffen meine Frau und ich, dass uns Dani noch Urenkel beschert. Aber doch nicht von so einem alten Vater!"

Das jetzt aufbrandende Gelächter der dem Disput interessiert gefolgten Mitreisenden nötigte sogar der angeblichen Daniela einen glucksenden Ton ab, worauf sie sich sogleich erschrocken an den doch immer noch entzündeten Hals fasste.

„Richtig, Herr Maaß, passen Sie bloß auf unsere Daniela auf. Aber an Bord wird Ihre Gattin schon dafür sorgen, dass dieser Lüstling seine Finger bei sich behält!"

Jetzt lachten bis auf den so Gescholtenen alle. Selbst die Reiseleiterin konnte sich ein prustendes Lachen nicht verkneifen. Vielleicht hatte es dieses kleinen Intermezzos bedurft, die klamme Anspannung, die die zusätzliche Kontrolle und damit verbundene Verzögerung verursacht hatte, zu lösen. Dazu kam der Bus noch sehr gut durch den Verkehr der Metropole. Es sah also so aus als ob der Flieger noch erreicht werden würde.

Inzwischen hatte die „USS Baker", ein Bergungsschiff von 48.555 Tonnen, das wie ein riesiger Katamaran aussah, schon ein ganzes Stück des Atlantischen Ozeans durchquert. Zusammen mit dem ihr zugeteilten Geleitzerstörer, der „USS James Mallory", würde sie in zwei Tagen die Meerenge von Gibraltar erreichen und in das Mittelmeer einlaufen.

Bei der „USS Baker", benannt nach einem Marine-Ingenieur, der auch an der Planung dieses Schiffstyps beteiligt gewesen war, handelte es sich um einen neu durchkonstruierten Typ von Bergungsschiffen. Die beiden weit auseinanderliegenden Rümpfe ermöglichten es, mit einem schweren Hebegeschirr relativ große Schiffe mit etwas Glück ohne zusätzliche Beschädigungen an die Wasseroberfläche zu bringen. Vorausgesetzt natürlich, dass diese nicht in mehrere Teile zerbrochen waren, wasserdichte Abteilungen hielten und mit den leistungsstarken Pumpen der „USS Baker" das zu hebende Objekt zum großen Teil leergepumpt und dann mit verdichteter Luft oder einem nicht brennbaren Gasgemisch gefüllt werden konnte. Kleinere Schiffe konnten auch ohne diese zusätzlichen Maßnahmen ihrem Element wieder entrissen werden. Für die Erkundung am Meeresboden verfügte das brandneue Bergungsschiff auch über ein Kleinst-U-Boot, das bis zu über eintausend Meter tief abtauchen konnte und mit computergesteuerten Werkzeugen viele Arbeiten übernehmen und die Bilder in Echtzeit nach oben auf die Computerschirme übermitteln konnte.

„Bin mal gespannt, was wir vorfinden werden? Dürfte wohl ein russisches U-Boot sein", mutmaßte Captain Lex Dreyer in der Offiziersmesse des Schiffes.

„Ja, was sonst? Aber das Ding ist ja wohl in mindestens zwei bis drei Teile zerbrochen, wenn die Sonarangaben der deutschen Fregatte zutreffen." Der Bergungsleiter, ein Doktor der Ingenieurwissenschaften, kratzte sich den langsam ergrauenden Bart.

„Trotzdem werden wir versuchen, alles, was da unten rumliegt, an das Licht des Tages zu befördern.

Wäre doch schön, wenn wir diesem russischen Kriegstreiber seine Schuld nachweisen können."

„Schön ja, aber den Abschuss des Passagierflugzeuges über der Ukraine durch Kruskins Truppen hat eine unabhängige Kommission doch ebenfalls ohne wenn und aber festgestellt. Dazu die Annexion der Krim, die Morde an den Oppositionellen und, und, und …"

„Ja, stimmt schon, Doktor, aber jetzt hat er von der Navy ja ganz schön aufs Maul gekriegt. Und wenn wir nun ein russisches Boot finden und die entsprechenden Torpedos, dann war das ja wohl nur die Ouvertüre zu dem, was dann folgt. Schließlich haben wir endlich wieder einen Präsidenten, der keine roten Linien zieht und sie dann straflos überschreiten lässt."

Genau das befürchtete die Führung der Islamischen Republik Iran auch.

Groß-Ayatollah Diren Haaleh kratzte sich den wild wuchernden, weißen Bart und richtete seinen Blick auf den Regierungschef. „Nun, wie weit mag das Bergungsschiff des großen Satans gekommen sein?"

„Nach Meinung von Admiral Navid könnte es frühestens in drei Tagen sein Ziel erreichen." Demütig senkte Hasan Al Rahouli seinen Kopf.

„Und, Admiral, was werden sie finden? Genug, dass es uns wie dem Irak ergeht?"

„Ich hoffe nicht. Aber liegt nicht alles in Gottes Hand?"

Dem geistlichen Führer und damit der obersten Autorität lag bereits eine scharfe, wenn nicht vernichtende, Erwiderung auf der Zunge. Doch der letzte Satz des Admirals ließ ihn diese nicht aussprechen, sondern es bei einem vielsagenden Blick bewenden. Einem Blick, der deutlich machte, dass die Tage es Marinechefs sich dem Ende zuneigten. *Aber vielleicht unsere auch.* Doch Al Rahouli hütete sich, diesen Gedanken laut auszusprechen. Denn gegen die Formulierung des Admirals ließ sich wenig einwenden. Er hoffte nur, dass Allah mit ihnen und allen sei, die des rechten Glaubens waren. Ihm war nur zu bewusst: Der jetzige US-Präsident war kein Mann der großen Ankündigungen, wie einer seiner jüngsten Vorgänger, dessen großen und hehren Versprechen nur wenig konkrete Taten gefolgt waren. Präsident Brown ließ Taten folgen und das stärkste Militär der Welt gab ihm auch alle Möglichkeiten dazu.

Auch am Flughafen Domodedowo klappte zunächst alles wie erhofft. Der Bus wurde direkt zur Abflughalle geleitet und dort erfolgte die Abfertigung in einem besonderen Raum. Schnell und zügig, wie es in totalitären Staaten eigentlich nie zu erleben ist. Ein Blick in die Reisepapiere und die bereitwillig vorgezeigten Bordkarten, die die Moskauer Stadtführerin bereits im Bus verteilt hatte. Dann den mobilen Metalldetektor und die Taschenkontrolle passiert und schon ging es im Gänsemarsch im Gefolge eines Offiziellen zu dem auf dem Vorfeld geparkten Flugzeug. Kaum an Bord Platz genommen und schon rollte der Silbervogel in Richtung der vorgegebenen Startbahn.

Keine zehn Minuten später hob der Flieger ab und nahm Kurs auf die alte Zarenstadt, wo ihr Schiff auf sie wartete.

Ein breites Grinsen im Gesicht tönte Ronny Bean: „Na also, jetzt hat doch auch hier mal mehr geklappt als nur die Türen. „Opa Maaß, der Moment, wo wir mit Daniela, einem großen Scotch und einer wohlduftenden Cohiba an der Poolbar sitzen, rückt näher!"

Selbst der noch immer unter Schmerzen leidende und sich noch längst nicht in Sicherheit wiegende Ferdinand v. Terra musste schmunzeln. „Unmöglich, dieser Kerl! Liebste Dani, verguck dich bloß nicht in diesen komischen Vogel. Das kannst du Oma und mir nicht antun!"

„Genau! Hören Sie auf Ihre Großeltern, Frl. Daniela!", ertönte eine bekannte Stimme aus der Reihe vor den beiden.

Diesen Satz konnte der Commander nicht unbeantwortet lassen. Noch immer ärgerte ihn die Bemerkung, er sehe aus wie *fünfzig*. In nur leicht schwäbisch gefärbtem Hochdeutsch kommentierte er: „Sie hörten eine erhalten gebliebene Aufnahme aus dem Seniorenfunk des vergangenen Jahrhunderts. Es sprach: Die komische Alte!"

Lautes Lachen der zusammensitzenden Gruppe belohnte ihn. Nur die Witwe des seligen Ewald verkündete laut, sich über diesen Flegel bei Herrn Kapitän Völker beschweren zu wollen.

Dann wandte sich die Aufmerksamkeit der Fluggäste den Flugbegleiterinnen zu, die durch die Reihen gingen und Getränkebestellungen aufnahmen. Die Zeiten, wo kostenlose Mahlzeiten und Getränke an Bord ausgegeben wurden, waren auch hier vorbei.

In den ersten Reihen wurden die Getränke serviert und in dreißig Minuten würde die Zweimotorige mit ihrem Landeanflug auf St. Petersburg beginnen. Keine Stunde später würden sie alle dann hoffentlich wohlbehalten an Bord der „Prinzessin des Nordens" zurückgekehrt sein. Auch Ferdinand v. Terra glaubte nun nicht mehr daran, dass noch etwas schiefgehen würde. Er trank einen Schluck aus seinem Bierglas und musterte mit einem Blick über die Schulter den hinter ihm sitzenden Commander. Tat der jetzt so cool oder wie tickte der wirklich? Die Tötung des Russen in dem Haus des Priesters schien ihm nicht auf der Seele zu liegen. Konnte man wirklich über den von eigener Hand herbeigeführten Tod eines Menschen so unbeeindruckt hinweggehen? Gut, hier stand viel auf dem Spiel. Vielleicht würde letztlich das, was Ronny Bean getan hatte, über Erfolg und Misserfolg ihrer Mission entscheiden und damit vielleicht über unendlich viele gerettete Leben.

Hätte er auch so gehandelt? Je länger er darüber nachdachte, desto weniger wusste er es.

Irgendwann würde er einen Bericht über die Aktion verfassen müssen. Wie sollte er die Tat des Amerikaners dann bewerten? Heiligte der Zweck wirklich jedes Mittel?

Aber dem Amerikaner würde sicherlich kein Verfahren drohen. Kollateralschäden kamen im Krieg nun einmal vor. Auch in nicht offiziell erklärten. Das war schon immer so und würde auch immer so bleiben.

Dann wurde erst auf russisch und etwas später auf englisch bekanntgegeben, dass die Maschine ihre Reiseflughöhe verließ und sich im Anflug auf St. Petersburg befand. Jetzt kam es darauf an, unbehelligt an Bord des Kreuzfahrers zu kommen, sagte sich v. Terra und beschloss seine quälenden Überlegungen nicht fortzusetzen. Jedenfalls nicht jetzt.

„Und, was sagt ihr Labor? Irgendwelche neuen Erkenntnisse, Dimitrow?"
Der FSB-Chef schaute erkennbar spöttisch den Chef der Kriminalabteilung I der Moskauer Miliz an.
„Nun, wie man es nimmt, Herr General. Wir haben im Haus des Popen erwartungsgemäß nur wenige fremde Fingerabdrücke und DNA feststellen können. Für den Abgleich brauchen wir Proben sämtlicher Ihrer Leute – und natürlich auch Ihre – um Ausschließungen vornehmen zu können."
Kossegyn drückte den Knopf an seinem Telefon, der ihn mit seinem Vorzimmer verband und bellte einige Befehle. „Sonst noch was, Dimitrow?"
„jawohl! An einem der Toten wurde weibliche DNA gefunden und ..."
„Das wissen wir doch. Sie haben doch auch einen Schuhabdruck gefunden und meinen, dass der zu einem Frauenschuh gehört. Größe 40, wenn ich mich richtig erinnere."
Der Milizoberst blieb die Ruhe selbst – jedenfalls nach außen hin. Sich mit dem Chef des FSB anzulegen, konnte leicht dort enden, wo er beruflich schon viele – zu viele – Leute gesehen hatte. Nämlich im Leichenschauhaus. Auch aus Kreisen der Miliz wäre er nicht der Erste.
„Stimmt, aber wir haben sie an den Händen des Toten gefunden und an seiner Uniform. Dazu ein einzelnes, blondgefärbtes Haar und ..."
„Und was?"
„Die abgängige Offizierin des GRU. Sie haben doch bestimmt eine Kopie der Personalakte. Wir sollten einen Blick da hineinwerfen!"
Kossegyn wirkte jetzt wirklich überrascht. „Sie meinen wirklich ...?"
„Ich meine, wir sollten gar nichts ausschließen, Herr General."
Mit Interesse bemerkte der Kriminalist, dass der FSB-Gewaltige nicht etwa einen Blick in den Computer auf seinem Schreibtisch warf, sondern einen dünnen Aktendeckel aus seinem altmodischen Panzerschrank holte.

Kossegyn blätterte den Akt auf. „Schuhgröße vierzig stimmt. Haarfarbe dunkelbraun bis schwarz. Hier haben wir auch einen Bogen mit ihrer DNA und ihren Fingerabdrücken. Auch Handballen und Fußabdrücke liegen vor."

„Darf ich?" Fordernd streckte Arkadi Dimitrow die Hand aus.

Sein Gegenüber zögerte kurz und gab ihm dann den Akt. „Den will ich aber noch heute zurück. Sie können sich Kopien machen, die aber sicher verwahrt werden und nach Abschluss an mich zurückzugeben sind. Verstanden ... ach was, ich begleite sie in das Labor unserer Gerichtsmedizin und ..."

„Nicht nötig, Herr General!" Jetzt gestattete sich der sonst so zurückhaltend auftretende Polizei-Offizier ein kleines Lächeln. „Ich habe den Ausdruck des genetischen Profils hier. Er zog ein auf durchsichtiges Plastik gedrucktes Blatt aus seiner Tasche und legte es über das Datenblatt der DNA aus der ihm übergebenen Akte.

„Wenn Sie mich fragen, würde ich sagen, diese", Er warf einen Blick auf das Blatt mit den Stammdaten, „Sacharowa war in der Behausung des Priesters."

„Damit hätte ich nie gerechnet", murmelte der überraschte Chef des größten und mächtigsten Geheimdienstes des nach wie vor riesigen Landes. Kaum ausgesprochen bereute er bereits, diese Schwäche gegenüber dem Mann von der Miliz offenbart zu haben. Er schaute diesen genau an, konnte aber kein Anzeichen von Häme entdecken.

„Haben wir etwa auch noch Fingerabdrücke von ihr gefunden?"

„Nein, noch nicht. Aber wir werden jetzt nochmals entsprechende Abgleichungen vornehmen! Das geht nicht ganz so schnell! Doch, wo ist die Frau jetzt?"

„Das mein lieber Dimitrow, wissen wir vielleicht, wenn wir herausfinden, wie sie wieder ins Land gekommen ist? Damit, dass diese Verräterin sich wieder hierher traut, war doch wohl kaum zu rechnen. Da werden Sie mir wohl zustimmen, oder?"

„Gewiss, Herr General! Sie muss auf jeden Fall einen sehr gewichtigen Grund dafür gehabt haben. Aus der Akte kann ich keine lebenden Eltern oder sonstigen nahen Verwandten entnehmen. Ist etwas über einen Verlobten, Geliebten bekannt?" Insgeheim dachte Arkadi: *sieh mal einer an, jetzt bin ich plötzlich der* **liebe Dimitrow,** *so schnell kann es gehen.*

„So ist es, den möglichen, überaus gewichtigen Grund darf ich Ihnen aber nicht nennen. Für diese Information sind Sie nicht freigegeben! Veranlassen Sie, dass sofort geprüft wird, wer nach Dienstag letzter Woche, von wo auch immer und wie auch immer, eingereist ist? Ich lasse es ebenfalls checken!"

Damit war Oberst Arkadi Dimitrow entlassen und verließ, nicht ganz unfroh, die Räume des FSB, wo so viele Gräueltaten unter unterschiedlichen Herrschern und den ihnen ergebenen Chefs, von der Geheimpolizei des Zaren über den KGB bis zum FSB geschehen waren. Die Namen des Dienstes hatten sich geändert, die Grausamkeit war geblieben. Die Unterbrechung von wenigen Jahren, als so etwas wie Demokratie gewagt wurde, zählte kaum. Neben diesen Gedanken bewegte den erfahrenen Ermittler natürlich die Frage, was eine junge Frau, die offenbar keinen wichtigen persönlichen Grund hatte, dazu brachte, erst zu fliehen und dann inkognito zurückzukehren? Eine vom Westen angeworbene Agentin hätte wohl kaum bei ihrer Flucht so wichtige Dinge vergessen, die sie jetzt unter Lebensgefahr holen musste. Was steckte dahinter?

Diese Frage brannte ihm auf der Seele. Noch konnte er sich keinen Reim darauf machen, aber vielleicht würde sich das ja ändern.

"Was sagen Sie da? Ist das sicher, absolut sicher?"

Feodor Wladimirowitsch Kruskin hätte fast den Telefonhörer in der Hand zerquetscht. *Dafür gab es nur eine einzige Erklärung. Diese Verräterin hatte sich doch eine Kopie von Orlows Plan gezogen.*

Jedenfalls von Teilen an denen sie mitgewirkt hatte. Das war jetzt klar. Seine Gedanken jagten nur so durch sein Hirn.

"Wissen Sie, was das bedeutet, Kossegyn? Wie haben Sie das überhaupt verifiziert?"

Er hörte einen Augenblick zu und meinte dann mit leiser, aber schneidend scharfer Stimme: "Also verdanken wir diese Erkenntnis Oberst Dimitrow. Jedenfalls ein Mensch, der mich nicht enttäuscht.

Und, was haben Sie und Dimitrow jetzt veranlasst?"

Ein sichtlich nervöser FSB-Chef erklärte, dass sowohl die Geheimdienste als auch die Miliz entsprechende Überprüfungen eingeleitet hätten, wer aus dem Westen nach Russland eingereist war.

"Gut, ich will Sie und Dimitrow sofort hier sehen! Geben Sie ihm Bescheid und beeilen Sie sich! Und, Kossegyn, stellen Sie sicher, dass niemand, der auf die Beschreibung der Frau auch nur annähernd passt, das Land verlässt. Auch niemand, der als Begleiter dieser Verräterin in Betracht kommt! Sollten die außer Landes kommen oder diese Kopie zu einer der Botschaften oder Konsulate schaffen können, dann rollen Köpfe – und Ihrer als einer der ersten!"

Damit warf der Präsident den Hörer auf die Gabel und versuchte seine Wut so in den Griff zu bekommen, dass er dazu in der Lage war, klar zu analysieren, was jetzt alles zu tun war, um die sich anbahnende Katastrophe noch abzuwenden.

Am anderen Ende der Leitung sank ein ziemlich demoralisierter FSB-Chef in seinem Sessel zusammen. Jetzt hatte sein Präsident auch mit klaren Worten ihm gegenüber zum Ausdruck gebracht, welches Schicksal ihm drohte, wenn seine Maßnahmen erfolglos bleiben würden.

Das Ende seiner Karriere wäre dabei noch das Wenigste, was er zu fürchten hatte.

Er blickte aus dem Fenster und sah einen strahlend schönen Sonnentag sich dem Ende zuneigen.

War das ein böses Omen?

Auch ein großer Wodka wirkte kaum beruhigend auf sein Nervenkostüm. Er steckte sich eine weitere Zigarette an und machte sich dann auf den Weg in den Kreml.

Fregattenkapitän Ferdinand v. Terra mochte es kaum glauben. Aber auch nach der Landung in St. Petersburg ging alles glatt. Die ältere zweimotorige Turboprob landete sicher. Die Kontrolle durch die Sicherheitsorgane verlief für sie alle problemlos und schon dreißig Minuten nach der Landung saß das Trio, gemeinsam mit den anderen Mitgliedern des Ausfluges in die Hauptstadt Russlands, in dem Bus Richtung Hafen.

Dann tauchte die Einfahrt zum Terminal auf, an dem die „Prinzessin des Nordens" festgemacht hatte.

„Na, da ist ja mein schneeweißes Prinzesschen!" Laut und vernehmlich klang die Stimme des vermeintlichen Schiffsoffiziers durch den Kleinbus.

Auch hier nur eine Kontrolle der Bordkarten des Kreuzfahrtschiffes, ein Blick in den einen oder anderen mitgeführten Trolley oder die Reisetasche und schon war der Weg zum Schiff freigegeben.

Die drei in besonderer Mission Reisenden tauschten einen kurzen Blick und die angespannten Mienen lösten sich.

An der Gangway wurden nochmals die Bordkarten kontrolliert, um sicherzustellen, dass nur die gebuchten Reisenden und Besatzungsmitglieder sowie die stets mitfahrenden Künstler an Bord kamen. Außerdem konnte so sofort festgestellt werden, wer an Bord war und wer sich an Land befand. Aus gutem Grund stellte sich das Trio ganz am Schluss an. Nachdem die anderen Gäste an Bord waren, gab auch v. Terra seine und Alinas Bordkarte dem Wachmatrosen an der Kontrollstelle. Dieser schob sie in das Lesegerät und er und auch seine Begleiterin konnten passieren. Dann reichte der vorgebliche Dritte Offizier Werner Ritter dem Mann im weißen T-Shirt, mit dem Abzeichen der Reederei auf dem Arm und dem Schiffsnamen auf der Brust, seine Karte. Dieser schob sie in das Lesegerät und auf dem Bildschirm erschien das größere Bild des Schiffsoffiziers und dazu seine Daten. Der Mann am Computerterminal stutzte. „Sie sind Herr Ritter, unser Dritter?"

Das hätte nun nicht passieren dürfen, musste aber einkalkuliert werden, da ja außer dem Kapitän, Schiffsarzt und Krankenschwester aus Sicherheitsgründen natürlich kein weiteres Besatzungsmitglied informiert worden war.

Der Commander stutzte nur kurz, fing sich dann aber und täuschte einen Hustenanfall vor, in den er die naturgemäß jetzt nur undeutlich zu verstehenden Worte einfließen ließ: „Wer sonst?"

Der Mann starrte erst den vermeintlichen Werner Ritter und dann seinen Kollegen an und öffnete den Mund zu einer Erwiderung, als hinter den Dreien urplötzlich die Stimme von Kapitän Völker erklang: „Na, Ritter, da sind Sie ja wieder! Wenn Sie sich umgezogen haben, kommen Sie bitte gleich einmal in meine Kabine. Ich habe etwas mit Ihnen zu besprechen!"

Immer noch hüstelnd hob der Commander die Hand und nickte zustimmend, um dann schnell im Bauch des Schiffes zu verschwinden.

Währenddessen wandte sich der Kapitän, sommerlich in weiße Hose und kurzärmliches Hemd mit den vier goldenen Streifen auf den Schulterklappen gekleidet, an die Matrosen an der Eingangskontrolle. „Na Männer, erkennt ihr unseren Dritten nicht mehr, nur weil er zwei Tage weg war?" Die beiden sahen sich verdutzt an. Dann antwortete der etwas ältere von ihnen: „Verzeihung, Herr Kapitän, aber irgendwie schien Herr Ritter verändert … und wir sollen doch genau aufpassen, gerade jetzt und hier in Russland, dass sich niemand an Bord schmuggelt."

„Ja, natürlich! Da haben Sie schon ganz recht. Aber Sie kennen Ritter natürlich eigentlich nur in Uniform. Dann jetzt, außer Dienst und in Zivil, das kann schon täuschen. Aber gut aufgepasst. Weitermachen!"

Nach der üblichen Sicherheitskontrolle, die auch dem FSB-Gewaltigen nicht erspart blieb, betrat General Kossegyn das Arbeitszimmer des Kremlchefs.

Zu seinem Erstaunen, dass ihn geradezu leicht zusammenzucken ließ, saß dem Präsidenten an dem kleinen Tisch in der Ecke des Zimmers auf einem der drei dunkelblauen Ledersessel bereits der Miliz-Oberst gegenüber.

Wie zum Teufel konnte das angehen? Er hatte doch erst, als er bereits im Auto saß, versucht Dimitrow zu erreichen, um ihn möglichst zu spät erscheinen zu lassen, was der Präsident überhaupt nicht ausstehen konnte .Oh, hatte Kruskin diesen Kerl etwa direkt einbestellt? Ja, so musste es sein. Doch was bedeutete das jetzt für ihn?

„Wie schön, dass Sie es auch noch ermöglichen konnten, dem Befehl Ihres Präsidenten Folge zu leisten, Kossegyn!" Der Blick des Herrschers im Kreml bedeutete nichts Gutes.

„Also, was haben Sie veranlasst und was ist bisher dabei herausgekommen?"

Kruskin winkte den General an den Tisch und lud ihn mit einer beifälligen Handbewegung ein, Platz zu nehmen. Kossegyn hatte plötzlich einen Frosch im Hals. *Wie ein dämlicher Rekrut beim ersten Stubenappell.* Er ärgerte sich noch mehr, dass er sich erst einmal räuspern musste, bevor er sprechen konnte.

„Nun, wir haben seit dem fraglichen Zeitpunkt lediglich sechs Amerikaner, die eingereist sind. Keine Frau darunter. Sechzehn Personen aus den anderen NATO-Staaten, davon drei Frauen. Aber hier kommt nur eine im fraglichen Alter in Betracht. Diese hat im Hotel „Kosmos" ein Zimmer bezogen und ist fünfundzwanzig Jahre alt und angehende Doktorandin und offiziell mit einem Kollegen unterwegs um die Exponate russischer Volkskunst in unseren Museen zu studieren. Die beiden konnten noch nicht angetroffen werden Wir haben Leute im Hotel gelassen, die sie sofort nach Ankunft dort überprüfen werden. Dann sind hier einige Ärzte zu einem schon lange geplanten Kongress im Hotel ..."

Er wurde jäh unterbrochen. „Das interessiert mich nicht! Das klingt alles nicht nach den Leuten, nach denen wir suchen müssten. Haben Sie konkrete Verdächtige? Das will ich wissen!"

„Nun, wir konnten noch eine Belgierin ermitteln, auf die auch die Beschreibung der Sacharowa passt und die hier eine neue Stelle bei einem belgischen Zulieferer für Medizinprodukte antreten soll. Die ist vor drei Tagen gelandet am Flughafen Scheremetjewo, hat sich aber noch nicht zum Dienst gemeldet. Dieser beginnt aber auch erst Montag. Dazu gibt es eine Reisegruppe von vier Männern und zwei Frauen in passendem Alter, die allerdings sich nur eine Nacht hier im Hotel aufgehalten haben und dann weitergereist sind. Auch hier läuft die Fahndung."

Erschöpft hielt der General inne.

„Und das ist alles, was Sie zu bieten haben? Nicht berauschend, Kossegyn. Sie wollen mir doch nicht erzählen, dass in unser Riesenland nicht noch mehr Frauen eingereist sind, die unter welcher Identität auch immer, diese GRU-Verräterin sein könnten?" In den Augen des neuen russischen Herrschers glomm ein eiskaltes Feuer.

Genauso kalt lief es dem FSB-Oberen den Rücken herunter. Er zwang sich, seiner Stimme einen klaren und sicheren Klang zu verleihen, was ihm aber nur unzureichend glückte.

„Jawohl, mir wurde sonst niemand gemeldet, unter dessen Pseudonym sich die Sacharowa hätte einschleichen können."

„Soso, und was ist mit in unserem Land lebenden und arbeitenden Europäern oder Amerikanern? Mit den Papieren einer Deutschen ist diese Verräterin doch auch aus unserem Land entkommen!"

„Ich bedaure sehr, aber nach genauen Überprüfungen aller infrage kommenden Personen zwischen achtzehn und fünfundzwanzig Jahren hat man mir niemanden sonst gemeldet."

„Traurig, mehr als traurig", kam es in bedauerndem Tonfall aus Kruskins Mund. Dann aber umso schneidender folgten die Worte: „Und was ist mit dieser deutschen Reisegruppe aus St. Petersburg, die gestern nach Moskau geflogen ist?"

„Diese Leute wurden genauestens überprüft, Herr Präsident. Alles harmlose Rentner, dazu die Enkelin eines alten Paares, die gemeinsam mit ihren Großeltern schon viele Tagen vorher an Bord dieses Musikdampfer durch Skandinavien gereist ist."

Ohne seinem Geheimdienstchef hierauf zu antworten, wandte sich Kruskin an den Milizoffizier.

„Ihre Meinung dazu, Oberst Dimitrow?"

„Noch kein dringender Verdacht, Herr Präsident, aber hundertprozentig ausschließen kann ich die junge Frau nicht. Ich habe daher veranlasst, dass die Zimmer verschlossen worden sind und unsere Forensiker im Zimmer der Enkelin nach DNA suchen. Dazu werden in allen Zimmern die Fingerabdrücke genommen und verglichen."

„Und warum haben Sie das nicht veranlasst?" Der Blick des Kremlchefs fixierte den General förmlich. Dieser wand sich unbehaglich, antwortete dann aber mit ziemlich fester Stimme. „Wir haben alle Tonaufnahmen gecheckt und natürlich auch die aus den versteckten Kameras in den Zimmern, im Speisesaal und allen anderen Orten, wo die junge Frau sich mit ihrem Großvater aufgehalten hat. Dabei haben sich keine Verdachtsmomente ergeben."

Wieder wandte sich Kruskin daraufhin direkt an den Kriminalisten. „Ihre Meinung, Oberst!"

„Natürlich habe ich mir die Bilder auch persönlich angesehen, unmittelbar, bevor ich zu Ihnen gekommen bin, Herr Präsident."

„Und?"

„Mir ist aufgefallen, dass diese Daniela Dobberstein, so heißt die Enkelin, sehr viel mit ihrem Großvater und diesem, anstelle der Großmutter, die angeblich erkrankt ist, mitgereisten Offizier des Kreuzfahrtschiffes zusammen gewesen ist. Das muss nichts zu bedeuten haben, aber wenn wir nach zwei Männern und einer Frau suchen, so haben wir hier diese Konstellation."

„Sehr gut kombiniert, Herr Oberst!" So freundliche Worte und dazu auch mehr als wohlwollende Blicke hatte der FSB-Chef von seinem Präsidenten lange nicht empfangen dürfen. Das wurde ihm nur zu bewusst.

„Und warum haben Sie diese Möglichkeit nicht gesehen, Kossegyn?"

„Herr Präsident, die alten Leute sind mit ihrer Enkelin seit längerer Zeit an Bord dieses Schiffes gewesen. Schon, als die Sacharowa noch eindeutig in Spanien war, und sogar noch früher. Dazu kommt, dass dieser Großvater wohl kaum als Agent in Betracht gezogen werden kann. Also wirklich, ich ..."

Da unterbrach ihn das Klingeln des Telefons auf dem Schreibtisch des Staatschefs.

Er verstummte und blickte auf seinen obersten Dienstherrn, der sich sichtlich genervt des Hörers bemächtigte. „Habe ich nicht gesagt, dass ich nur aus wirklich wichtigem Anlass gestört werden darf!" Bei dem grollenden Unterton dürfte einer sensibleren Frau, als es die Vorzimmerdame des Präsidenten war, der Hörer aus der Hand gefallen sein, schoss es Oberst Dimitrow durch den Kopf.

Doch da änderte sich der Ton des russischen Machthabers.

„Was sagen Sie da? ... Ja, natürlich, stellen Sie durch!"

„Oberst, der Anruf ist für Sie", wandte sich Kruskin dann an den Kriminalisten und hielt ihm den Hörer hin. Dimitrow sprang auf und übernahm. Er meldete sich und hörte dann einige Sekunden lang zu. „Und das ist sicher?" Ein fast triumphaler Unterton in seiner Stimme war nicht zu überhören.

Verdammt, warum hat Kruskin nicht einfach auf Lautsprecher gestellt? Kossegyn ärgerte sich, denn das konnte nichts Gutes für ihn bedeuten. Dann lauschte er auf die Worte des Milizionärs. Etwas anderes blieb ihm ja nicht übrig, denn die Stimme auf der anderen Seite der Leitung blieb ihm bekanntlich vorenthalten.

„Doch, lassen Sie auch hier sämtliche DNA sichern, auch wenn wir die anderen Prints nicht zuordnen können. Und vielen Dank für das schnelle Ergebnis!"

Mit einem leichten Lächeln im Gesicht legte Dimitrow den Hörer auf und wandte sich seinem Präsidenten zu. „Wir haben mehrere Fingerabdrücke der Sacharowa in dem Zimmer sichern können. Die Zuordnung ist eindeutig!"

„Bravo, Oberst Dimitrow!" Ein breites Lächeln überzog das bisher doch mehr sorgenvolle und von Zorn gezeichnete Gesicht des Kremlchefs. „Ihre Beförderung zum General der Miliz werde ich veranlassen. Doch zunächst werden Sie sofort mit einem Einsatzkommando per Hubschrauber nach St. Petersburg fliegen und diese vorgebliche Daniela Wieauchimmer verhaften und dazu diese Großeltern und den anderen Kerl, der für die alte Frau mitgereist ist. Bringen Sie sie hierher nach Moskau und stellen Sie vorrangig sicher, was diese Leute an sich gebracht haben. Sie wissen ja Bescheid, um was es geht. Ach, halt, ich gebe Ihnen noch eine allumfassende Vollmacht mit. Damit können Sie über jede Dienststelle von Militär, Geheimdienst und Miliz verfügen!"

Während Kruskin an seinem Schreibtisch eine entsprechende Vollmacht auf den Namen des Miliz-Oberst ausstellte, sackte General Kossegyn immer mehr in seinem Sessel zusammen. Er registrierte gar nicht, dass der Präsident offenbar derartige Vollmachten vorgefertigt in seinem alten Schreibtisch verwahrte und nur noch den Inhaber eintragen brauchte. Dafür war ihm nur zu klar, dass seine Karriere, die gerade erst einen großen Schub bekommen hatte, vorbei sein dürfte.

Wie unter einem schweren Betäubungsmittel stehend sah er, wie sein Präsident den künftigen General der Miliz mit Handschlag verabschiedete. Als Kruskin sich dann ihm zuwandte, war von der eben noch aufgesetzten überaus freundlichen Miene nichts mehr in seinem Gesicht zu erkennen.

Keine zehn Minuten später verließ ein sichtlich geschlagener, jetzt seines Amtes enthobener, FSB-Chef das Gebäude und sah gerade noch, wie Oberst Dimitrow an Bord eines gerade im Hof gelandeten Hubschraubers stieg, der, kaum dass der neue Günstling des Präsidenten an Bord war, bereits wieder abhob und schnell an Höhe gewann.

An Bord der „Prinzessin des Nordens" saßen zu dieser Zeit die drei Rückkehrer mit Kapitän Völker in dessen Kabine zusammen.

„So, Sie waren also erfolgreich. Schön, und wie soll es jetzt weitergehen?" Dem Kapitän in seiner strahlend weißen Uniform mit dem blauen Binder der Reederei um den sauber rasierten Hals, war anzumerken, dass er froh wäre, wenn er bereits wieder mit seinem Schiff auf dem freien Meer kreuzen könnte.

Während die ehemalige GRU-Offizierin still in einem der bequemen Sessel saß und sich angelegentlich mit ihrem großen Wodka auf Eis beschäftigte, tauschten Ronny Bean und Ferdinand v. Terra einen kurzen Blick. Dann übernahm der amerikanische Commander die Rolle ihres Sprechers.

Er griff in die Innentasche seines Jacketts und holte die Packung mit den edlen kubanischen Zigarren hervor. Kapitän Völker grinste, als Ronny Bean die Lasche der Verpackung zurückschlug und die teuren Tabakrollen ihren Duft verbreiten ließ. „Eigentlich rauche ich ja nur selten, aber zu so einer Kubanerin sage ich nicht nein!" Er beugte sich erwartungsvoll vor und wollte gerade zugreifen, als der US-Commander die mittlere Cohiba selbst ergriff und aus der Umhüllung hervorzog.

„Diese hier, Herr Kapitän, wird wohl nicht so richtig gut ziehen. Sehen Sie!" Dann musste der Mann zusehen, wie die edle Cohiba in zwei Teile zerfiel und der Amerikaner aus dem vorderen Stück einen kleinen Gegenstand hervorzauberte.

So, Herr Kapitän, das ist die Wunderwaffe, die hoffentlich diesen Autokraten Kruskin eliminiert! Es wäre gut, wenn wir uns den Inhalt einmal auf Ihrem Computer ansehen könnten!"

Der Gedanke an edlen Tabakrauch war so schnell vergangen wie entstanden.

„Aber sicher doch!" Der schlanke Mann in der blendend weißen Uniform erhob sich und begab sich an seinen Schreibtisch. Der Computer nahm den Stick auf und kurz darauf erschien der Inhalt auf dem Bildschirm. Schon nach zwei, drei Seiten war klar, dass dieses kleine Teilchen ganz offenbar alles hielt, was die Überläuferin versprochen hatte.

Während alle vier Leute, auch Alina, die den Inhalt ja zumindest teilweise kannte, blickten wohl so gespannt wie nie zuvor auf das, was der kleine Bildschirm vor ihnen offenbarte. Da sie bis auf Alina des Russischen nicht mächtig waren, übersetzte diese für die drei Anderen.

„Und genau das ist auch passiert!" Ferdinand v. Terra konnte es nicht fassen, als sie soweit gekommen waren, wie die griechischen Fregatten explodierten.

„Ja, aber bevor wir uns den Rest ansehen, sollten Sie, Herr Kapitän, zwei oder drei Kopien ziehen. Man weiß ja nie …"

„Stimmt, Commander Bean!" Der Kapitän suchte in seinem fest am Boden verschraubten Schreibtisch nach einigen Sticks und CDs.

Nach wenigen Minuten waren je zwei CD und zwei Sticks als Kopien von dem hochgeladenen, brisanten Inhalt gefertigt.

„Ja, dann schauen wir uns doch auch den Rest an, oder?"

Auf die Frage des Kapitäns blickten sich v. Terra und Bean an. Beiden war klar, dass Kapitän Völker eigentlich für ein derartiges Dokument keine Einsichtsberechtigung hatte. Aber in diesem Fall?

Beide nickten ihm zu. Während Seite für Seite des perfiden Plans zur Destabilisierung oder gar Zerstörung der westlichen Verteidigungsgemeinschaft vor ihren Augen enthüllt wurde stockte allen fast der Atem. Das war weit mehr, als selbst Alina erwartet hatte, die ja nur Teile davon bisher kannte. Schließlich hatte sie keine Gelegenheit gehabt, sich wirklich alles in Ruhe anzusehen und erkannte erst jetzt die möglichen Auswirkungen in ihrer Gesamtheit, während sie weiter die russischen Worte übersetzte.

Plötzlich stockte sie und murmelte einige Worte in ihrer Muttersprache vor sich hin, während ihre Augen nach wie vor gebannt am Bildschirm hingen.

„Was hast du gesagt, Alina? Wir verstehen doch kein Russisch!"

Die junge Frau blickte v. Terra an, der gefragt hatte. „Ach, bisher habe ich immer noch an mir gezweifelt, aber jetzt weiß ich endgültig, dass ich das Richtige getan habe." Tränen füllten ihre Augen und es dauerte eine ganze Weile, bis sie weiter für die Anderen übersetzen konnte.

Mitfühlend hatte ihr Jonas Völker zuvor ein weiteres Glas Wodka auf Eis in die Hand gedrückt und auch v. Terra und Ronny Bean einen großen Scotch mit etwas Eis und wenig Soda gemixt. Sich selbst genehmigte er nur einen kleinen Drink.

Dann, nach zwei Stunden, hatten Sie alles gesehen beziehungsweise die Übersetzung von Alina gehört. Kapitän Völker blickte erst die beiden anderen Männer und dann auch Alina an. „Und jetzt?"

„Und jetzt, Herr Kapitän, senden Sie dieses ganze Machwerk per E-Mail an das weiße Haus und den Marineminister! Geben Sie mir einen Kugelschreiber und ein Blatt Papier, ich schreibe sie Ihnen auf!"

Fordernd streckte Ronny die Hand aus und zog diese erst zurück, als ihm gewahr wurde, dass Jonas Völker den Kopf schüttelte.

„Wieso? Was spricht dagegen?"

„Dagegen spricht die schlichte Tatsache, dass wir nicht ins Internet kommen. Ich habe schon einen ganzen Sack von Beschwerden der Passagiere. Auch die Besatzung ist sauer, dass sie nicht mit ihren Angehörigen chatten kann."

„Oh, Scheiße! Hat der Iwan das Internet abgeschaltet oder blockiert er nur uns?" Ferdinand v. Terra schaute erschrocken hoch.

„Das kann ich nicht mit Sicherheit sagen. Aber wie mir ein Lieferant sagte, sei der private Zugriff auf das Internet schon seit einiger Zeit immer mal wieder reduziert oder ganz geblockt worden. Hat wohl mit den kriegerischen Ereignissen zu tun." Kapitän Völker zuckte mit den Schultern.

„Hm, dann sollten wir Vorkehrungen treffen", überlegte Ferdinand v. Terra laut.

„Ach, und was schwebt Ihnen da so vor?"

„Nun, Herr Völker, wir sollten zunächst einmal die Kopien, also die CDs und auch die weiteren Sticks so verstecken, dass sie nicht entdeckt werden können und auch noch einige weitere Überlegungen anstellen!"

„Was die CDs angeht, haben Sie doch davon sicher jede Menge an Bord. Also ab in die eine oder andere Platten- … äh … CD-Hülle oder eines der Abspielgeräte", schlug Ronny Bean vor.

„Ja, und auf die Sticks wird vorn etwas anderes aufgenommen, so dass das wirklich Brisante inmitten normaler Dinge versteckt wird. Sie haben doch bestimmt ein Verzeichnis Ihrer Crew mit Personalakten auf einer derartigen Sicherheitskopie und auch vielleicht irgendwelche Sicherheitsrichtlinien oder Reedereianweisungen für besondere Fälle – was weiß ich?"

„Ja, die einfachsten Dinge sind immer die sichersten. Wer sucht schon in einem Wald einen bestimmten Baum, wenn alle gleich aussehen", bestätigte v. Terra die Vorschläge seines amerikanischen Kollegen.

„Und wir, Daniela, sprechen uns jetzt nochmals mit Oma ab und Sie, Herr Kamerad, mit Ihrem Doppelgänger hier an Bord, mit dem Sie wohl jetzt wieder Ihre Rolle tauschen müssen."

Etwa in diesem Moment, als das Gespräch in der Suite, denn etwas größer als eine normale Kabine war die Behausung des Kapitäns an Bord denn doch, stattfand, landeten auf dem militärischen Areal des Airport von St. Petersburg kurz hintereinander mehrere Hubschrauber. Zuerst der mit Oberst Dimitrow an Bord und kurz darauf ein weiterer, wesentlich größerer Transport-Heli mit Spezialisten der GRU, die sich gerade auf Schiffen auskannten. Diese Leute wussten, wie viele Verstecke es dort gab. Vor allem aber, wie man sie aufspürte. Ebenfalls in der Maschine waren drei Offiziere, die mit Alina Sacharowa bei der GRU-Dienststelle in Moskau zusammengearbeitet hatten und diese wohl am Ehesten identifizieren konnten.

Bereits erwartet wurden die Spezialkräfte von einem ganzen Trupp von Angehörigen der örtlichen Miliz, darunter auch Fingerabdruck-Spezialisten und einem Arzt.

Oberst Arkadi Dimitrow wedelte mit seiner Vollmacht und übernahm das Kommando. Als eine der ersten Maßnahmen ordnete er an, dass auch die Seeseite des zu durchsuchenden Kreuzfahrers gesichert wurde. Hierfür verlangte er gleich drei der Hafenschutzboote und ließ auch Marinetaucher rufen, die etwaig vom Schiff geworfene Gegenstände hoffentlich sofort auffischen konnten.

Ihm war zwar klar, so ein kleiner Computerstick, was sonst sollte es sein, war in dem verschmutzten Hafenwasser kaum sofort, wenn denn überhaupt, zu finden. Aber es mussten jedenfalls alle Vorkehrungen getroffen werden. Schließlich wollte er seine Tage nicht in Sibirien oder in irgendeinem unbedeutenden Kaff an der chinesischen Grenze nach Degradierung in untergeordneter Stellung beschließen. Denn bei diesem Präsidenten lagen zwischen der Ernennung zum General und der Herabstufung zu einem kleinen Major oder gar Hauptmann vielleicht nur Tage. Beispiele dafür gab es genug, auch wenn darüber nicht offen geredet wurde.

So dauerte es denn noch an die zweieinhalb Stunden, bis die Boote ihre Position eingenommen hatten, die Taucher einsatzbereit an Bord der kleinen Einheiten bereit waren und die Hauptmacht zum Hafen abrücken konnte.

Wenn es ihm jetzt gelang, nicht nur die Kopie sicherzustellen, sondern auch die verräterische GRU-Angehörige und ihre Helfer zu verhaften, dann würde er wohl nicht nur General der Miliz werden, sondern vielleicht sogar in den Kreis der Günstlinge des derzeitigen Herrschers im Kreml aufsteigen. Vielleicht sogar bald eine Datsche am Fluss zugewiesen erhalten. Jedenfalls wollte er sich diese Chance, die es ganz sicher nur einmal im Leben gibt, nicht ungenutzt lassen. Noch einmal ließ er alle seine getroffenen Veranlassungen in seinem Gedächtnis Revue passieren. Nein, er hatte alles bedacht. Da war sich Arkadi Dimitrow ziemlich sicher.

Ganz andere Gedanken beschäftigten zu diesem Zeitpunkt Kapitän Jonas Völker. War die Aktion jetzt wirklich gelaufen? In einem Land wie Russland wusste man das nie. Schließlich hatte er nicht nur an die Sicherheit seines Schiffes, sondern auch an die seiner Passagiere und seiner Besatzung zu denken.

Gut, die neu gezogenen Kopien und auch die, die in der Zigarre verborgen gewesen war, waren gut versteckt. Schwieriger war es schon mit den Personen, falls die Russen sie wirklich im Visier hatten.

Gut, er hatte einen Mann zu viel an Bord. Wieso hatte dieser Fregattenkapitän v. Terra ihn nur so nervös gemacht mit dem Hinweis, dass vielleicht doch alle Leute auf dem Schiff mit einer genauen Personenkontrolle rechnen müssten? Unwahrscheinlich, aber möglich ist alles, hatte der Mann gesagt. Gern hätte er sich mit seinen Offizieren und engsten Mitarbeitern abgestimmt. Doch die Geheimhaltung verbot das natürlich. Der MAD-Mann war mittlerweile im Krankenrevier zusammen mit dem Amerikaner und der Russin. Nur der richtige Werner Ritter saß ihm jetzt gegenüber und war natürlich ebenso besorgt, als sein Kapitän die Situation mit ihm erörterte. Doch immerhin hatte der Mann einen Einfall gehabt. Hoffentlich würde man hierauf nie zurückgreifen müssen, dachte Jonas Völker und schenkte sich jetzt doch noch einen kleinen Scotch ein.

Im Hafenbereich, aber noch weit bevor das hellerleuchtete Kreuzfahrtschiff in Sicht kam, stoppte die Kolonne mit Oberst Dimitrow an der Spitze.

Die Männer verließen ihre Fahrzeuge und stiegen in drei zivile Lastwagen um. Fahrzeuge, die ständig im Hafenbereich anzutreffen waren. Einen Kühllaster, einen der Busse, die ständig Leute von den Passagierschiffen beförderten und manchmal auch am späten Abend erst zurückkehrten und Ausflügler zu ihrem schwimmenden Hotel zurückbrachten. Gut, dass direkt vor der „Prinzessin des Nordens" noch ein schwedischer Kreuzfahrer lag und dahinter eine russische Fähre. So sollte niemand zu früh gewarnt werden.

Langsam rollten die Fahrzeuge auf den Kai. Da überholte sie ein Kleinbus der Miliz, was auch nicht unüblich war. Nicht alltäglich war allerdings die Tatsache, dass dieser plötzlich direkt an der Gangway der „Prinzessin des Nordens" stoppte. Die Türen sprangen auf und heraus stürmten Uniformierte mit Maschinenpistolen und stießen die beiden Wachmatrosen rüde beiseite. Drei Männer blieben dort am Eingang und ein gutes Dutzend andere rannten förmlich in das Schiffsinnere. Dort orientierten sie sich kurz und stürmten dann die Treppen hinauf und besetzten die Außendecks. Jetzt strömte auch aus den Lkw die menschliche Fracht. In wenigen Minuten waren alle Decks besetzt und auch an den Treppen und Fahrstühlen bezogen bewaffnete Milizionäre Stellung. Drei weitere stürmten die Kommandobrücke.

Als einer der Ersten war Oberst Dimitrow an Bord geeilt und verlangte von dem einen, der ebenso überraschten wie auch eingeschüchterten Matrosen, sofort zum Kapitän geführt zu werden.

Diesem war bereits von dem Wachhabenden auf der Brücke Bescheid gegeben worden, so dass die Überraschung nicht total gelang.

Dennoch brauchte sich Jonas Völker nicht zu verstellen, als es ziemlich herrisch an seine Kabinentür bollerte und er nach dem Öffnen von dem hereinstürmenden Oberst fast umgerannt wurde. Einen derartigen Schrecken hatte er in seinen vier Jahren auf der „Prinzessin des Nordens" in einem fremden Hafen noch nicht eingejagt bekommen.

„Was soll das? Was wollen Sie von mir?", fragte der Kapitän beklommen. Mit Entsetzen nahm er wahr, dass sein Matrose, der ebenfalls in die Kabine drängte, von einem kräftigen Milizionär zurück in den Gang geschubst wurde und nur drei

Uniformierte und ein Zivilist zurückblieben. Einer der Eindringlinge schloss die Tür zum Gang.

Eine Antwort auf seine Frage hatte Jonas Völker bisher nicht bekommen. *Also sind die Russen doch auf den Trichter gekommen und haben unsere Moskauausflügler enttarnt. Wieso auch immer? Jetzt hieß es Nerven bewahren.*

Er räusperte sich die Kehle frei. „Darf ich jetzt endlich erfahren, was Ihr Auftritt zu bedeuten hat?"

Er blickte den höheren Offizier, der direkt vor ihm stand, fragend an.

„Gut, englisch verstehe ich, das, was Sie zuvor gesagt haben leider nicht, Kapitän! Ich bin Oberst Dimitrow von der Miliz und wir haben Anlass zu der Vermutung, dass sich auf Ihrem Schiff feindliche Agenten und Mörder befinden und ..."

„Wie bitte? Sind Sie total verrückt geworden?" Jonas Völker hatte sich entschieden, völlig entrüstet und alles andere als höflich zu reagieren. Schließlich hatten diese Leute wie die Piraten sein Schiff gestürmt.

Ein seltsam belustigtes Lächeln erschien auf dem Gesicht des Miliz-Offiziers.

„Ganz und gar nicht, Kapitän! Und Sie täten gut daran, mit uns zusammenzuarbeiten. Schon im Interesse Ihrer Passagiere, Ihrer Besatzung und nicht zuletzt Ihrer Reederei. Und damit wohl auch in Ihrem ureigensten Interesse, denn ich bin befugt, Ihr Schiff mit allen Leuten an Bord solange festzuhalten, wie ich es für richtig halte."

„Wie bitte? Wir haben über zweitausend Passagiere an Bord. Alle überwiegend jenseits der siebzig. Viele davon benötigen ihre Medikamente, die sie nur für die Dauer der Reise mitführen. Dazu mit allen Kellnern, Köchen und Zimmermädchen achthundertfünfzig Besatzungsangehörige."

Fast entsetzt starrte der Kapitän den Mann mit den breiten Schulterstücken an.

„Also umso mehr in Ihrem Interesse, dass wir schnell die Schuldigen finden, Kapitän! Ich darf mich erst nochmals vorstellen: Oberst Dimitrow von der Kriminalabteilung der Moskauer Miliz mit Sondervollmacht direkt vom Präsidenten."

„Kapitän Jonas Völker von der Reederei Osterkamp!"

„Schön, Herr Kapitän. Ich schlage vor, wir setzen uns und ich sage Ihnen, was wir beabsichtigen. Zuvor sollten Sie vielleicht eine Durchsage an Ihre Besatzung und Ihre Passagiere machen, dass alles an Bord wie üblich weiterlaufen kann, bis Sie Änderungen bekanntgeben. Ach, Das Schiff darf natürlich niemand – weder Passagiere noch Besatzungsangehörige verlassen. Beginnen wir doch damit, festzustellen, wer sich an Land aufhält? Dieses dürfte doch durch Ihr Computersystem ohne Probleme möglich sein."

„Ja, allerdings! Das kann ich auch von hieraus abfragen."

„Dann tun Sie das doch bitte, Herr Kapitän!"

Der Kapitän begab sich an sein Terminal und hatte die Zahlen sofort parat.

„Siebzehn Passagiere und sieben Besatzungsmitglieder sind an Land, Oberst!"

„Danke! Sehen Sie, geht doch ganz einfach, Kapitän. Wenn Sie mir jetzt noch die Namen der an Land gegangenen Leute ausdrucken. Bitte mit den Personaldaten!"

Es dauerte doch etwas, bis die vierundzwanzig einzelnen Blätter vom Drucker ausgespuckt wurden.

Oben links das Bild aus dem Pass der Passagiere, wie es auch auf der Bordkarte abgedruckt war und dazu die Daten aus dem Schiffsmanifest. Etwas anders aufgemacht die Personalstammblätter der Besatzungsangehörigen.

„Bitte schön, auch wenn sich mir nicht erschließt, was sie mit diesen Daten wollen? Sie glauben doch nicht allen Ernstes, dass meine Passagiere anlässlich eines Besuchs in Moskau dort irgendwelche Leute ermorden!"

„Ich glaube gar nichts, Kapitän, ich ermittle!" Die Antwort des Obersten erfolgte in einem etwas schärferen Ton.

Da klopfte es an der Tür und ein weiblicher Hauptmann in Uniform und ein weiterer Zivilist traten ein, nachdem der Kapitän die Tür geöffnet hatte.

„Ich nehme an, meine Leute und ich dürfen hier an Ihrem Tisch in der Ecke Platz nehmen?"

„Was immer Sie wollen, Hauptsache, Ihre Leute belästigen meine Passagiere nicht!"

„Wir werden sehen, Herr Kapitän! Setzen Sie sich doch zu uns, dann können wir gleich die weiteren Abläufe besprechen, wenn ich das hier durchgesehen habe!"

Dimitrow wedelte mit den Ausdrucken in seiner linken Hand.

Dann zog er seinerseits eine Liste aus seiner Jackentasche und verglich die Namen hierauf mit den erhaltenen Ausdrucken. Ein erkennendes Lächeln erschien auf seinem gutgeschnittenen Gesicht, als er zwei der vom Kapitän erhaltenen Blätter vor sich auf den Tisch legte, die anderen zusammenschob und etwas abseits platzierte. Er nahm dann diese beiden Ausdrucke und zeigte sie den in

Zivil gekleideten Männern und der Frau mit den Schulterstücken eines Hauptmanns der Miliz. Dann wandte er sich dem Kapitän zu.

„Herr Kapitän Völker, vorrangig interessieren wir uns für diese beiden Personen. Die sind doch erst vor knapp drei Stunden an Bord zurückgekehrt. Nach diesen Daten hier", er wedelte mit den entsprechenden Blättern, „sind dieser Herr Maaß und Frl. Dobberstein aber vor fünfundvierzig Minuten, also unmittelbar, bevor meine Leute und ich an Bord gekommen sind, wieder von Bord gegangen. Wo wollten die denn jetzt, nach dreiundzwanzig Uhr, noch hin?"

Kapitän Völker zuckte mit den Achseln. „Keine Ahnung, meine Passagiere müssen sich ja nicht bei mir abmelden, wenn sie das Schiff verlassen. Sie werden im Computer erfasst und damit wissen wir, wer an Bord ist und wer nicht?"

„Ich verstehe. Bitte geben Sie Bescheid, dass Sie sofort informiert werden, wenn diese beiden wieder an Bord kommen!"

„Wie Sie wünschen! Auch wenn ich nicht ansatzweise verstehe, warum?" Jonas Völker griff zum Telefon und erteilte die entsprechende Anweisung.

„Und jetzt?"

„Und jetzt bitten Sie bitte Ihren Offizier, Herrn Ritter, zu uns. Nach Ihren Angaben hier vor mir müsste dieser ja an Bord sein."

„Wenn er nicht auf der Liste der Leute steht, die nochmals das Schiff verlassen haben, dann wohl."

„Steht er nicht – und tun Sie doch nicht so, als hätten Sie das nicht gesehen, Kapitän!"

Völker überlegte und wollte schon eine scharfe Antwort geben, ließ es dann aber sein und griff erneut zum Telefon.

Es dauerte einen Moment, bis sich offenbar jemand meldete.

„Kapitän Völker hier, Herr Ritter! Wir haben Besuch von der russischen Polizei bekommen und die wollen mit Ihnen reden. Wir sind in meiner Kabine. ... nein, warum weiß ich nicht, es hat wohl mit Ihrer Teilnahme an dem Ausflug nach Moskau zu tun. ...nein, ich habe keine Ahnung, also, ziehen Sie sich wieder an und beeilen Sie sich bitte!"

Jonas Völker legte auf und verkündete: „Er kommt gleich. Hatte sich schon hingelegt, hat nämlich morgen Früh Dienst!"

„Schön, wenn ich richtig informiert bin, hat Herr Ritter doch den Platz von dieser Frau ... äh, Maaß eingenommen, die erkrankt ist und deshalb nicht mit nach Moskau fliegen konnte. Wie geht es der denn heute?"

Der Kapitän fuhr herum. „Herr Oberst, ich weiß zwar, dass Herr Ritter anstelle eines erkrankten Passagiers an dem Ausflug nach Moskau teilgenommen hat, weil ich ja hierfür meine Zustimmung geben musste, dass er mit einem Kollegen seinen Dienst tauschen konnte. Aber für wen und warum diese Person nicht teilnehmen konnte oder wollte, das weiß ich nun wirklich nicht! Glauben Sie etwa, ich weiß über das Befinden jedes einzelnen Gastes an Bord Bescheid?"

„Nein, aber in diesem Fall ..." Ein vielsagendes Lächeln glitt über die Züge des Milizionärs.

„Aber gut, dann fragen Sie doch bitte bei Ihrem Arzt nach, wie es Frau Maaß geht und ob sie noch im Schiffslazarett liegt?"

„Jetzt? Es geht auf Mitternacht zu!"

„Ja, jetzt! Und dann wird meine Kollegin hier", Dimitrow deutete auf den weiblichen Hauptmann neben sich, „sich mit der Frau unterhalten!" Der Stimme des Obersten war anzumerken, dass er sich hiervon kaum würde abbringen lassen. Dennoch versuchte es der Kapitän.

„Dagegen muss ich schärfstens protestieren! Sie können doch nicht um Mitternacht anfangen, unsere Gäste zu verhören!"

„Doch, ich kann! Seien Sie sicher, ich kann und ich werde es auch tun. Wenn nicht hier an Bord, dann auf der örtlichen Milizwache! Also, wie wollen Sie es haben, Kapitän?"

„Das würden Sie wirklich tun?" Jonas Völker konnte es nicht fassen.

„Das und noch viel mehr! Darauf können Sie sich verlassen, Kapitän. Also?"

Völker schüttelte den Kopf, griff aber dann zum Telefon, das ihn mit dem Schiffshospital auf Deck 3, also unter der niedrigsten Kabinenkategorie für Passagiere, verband und hielt Nachfrage.

„Aha, und wie geht es der Dame? Ja, das freut mich. Aber wie Sie und der Doktor vielleicht bereits mitbekommen haben, haben wir Besuch von der russischen Polizei bekommen. Was? ... Keine Ahnung, aber die wollen Frau Maaß sprechen. ... Ja, jetzt! Wo ist Dr. Fritsch? Wo? ... dann sehen Sie zu, dass Sie ihn finden und er soll runterkommen. Ich möchte, dass er dabei ist, wenn unser ... äh ... Besuch herunterkommt!"

Jonas Völker legte auf und wählte neu. „Schicken Sie mir einen unserer Leute in die Kabine, der die Miliz zum Hospital begleitet, Herr Töpfer. Ja, jetzt sofort!"
„Na, sehen Sie, Kapitän, geht doch!" Oberst Dimitrow blickte wieder etwas freundlicher drein.

Ganz tief unten im Schiff, noch unter dem Deck 1, dort, wo sich die Kühl- und sonstigen Vorratsräume, die riesigen Treibstofftanks mit ihrer doppelten Umhüllung, die Wasseraufbereitungsanlage und die großen Dieselmaschinen befinden, gab es eigentlich nichts mehr. Eigentlich. Aber ganz so war dem nicht. Dort unten befanden sich noch Ballasttanks, die zwar nur noch selten benutzt wurden, da die Stabilisatoren heute einem Schiff dieser Größenordnung hinreichend Schutz vor einem unangenehmen Rollen in der Dünung oder bei starkem Wellengang gewähren. Aber bei starkem Sturm mit hohem Wellengang, der die Nutzung dieser Stabilisatoren nicht gestattet oder einem Ausfall dieser Anlagen kommt den Ballasttanks noch immer eine wichtige Rolle zu. Auch befindet sich hier tief unten im Schiff die Müllverbrennungsanlage.

Unter dieser Müllverbrennung aber verfügt die „Prinzessin der Meere" noch über einen kleinen, weiteren Raum. Eigentlich nur einen tiefen Schacht unter einem großen Block, der hydraulisch Müll zu praktischen, quadratischen Vierecken pressen kann. Diese Anlage stammt noch aus dem ursprünglichen Liner, als die die „Prinzessin" vor weit über zwanzig Jahren konzipiert worden war. Einer Zeit, als in den Weltmeeren noch der anfallende Müll einfach zusammengepresst und in der Tiefe verklappt wurde. Das sparte Kosten und schaffte Platz an Bord, der gewinnbringender genutzt werden konnte. Dort unten, zwischen dem eisenummantelten Gewicht der Presse über ihren Köpfen und der im Moment geschlossenen Bodenklappe, hockten drei Menschen. Unter Ihnen gluckste das schmutzige Hafenwasser und der stählerne Boden, auf dem sie mit etwas Proviant und einigen Flaschen Wasser hockten, war durch einen außerhalb ihres Zugriffes liegenden Schalter zu öffnen.

Sollte jemand diesen Schalter betätigen, dann hatten sie keine Chance, dem unter ihnen liegenden Abgrund zu entgehen. Denn die Wände über ihnen waren aus glattem Stahl und boten keinen Halt und auch der Zugang in diesen Schlund konnte nur von außen geöffnet werden. Es gab auch keinen Grund, warum das anders sein sollte, denn hier wurde nur Müll hineingeworfen und dann zusammengepresst zu handlichen Stücken, einem Strohballen in Form und Größe ähnlich, der zu dem Zeitpunkt der Benutzung dieser Anlage dann im Meer verklappt wurde. Vor Jahrzehnten war das gang und gäbe.

Dunkel war es außerdem, aber immerhin waren sie im Besitz einer Taschenlampe und durch einen schmalen Schacht über ihnen strömte stetig Luft zu ihnen hinab. Abgestandene und irgendwie faulig riechende Luft, aber immerhin brauchten sie nicht befürchten in absehbarer Zeit zu ersticken.

Frau Anna Maaß blickte aufgeregt und ängstlich auf die ihr gegenüber sitzenden Männer und eine Frau. Immerhin saß neben ihr der Schiffsarzt. Auch die Krankenschwester hatte auf ihrer anderen Seite Platz genommen.

Da sie des Russischen nicht mächtig war, versuchte der schlanke Mann mit dem schlecht sitzenden Anzug, der offenbar der Anführer dieser Leute war, es auf Englisch.

Doch die alte Dame schüttelte nur verständnislos den hochroten Kopf.

„Sie sehen doch, dass es so nichts wird. Entweder, Sie holen sich einen Dolmetscher oder ich versuche Ihr Englisch für Frau Maaß zu übersetzen", bot der Arzt seine Hilfe an.

„Nein danke, wir können es selbst versuchen!" Der Mann in der Mitte nickte der Frau in Uniform neben sich zu und diese sprach die ältere Dame in einem etwas harten, aber gut verständlichen Deutsch an. „Mein Name ist Gallin. Verstehen Sie mich, Frau Maaß?"

„Ja, doch ... aber ich weiß nicht, was Sie alle von mir wollen? Wo ist mein Mann?"

Verwirrt blickte die alte Dame jetzt auch Arzt und Schwester an.

„Darum geht es doch gerade! Über Ihren Mann wollen wir mit Ihnen sprechen!"

Die Frau, die sich Gallin nannte, schaute sie fordernd an.

„Was? O Gott, ist ihm was passiert?"

„Das wissen wir nicht, Frau Maaß. Ihr Mann ist doch mit Ihrer Enkelin nach Moskau geflogen und ..."

„Jaja, ich war ja krank. Irgend so ein Infekt ... sagt der Doktor. Aber jetzt geht es wieder. Aber Ernst und auch Daniela sind doch heute wiedergekommen. Sie waren doch bei mir und ab morgen soll ich hier auch wieder raus und will mit in die Erimitage. Wo sind denn Ernst und Daniela?"

Die Frau in Uniform verdrehte die Augen, fing sich auf einen Blick des Anzugträgers ein und setzte eine betont freundliche Miene auf. „Das, liebe Frau Maaß, wollen wir ja auch gern wissen!"

„Was? Wieso denn? Wenn die beiden nicht in ihren Kabinen sind, dann vielleicht in einer der Bars oder auch im Theater. Ja, da wollte Daniela noch hin! Und dann hat Ernst sie sicher begleitet."

„Nein, eben nicht! Die beiden haben das Schiff nochmals verlassen. Ach, wann waren sie denn bei Ihnen?"

Ungefragt antwortete die Krankenschwester, eine hübsche, vollerblühte Frau von Ende dreißig für die alte Dame. „Das muss so gegen 22.00 Uhr gewesen sein. Frau Maaß hatte sich gerade hingelegt, nachdem sie nochmals eine Injektion bekommen hatte."

Die Milizoffizierin starrte erst die Schwester wütend an und öffnete gerade den Mund, als das Telefon in der Kitteltasche der Schwester klingelte.

„Schwester Hella!" Sie hörte einen Moment zu. „Augenblick, ich frage nach, Herr Kapitän!"

Dann wandte sie sich den Russen zu. „Herr Kapitän Völker lässt ausrichten, dass Herr Oberst Dimitrow Hauptmann Gallin in der Kabine des Kapitäns erwartet!"

Der Russe in Zivil nahm im Sitzen so etwas wie Haltung an und sagte etwas zu der Deutsch sprechenden Milizionärin.

Diese bellte einen kurzen Satz zurück knurrte ihrerseits in Richtung der hübschen Krankenschwester mit den langen, blonden Haaren: „Wir kommen wieder!"

Schwester Hella starrte sie eindeutig missbilligend an. „Na, Frau Maaß ist schon aufgeregt genug. Ich weiß nicht, ob man das der älteren Dame so zumuten darf?"

„Das war erst der Anfang! Sagen Sie ihr das ruhig!" Der weibliche Hauptmann stand auf und wies einen seiner Leute an: „Sie bleiben hier und passen auf, dass uns diese Alte nicht auch noch abhaut!"

Arzt und Schwester blickten sich beklommen an. Das hatte ihnen gerade noch gefehlt. Wie sollten sie jetzt die alte Dame beruhigen und auch darauf vorbereiten, dass da noch mehr auf sie zukommen würde und sie unbedingt bei der vor gerade einmal eineinhalb Stunden abgesprochenen neuen Darstellung bleiben müsse? Denn niemand wusste, ob dieser Kerl hier nicht vielleicht doch ihre Sprache verstehen würde? Für Annemarie Maaß war es ohnehin ein Schock gewesen, dass ihr vermeintlicher Ehemann samt Enkelin abtauchen musste. Nur gut, dass sie ihre richtigen Lieben in Sicherheit wusste. Aber was würde jetzt mit ihr geschehen? War nicht diesen Russen alles zuzutrauen? Die Angst in ihren Augen, die hilfesuchend auf Arzt und Schwester gerichtet waren, war alles andere als gespielt.

Mit ungutem Gefühl betrat der richtige Werner Ritter nach kurzem Anklopfen die Kapitänskajüte, wie dessen Suite direkt hinter der Brücke auf Deck 12 auch bezeichnet wurde. Nur zögernd hatte er auf Druck der hochgestellten Entscheidungsträger der Bundesregierung und auch des Kapitäns dem Rollentausch mit diesem komischen Ami mit dem schwäbischen Akzent zugestimmt.

Und jetzt war die Sache wohl aufgeflogen. Und er mittendrin. Dazu hatte er auch noch dafür gesorgt, dass die drei Typen in ihrer geheimen und angeblich so wichtigen Mission jetzt unten im *Loch* saßen.

Er blickte sich um. Da saß der Kapitän und sah auch nicht so strahlend aus, wie es sich für einen Kreuzfahrt-Kapitän gehörte. Keine Ähnlichkeit mit dem strahlenden Lächeln auf dem bunten Prospekt.

„Herr Ritter, tut mir leid, aber wir haben ganz unerwartet einige Probleme bekommen. Das hier ist Herr Oberst Dimitrow von der Miliz in Moskau!" Der Kapitän wies auf den Mann in der gutsitzenden Uniform mit den breiten Schulterstücken.

Ritter nickte dem Oberst und den drei anderen Männern neben ihm zu. Dann wandte er sich wieder seinem Kapitän zu. „Ja und? Was habe ich damit zu tun?"

„Nun, Herr Ritter, offenbar halten es diese Herrschaften für möglich, dass Teilnehmer unseres Fluges nach Moskau dort Straftaten begangen haben!"

„Wie bitte? Das kann ich mir nicht vorstellen, Herr Kapitän. Das waren doch alles ältere Leute."

Jetzt schaltete sich der Oberst ein. Auf Englisch wandte er sich direkt an den Schiffsoffizier, nachdem er ihn bei seinen Worten genau gemustert hatte.

„Herr Ritter, wann haben Sie sich denn entschlossen, für Frau ... äh ... Maaß an dem Flug nach Moskau teilzunehmen?"

„Als ich zufällig von Herrn Dr. Fritsch erfahren habe, dass die Gattin von Herrn Maaß erkrankt ist und nicht teilnehmen kann."

„Aha, und wie ist das Gespräch zwischen Ihnen und Herrn Dr. Fritsch darauf gekommen?"

„Nun, ich habe beim Essen zwei oder drei Tage vorher erwähnt, dass ich mir Moskau auch ganz gerne angesehen hätte. Leider war der Ausflug aber ausgebucht. Als dann Frau Maaß sich bei unserem Doktor in Behandlung begeben musste und bedauerte, nicht mit ihrem Mann und ihrer Enkelin nach Moskau fliegen zu können, habe ich Herrn Maaß angesprochen. Selbstverständlich erst, nachdem der Herr Kapitän zugestimmt hat."

„Soso, interessant! Wieso haben Sie denn bisher nicht die Möglichkeit genutzt? Dieses Schiff fährt doch seit Jahren im Frühjahr und Sommer diese Tour."

„Weil ich erst in diesem Jahr in der Karibik auf die „Prinzessin" gewechselt bin. Ich bin vorher auf einem Schiff unserer Reederei gefahren, das hauptsächlich im Mittelmeer stationiert ist. Griechische Inseln, östliches Mittelmeer, oder auch die westliche Tour mit den Balearen."

Oberst Dimitrow nickte. „Aha, und aus welchem Grund?"

Hier mischte sich Kapitän Völker ein. „Das ist bei unserer Reederei üblich. Genauso wechseln auch die Kapitäne. Rotation, wenn Sie so wollen."

„Hm, Sie sind gemeinsam mit diesem Herrn Maaß und seiner Enkelin an Bord zurückgekehrt?"

„Ja."

„Mir wurde berichtet, dass Sie den Kontakt zu der Enkelin des Herrn Maaß gesucht haben. Stimmt das?"

„Das muss ich zugeben. Ein sehr nettes Mädchen, diese Daniela." Werner Ritter wechselte einen Blick mit seinem Kapitän und wandte sich dann direkt an diesen. „Ich weiß, dass engerer Kontakt mit den Passagieren, vor allem den jüngeren und weiblichen, von ihnen nicht gern gesehen ist, Herr Kapitän, aber ich bin, wie Sie wissen, noch Junggeselle und … naja … diese Daniela Dobberstein hat es mir in der Tat angetan."

Jonas Völker warf seinem Dritten einen eindeutig missbilligenden Blick zu. „Darüber reden wir später, Ritter!"

„Wo waren Sie eigentlich, während Ihre Gruppe im Theater war? Da waren Sie und die beiden Anderen doch nicht bei der Vorstellung!" In scharfem Ton stellte der Oberst diese Frage und fixierte den Schiffsoffizier genau.

Doch bevor dieser antworten konnte, klopfte es an der Tür. Während der Kapitän sein: „Herein!" rief, warf der Kriminalist einen wütenden Blick auf seine eintretende Offizierin und bedachte diese mit einem knurrig hingeworfenen Satz.

Ganz offensichtlich passte ihm die eingetretene Störung überhaupt nicht. Vermutlich ärgerte er sich jetzt sogar darüber, dass er sie aus der Vernehmung der Frau Maaß hatte wegrufen lassen. Werner Ritter hingegen gab diese Unterbrechung Gelegenheit, sich seine Antwort genau zu überlegen.

„Ich verstehe nicht so ganz, was Sie damit sagen wollen, Herr Oberst. Natürlich war ich im Theater. Ich habe sogar neben Frau Dobberstein und Herrn Maaß gesessen. Das können Ihnen diese gern bestätigen."

„Ja, das würden die wohl auch, wenn sie denn hier an Bord wären!", kam es scharf zurück.

„Wie bitte, wo sind die denn so spät noch hin?" Ritter brachte es fertig, ein total überraschtes Gesicht zu machen.

„Ja, wenn ich das wüsste! Wissen Sie, Herr Ritter, ich glaube fast, dass die beiden gar nicht Opa und Enkelin sind. Und wissen Sie noch was? Ich glaube auch nicht, dass die an Bord zurückkehren!"

Sein Blick bohrte sich fast in die Augen des Schiffsoffiziers, als er fortfuhr: „Und Sie glauben das doch auch nicht! Oder?"

„Jetzt verstehe ich gar nichts mehr", antwortete der langsam ins Schwitzen geratene Mann, auf dessen Stirn sich kleine Schweißperlen sammelten. Er straffte sich und versuchte seiner Stimme einen festen Klang zu verleihen, als er sagte: „Langsam habe ich die Nase voll! Was soll das alles? Was werfen Sie mir denn überhaupt vor?" Dann, noch bevor der Milizbeamte antworten konnte, sah Werner Ritter hilfesuchend seinen Vorgesetzten an. „Herr Kapitän, muss ich mir das hier wirklich bieten lassen?" Kapitän Völker seinerseits sah jetzt fragend den Oberst an.

„Das müssen Sie wohl! Wir können Sie auch gern mitnehmen auf die Milizwache hier, wenn Ihnen das lieber ist!"

„Wie bitte? Nochmal! Was werfen Sie mir überhaupt vor? Dass ich Ihre Hauptstadt besucht habe?"

„Nein, dass Sie verdächtig sind, zwei Soldaten ermordet zu haben. Eventuell gemeinsam mit diesem Herrn Maaß und seiner Enkelin, die wohl auch gar nicht Daniela Dobberstein heißt."

„Sie sind ja verrückt!", entfuhr es dem wirklichen Werner Ritter.

Das Gesicht des Milizoffiziers verfärbte sich und er setzte schon zu einer lautstarken Erwiderung an, überlegte es sich dann aber anders.

„Ich glaube kaum, aber wenn sie so ganz unschuldig sind, dann haben Sie doch nichts dagegen, wenn wir Ihre Fingerabdrücke nehmen und sind sicher gern bereit, uns Ihre Schuhe zu zeigen und auch Ihre Kabine durchsuchen zu lassen, oder?"

Da konnte ja eigentlich nichts zu finden sein, was ihn belasten würde. Und seine Fingerabdrücke dürften sich in Moskau ganz bestimmt nicht finden lassen, schließlich war er ja noch nie da.

„Wenn Sie dann endlich herausfinden, dass ich mir nicht das Geringste zu schulden habe kommen lassen, dann gern."

Der Oberst bellte einen kurzen Befehl in sein Funkgerät und gab dann dem Zivilisten neben sich und der Offizierin einen Wink.

„Dann kommen Sie, wir machen das in Ihrer Kabine. Dann können Sie uns auch gleich eine DNA-Probe geben!" Etwas irritiert sah Ritter die Frau Hauptmann an, die ihn in gut verständlichem Deutsch angesprochen hatte. Auf das Nicken seines Kapitäns erhob er sich und ging voran.

„Und, Sie sind sicher, dass dieses Weib und der angebliche Großvater zusammen mit diesem Schiffsoffizier auf dem Friedhof waren und dann auch die Kopie haben?" Wie gebannt hielt Präsident Kruskin den Hörer ans Ohr gepresst. Er saß noch immer in seinem Büro im Kreml, das auch über ein Schlafzimmer und einen angrenzenden Wohnraum verfügte.

„Ich meine schon, Herr Präsident. Schließlich sind dieser alte Mann und das Mädchen gleich wieder von Bord verschwunden, was die elektronische Anwesenheitsliste ausweist. Bei dem Offizier habe ich gewisse Zweifel."

„Und wieso, Oberst Dimitrow?"

„Er wirkt nicht wie ein professioneller Agent. Diesen angeblichen Großvater kenne ich ja noch nicht, aber ich habe meine Zweifel, dass er und die junge Frau wirklich nochmals an Land gegangen sind. Die Milizposten können sich nicht daran erinnern. Alle anderen Passagiere sind längst wieder an Bord."

„Dann durchkämmen Sie das Schiff von oben bis unten. Meinetwegen lassen Sie es auseinanderreißen. Die Kopie, die dieses Miststück gestohlen hat muss gefunden werden. Ich werde weiterhin dafür sorgen, dass das Internet abgeschaltet bleibt und auch eine Funkverbindung – auch von Handys aus, nicht funktioniert. Ich verlasse mich auf Sie, Herr Oberst! Möglicherweise liegt das Schicksal unseres

Landes in Ihren Händen. Denken Sie immer daran! Ach, und informieren Sie mich sofort, wenn Sie etwas gefunden haben. Ich bin Tag und Nacht für Sie erreichbar!"

Feodor Wladimirowitsch Kruskin legte den Hörer auf und rieb sich die müden Augen.

Natürlich lag hauptsächlich sein persönliches Schicksal in den Händen dieses Obersten. Doch er würde nie soweit gehen, das zuzugeben. Schlimm genug, wenn dieser fähige Kerl selbst darauf kommen würde.

Der Präsident entschloss sich, seine aufkommende Nervosität mit einem weiteren grusinischen Kognak zu bekämpfen. Langsam trank er den ziemlich gut gefüllten Schwenker leer, während er sich den neuesten Berichten von den Schauplätzen im Mittelmeer und auch dem Schwarzen Meer widmete. Es wurde Zeit, wieder den einen oder anderen kleinen Nadelstich zu setzen, überlegte er.

Würde er noch länger stillhalten, würden die Amerikaner und ihre Vasallen aus dem alten Europa das nur als Schwäche auslegen. Die NATO musste beschäftigt werden. Am besten überall. Also würde er gleich am frühen Morgen Befehl geben, seine Bomberverbände ihre Flüge bis an die Hoheitsgrenzen der NATO-Staaten auch im Ostseeraum auszudehnen.

Unruhig rutschte der Präsident der Vereinigten Staaten von Amerika auf seinem bequemen Schreibtischsessel hin und her. Er warf einen Blick auf seine versammelten engsten Mitarbeiter, die sich auf seinen Wink hin in die kleine Sitzgruppe zwängten, die er vor kurzer Zeit hatte aufstellen lassen. Es war ihm einfach lieber, in seinem Oval Office diese Besprechungen abzuhalten, als in einem der Konferenz- oder Lageräume. Dort saß er in großer Gruppe mit seinem gesamten Krisenstab seit Ausbruch der Ereignisse im Mittelmeer oft genug.

Er stand auf und setzte sich in den noch freien Sessel an der Stirnseite.

Dann blickten seine etwas müden Augen auf seine ihn erwartungsvoll ansehenden Mitstreiter: Verteidigungsminister Arnold Wilde, Stabschefin Diana Cook, Außenministerin Tilly Ambrose und Admiral Al Cobb, den Vorsitzenden der Vereinigten Stabschefs und den Nationalen Sicherheitsberater, Efrahim Dalton.

„Wo ist denn Direktor Lewis?"

„Noch nicht eingetroffen, Sir!", meldete der Admiral. Doch in diesem Augenblick klopfte es und nach dem „come in" des Präsidenten erschien der Chef des Geheimdienstes.

„Verzeihung, Sir! Ein Problem mit dem Hubschrauber."

„Gut, jetzt sind Sie ja da, Direktor. Was melden Ihre Leute aus Moskau u. St. Petersburg?"

„Mit unserem Commander hat es offenbar leichte Probleme gegeben, aber schließlich ist er mit dieser ganzen deutschen Reisegruppe nach St. Petersburg zurückgeflogen und an Bord gegangen.

Aber kurz danach kamen Miliz und wohl auch FSB und haben das Schiff gestürmt. Jetzt sind noch weitere Lkw mit Soldaten oder Polizisten gekommen in der Nacht. Sie durchsuchen das ganze Schiff. Internet und Telefone sind gesperrt."

„Bravo! Und was jetzt?"

„Nun, immerhin hat es offenbar keine Verhaftungen gegeben. Es ist niemand abgeführt worden."

Direktor Lewis strich sich über das schütter gewordene Haupthaar. So, wie er es immer tat, wenn er nervös war. „Dazu sind drei kleine Kriegsschiffe, wohl Küstenwachboote, um dieses deutsche Schiff verteilt, um es auch vom Wasser her abzuschirmen. Da kommt nach menschlichem Ermessen keine Maus ungesehen runter."

„Und was machen wir jetzt? Die Russen kriegen es fertig, das Schiff über Wochen festzuhalten. Was meinen Sie denn, haben die unseren Mann und auch die Russin und den deutschen Mariner nicht gefunden?"

„Das scheint so, Mr. Präsident. Außerdem hat er wohl die Rolle mit dem richtigen Schiffsoffizier wieder getauscht und versteckt sich auf dem Dampfer."

Daniel B. Brown schenkte sich Kaffee nach. Bestimmt die dritte Tasse am noch frühen Morgen. Dann wandte er sich dem Vorsitzenden der Vereinigten Stabschefs zu.

„Nun, das fällt wohl in ihr Gebiet als Mariner. Kann sich ein Mann auf einem solchen Kreuzfahrtschiff wirklich verstecken – und wie lange, wenn ihn über hundert Leute suchen?"

„Kommt drauf an, Sir! Nach alledem, was ich über Commander Bean gehört habe, traue ich ihm schon zu, dass er eine ganze Weile mit den Russen Versteck spielen kann. Allein wird er es einige Zeit durchhalten können. Aber hält die Maskerade der Russin und des Deutschen den Überprüfungen stand? Das ist hier die Frage und daran glaube ich eher nicht. Die fallen schon auf, wenn die Russen ihre Fingerabdrücke nehmen, die ja jetzt im Pass gespeichert sind. Ein Verfahren, dass die Sicherheit und den Schutz vor Terroristen und Passfälschern erhöhen sollte, uns aber jetzt zum Nachteil gereicht. Ich vermute daher, dass der Commander und die beiden Anderen sich zusammen verborgen halten. Das macht die Sache natürlich nicht leichter. Schließlich müssen sie mit Wasser und Nahrung versorgt werden. Dazu muss der Raum genug Luft zum Atmen bieten. Und solche Räume lassen sich auch auf einem großen Schiff nur begrenzt finden. Zumal hier ja die Besatzung nicht eingeweiht und einem von den zweitausend Passagieren oder einem Besatzungsmitglied etwas auffallen kann. Und wenn die Russen genug Druck ausüben auf die Leute, dann werden die schon reden. Schließlich wollen sie alle nach Hause kommen."

„Hm, halten Sie es für möglich, unsere Leute und natürlich die Ausfertigung von diesem Plan, den es dann ja tatsächlich zu geben scheint, herauszuholen? Haben Sie, wie mit Arnold", der Präsident deutete auf den Verteidigungsminister, „und mir besprochen, die Navy Seals in Stellung gebracht?"

„Ja, Sir! Ich glaube auch, dass die Jungs es bis zum Schiff schaffen. Doch wenn wir keinen Kontakt aufnehmen können, wie sollen unsere Leute dann wissen, dass – und vor allem – wie und wann sie herausgeholt werden sollen?"

„Ja, wenn das das Hauptproblem ist, dann müssten die Deutschen helfen!", schaltete sich Arnold Wilde, der Verteidigungsminister, ein.

„Ach und wie?" Die Frage kam von dem Nationalen Sicherheitsberater.

„Ich glaube, ich weiß, worauf Arnold anspielt." Tilly Ambrose rückte sich in Position und freute sich, dass ihre ewige Kontrahentin, die Stabschefin, offenbar nicht ahnte, was ihr durch den Kopf ging.

„Ja, Tilly!" Der Präsident nickte ihr zu.

„Dieser Kreuzfahrer ist ein deutsches Schiff und fährt – vielleicht unser Glück – auch unter deutscher Flagge. Also wird sich die Botschaft einschalten, wenn das Schiff festgehalten wird, um Besatzung und Passagieren den diplomatischen Beistand zu geben und die Herausgabe des festgehaltenen Musikdampfers zu verlangen. Dazu wird ein hochrangiger Diplomat an Bord gehen und mit dem Kapitän sprechen und der ist bekanntlich eingeweiht."

Tilly Ambrose ließ ihre graugrünen Augen zufrieden strahlen und bedachte Diana Cook mit einem herablassenden Nicken.

„Stimmt, so müsste es gehen. Tilly besprechen Sie die Einzelheiten mit dem Admiral und dann mit Ihrem deutschen Kollegen. Ab wann können Ihre Männer einsatzbereit sein, Admiral?"

„Wie mir der Commander der Seals-Einheit in Tallin mitgeteilt hat, brauchen sie mindestens vierundzwanzig Stunden Vorlaufzeit. Ihr CO vor Ort hat auch schon eine Idee, wie es zu machen ist."

„Na, dann lassen Sie die Planung anlaufen!"

Wenige Stunden später las der Deutsche Botschafter, Dr. Heinrich von Krottenwald, den ihm jetzt entschlüsselt vorgelegten Text. Er schüttelte den Kopf als ihm aufging, was von ihm zu veranlassen war. Nicht nur, dass ihm dieser Text auf altherkömmliche Weise infolge des abgeschalteten Internets übermittelt wurde machte ihm zu schaffen, sondern viel mehr die Eile, die geboten war.

Aber was half es?

Zehn Minuten später saß ihm der 2. Kulturattaché gegenüber, der auch noch einen kleinen Nebenjob auszuüben hatte, über den jeder Bescheid wusste, über den man aber nicht sprach. Die Unterredung war nur kurz, aber der schlanke, unauffällige Mann von ca. vierzig Jahren verstand sofort, was von ihm erwartet wurde.

„Dann bietet es sich wohl an, wenn ich zusammen mit Legationsrat Krause, den Sie sicher auf das Schiff schicken wollen, ganz offiziell sofort einen Flug nach St. Petersburg buche, Herr Botschafter."

„Tun Sie das und veranlassen Sie alles weitere vom dortigen Konsulat aus. Der Konsul soll Krause an Bord begleiten. Je weniger ich von alledem weiß, desto lieber ist es mir!"

Der Botschafter war mehr ein Mann für Empfänge und sonstige positive Anlässe, wo er die Bundesrepublik repräsentieren konnte. Krisen und die damit verbundene Diplomatie waren ihm ein Gräuel. Und dann diese kriegerischen Auseinandersetzungen zum Ende seiner Amtszeit – einfach fürchterlich. Das hatte er nicht verdient. Aber dieser neue Bundeskanzler war ein anderes Kaliber als seine beiden Vorgänger. Vielleicht sollte er sich krankmelden und nach Deutschland zurückfliegen. Seine Prostata musste ohnehin demnächst operiert werden.

Warum dann nicht gleich? Dann wäre er aus der Schusslinie und in drei Monaten stand ohnehin seine Pensionierung an. Er nahm sich vor, gleich seinen Arzt zu bitten, das Nötige zu veranlassen.

„Lange halte ich es hier nicht aus!" Alina Sacharowa hatte Tränen in den Augen und starrte hilfesuchend erst Ferdinand v. Terra und dann Commander Bean an.

„Armes Mädchen!", tröstete Ronny sie und nahm sie in den Arm. „Aber du weißt, was passiert, wenn sie uns erwischen! Laufenlassen können Sie uns nicht und ich bin froh, dass dieser Ritter über das Loch hier Bescheid wusste. Für heute und morgen haben wir Wasser und Essen genug und … naja … das mit dem Eimer ist natürlich sehr unschön. Aber die Alternative!"

Als Antwort stieß Alina einen Schwall russischer Worte aus, die die beiden Männer nicht verstehen konnten.

„Hier nimm!" Ronny Bean zwang der jungen Frau zwei Tabletten auf und ließ sie einen großen Schluck Mineralwasser nachtrinken.

Einige Minuten später war sie in seinen Armen eingeschlafen.

„Und, wie oft willst du das noch mit ihr anstellen?" Fregattenkapitän v. Terra blickte seinen jüngeren Kameraden an, was dieser aber nicht sehen konnte, da er die Lampe in diesem Moment ausgeschaltet hatte. Schließlich wusste niemand, wie lange sie hier würden ausharren müssen?

„Keine Ahnung, Tabletten haben wir genug. Gut, dass dieser Ritter daran gedacht hat. Was würdest du denn tun? Zugucken, wie sie durchdreht?"

„Nein … ach, ich weiß auch nicht. Was meinst du denn, kommen wir hier überhaupt noch wieder raus?"

Die Stimme des Amerikaners nahm einen härteren Klang an. „Das hoffe ich doch sehr und es würde schon helfen, wenn du nicht ebenfalls anfängst durchzudrehen. Irgendwie wird uns die Agency schon im Auge behalten und die US-Navy lässt ihre Leute nicht im Stich."

Nur gut, dass Ronny Bean nicht sehen konnte, dass der einige Jahre ältere Fregattenkapitän des deutschen Militärischen Abschirmdienstes, der eigentlich für derartige Aufgaben ja in keinster Weise ausgebildet war, eine alles andere als überzeugte Miene aufsetzte.

Weit weg von der Ostsee, in einem anderen Meer, nämlich dem warmen und derzeit weniger friedlichen Mittelmeer waren in ihrem Eilmarsch die „USS Baker" und ihr Geleitzerstörer angekommen und würden am Abend des nächsten Tages hoffentlich den Untergangsort des ominösen U-Bootes erreichen. Die Bergung von Teilen des zerstörten Unterwasserschiffes würde sicher hinreichend Hinweise auf den Eigentümer ermöglichen.

Noch einmal wurde die Schlauchverbindung hergestellt und aus dem Bauch des riesigen Bergungsschiffes flossen an die tausend Tonnen Treiböl in die Tanks des schnittigen Kriegsschiffs. Unmittelbar nach der Treibstoffergänzung nahmen beide Schiffe wieder ihre hohe Marschfahrt von über zwanzig Knoten auf und strebten ihrem Einsatzort zu. Gespannt, was sie auf dem Meeresboden vorfinden würden, stieg die Erregung bei Offizieren und Besatzung je näher sie ihrem Ziel kamen.

Der Kommandant des Bergungsschiffes war sich ziemlich sicher, dass sie ein russisches U-Boot vorfinden würden. Denn wer sonst sollte ein Interesse daran haben, hier einen Torpedoangriff auf eine stark gesicherte Trägerkampfgruppe zu fahren. Und wer verfügte über eine so gut funktionierende Besatzung, auch noch gleich zwei Zerstörer entscheidend zu treffen? Würde ihre Aktion eventuell den Beweis für den kriegerischen Akt Russlands liefern und damit einen offenen Krieg zwischen den Nuklearmächten auslösen? Diese Frage stellten sich nicht nur die Kommandanten der beiden Schiffe, sondern auch viele Offiziere und Soldaten.

Denn der neue US-Präsident würde im Gegensatz zu seinen Vorgängern nicht davor zurückschrecken, mit gleicher Münze zurückzuzahlen.

Am darauffolgenden Morgen, einem sonnigen Tag mit für im Frühling erstaunlich hohen Temperaturen für diesen Teil Europas, strömten immer noch weitere Russen an Bord der „Prinzessin des Nordens".

Darunter auch viele Marinesoldaten der Ostseestation, die für die konzentrierte Durchsuchung des Schiffes benötigt wurden.

Die Einsprüche des deutschen Kapitäns und die Drohung mit diplomatischen Verwicklungen beeindruckte Oberst Dimitrow in keinster Weise. Ihn störte mehr die Tatsache, dass der noch in der Nacht vorgenommene Vergleich der gefundenen Fingerabdrücke in den Hotelzimmern keine Übereinstimmung mit denen des Dritten Offiziers Werner Ritter erbrachte. Auch in dessen Zimmer wurden seine Abdrücke nicht identifiziert. Lag das jetzt daran, dass er überhaupt nicht mit den beiden anderen Verdächtigen, die jetzt verschwunden waren, gereist war? Oder waren die Zimmermädchen so gründlich gewesen? Dagegen sprach die Tatsache, dass an wenig zugänglichen und selten gereinigten Stellen Abdrücke vorhanden waren, wie sie jeder Gast üblicherweise hinterließ. Am Türrahmen, am Bettgestell und am Nachttisch beispielsweise. Aber keiner passte zu denen dieses Werner Ritter. Hoffentlich brachten die gefundenen GEN-Spuren ein anderes Ergebnis.

Denn wenn nicht, wer war dann anstelle des alten Maaß mit der Verräterin nach Moskau gereist?

Dass sich diese Sacharowa zurück nach Moskau getraut hatte, war schon kaum zu glauben. Doch dass diese dann mit gleich zwei Doppelgängern in so kurzer Zeit auf einem deutschen Kreuzfahrer angekommen sein sollte und dann auch noch eine Kopie dieses so brisanten Dokuments an sich brachte, zwei Soldaten umbrachte und jetzt verschwunden war? Das mochte Dimitrow nicht glauben.

Wo waren dann der alte Mann und seine Enkelin abgeblieben und wo der Kerl, der als Werner Ritter gereist war? Blieb nur zu hoffen, dass die Durchsuchung des Schiffes erfolgreich verlief.

Eine CD oder einen Stick auf einem so großen Schiff zu finden, der gut versteckt war, war fast unmöglich. Das war Arkadi Dimitrow nur zu klar. Aber dieser falsche Ritter, der musste zu finden sein. Auch der Alte und das Mädchen, egal, ob sie wirklich nochmals an Land gegangen waren oder sich an Bord versteckten. Wenn er diese richtig in die Mangel nahm, dann würden sie ihm schon sagen, wo die Kopie sich befand. Der Kriminalist durchdachte alle Möglichkeiten nochmals. Konnte es sein, dass die beiden wirklichen Passagiere vielleicht von der Sacharowa und ihrem unbekannten Partner getötet und im Wasser entsorgt worden waren? Im Hafen oder im Fluss treibend hätten sie längst gefunden werden müssen. Aber was, wenn sie beschwert über Bord geworfen wurden?

Unwahrscheinlich aber nicht unmöglich. Arkadi entschloss sich, die Taucher den Grund um das Schiff absuchen zulassen.

Inzwischen merkte er, wie die Müdigkeit immer mehr Besitz von ihm ergriff. Er beschloss, sich in der von ihm okkupierten nicht belegten Kabine auf dem Brückendeck etwas zur Ruhe zu begeben.

Zuvor ordnete er noch an, dass alle Passagiere in den Frühstücksräumen, also den Restaurants des Schiffes, zu verbleiben hätten und alle außerhalb dieser

Stätten angetroffenen Gäste zusammen mit der Besatzung in das Theater zu bringen seien, um eine vollständige Anwesenheit prüfen zu können.

Die dann leeren Kabinen würden gleichzeitig durchsucht werden.

Kapitän Jonas Völker wies die Restaurant-Bediensteten an, Getränke nach Wahl kostenlos anzubieten und hoffte nur, dass es keine Panik und einen damit verbundenen Aufstand unter seinen Passagieren geben würde. Aber es waren ja zu über neunzig Prozent ältere Leute, was die Gefahr etwas geringer erscheinen ließ. Trotzdem versagten bei einigen der älteren Herrschaften die Nerven und Schiffsarzt und Krankenschwester waren stark gefordert.

An der türkischen Schwarzmeerküste war zwar noch eine starke Präsenz an türkischen und auch amerikanischen und europäischen Kriegsschiffen zu beobachten. Ebenso konnten stets Luftpatrouillen der NATO über dem schwarzen Meer beobachtet werden, ansonsten hatte sich die Lage jedoch entspannt. Die russischen Einheiten hatten sich weiter zurückgezogen und die Strände waren wieder stärker frequentiert. Die Militärregierung unter Cetin Keser erhielt immer mehr Zuspruch durch die eigene Bevölkerung. Die unter allen möglichen fadenscheinigen Gründen inhaftierten und aus dem Amt geworfenen Oppositionellen, Richter, Beamten, Soldaten und sonstigen Verdächtigen waren fast alle wieder freigelassen und zum großen Teil auch bereits wieder eingestellt worden. Der Verfall der türkischen Währung schien gestoppt und die Wirtschaft schöpfte wieder nicht nur Hoffnung, sondern erhielt bereits wieder erste Aufträge aus dem Ausland.

Dafür stiegen die Befürchtungen in den Staaten Osteuropas, vor allem in den baltischen Republiken.

Der Griff Kruskins nach der Türkei und dem Zugang zum Mittelmeer war abgewendet. Doch ein erheblicher Teil der See- und Luftstreitkräfte der NATO schien dadurch im Mittelmeerraum gebunden. Doch was war mit ihnen, fragten sich Esten, Letten und Litauer? Nun waren zwar schon amerikanische Truppen dort stationiert und auch einige europäische Staaten hatten kleine Kontingente nach dort entsandt. Doch würden die einen russischen Angriff kaum erfolgreich abwehren können. In dieser Einschätzung waren sich Regierungen und Bevölkerung der betroffenen Länder einig. NATO-Generalsekretär und US-Präsident versicherten zwar, dass sie getreu den eingegangenen Verpflichtungen das Territorium aller baltischen Republiken gegen jeden Angriff verteidigen würden, aber konnten sie das auch tatsächlich erfolgreich tun? Hatte man nicht auch der Ukraine Unterstützung versprochen, dann aber weitgehend tatenlos zugesehen, wie sich der Russe die Krim und große Teile der Ost-Ukraine angeeignet hatte?

Nun, die Ukraine war zwar kein Mitglied der NATO, aber …?

Und jetzt flogen immer öfter russische Kampfflugzeuge über der Ostsee bis an die Grenzen der Hoheitsgebiete aller Ostseeanrainer.

Einerseits schien Kruskins Gedanke sich als richtig zu erweisen. Die Angst stieg jetzt auch in diesem Teil Europas bei der betroffenen Bevölkerung. Als erste Staaten reagierten das kleine Dänemark und Deutschland, die je eine Fregatte im Eilmarsch nach Tallin entsandten.

Dorthin, wo bereits seit über zwei Wochen eine Einheit der Navy Seals an einer Ausbildungsmission für die dortigen Sicherheitskräfte teilnahm. Dieser Einheit unter dem Befehl eines Oberleutnants, des Lieutenant Rock A Masterson, sollte noch eine entscheidende Rolle zukommen. Es war ein eingespieltes Team, das bereits bei verschiedenen Einsätzen in unterschiedlichen Ländern ihre Aufgaben teils bravourös gelöst hatte. Jetzt standen sie allerdings vor einer mehr als schwierigen Mission. Von einem Kreuzfahrtschiff in dem doch recht weit entfernten Hafen von St. Petersburg drei Personen in Sicherheit zu bringen hörte sich auf den ersten Blick gar nicht so unmöglich an. Wenn aber berücksichtigt wurde, dass diese von der Rettungsmission noch keine Ahnung hatten und die auserkorenen Retter nicht einmal wussten, wo sich die Gesuchten auf dem riesigen Schiff aufhielten, war das schon eine andere Nummer. Dazu kam, dass es auf dem Schiff von Miliz und Geheimdienst nur so wimmelte und alle nach den drei Leuten suchten. Würden sie gefunden, dann würden sie wohl auf dem schnellsten Weg nach Moskau verbracht und eine Befreiung schier unmöglich werden.

„So, Herrschaften, stellt sich die Lage dar", briefte der Lieutenant seine Mannen. Ein Schiff mit über zweitausend Passagieren und einigen hundert Besatzungsmitgliedern. Bei den Gästen überwiegend alte Leute. Dazu wissen wir nicht – noch nicht – wo sich unsere Zielpersonen an Bord versteckt halten. Es dürfte auch nur eine Frage von Tagen, vielleicht auch nur Stunden sein, bis sie von über hundert Polizisten und Geheimdienstlern, die an Bord alles durchsuchen und dabei von Spezialisten der Marine unterstützt werden, aufgespürt sein dürften. Auf der

Seeseite liegen Wachkutter der russischen Marine und tauchen während der Dunkelheit alles in helles Scheinwerferlicht."

„Das hört sich gar nicht gut an, Sir. Wie sollen wir denn überhaupt dorthin kommen? Den ganzen Weg schwimmen geht wohl kaum!" Der Stellvertreter des Einheitsführers, ein Gunnery-Sergeant, sah seinen Offizier zweifelnd an.

„Stimmt, Gunny! Wir gehen in zwei Stunden an Bord eines hier registrierten Kutters und begeben uns schon einmal so weit wie möglich an die Grenze der russischen Hoheitsgewässer. Die Küstenwache unserer Gastgeber patrouilliert dort regelmäßig. Das dürfte also nicht sonderlich auffallen. Von da an wird es allerdings kritisch. Wir können nur hoffen, dass wir noch heute oder spätestens morgen sehr früh wissen, wo sich die Zielpersonen aufhalten." Dem Offizier war anzusehen, dass er alles andere als glücklich war, dass noch so viele Unbekannte im Spiel waren.

„Ja, aber auch wenn, wie sollen wir sie da raushauen? Freischießen geht wohl kaum, wenn wir denn überhaupt an Bord gelangen – bei der Übermacht." Der vierunddreißigjährige Unteroffizier schüttelte seinen kantigen Schädel mit den sehr kurzen, pechschwarzen Haaren.

„Nein, deshalb werden wir auch nur unsere Messer und wasserdichte Pistolen mitnehmen. Die auch nur für den Fall, dass die Russen auch Taucher um das Schiff eingesetzt haben."

„Das heißt also, bis ins Wasser müssen es die Drei dann von allein schaffen, Sir?"

„Alles andere dürfte kaum gelingen, Gunny!"

Aber der kampferprobte, hochdekorierte Unteroffizier war noch nicht durch mit seinen Fragen.

„Ich weiß zwar nicht, wie das gehen soll, wenn das ganze Schiff und damit wohl auch sämtliche Decks voller bewaffneter Wachen sind, aber wie kommen wir überhaupt soweit? Von der Hoheitsgrenze aus schwimmen? Doch wohl kaum, oder?"

Der Offizier lächelte. „Nein, Freddy. Da es ohnehin nur bei Nacht geht, versuchen wir es mit einem schwarzgrauen Schlauchboot, das ganz tief im Wasser liegt, also kaum zu sehen sein wird und mit einem superleisen Elektromotor ausgestattet ist. Im Hafen, keine achthundert Meter vor unserem Ziel liegt ein altes Museumsschiff an einem sonst nachts unbenutzten Kai. Dort werden wir unser Boot mit Magneten am Boden versuchen festzumachen. Wenn wir etwas Luft ablassen, sollte es gelingen. Dann sorgen wir für Ablenkung, indem wir ein oder zwei Ziele mit unseren Magnetminen mit kurzen Verzögerungen hochjagen. In diesem Tohuwabohu sollten die Zielpersonen dann hoffentlich von Bord kommen. So lautet zumindest der vorläufige Plan."

„Toll! Einfach toll! Hat sich bestimmt ein Schreibtischstratege ausgedacht. Der muss ja auch seinen Arsch nicht hinhalten."

Gunnery-Sergeant Fred Dodd verdrehte die Augen.

Für Oberst Arkadi Dimitrow brachte der nächste Tag ebenfalls keine positiven Ergebnisse. Die in aller Eile vorgenommenen DNA-Abgleiche ergaben keine Übereinstimmung mit den Proben des Dritten Offiziers. Dazu kam, dass seine Leute mit Unterstützung der Fachleute von der Ostseeflotte bisher weder die Überläuferin noch den alten Maaß, oder aber den, der sich für ihn ausgab, aufgespürt hatten. Auch die Überprüfung aller Passagiere und Besatzungsmitglieder ergab, dass lediglich die angebliche Enkelin und ihr Großvater fehlten. Die Durchkämmung des Hafengebietes mit starken Kräften und Hunden blieb bis dato ebenso erfolglos wie die Fahndung in der großen Stadt.

Bemerkenswert war, dass die Ausflugteilnehmer das Aussehen von Großvater und Enkelin bestätigten. Ebenso die Gegenüberstellung des Dritten Offiziers mit einigen Teilnehmern des Moskau-Trips und der extra per Helikopter herbeigeschaften Stadtführerin. Alle erkannten die Personen wieder.

Erste Zweifel beschlichen Arkadi. Sollte es sich doch anders zugetragen haben und die von ihm Verdächtigten gar nicht die Täter sein? Wieso kamen dann die Fingerabdrücke der ehemaligen GRU-Offizierin in das Hotelzimmer und fanden sich auch ihre Gen-Spuren dort und am Tatort der Soldatenmorde? Und vor allem, wo waren der vorgebliche Maaß und seine Enkelin abgeblieben?

Mitten in diese Überlegungen hinein platzte die Meldung der Posten vor dem Schiff, dass der Abgesandte der Deutschen Botschaft und der Generalkonsul verlangten an Bord kommen zu dürfen und den Kapitän und den Verantwortlichen Offizier, der das Schiff besetzt hatte, sprechen wollten.

Das hatte ihm gerade noch gefehlt. Einen Moment erwog er, den Präsidenten anzurufen. Doch diesen Gedanken verwarf er sofort wieder. Das hätte wohl keinen guten Eindruck hinterlassen und Zweifel an seiner Entscheidungsfähigkeit geweckt. Er warf einen Blick aus dem großen Panoramafenster nach draußen.

Wieder ein Frühsommertag. Die Sonne stand schon wie eine große Golddukate am blauen Himmel, der nur von einzelnen Kumuluswolken gesprenkelt war.

„Informieren Sie den Kapitän, dass wir uns in seiner Kabine treffen und dann lassen Sie die Corona an Bord", knurrte er den Unterleutnant an.

Die Ankunft der beiden Limousinen mit den Diplomatenkennzeichen und dem Stander auf dem Kotflügel blieb natürlich auch den Passagieren nicht verborgen.

Aufregung machte sich breit, gepaart mit der Hoffnung, nun bald wieder auslaufen zu können.

Auch der Krankenschwester und dem Schiffsarzt blieb nicht verborgen, dass eine Delegation der Deutschen Botschaft oder der Generalkonsul an Bord kam.

„Das ist doch eine Gelegenheit für uns bzw. Frau Maaß", erfasste Hella Michael die Situation.

„Häh, ich verstehe nicht ganz …" Dr. Fritsch schaute seine Assistentin, zu der er auch ein nicht nur berufliches Verhältnis entwickelt hatte, fragend an.

Paul ist zwar ein ganz guter Arzt und steht auf vielen Gebieten seinen jeweils spezialisierten Kollegen in nichts nach, aber im wirklichen Leben, dachte Hella und ein amüsiertes Lächeln überzog ihr zwar nicht im üblichen Sinne hübsches, aber sehr attraktives Gesicht.

„Na, wenn Frau Maaß jetzt noch einen Nervenzusammenbruch hätte und du schnell zum Kapitän läufst und berichtest, dass sie dringend von diesem Schiff herunter muss, weil sonst …"

„Ach, du meinst, weil jetzt der Botschafter oder wer auch immer …?"

„Genau, der soll sie in seine Obhut nehmen. Mann und Enkelin verschwinden sofort wieder vom Schiff und alle Russen sind hinter ihnen her. Ist doch klar, dass die Frau traumatisiert ist und auf diesem Schiff sich kaum davon erholen kann."

„Ja, also … ich … äh."

„Ja, nun mach schon! Ich bereite Frau Maaß vor!" Die resolute Schwester schob den Arzt förmlich vor sich her bis zur Tür der Krankenstation, aus der sie Frau Maaß gerade in ihre Kabine entlassen wollte.

In der Suite des Kapitäns war es ziemlich schnell etwas lauter geworden. Legationsrat Krause verlangte die sofortige Freigabe des Schiffes, zumal die Durchsuchung nach den Angaben des Obersten bisher nichts erbracht hatte.

„Kommt überhaupt nicht in Frage", widersetzte sich Arkadi Dimitrow. Beide sprachen russisch miteinander, das Krause, der aus Dresden stammte, perfekt sprach.

„Dann war das wohl der letzte Besuch eines deutschen Kreuzfahrtschiffes in Ihrem Land, Herr Oberst!", ergriff jetzt auch der Generalkonsul die Initiative.

„Das kann ich nur bestätigen!", schlug der Vertreter des Botschafters in die Kerbe und setzte gleich noch einen drauf, „und eine Verlängerung des Gasliefervertrages, der Ihrem Land Milliarden an Devisen einbringt und der nächstes Jahr ausläuft, hat sich dann auch erledigt. Das kann ich Ihnen im Namen nicht nur des Außenministers, sondern auch des Kanzlers, versichern. Vergessen Sie nicht, dass Russland diese Devisen derzeit dringender denn je braucht. Bevor Sie sich Ihre Karriere endgültig versauen, sollte Sie vielleicht höheren Ortes Rücksprache halten!"

Jetzt platzte Dimitrow der sich ohnehin plötzlich eng anfühlende Kragen. „Das brauche ich gewiss nicht!", brüllte er in Richtung Krause, griff in seine Brusttasche und zog die präsidiale Vollmacht hervor, die er vor den Deutschen auf den Tisch knallte.

„Donnerwetter!" Krause zeigte sich beeindruckt. „Dann, Herr Oberst, werden Sie ja am besten wissen, was Ihr Präsident von Ihnen erwartet. Ganz bestimmt nicht, dass in dieser Situation Ihres Landes, wo Russland ziemlich allein dasteht, ihm noch die wichtigsten Devisenbringer wegbrechen."

Arkadi holte tief Luft und wollte gerade antworten, als es klopfte. Er wandte den leicht geröteten Kopf zur Tür und sah Dr. Fritsch eintreten, der nicht einmal das „Herein" des Kapitäns abgewartet hatte.

„Doktor?" Kapitän Völker sah erstaunt hoch. „Ist was passiert?"

„Allerdings! Frau Maaß ist kollabiert! Ich habe sie zwar stabilisieren können, aber das ist alles zu viel für die arme Frau geworden. Ich habe ein schweres Trauma diagnostiziert. Sie muss sofort von diesem Schiff runter. Die Sorge um Mann und Enkelin, die – warum auch immer – hier mit hunderten von Leuten gesucht werden ..." Sein wütender Blick nagelte den Oberst förmlich fest. Auf dem Schiff ... und, nach diesem ganzen Drama, das die Soldaten hier aufführen, auch in diesem Land, kann ich für die Gesundheit und sogar das Leben der alten Dame nicht garantieren."

Krause übersetzte die Worte des Mediziners für die Russen.

„Die bleibt hier! Solange, wie ich es für erforderlich halte!" Die Worte Dimitrows hallten überlaut durch den Raum.

„Ich protestiere!" Auch der Generalkonsul erwies sich als ziemlich stimmgewaltig. „Ach, nun sagen Sie nur noch, dass sie auch die alte Dame verdächtigen, sich an irgendwelchen Verbrechen beteiligt zu haben? Um was geht es überhaupt im Einzelnen?"

Arkadi blickte die deutsche Delegation erstaunt an. Dann erinnerte er sich daran, dass Telefonkontakte vom Schiff aus nicht möglich und auch sämtliche Funknetze unterbrochen waren. Also fasste er nochmals zusammen, welche Taten er verfolgte.

„Also, Mord in mindestens zwei Fällen, Landesverrat und bzw. Unterstützung dazu, also, wenn sie so wollen, Spionage!"

„Machen Sie sich doch nicht lächerlich, Oberst! Ein alter Mann und seine Enkelin als Spione?"

„Wenn sie es denn sind! Enkelin und Großvater."

„Was sollen sie denn sonst sein?" Sowohl der Generalkonsul als auch Legationsrat 1. Klasse Krause schauten ihn verwundert an. Der Konsul war insoweit auch nicht informiert. Krause hingegen hatte Schauspieltalent und hätte durchaus eine Karriere auf den Brettern, die angeblich die Welt bedeuten, hinlegen können.

Wussten die wirklich noch nichts von der GRU-Überläuferin? War immerhin möglich, dass die Amis den Deckel draufhielten oder nur die Spitzen der Verbündeten informiert hatten, überlegte Arkadi.

Laut hingegen sagte er: „Und warum sind sie dann so plötzlich verschwunden, wenn ich fragen darf?"

„Das weiß ich doch nicht! Aber kann das nicht viele Gründe haben und ..."

Dimitrow unterbrach den Diplomaten schroff. „Diese Gründe kann aber eventuell Frau Maaß aufklären."

„Das glaube ich kaum! Das Verschwinden der beiden ist für die alte Dame ja gerade so traumatisch, weil sie sich nicht vorstellen kann, warum sie es tun sollten? Sie fürchtet vielmehr, dass Mann und Enkeltochter etwas zugestoßen ist."

„Wenn das der Fall wäre, hätten wir sie gefunden. Das ganze Hafengebiet ist systematisch abgesucht worden und auch in der Stadt wurde gefahndet. Ohne

Erfolg! Nein, meine Herren, die sind noch hier auf dem Schiff und verstecken sich irgendwo und …"

„Ach, und wo soll das sein? Ihre Männer haben doch sogar die Kühlräume durchsucht und auch sämtliche Truhen ausgeleert, sind durch alle Decks gekrochen und sogar die Tanks haben ihre Leute mit Wärmebildkameras abgesucht. Die Abdeckungen im Maschinenraum entfernt, alle Leute mehrfach gezählt … was denn noch?", griff jetzt Kapitän Völker in die Debatte ein.

„Was ist, wenn sie über Bord gegangen sind?", überlegte der Arzt laut.

„Auch dann hätten wir sie gefunden. Das ganze Becken in dem dieses Schiff liegt ist von Tauchern abgesucht worden", antwortete der Oberst nachdem ihm die Fragen übersetzt worden waren.

„Interessant, ein solcher Aufwand! Um was geht es denn überhaupt bei Ihrer Spionage oder Verrat oder was auch immer?" Dimitrow musterte den Legationsrat prüfend. „Das kann ich Ihnen nicht beantworten!" „Können? Wollen trifft es wohl eher! Muss aber schon sehr wichtig sein. Präsidentenvollmacht, Riesenaufwand mit Tauchern, diplomatische Verwicklungen, auch noch mit Deutschland, offen in Kauf nehmen. Donnerwetter, Herr Oberst! Klingt fast so, als sei Ihrem Präsidenten ein neuer Plan zur Wiedereinverleibung weiterer Gebiete gestohlen worden. Den Rest der Ukraine oder vielleicht die Baltischen Republiken?"

„Blödsinn!", fauchte Arkadi Dimitrow.

„Na, ist ja auch egal! Uns jedenfalls. Wir wollen nur wissen, wann die „Prinzessin des Nordens" Ihr ungastliches Land wieder verlassen darf … und natürlich, wann Sie Herrn Maaß und seine Enkelin freilassen?" Krause machte Druck und sprach so schnell, dass auch der Generalkonsul dem Gespräch auf Russisch kaum zu folgen vermochte.

„Was? Sie glauben allen Ernstes, dass ich … dass wir die beiden in Gewahrsam haben?"

Der Legationsrat übersetzte für den Kapitän und den Konsul die letzten Sätze in Kurzform. Dann wandte er sich wieder an den Oberst. „Doch ja, dieser Eindruck drängt sich mir mehr und mehr auf."

„Ich versichere Ihnen, dass das nicht der Fall ist und …" „Und ich glaube Ihnen nicht!", setzte Krause den Satz, den Arkadi begonnen hatte, fort. „Ist aber auch nur ein Punkt, um den es hier geht. Wann geben Sie das Schiff frei und kann Frau Maaß mit dem Herrn Generalkonsul das Schiff verlassen?"

Dimitrow fühlte sich selten so einsam, wie in diesem Moment. Seine Leute vermieden ihn direkt anzusehen, warteten aber mit Spannung auf seine Entscheidung. Egal, wie er sich entschied, irgendeinen Fehler würde er begehen. Er sah schon das Gesicht seines Präsidenten vor sich, wie dieser vor Wut rot anlief und alle Schuld ihm zuschieben würde.

„Gut, Frau Maaß kann mit Ihnen gehen. Das Schiff bleibt hier, bis wir die Durchsuchung abgeschlossen haben!"

„Und wann wird das sein, Herr Oberst?" Jetzt hatte der Konsul übernommen.

„Das weiß ich noch nicht genau, aber in zwei oder drei Tagen sicherlich! Aber nur, wenn Sie mich jetzt weiter an der Lösung des Falles arbeiten lassen"

„Ihr letztes Wort?" Jetzt war wieder Krause am Zug.

„Ja!"

„Na dann richten Sie sich darauf ein, dass die ganzen Kosten, die hier entstehen, letztlich Ihrem Land gegenüber geltend gemacht werden. Ach, was ich noch fragen wollte, was ist mit dem Offizier, diesem Herrn …?"

„Herr Richter, mein Dritter", half Kapitän Völker aus.

„Der steht immer noch mit im Fokus der Ermittlungen."

„Gut, dann möchte ich mich jetzt mit ihm unterhalten und Sie, Herr Generalkonsul, kümmern sich sicher um Frau Maaß." Krause erhob sich.

„Warten Sie, Herr Krause, ich bringe Sie hin!" Kapitän Völker war ebenfalls aufgestanden und nickte dem Doktor zu. „Sie kümmern sich darum, dass Frau Maaß Ihre gesamten Sachen mitnimmt in das Konsulat?"

„Selbstverständlich, Herr Kapitän!"

Den vier Männern blickte Arkadi Dimitrow misstrauisch nach. Hatte er sich tatsächlich geirrt oder wurde er hier so verladen wie noch nie in seinem Leben? Er hätte viel darum gegeben, wenn er sich diese Frage hätte beantworten können.

Legationsrat Krause war etwas verwundert, dass der Kapitän ihn auf verschlungenen Wegen durch die Decks des Schiffes schließlich bis fast ganz nach unten in den Maschinenraum brachte, wo einer der Dieselmotoren sogar hier im Hafen in Betrieb war, um das ganze Schiff mit Strom zu versorgen.

Ganz offenbar hatten die Russen hier ihre Posten abgezogen, denn Krause konnte niemanden erblicken. Trotzdem deutete der Kapitän ihm auf dem langen

Weg hier nach unten, weit unter der Wasserlinie des Schiffes mehrfach an, nicht zu reden.

Erst jetzt, hier im lauten Motorenraum, folgte die Erklärung.

„Unsere russischen Freunde haben an den offiziellen Niedergängen Stellung bezogen, was eigentlich auch reicht, da dieses Deck als eines der ersten durchsucht worden ist."

„Ach und Herr Ritter kommt hierher?" Der Diplomat bemühte sich, leise und trotzdem das Motorengeräusch übertönend, verständlich auszudrücken.

Da klopfte ihm jemand auf die Schulter. Krause zuckte zusammen, sah aber dann den Kapitän amüsiert lächeln. „Darf ich vorstellen: „Herr Legationsrat Krause von unserer Botschaft in Moskau – Herr Werner Ritter, mein Dritter Offizier!"

Der Ankömmling, ein Mann im Overall der technischen Abteilung des Kreuzfahrers, lüftete seine dunkelblaue, leicht fleckige Mütze und präsentierte eine prachtvolle Glatze.

Krause hingegen nahm sich keine Zeit, dieses glatt rasierte Prachtstück näher zu betrachten.

„Schön, Herr Ritter! Machen wir schnell. Haben Sie eine Ausfertigung dieses ominösen Schriftstückes?"

„Nein! Aber der Ami hat nach wie vor eine Kopie am Körper und ..."

„Was! Davon wusste ich ja gar nichts", entfuhr es Jonas Völker.

Krause winkte ab und wandte sich wieder an den als Techniker verkleideten Ritter. „Und, wie können wir die Drei befreien? Navy Seals stehen bereit und ..."

„Navy Seals, sagen Sie, Herr Krause? Das passt. Ich habe die Leute im *Loch* untergebracht. Sie haben da noch für zwei Tage Verpflegung und Wasser."

„Im Loch? Was für ein Loch?"

„Das wird Ihnen der Kapitän erklären. Ich muss sehen, dass ich hier wieder wegkomme. Wichtig ist, dass die Seals die Drei direkt am Ausgang unter dem Schiffsboden in Empfang nehmen und ihnen Atemluft, also Sauerstoff zur Verfügung stellen müssen. Damit können wir hier nicht dienen. Entweder der Kapitän oder ich müssen dann den Mechanismus betätigen, der die Leute in das Wasser gleiten lässt. Dort sollten sie sofort Atemmasken bekommen, sonst können sie schnell ertrinken. Insbesondere die Frau, die ohnehin schon ziemlich mit den

Nerven runter sein dürfte. Also lassen Sie uns jetzt sofort einen Zeitpunkt abmachen!"

Gespannt sah Ritter den Diplomaten an. Auch Jonas Völker war sichtlich nervös. Was konnte da alles schiefgehen?

Krause überlegte genau. Was hatte man ihm gesagt? Zwölf Stunden ab Beginn der Aktion würden die Einsatzkräfte brauchen. Mindestens! Es dürfte aber auch nicht mehr als sechzehn Stunden später passieren. Jede weitere Minute erhöhte die Gefahr der Entdeckung. Er sah auf seine Uhr. „Okay, morgen Nacht. Genau 03.00 Uhr!" Ritter und Völker blickten sich an und nickten dann.

„Einverstanden! Einer von uns wird den Deckel öffnen. Dann rutschen die Drei mit Schwung heraus, weil es keine Möglichkeit für sie gibt, sich irgendwo festzuhalten. Ich erkläre Ihnen noch genau, wo unter dem Schiff sich die Klappe befindet. Die wird nämlich schwer zu erkennen sein, weil der äußere Boden mit allerlei Muscheln, Seepocken und was weiß ich für Zeug bedeckt sein wird. Daher haben auch die russischen Taucher die Klappe offenbar nicht entdecken können!"

Als der Kapitän seinen Satz beendet hatte, nickte der Vertreter der Botschaft und drehte sich nach Werner Ritter um. Doch der war bereits lautlos verschwunden.

Der unauffällige Fischkutter lag gerade noch vor der Seegrenze, an der die russischen Gewässer und damit das Hoheitsgebiet des russischen Staates begann. Etwas entfernt lag ein grauer Küstenwachkutter aus Tallin. Gerade eine halbe Seemeile weiter Richtung St. Petersburg eines von mehreren russischen Wachbooten.

Einige Männer an Deck hantierten mit Leinen und Netzen. Sie trugen gelbe Öljacken und dunkle, wasserdichte Hosen, denn es war Wind aufgekommen und auch dichte Regenböen verdunkelten die Sicht. Die Sonne war überhaupt noch nicht hervorgekommen. Die dicken Regenwolken verhinderten dieses gekonnt.

„Eigentlich ja passend für unsere Aktion – oder?"

Lieutenant Masterson, der Führer der kleinen Gruppe Navy Seals an Bord des etwas angegammelt wirkenden alten Fischerkahns, wandte sich an den Jüngsten seiner kleinen Einheit.

„Ja und nein, Manuel. Was die Sichtigkeit angeht schon. Aber wir kommen auch schlechter vorwärts. Vor allem auf dem Rückweg, wenn Wind und Wellengang weiter zulegen. Dazu wissen wir nicht, wie die Kameraden drauf sind, die wir abholen sollen?"

„Immerhin haben wir jedenfalls für zwei Leute diese neuen Rescue-Anzüge, falls wir mit dem Schlauchboot nicht zurückfahren können. Schwimmend werden die es wohl kaum schaffen. Gegen die Strömung schon gar nicht!" Gunnery-Sergeant Fred Dodd schüttelte bedenklich seinen kurzgeschorenen Schädel.

„Es bringt gar nichts, wenn wir jetzt darüber nachdenken, wie es sein wird? Wir haben alle denkbaren Szenarien angedacht, denke ich. Außerdem kommt es eh immer ganz anders, wie wir alle wissen! Also, prüft eure Ausrüstung und dann schlaft noch zwei Stunden, bevor wir uns auf den Weg machen müssen!" Rocky Masterson warf noch einen Blick in die Runde und einige Minuten später schlief er tief und fest in seinem Schlafsack auf dem Boden des Logis. Auch seine Männer legten sich hin. Kurz darauf waren sie ebenfalls eingeschlafen. Die Zeiten, in denen sie vor einem Einsatz zu nervös waren, um schlafen zu können, waren auch bei den beiden Jüngsten längst vorbei.

In dieser Nacht, in der sich die Navy Seals auf ihren Einsatz vorbereiteten, waren die „USS Baker" und ihr Geleitzerstörer an der Untergangsstelle des U-Bootes eingetroffen. Gesichert durch die Fregatten „Schleswig-Holstein" der Deutschen Marine und die „Niels Johannsson" des dänischen NATO-Partners sowie den Zerstörer „USS James Mallory" lag das fast 50.000 Tonnen verdrängende Bergungsschiff ziemlich genau über dem Wrack. An Bord liefen die letzten Vorbereitungen für die geplante Aktion. Zuerst würden zwei erfahrene Wracktaucher nochmals den genauen Zustand des zerstörten Unterwasserfahrzeugs erkunden und prüfen, ob hiervon noch irgendwelche Gefahren ausgingen. Waren noch scharfe Torpedos an Bord, eventuell sogar noch Sprengfallen gelegt, die trotz der Explosionen noch zünden konnten? Vor allem: Wem gehörte das Boot? Typ und die an Bord zu findenden Leichen würden neben Beschriftungen und Bewaffnung wohl hinreichend Aufschluss geben, hofften Kommandant und Bergungsleiter der „USS Baker".

In der Offiziersmesse des großen Schiffs saßen sie mit den Kommandanten und einigen Offizieren aller vier Schiffe zusammen und ließen sich nochmals das Versenkungsszenario genau schildern.

Commander Ronny Bean zuckte zusammen. Was war das? Er riss die Augen auf und sah – nichts. Tiefschwarze Dunkelheit umgab ihn. War es Nacht? Eben war er doch noch am Strand von Hawaii gewesen. Die Sonne glühte vom Himmel und er musste trotz Sonnenbrille die Augen zusammenkneifen. Wieso sah er denn jetzt nichts? Er griff nach rechts neben sich. Doch, da lag sie doch, seine Strandbekanntschaft. Das war doch eindeutig ein Busen, den er da unter seiner rechten Hand spürte. Da fiel ein dünner, etwas hellerer Strahl von oben auf ihn herab. Plötzlich hörte er auch eine leise Stimme. Das war aber nicht die Kleine, die er an der Strandbar aufgegabelt hatte. Ein Ruck durchfuhr ihn und plötzlich wusste er wieder, wo er war. Leider!

„Äh, ja?"

„Seid ihr wach?"

Da knurrte neben ihm der Deutsche: „Ja, was ist? Können wir jetzt endlich hier raus?"

„Noch nicht, aber morgen Nacht. Punkt 0300 erwarten euch Navy Seals unter dem Schiff. Die geben euch sofort Sauerstoffmasken. Also werdet nicht hektisch. Nur müsst ihr vorbereitet sein. Genau um 0300 saust ihr durch die Röhre, die sich dann unter euch auftut nach unten unter den Schiffsboden. Seid also bereit und passt auf die Kleine auf. Gibt ihr lieber kein Schlafmittel mehr!"

„Ja, aber …"

„Nichts aber! Ich muss sehen, dass ich hier wieder wegkomme. Das ganze Schiff wimmelt nur so von Russen, die nach euch suchen. Hier, noch Wasser, ein paar Riegel zum Knabbern und zwei Lampen. Die brennen auch unter Wasser. Macht sie an, wenn ihr den Mechanismus für die Klappe hört. Die beiden gelben Riegel nicht essen, da sind die Sticks drin. Wasserdicht versiegelt. Alles verstanden? 0300 nicht vergessen!"

Ein schabendes Geräusch erklang und wieder wurde es stockdunkel.

Ronny Bean blinzelte in den abgedunkelten Lichtstrahl der Taschenlampe, die Ferdinand v. Terra eingeschaltet hatte, als sich über ihnen etwas regte.

„So ein Mist! Ich hatte gerade so schön geträumt. Ich war am Strand von Oahu, hatte ein hübsches Mädchen aufgegabelt und …"

„Habe ich mitbekommen, hast wollüstig gestöhnt und Alinas Brust betatscht. Sei bloß froh, dass sie so fest schläft." Fregattenkapitän v. Terra prüfte den Inhalt des herabgelassenen Beutels. Sechs große Wasserflaschen, ein verschließbarer Plastiktopf mit Deckel für gewisse Hinterlassenschaften, Müsli-Riegel und zwei wasserdichte Lampen.

Er blickte auf seine Uhr. „Uhrenvergleich: 0329 habe ich!"

Der Commander sah auf seine neue Uhr eines deutschen Herstellers, die er nur ungern gegen seinen, mit vielen Funktionen ausgestatteten, Navy-Chronometer ausgetauscht hatte. Aber aus Tarnungsgründen ließ sich das kaum vermeiden, wie er selbstverständlich einsehen musste.

„Was meinst du, packt Alina das?" Ferdinand war seine Besorgnis anzumerken.

„Klar, sie ist jung und hat eine GRU-Ausbildung hinter sich. Wetten, dass sie länger die Luft anhalten kann, als du?"

„Na, hoffentlich hast du recht!"

„Habe ich, alter Mann, habe ich! Wenn sie erst weiß, dass sie aus diesem Rattenloch herauskommt, wird sie kaum zu halten sein. Verlass dich drauf!"

„Trotzdem sollten wir mit ihr üben, wenn sie aufwacht!" Von Terra war nicht überzeugt. Von dem Gelingen der ganzen Aktion nicht.

Plötzlich regte sich Alina. „Dann können wir also endlich hier raus!"

„Was, du bist wach?" Ferdinand schaltete seine Lampe wieder ein und leuchtete ihr ins Gesicht.

„Ja, wenn einem der Busen zusammengedrückt wird, als wenn ein Schwamm ausgedrückt wird, soll man als Frau wohl aufwachen!" Sie schoss einen mehrdeutigen Blick auf den trotz des fahlen Lichts deutlich rot angelaufenen Amerikaner ab.

„Ähm, ich äh ...", stotterte Bean.

„Vergiss es, ich will nur noch hier raus!"

„Also, dass wird klappen. Auf unsere Seals ist Verlass! Hauptsache, du hältst durch!"

„Ich pack das schon, keine Sorge. Ich kann ohne Maske vermutlich tiefer tauchen als ihr beide zusammen!"

Die junge Frau, die in den letzten Wochen und Monaten soviel durchgemacht hatte, wirkte wieder viel stärker. Seit sie gehört hatte, dass sie diesem engen Loch in der nächsten Nacht entkommen würde, war ihr Mut zurückgekehrt und damit ihre Zuversicht, dass sich auch für sie selbst alles zum Besseren wenden würde – und das schon bald.

Die beiden Marine-Offiziere sahen sich an. Überrascht von der Wandlung der Frau der Eine; noch etwas beschämt von seiner im Schlaf begangenen Handlung der Andere.

Ferdinand v. Terra war noch nicht überzeugt, dass es ihnen wirklich gelingen würde mit Hilfe der Seals heil das Schiff zu verlassen und auch unbeschadet aus Russland herauszukommen.

Sie konnten doch nicht den ganzen Weg unter Wasser zurücklegen. Die ausgebildeten Kampfschwimmer und körperlich außerordentlich belastungsfähigen Navy Seals nicht und sie erst recht nicht. Aber als er im matten Schein seiner Taschenlampe die hoffnungsvollen Gesichter seiner Kameraden sah, brachte er es einfach nicht fertig, jetzt – in diesem Moment der Freude – seine Bedenken nochmals anzumelden.

Arkadi Dimitrow raufte sich die kurzen Haare und schaute aus dem Fenster der Suite des Schiffes, die er für sich requiriert hatte. Das Wetter passte sich seiner Stimmung an. Regen peitschte gegen die Scheiben. Der starke Wind ließ das große Schiff sogar im Hafen, am Kai liegend, leicht schwanken.

Dunkel wie im Herbst und das im späten Frühjahr.

Er zündete sich eine weitere Zigarette an, nahm einen tiefen Zug und hob den Kopf.

Sein Gegenüber, Kapitän Antonow von der Baltischen Flotte schüttelte nur seinen breiten, bäuerlich wirkenden Schädel und hob noch dazu zuckend die Schultern.

„Nichts gefunden, Oberst! Wir haben das Schiff mit Ihren Leuten gemeinsam nochmals durchsucht. Auch die Tanks, die Müllräume und natürlich Proviantlast, Kühlräume, Ballasttanks und Ersatzteillager. Wir haben sogar einige Verkleidungen gelöst und einige Hohlräume gefunden, die durchaus zum Schmuggeln von Waren oder in einem Fall sogar von Menschen genutzt werden könnten. Aber alle leer und auch keine Spur davon, dass die in letzter Zeit überhaupt Verwendung gefunden haben. Angeblich sind sie wohl beim Umbau entstanden und der jetzigen Besatzung überhaupt nicht bekannt gewesen."

„Ähm, glauben sie das?" Arkadi musterte den etwa Fünfzigjährigen genau.

„Ja, der Kapitän wirkte echt überrascht und auch der Proviantmeister – der große Hohlraum hat sich dort gefunden – wusste offenbar nichts davon."

„Schön, aber hätten unsere Gesuchten sich dort überhaupt aufgehalten haben können?"

„Nein, für den Zugang hätte die Verkleidung abgebaut werden müssen und es spricht alles dafür, dass das seit Jahren nicht erfolgt ist und ..."

„Was und? Verdammt noch mal – irgendwo müssen dieses Weib und der alte Mann doch sein!"
Der Kriminalist drosch wütend seine Fäuste auf den kleinen Tisch zwischen ihnen.

„Wir haben jedenfalls Ihren Leuten geholfen so gut wir können. Wenn es Sie beruhigt, wir haben selbst auf fast unmögliche Verstecke hingewiesen und sie auch mit eigenen Leuten durchsucht."

„Ach, dann war Ihre Aufstellung eben nicht vollständig?" Arkadi drückte seine Zigarette aus und beugte sich lauernd vor.

„Nein, wenn ich Ihnen jeden möglichen Platz nennen sollte, dann sitzen wir morgen Abend noch hier!" Der Kapitän wurde langsam sauer und nur die ihm vorgelegte Vollmacht des Präsidenten hinderte ihn daran, auf den Vorwurf des Polizisten so harsch zu reagieren, wie er es gern getan hätte.

„Dann sitzen wir eben morgen noch hier! Hauptsache, wir können tatsächlich ausschließen, dass diese Verräterin und ihre Helfer sich an Bord befinden und uns zum Narren halten! Verstanden, Antonow?"

„Allerdings, Dimitrow! Also fangen wir an: Wie Sie wissen dürften, verfügen Schiffe über Anker. Bei einem Schiff dieser Größe wird die Ankerkette mit einer Winde ausgefahren und eingerollt. Diese riesige Rolle bedingt einen großen Kettenkasten je Anker, wo sich ohne Weiteres Personen verstecken können. Aber darin war niemand und hat sich auch niemand aufgehalten. Auch die Hunde der örtlichen Miliz haben nicht angeschlagen.

Dann gibt es auf jedem Deck Kisten, wo Wolldecken, Kissen und vieles mehr gelagert werden. Auch Putzmittel und dergleichen. Ebenso Schlauchkästen, wo sich Feuerlöschschläuche befinden. Wir haben alle ausgerollt und wieder eingepackt und diese Kästen, wie auch alle anderen möglichen Verstecke versiegelt. Dann die Rettungsboote, die hier eigentlich kleine Passagierschiffe für sich sind, die fünfzig bis hundert oder sogar mehr Personen aufnehmen können. Auch dort gibt es viele Verstecke. Tanks für Frischwasser und Treibstoff. Proviant und

Decken, Medikamente, Seenotraketen und vieles mehr. Zusätzlich Rettungsinseln. Auch die haben wir ..."

„Schon gut, Herr Kapitän! Entschuldigen Sie meine Ausfälligkeit, aber Sie können sich vorstellen, unter welchem Druck ich stehe und ..."

„Schon gut", wehrte Josef Antonow ab. „Nur eins noch: Auch die Taucher haben bekanntlich nichts gefunden, aber wenn sie, was ich kaum glaube, ungesehen das Schiff haben verlassen können, dann hätte dieses nur durch eine der tief gelegenen Versorgungsluken geschehen können. Auch die haben wir für die Dauer, die das Schiff noch im Hafen liegt zusätzlich verschlossen. Wenn die beiden Gesuchten also noch an Bord sind, dann unter Passagieren oder Besatzung. Und das, Herr Oberst, ist Ihre Baustelle!"

„Danke, Herr Kapitän!"

Präsident Daniel B. Brown legte den Hörer seines Telefons auf und nickte Admiral Al Cobb zu. „Das war der Captain des Bergungsschiffes. Eindeutig ein Boot der russischen „Kilo-Klasse". In drei Teile zerbrochen. Die Bergung wird sich schwierig gestalten, aber heute beginnen. Auch sind noch Leichen im U-Boot, so dass wir bald Klarheit haben werden, ob es wirklich die Russen waren, die versucht haben, einen unserer Träger zu versenken?"

„Das wäre ihnen kaum gelungen, Mr. Präsident. So ein Super-Carrier kann einige dieser Sprengköpfe verdauen und ..."

„Ja, aber schon erstaunlich, dass die so nah herankommen konnten und immerhin für unsere Zerstörer hat es gereicht."

„Ja, Sir, aber die Untersuchung läuft und es wird sich zeigen, ob Versäumnisse vorgelegen haben?"

„Wir werden sehen, aber es gibt noch etwas. Heute Nacht werden die Seals versuchen unseren Commander und die Russin sowie den Deutschen vom Schiff zu holen. Dann werden wir alle schlauer sein."

„Hoffen wir, dass es gelingt, Mr. Präsident, denn wenn dieser Plan so, wie es die Russin gesagt hat, wirklich existiert und das bisherige Vorgehen der Russen stützt diese Behauptung ja, dann wird es wohl Zeit, das Problem Kruskin endgültig zu lösen."

„Ja, nur wie, das ist dann die Frage, Efra. Freiwillig geht der Typ garantiert nicht und einen globalen Krieg wollen wir ja alle wohl kaum, weil der ganz sicher keinen Gewinner hätte, egal, wie er ausgeht."

„Das käme noch drauf an, Sir, wie man es angeht!" Efrahim Dalton, der in vier Scheidungen gestählte und als Marine an einigen blutigen Scharmützeln beteiligt gewesene Sicherheitsberater war ein überzeugter Anhänger der Erstschlagtheorie.

„Nun, warten wir erst einmal ab, ob die Befreiung gelingt, wir die Kopie des Plans erhalten und sehen dann, wie wir vorgehen."

Daniel Brown schätzte seinen russischen Widerpart so ein, dass dieser, wenn er denn untergehen sollte, versuchen würde, die ganze Welt mit sich in den Abgrund zu reißen.

„Das meine ich auch. Nur keinen Atomkrieg, den kann doch keiner gewinnen. Das müssen Sie doch auch so sehen, Efrahim", ließ sich Tilly Ambrose, die Außenministerin vernehmen und die Sorge um ihre vier Kinder war ihr anzumerken. Efrahim Dalton, der insgesamt sieben Kinder mit vier, inzwischen erfolgreich von ihm geschiedenen Ehefrauen hatte, warf ihr nur einen strafenden Blick zu.

Er war ein Falke und würde es immer bleiben. Nachgeben rächte sich meistens. Da hatte er entsprechende Erfahrungen genug gemacht.

„Und, Arnold, was machen unsere sonstigen Schauplätze?" Präsident Brown wollte die Debatte über die Folgen des Vorgehens in Sachen Russland noch nicht ausufern lassen. Erst einmal sollte Klarheit herrschen, was dieser ominöse Plan tatsächlich vorsah. Aber dazu musste man ihn natürlich in Händen halten.

„Nun ja, im Schwarzen Meer und auch im Mittelmeer halten sich die Russen zurück. Dafür ziehen sie starke Verbände im Atlantik und in der Ostsee zusammen und haben dort auch permanent Bomber in der Luft."

„Aber noch keine Zusammenstöße mit unseren Kräften?" Der Präsident blickte besorgt auf.

„Nein, aber sie halten uns und unsere Verbündeten in steter Aufregung. Es ist wohl nur eine Frage der Zeit, bis es auch hier knallt."

„Scheißspiel!", brummte Brown. „Also sieht es so aus, als wenn wir uns heute Nacht wohl wieder im großen Lagerraum treffen, wenn die Aktion unserer Seals angelaufen ist."

Diese Aktion war gerade angelaufen. Dunkle Nacht mit Sturm und Regen sorgte für einen erheblichen Wellengang in diesem Teil des Finnischen Meerbusens. Auf der von dem russischen Wachboot abgewandten Seite wurde das große Schlauchboot zu Wasser gelassen. Die Luftkammern waren nur halb gefüllt, so dass die Seitenwulste nur eben über die bewegte Wasseroberfläche hinausragten. Das Gewicht der Männer mit ihren Sauerstoffflaschen, des Elektromotors und der Batterien sowie der mitgeführten Sprengladungen und der Unterwasserschlitten sorgten dafür, dass die Seals in ihren warmen Neoprenanzügen fast vollständig im schnell voll Wasser geschlagenen Boot lagen.

Unbequem, aber dafür kaum zu entdecken. Außerdem waren sie wesentlich Schlimmeres gewohnt.

Das leise Geräusch des starken Motors, der ebenso wasserdicht war wie die leistungsfähige Batterie, ging im Brausen des Sturms fast vollständig unter und war schon in wenigen Metern Entfernung kaum mehr wahrnehmbar. Trotzdem hielten die Männer einen gehörigen Abstand zu dem russischen Wachboot ein, dass von Zeit zu Zeit mit seinen starken Scheinwerfern die Wasseroberfläche ableuchtete.

Als sie den grauen Wächter passiert hatten, erhöhte der am Steuer sitzende Corporal das Tempo, soweit es die Strömungs- und Windverhältnisse zuließen. Meile um Meile legten sie zurück. Schiffe waren nur wenige und dann größere unterwegs, denen sie jeweils rechtzeitig ausweichen konnten.

Nach zwei Stunden waren sie trotz ihrer Anzüge schon etwas kalt geworden. Dennoch ließ ihre Aufmerksamkeit nicht nach.

„Achtung! Wachboot abgeblendet! Liegt genau vor uns!"

Auf den Ruf seines Truppführers reagierte der Unteroffizier am Ruder sofort. Eine kleine Kurskorrektur ließ das fast überflutete Schlauchboot, das jetzt schon mehr einem Unterwasserschlitten ähnelte, nach Backbord schwenken und passierte das russische Schiff von etwa fünfhundert tons mit etwas über hundert Metern seitlicher Entfernung. Genug, um bei diesem Wetter kaum erkannt zu werden. Doch gerade in diesem Moment leuchtete ein Scheinwerfer auf der Brücke des Russen auf und schwenkte ziemlich schnell genau über das Boot der Amerikaner hinweg.

„Gerade nochmal gutgegangen!", brummte der Gunnery-Sergeant und hob wieder seinen Kopf.

„Köpfe runter! Der Scheinwerfer schwenkt zurück!" Es war der Lieutenant, der aufmerksam beobachtet hatte, wie der helle Strahl plötzlich verharrte und dann zurück in ihre Richtung kam.

Ganz langsam glitt der Lichtfinger über das nächtlich schwarze Wasser mit seinen von Schaumkronen umkränzten Wellen. Dann strahlte er direkt auf das Boot und verhielt dort.

„Motor aus!", brüllte Lieutenant Masterson gegen den noch zunehmenden Wind, der sich zu einem ausgewachsenen Sturm zu steigern begann, an. Das Surren des Motors und das Blubbern der Schraube im Wasser verstummte. Dann glitt der helle Strahl langsam weiter, aber nur, um sofort nochmals zurückzuschwenken.

„Verdammt, sie haben uns entdeckt!", schnaubte der Corporal am Ruder.

„Unten bleiben mit den Köpfen!" Die Stimme des Truppführers war ebenfalls angeschwollen.

Es schien unerträglich lange zu dauern, bis der Scheinwerfer sich endlich wieder in Bewegung setzte.

Nässe und Kälte spürte jetzt keiner der Soldaten mehr. Vielmehr hatten sie das Gefühl, dass ihnen eine schwitzige Wärme zusetzte. Sie warteten noch zwei bis drei Minuten, bis sie den Motor wieder starteten und ihre Fahrt – mehr unter als über Wasser – fortsetzten.

Noch mehrfach mussten sie größeren Schiffen ausweichen, die trotz des Sturms aus dem Hafen auf die offene See hinaussteuerten.

Dann kam der schwierigste Teil der Anfahrt. Dank des schlechten Wetters herrschte zwar weniger Betrieb als an anderen Tagen, aber dennoch waren einzelne Containerschiffe, sonstige Frachter und Tanker sowie einige Fährschiffe unterwegs. Je enger es wurde, desto gefährlicher, da das kaum über die Wasseroberfläche hinausragende Schlauchboot von den Brücken der großen Schiffe nicht zu erkennen war. Infolge des Wellengangs und des nach wie vor peitschenden Regens waren sie so gut wie unsichtbar, was bekanntlich auch beabsichtigt wurde.

Schräg von vorn näherte sich eine Fähre. Hellerleuchtet bahnte sich der Schiffsriese seinen Weg durch die selbst hier im Hafen hochgehenden und mit Schaumkronen besetzten Wellen.

„Pass auf, der Kasten wird einen ziemlichen Schwell erzeugen!" Lieutenant Masterson bemühte sich, den brausenden Sturm zu übertönen.

Der Unteroffizier am Ruder hob die dunkel behandschuhte Hand zum Zeichen, dass er verstanden hatte und änderte den Kurs entsprechend. Doch, was niemand in dem tief im Wasser liegenden Schlauchboot erkennen konnte, war die Tatsache, dass sich, von der Fahrzeug- und Personenfähre verdeckt, hinter dieser ein schnelles Kriegsschiff näherte, dass direkt hinter dem großen Schiff plötzlich hervorkam. Direkt auf das Boot der Seals zu.

Dem Bootsführer stockte der Atem, als der hohe Bug des Zerstörers direkt auf sie zuhielt.

„Oh, verdammt! Der pflügt uns unter!" Der Ruf kam von dem Junior der Einheit, Manuel Aranges.

Corporal Dillon riss das Ruder herum. Doch das dreiviertel unter Wasser befindliche Schlauchboot reagierte zunächst kaum. Dann endlich schwang der Bug herum. Aber es schien zu spät. Mit eigentlich viel zu hoher Fahrt für den Hafen und das Wetter schoss der graue Bug mit seiner messerscharf erscheinenden Spitze auf das kleine Fahrzeug zu. Doch in diesem Moment, als es fast zu spät schien, hatte der Mann am Motor endlich auch den Gashebel bis zum Anschlag aufgerissen und das Boot legte noch etwas an Geschwindigkeit zu. Dennoch, es schien zu spät zu sein.

In wenigen Sekunden würde der spitze Steven des Kriegsschiffes das Gummiboot glatt durchtrennen.

„Ruder hart links!", brüllte Masterson und tatsächlich reagierte der Corporal richtig. Die graue Wand schoss heran, verfehlte das schwarze Boot aber um wenige Meter und dann ragte der Schiffsrumpf wie eine hohe Mauer neben ihnen auf. „Volle Kraft! Abdrehen, wir müssen aus dem Sog der Schrauben!" Die Stimme des Lieutenants überschlug sich fast.

„Achtung! Festhalten!" Gunnery-Sergeant Fred Dodd brüllte lauter als jemals auf dem Kasernenhof.

Wie ein Stück Treibgut wirbelte das hochseefeste Schlauchboot durch das Wasser. Die Männer wären zweifellos herausgeschleudert worden, hätten sie nicht die im Boot vorhandenen Halteschlaufen und die gespannten Leinen, die auch die Ladung sicherten, zu fassen bekommen und sich mit aller Kraft daran festgeklammert. Dann war der schnelle Zerstörer an ihnen vorbei. Aber jetzt kam zusätzlich zu den Wirbeln der Kriegsschiffsschrauben auch noch die hohe Dünung, die die sich stampfend ihren Weg bahnende Fähre erzeugte. Diese war jetzt ebenfalls gefährlich nahe herangekommen. Aber schließlich verschwanden auch ihre hellerleuchteten Decks hinter dem schwankenden Boot und die Männer konnten durchatmen.

„Die Sprengladungen noch alle vorhanden? Die Rettungsanzüge auch und das sonstige Zeugs?"

Die kampferprobten Männer hatten sich wieder gefangen. Gefahr war ihr tägliches Brot, aber das hier war wirklich knapp gewesen. Das war ihnen allen nur zu klar. So schnell hätte es also vorbei sein können. Nicht im Kampf gefallen, sondern schlicht und einfach von so einem grauen Zossen übergemangelt und unter Wasser gedrückt und vielleicht noch von den schnelllaufenden Schrauben zerstückelt.

„Ja, alles da. War ja gut gesichert, Sir!"

„Danke, Gunny. Jetzt müssten wir ja mal so langsam nach einem oder zwei Zielen für unsere geplante Ablenkung ausschauen. Noch ein paar hundert Yards und wir haben unseren auserkorenen Unterschlupf erreicht." Der Truppführer richtete sich etwas auf und schaute nach vorn.

Selbst hier, wo der Innenhafen begann, konnte er bei dem schräg von vorn peitschenden Regen kaum bis zu den Uferbefestigungen und Kaianlagen blicken.

„Halt weiter hier hinüber!", wies er den Mann an der Pinne an. Dieser legte das kleine mit der Schraube des starken E.-Motor verbundene Ruder entsprechend und das Boot schor näher an die Kante heran.

„Oh, seht mal!" Es war Corporal Best, der ganz vorn im Bug kauerte.

„Das Ding passt!" Der Truppführer hatte sofort erkannt, was der Unteroffizier meinte.

Dort lag ein Boot der Miliz, oder wer immer hier die Wasserpolizei bilden mochte. Jedenfalls trug es im vorderen Mast eine Art Drehlicht. Ob blau oder rot, war nicht auszumachen, da es nicht in Betrieb war. Überhaupt sah es nicht so aus, als sei jemand an Bord.

Masterson ließ das Schlauchboot stoppen. Einige Minuten beobachteten sie das Streifenboot.

Niemand ließ sich sehen und auch kein Licht fiel nach draußen.

„Das nehmen wir als erstes Ziel. Aranges und Best, nehmen Sie sich eine Ladung. Zeitzünder auf genau 0255 einstellen und macht schnell!"

Die Angesprochenen lösten eine der wasserdichten Sprengladungen von der Befestigung im Boot, stellten die Zeit ein und machten den Magneten betriebsbereit. Dann schwammen sie die knapp vierzig Meter bis zum Ziel und waren zehn Minuten später zurück.

„Und?"

„Alles erledigt, Lieutenant! Aber auf dem Boot laufen Generatoren. Vielleicht sind doch Menschen an Bord."

„Verdammt! Das muss nicht sein ... aber jetzt ist es zu spät ... leider."

Kurz darauf setzte das schwarze Schlauchboot seine Fahrt fort und erreichte wenig später das vorgesehene Versteck.

Ganz vorsichtig näherten sie sich dem uralten Museumsschiff. Der grau angestrichene Rumpf wies große Rostflecken auf und lag tief im Wasser.

„Was ist denn das für ein Schiff gewesen?" Manuel Aranges stellte die Frage.

„Das da an der Seite sind alte Geschützplattformen. Wenn ihr genau hinseht, sieht man auch die eng am Rumpf liegenden Rohre in Ruhestellung. Offenbar ein alter Kreuzer oder einer seiner Vorgänger, ein sogenanntes Großes Kanonenboot, wie sie vor dem Ersten Weltkrieg noch im Einsatz waren. Vielleicht ein Veteran aus der Schlacht von Tsushima", erklärte der Lieutenant. „Aber den sprengen wir auf dem Rückweg. Doch vorher brauchen wir noch ein oder besser zwei andere Ziele. – Gunny, Sie gucken nach, ob alles für unser Boot passt?"

„Aye Sir!" Der altgediente Stabsfeldwebel, dessen Zeit bei den Seals altersbedingt bald ablief, ließ sich über den kaum aus dem Wasser hinaus reichenden Wulst des Bootes gleiten und tauchte sofort wieder ab.

„Nanu, wo bleibt er denn", wunderte sich Masterson bereits, als der mit Taucherbrille versehene Kopf wieder neben dem Boot auftauchte.

Sekunden später spuckte Fred Dodd das Mundstück aus und erklärte: „ Wie für uns gemacht, Lieutenant. Der alte Kämpe hat kaum Tiefgang und wir können gut von unten andocken.

„Dann mal los, Jungs!"

An Bord der „Prinzessin des Nordens" herrschten sehr unterschiedliche Stimmungen.

Die meisten der alten Passagiere begannen ihre anfänglich ziemlich großen Ängste so langsam zu überwinden. Dazu trug ganz erheblich der Umstand bei, dass sie nach der Durchsuchung ihrer Kabinen kaum mehr von den Sicherheitskräften der Russen belästigt wurden. Sogar an Land durften sie wieder, wenn auch nach genauer Überprüfung ihrer Pässe, Bordkarten und ihres Gepäcks, soweit sie Taschen mitführten. Selbst Handtaschen und teilweise auch die Taschen der Kleidung wurden in Einzelfällen kontrolliert. Aber nach der Zusicherung des Kapitäns, dass ihnen allen nicht das Geringste geschehen würde und sie alle Annehmlichkeiten an Bord nutzen konnten und für den Fall, dass ihnen durch den verlängerten Aufenthalt Kosten entstehen würden, diese von der Reederei zunächst übernommen und dann von Russland zurückgefordert werden würden, hielt sich die Aufregung und Sorge bei den Allermeisten in Grenzen.

Ein Teil der Gäste, insbesondere eine Mannschaft eines bekannten Sportvereins, die seine gerade errungene Meisterschaft feierte, nahm den zusätzlichen und kostenlosen Urlaub und die damit verbundenen freien Getränke gern und überreichlich an.

Ganz anders Kapitän und Mannschaft, die unter besonderer Beobachtung und dem Druck der Reederei standen.

Besonders betroffen wirkte aber Oberst Arkadi Dimitrow. Der letzte Anruf seines Präsidenten verhieß nichts Gutes. Dieser war sichtlich unzufrieden, dass Dimitrow ihm keine positiven Ergebnisse melden konnte. „Denken Sie nach, Dimitrow. Irgendwo auf diesem Schiff müssen die Verräterin und ihre Komplicen sein. Also finden Sie sie! Ich will doch nicht hoffen, dass ich mich in Ihnen so getäuscht habe. Denn wenn doch, das wäre gar nicht gut; vor allem für Sie!"

Mit diesem Satz trennte Präsident Kruskin die Verbindung zu ihm und was das bedeutete wusste Dimitrow nur zu genau.

Jetzt hatte er sich seit Stunden den Kopf zermartert. Was hatte er übersehen? Auch er war der felsenfesten Überzeugung, dass seine Leute die Gesuchten gefunden hätten, wenn sie denn vom Schiff geflüchtet wären. Aber dieser riesige Kasten war doch mehrfach durchsucht worden. Jeweils ohne Erfolg. Wo also konnten sich die Gesuchten hier an Bord verstecken?

Da klopfte es an seiner Tür.

„Herein!" Jetzt um diese Zeit, wer mochte das sein? Etwa der Kapitän? Wollte der ihn erneut nerven und fragen, wann er denn endlich auslaufen könne?

„Nein, es erschien ein junger Milizionär. Einer der jungen Unteroffiziere, die nach ihrem Dienst in den Streitkräften von der Miliz übernommen worden waren und in der Regel gute Polizisten wurden.

Erwartungsvoll sah er den jungen Mann an. Dieser trat bis auf vier Schritte an den Tisch heran, hinter dem der Oberst mit müden Augen und einem überanstrengten Hirn hockte.

„Nanu, mit Ihnen hätte ich ja jetzt nicht gerechnet, Kundikow. Es ist ein undenkbar schlechter Zeitpunkt, wenn Sie mich jetzt auf Ihren Wunsch, auf die Offiziersschule der Miliz zu kommen, ansprechen wollen."

„Ganz bestimmt nicht, Herr Oberst. Ich will bestimmt nicht stören. Sicher ist Ihnen die Idee, die mir im Kopf herumgeht auch bereits selbst gekommen und ..."

Der Kriminalist merkte auf und unterbrach den jungen Mann, den er aus Moskau mitgebracht hatte, weil dieser zu dem uniformierten Begleitkommando seiner Sondereinheit gehörte.

„Lassen Sie hören, Unteroffizier!"

„Ich glaube, dass die Gesuchten nach wie vor auf diesem Schiff sind. Da wir sie aber bisher nicht gefunden haben, frage ich mich, ob es nicht eventuell versteckte Räume gibt und ..."

„Weiter, Mann, ich höre", forderte Arkadi, als er den Eindruck hatte, dass der junge Milizionär abbrechen wollte.

„Wie Sie wissen, komme ich von der Marine und mein älterer Bruder fährt auf einer unserer Fähren. Ich habe ihn angerufen und gefragt, ob es auf Passagierschiffen etwa versteckte Räume geben könne?"

„Und? Was hat er gesagt?" Arkadi Dimitrow ahnte instinktiv, dass sich hier eine Spur ergeben könnte.

„Nun, er meinte, das wäre schon möglich. Ganz besonders dann, wenn das Schiff, was bei Fähr- oder Passagierschiffen immer wieder mal vorkommt, umgebaut wird, verlängert oder einen anderen Antrieb erhält. Und da meinte er, es wäre sinnvoll, in einem solchen Fall sich die Schiffspläne, also Bau- und oder Umbaupläne zu beschaffen und zu vergleichen."

„Mann Gottes! Daran habe ich gar nicht gedacht und unsere Spezialisten von der Marine offenbar auch nicht. Sehr gut! Wenn das jetzt weiterhelfen sollte, sorge ich persönlich dafür, dass Sie in der Miliz aufsteigen. Jetzt schaffen Sie mir bitte Kapitän Antonow und auch Kapitän Völker, den Deutschen, her. Egal wie, nur schnell. Schmeißen Sie die Kerle meinethalben aus den Betten. Ach, Völker müsste ja hier an Bord sein und Antonow vielleicht zu Hause. Einer unserer Marine-Offiziere soll sich darum kümmern! Aber sofort!"

„Jawohl, Herr Oberst!" Stolzerfüllt verließ der junge Unteroffizier den Raum und eilte dorthin, wo er den Kapitän dieses Schiffes zu finden hoffte.

Inzwischen hatte selbst Ferdinand v. Terra seine Bedenken hinsichtlich einer erfolgreichen Befreiung aus diesem *Loch* genannten Raum ganz erheblich reduziert. *Gut, sie würden sich wohl in ca. acht Metern Tiefe unter dem Schiff wiederfinden, wenn sich denn der Boden unter ihren Füßen öffnen und sie einen schmalen Schacht hinab in das Wasser unter dem Schiff rutschen würden. Aber das ganze würde sehr schnell gehen und wenn die Taucher dort warten und sie sofort mit Sauerstoff versorgten, dann sollte das durchaus gelingen können. Aber wie dann weiter? Bekamen sie Sauerstoffflaschen und entsprechende Atemschläuche mit Mundstück oder eventuell komplette Taucheranzüge? Konnte man die überhaupt unter Wasser anlegen? Und selbst wenn? Sollten sie etwa bis zu einem Boot kilometerweit schwimmen? Außerdem schien Seegang aufgekommen zu sein, wie er selbst hier, tief im Schiff, deutlich spürte.* Da riss ihn Alinas Stimme aus den Gedanken.

„Ähm, was hast du gesagt?"

„Ich wollte wissen, wieso bekommen wir hier in diesem Verließ überhaupt Atemluft?"

„Daher!" Ferdinand deutete auf eine runde Öffnung über ihren Köpfen. Das ist eine Wasserleitung, über die diese Abfallpresse gereinigt wurde, als sie noch ständig benutzt worden ist."

„Ah, und wieso kommt da jetzt Luft durch ... und wieso Abfallpresse?"

„Das, liebe Alina, war früher auf Schiffen, vor allem auf Fähr- und Passagierschiffen, so üblich. Damals wurde noch auf See sämtlicher Abfall über Bord geworfen. Auch die Toiletten entleerten sich direkt in die See und ..."

„Ja, und auch die Tanks, also die Öltanks, wurden direkt mit Meerwasser gespült, um genau wie bei dem Abfall Kosten zu sparen und ..."

„Igitt! Dann sitzen wir hier in einer Art Mülltonne?"

Alina unterbrach jetzt Ronny, so wie dieser zuvor Ferdinand, der jetzt wieder übernahm. „Genaugenommen in einer Müllpresse. Guck mal nach oben. Das da oben ist nicht direkt die Decke von dem Deck darüber sondern ein schweres Gewicht. Eine Art Stempel, der mit seinem Gewicht alles, was in diesem Raum ist, zusammenpresst zu einem großen Würfel. Dann öffnet sich auf einen Knopfdruck hin der Boden nach unten und der gepresste Unrat fällt ins Wasser unter dem Schiff." Ferdinand leuchtete jetzt auf den Boden und richtete den Strahl der Taschenlampe genau in die Mitte. „Da siehst du eine Art Kreuz. Dieses Kreuz zerfällt in vier Teile, die sich auf Knopfdruck öffnen und wohl nach unten aufklappen oder in das Deck unter uns verschieben."

„Aha, und da purzeln wir dann raus und unten warten die Taucher mit Sauerstoff auf uns?"

„Genau!"

„Ich verstehe. Aber wie geht es dann weiter?"

Ronny Bean zuckte mit seinen Schultern. „Das, Alina, werden wir dann sehen. Ich vermute mal, die haben uns Sauerstoffflaschen und Atemmasken mitgebracht und eventuell sogar Neoprenanzüge. Außerdem haben sie vielleicht Unterwasserschlitten dabei und sicherlich irgendwo in der Nähe ein Boot liegen. „Ein Boot? Ich weiß nicht, der Hafen und der ganze Weg hinein wird doch bewacht. Da werden wir doch erwischt."

„Das haben die Kameraden bestimmt alles genau bedacht. Außerdem herrscht da draußen offenbar Sturm. Hast du nicht bemerkt, dass das Schiff sich seit einigen Stunden immer mehr bewegt?"

„Doch ja, aber dann haben wir es ja bald geschafft. Wie lange noch?"

„Gut drei Stunden. Ist gleich Mitternacht! Willst du noch einen Riegel? Schmecken gar nicht so schlecht."

„Nein, ich möchte nicht nochmals da … äh … ihr wisst schon!" Alina deutete auf die bestimmten Gefäße mit Deckel.

Die Männer nickten verständnisvoll. Sie alle hatten bereits diese Behältnisse nutzen müssen, was ihnen auf diesem beengten Raum vor den Augen und Nasen ihrer Leidensgenossen nicht leicht gefallen war. Aber auch in dieser Situation forderte der Körper sein Recht.

Das Schlauchboot war unter dem alten Kriegsschiffsveteran sicher befestigt, was bei der starken Strömung gar nicht so leicht gewesen war. Dann endlich machten sie sich, gezogen von den beiden Unterwasserschlitten mit Sprengladungen und Rescue-Anzügen sowie den Sauerstoffflaschen und einer weiteren Taucherausrüstung auf den Weg. Die Zeit eilte ihnen davon. Keine zwei Stunden mehr bis zu dem Zeitpunkt, wo ihnen die drei Menschen aus dem Schiff sozusagen in die Arme fallen würden. Der Regen hatte etwas nachgelassen, aber Dunkelheit, Sturm und Wellengang erschwerten die Suche nach dem Kreuzfahrtschiff und weiteren Zielen für Ablenkungssprengungen doch sehr.

Dann endlich sahen sie eine hellerleuchtete Silhouette vor sich am Kai liegen. Auf das Handzeichen des Offiziers näherten sie sich vorsichtig ihrem Ziel. Unter dem überhängenden Heck war Platz genug. Vom Schiff aus konnten sie nicht gesehen werden und der Kai schien menschenleer. Selbst die sicher aufgestellten Posten würden sich nicht so verbiegen können, die Amerikaner in ihren dunklen Monturen zu erblicken. Die drei Wachboote waren ebenfalls keine Gefahr, da diese zur Wasserseite hin sicherten.

„So, die Zeit wird knapp. Gunny, Sie, Wallis, Dillon und Best suchen diese verdeckte Abfallklappe. Dann nehmen Sie dort mit den Rescue-Anzügen und der zusätzlichen Ausrüstung Aufstellung. Den Deutschen und die Russin verpacken sie in die Anzüge und unser Commander bekommt die Froschmann-Ausrüstung. Sollten Manuel und ich nicht wieder rechtzeitig hierher zurückkommen, wissen Sie, was Sie zu tun haben!"

„Aye Sir!"

„So, Anranges, Sie nehmen eine der Ladungen und ich zwei. Dann suchen wir uns zwei Ziele hier weiter Richtung Binnenhafen aus. Sie bleiben dicht an mir dran. Verstanden?"

Manuel Aranges zeigte klar und hatte sich bereits eine der starken Sprengladungen mit der wasserdichten Zündeinrichtung und dem starken Magneten gegriffen.

Präsident Kruskin hatte lange mit sich selbst gerungen, ob er jetzt zum letzten von ihm in Erwägung gezogenen Mittel greifen sollte, um zu verhindern, dass in aller Welt bekannt und bewiesen wurde, dass er hinter den kriegerischen Geschehnissen im Mittelmeer und danach auch im Schwarzen Meer steckte. Aber sein eigenes Wohl wog natürlich für einen Machtmenschen wie ihn letztlich sehr viel schwerer, als tausende oder noch viel mehr Menschenleben. Selbst dann, wenn er eigene Leute opfern musste, so waren diese aus seiner Sicht lediglich Kollateralschäden, die zum Erreichen eines höheren Zieles in Kauf genommen werden mussten.

Er griff zum Hörer. „Also, Kapitän Antonow, es ist soweit. Sie sind vor Ort und haben alles vorbereitet?"

„Jawohl, Gospodin Präsident!"

Schweißperlen erschienen auf der Stirn des Marineoffiziers am anderen Ende der Leitung des gesicherten Telefons im Hafen von St. Petersburg. Sollte etwa jetzt tatsächlich der von ihm so befürchtete Befehl kommen? Er mochte es einfach nicht glauben.

Doch da drang die Stimme seines Staatschefs an sein Ohr. Offenbar ungerührt von dem Ausmaß seiner Anweisung.

„Antonow, es lässt sich leider nicht vermeiden. Es bleibt uns nur diese letzte Möglichkeit. Veranlassen Sie, dass Ihre Leute sofort alles wie besprochen erledigen. Sie befinden sich an Bord des Bootes direkt neben dem Ziel?"

„Ja ... jawohl!"

„Dann los! Zündung in genau sechs Stunden, also heute um Punkt acht Uhr in der Frühe. Da Sonntag ist, wird im Hafen nicht gearbeitet und die Verluste halten sich in Grenzen. Sie und Ihre Leute ziehen ab. Die anderen Boote bleiben wo sie sind. Sie wissen, es geht nicht anders. Fahren Sie mit Ihrer Familie in die Umgebung. Sie haben doch dort eine Datscha."

„Jawohl!"

Kapitän Antonow griff in die Innentasche seines Uniformjacketts und holte eine kleine Flasche Wodka hervor. Er drehte den Verschluss auf und nahm einen tiefen Zug. Dann erteilte er die nötigen Befehle und drei Männer in dunklen Gummianzügen sprangen über Bord des Wachbootes. Wenig später folgte ein offenbar schwerer Gegenstand, der mit einem eigens aufgerichteten Flaschenzug von Bord gegeben und von den Spezialeinsatzkräften in ihren dunklen Anzügen auf einen luftgefüllten Gummischlitten geladen wurde.

Neben Kapitän Antonow sah auch der Kommandant des Wachbootes, ein Unterleutnant, interessiert zu, wie die Männer mit ihrer außergewöhnlichen Ladung sich in Richtung auf das im Sturm selbst am Kai sich stark bewegende Kreuzfahrtschiff machten.

„Herr Kapitän, was machen Ihre Leute da? War das etwa ein ..."

„Das war nichts, was Sie etwas angeht, Unterleutnant. Ist das klar? Sie haben davon gar nicht das Geringste mitbekommen und Ihre Leute auch nicht. Verstanden!"

Der Unheil verkündende Ton in der Stimme des hohen Vorgesetzten veranlasste den niederrangigen Offizier zur sofortigen Bestätigung. Schon eine halbe Stunde später waren die Männer zurück und kurz darauf erhielt der Kommandant des Hafenschutzbootes Befehl, den Kapitän und die drei Männer des Spezialkommandos mit dem Beiboot an Land zu bringen. Das kleine graue Schiffchen hingegen sollte seine Position unter allen Umständen beibehalten und jede Veränderung oder jedes Vorkommnis auf und um das deutsche Passagierschiff sofort ihm, Antonow, über Funk melden.

Der Unterleutnant rang einen langen Moment mit sich selbst. Konnte es sein, dass das, was er gesehen hatte, wirklich das war, was er zu sehen geglaubt hatte? Aber nein, das konnte einfach nicht sein. Er hatte sich wohl geirrt. Er musste sich einfach geirrt haben. Denn sonst ...!

Mit langsamen Flossenschlägen näherten sich die vier Froschmänner dem hellerleuchteten Rumpf der „Prinzessin des Nordens". Den größeren Unterwasserschlitten, dessen E.-Motor jetzt nur so viel Leistung abgab, um nicht abzusinken, führten sie zwischen sich. Mit Handzeichen gab der Gunny den jungen Corporals Best und Dillon zu verstehen, dass sie mit dem Schlitten und den darauf befindlichen Rescue-Anzügen und der überzähligen Froschmannsausrüstung unter dem überstehenden Heck des großen Traumschiffes abwarten sollen, während er selbst und Jim Wallis unter dem Rumpf erkunden wollten, wo sich die Austrittsluke befand, aus der ihnen die aufzunehmenden Leute entgegengleiten würden. Best bestätigte durch Handzeichen und die beiden anderen Seals tauchten unter den sechsunddreißig Meter breiten Rumpf des Schiffes. Langsam glitten sie zunächst in der Schiffsmitte vom Heck nach vorn. Ihre hellen Unterwasserlampen warfen einen scharfen Lichtstrahl auf den dunklen, mit Seepocken und allerlei anderen Wasserlebewesen überzogenen Rumpf. Sie hatten schon gut die Hälfte des über zweihundert Meter langen Schiffes abgesucht, bis sie endlich auf etwas stießen, dass sich kaum von dem sonstigen Rumpfboden unterschied. Ein kleines Viereck von etwas über einem Meter Durchmesser stand leicht von der sonst so ebenmäßig bewachsenen Fläche nach unten ab. Das wird die Öffnung sein, dachte der Gunnery-Sergeant und kratzte mit seinem Tauchermesser an dem Bewuchs, während sein Partner den Strahl seiner Lampe etwas mehr bündelte und so hell wie möglich einstellte. Und richtig, sie hatten den Ort gefunden. Fred Dodd steckte sein Messer in die Scheide als er stutzte. Der Lichtkegel der Lampe des Corporals war auf etwas am Grund gefallen, das das Licht reflektierte. Dodd nahm seine eigene Lampe in die Hand und suchte den Hafenboden unter dem Schiff ab. Da war es. Schwarz und glänzend, mit einem roten Punkt in silbernem Kreis. Was zum Teufel war das denn? Er merkte sich die Stelle genau und markierte zunächst die Auswurfluke im Schiffsboden mit einem unter Wasser leuchtenden Licht, das er zu diesem Zweck am Gürtel stecken hatte. So würden sie den Ort sofort wieder auffinden. Dann bedeutete er dem Kameraden, er solle sich mit ihm sich auf den Grund sinken lassen. Vorsichtig tasteten sich die beiden Seals auf dem Schlick des Hafengrundes voran. Der Gunnery-Sergeant leuchtete den Boden vor ihnen ab. Es war stockdunkel in dieser Nacht. Dazu befand sich der deutlich über zweihundert Meter lange und gut sechsunddreißig Meter breite Schiffsrumpf etwa drei Meter über ihren Köpfen.

Da! Da war es wieder. Dodd deutete vor sich auf den verschlickten Grund des Hafenbeckens.

Jetzt im Schein beider Unterwasserlampen ähnelte das Ding einer großen Granate. Nur der Durchmesser hätte ein Geschosskaliber ergeben, dass heute nicht mehr gebräuchlich war, denn die Zeit der Schlachtschiffe mit Kalibern bis sechsundvierzig Zentimetern war lange vorbei. Vorsichtig gingen sie neben dem offensichtlichen Geschossteil in die Hocke. Was war das? Lange konnte es hier nicht gelegen haben, denn es strahlte sauber aus dem Modder des Grundes hervor. Der ganze Dreck und das Getier hatten ihm noch nicht die geringsten Anhaftungen beibringen können. Vorsichtig versuchten die Männer ihren Fund zu bewegen, was nur mit sehr großen Anstrengungen gelang.

Jetzt, wo sie den hinteren Teil dieses offensichtlichen Sprengkörpers vor sich hatten, wurde ihnen bewusst, was sie hier gefunden hatten. Eine Art Torpedosprengkopf, der aber verhältnismäßig kurz war. Kürzer jedenfalls als alle Torpedos, die sie bisher gesehen hatten. Gut, der eigentliche Leib mit den Antriebs- Steuerungs- und Stabilisierungsmechanismen fehlte. Dafür befand sich dort, wo dieser sonst mit dem Rest der üblicherweise mehrere Meter langen Waffe verbunden wurde, ein kleiner Kasten. Fred Dodd sah auf seine Uhr. Die Zeit lief ihnen weg. In einer dreiviertel Stunde sollten sie die drei Leute unter dem Rumpf in Empfang nehmen. Er warf noch einen genauen Blick auf das seltsame Teil mit dem merkwürdigen roten Punkt in silbernem Rand auf der Spitze des mutmaßlichen Sprengkopfes und da fuhr ihm ein Gedanke durch den Kopf, der ihn zusammenzucken ließ. Plötzlich glaubte er zu wissen, was sie da gefunden hatten. Hatte er noch die Zeit, seinem CO, also seinem Kommandierendem Offizier, zu berichten, diesen den Fund selbst betrachten zu lassen und dann eine Endscheidung zu treffen? Wohl kaum, denn niemand wusste genau, wie lange dieser mit dem Kameraden unterwegs sein würde, um für die beabsichtigten Ablenkungssprengungen die geeigneten Objekte auszumachen und die Ladungen anzubringen und die Zeitzünder einzustellen.

Wenn er recht hatte, dann dürfte es sich bei diesem kleinen Kasten um den Zündmechanismus handeln, denn eine derart komplizierte Waffe bedingte einen ebenfalls genau vorgegebenen Ablauf, der genau eingehalten werden musste, um den Sprengsatz zu zünden.

Er dachte kurz daran, seinen Kameraden aufzufordern, sich zurück zum Heck des Kreuzfahrers zu begeben. Dorthin, wo die beiden anderen Männer warteten und wohin auch der Truppführer und Manuel Aranges zurückkehren würden, sowie sie die weiteren mit Magneten versehenen Sprengsätze an zusätzlichen Ablenkungszielen angebracht hätten. Aber dann ließ er es. Denn, sollte er mit seiner Annahme richtig liegen, wäre es ziemlich egal, ob Jim Wallis hier neben ihm blieb oder sich zweihundert oder mehr Meter weiter weg befand. Sollte dieses Teufelsei hochgehen, dann würde von ihnen allen nichts mehr aufzufinden sein, das bestattet werden könnte.

Also zog er sein Messer und bedeutete Jim es ihm gleichzutun. Dann fasste er vorsichtig mit der Klinge zwischen den Stahlbehälter und den Aufsatz aus Kunststoff. Aber erst, als auch Wallis sein Messer auf der anderen Seite hinter den schwarzen Kasten klemmte und mit aller Gewalt mit der Faust auf den Griff des Tauchermessers hämmernd seine Klinge soweit vorschieben konnte, dass sich entsprechende Hebelwirkung ergab, knirschte es und der Kunststoffaufsatz gab nach.

Splitternd brach ein Stück heraus und gab den Blick auf ein interessantes Konstrukt aus Kabeln und zwei durchsichtigen Röhren frei, die offenbar eine Art Flüssigkeit enthielten.

Fred Dodd stockte in seinen Bemühungen und überlegte. Was war, wenn er die in dem Zylinder aus Stahl mündenden Kabel durchtrennte? Löste er dann die Explosion aus? Und was war mit den durchsichtigen Röhrchen. Diese führten in einen weiteren kleinen Würfel, der sich aber nicht öffnen ließ und fest mit dem Stahl des Sprengkörpers verbunden war. Der altgediente Unteroffizier überlegte. Von derartigen Sprengkörpern wusste er nicht viel. Nur eines war ihm absolut geläufig. Eine solche Waffe ließ sich nur durch einen komplizierten Vorgang zünden und würde wohl schon versagen, wenn eine Komponente wegfiel. Aber betraf das nur große Bomben und Raketen oder auch Torpedoköpfe oder was immer das Ding hier sein mochte? Egal, er musste sich entscheiden. Unwillkürlich straffte sich sein Körper und er fühlte plötzlich Eiseskälte durch seine Adern fließen. Dann griff er beherzt zu, packte die dünnen Röhrchen und legte die Klinge des Messers direkt dort an, wo die nachgiebigen und durchsichtigen Röhren in dem festen Aufsatz mündeten. Zu seiner Überraschung war es gar nicht so einfach, diese durchzutrennen. Da, das erste Teil bekam einen Riss und eine kleine, milchige Wolke entstand dort, wo sich die enthaltene Flüssigkeit mit dem Hafenwasser mischte. Drückend und sägend das Messer führend setzte Fred Dodd seine Bemühungen fort und schließlich war das durchsichtige Behältnis abgetrennt. Weitere zwei Minuten später auch die zweite Röhre, die diesmal aber keine sichtbare Spur im Wasser entstehen ließ. Er schob die Teile in die, außen an seiner Taucher-Kombination angebrachten, Tasche und verschloss diese wieder. Dann entschloss er sich, auch die verschiedenfarbigen Kabel zu durchtrennen, was etwas einfacher zu bewerkstelligen war. Auch die Kabelenden und den herausgebrochenen Teil des Kunststoffdeckels packte er ein und warf noch einen abschätzenden Blick auf den irgendwie immer noch gefährlich wirkenden Torpedokopf oder was auch immer es sein mochte.

Dann hob er die Hand und zeigte in Richtung Heck des über ihnen im bewegten Wasser des Hafenbeckens leicht schwoienden Schiffes. Jetzt fühlte er auf einmal, wie ihm der Schweiß aus allen Poren brach. War es die Gefahr, in der sie geschwebt hatten und – war die jetzt tatsächlich beseitigt oder hatte er einen Fehler gemacht und jeden Moment konnte die Hölle um sie herum aufbrechen?

In dem engen und kalten Loch mit den stählernen Wänden, Boden und Decke bereiteten sich Alina, Ferdinand und Ronny darauf vor, diesen unwirtlichen Raum endgültig zu verlassen.

„Noch zehn Minuten", verkündete Fregattenkapitän v. Terra seinen Gefährten. „Gehen wir nochmals alles durch! Alina und ich haben jeder einen der Sticks, die uns Ritter gebracht hat. Du, Ronny, hast deinen in der Zigarre?"

„Ja, nerv nicht! Wenn es hinab geht, dann schnell noch einen tiefen Atemzug und dann hoffen wir, dass die Taucher da sind. Ansonsten bleibt uns nur, unter Wasser in Richtung offene Hafenseite zu schwimmen und zu hoffen, dass wir die knapp zwanzig Meter packen und nicht versaufen. Haben wir alles begriffen!"

Ferdinand wollte noch etwas sagen, ließ es dann aber sein, als er im Schein seiner Taschenlampe ihre Gesichter musterte. Sie alle waren bis zum Äußersten angespannt. Vielleicht war es wirklich besser, jedem seine eigene Art der Vorbereitung auf das, was sie erwartete, zu überlassen. Auch ihm selbst war alles Andere als wohl dabei, unter Wasser an die zwanzig Meter zurücklegen zu müssen, ohne nochmals Luft schöpfen zu können. Aber das würde doch hoffentlich nicht passieren. Ronny Bean war jedenfalls absolut davon überzeugt, dass die Navy Seals wie versprochen vor Ort wären und sie sofort mit Atemluft bzw. Sauerstoff versorgen würden.

Quälend langsam verstrich die Zeit. Immer wieder ging der Blick auf die Uhren. Sie alle vergewisserten sich, dass sie ihre Ausfertigung des so wichtigen Computersticks sicher in ihrer Kleidung verwahrt hatten, als Ronny Bean plötzlich bemerkte: „Oh, verdammt! Wir sollten schnell unsere Klamotten ausziehen, damit wir besser schwimmen können! Wie konnten wir das nur vergessen?"

„Was sagst du da?" Panik glomm in Alinas Augen auf. „Und wohin mit dem Stick?"

„In deinen Slip oder Strumpf! Mach schon, gleich ist es soweit!"

In Windeseile rissen die Drei sich die Kleidung vom Leib. Ferdinand v. Terra brauchte am Längsten. Dann sah er, seinen Computerstick in der Hand haltend, wie Ronny sich seine Ausfertigung in der Zigarre in den Socken stopfte und tat es ihm gleich. In diesem Moment ertönte ein knarrendes Surren um sie herum und der Boden unter ihnen begann sich zu bewegen.

Masterson und Aranges kämpften mit der Strömung, dem Sturm und den Wellen. Wo konnten sie ihre Ladungen anbringen? Plötzlich fühlte der Lieutenant ein Zerren an seinem Bein. Er drehte sich um und sah, wie der junge Aranges nach links deutete. Ja, da lag ein graues Kriegsschiff von der Größe einer Korvette am Kai und dahinter ein noch etwas größeres Schiff. Vielleicht ein Zerstörer. So ein Kasten, wie er sie beinahe überrannt hätte.

Masterson hob seine Hand und ballte die Faust und zeigte mit ihr dreimal in die Richtung der beiden Einheiten. Langsam näherten sie sich den Schiffen. Aus den Fenstern der Brücken und auch dem Wohnbereich schien abgedunkeltes Licht in die unwirtliche Nacht.

Der Offizier bedeutete dem Corporal, seine Ladung an dem kleineren Schiff anzubringen und steuerte seinerseits das größere Objekt an.

Manuel tauchte ab und näherte sich dem Heck des Schiffes. Deutlich waren die laufenden Aggregate im Rumpf zu vernehmen. Langsam schwamm er auf das Heck mit dem Ruder und den beiden Schrauben zu. Dort unten, wo sich der Tunnel befand, in dem die Schraubenwellen liefen, dort brachte er die Ladung an, stellte den Zeitzünder ein und aktivierte den Elektromagneten. Mit hörbarem Klacken verband sich der Sprengkörper mit dem Unterteil des Rumpfes und der Corporal machte sich auf den Rückweg zu dem Kreuzfahrer, wo die Kameraden warteten und wohin auch der Lieutenant hoffentlich zurückkehren würde.

Rock Masterson versuchte auszumachen, um was für ein Schiff es sich bei seinem Ziel handelte. Genau konnte er es nicht sagen, aber ganz sicher war es ein ziemlich neuer Zerstörer mit deutlich erkennbaren Abschussschächten für Lenkwaffen. Er überlegte einen Moment lang, seine beiden Sprengsätze dort anzubringen, wo sich mutmaßlich eines der Waffenmagazine der Raketen befinden dürfte, entschied sich dann aber doch anders. Lenkwaffen zur Entzündung zu bringen durch eine Explosion war zumindest zweifelhaft. Aber den größten Schaden würde er wohl anrichten, wenn er die Sprengung nach althergebrachter Schule am Heck vornahm. Dort, wo sich immerhin drei Schrauben befanden, wie er sogleich feststellte. Problemlos ließen sich die Ladungen einstellen und bald hafteten die Packen mit dem teuflischen Inhalt dort, wo sie mit etwas Glück ausreichen würden, das Schiff über das Heck bis auf den Grund absinken zu lassen. Selbst wenn die Schotten hielten und das Vorschiff vollständig über

Wasser bleiben würde, wäre der Schaden so immens. Außerdem würde die Sprengung hier vermutlich die wenigsten Opfer an Menschenleben fordern.

Hoffentlich war der junge Aranges genauso erfolgreich gewesen, überlegte er und trat mit schnellen Flossenschlägen den Weg nach oben bis dicht unter die Wasseroberfläche an.

Als er an dem Passagierschiff ankam, wurde er bereits von Aranges und den anderen Kameraden erwartet. Alle hatten sich am Heck versammelt und erschienen ihm sehr aufgeregt zu sein. Alarmiert spuckte er das Mundstück aus und schob die Tauchermaske auf die Stirn.

„Was gibt es Männer?"

„Unter dem Schiff liegt eine Sprengladung. Offenbar ein Torpedokopf und ..."

„Was?", entfuhr es dem Offizier, seinen Gunnery-Sergeant unterbrechend.

„Ja, ich habe die Kabel gekappt. Hier Sir!" Fred Dodd reichte ihm die abgeschnittenen Kabel und auch die ebenfalls abgetrennten Teile der mit Flüssigkeit gefüllten Röhrchen.

„Das sind Säureröhren, die eine Sprengladung auslösen können", erkannte der Lieutenant. Er warf einen Blick auf seine Taucheruhr und erkannte, dass ihnen die Zeit davonlief.

„Wo genau?"

„Ziemlich genau unter der Luke!"

„Dann los: Wir haben nur noch gut zehn Minuten. „Sie, Gunny, zeigen mir den Torpedokopf. Säurezünder machen eigentlich wenig Sinn und ..."

„Ja, ich habe die Befürchtung, dass es ein besonderer Torpedo ist. Aber sehen Sie ihn sich selbst an, Lieutenant!"

„Gut. Sie, Wallis gehen mit den beiden", er deutete auf Best und Aranges, „an der Luke in Stellung. Wenn die Leute wie erwartet herausfallen, nimmt sich jeder eine Person und gibt ihr abwechselnd Sauerstoff aus seinem Gerät. Dillon, Sie warten hier mit Schlitten und der Rescueausrüstung. Die beiden Schwächsten packt ihr in die Anzüge, der Kräftigste bekommt die überzählige Montur. Wird wohl unser Commander sein. Und jetzt los!"

Während schräg über ihnen die drei Corporals sich an der Luke postierten, betrachtete Rock Masterson sich, sichtlich erschrocken, den glänzenden Sprengkopf. Er fuhr sich mit der Hand über die Maske und schüttelte den Kopf. Dann besah er sich, geleitet von seinem Stellvertreter, wo dieser an dem mutmaßlichen

Zündmechanismus tätig geworden war. Hoffentlich hatten diese Maßnahmen wirklich den gewünschten Erfolg und nicht nur eine andere – verdeckte Zeitzündung- aktiviert, überlegte er. Aber das half ihnen jetzt alles nicht weiter. Er bedauerte nur, keine Unterwasserkamera mitgenommen zu haben. Sicher hätten die Experten zuhause anhand der Bilder ziemlich sicher sagen können, um was es sich bei diesem Teufelsei tatsächlich handelte? Er blickte erneut auf sein Chronometer am linken Handgelenk. Keine Zeit mehr. In zwei Minuten müsste sich die Luke im Schiffsboden über ihnen öffnen und ihnen die aufzunehmenden Leute entgegengleiten.

Er wies nach oben und begab sich mit seinem Begleiter zu den drei Anderen.

Jetzt musste es gleich soweit sein. Da ertönte ein seltsames Geräusch, das hier unter Wasser merkwürdig scharrend und schruppend klang. Etwas Bewuchs löste sich von dem Rumpf über der Klappe, die langsam zurückglitt. Aber so ganz schien sie sich nicht öffnen zu können.

Der Lieutenant wies nach oben und griff zu seinem Tauchermesser. Er und Fred Dodd pressten die Klingen in den kleinen Spalt, der sich geöffnet hatte und gemeinsam benutzten sie ihre stabilen Dolche mit den als Sägen ausgeformten Oberkanten als Hebel und da endlich öffnete sich die Luke weiter und eine erste Gestalt rutschte mit den Füßen voraus in ihre Mitte.

Tausende Kilometer entfernt von den Geschehnissen in Sankt Petersburg ereignete sich ebenfalls Überraschendes, das alsdann in Entsetzen umschlug.

Die Taucher der „USS Baker" hatten zunächst das in drei größere und mehrere kleine und kleinste Teile zerbrochene U-Boot von außen gefilmt und die Bilder direkt in die Zentrale des riesigen Bergungsschiffes übertragen.

„Eindeutig ein ehemals sowjetisches *Kilo*", erklärte der Chef der Taucher, über die Sprachleitung deutlich zu verstehen. „Ja, das sehen wir auch. Der Turm ist ja mit dem Mittelschiff ganz gut erhalten", antwortete der Kommandant, Captain Lex Dreyer.

Kurz darauf erhielten sie auf dem Videoschirm die ersten Bilder aus der Zentrale des alten diesel-elektrischen Bootes. Auch einige Leichen befanden sich noch dort. Nach der Zeit im Wasser alles andere als ansehnlich. Die Zersetzung hatte ihr Werk bereits stark begonnen und auch die Meeresbewohner sich gütlich getan. Aber es sah ganz so aus, als wären es keine Russen, die dort den Tod gefunden hatten. Kurz darauf folgte ein klar zu erkennendes Bild einer in Leder gebundenen Ausgabe des Korans.

„Also doch irgendwelche Fusselbärte, die ihre Chance gewittert haben?" Captain Dreyer sah sich zu seinen Offizieren um, die ebenfalls ihre Blicke auf den Bildschirm fokussiert hatten.

„Vielleicht auch Tarnung?", mutmaßte einer der jüngeren Lieutenants.

„Glaube ich nicht. Aber die Taucher sollen zwei oder drei gut erhaltene Leichen nach oben schicken, damit ich sie näher untersuchen kann", brummte der ebenfalls an Bord genommene Rechtsmediziner, der vom NCIS ausgeliehen worden war.

„Gute Idee!" Der Captain gab die Anweisung weiter. Kurz darauf wurden auch weitere Hinweise auf die Anwesenheit von Arabern auf dem gesunkenen Boot entdeckt. Gebetsteppiche, weitere Koran-Ausgaben, Zigarettenpackungen und auch Nahrungsmittel sowie über den russischen Beschriftungen an Aggregaten und Kontrollen angebrachte arabische Schriftzeichen. Das alles wurde sorgsam im Film festgehalten und dokumentiert. Dann, die Untersuchung der Toten war bereits angelaufen und schon erste Ergebnisse ließen eindeutig auf Araber schließen, begannen die nächsten Tauchergruppen damit, das Boot für die Bergung vorzubereiten. Zunächst sollte der vordere Teil mit den leeren Torpedorohren gehoben werden, als einer der Taucher plötzlich innehielt und durch Handzeichen den Mann mit der Kamera heranwinkte.

Halb unter dem auf der Seite liegenden Bug befand sich offenbar ein nicht mehr ganz aus dem Rohr beförderter Torpedo. Jetzt war äußerste Vorsicht angebracht und die Arbeiten zunächst eingestellt und ein Experte für diese Waffen hinuntergeschickt.

„Eigentlich sollte nichts passieren können. War wohl ein Rohrläufer. Früher war das ja sehr gefährlich und hat wohl auch dem einen oder anderen U-Boot schon den Garaus gemacht. Aber heute sind die Dinger ja doppelt und dreifach abgesichert und meist sogar ferngesteuert", versuchte ein älterer Commander die aufgekommenen Bedenken kleinzureden.

„Ja, mag sein, aber die Reservetorpedos sind alle gesichert und russischen Baureihen aus den Neunzigern und ..."

„Ruhe!" Captain Dreyer hob die Hand und wies auf den Bildschirm, wo gerade die vordere Sektion des Bootes, gesichert von starken Ketten, von einem der

Hebebäume des Bergungsschiffes etwas angehoben wurde. Ganz langsam schwenkte das Teil des gesunkenen Bootes beiseite und der halb im Grund eingesackte Torpedo wurde sichtbar. Das letzte Stück des Leitwerkes mit Schraube und Steuerelementen war abgeknickt, als das tödlich getroffene Boot darauf im Moment des Abschusses gefallen ist. Sekundenbruchteile später wäre das Verderben bringende, über sieben Meter lange, Unterwassergeschoss nicht mehr aufzuhalten gewesen.

Eingehend betrachtete der Waffenexperte den Leib der Stahlzigarre. Dann forderte er einige Werkzeuge an, die in einem Netz zu ihm hinabgelassen wurden. Mit dem starken Strahler legte er die riesige Waffe frei, um sich dann, als der Sprengkopf richtig sichtbar wurde, zunächst erschrocken zurückzuziehen. „Was hat er denn nun?", wunderte sich der Commander, der sich vorhin schon über die seiner Meinung nach zu große Vorsicht vor dem nicht ganz abgeschossenen Torpedo ausgelassen hatte. Da drang die Stimme des Kampfmittelexperten durch den Lautsprecher an die Ohren der in dem Videoraum Versammelten: „Das ist ein alter Atomtorpedo!"

In diesem Moment hätte man in diesem Raum des großen Schiffes eine Stecknadel zu Boden fallen hören.

Selbst dem Kommandanten hatte es einen Moment lang die Sprache verschlagen. Dann hatten also diese Kerle in dem U-Boot tatsächlich versucht einen US-Flugzeugträger mit einem Atomtorpedo anzugreifen um damit wohl die gesamte Kampfgruppe auf einen Schlag zu versenken? Über die sonstigen Auswirkungen wollte er gar nicht nachdenken. Zunächst galt es einmal zu klären, welche Gefahr noch von dem Ding ausgehen konnte?

„Besteht Explosionsgefahr? Könnte das Ding strahlen?"

„Ich glaube kaum, aber schicken Sie mir ein Messgerät runter, Sir!"

„Kommt sofort, Commander!"

Einige Minuten später kam die relative Entwarnung. „Direkt am Sprengkopf ganz schwache Strahlenwerte. Eine akute Gefahr sehe ich nicht. Meines Erachtens können wir das Ding sogar heben!"

„Nicht so schnell. Kommen Sie rauf, Commander Heller! Ich informiere zunächst Washington. Das haut die da vom Hocker, da bin ich mir sicher!", fügte der Captain noch hinzu.

„Achtung, es geht los!" Dem Ruf des Commanders hätte es nicht bedurft. Alina und Ferdinand spürten, wie sich unter ihren Füßen der Boden zu verschieben begann. Wasser gluckerte und begann ihre Füße zu benetzen. Plötzlich stockte der Öffnungsvorgang und ein mahlendes Geräusch erklang. Es war, als ob etwas Schweres im Wege war und das weitere Öffnen verhinderte. Immer mehr Wasser presste durch den einem Kreuz ähnlichen Schlitz in der Bodenmitte. Dann ein lautes Scharren und gerade, als die Drei begannen um ihr Leben zu fürchten, wenn das Wasser ihr kleines Behältnis überflutete und sie nicht nach unten hinausflüchten könnten, fuhren die stählernen Bodenklappen weiter auseinander, Ferdinand v. Terra und Ronny Bean stützen sich an den glatten Wänden ab, so dass Alina als Erste von ihnen durch die entstandene Öffnung im Schiffsboden in die Tiefe glitt.

„Hol noch mal tief Luft!", brüllte Ronny noch, aber da war die Frau schon hinausgerutscht. Der Fregattenkapitän folgte und sofort danach drehte sich der Amerikaner und folgte ihm. Allerdings nicht so wie seine Gefährten mit den Füßen zuerst, sondern Arme voraus, so dass er notfalls sofort versuchen konnte, tauchend den Rumpf zu unterschwimmen und im Hafenbecken aufzutauchen, um seine Lunge mit frischer Atemluft versorgen zu können.

So überzeugt, dass die Seals pünktlich unter dem Schiff mit Sauerstoff auf sie warten würden, wie er sich Alina und Ferdinand gegenüber gegeben hatte, war er schließlich doch nicht. Ihm war nur zu bewusst, was bei einer derartigen Mission alles schiefgehen konnte. Dazu würde das draußen herrschende Unwetter, das ihnen auch tief im Innern des großen Schiffes nicht verborgen geblieben war, die Aktion natürlich zusätzlich behindern.

Alina rutschte den engen Kanal hinunter, der für den zusammengepressten Abfall seinerzeit vorgesehen war, und spürte plötzlich, wie sie an etwas Scharfkantigem entlangschrammte. Dann wurde ihr freier Fall ganz plötzlich von sie krakenartig umklammernden Armen gebremst. Bevor sie sich überhaupt darüber klar werden konnte, was mit ihr geschah, spürte sie, wie etwas ihren Mund berührte und ihr ein merkwürdiges Etwas zwischen die Zähne geschoben wurde. Herrlich frischer Sauerstoff, der ihr da zugeführt wurde. Sie nahm einen tiefen Zug. Gleich noch einen und schon spürte sie, wie sie in einem sicheren Griff starker Arme mitgezogen wurde. Da erkannte sie ein Gesicht, mehr nur einen etwas helleren Fleck im

Dunkel des schmutzigen Hafenwassers. Ungern ließ sie sich das Mundstück wieder wegnehmen. Aber nachdem der Mensch neben ihr einen Atemzug genommen hatte, spürte sie das lebensrettende Ding schon wieder an ihrem Mund und atmete tief durch. Wenig später, ihr kam es viel länger vor, tauchte sie neben ihrem Retter am Heck des Schiffes auf.

„Komm, zieh das an!" Eine englisch sprechende Stimme bemühte sich, den Sturm und immer noch peitschenden Regen zu übertönen und dann spürte sie einige Hände an Körper und Beinen und befand sich kurz darauf in einer Art festem Anzug wieder. Etwas glitschig, aber gar nicht so unangenehm. Dann wurde an ihr herumgezerrt und einige Reißverschlüsse zugezogen. Wenig später erhielt sie noch eine Badekappe oder ein sich ähnlich anfühlendes Etwas aufgesetzt. Nein, es war eine Art Maske, durch die sie auch Luft erhielt. Staunend sah sie, wie neben ihr eine andere Gestalt ähnlich verpackt wurde. Dann merkte sie, wie sie immer schneller durch das Wasser glitt, ohne dass sie schwimmen musste. Irgendwas zog sie. Schnell und sicher. Ihre Angst schwand, als sie andere dunkle Gestalten bemerkte, die sich in ziemlicher Geschwindigkeit neben ihr durch das Wasser bewegten. Offenbar unter der Oberfläche, denn es blieb sehr dunkel. Gelegentlich ein etwas hellerer Schimmer, aber das war es dann auch. Offenbar befand sie sich in Händen der zu ihrer Rettung ausgesandten Spezialisten. Sie schloss die Augen und eine seltsame, nie gekannte Leichtigkeit umfing sie.

Nach Minuten – oder waren es gar Stunden – sie hatte alles Zeitgefühl verloren, wurde es hell um sie. Nicht richtig hell, wie an einem sonnigen Tag, aber doch so, dass sie einige Gestalten um sich im Wasser erkennen konnte. Sie befanden sich an einer rostig und grau ausehenden Mauer. Eine Hand nahm ihr die Maske mit dem Sichtfenster ab und jetzt sah sie auch Ronny Bean, der ebenfalls so einen dunklen, glänzenden Gummianzug mit Sauerstoffflaschen auf dem Rücken trug.

„Alles wird gut, Alina! Das sind die Kameraden von unseren Navy Seals. Du und Ferdinand sind in einen sogenannten Rettungsanzug eingehüllt und jetzt versuchen die Jungs mit uns von hier zu verschwinden. Es wird zwar kalt und nass bleiben, aber mit etwas Glück sind wir in ein paar Stunden in Sicherheit. Bleib einfach ruhig, dann geht schon alles gut!"

Kurze Zeit später wurde sie in einem voll Wasser gelaufenen Schlauchboot dicht am seitlichen Wulst festgelascht. Mit Ferdinand v. Terra geschah das Gleiche an der anderen Seite. Die fremden Männer und auch Ronny lagen zwischen ihnen und dann ging es los. Sie konnte nicht erkennen, wohin die Reise ging. Nach einigen Minuten schloss sie erschöpft die Augen.

Geweckt wurde sie von einigen seltsam gedämpft klingenden, aber dennoch lauten Explosionen.

Entsetzt fuhr sie auf. Aber sofort hörte sie von Ronny Bean: „Keine Angst, Alina, das sind einige Zeitzünder, die unsere Jungs gelegt haben, um die Russen abzulenken. Mach dir keine Sorgen, bald haben wir es geschafft!"

„Sie wollen mir doch wohl nicht weißmachen, dass sie in ihren Computern oder sonstigen Unterlagen keinerlei Baupläne von Ihrem Schiff haben?" Oberst Arkadi Dimitrow funkelte Kapitän Völker wütend an.

„Doch! Warum auch? Glauben Sie etwa, wir bauen auf See unsere Schiffe um? Vielleicht noch während einer Kreuzfahrt?" Jonas Völker war richtig sauer. *Gerade noch hatte er geglaubt, das Schlimmste sei überstanden, da doch schon in wenigen Minuten sein Dritter, Werner Ritter, den Schalter umlegen würde, der den Boden unter der Abfallpresse öffnen und die drei Agenten ins Wasser befördern würde, wo sie dann hoffentlich sicher von den Navy Seals empfangen wurden.*

Und nun das. Sollte dieser Oberst wissen, dass ein derartiger Raum vorhanden war oder ahnte er nur, das es verborgene Räumlichkeiten geben könnte? Natürlich gab es die Pläne auch an Bord. Für den Fall eines Unglücks konnten sie bedeutsam werden, um Wassereinbrüche zu stoppen oder zu einem versteckten Brandherd vorzudringen oder auch einen abgängigen Passagier zu finden, bevor eine große Suchaktion im Meer erforderlich wurde. Aber woher sollte dieser Dimitrow davon wissen?

„Das glaube ich Ihnen einfach nicht. Aber auch egal. Wenn Sie mir nicht die Pläne zeigen oder mir sagen, wo es Räume gibt, die wir noch nicht gefunden haben, bleibt Ihr Schiff hier. Notfalls nehmen wir es auseinander. Bis zur letzten Niete und …"

„Sie sind ja jetzt wohl total verrückt geworden! Sind Sie irre? Ich kann die Pläne bei der Reederei anfordern. Wenn Sie das Internet wieder freischalten können wir die Unterlagen vielleicht sogar schon am Montag bekommen und …"

„Das ist viel zu spät!" Dimitrow brüllte jetzt fast. „Ich brauche diese Unterlagen noch heute Nacht!"

„Und, wie soll das gehen? Wir haben Sonntag und das Büro der Reederei ist nicht besetzt. Dort gibt es allenfalls einen Notdienst und der weiß bestimmt nicht, wo sich derartige Unterlagen befinden."

In Dimitrow arbeitete es. Wo blieb nur dieser verdammte Kapitän Antonow? Er griff zu seinem Funkgerät und brüllte hinein. Die Antwort schien ihn alles Andere als zu befriedigen. Er schrie einen Befehl in das Gerät und Kapitän Völker dachte schon, Dimitrow würde das Funkgerät an die Wand werfen, als er es auf den Tisch zwischen ihnen fallen ließ.

Auch in Jonas Völker arbeitete es. Wenn dieser Miliz-Oberst sich seinen Computer ansah und genau nachschaute, würde er die Pläne wohl finden. Also galt es Zeit zu gewinnen. Jedenfalls solange, bis Ritter die drei Gesuchten aus ihrem Verließ den Weg in das Wasser unter dem Schiff freigeben konnte.

„Herr Oberst, ich glaube kaum, dass Sie und Ihre Leute nicht jedes noch so kleine Kämmerchen oder jeden Putzraum abgesucht haben. Glauben Sie wirklich, dass sich mehrere Personen hier verstecken können und von Ihren geschulten Leuten nicht gefunden worden wären?"

„Allerdings, Kapitän!", antwortete Arkadi in seinem guten, aber etwas hartem Englisch. „Dann nämlich, wenn sich irgendwo gefangene Räume befinden, die gut getarnt sind."

„Aber..."

„Kein Aber, Kapitän! Sie wissen besser als jeder Andere auf diesem Schiff, wo sich jemand verstecken kann und nicht gefunden wird, wenn er sich hier auskennt."

„Schon, aber Ihnen und Ihren Leuten wurde doch jeder Zugang gewährt. Außerdem hatten Sie doch Ihre Marine auch hinzugezogen."

„Richtig! Und von daher habe ich die Information, dass es durchaus von Außenstehenden kaum auffindbare Verstecke geben kann. Also, wie wollen sie es haben? Sie haben zehn Minuten zum Überlegen! Danach lasse ich das Schiff räumen und die Leute in Gewahrsam nehmen und beginne damit ihr schönes Schiff auseinanderzunehmen."

Jonas Völker mochte es nicht fassen. Der Kerl war wirklich entschlossen, diese Wahnsinnsidee in die Tat umzusetzen. Er tat so, als denke er geradezu fieberhaft nach.

„Also gut! Ich tue, was ich kann. Dazu müssen Sie mir aber ermöglichen zu telefonieren!"

„Gut! Kommen Sie mit! Wir telefonieren von der Milizstation aus. Wen wollen Sie anrufen?"

„Meine Reederei!"

„Ich denke, da ist heute niemand?" Prüfend blickte ihn Dimitrow an. Jede Müdigkeit schien von ihm abgefallen zu sein. Er spürte, wie sein Jagdinstinkt in ihm erwachte. Aber irgendetwas störte.

„Das stimmt auch. Aber ich kann veranlassen, dass einer unserer Geschäftsführer sich von seinem Arbeitszimmer aus mit unserer Datenbank verbindet und uns die Pläne zukommen lässt. Vorausgesetzt natürlich, Sie schalten das Internet dafür frei!"

Arkadi überlegte. Irgendwie wurde er das Gefühl nicht los, dass er geleimt werden sollte. Aber das Schiff auseinandernehmen? Konnte er diese Drohung wirklich in die Tat umsetzen und wohin sollte er Passagier und Besatzung bringen und ihre Bewachung sicherstellen? Die alten Wohlstandsrentner an Bord konnte er ja nicht in ein Lager oder ein Gefängnis verfrachten. Jedenfalls nicht ohne Vorkehrungen getroffen zu haben.

„Also dann kommen Sie, Kapitän. Aber wenn Sie ein Spielchen mit mir treiben wollen, seien Sie sicher, dass Sie das mehr bereuen werden, als Sie sich vorstellen können."

Das befürchtete Jonas Völker auch. Aber in ganz kurzer Zeit würden die Frau und die beiden Männer ja hoffentlich aus dem engen Loch in seinem Schiff verschwunden sein. Und dann schadete es ja nichts, wenn dieser enge und unbenutzte Raum doch entdeckt wurde. Er hoffte nur, dass Ritter es schaffte, an den Wachen vorbeizukommen und auch die Luke zu öffnen. Außerdem musste er daran denken, alle Spuren zu verwischen, die darauf hinwiesen, dass sich noch vor kurzer Zeit Menschen hier aufgehalten hatten. Die Presse konnte er nicht betätigen, da das Geräusch wohl aufgefallen wäre. Aber mit einem Besen oder einem langen Haken sollte es ihm gelingen, alle Behältnisse, Eimer, Wasserflaschen und dergleichen ebenfalls in das Hafenwasser zu befördern.

US-Präsident Daniel B. Brown rieb sich den Schlaf aus den Augen. Aber nicht nur sein Telefon auf dem Nachttischchen läutete, sondern auch der Secret-Service-

Agent, der vor seinen Privaträumen Wache schob, klopfte an die Tür seines Schlafzimmers.

„Ja, verdammt! Kommen Sie schon rein, Phil!" Während er diese Worte durch die noch geschlossene Tür rief, angelte er bereits nach dem Hörer.

„Was, Arnold? Was ist denn los? Spielt der Russe wieder verrückt und greift unsere Flotte an?"

Er hörte einen Moment zu. „Was? Sind denn nun alle verrückt geworden? Ja, ich komme…"

Wieder hörte er zu und sein Gesicht verzog sich noch mehr.

„So, Sie sind schon unterwegs … ach, Diana und die Anderen auch … ja, bis gleich im kleinen Videoraum."

Keine Viertelstunde später betrat er, gemeinsam mit dem gerade angekommenen Sicherheitsberater und seiner Stabschefin den Raum, wo der große Video-Schirm bereits das Gesicht eines ihm persönlich unbekannten Marineoffiziers zeigte. Er nickte seinem Verteidigungsminister und dem ebenfalls bereits anwesenden Admiral Al Cobb zu und nahm seinen ihm vorbehaltenen Platz an der Stirnseite des Tisches ein.

„Wer ist das?"

„Captain Dreyer von unserem Bergungsschiff, der „USS Baker", Mr. Präsident!", antwortete der Vorsitzende der Vereinigten Stabschefs.

„Gut, dann mal los!"

Das Standbild begann sich zu bewegen und der Präsident sprach den Offizier, der tausende Meilen entfernt im Mittelmeer ihm zugeschaltet war, an. „Dann berichten Sie bitte, Captain Dreyer!"

„Es war zu erkennen, wie sich die Gestalt auf dem großen Videoschirm straffte.

„Jawohl, Mr. Präsident! Es gibt nach Meinung meiner Experten keinen Zweifel, dass das von uns zum Teil bereits geborgene U-Boot – es handelt sich um ein altes russisches „Kilo" – einen Atomtorpedo auf unsere Trägerkampfgruppe abgefeuert hat. Nur, weil das Boot im selben Moment getroffen wurde, ist der Torpedo nicht mehr vollständig aus dem Abschussrohr freigekommen, sondern das Leitwerk mit der Schraube abgeknickt und haben die in allen Atomwaffen vorhandenen Sicherungsmechanismen eine Zündung des Sprengkopfes verhindert."

„Und die Besatzung besteht ganz sicher nicht aus Russen oder ehemaligen Angehörigen der alten Sowjetunion?"

„Eindeutig Araber. Da ist sich unser Rechtsmediziner ganz sicher, Sir. Vermutlich Iraner, aber das unter Vorbehalt, Mr. Präsident."

„Gut, Captain! Wenn Sie und Ihre Spezialisten sich zu hundert Prozent sicher sind, dann bringen Sie das Teufelswerkzeug und alles, was Sie finden und bergen können, mit. Auch die Leichen, damit wir sie der Weltöffentlichkeit präsentieren können. Vielleicht begreifen die Leute und vor allen Anderen auch endlich einige Friedensapostel in der Europäischen Union, dass die Mullahs die ganze Welt belügen und der größte Terroristenförderer im islamistischen Lager sind. Aber jetzt sind sie zu weit gegangen – und das werden sie zu spüren bekommen. Die Zeit der Halbheiten ist vorbei. Jetzt werden Nägel mit Köpfen gemacht. Danke, Captain!"

Zornentbrannt ließ sich der Präsident wieder in seinen Sessel sinken, aus dem er sich halb erhoben hatte.

Außenministerin Ambrose, die inzwischen ebenfalls eingetroffen war und das Entscheidende noch mitbekommen hatte, sah ihn entsetzt an. „Was wollen Sie tun, Sir?"

„Diesen überalterten und irgendwo in der religiösen Steinzeit verharrenden Groß-Ayatollahs und wie sie sich auch schimpfen mögen ein für alle Mal die Möglichkeit nehmen, mit ihren Petro-Dollars Terror zu finanzieren und an Atomwaffen oder sonstige Massenvernichtungsmittel gelangen zu können. Aber erst einmal ist Kruskin dran. Was machen unsere Jungs im Finnischen Meerbusen?"

„Die sollten jetzt in etwa ihre Mission zur Rettung der Russin und unserer Leute bereits begonnen haben, Sir", antwortete ihm der Vorsitzende der Vereinigten Stabschefs.

„Na, hoffentlich gelingt es, die Leute zu retten und uns endlich diesen irrwitzigen Plan selbst genau ansehen zu können. Ich nehme an, einige von Ihnen bleiben gleich hier. Informieren Sie mich sofort, wenn es Neuigkeiten gibt!" Damit erhob sich Daniel B. Brown. Er verspürte das Verlangen nach einer Dusche und danach einem kräftigen Kaffee. Den hatte er auch bitter nötig, denn die Nacht war wieder einmal schon nach vier Stunden und ein paar Minuten für ihn zu Ende gewesen.

Gerade als Oberst Dimitrow endgültig die Geduld verlor und schon Befehl zur Evakuierung der „Prinzessin des Nordens" geben wollte, bekam Kapitän Völker endlich einen der Geschäftsführer an das Telefon. Schnell schilderte er, was Passagieren, Besatzung und dem Schiff drohte.

„Wie bitte? Das wagt doch so ein kleiner Oberst nicht. Der Kerl ist ja total übergeschnappt", mokierte sich der gerade von einer Feier nach Hause gekommene Dr. Hanskarl Schöneberger. „Hähähä! Geben Sie mir den Typen mal an das Rohr, Käpt'n."

Mit gemischten Gefühlen reichte der Kapitän den Hörer an den Oberst weiter. „Dr. Schöneberger will selbst mit Ihnen sprechen, Herr Oberst!"

Schon nach wenigen Sekunden brüllte Oberst Dimitrow seinen Gesprächspartner am anderen Ende der Leitung sprichwörtlich nieder. Dann sprach augenscheinlich nur noch Dimitrow in seinem hart klingenden, aber gut verständlichen Englisch.

„Na also, eine Stunde ab jetzt. Verstanden? Ich warte keine Sekunde länger!" Damit beendete der Milizbeamte das Gespräch. „Kommen Sie, in einer Stunde spätestens sollen alle Pläne ankommen. Ich muss noch das Internet freischalten lassen", wandte er sich dann an Jonas Völker.

Gerade gab Dimitrow die entsprechenden Befehle per Telefon weiter, als erst eine und gleich darauf eine weitere Explosion aufdröhnte.

„Was zum Teufel ist das?" Unwillkürlich hatte Dimitrow die Frage in seiner Muttersprache gestellt, so dass Jonas Völker ihn nur fragend anstarren konnte. Alle in der Station traten an die Fenster zur Hafenseite heran. „Da, Feuerschein!" Völker deutete nach draußen, wo sich nach wie vor Sturm und Regen alle Mühe gaben, die Erinnerung an die gerade durchlebten schönen Sonnentage vergessen zu lassen.

Der Oberst bellte einige Befehle, da klingelten plötzlich mehrere Telefone fast gleichzeitig. Das Gesicht des Wachhabenden, eines Hauptmanns, verzog sich und er erstattete Arkadi Dimitrow Bericht. Dieser sprang erregt auf und erteilte eine ganze Anzahl von Befehlen. Plötzlich herrschte ein geradezu hektisches Durcheinander in der bis dahin eine ruhige Nacht verbringenden Polizeiwache des Hafens. Einige Leute griffen sich Regenmäntel und kurz darauf entfernten sich Fahrzeuge mit kreischenden Reifen und aufheulenden Sirenen. Auch bei der, eine Ecke weiter angesiedelten, Feuerwache gingen die großen Stahltore hoch und Lösch- und Rettungsfahrzeuge brausten los.

Besorgt blickte Jonas Völker zu seinem in Sichtweite am Kai liegenden Schiff, als auch dort ein heller Lichtblitz in den Himmel zuckte. Zuerst dachte der Kapitän, sein Schiff wäre jetzt auch Opfer einer Explosion geworden, da sah er, dass es offenbar eines der Wachboote, die um sein Schiff postiert waren, getroffen hatte. Während der Kapitän noch völlig perplex dorthin starrte, wo es jetzt um sein Schiff herum Feuer vom Himmel zu regnen schien, stürzten brennende Wrackteile des kleinen Kriegsschiffs wieder zurück ins Wasser. Plötzlich war die Feuersäule verschwunden. So, als hätte es sie nie gegeben.

„Los kommen Sie!" Arkadi Dimitrow zerrte den Kapitän förmlich mit sich und gleich darauf rannten beide in Richtung des Kreuzfahrtschiffes, auf dem sich jetzt einige Besatzungsmitglieder hektisch auf dem Vordeck an den Rettungsmitteln zu schaffen machten.

Während des Laufens sprach Arkadi in sein Funkgerät, das er in der Linken hielt. Dann blieb er plötzlich stehen und fast wäre Kapitän Völker auf seinen Rücken geprallt. „Was ist?"

Zunächst schien es, als würde der Oberst ihm keine Antwort zuteil werden lassen. Doch dann wandte er sich ihm zu und fauchte ihn geradezu an: „Was los ist? Wir werden angegriffen. Ein Wachboot an ihrem Schiff ist in die Luft geflogen! Ein Boot der Miliz, der Hafenwache, wurde ebenfalls gesprengt und wird wohl sinken. Das ist los!" Mit diesen Worten ließ er ihn stehen und wandte sich der hohen Kaimauer zu. Entgeistert starrte Kapitän Völker ihm nach, als er wie in Zeitlupe hinter der Mauer verschwand. Ist der etwa in das Hafenbecken gesprungen? Dieser Gedanke schoss Jonas Völker spontan durch den Kopf und er lief ebenfalls dorthin, wo der Oberst verschwunden war. Doch dann sah er es. Dort war eine nach unten führende Treppe in die Mauer eingelassen. In diesem Moment sah er, durch den weiter in dichten Schwaden vom Himmel stürzenden Regen, ein Boot auf die Mauer zufahren und wenig später den Oberst an Deck des Bootes springen. Offenbar ein weiteres dieser kleinen Wachboote. Auf dem Vordeck befand sich ein schweres MG, an dem zwei Männer in dunklen Regenmänteln standen und die Waffe klarmachten.

Das dunkle Schlauchboot glitt jetzt fast vollständig unter Wasser durch Sturm und Regen. Nur wenige Zentimeter der Gummiwulst ragten noch über die Oberfläche. Aber auch sie wurde andauernd überspült. Der Sturm peitschte jetzt mehr seitlich heran, was das Steuern außerordentlich schwierig machte. Kurz nach der ersten Detonation einer der von den Seals gelegten Sprengladung ertönte ein wesentlich lauterer Knall und eine Feuersäule stieg ungefähr dort, wo das Kreuzfahrtschiff liegen musste, empor.

„Das war keine Ladung von uns! Das war viel mehr Sprengstoff. Sollte der Iwan etwa das deutsche Schiff in die Luft gesprengt haben?" Lieutenant Masterson blickte erschrocken zurück. Doch gleich darauf war der Feuerschein schon wieder verschwunden. So, als hätte es ihn nie gegeben.

„Nein, so ein großes Schiff würde noch immer einen riesigen Feuerschein verbreiten. Selbst bei diesem Wetter", keuchte Commander Bean zurück. Er war jetzt schon ziemlich mit seinen Kräften am Ende. Trotzdem versuchte er die junge Russin zu beruhigen.

Wenige Minuten später krachte es erneut. „Das war wieder unsere", brummte der Gunnery-Sergeant. Da wurde es plötzlich um sie herum sehr hell. Durch das Tosen des Sturms hatten sie gar nicht mitbekommen, dass einer der riesigen russischen Helikopter plötzlich von der Seite herannahte und in geringer Höhe gleich mehrere starke Scheinwerfer einschaltete. Ausgesprochen hell wurden sehr breite Streifen der Wasserfläche wurden aus dem schützenden Dunkel der Nacht gerissen.

„Runter! So flach wie möglich hinlegen und nicht bewegen!" Die Stimme des Truppführers gellte so laut, dass sie den tosenden Sturm deutlich übertönte.

Wie ein riesiges urweltliches Insekt schwebte der große Hubschrauber, immer wieder von den Sturmböen aus dem Kurs geworfen, heran. Die gleißend hellen Streifen auf den von Schaumköpfen gekrönten Wellen rückten näher und näher. Dann war die alles blendende Helligkeit direkt über ihnen. Sie alle pressten sich so tief es ging in das ohnehin fast vollständig vollgelaufene Boot.

Die müssen uns doch einfach sehen. So hell wie es ist und so tief wie der Schrauber fliegt, schoss es Ronny Bean durch den Kopf und fast wartete er darauf, dass eine MG-Salve aus der Luft sie alle zerfetzen würde. Er presste die ohnehin fest geschlossenen Augenlider noch dichter zusammen und tastete mit einer Hand nach der Seite, wo er Alina in ihrem geschlossenen Rettungsanzug wusste.

Da, so plötzlich wie sie über sie gekommen war, verschwand das unglaublich weißstrahlende Kunstlicht wieder und erneut umfing sie schützende Dunkelheit.

„Puh! Das war knapp!" Fred Dodd stieß erleichtert die Luft aus, nachdem er das Mundstück seiner Sauerstoffleitung kurz aus dem Mund genommen hatte. Doch es war zu früh für eine Entwarnung. Viel zu früh. Eigentlich ging es erst richtig los.

Gleichzeitig von vorn und hinten näherten sich flache Schatten auf dem in den Hafen führenden Wasserweg. Zwei schnelle Patrouillenboote, die ebenfalls einen Scheinwerfer auf die Wasseroberfläche gerichtet hatten, rasten heran. Konnten die sie geortet haben? Nein, dazu waren sie viel zu tief im Wasser und es fehlten Ecken und Kanten, die herausstachen. So ein flaches Gummiboot, das zudem noch fast völlig vom Wasser überspült war, bot so gut wie keine Konturen für ein Radar-Signal. Dennoch, die Boote hielten eindeutig auf sie zu, befand der Lieutenant.

„Achtung! Motor aus! Alle Mann, außer Wallis am Ruder, außenbords und unter dem Boot sammeln!" Alle Männer, abgesehen von Wallis, und natürlich die angelaschten Alina und Ferdinand, rollten sich über den Gummiwulst. Nur nicht Ronny Bean, der plötzlich von einem starken Arm gepackt und ins Wasser befördert wurde. Wenig später fand er sich mit den Seals unter dem Boden des Bootes wieder.

Wenige Meter über ihnen sah Jim Wallis, dass das sich von vorn annähernde Boot etwas Ruder nach Steuerbord legte und ihn wohl in über fünfzig Metern Entfernung passieren würde. Doch das von achtern aufkommende Wachboot hielt genau auf ihn zu. Noch zweihundert Meter und es wäre heran und müsste sie ganz einfach erkennen oder sogar überfahren. Was sollte er tun? Zeit zum Abwägen blieb nicht mehr. Er riss sein Messer aus der Scheide am Bein und schnitt die beiden in ihren Rettungsanzügen verpackten und gut mit Sauerstoff versorgten Agenten los und ließ sie über Bord gleiten. Gerade wollte er selbst folgen, als ihn der Scheinwerferkegel voll erfasste und im gleichen Moment ein Maschinengewehr losbelferte.

Er fühlte noch, wie ihn etwas traf, dann nochmal und nochmal – und dann spürte er nur noch, wie ihn wohltuende Dunkelheit umhüllte.

Die Männer unter Wasser sahen sich urplötzlich von kleinen, glitzernden Streifen umgeben, die wie von Geisterhand gesteuert durch das Wasser pflügten.

Dann war es auch schon vorbei und dicht hinter ihnen, einige Meter höher, wirbelte das Wasser, als das Patrouillenboot abrupt von „voll voraus" auf „halb zurück" ging.

Oh verdammt, jetzt sind wir im Arsch. Dieser Gedanke fuhr Ronny Bean durch den Kopf. Die in das Wasser um sie herum einschlagenden MG-Geschosse hatte er kaum als solche erkannt. Dafür sah er, wie der Schatten des schnellen Fahrzeugs über ihnen mit dem dunklen Fleck des Schlauchbootes, das auch noch seine Konturen zu verlieren begann, verschmolz.

Er sah sich nach dem Truppführer um, konnte ihn aber unter den gleich aussehenden Gestalten nicht ausmachen. Dafür schien jetzt dort oben eine ganze Festbeleuchtung eingeschaltet zu werden.

Da sahen sie noch etwas. Ein dunkler Fleck schwebte ganz langsam in die Tiefe. Ohne die hellen auf das Wasser über ihnen gerichteten Scheinwerfer hätten sie es wohl gar nicht bemerkt.

Auf das Handzeichen des Offiziers machten sich zwei Männer auf, das dunkle Etwas zu bergen und kurz darauf hatten sie eine der beiden Personen im Rettungsanzug zwischen sich.

Während sich oben ein weiteres Boot näherte und auch der Helikopter wieder anflog, wies Lieutenant Masterson mit Handzeichen zur Uferseite und mit langsamen Flossenschlägen bewegten sich alle Mann dorthin. Zwei Männer schleppten den Menschen im Rettungsanzug zwischen sich. Um wen von den beiden im Boot verbliebenen Agenten mochte es sich handeln?

Für Arkadi Dimitrow war klar, dass die Explosionen etwas mit der abtrünnigen GRU-Soldatin und ihren Helfershelfern zu tun hatte. Vermutlich Ablenkungsmanöver für die angelaufene Befreiungsaktion. Doch die Nachfrage bei seinen Leuten auf dem großen Schiff ergab, dass dort selbst nichts passiert sei. Lediglich einige Wrackteile des kleinen Kriegsschiffes, das in die Luft geflogen war, waren dort eingeschlagen. Aber keine Spur von einem wie auch immer gearteten Kommandounternehmen. Nur die Explosion auf dem Wachboot, die war so erheblich, dass es sich wohl kaum um eine von außen angebrachte Sprengladung gehandelt haben könnte. Das kleine Marineschiffchen sei buchstäblich in tausend Teile zerfetzt worden und absolut sicher gab es keine Überlebenden. Ganz anders verhielt es sich bei dem Streifenboot der Miliz. Dort war eine Sprengladung von außen die Ursache. Das Boot sei aber nur schwer beschädigt und könne vielleicht sogar über Wasser gehalten werden.

„Froschmänner! Das waren Froschmänner. Die haben die Verräterin und ihre Komplicen irgendwie vom Schiff geholt und sind jetzt auf der Flucht." Diesen Satz schrie der Oberst förmlich in das Mikrophon seines Funkgerätes. Der Kommandant des Streifenbootes sah ihn ebenso erstaunt wie fragend an, erhielt aber keine Antwort auf seine stumme Frage. Stattdessen forderte Dimitrow die Marine auf, mit allem was sie habe die Hafenausfahrt zu kontrollieren. Auch alle Hubschrauber sollten starten. „Das Wetter ist mir völlig egal! Alles in die Luft und auf das Wasser!", donnerte er den Sturm überschreiend in das Funkgerät. Nur Kapitän Antonow konnte er nicht erreichen. Niemand schien zu wissen, wo dieser abgeblieben war. Seltsam. Absolut unverständlich, wo er, Arkadi Dimitrow, mit Hinweis auf seine Präsidentenvollmacht absolute Alarmbereitschaft für die Miliz und alle Streitkräfte im Umkreis von St. Petersburg angeordnet hatte. Jetzt endlich befahl er dem Leutnant, der das Streifenboot befehligte, langsam und mit allen Scheinwerfern leuchtend, der Hafenausfahrt folgend auf das offene Meer zuzuhalten.

Da ertönte eine weitere Explosion. Offenbar hinter ihnen und kurz darauf noch eine. Aber nicht zu vergleichen mit dem Knall und der Detonationswelle, mit der das Wachboot direkt an der „Prinzessin des Nordens" mitsamt allen seinen Besatzungsmitgliedern in die Luft geflogen war.

Er fühlte eine Berührung an seinem Arm und wandte sich um. Da sah er es. Feuerschein und dichter Qualm am Ufer. Dort, wo die Tankanlagen direkt am Kai lagen. Immer höher stieg die Feuersäule und neue Explosionen ließen weitere Tanks und auch die flachen Hafentanker, die auf Reede liegende Schiffe üblicherweise mit Treibstoff versorgen, gingen in Flammen auf. Immer mehr schien sich der Brand auszuweiten. Das konnte doch nicht durch eine einfache Sprengladung geschehen sein, überlegte der Oberst. Hier schien sich eine riesige Katastrophe anzubahnen.

Aber auch seine Befehle schienen außerordentlich schnell umgesetzt zu werden. Weitere kleine Schiffe erschienen mit leuchtenden Scheinwerfern kreuzend auf dem Schifffahrtsweg in den Haupthafen. Auch in der Luft tat sich was. Ein riesiger Heereshelikopter überflog das Boot und leuchtete die Wasseroberfläche gleich mit mehreren starken Scheinwerfern aus. Auch von Land her erschienen blinkende Positionslichter weiterer Helis.

An Land blinkten jetzt die Lichter von Feuerwehr und Miliz sowie der zu den brennenden Tankanlagen eilenden Sankas.

Egal, das durfte ihn jetzt nicht ablenken. Er musste die Flüchtigen und ihre Helfer fassen. Denn, dass die von ihm Gejagten das Kreuzfahrtschiff verlassen hatten und sich auf der Flucht befanden, das war ihm nur zu klar. Nur wie sie es vom Schiff herunter geschafft hatten, das war ihm ein Rätsel.

Der nach wie vor peitschende Sturm und auf das Boot und alle Mann herniederprasselnde Sturzregen schien ihn kaum zu stören. Unbeirrbar stand er direkt am Bug des kleinen Polizeibootes. Noch vor den Männern am Maschinengewehr und nahm immer wieder das schwere Fernglas vor die Augen, dass ihm der Leutnant gereicht hatte. Längst war seine Uniform völlig durchnässt und er konnte gar nicht das Glas so schnell mit dem kleinen Lederlappen trockenwischen, wie es wieder durch die sich auf den Gläsern sammelnden Wassertropfen seinen Zweck kaum mehr erfüllen konnte.

Er warf einen Blick auf seine Uhr am linken Handgelenk. 0448 zeigte die alte Uhr, die schon seinem Vater als zuverlässiger Zeitanzeiger gedient hatte. Also kurz vor fünf Uhr morgens und noch immer kein Anzeichen dafür vorhanden, dass das Licht des Tages die tiefhängenden und fast schwarzen Regenwolken sowie den nach wie vor vom Himmel fallenden Regen verdrängen wollten.

Da sah er durch den Sturm und Regen das Aufblitzen von Mündungsfeuer und schon klang auch der vom heulenden Starkwind erheblich gedämpfte Knall der Abschüsse an sein Ohr. Offenbar hatte eines der kleinen Hafenschutzboote das Feuer mit seinem schweren Maschinengewehr eröffnet.

Da kam auch ein zweites dieser kleinen, wendigen Boote von der anderen Seite herangefegt und gab ebenfalls einen langen Feuerstoß ab. Nur worauf? Ein Ziel konnte er nicht entdecken. Dafür schien sich einer der großen Hubschrauber, der mit gleich mehreren Scheinwerfern die Szenerie erhellte, wie ein urweltlicher Saurier aus dem Himmelherabzustürzen und auch der gab aus gleich zwei MG jeweils einen kurzen Feuerstoß ab. „Verdammt, was ist da los? Volle Kraft und Kurs auf die beiden Boote und den Heli!", schrie Arkadi und deutete dorthin, wo die Boote jetzt offenbar gestoppt hatten.

Direkt über ihnen hielt sich der große Kampfhubschrauber, einer riesigen Libelle gleich und mühsam gegen den Seitenwind kämpfend, in der Luft.

Arkadi Dimitrow dauerte es viel zu lange, bis sein schwimmender Untersatz endlich am Ort des Geschehens eintraf. Dann aber schlug sein Herz nochmals deutlich schneller. Die Soldaten schienen in der Tat erfolgreich gewesen zu sein. Mit Bootshaken mühsam über Wasser haltend, versuchten sie gerade ein ziemlich großes, schwarzes Etwas an Bord des einen Bootes zu hieven.

„Oberst Dimitrow im direkten Auftrag des Präsidenten!", gab sich Arkadi schreiend zu erkennen. „Was habt ihr?"

„Ein Schlauchboot mit großem Batteriekasten und Motor! Die Kameraden da drüben haben einen Sack aufgefischt. Sah so aus, als sei er ziemlich schwer!" Der Unterleutnant des Patrouillenbootes übermittelte die Neuigkeit stimmgewaltig.

„Und die Leute, die im Boot waren? Wo sind die abgeblieben?"

Der in dunkles Regenzeug mit durchweichter Offiziersmütze, die vom Sturmriemen fest auf dem Kopf gehalten wurde, gekleidete Mann zuckte die Schultern. „Wir, das heißt vor allem der Heli, hat diverse Salven in das Wasser um das Boot geschossen. Vielleicht sind sie getroffen und auf den Grund gesunken."

Das war eine Möglichkeit. Aber was, wenn sie rechtzeitig aus dem Boot geflüchtet waren? In Taucheranzügen konnten sie schon zwei oder dreihundert Meter weit weg sein. Was sollte er tun?

Er gab schnell diverse Befehle mit seinem Funkgerät durch. Insbesondere sollte zwei Kilometer weiter mit allen verfügbaren Kräften der Wasserweg gesperrt und gleichzeitig an Land Kaianlagen, Uferbefestigungen und auch die dort liegenden Schiffe durchsucht werden. Da fiel ihm noch etwas ein. Wenn die Taucher auch die Gesuchten in solche Anzüge gesteckt haben sollten, wie auch immer es ihnen gelungen sein möge, würde man sie kaum von der Wasseroberfläche aus aufhalten können und Taucher in hinreichender Anzahl konnte er so schnell nicht vor Ort bekommen. Aber es gab noch eine Möglichkeit. Er versuchte erneut den Marinekommandeur zu erreichen, was aber nicht gelang. Niemand wusste offenbar, wo dieser abgeblieben war.

„Das ist mir völlig egal, Kapitän Rostow! Ich will, dass die gesamte Schifffahrt auf dem Fluss gestoppt wird und …" Er hörte einen Moment zu und brüllte dann in das Gerät: „Natürlich nur die zivile, Sie Geistesgröße. Dafür will ich Korvetten oder Zerstörer mit Wasserbomben – alles, was Sie aufbringen können, verstanden! … warum? Weil ich davon ausgehe, dass feindliche Agenten – Froschmänner – zu entkommen suchen. Und wenn wir flächendeckend Wasserbomben werfen, damit müssten wir doch diese Kerle erwischen. Oder?"

Offenbar hatte der unglückliche Vertreter von Antonow noch etwas einzuwenden, wurde aber von Dimitrow brüsk unterbrochen. „Natürlich ist mir klar, dass denen die Lungen platzen oder was auch immer. Das ist aber völlig egal. Sie dürfen nur nicht entkommen! Und sofortige Ausführung!"

Wütend über soviel Unverstand steckte er sein Funkgerät in die Seitentasche seiner völlig durchnässten Uniform, als er endlich auf die Rufe des Leutnants auf der Brücke seines Bootes aufmerksam wurde. „Was ist?"

„Die Kameraden auf dem anderen Boot haben eine Leiche aufgefischt, Herr Oberst!"

„Was? Sehr gut! Bringen Sie sie mir und auch den Kommandanten des anderen Bootes!"

Wenige Minuten später stand der Kommandant des anderen Bootes vor ihm und wollte eine militärische Meldung machen. „Schon gut, erst möchte ich sehen, wen wir hier haben?" Arkadi deutete auf die durchlöcherte und von den Bootshaken zerfetzte schwarze Hülle. Dann lag der tote Körper vor ihm. Aus einigen Einschusslöchern sickerte noch wässeriges Blut hervor.

„Wer zum Teufel ist denn das?" Verwundert starrte Dimitrow auf den Toten.
Dieser Kerl sagte ihm gar nichts. Während er noch rätselte, wer der Tote sein mochte, rief eine Stimme aus dem anderen Boot herüber: „Hier, in dem Gummiwulst des Schlauchbootes liegt noch ein toter Froschmann!"

Wenig später lag auch dieser Leichnam vor dem Oberst auf dem Vorderdeck.
Nachdem der von einigen Einschlägen durchlöcherte Neopren-Anzug vom Körper entfernt war, kam ein junger, offenbar voll austrainierter Körper mit kurzgeschorenen Haaren zum Vorschein.

„Also doch! Wenn das kein Navy Seal der Amerikaner ist, müsste ich mich schon sehr täuschen!" Arkadi nickte überzeugt vor sich hin. *Aber für einen Seal war der andere Tote eindeutig zu alt. Außerdem gab ihm der ziemlich zerrissene Sack, in dem die Leiche aufgefischt worden war, noch Rätsel auf. Sauerstoffversorgung außen, aber größer und keine Flossen und keine Maske im üblichen Sinn und kein Sichtfenster. Ein Unterwasser-Transportbehältnis?*

Aber wo waren die anderen Froschmänner und die Agenten mit dem wichtigen Beweismittel?

„Los jetzt! Die Toten und das Bootswrack sicher verstauen und dann lassen Sie uns die Kaikanten absuchen!", befahl Dimitrow.

Mit langsamen Flossenschlägen, immer einen Blick schräg nach oben zur Oberfläche gerichtet, schwammen die Männer an das rechte Ufer. Nach rechts, weil es nach dorthin einfach dichter war. Gut, dass es ein Sonntag war und nur wenig Betrieb herrschte. Ganz kam ein so großer Hafen nie zur Ruhe. Auch nicht an Sonn- oder Feiertagen und ebenfalls nicht bei Nacht. Aber hier war es ruhig. An diesem Platz lagen einige kleinere Fahrzeuge im Dunkel. Leichter und zwei oder drei nicht sehr große Küstenfrachter. Mit leichten Flossenschlägen glitten die Männer an den still daliegenden, aber im Sturm auf und ab im auch her starken Wellengang schwoienden Silhouetten vorbei. Schließlich erreichten sie eine kleine Hafenfähre, die ebenfalls ganz offenbar nicht in Betrieb war. Jedenfalls fiel kein Lichtschein aus den nicht abgedunkelten Fenstern und auch ein Geräusch von laufenden Maschinen oder Generatoren war nicht zu vernehmen. Hinter dem Heck dieses kleinen Schiffchens, jetzt als kleine Barkasse oder Personenfähre zu erkennen, sammelten sich die Froschmänner.

Die Seals waren eine Menge gewöhnt und nicht so schnell aus der Fassung zu bringen. Doch als sie jetzt ihre Taucherbrillen hochschoben, stand ihnen allen der Ausdruck der gerade soeben überstandenen Gefahren ins Gesicht geschrieben. Gepaart mit der Sorge um den Kameraden am Motor des zusammengeschossenen Bootes und die zweite Person in dem nicht aufgefundenen Rettungsanzug. Zuerst vergewisserten sie sich, dass wirklich niemand auf dem Boot oder auch am Ufer zu sehen und zu hören war. Dann starrten alle Lieutenant Masterson an.

Auch dessen Gesicht war von der Anspannung gezeichnet und dazu kam die Gewissheit, einen seiner Männer verloren zu haben und diesen entgegen ihren Gepflogenheiten nicht bergen zu können.

„Hat einer von euch mitbekommen, was mit Wallis passiert ist?" Rock Masterson sah erst seinen Gunnery-Sergeanten und als dieser den Kopf schüttelte die anderen Seals an.

Nur stummes Kopfschütteln antwortete ihm.

„Und der zweite Rettungssack?"

Wiederum erfolgte die traurige Antwort auf die gleiche stumme Art.

„Okay, nicht zu ändern. So wie auf das Boot gefeuert wurde, ist es ohnehin ein Wunder, dass es nicht mehr von uns erwischt hat. Sehen wir nach, wie es unserer stummen Begleitung geht?"

Als sich das Gesicht der jungen Russin in dem glücklicherweise nicht von Kugeln getroffenen Behältnis enthüllte, glitt ein minimales Lächeln über die bis dahin eher versteinert wirkenden Mienen der Männer. Ganz anders die vor Schrecken und Angst geweiteten Augen der Frau. „Was ist passiert?" Kaum verständlich presste sie die Worte aus ihrem Mund mit den jetzt schmal verkniffenen Lippen.

„Nichts, wir haben nur unser Boot verloren und …", übernahm, auf den nach Hilfe suchenden Blick des Lieutenants, Commander Bean die Beantwortung. Das heißt, er versuchte es, denn Alina schüttelte trotz der Enge des Anzuges, in den sie nach wie vor verpackt war, den Kopf.

„Du lügst! Ich habe Schüsse gehört und dann bin ich gepackt und ins Wasser geworfen worden …", sie stutzte, „und wo ist Ferdinand?"

Die Miene des sonst immer – zumindest sich den Anschein gebenden – sorglosen Offiziers verfinsterte sich. „Den haben die Russen … äh … ich meine deine Leute oder er ist tot. Das gilt auch für den Mann am Ruder. Aber genug jetzt. Wir müssen sehen, dass wir hier wegkommen. Wir passen schon auf dich auf! Versprochen!" Damit wollte er den Rettungsanzug wieder schließen und zuvor mit der anderen Hand Alina wieder das Mundstück der Sauerstoffversorgung zwischen die Zähne schieben. Doch sie wehrte sich mit dem Hin- und Herwerfen des Kopfes, soweit es ihr in ihrer engen Umhüllung möglich war. „Nein, ich will nicht! Lasst mich hier raus!"

„Das geht nicht, wir …"

Da erschien neben ihm der Kopf des Lieutenants und schob ihn beiseite.

„Vielleicht doch! Wir kommen ohne fahrbaren Untersatz sowieso nicht weit. Der Sergeant und zwei Mann erkunden das Schiffchen über uns. Vielleicht nehmen wir das!"

„Was? Aber ich denke …" Ronny Bean brach ab, als ihm bewusst wurde, dass er hier nicht zu bestimmen hatte. Das Kommando führte der Lieutenant der Navy Seals und der würde auch eindeutig besser wissen, wie sie sich aus ihrer zweifellos prekären Situation befreien konnten. Wenn dieses überhaupt noch möglich war.

Trotz der überaus angespannten Lage, in der sie sich befanden, bemerkte Ronny den strafenden Blick der jungen Frau, den sie ihm zuwarf, während sich der junge Offizier der Seals über den Anflug eines Lächelns freuen durfte, das Alina ihm widmete.

Noch bevor er sich über seine Gedanken hierzu klar werden konnte, ertönte ein leiser Ruf über ihnen.

„Den Schlitten kriegen wir in Gang, Sir." Gleichzeitig beugte sich der Sergeant vor und zog mit einer fließenden Bewegung, die von viel Kraft in den Armen zeugte, den aus dem Wasser schnellenden Offizier auf das niedrige Deck der Barkasse.

Kurz darauf bekamen der Gunnery-Sergeant und Corporal Dillon das kleine Schiffchen gestartet. Brummend und mit einigen Stotterlauten kam der alte Dieselmotor in Gang. Im Ruderhaus fanden sich in einer Kiste sogar Hosen, Hemden und zwei Paar Bordschuhe, die die Besatzung zum Wechseln vorrätig hatte. Sogar ein Pullover aus dicker Wolle fand sich, in den Alina verpackt wurde, die so froh war, aus ihrem engen Gefängnis von Rettungsanzug befreit zu werden, dass sie ohne Widerspruch den alten Pulli akzeptierte.

Da mit dem Sturm auch die sommerlichen Temperaturen stark gefallen waren, fror sie in BH und Höschen – mehr hatte sie ja bei Verlassen des Schiffes nicht angehabt – trotz des dicken, dunkelblauen Pullovers ziemlich.

Aber bis auf Fred Dodd und Corporal Best, die in die Sachen aus der Kiste im Deckshaus geschlüpft waren, fühlten sich auch alle Anderen in den Neoprenanzügen mit den Flossen an den Füßen unwohl.

„Weit werden wir mit diesem Kasten nicht kommen", befürchtete Masterson, als sie mit langsamer Fahrt in Gang kamen.

„Was sagen Sie da? Dann sind die Verräterin und einige ihrer Komplicen also entkommen?"

Vor Wut brüllte der russische Präsident so laut in sein Telefon, dass Oberst Dimitrow am anderen Ende der Hörer des Funktelefons des Streifenbootes fast aus der Hand fiel.

„Ach so, einen der Kerle haben Sie. Wie schön! Und was bringt uns das?" Die Stimme Kruskins tropfte fast vor Ironie. *Dafür hatte es ihn wenig bewegt, dass die Hafentanks und einige Boote in die Luft geflogen waren und es Tote und Verletzte gegeben hatte. Warum auch, wo er in weniger als zwei Stunden ohnehin davon ausgehen musste, dass der halbe Hafen mit der Stadt St. Petersburg in einer weißglühenden, alles verschlingenden, Explosion in Rauch und Asche versinken würde.*

Aber was wäre, wenn diese Amerikaner und seine ehemalige GRU-Offizierin sich vorher noch in Sicherheit bringen konnten – und mit ihnen den zuvor so verheißungsvoll sich darstellenden Plan? Das musste auf alle Fälle verhindert werden.

Kruskin wurde ganz ruhig. Wie immer, wenn es um alles, alles was für ihn wichtig war, ging.

„Sie sind also sicher, dass die Verräterin und die Kopie damit nicht mehr auf dem Schiff sind?"

„Jawohl! Ich habe veranlasst, dass die Hafeneinfahrt gesperrt wird, die Ufer abgesucht werden und die Marine Wasserbomben wirft, von See her auf den Hafen zu. Damit müssten wir sie erwischen, wenn sie noch im Wasser sind, Gospodin Präsident!"

„Gut, und wer ist der Kerl, den Sie haben? Und vor allem, was können Sie aus ihm heraus ..."

„Der ist tot und ein weiterer Mann auch. Ich gehe davon aus, dass es sich um einen Agenten handelt, der in einer Art Unterwassertrage mit Sauerstoffversorgung transportiert wurde. Der zweite ist ein Froschmann. Das Schlauchboot haben wir auch und ..."

„Schon gut, Oberst! Hauptsache, die Agenten und der Plan kommen nicht aus Russland heraus. Tun Sie, was auch immer nötig ist ... und wenn Sie die halbe Stadt und den Hafen in die Luft jagen müssen! Hier geht es eventuell um das Überleben unseres Landes! Halten Sie mich über alle Neuigkeiten informiert!"

Auf den Schrecken zündete sich Feodor Wladimirowitsch Kruskin erst einmal eine seiner starken Orientzigaretten an, die er nur noch selten rauchte und beruhigte seine Nerven auch mit einem großen Glas grusinischen Kognaks. Er registrierte zwar die wohlige Wärme, die der durchaus trinkbare Weinbrand in seinem Magen verbreitete, aber das sonstige Wohlgefühl wollte sich nicht einstellen. Wie auch – bei dem, was auf dem Spiel stand.

Die kleine Personenfähre mit der Bezeichnung „St. Petersburg VII" tuckerte mit gemächlichen sechs Knoten durch den zusehends belebteren Hafen. Der Gunnery-Sergeant, der das Ruder übernommen hatte, hielt das Schiffchen etwa auf der Hälfte zwischen Uferbefestigungen und der Mitte des Wasserweges.

„Verdammt! Bei dem Tempo haben wir keine Chance. Geht es nicht schneller?"

Commander Bean blickte unruhig ans Ufer, wo immer mehr Militärlastwagen und Milizautos sichtbar wurden. Ganz offenbar wurde das gesamte Ufer abgesucht. Wie ein Blick durch das Fernglas zeigte, wimmelte es auch auf der anderen Seite von bewaffneten Soldaten, die ebenfalls die Schiffe an den Kaianlagen durchsuchten. Dazu kamen die großen Feuerwehrfahrzeuge. Aber nicht nur das beunruhigte sie alle. Auch auf dem Wasser selbst tauchten immer mehr Marineschiffe, Milizboote und auch erste Löschboote der Hafenfeuerwehr auf, die den Brandherden an den Kaianlagen, vornehmlich den in Flammen stehenden, tiefschwarzen Rauch absondernden Tankanlagen, entgegen strebten.

Die kleinen Boote konnten bei der herrschenden Witterung ihre hohe Geschwindigkeit nicht voll nutzen und hatten es auch bei halber Fahrt schwer genug, den Wellen und dem Seitenwind zu trotzen. Auch die kleine Hafenfähre mit den Flüchtigen an Bord wurde immer mehr aus dem Kurs geworfen, je weiter der enge und geschützte Binnenhafen verlassen wurde. Gerade wurde das Schiffchen wieder von einer Windböe getroffen und dazu kam noch die hohe Dünung, ausgelöst von einem schnelllaufenden Kriegsschiff. Einem dem Hafenausgang zustrebendem Zerstörer oder einer Fregatte. Alina verlor den Halt unter den Füßen und konnte gerade noch von Ronny aufgefangen werden. Auch Manuel Aranges hatte es von den Beinen geholt und mit einem Stöhnen richtete er sich wieder auf.

„Es nützt nichts. Wir müssen uns nach einem anderen Untersatz umsehen!"

Alle schauten den Lieutenant an.

„Ja, mit dem Ding fangen uns die Russen oder wir saufen so ab, wenn wir offeneres Wasser erreichen. An Land fangen sie uns auch und schwimmen können wir so weit nicht. Also, seht euch um, ob nicht etwas Brauchbares am Ufer zu entdecken ist?"

Inzwischen hatten sie die Fahrt auf vier Knoten verringern müssen, um sich überhaupt über Wasser zu halten. Da nahte das Verhängnis in Gestalt eines schnittigen, aber auch schwer in Sturm und Wellen arbeitendem Streifenboot, das von hinten aufkommend eindeutig Kurs auf sie nahm.

„Verdammt, was machen wir?" Ronny blickte fragend den wohl um die zehn Jahre jüngeren Lieutenant an. In dessen Kopf arbeitete es mit Hochdruck. Seine Gedanken jagten sich. Indessen kam das kleine, aber wesentlich seetüchtigere, Schiffchen immer näher.

„Wir kapern es!"

Es war, als ständen die von Rock Mastersen gesprochenen Worte wie in Stein gemeißelt mitten im Ruderhaus. Alle Augen richteten sich auf ihn.

„Wie bitte?", entfuhr es Ronny Bean.

„Ja, was bleibt uns sonst?" Der Lieutenant kümmerte sich nicht weiter um ihn und befahl: „Alina, Los, her mit dem Pullover! Manuel und Dillon hinter die Bordwand legen und nach dem Gunny, Best und mir springen Sie auf das andere Boot rüber! Sie, Commander übernehmen das Ruder und sorgen dafür, dass wir dicht genug herankommen!"

In Sekundenschnelle führten die Corporals ihre erhaltenen Befehle aus und Ronny Bean blieb nichts anderes übrig, als das verwaiste Ruder zu übernehmen, bevor die Barkasse in Seegang und Seitenwind querschlagen konnte.

Alina riss sich den Pullover vom Leib und stand jetzt in BH und Höschen im Ruderhaus. Rocky Masterson streifte den Pullover einfach über seine Montur und watschelte hinter Fred Dodd her an die Reling. Dort standen der Gunnery-Sergeant und Best mit gezogenen Pistolen, die sie hinter ihren Rücken verborgen hielten. Gebannt warteten sie auf die Ankunft des Streifenbootes, das nur noch wenige Meter entfernt war. Da fiel dem Commander am Ruder plötzlich ein, dass die Amerikaner ja gar kein Russisch verstanden und es noch weniger sprechen konnten. Wie sollte der Plan da gelingen?

Doch Ronny Bean wäre nicht er gewesen, wenn ihm nicht sofort etwas eingefallen wäre. In höchster Gefahr schaltete sein Gehirn immer den Schnellgang ein und bisher stets mit Erfolg.

„Alina!" Die Frau drehte sich um und versuchte hierbei sich mit den Armen soweit möglich zu bedecken. „Was?"

„Die können doch gar kein Russisch! Wir müssen sie ablenken. Also tu so, als wenn ich dir was antun will, sowie ich es sage. Du rennst dann auf das Deck hinaus!"

Noch während er diese Worte ausstieß, versuchte er sich in aller Hast seines Taucheranzuges zu entledigen. Gar nicht so einfach, ohne Hilfe aus diesen engen Neopren-Sachen herauszukommen.

Hätte Alina ihm nicht geholfen, hätte er es in den wenigen Sekunden wohl kaum geschafft. So war er, als das Milizboot an die Backbordseite ihrer kleinen Fähre kam, gerade dabei, den letzten Fuß aus der Flosse zu ziehen. Inzwischen war auch dem Lieutenant aufgegangen, dass der geplante Coup an Sprachkenntnissen zu scheitern drohte. Einer der Russen schrie gegen den Wind etwas und Dodd, der in den gefundenen Zivilklamotten an der Reling stand, tat so, als würde er antworten. Er hoffte nur, die Milizionäre würden glauben, dass der Sturm seine Worte so vom Mund riss, dass diese deshalb nicht zu verstehen waren. In diesem Moment wirbelte der Commander das Ruder herum, so dass ihr Schiffchen im nächsten Moment das etwas kleinere Boot rammen müsste.

„So, jetzt lauf raus und schrei, du wirst hier festgehalten!"

Die Frau tat, wie ihr geheißen ward und stürzte an Deck. Sie schrie laut etwas für Ronny Unverständliches. Aber der Offizier auf dem Streifenboot schaute jetzt etwas entgeistert auf die Frau, die da so plötzlich nur in BH und Slip auftauchte. Auch die anderen Russen wurden abgelenkt. Jetzt tauchte hinter der Frau ein fast nackter Mann in Unterhose auf und griff nach ihr, wobei er ihr den Büstenhalter abriss und sie zu sich herumwirbelte. Genau in diesem Moment knallte die Barkasse breitseits gegen das Milizfahrzeug. Im genau richtigen Moment sprangen Sergeant Dodd und Corporal Best auf das andere Schiffchen hinüber. Gleichzeitig schoss der hinter der Reling sich wieder aufrappelnde Lieutenant dem Offizier auf dem anderen Boot in die Brust. Er traf mit seinen beiden nächsten Schüssen trotz des schwankenden Untersatzes unter seinen noch flossenbewehrten Füßen auch die zwei anderen Angehörigen der Hafenmiliz, die es beim Aufprall genauso von den Beinen gerissen hatte, ebenfalls sofort tödlich. Noch bevor der vierte Mann am Steuer zur Waffe greifen konnte, hatte Fred Dodd diesen erreicht. Der rechte Arm des Navy Seal fuhr hoch und legte sich um den Hals des Überraschten. Eine kurze, trockene Bewegung und ohne ein Wort sackte dieser zu Boden. Doch da tauchte ein weiteres Gesicht dicht über dem Boden des Steuerraums auf. Dort, wo sich der Niedergang zu dem Maschinenraum befand. Dieser Milizionär handelte blitzschnell und schon erschien auch sein rechter Arm oberhalb der Flurplatten. Die automatische Pistole in seiner Rechten flog hoch und der Lauf zeigte genau auf den ältesten Seal, der keine Chance mehr hatte, seine Pistole rechtzeitig zu ziehen. Seine eigene Waffe hatte er wieder ins Holster gesteckt und wollte gerade in das Ruderrad greifen. Fred Dodd hatte angenommen, dass mit dem Ausschalten des dort angetroffenen Polizisten der letzte Mann der Besatzung unschädlich gemacht sei. Jetzt war es zu spät, schoss ihm durch den Kopf. In der nächsten Zehntelsekunde würde die Kugel aus dem auf ihn gerichteten Lauf der schwarzen Pistole seinen Schädel zerschmettern.

Da knallte es auch schon. Doch nicht Fred Dodd wurde getroffen, sondern in der Stirn des eben über dem Boden sichtbaren Kopfes erschien wie von Geisterhand gezaubert ein kleines, kreisrundes Loch und schon verschwanden Kopf und Arm wieder im Boden. Nur die großkalibrige Pistole fiel klappernd auf die stählernen Bodenplatten. Corporal Best war noch rechtzeitig in der offenen Tür des Steuerraums aufgetaucht und hatte die Situation sofort erkannt. Wieder einmal hatte sich das harte, aber unerlässliche Training, dem sich die Spezialeinheit laufend unterwerfen musste, ausgezahlt.

Mit großen Augen hatten die ehemalige GRU-Offizierin und der US-Commander den Enterakt der Seals verfolgt. Zumindest soweit sie es von ihrer Position aus sehen konnten. Das Geschehen im Steuerhaus war ihnen ja verborgen geblieben.

Inzwischen hatten sich die beiden Schiffchen wieder von einander wegbewegt.

„Los, Commander! Legen Sie Ruder und springen Sie und die Frau dann hier auf Deck! Wir müssen sehen, dass wir hier verschwinden!"

Ronny Bean tat, was er konnte. Doch ohne die tatkräftige Mitarbeit von Manuel Aranges, der jetzt das Ruder des Streifenbootes übernommen hatte, hätte das Manöver kaum geklappt. Mit Unterstützung des Lieutenants und eines Corporal gelangten Alina und Ronny schließlich an Deck des anderen Schiffes. Die Barkasse trieb derweil mit laufender Schraube immer mehr in Richtung auf die Kaianlagen am Ufer.

„Commander, Sie gehen ans Steuer. Sie werden das Schiff doch wohl fahren können?"

Ohne eine Antwort abzuwarten wandte sich Masterson dann an seine Leute: „Los, zieht die Russen aus. Achtet darauf, dass die Uniformen nicht noch mehr

Blut abbekommen und zieht deren Klamotten an. Die Frau bekommt die des russischen Leutnants. Sollte halbwegs passen!"

So schnell wie Alina, die heilfroh war, ihre Blößen wieder verdecken zu können, hatte sich keiner der Anderen umgezogen.

Auch Regenmäntel waren vorhanden und das Blut sowie die Löcher an den Einschussstellen fielen infolge der Nässe kaum auf. Außerdem war niemand daran interessiert, in näheren Kontakt mit Außenstehenden zu treten.

„Seht mal, was ich gefunden habe!" Corporal Dillon, der gemeinsam mit Manuel Aranges vorsorglich das Boot nochmals durchsucht hatte, brachte zwei Maschinenpistolen mit in das Steuerhaus. Dazu je drei gefüllte Magazine. Zusammen mit den Handwaffen der getöteten Russen und dem Maschinengewehr auf dem Vorderdeck, das aufmunitioniert und feuerbereit war, fühlten sich nicht nur die Seals, sondern auch Commander Bean und Alina wesentlich wohler. Zudem hatte Ronny kein Problem damit, das einigermaßen seetüchtige Boot zu steuern.

„Haben Sie die Tankanlagen geprengt, denn das sind doch ganz offensichtlich Öltanks, die da brennen und immer wieder zu Explosionen führen?"

Rock Masterson drehte sich zu der Frau, die jetzt in der russischen Offiziers-Uniform hinter ihm stand, um. „Ja, aber mit dieser Auswirkung habe ich nicht gerechnet. Die müssen alle miteinander durch Leitungen verbunden sein. Sonst kann ich mir diese Kettenreaktion nicht erklären." Er guckte sie an, aber eine weitere Nachfrage erfolgte nicht. Stattdessen blickte Alina ans Ufer, wo eben eine weitere Kolonne mit flackernden blauen und roten Lichtern zu den Brandherden unterwegs war.

Auch auf dem Wasser war immer mehr Verkehr zu beobachten. Hauptsächlich Marineschiffe, die der Ausfahrt zustrebten. Von dem relativ kleinen Boot der Miliz nahmen sie jedoch kaum Kenntnis, was der kleinen Schar von Flüchtigen nur recht sein konnte.

Immer wieder klangen Stimmen in russischer Sprache aus dem Funkempfänger im Steuerhaus, wo sich Alina neben dem Sprechfunk positioniert hatte. Wieder ertönte eine offenbar sehr befehlsgewohnte Stimme. Jetzt zuckte die junge Russin zusammen. „War das für uns? Äh, ich meine für dieses Boot?" Bis auf die beiden Corporals am Bug, die das MG nochmals prüften, schauten die Männer Alina fragend an.

„Ja, das ist für uns!" Sie nickte Masterson zu und griff sich den Hörer. Sprach hinein und hörte wieder zu. Dann sprach sie zwei Worte und hängte ein.

„Das war der Kommandeur der Miliz. Ein Oberst Dimitrow, ein berühmter Kriminalist aus Moskau, der jetzt hier den Befehl übernommen hat. Ein ganz gefährlicher Mann. Wir sollen uns um ausgerechnet die Fähre kümmern, die wir verlassen haben und die jetzt an Land gegen die Kais geprallt ist. Der Oberst kommt mit einem anderen Schiff auch dahin. Er meint, dass die Flüchtigen, also wir, mit dieser Barkasse unterwegs gewesen sein könnten und uns jetzt auf den Kais befinden und versuchen uns dort zu verstecken oder ein anderes Boot zu stehlen." Fragend blickte sie Masterson an. Dieser überlegte einen Moment. „Nein! Wir fahren weiter! Geben Sie Gas, Commander und ihr", er drehte sich zu den Anderen um, „haltet eure Waffen schussbereit!"

Vorsichtig erhöhte Ronny die Geschwindigkeit und beschleunigte auf bis zu neun Knoten. Mehr mochte er dem Boot bei der querlaufenden See mit starkem Seitenwind nicht zumuten. Obwohl, der Regen begann nachzulassen und es wurde langsam heller. Nur die Wellen gewannen an Macht, je weiter sie den Binnenhafen verließen.

Die Minuten verrannen und immer weiter ging die Fahrt durch die nach wie vor stürmische See, die weiter ab von Land wohl noch wesentlich höher gehen würde, obschon hier im Finnischen Meerbusen es nie so hoch hergehen würde, wie auf der hohen See, hunderte Meilen von jeglichem festen Grund entfernt.

Auf einen aufmunternden Blick des Lieutenants erhöhte Commander Bean die Geschwindigkeit schließlich auf zwölf Knoten. Jetzt tauchte der Bug tiefer in die Wellenberge, die sich von Backbord heranschoben und hohe Gischtwolken über den Bug sprühen ließen. Doch der Sturm schien langsam nachzulassen.

„Gar nicht so gut. Wenn der Regen ganz aufhört und der Wind sich weiter legt, dazu es immer heller wird, kann das unsere Entdeckung nur fördern." Bedenklich musterten Masterson und Dodd den nachlassenden Sturm und den immer heller werdenden Himmel.

Da näherten sich von achtern zwei weitere schnelle Marineschiffe. Immer näher kamen sie und warfen Kaskaden sprühenden Wassers hoch am Bug auf. Mit diversen Knoten Fahrtüberschuss überholten sie das Milizboot, das kurz darauf in der durch die Bugwellen der schnellfahrenden Schiffe noch höher gehenden See stark zu schlingern begann. Ronny Bean am Ruder hatte alle Hände voll zu tun, das kleine Schiffchen auf Kurs zu halten. Zu allem Überfluss machte sich jetzt auch noch das Funkgerät wieder bemerkbar. Alina warf den Kopf hoch. Der Ruf galt also wohl ihnen. Sie nahm den Hörer ab und meldete sich. Daraufhin scholl eine laute Stimme aus dem Hörer und überschüttete sie offenbar mit wenig schmeichelhaften Worten. Doch ohne zu Zögern erfolgte ihre Antwort. Ebenfalls in einem langen Satz. Darauf eine etwas weniger laute Antwort und ein paar kurze Worte Alinas, die den Hörer wieder auf die Gabel warf.

„Der Kommandant des Bootes fragt, wieso wir noch nicht bei der Barkasse sind? Ich habe gesagt, wir haben einen im Wasser treibenden Gegenstand gerammt. Offenbar ein Boot, das halb versunken war und versuchen einen Menschen im Wasser aufzufischen. Vielleicht verschafft uns das noch etwas Zeit!" Fragend blickte sie den Offizier der Navy Seals an.

„Gut gemacht!, aber jetzt werden sie uns wohl bald suchen und ihre Hubschrauber werden uns schnell gefunden haben!"

„Ich wundere mich sowieso, wieso der Kommandant des Bootes mit dem Oberst an Bord sich nicht gewundert hat, dass sich eine weibliche Stimme hier gemeldet hat. War doch gar keine Frau an Bord hier. Das müsste er eigentlich wissen. So viele Milizboote kann es auch in einem so großen Hafen gar nicht geben, dass sich die Besatzungen untereinander nicht genau kennen."

„Ja, verdammt! Das stimmt. Also, Commander holen Sie aus der Kiste heraus, was drin ist. Sie sind doch Navy-Offizier!"

„Ja doch, zum Teufel, aber ich will den Kahn nicht versenken!" Ronny Bean schoss einen bösen Blick auf den Lieutenant ab, gab aber Stoff und schob den Fahrtanzeiger auf AK voraus.

Doch da nahte schon das nächste Problem. Einer der kleineren Hubschrauber näherte sich direkt von vorn. Ein Scheinwerfer blinkte Signale und auf dem Steuerstand schauten sich die Amerikaner fragend an. Doch dann bemerkten sie, wie auch der Brücke des Kriegsschiffs, dass sie gerade überholt hatte, Lichtsignale abgegeben wurden. Zwei weitere, etwas größere Kampfhubschrauber folgten und tauschten ebenfalls Signale mit den Korvetten aus.

„Ob das uns gilt? Die halbe Ostseeflotte scheint sich ja hier zu versammeln." Fred Dodd zog die Stirn in Falten. „Das glaube ich schon, aber ganz offenbar wissen sie ja nicht, wo sie uns genau zu suchen haben. Für diese Nussschale braucht es ja allenfalls einen kleinen Hubschrauber mit einer einzigen Rakete", antwortete sein Lieutenant ihm. Dann begab sich Masterson in die Ecke des kleinen Raums, wo sie ihre Neoprenanzüge abgelegt hatten und nahm aus der Gürteltasche das wasserdicht verpackte Satellitentelefon heraus. „Mal sehen, ob wir Kontakt bekommen? Der Minister wartet bestimmt schon und der Präsident wohl auch. Aber uns hier per Heli herauszuholen wird kaum gelingen." Bei diesen Worten deutete er auf die beiden großen Kampfhubschrauber, die jetzt wieder drehten und dem vor der Hafeneinfahrt gelegenen Teil des Finnischen Meerbusens zustrebten.

„Wo zur Hölle bleibt das andere Boot? Rufen Sie es nochmals an!" Oberst Dimitrow wischte sich trotz der nassen Uniform den Schweiß von der Stirn. Wieso das andere Streifenbot noch immer nicht an dem Ort angekommen war, wo die Barkasse gestrandet war, mochte er nicht verstehen.

Wieso die Soldaten und Milizionäre hier am Ufer keine Spur von den Froschmännern und der mit ihnen geflüchteten Verräterin fanden, erschloss sich ihm ebenfalls nicht. Menschen in Taucheranzügen konnten nicht einfach so verschwinden. Sollten die etwa doch ihr Heil in der Flucht unter Wasser versuchen? Eigentlich unvorstellbar. Da meldete sich die Marine. „Was? Ja, wenn alles auf Position ist, fangen Sie an!"

„Die „Boris Schimkow", so heißt das gerufene Streifenboot meldet sich nicht, Herr Oberst!" Der Kommandant des Bootes schaute seinen hohen Vorgesetzten fragend an.

„Und, gibt es eine Erklärung dafür?"

„Nicht dass ich wüsste, Herr Oberst, vielleicht ist der Sprechfunk ausgefallen. Das kommt bei Sturm schon mal vor. Die Antennen ..."

„Ja, schon gut!" Dann wurde seine Aufmerksamkeit von den in der Ferne aufgrollenden, dumpfen Detonationen in Anspruch genommen. Offenbar hatte die Marine mit dem Werfen von Wasserbomben begonnen. In der Fahrrinne mochte es ja hautsächlich die dort schwimmenden Fische das Leben kosten, sich die sonstigen Beschädigungen aber im Rahmen halten. An den Ufern und Kais jedoch, wo die großen Drehflügler aus der Luft ihre etwas kleineren Ladungen abwarfen, wurde wohl großer Schaden angerichtet und auch einigen der an den Kais liegenden Schiffe würde es wohl Löcher in die Rümpfe reißen, so dass später eine Menge Arbeit auf die Berger und Werften zukäme. Aber der Präsident musste es ja wissen.

Präsident Kruskin schaute immer wieder auf seine Armbanduhr und rauchte eine Zigarette nach der anderen. Auch der Pegel in der Kognakflasche sank rapide – und das, wo es früher Morgen war und der Staatschef alles andere als ein Alkoholiker und Kettenraucher.

Eben hatte dieser überschätzte Miliz-Oberst gemeldet, dass das Werfen der Wasserbomben begonnen hatte, was wohl zu erheblichen Beschädigungen führen würde. Der Kerl hatte gut reden. Hätte er seinen Job besser gemacht, würde wohl nicht in wenigen Minuten der gesamte Hafen mit der halben Stadt in die Luft fliegen. Geschah dem Kerl recht. Wieso hatte er diese GRU-Tippse nicht fassen können. Völlig egal, wer noch daran glauben musste, Hauptsache, dieser dämliche Plan wurde nicht bekannt. Dafür musste jedes Opfer gebracht werden.

Kruskin zündete sich eine weitere Orient-Zigarette an und füllte auch sein Glas nochmals bis zum Rand.

„Was sagen Sie da? Sie sind mit der Kopie und der Russin auf der Flucht und haben ein Boot der Hafenwache in St. Petersburg gekapert?" US-Präsident Daniel B. Brown schoss aus seinem Sessel hoch und starrte den Vorsitzenden der Vereinigten Stabschefs an.

„Ja, Sir. Einen Mann haben die Seals verloren und auch der Deutsche ist den Russen in die Hände gefallen. Vermutlich sind beide tot. Aber die ganze Marine ist in Aufruhr und hat, was trotz der schlechten Sichtverhältnisse auch die gerade neu hereingekommenen Satellitenaufnahmen bestätigen, den Fluss bzw. den Hafen abgesperrt. Es ist also fraglich, ob unsere Jungs da herauskommen können."

„Und? Wie können wir ihnen helfen? Wir haben doch Flugzeuge im Baltikum stationiert. Auch Hubschrauber. Können die nicht eingreifen?"

Daniel B. Brown sah erst den Admiral, dann seinen Verteidigungsminister, die wie er und sein gesamter Krisenstab im großen Lageraum versammelt waren, an.

Minister Wilde nickte. „Können schon, aber dann haben wir wohl Krieg. Noch befinden die Seals sich auf russischem Territorium und auf einem russischen Polizeiboot."

„Egal, wir müssen diesen Plan bekommen und schließlich haben die Russen ja doch auch im Mittelmeer angegriffen!" Brown ignorierte den lauten Einwand seiner Außenministerin, Tilly Ambrose und registrierte das zustimmende Nicken seiner Stabschefin, die trotz der frühen Stunde wieder ausgesprochen attraktiv aussah und dieses auch sehr wohl selbst wusste.

„Admiral, lassen Sie unsere Jagdbomber aufsteigen und hart an der Grenze patrouillieren. Was wir an Schiffen haben, auch der Verbündeten, soll sich ebenfalls auf den Weg machen. Aber zunächst nur bis an die Seegrenze. Nicht darüber hinaus!"

„Was zum Teufel passiert denn jetzt?" Bewusst hatte Rock Masterson angeordnet, die Anrufe auf dem Funkgerät zu ignorieren und wunderte sich, dass sie bisher unbehelligt geblieben waren. Doch da vor ihnen, jetzt in der zunehmenden Helligkeit und wo der Regen aufgehört hatte, sahen sie sich plötzlich einer ganzen Reihe schnellfahrender grauer Marineschiffe gegenüber. Diese fuhren in einer Reihe und kamen direkt auf sie zu. Zu beiden Seiten wurden die Zerstörer in der Mitte und die deutlich kleineren Korvetten oder Fregatten an den Flanken noch von zwei riesigen Hubschraubern an den Uferkanten flankiert. Da brüllten hinter den Schiffen gedämpfte Detonationen auf und es erhoben sich Wasserberge, deren Spitzen die Masten der Kampfschiffe überstiegen, um gleich darauf wieder in sich zusammenzufallen. Auch hinter den Helis kochte das Meer.

„Verdammt, die denken, wir versuchen schwimmend zu entkommen und werfen Wasserbomben, um uns zu töten!", brach es aus Commander Bean hervor. „Was machen wir? Selbst wenn wir uns zwischen den Schiffen durchmogeln können, würde uns eine einzige Bombe das Boot zerreißen!"

Nun war guter Rat teuer. Sie saßen in der Falle. Vor ihnen die ganze Armada von Marineschiffen und Hubschraubern, die das Wasser hinter sich zum Kochen brachten und alles zwischen Oberfläche und Grund mit Sicherheit zertrümmerten. Hinter ihnen wohl die größte Suchaktion, die St. Petersburg je gesehen hatte.

„Und was machen wir jetzt?" Die Frage von Manuel Aranges stand im Raum ohne dass eine Antwort erfolgte.

Immer näher rückten die grauen Schiffe und die dunklen Helikopter. So, wie die Fässern gleichenden Unterwassersprengkörper platziert wurden, dürfte in der ganzen Breite des Wasserweges kein Fisch davonkommen, kein Fahrzeug der

Zerstörung entgehen und erst recht kein Mensch überleben. Wenn der gesamte Körper nicht von den Explosionen zerrissen würde, dann doch – auch in größerer Entfernung – auf alle Fälle die Lungen platzen.

„Ich hab's!" Ronny Bean blickte Alina direkt an. „Kannst du von hieraus direkt mit der Marine per Sprechfunk kommunizieren?"

Die Russin nickte überrascht. „Und, was soll das bringen?"

„Alle herhören! Das MG und die Maschinenpistolen sind feuerbereit?"

„Ja, aber ..." Der Lieutenant brach ab, als Ronny einfach fortfuhr. „Schnell, die Leichen der Russen in unsere Taucheranzüge! Los, los! Macht schon!"

Die Seals blickten ihren Truppführer kurz an und beeilten sich, die Toten in die schwarzen Neoprenanzüge zu verfrachten. Das ging erstaunlich schnell.

„Fertig!"

„Gut, dann stoppen wir jetzt und über Bord mit den Kameraden der anderen Feldpostnummer und sofort Feuer frei mit allen Waffen. Das MG feuert einfach vor dem Bug ins Wasser und die beiden Jungs mit den MP halten drauf, was das Zeug hält, sowie sie über Bord sind. Je mehr Löcher, desto besser. Einem zerschießt ihr vor allem den Kopf, so dass er nicht mehr zu erkennen ist. Den fischen wir dann auf, damit wir gegebenenfalls etwas vorweisen können!"

Er holte kurz Luft, stoppte gleichzeitig die Maschine und warf die Welle brutal auf „Voll zurück". „Du, Alina, rufst die Marine und erklärst, sie sollen aufhören zu bomben. Wir haben die Schwimmer unter Wasser entdeckt und vermutlich alle getötet. Zur Sicherheit sollen sie, aber erst, wenn wir sie passiert haben, noch zweihundert Meter vor unserem jetzigen Standort bis zweihundert Meter dahinter Wasserbomben werfen. Eine oder besser zwei Leichen haben wir aufgefischt!"

Er wandte sich an die Seals: „Ausführung jetzt! Und zwei Mann ziemlich unkenntlich machen und auffischen!"

Die Männer stürzten an Deck und Sekunden später gab das MG lange Feuerstöße auf das unschuldige Wasser vor dem Bug des jetzt zum Stehen gekommenen Bootes ab. Gleichzeitig schossen der Gunnery-Sergeant und der Lieutenant je ein volles Magazin aus den an Bord vorgefundenen Maschinenpistolen auf jeweils einen der ohnehin schon toten Russen ab. Aranges und auch Alina und Ronny feuerten mit den Pistolen der Toten auf die jetzt im Wasser treibenden weiteren Leichen, die langsam im Meer versanken.

Auf der Brücke des russischen Führer-Zerstörers „Josif Gorski" stieß der Kommandant seinen neben ihm stehenden Wachoffizier an. „Auf was feuert denn das Miliz-Boot da?"

„Vielleicht haben die die Taucher erwischt, hinter denen wir alle her sind!"

„Mag sein, dann können wir diesen Zirkus hier ja beenden. Rufen Sie das Boot auf der gemeinsamen Welle an! Und legen Sie das Gespräch hier auf unseren Lautsprecher!"

Es dauerte drei bis vier Minuten. Der Kapitän wurde bereits unruhig, zumal sich seine Schiffe dem Milizfahrzeug immer weiter näherten.

Da klang eine verzerrte Stimme, von der nicht mit Sicherheit zu sagen war, ob es sich um einen Mann oder eine Frau handelte, aus dem Gerät.

„Hier spricht die Miliz! Streifenboot „Boris Schimkow" hat mehrere Schwimmer entdeckt und wohl auch erschossen. Zwei Leichen sind geborgen. Wir schlagen vor, dass wir die Leichen an einen Hubschrauber der Miliz übergeben und Sie uns passieren lassen um dann zweihundert Meter vor unserem jetzigen Standort bis zweihundert Meter dahinter noch zu bombardieren, so dass sicher ist, dass keiner der Staatsfeinde entkommt! Wir informieren Oberst Dimitrow direkt!"

„Geben Sie „einverstanden", herzlichen Glückwunsch!"

Kapitän Zweiter Klasse Kostinowitsch konnte es nicht fassen. Da hatte die Miliz sie soviel teure Wabos abwerfen lassen und erledigte die Terroristen und amerikanischen Agenten dann doch selbst ganz simpel mit ein paar Schüssen.

Feodor Wladimirowitsch Kruskin blickte auf seine Uhr. Schon zwei Minuten nach acht Uhr morgens. Wieso hörte er nichts? Die Explosion des atomaren Sprengkopfes hätte doch schon erfolgen müssen.

Weshalb klingelte sein Telefon nicht? Nervös zündete er sich eine weitere Zigarette an und nahm einen tiefen Zug. Da klingelte es endlich. Kruskin zwang sich geradezu, ein paar Sekunden abzuwarten, bis er den Hörer von der Gabel riss und sich meldete.

„Was sagen Sie da? Wie ... ich verstehe nicht ... aha, die Miliz hat die Amerikaner erschossen und auch die gesuchte GRU-Verräterin? Nur zwei Leichen aufgefischt? Ja, ich verstehe und der Plan? ... Ach so, die sind auf dem Weg zu Ihnen. Ja, melden Sie sich sofort weiter und finden Sie die anderen Leichen ... Lassen

Sie niemand Anderen sich daran zu schaffen machen, bis Sie den Plan haben und sicher ist, dass es keine weitere Kopie gibt!"

Teils erleichtert warf der Präsident den Hörer wieder auf die Gabel. Aber wieso kein Wort von der Explosion? Sollte der atomare Sprengsatz nicht gezündet haben? Er wählte die Nummer des Admirals der Ostsee-Streitkräfte der Marine. Doch niemand nahm ab. Wieso meldete sich der Kerl nicht?

Seine innere Unruhe verstärkte sich und auch Zigaretten und Alkohol halfen nicht. Es war zum Verrücktwerden. Diese Ungewissheit brachte ihn noch in ein viel zu frühes Grab.

„Es scheint zu klappen. Die Marine lässt uns passieren. Soll ich jetzt den Oberst anrufen – auf der Milizwelle?" Fragend schaute Alina erst den Commander am Ruder, dann den Lieutenant der Navy Seals an.

„Lass uns erst einmal durch sein und berichte! Was habt ihr genau gesagt?" Rock Masterson musste zwar zugeben, dass der Einfall des Commanders sie zunächst gerettet hatte. Aber das Kommando führte er, wie er unterstreichen wollte.

Dann waren die beiden großen Zerstörer da. Genau in der Mitte zwischen ihnen passierte die „Boris Schimkow" die hohen Bordwände. Von den Brücken starrten die Offiziere auf das kleine Boot hinab und zwei der Amerikaner in den russischen Uniformen hoben die beiden zerschossenen Leichen an, so dass die Marine sich überzeugen konnte, dass sie ihnen die Wahrheit gesagt hatten.

Kurz darauf detonierten wieder die Wasserbomben im Kielwasser der jetzt wieder schnelle Fahrt machenden Kriegsschiffe. Auch die Hubschrauber beteiligten sich wie zuvor am Bombardement.

Hoch sprangen die Fontänen im Kielwasser der Schiffe und hinter den Helikoptern aus der See. Infolge der geringen Tiefe vermischt mit jeder Menge aufgerissenem Grund.

„Du meldest jetzt mit verstellter Stimme – halte dir ein Tuch vor den Mund – dass wir zwei Leichen aufgefischt haben und die anderen Toten versunken sind. Wir haben Probleme mit der Schraube. Ist wohl etwas von den Sprengungen hochgeschleudert und in den Propeller geraten. Sie sollen einen Heli schicken und die Toten abholen!" Masterson blickte erst die Russin und dann den Commander am Ruder an. Nachdem Bean nach kurzem Zögern nickte, griff Alina nach einem der Ledertücher, die eigentlich zum Trocknen der Ferngläser gedacht waren. Sie schüttelte sich leicht, steckte dann aber einen Zipfel in den Mund und griff zum Funktelefon.

„Halt, wenn es Probleme gibt, tue so, als wenn die Verbindung gestört wird!", ordnete Lieutenant Masterson noch an.

Aber es klappte ganz gut. Es dauerte zwar etwas, aber dann erklärte auf ihre Meldung hin die Miliz Alina, dass der Oberst im Moment nicht zu erreichen sei, da er gerade die bereits geborgenen zwei Toten an Land zur näheren Untersuchung gebe. Aber ein Heli sei unterwegs und sie sollen alles für die Anbordgabe per Winde vorbereiten.

„Na also, dann wollen wir mal auf Schleichfahrt gehen und sowie der Schrauber in Sicht kommt, uns quer zur eigentlichen Fahrtrichtung halten. Du gibst Bescheid, dass wir allein klarkommen und mit langsamer Fahrt zur Station fahren, sowie wir die Schraube wieder frei haben, Alina!" Dann wandte sich Rock Masterson an die anderen Soldaten. „Und ihr seht zu, dass ihr so tut, als wenn ihr die Schraube klariert. Alle Mann mit Bootshaken und was ihr so findet nach achtern!"

Der russische Präsident wusste nicht, sollte er sich freuen, dass der atomare Sprengsatz nicht gezündet hatte und St. Petersburg der Vernichtung entgangen war oder eher nicht?

Eben hatte er die Meldung erhalten, dass ein Boot der Hafenwache offenbar die Froschmänner und hoffentlich auch die abtrünnige GRU-Offizierin entdeckt und im Wasser erschossen hatte. Aber hatten die Milizionäre wirklich alle erwischt und damit ebenfalls die – in welcher Form auch immer – existierende Kopie des Planes zur Destabilisierung der NATO gefunden? Er wusste es nicht – und diese Tatsache zerriss ihn förmlich. Er warf einen kurzen Blick auf die fast leere Flasche mit dem edlen Branntwein, verzichtete aber darauf, sich noch einen Schluck einzuschenken. Ohnehin verfehlte der Alkohol seine erwünschte Wirkung. Auch die gerade angezündete Zigarette beruhigte nicht. Überhaupt nicht. Stattdessen bekam er nun auch noch leichte Kopfschmerzen.

Begierig starrte er auf das Telefon. Warum kam die erlösende Nachricht nicht, dass alle Leichen der Kampfschwimmer und dieser Sacharowa, oder wie das Weib auch immer hieß und die Kopie gefunden waren? Diese Ungewissheit brachte ihn noch um.

Unablässig beobachteten Masterson und Dodd mit den an Bord aufgefundenen Ferngläsern den Luftraum. Kein Hubschrauber in Sicht. Hinter ihnen hatte das Werfen der Wasserbomben aufgehört und die grauen Marineschiffe hatten ihre Geschwindigkeit verringert oder gar ganz gestoppt. Genau konnten die Männer es auf die Entfernung nicht ausmachen.

Vielleicht ganz gut so. Inzwischen hatten sie sich noch ein ganzes Stück weiter fortbewegt und jede Meile zählte. Ronny Bean überlegte gerade, ob sie noch eine der Kopien des Planes einer der Leichen in den Taucheranzug packen sollten. Zwei hatten sie ja noch. Eine Alina und die zweite befand sich an seinem Körper. Hatten sie auch sonst alles bedacht?

„Oh nein, verdammt!" rief er aus. Alle drehten sich zu ihm. „Wir haben vergessen, dass wir unsere Unterwäsche anbehalten haben. Das verrät doch jedem auf den zweiten Blick, dass es sich bei den Toten nicht um Amerikaner handelt!"

„Los! Schnell, reißt oder schneidet den Leichen die Unterwäsche vom Leib und auszieht und her mit den Unterklamotten!" Der Befehl wurde sofort befolgt und gerade noch rechtzeitig wurden die Toten erneut eingekleidet. Doch jetzt fehlten viele Ein- und Ausschusslöcher und die Blutspuren an der Unterkleidung. Noch immer kein Helikopter zu sehen. Schnell wurden die beiden Toten auf dem Vorderdeck nochmals mit einigen Schüssen aus den eigenen Pistolen der Russen durchlöchert und aufgepasst, dass nach Möglichkeit auf die bereits vorhandenen Einschusslöcher gezielt wurde.

Endlich war auch diese, alles andere als angenehme Aufgabe erledigt, kündigte sich mit dem markanten Geräusch von sich drehenden Rotoren ein Hubschrauber an. Wie erwartet, von achtern, also aus Richtung des Haupthafens kommend.

Alina eilte auf das Vordeck und Gunnery-Sergeant Fred Dodd beeilte sich seinerseits, ihr das Megafon nachzureichen. Dann stand auch schon der Helikopter in wenigen Metern Höhe über dem Streifenboot und aus der offenen Schiebetür erklang eine ebenfalls technisch verstärkte Stimme.

Die Amerikaner verstanden nur den Namen „Boris Schimkow", also den Namen ihres Bootes.

Aber Alina reagierte offenbar prompt und sachgerecht, denn kurz darauf wurde eine Boje heruntergelassen. Zur Erleichterung der Männer auf dem Boot ohne, dass ein Mitglied der Besatzung darin herunterkam. Denn dann wären sie wohl aufgeflogen. Der dümmste Soldat oder Polizist würde sich schließlich wundern, wenn nur eine junge Frau in Offiziers-Uniform etwas sagte und alle anderen Besatzungsmitglieder stumm wie die Fische blieben, wo sie sich doch alle freuen mussten und auf Beförderung und Orden für ihr erfolgreiches Eingreifen hoffen durften. Wenn da nicht aufgekratzt laute Worte gewechselt und das gerade Erlebte nochmals aufgeregt durchgekaut wurde, dann stimmte ganz sicher etwas nicht. Nacheinander wurden die beiden Toten in der Rettungsboje an Bord genommen. Danach erschien nochmals einer von der Crew des Hubschraubers an der offenen Tür und versuchte mit seinem Megafon in der Hand, das laute Geräusch der beiden Rotoren zu übertönen. Die junge Russin auf dem Deck der „Boris Schinkow" brüllte genauso laut zurück. Dann schloss sich die Schiebetür des Drehflüglers und er nahm Kurs auf den Binnenhafen. Dorthin, wo vermutlich bereits Oberst Dimitrow eingetroffen war und in der Station der Hafenwache begierig darauf wartete, die Leichen persönlich in Augenschein zu nehmen.

In der Tat wartete Arkadi Dimitrow auf die weiteren Toten. Die beiden ersten Leichen waren gerade vorsichtig aus Taucherkombi bzw. diesem merkwürdig anmutenden Transportgerät geholt worden.

Der Jüngere von ihnen trug die erwartete Kleidung unter seiner Kombination aus Neopren. Temperaturausgleichend und enganliegend, nur aus etwas anderem Material als es den russischen Spezialkräften zur Verfügung stand. Eine Pistole mit Patronen, die auch bei einem langen Aufenthalt im Wasser nicht versagen würden und einem kleinen Aufsatz auf dem Lauf, der wohl verhindern sollte, dass dieser voll Wasser lief.

Aber sonst trug der kräftige und selbst im Tode noch außerordentlich durchtrainiert aussehende Kerl nichts bei sich, das eine sichere Identifikation ermöglichte. Aber für Arkadi stand fest, dass er hier einen der berüchtigten Navy Seals vor sich hatte.

Er wandte sich der zweiten Leiche zu. Einem wohl doppelt so alten Mann. Ganz gut beieinander für sein Alter, konstatierte er bei sich. Aber ganz sicher kein Kommandosoldat. Die Bartstoppeln waren sicher mindestens zwei Tage alt und einer der Füße deutlich verfärbt. Ganz offenbar hatte sich der Mann vor sehr kurzer Zeit den Knöchel verdreht oder gar gebrochen und waren wohl auch ein paar Bänder im Gelenk zu Schaden gekommen. Was Arkadi nachdenklich stimmte war die Tatsache, dass dieser Tote nur ganz normale Unterwäsche trug.

„Zieht ihm die Sachen aus!", befahl er und sah genau hin, als ein als Sanitäter ausgebildeter Milizionär sowie der hinzugezogene Mediziner aus dem größten Krankenhaus der Stadt sich ans Werk machten. „Das ist eine bekannte deutsche Marke." Der Arzt, der gar nicht begeistert war, als ihn die Miliz im Eiltempo mitten aus einer Untersuchung herausgeholt und hierher verfrachtet hatte, deutete auf den Anhänger an der Innenseite des Wäschestücks.

„Aha", Dimitrow besah sich das Etikett im Nacken des zerschossenen, ehemals wohl einfarbig weißen Achselhemdes, das jetzt mit Löchern und Rissen übersät sowie blutverschmiert war.

Jetzt wurde die kurze Unterhose aus dem gleichen Material herabgezogen. „Oh, was ist denn das?"

Der Milizionär fingerte an dem weniger zerfetzten Teil herum. Dort, im Eingriff des feinrippigen Gewebes, steckte etwas. Der Polizist besah sich seinen Fund stirnrunzelnd. „Hier ist was!", meldete er dann. Arkadi Dimitrow fuhr herum. „Geben Sie her!", schnappte er. Kurz darauf hielt er einen Computerstick in der Hand. Oder vielmehr das, was eine Kugel, die diesen genau mittig getroffen hatte, davon übrig gelassen hatte.

„Ob da das Labor noch etwas herausholen kann", murmelte er achselzuckend. Ein Stück war abgebrochen. „Los, suchen Sie! Da muss noch ein Teil vorhanden sein. Vielleicht in diesem komischen Behältnis, wo die Leiche drin transportiert wurde!"

Doch so sehr sie auch alles absuchten – das fehlende Stück wurde nicht gefunden. Aber soweit er erkennen konnte, war der Teil wo sich die aufgenommenen Daten befinden mussten, überwiegend vorhanden. Nur auszulesen war der kaum mehr. Vielleicht konnten noch Fragmente gerettet werden. Doch wirklich daran glauben mochte er nicht. Auf jeden Fall konnte er jetzt dem Präsidenten immerhin melden, dass die gesuchte Kopie wohl zerstört war. Er griff zum Telefon.

„So, deutsche Unterwäsche. Interessant! Könnte der Kerl also von diesem deutschen Schiff stammen – oder was meinen Sie, Dimitrow? Aber der Großvater von dieser ebenfalls verschwundenen Deutschen, dieser Daniela oder wie sie heißen mag, dieser alte Maaß ist das nicht. Das ist sicher?"

„Ich glaube schon, Gospodin Präsident, aber wir haben auch einen Computerstick gefunden, der aller…"

„Was sagen Sie, Dimitrow ... Warum sagen Sie das nicht gleich, Mann? Bringen Sie mir den sofort persönlich hierher nach Moskau!"

Arkadi dachte schon, der Präsident wollte sofort auflegen, darum rief er schnell in die Muschel: „Der Stick ist zerschossen. Ich glaube kaum, dass der noch ausgelesen werden kann und ..."

„Was, zerschossen ...? Dann ist das vielleicht nur ein Trick? Was ist mit den anderen Toten?"

„Die holt ein Hubschrauber ab und bringt sie hierher. Vielleicht haben die ja auch etwas bei sich und wenn wir ..."

„Ja, warten Sie das ab. Sorgen sie auch dafür, dass die anderen Taucher unbedingt gefunden werden und lassen sie dann alle sicher verwahren und den Stick behalten Sie bei sich! Sie haften mir dafür persönlich, verstanden!"

„Jawohl!"

Kaum war der Helikopter mit den präparierten Russen in den durchlöcherten Taucherausrüstungen an Bord im Dunst verschwunden, ging die „Boris Schimkow" auf volle Fahrt voraus. Es war gar nicht leicht, das kleine Schiffchen gegen die immer noch hoch gehenden, seitlich auftreffenden, Wellen auf Kurs zu halten. Doch der Commander, der zuvor noch nie ein derartiges Boot gesteuert hatte, kam immer besser damit zurecht.

„Lange kann es trotzdem nicht mehr gutgehen. Spätestens, wenn sie die traurige Fracht auspacken und entkleiden, werden wir auffliegen. Irgendein Milizionär wird seine Kameraden schon, selbst in diesem Zustand, erkennen. Außerdem wundere ich mich sowieso, dass wir mit unserer Lüge von Funkproblemen und jetzt der angeblichen Schraubenhavarie noch nicht aufgeflogen sind.

Ich werde nochmal versuchen, Funkkontakt über unser Satellitentelefon aufzunehmen und unsere Position durchgeben. Ist ja schon toll, dass das kleine Ding sogar GPS hat."

Lieutenant Masterson nahm das Gerät zur Hand und versuchte sein Glück.

„Ob die uns hier wirklich mit einem Heli herausholen können?" Manuel Aranges standen seine Zweifel ins Gesicht geschrieben.

„Warum nicht? Wichtig genug ist der Plan für Amerika und die NATO allemal. Aber auch nur, wenn Alina", Ronny warf ihr einen aufmunternden Blick zu, „auch gerettet wird. Denn die brauchen sie dann als lebenden Beweis für die Öffentlichkeit. Und wenn sie gerettet werden muss, dann kann man uns ja wohl kaum hier verrecken lassen!"

Dann wurde ihre Aufmerksamkeit anderweitig in Anspruch genommen. Offenkundig war es Rock Masterson gelungen, Kontakt zu bekommen und alle versuchten, aus den Worten des Lieutenants herauszuhören, wie es um ihre Rettung stand?

„Yes, Sir, wir haben noch zwei Ausfertigungen bei uns. Eine Stunde, wenn überhaupt. Aye, Sir und Ende!"

„Was ist? Schicken sie Hilfe?" Ronny Bean stellte die Frage, die allen auf der Seele brannte.

„Ja", Masterson schaltete das mit Zerhacker ausgestattete Satellitenhandy aus und drehte sich um.

„Sie schicken zwei der brandneuen F 35 und alle fünf Apache AH 64, die im Baltikum stationiert sind. Jeder kann bis zu zwei Mann zusätzlich aufnehmen."

„Und wie lange dauert es?" Ronny Bean fuhr sich mit dem Finger in den ungewohnten und scheuernden Hemdkragen, der zudem noch mit etwas verkrustetem Blut des einen der toten Russen behaftet war.

„Maximal eine Stunde, vermutlich wesentlich früher!"

Der Commander hatte so seine Zweifel, ob man sie noch so lange Zeit unbehelligt lassen würde?

Doch schien es so zu kommen. Die Minuten verrannen langsam – viel zu langsam. Ihnen kam es wie Stunden vor. Zudem wurde es immer heller. Die Wolken hatten sich fast gänzlich verzogen und sogar ein Sonnenstrahl blitzte vom Himmel. Ziemlich gerade zog ihr Boot seinen Kurs mit der beachtlichen Höchstgeschwindigkeit von nunmehr zweiundzwanzig Knoten in westlicher Richtung. Nur dann und wann warf noch eine quergehende See es aus der Bahn. Hell schäumte das Kielwasser auf. Bis auf den Commander am Steuer beobachteten alle anderen Männer und die junge Frau den Himmel um sie herum und auch die immer breiter werdende Wasserfläche. Vor ihnen tauchte am Horizont ein Schatten auf.

„Da, ein Schiff von vorn!" Aufgeregt deutete Alina in die Richtung, aus der ein langsam größer werdender Rumpf auftauchte.

„Keine Sorge, das ist ein Containerschiff. Der tut uns nichts!", beruhigte Masterson die Frau.

Er warf einen Blick auf die Uhr an seinem Arm. Seltsam unbekannt kam sie ihm vor. Aber seine Taucheruhr trug ja nun eine der zerschossenen Leichen. War es wirklich erst gerade einmal fünf Minuten her, dass er mit dem abhörsicheren Telefon mit dem Marineminister persönlich gesprochen hatte? Fast ungläubig hielt er die fremde Uhr an sein Ohr. Doch ja, sie tickte. Sehr laut sogar.

Er blickte wieder nach vorn. Jetzt war der Container-Riese schon gut mit bloßem Auge als solcher zu erkennen. Da ließ ihn ein Ruf herumfahren. Corporal Aranges, der an der äußeren Seite des Steuerhauses stand und nach achtern blickte, deutete mit der Hand noch oben.

„Da, ein Heli schnell von achtern aufkommend!" Dieser gellende Ruf alarmierte alle Mann, die ihre Gläser sofort in die angedeutete Richtung schwenkten.

Auch Alina Sacharowa, die neben Ronny Bean im Steuerstand sich eben Feuer für ihre Zigarette geben ließ, stürzte nach draußen. „O nein, jetzt haben sie uns doch noch gekriegt", entfuhr es ihr, als sie den riesigen Hubschrauber der russischen Marine erblickte, der schnell tiefer ging und eindeutig auf ihr Boot zusteuerte.

„Alina, los raus auf Deck und versuche Zeit zu gewinnen!" Masterson reichte ihr die Flüstertüte.

Schon war der große Drehflügler mit den beiden darunter angebrachten Turbinen bis auf fünfzig Meter Höhe herabgesunken. Leicht schaukelnd stand der riesige Kasten über dem Streifenboot der Miliz. An der linken Außentür, die weit offen stand, erschien ein behelmtes Besatzungsmitglied und winkte. Alina schwenkte ebenfalls ihren rechten Arm. Dann erschien in der Hand des Mannes über ihr ein relativ kleines Megafon. Inzwischen war der Schrauber mit seinen laut dröhnenden Rotoren noch weiter hinab auf das Wasser gesunken. Als ihn nur noch etwa fünf Meter vom Deck des Bootes trennten, erschallte eine erstaunlich laute Stimme von oben herab. Ganz offenbar war das Megafon elektronisch verstärkt.

Da keiner der Männer auf dem Boot des Russischen mächtig war, richteten alle ihre Augen auf Alina, die eben ihren wesentlich größeren und rein mechanischen Stimmverstärker an den Mund setzte.

Sie ließ einen ganzen Wortschwall los, der aber offenbar, wie von ihr beabsichtigt, nicht so richtig verstanden wurde. Jetzt kam es darauf an, Zeit zu schinden. Egal wie. Fraglich nur, ob es ihnen wirklich noch half? Der Militärhubschrauber über ihnen war mit überschweren MG an jeder Seite bewaffnet und unter den Kufen befanden sich je zwei Behälter, die mit entsprechenden Raketen bestückt waren. Während alle anderen an Bord mit zunehmendem Erschrecken dem Gebrüll der eingesetzten Stimmverstärker lauschten, ohne wirklich etwas verstehen zu können, verließ Gunnery-Sergeant Dodd das Deck und verschwand im Steuerhaus. Von dort aus eilte er die steile Treppe zum Maschinenraum hinab. Es herrschte ein unglaublicher Lärm. Die laufenden Rotoren des wie ein riesiger Raubvogel über dem Boot in der Luft stehenden Kampfhubschraubers, die brüllenden Stimmen und das Geräusch der auf das stillliegende Boot treffenden Wellen, waren für die ungeschützten Ohren kaum zu ertragen.

Da winkte die junge Frau, gleichzeitig in ihre Flüstertüte nach oben einen weiteren Satz brüllend, mit der Hand nach hinten. Rocky Masterson erkannte die Situation und eilte zu ihr.

„Was ist?"

„Die glauben mir nicht mehr und wollen zu uns hinunterkommen", sagte sie ohne das Megafon zu benutzen.

„Scheiße!", kommentierte Masterson ebenso treffend, wie wenig weiterhelfend.

Da erschien eine dicke Leine an der seitlichen Schiebetür des Helis.

Fast gleichzeitig brüllte eine Stimme hinter ihnen: „Weg vom Schrauber und ans Ruder, Commander und Vollgas! Los! Macht schon!"

Der Lieutenant hatte sofort die Stimme seines Stellvertreters erkannt und riss Alina am Arm zurück. Alle rannten nach hinten und ins Steuerhaus, während an dem herabgelassenen Seil ein erster Mann mit umgehängter MP erschien und sich nach unten rutschen ließ.

Gleichzeitig spurtete der Gunnery-Sergeant mit einer großen Flasche in der Hand, in deren Öffnung ein brennender Lappen steckte, in Richtung des Hubschraubers.

Der an dem herabbaumelnden Seil hängende Soldat wandte ihm den Rücken zu und bekam wohl nur aus den Augenwinkeln mit, dass etwas über ihn hinweg in Richtung der weit geöffneten Schiebetür geschleudert wurde. Der Mann ließ sich aus etwa drei Metern an Deck fallen, während Fred Dodd zurück in Richtung Steuerhaus hastete.

Dann geschahen viele Dinge fast gleichzeitig. Der bis dahin im Leerlauf grummelnde Bootsmotor brüllte auf, als Commander Bean auf „Voll voraus" schaltete.

Dem Mann aus dem Hubschrauber riss es die Füße weg. Rocky Masterson zog die ungewohnte russische Pistole aus dem Holster und wollte gerade auf den Russen, der sich auf Deck aufrichtete und seine Maschinenpistole in Anschlag zu bringen versuchte, zielen, als dieser unvermittelt zusammenzuckte und zurück auf das Deck fiel. Manuel Aranges hatte schneller reagiert und seinerseits bereits zur Waffe gegriffen, als er den Mann an dem Seil hinabsteigen sah. In diesem Moment erhellte auflodernder Feuerschein den Helikopter, der nach der Seite ausbrach und über dem mit einem Satz nach vorn schießendem Boot plötzlich über und über in Brand geriet. Seltsamerweise stieg die Maschine noch steil an, dann allerdings zerplatzte sie in einem wahren Feuerball in der Luft. Glas, Metall verschiedenster Arten sowie sonstiges Material und auch etwas, dass eindeutig als brennende Person zu erkennen war, klatschte auf das noch immer bewegte, aber wesentlich ruhiger gewordene Wasser.

Die junge Frau und die Männer auf dem Boot sahen sich an. Nicht nur Alina war vor Schreck bleich wie ein Bettlaken geworden. Auch der sonst stets so unnatürlich gefasst wirkende Ronny Bean schluckte trocken. Trotzdem hatte er das jetzt mit voller Kraft dahinstürmende Boot voll unter Kontrolle.

Auch an den jungen Soldaten der Navy Seals war das eben Erlebte nicht spurlos vorübergegangen.

Dem Gunnery-Sergeant hingegen, der so geistesgegenwärtig im Maschinenraum nach einem geeigneten Mittel zur Abwehr des übermächtigen Kampfhubschraubers gesucht hatte, war nichts anzumerken. Er kümmerte sich bereits um den auf Deck liegenden toten Russen, nahm ihm die Pistole nebst Ersatzmagazin ab und warf den Körper über Bord. Mit der zusätzlichen Faustfeuerwaffe in der Hand und der Maschinenpistole umgehängt, trat er dann an seinen Lieutenant heran. Dieser klopfte ihm anerkennend auf die Schulter. „Super Reaktion, Gunny! Damit haben Sie uns wohl gerettet."

„Vorerst jedenfalls", bestätigte dieser mit unbewegter Miene. „Aber es wird wohl kaum lange dauern, bis wir wieder Besuch bekommen."

Rocky Masterson nickte. Auch ihm war nicht anzusehen, wie dicht sie alle dem Verhängnis, das im wahrsten Sinne des Wortes über ihren Köpfen geschwebt hatte, wieder einmal entronnen waren. Doch wie lange noch würde ihr Glück andauern? Eigentlich hatten sie ihre Portion mehr als nur ausgeschöpft.

„Gefunkt hat er jedenfalls nicht mehr. Also etwas Zeit haben wir gewonnen", versuchte der Truppführer Hoffnung zu verbreiten. „Wie sind Sie nur so schnell auf den Gedanken mit dem *Molli* gekommen, Gunny?" Dieser zuckte mit den Achseln. „Wenn ich ehrlich bin, habe ich selbst noch nicht genau gewusst, wonach ich gesucht habe? Dann komme ich runter und sehe diese große Glasflasche und gleich im Bord darunter einen Kanister. Diesel war darin wohl nicht zu erwarten. Aufgeschraubt und es roch nach Benzin. Vielleicht für irgendein Gerät oder es war schlicht Waschbenzin. Keine Ahnung. Aber dann war ja alles klar." Jetzt überzog ein ganz leichtes Grinsen das Gesicht des erfahrenen Unteroffiziers.

Doch viel Zeit sollte ihnen dieser Geistesblitz des Gunnery-Sergeanten nicht bescheren.

Oberst Arkadi Dimitrow wusste nicht, was er zuerst tun sollte. Eben traf ein Hubschrauber mit den weiteren Leichen ein, die eines der Boote geborgen hatte. „Sofort herein mit den toten Amerikanern!", übertönte seine Stimme das aufkommende Gespräch der Milizionäre der Wache mit den Ankommenden. Da rief der Stationsleiter laut nach ihm. „Herr Oberst, der Heli, der nach dem havarierten Streifenboot ausgesandt wurde, meldet sich nicht mehr. Der Funkkontakt ist ganz plötzlich abgerissen. Der Besatzung kam die Reaktion der Leute auf der „Boris Schimkow" merkwürdig vor und sie wollten gerade zwei Mann auf dem Boot absetzen, als der Kontakt abbrach."

„Ja und? Rufen Sie ihn nochmals!" Dimitrow wandte sich wieder den gerade hereingebrachten Leichen zu. Gemäß seiner Anweisung trugen die Toten noch ihre Gummianzüge mit Masken.

Diverse Einschusslöcher zeigten, wie sie umgekommen waren. Ziemlich schnell wurden die Leichen entkleidet. Kaum erschien das Gesicht des ersten Mannes, da stutzte der Oberst. Der Kerl war ja viel zu alt für einen Seal und auch der kleine, dickliche Körper passte so gar nicht zu einem Kommando-Soldaten. Da rief einer der Milizionäre plötzlich laut und mit deutlichem Entsetzen in der Stimme: „Verdammt, das ist doch Iwan Welzow von der „Boris Schimkow!"

„Oh verdammt!", rief Arkadi laut aus und schlug sich mit der rechten Hand vor die Stirn. „Diese verdammten Amis haben uns zum Narren gehalten und unser Boot gekapert!"

„Wie geht das denn?" Der Wachführer der Station starrte entsetzt auf den entkleideten Leichnam.

„Das weiß ich doch auch nicht!" Arkadi Dimitrow brüllte es geradezu in den Raum. „Geben Sie mir sofort die Marine! Und Sie Trottel veranlassen, dass unsere Hubschrauber und Boote sofort Jagd auf die „Boris Schimkow" machen. Niemand darf entkommen!"

Dann hatte er die Marine am Apparat und schickte sofort alles, was schwimmen konnte und auch die Hubschrauber der Schiffe auf die Jagd nach dem ganz offenbar von den Flüchtigen übernommenen Miliz-Schiffchen. Auch die Luftwaffe sollte vorsorglich aufsteigen, ordnete er an. „Und wo ist dieser Kapitän Antonow?" fragte er dann wieder bei dem Admiral nach. Aber auch dieser suchte bereits nach seinem für St. Petersburg verantwortlichen Offizier.

Für Arkadi Dimitrow ging es jetzt um alles oder nichts. General oder Abstellgleis. Bei diesem Präsidenten war nichts unmöglich. Es konnte ihm sogar noch ungleich Schlimmeres passieren, als nur auf einem völlig unbedeutenden Posten zu landen. Degradierung und Verlust sämtlicher Privilegien selbstverständlich inbegriffen.

„Haltet den Heli fest!" Er brüllte die Anweisung so laut, dass er selbst erschrak. Dann griff er sich sein Jackett, schnallte sein Koppel mit der Pistole um und eilte hinaus. Dorthin, wo der Wachhabende gerade den Start des Hubschraubers noch verhindert hatte. Sie kümmern sich um die toten Kollegen. Vielleicht ist ja doch auch ein Amerikaner dabei. Aber eigentlich glaube ich das nicht. Alles was die bei sich haben wird verwahrt, aber nicht weiter angerührt, bis ich wieder zurück bin!"

Er schwang sich in den großen Hubschrauber und befahl, sofort dem Wasserweg aus dem Hafen heraus zu folgen und das voraussichtlich gekaperte Miliz-Boot mit Höchstgeschwindigkeit zu verfolgen. Während das Fluggerät Tempo aufnahm, erfuhr Dimitrow mit Genugtuung, dass nicht nur zwei schwere Maschinengewehre, sondern auch eine Auswahl verschiedener Raketen für die Bekämpfung von Land- oder Seezielen unter den Kufen zur Verfügung stand.

„Wir dürfen uns keine Blöße geben. Die haben vermutlich bereits einen unserer Helikopter abgeschossen", wies er den Piloten auf die vermutete Gefahr hin, die von dem Boot ausgehen könnte. Trotz des noch immer kräftigen Windes fegte der russische Kampfhubschrauber mit weit über zweihundert Stundenkilometern dicht über den breiter werdenden Wasserweg dahin. Bei dem Tempo mussten sie in wenigen Minuten die „Boris Schimkow" erreichen.

„Wie ist das Boot bewaffnet?", drang die Stimme des Piloten an sein, mit dem Bordnetz verbundenes Ohr. „Die haben nur ein leichtes MG auf dem Vordeck und ihre Handwaffen sowie standartmäßig zwei MPis an Bord", antwortete Arkadi.

„Dann weiß ich nicht, wie sie es geschafft haben sollen, einen unserer Helis vom Himmel zu holen. Normales Feuer aus Handwaffen oder auch einem MG müsste die Panzerung abgehalten haben."

Der Leutnant, der den Heli kommandierte wunderte sich.

„Da vorn! Das muss es sein!", rief eine noch junge Stimme aus. Richtig! In diesem Moment erkannte auch Oberst Dimitrow das mit voller Fahrt durch das Wasser jagende Boot, das doch um so viel langsamer war, als der fliegende Verfolger.

„So, jetzt geht es euch an den Kragen!" Verwundert merkte er, dass er seine Gedanken laut ausgesprochen hatte. Aber das war jetzt auch egal.

„Von wegen Schraubenhavarie. Die flüchten mit voller Fahrt. Gehen Sie von hinten ran und Feuer frei auf Ruder und Schraube mit Ihren MGs, Leutnant!"

„Jawohl, Herr Oberst", bestätigte der Pilot und befahl dann seinen MG-Schützen, „entsichern und Feuer frei, wenn wir direkt hinter dem Boot schweben!"

Der Pilot zog seine Maschine bis auf etwa zehn Meter Höhe auf das Wasser herab und wurde langsamer. Kurz darauf hielt er sich in etwa fünfzig Meter Abstand hinter dem Heck des Bootes und mit lautem Knallen eröffneten die Maschinengewehre das Feuer.

Das große Containerschiff war jetzt ganz nah herangekommen. Auch dort hatte die Besatzung auf der Brücke die Explosion des Hubschraubers verfolgt und wunderte sich, dass das Schiff der Miliz sich um die Explosion offenbar nicht kümmerte. Ein Scheinwerfer von der Brücke des hochaufragenden Schiffes blinkte sie an.

„Was jetzt?" Alina blickte nacheinander den Lieutenant und dann auch Ronny Bean an.

„Nicht antworten!", erfolgte von beiden Männern fast gleichzeitig die Antwort.

Alle blickten zu der Brücke des Frachters hinauf, die sich nur ganz knapp über die Reihen gestapelter Container erhob.

Vielleicht erklärte das, weshalb niemand den Luftraum hinter ihnen im Auge behalten hatte.

Plötzlich lag ein Brummen in der Luft, das weder von ihrem Boot, noch von dem jetzt auf gleicher Höhe passierenden Frachter herrühren konnte.

Fast gleichzeitig wandten Rocky Masterson und Fred Dodd sich um und sahen hinter sich einen großen, grauen Schatten auf ihr kleines Schiffchen hinabstoßen.

„Achtung! Heli hinter uns!" Die Worte waren noch nicht verhallt, da mischte sich das Stakkato von Schüssen und das Prasseln der Einschläge im Heck des Bootes in den Ruf des Offiziers.

„Deckung!" Fred Dodd brüllte so laut er konnte. Etwas zu spät für einen der jungen Seals. Der Corporal sackte zusammen, während Einschläge jetzt auch das Steuerhaus erschütterten. Viele Geschosse prallten von den Wänden ab, aber einige durchschlugen sie auch und wurden so dem jungen Navy Seal zum Verhängnis. Aus einer Wunde am Hals schoss das Blut in pulsierenden Strömen hinaus und verfärbte die Bodenplatten. Einer der Seals lag vor dem Steuerhaus auf den Decksplanken, alle anderen befanden sich in der trügerischen Deckung der dünnen Wände. Auch Commander Bean hatte das Steuerrad fahren lassen und schon schlug das Boot quer.

Gerade wollte Lieutenant Masterson mit der erbeuteten Maschinenpistole in der Hand aus der Tür des Ruderhauses treten und das Feuer auf den Hubschrauber eröffnen, als ein heller Strahl an ihm vorbeirauschte und dann ein krachender Aufschlag ertönte. Diesem folgte ein blendender Explosionsblitz und schon schlugen Teile des getroffenen russischen Hubschraubers um sie herum in die See. Oberst Arkadi Dimitrow und die gesamte Besatzung des Mil 24 starben innerhalb von weniger als zwei Sekunden. Einige größere Stücke und viele kleine Splitter trafen auch die „Boris Schimkow".

„Unsere Jungs sind da!" Überlaut klangen die Worte des Lieutenants in der plötzlichen Stille nach den Schüssen, Einschlägen und Explosionen.

Richtig! Da waren sie. Mehrere Apache AH 64 E, die neue Generation von US-Kampfhubschraubern standen plötzlich neben dem in der Strömung quergeschlagenen Boot. „Alle raus und in die Helis!"

Dem Ruf folgten alle. Der erste der Apache AH 64 E verhielt über dem kleinen Boot.

„Alina zuerst und dann Sie, Commander!", ordnete der Truppführer der Seals an.

Der relativ kleine und wendige Kampfhubschrauber senkte sich auf das Deck herab und fast berührten die Kufen das Deck. Aus der offenen Tür beugte sich eine Gestalt herab, fasste die Russin mit festem Griff an ihrem emporgereckten Arm und zog sie in die Kabine. Bewundernswert, wie der Pilot sein Fluggerät so exakt über dem auf den Wellen schwankenden Boot manövrieren konnte.

Gerade wollte Ronny Bean ihrem Beispiel folgen und hob den linken Arm in Richtung der offenen Kabinentür, in der soeben Alinas Beine verschwunden waren, da schoss der Apache geradezu nach oben und drehte in Richtung Westen ab. Auch die anderen Helis stoben auseinander.

Ratlose Blicke der zurückbleibenden Männer folgten ihnen.

„Was zum Teufel ..." Ronny Bean blieben die Worte im Hals stecken, als er jetzt einen silbernen Pfeil vom Himmel herabschießen sah, der einen der auseinanderdriftenden Helikopter knapp verfehlte. Dafür zerplatzte der andere in einem flammenden Inferno.

Hoch über ihnen am Himmel erschien jetzt ein schnellfliegendes Flugzeug, dessen Turbinengeräusch erst jetzt an ihr Ohr drang.

„Verdammt! Ein Iwan!", schrie Ronny Bean und deutete steil nach oben.

„Ja, jetzt sind wir im Arsch", bestätigte ihm Lieutenant Masterson, „die beiden anderen Apache wird er auch gleich noch erledigen. Hoffentlich kommt jedenfalls Alina davon!"

Die Piloten in den beiden amerikanischen Kampfhubschraubern, ein Dritter hatte sich weiter oben am Himmel aufgehalten und wohl von dort aus den großen Russen erledigt, wollten sich aber so einfach nicht in ihr Schicksal ergeben. Sie steuerten im Tiefflug auf den noch ganz in der Nähe befindlichen Container-Riesen zu.

Hauptmann Raskolnikow war gerade soweit herangekommen, dass er in der Kanzel seiner schwerbewaffneten Suchoi 34, einem der auf dem nahen Flugfeld stationierten Kampfbomber, noch sehen konnte, wie der eigene Hubschrauber abgeschossen wurde.

Steil riss er seine Maschine nach unten. Auch ohne einen Blick auf sein Radargerät konnte er drei kleinere Hubschrauber erkennen. Aber von denen konnte eigentlich keiner seine Kameraden erledigt haben. Egal, er nahm den, links neben dem Boot schwebenden Apache ins Visier und löste eine der relativ kleinen Luft/Luft-Raketen unter seiner rechten Tragfläche. Fauchend löste sich die Lenkwaffe und steuerte ihr Ziel an, dass kurz darauf in einem weißglühenden Feuerball in Stücke gerissen wurde. Der dreißigjährige Offizier riss seine Maschine in eine Linkskurve und nahm gleichzeitig Höhe auf. Da war es wieder, das kleine Boot. Wo aber waren die Hubschrauber geblieben? Er warf einen Blick auf seinen Bildschirm vor ihm. Nicht die Spur zu sehen. Nur das Boot und schon weit weg der erste Apache, der offenbar flüchtete. Nun, den würde er immer noch bekommen. Aber wo waren die beiden anderen, die mit ihren Lenkwaffen auf die geringe Entfernung und ziemlich dicht über dem Boden durchaus auch ihm und seiner Suchoi gefährlich werden konnten. Da drang ein schriller Laut an sein Ohr. Nicht nur akustisch, sondern auch optisch wurde ihm auf dem Bildschirm angezeigt, dass zwei Lenkwaffen ihn als Ziel auserkoren hatten. Das würde knapp, sehr knapp, werden und schon riss er seinen Flieger in eine enge Rolle und tauchte sofort ab nach unten. Da passierten ihn zwei feurige Strahlen und schlugen einige hundert Meter unter ihm ins unschuldige Meer.

Dafür hatte er jetzt den Angreifer ausgemacht. Ein dritter Apache, der keine zwei Kilometer entfernt wohl gerade versuchte, ihn wieder ins Visier zu bekommen. Da lösten sich auch zwei weitere Raketen unter den Kufen des Kampfhubschraubers. Aber auch der russische Hauptmann drückte auf den Knopf an seinem Steuerknüppel, der eine weitere Rakete auf die Reise schickte. Gerade hatte sich diese aus ihrer Halterung gelöst und Kurs auf ihr Ziel genommen, da schlug es bei ihm ein und aus dem schnittigen Jagdbomber war ein zerplatzendes Wrack geworden. Aber nur eine knappe Sekunde später verbrannten auch die drei Amerikaner in ihrem Apache AH 64 E und stürzten, als Menschen nicht mehr erkennbar, mit den Wrackteilen in die See.

Svetlana Raskolnikowa hatte ihren Mann und zwei kleine Mädchen ihren Vater verloren. Auf der Gegenseite würden drei Elternpaare in verschiedenen Staaten der USA um ihre Söhne trauern.

„Donnerwetter, dass ein Heli einen Jabo abschießt. Alle Achtung!" Commander Bean blickte nach rechts, wo am Rande des Wasserweges und teils an Land die Trümmer herabregneten.

„Stimmt! Leider hat es den Unsrigen aber auch erwischt!" antwortete Fred Dodd.

„Viel wichtiger! Wo sind unsere anderen Apaches?" Lieutenant Masterson spähte nach allen Seiten, konnte aber die erhofften Retter nicht entdecken.

„Da, da kommen sie!" Corporal Dillon deutete hinter sie, wo eben aus dem Schatten des Frachtschiffes die verbliebenen Kampfhubschrauber ganz dicht über der Wasseroberfläche Kurs auf die mit zerschossenem Ruderblatt in der See treibende „Boris Schimkow" nahmen.

„Los Commander! Jetzt sind Sie dran. Vermasseln Sie es nicht! Und Manuel, Sie gehen mit!"

Beide wollten die Anderen nicht zurück lassen, aber noch bevor sie etwas erwidern konnten, kam es schroff über die Lippen des Lieutenants: „Das war ein Befehl und gilt auch und gerade für Sie, Commander!"

Da rauschte schon der erste Apache heran und blieb dicht über dem Vorderdeck mit laut flappenden Rotoren in der Luft stehen, während der zweite Kampfhubschrauber etwas höher und keine fünfzig Meter entfernt die Bergung absicherte.

Das war auch bitter nötig, denn kaum fasste Manuel Aranges als zweiter Mann die herabgelassene Leine und wurde in den Heli gehievt, als sich ein weiterer Hubschrauber dem Schauplatz des Geschehens näherte. Einer der größten Kampfhubschrauber, die Russland besaß.

Noch während Bean und Anranges versuchten in der beengten Kabine einen Platz zu finden, wo sie nicht all zu sehr die Besatzung behinderten, drehte der Apache auf der Stelle und versuchte dem Angreifer kein gutes Ziel zu bieten. Dicht über der Oberfläche des Finnischen Meerbusens dahinstürmend beschleunigte der Pilot und holte alles heraus, was das Fluggerät hergab.

Der russische Mil Mi 28 N2 war eine weiterentwickelte Version mit über achtzehn Metern Länge, einem dreirädrigen Fahrgestell und neuesten Infrarotsensoren sowie einer extrem starken Bewaffnung. Neben zwei schweren Maschinengewehren, einer 30mm-Maschinenkanone unter dem gepanzerten Bug und verschiedenen Lenkwaffen in mehreren Abschussbehältern war das Fluggerät auch schwer gepanzert. Die Bezeichnung *Fliegende Festung* wäre durchaus treffend.

Gleichzeitig feuerten die Maschinenkanone und eines der seitlichen MG auf den jetzt tief neben dem Boot verharrenden Apache, während der Waffenoffizier des Mi 28 N 2 bereits die Lenkwaffe auswählte, die den zweiten Amerikaner auslöschen sollte.

Die Geschosse aus der Maschinenkanone verfehlten den kleineren Amerikaner nur knapp. Aber eine MG-Salve schlug ein und eine junge Soldatin sackte in ihrem Sitz zusammen. Gleichzeitig flogen Teile der Innenverkleidung und ein größeres Stück Plexiglas dicht an Aranges vorbei, der laut aufstöhnte.

„Bist du getroffen?" Ronny wollte sich umwenden, als ihn der Pilot anherrschte: „Nicht bewegen! Bleiben Sie da liegen, wo Sie sind!"

Abrupt drehte der Heli, zog hoch und stieß sofort wieder auf das Wasser hinab. Ein sehr gelungenes Manöver, denn die nächste Salve aus der Kanone des Russen verfehlte sie nur knapp.

Ronny Bean hatte während der Drehung der Maschine das Gefühl, direkt in das Mündungsfeuer der Bugkanone des Gegners zu schauen und meinte, die Leuchtspurgeschosse müssten direkt in seinem Kopf einschlagen. Verwundert nahm er zur Kenntnis, dass dieses nicht der Fall war. Auch der zweite Apache hatte zunächst Glück, dass ihn die Lenkwaffe verfehlte und direkt hinter ihm ins Meer fegte.

Dann aber traten neue Kräfte in das Gefecht ein. Relativ tief kamen zwei weitere blitzende Pfeile aus Richtung Nordost herangefegt. Die silbernen Schatten trennten sich und feuerten fast gleichzeitig auf den wie ein riesiges Insekt in der Luft stehenden Russen. Eine Feuerlohe glühte auf und mit krachendem Bersten zerbrach der russische Hubschrauber in mehrere größere Teile.

„Das sind unsere F 35!" Der Pilot des Apache mit Manuel Aranges und Ronny Bean an Bord jubelte laut. „Jetzt kommen wir wohl doch noch heil nach Hause!"

„Ja, hoffentlich die Jungs, die noch auf dem Boot festsitzen, auch", hoffte der Commander.

„Da, das waren unsere Flieger!" Rocky Masterson krächzte mehr, als das er sprach.

„Ja, und da kommt unser letzter Heli!" Das war Corporal Dillon, der mit dem Arm in die Richtung zeigte, aus der sich der letzte amerikanische Kampfhubschrauber näherte.

Gerade steuerte der noch am Gefechtsort verbliebene Apache das Boot an, bemerkte Fred Dodd, wie die beiden F 35 geradezu steil in den immer heller werdenden Himmel zogen und die Nachbrenner zündeten.

„Nanu, kommt da noch etwas auf uns zu?"
„Wieso? Ach wegen der Flieger meinen Sie, Gunny? Ich will doch nicht ho…"
Diesen Satz konnte Lieutenant Rock „Rocky" Masterson nicht mehr beenden. Das Streifenboot der Miliz schien sich aus dem Wasser erheben zu wollen. Dann brach es in der Mitte auseinander und einen Moment lang sah es so aus, als wären zwei kleine brennende Inseln aus dem Meer empor zur Oberfläche gestiegen. Dann versanken die beiden Hälften wieder im Wasser und dichter Qualm breitete sich aus.

Die weitere russische Suchoi war im Radarschatten der Amerikaner hoch oben am Himmel erschienen und von den US-Piloten zu spät bemerkt worden. Erst kurz, bevor die Luft/Boden-Rakete mit ihrem schweren Gefechtskopf auf die Reise geschickt wurde, erkannten die Amerikaner den neuen Gegner. Jetzt versuchte der einsame Russe sein Heil in der Flucht. Zu spät! Beide ihm zugedachten Lenkwaffen erreichten ihn mit minimalem Zeitabstand von wenigen Bruchteilen einer Sekunde.

Auch der letzte US-Kampfhubschrauber war mit sehr viel Glück davongekommen. Hätte er sich nur schon ein paar Meter dichter der „Boris Schimkow" angenähert, er hätte keine Chance gehabt, der Explosion des Bootes zu entgehen und wäre mit ihm zerstört worden.

Der Pilot brachte es dennoch fertig, noch einen Kreis um die Untergangsstelle zu fliegen. Aber da war niemand mehr, den er noch retten konnte. „Also nichts wie zurück! Hier können wir nichts mehr tun", entschied der junge Offizier am Steuerknüppel des Hubschraubers und flog ganz dicht über der Wasseroberfläche in Richtung Westen ab.

Epilog

Alina Sacharowa, Commander Ronny Bean und Corporal Dillon und die nicht im Gefecht zerstörten Apache AH 64 E Guardian erreichten ohne weitere Zwischenfälle die Baltischen Republiken und damit NATO-Gebiet. Noch bevor die Heli-Besatzungen ihren Gefechtsbericht erstatten konnten, hob bereits eine US-Militärmaschine mit der russischen Überläuferin und dem Commander an Bord ab, um nach Zwischenlandung in Frankfurt/Main direkt nach Washington/ DC weiterzufliegen.

Mit an Bord die Sticks mit den Kopien des von Oberst Timor Orlof ausgearbeiteten Plans, nachdem zuvor zwei weitere Kopien gezogen worden waren und zur Sicherheit mit einer anderen Maschine befördert wurden.

Bereits am nächsten Tag begannen die Befragungen der Überläuferin und des Commanders durch CIA, Militär und auch Regierungsmitglieder. Die Verhöre wurden direkt in einen Raum im Weißen Haus übertragen, wo der US-Präsident und seine engsten Mitarbeiter sowie auch ein Psychologe und eine in Verhörtechnik geschulte Expertin gebannt zuhörten. Gleichzeitig wurde eine Übersetzung des fast genialen Plans vorgenommen, die Präsident Daniel B. Brown noch in der folgenden Nacht vollständig nachlas.

Ein kurzes Gespräch unter Benutzung des sogenannten *Roten Telefons* reichte aus, den russischen Präsidenten zu einem Zweier-Krisengipfel in die neutrale Schweiz zu bewegen. Der Inhalt dieses Gesprächs wurde nicht bekanntgemacht und nicht einmal die üblichen Dolmetscher waren zugelassen. Aber Feodor Wladimirowitsch Kruskin wusste genau, was für ihn auf dem Spiel stand.

Daher war er zu Zugeständnissen bereit, die er sonst nie gegeben hätte. Schiffe und Truppen wurden in ihre Basen und Stützpunkte zurückbeordert. Auch im Nahen Osten reduzierte Russland seine Truppen und zeigte ungewohnte Bereitschaft zu konstruktiven Friedensbemühungen.

Die Türkei war wieder ein geschätztes NATO-Mitglied und die drohende offene Flanke des Verteidigungsbündnisses nicht nur geschlossen, sondern auch durch das verbesserte Verhältnis zu Griechenland deutlich gestärkt.

Auch die „Prinzessin des Nordens" war schließlich mit Verspätung freigegeben und hatte ihre Fahrt fortsetzen können. Wie dicht sie und alle an Bord einer Katastrophe entgangen waren würde wohl niemand je erfahren. Genauso wenig wie die Angehörigen der Opfer unter den Navy Seals und auch die Kinder des deutschen Fregattenkapitäns Ferdinand v. Terra. Sie mussten sich mit den üblichen hehren Worten begnügen, die in derartigen Fällen von den Amtsträgern gesprochen werden. Commander Bean war die weitere Auszeichnung an seiner Ordensschnalle, die ihm der Präsident persönlich anheftete, weniger wichtig. Dafür aber die Zusicherung seines Staatsoberhauptes, dass Alina Sacharowa nicht das Schicksal anderer Russen drohen würde, die Kruskin von seinen Geheimdiensten auch noch nach langen Jahren aufspüren und auf teils sehr dubiose Weise umbringen ließ. Der Präsident schien sich da ziemlich sicher zu sein. Und der Commander, der wohl bald Captain sein würde, war geneigt, ihm zu glauben. Alle weiter in die näheren Einzelheiten involvierten Personen, Schiffsoffizier Werner Ritter, sein Kapitän auf der „Prinzessin des Nordens" und die Großeltern Maaß und deren richtige Enkelin Daniela Dobberstein sowie einige mehr wurden großzügig belohnt, mussten dafür aber eine in derartigen Fällen übliche Schweigeerklärung unterzeichnen.

Auf der Gegenseite hatten einige Akteure deutlich weniger Glück. Ein FSB-General und einige Andere hätten wohl das Schicksal vorgezogen, dass Arkadi Dimitrow beschieden war.

Auf die Fragen seiner engsten Vertrauten antwortete US-Präsident Daniel B. Brown: „Ja, auch ich habe lange mit mir gerungen, was wir gegen Kruskin unternehmen? Aber freiwillig würde der Kerl seinen Platz nie räumen. Und einen Krieg, der sich weltweit ausdehnen könnte und kaum konventionell zu begrenzen wäre? Nein, das hat die Welt nicht verdient und könnte unsere Erde endgültig zerstören. Denn Kruskin würde nicht zögern, auf den Atomknopf zu drücken. Wenn er untergehen soll, dann alle mit ihm. So tickt der Kerl."

„Und das heißt im Klartext?", fragte Verteidigungsminister Arnold Wilde nach.

„Das heißt, Russland zieht sich im nahen Osten zurück und wir können den Mullahs eine gehörige Lektion erteilen, von der sie sich wohl kaum erholen werden und damit den Hauptfinanzier des Terrorismus für lange Zeit unschädlich machen. Vielleicht für immer und sogar die Opposition an die Macht bringen. Das gelingt vielleicht auch in Russland. Auch Russland wird sich auf die Dauer nur von innen erneuern können. Das ist ihnen schon einmal fast gelungen und wenn der

Rubel weiter verfällt, die Europäer kein russisches Gas mehr abnehmen, dann wird es vielleicht wie in der Türkei kommen und die Welt kann aufatmen."

„Hoffen wir, dass Sie Recht haben werden, Mr. Präsident!"

Das Schlusswort hatte damit Arnold Wilde gesprochen.

Ende

Protagonisten

Amerikaner: US-Präsident Daniel B. Brown
Commander Ronny Bean, Marine-Nachrichtendienst
Admiral James Watson, NATO-Befehlshaber Mittelmeer u. Trägerkampfgruppe „USS Sam Housten"
Lt. Rock Masterson, CO Navy Seal-Trupp

Deutsche: Fregattenkapitän Ferdinand v. Terra, Militärischer Abschirmdienst
Bundeskanzler Leopold v. Scharfengries
Werner Ritter, 3.Offizier „Prinzessin d. Nordens"
Jonas Völker, sein Kapitän

Engländer: Admiral Sir Sandram „Sandy" Lassitter, NATO-Befehlshaber Europa

Griechen: Ministerpräsident Georgis Sorbas
Admiral Vassili Leandros

Iraner: Kapitän Adnan Gheby
Groß-Ayatollah Diren Haaleh
Admiral Samir Navid

Russen: Alina Sacharowa, GRU-Leutnant
Präsident Feodor Wladimirowitsch Kruskin
Oberst Timor Orlow, GRU
General-Oberst Boris Kossegyn, GRU-Chef
Arkadi Dimitrow, Oberst der Miliz, Moskau

Türken:
Präsident Ibrahim Özdemir
Cetin Keser, General und Chef der nachfolgenden Militärregierung

Vita des Autors

Der Autor wurde 1951 in Neumünster geboren und zuletzt von 1980 bis 2012 selbstständig tätig. Maritim vorbelastet durch Großvater (Teilnehmer an der Skagerak-Schlacht im 1. Weltkrieg) und Vater, der von Febr. 1940 bis Kriegsende bei der Kriegsmarine diente und u. a. auf dem Schweren Kreuzer „Admiral Scheer" fuhr, erschien sein erstes Buch (Hilfskreuzer Chamäleon) 2008.

Bisherige Veröffentlichungen:
1. „Hilfskreuzer Chamäleon" auf Kaperfahrt in ferne Meere 2008
2. „Vermögensschädlinge" 2010
3. „Oma gegen den Rest der Welt" 2010
4. „Kriegsgeschwister" 2012
5. „Der Hammer des Bösen" 2012
6. „Eine (durchaus nicht nur) satirische Talkshow" 2013
7. „Hilfskreuzer Chamäleon" 2. Überarb. Auflage 2013
8. „Auf Wölfe schießt man nicht" 2014
9. „Kleiner Kreuzer Kiel – vom Kriegsausbruch überrascht" 2015
10. „Der Club der scharfen Tanten" 2o16
11. „Die Flüchtlingsmörder" 2017